MCCOY DIE KELTISCHE ZAUBERIN

EDAIN MCCOY

DIE KELTISCHE
ZAUBERIN

MYTHEN
RITUALE
SYMBOLE

Die Originalausgabe erschien unter dem Titel
Celtic Women's Spirituality
bei Llewellyn Publications, einer Tochter von Llewellyn Worldwide, Ltd.
© Edain McCoy 1998

Die Deutsche Bibliothek – CIP-Einheitsaufnahme
McCoy, Edain:
Die keltische Zauberin : Mythen, Rituale, Symbole / Edain McCoy. [Aus dem
Amerikan. von Gabriele Broszat]. - München : Sphinx, 2000
  (Sphinx)
  ISBN 3-89631-321-5

© der deutschen Ausgabe Heinrich Hugendubel Verlag,
Kreuzlingen/München 2000
Alle Rechte vorbehalten

Lektorat: Claudia Göbel
Umschlaggestaltung: Zembsch' Werkstatt, München
Produktion: Maximiliane Seidl
Satz: EDV-Fotosatz Huber / Verlagsservice G. Pfeifer, Germering
Druck und Bindung: Huber, Dießen
Printed in Germany

ISBN 3-89631-321-5

Inhalt

Vorwort

Die keltische Frau lebt in Frieden, führt aber ihre Waffen für den Kampf unauffällig mit sich. Sie versteht sich selbst als Teil der Schöpfung, aber auch als einzigartiges Individuum von großem Wert. Sie liebt und respektiert ihre Familie, ihre Freunde und die Gemeinschaft, in der sie lebt, findet aber auch Inspiration in der Abgeschiedenheit. Sie ist eine Person mit starken Führungsqualitäten und weiß, wann es an der Zeit ist, anderen die Regie zu überlassen. Sie ist bemüht, zu lernen und zu lehren, das Gemeinsame zu pflegen und Geheimnisse zu bewahren, Änderungen herbeizuführen und doch sie selbst zu bleiben. Sie kann Mensch oder auch Göttin sein.

Unser Planet braucht mehr keltische Frauen mit ihren Kesseln voller nie versiegender innerer Kraft. Aus ihnen könnte eine neue und bessere Welt geboren werden.

Einleitung

Die geistigen Traditionen der Kelten zählen zu den bekanntesten in der wiederauflebenden heidnischen Bewegung. Die Frauen sind dieser neuen Spiritualität stark verbunden, denn die göttlichen Bilder entsprechen ihnen besser, weil sie wie sie selbst sind – weiblich. Wir bezeichnen die Erforschung dieser Spiritualität als »geistigen Weg der Frau«. Dieser Weg läßt sich jedoch nicht auf einen zentralen kulturellen Ausgangspunkt zurückführen.

Wer alternative Rituale praktiziert, zieht häufig den Begriff »Spiritualität« oder »geistiger Weg« dem Begriff »Religion« vor. Andere wiederum sträuben sich gegen das Wort »Spiritualität«, denn sie sehen dadurch ihren Glauben und ihre Praxis auf eine niedrigere Ebene herabgesetzt. Doch dies trifft nicht zu. Eine Religion ist eine umfassende Struktur, in der das Geistige eine Rolle spielen kann oder auch nicht. Eine Religion ist – korrekt definiert – eine Sammlung von Glaubenssätzen, ein Dogma mit einer festgelegten und statischen äußeren Form. Das hat nur wenig oder gar nichts mit inneren Verbindungen zum Göttlichen zu tun. Der Katholizismus ist eine Religion. Der Judaismus ist eine Religion. Der Islam ist eine Religion. Und sogar das Heidentum ist im weitesten Sinne eine Religion. Wie viele ungläubige Menschen kennen Sie, die doch die Zugehörigkeit zu einer bestimmten Religion für sich beanspruchen, obwohl sie keinerlei tiefere Verbundenheit mit dem Göttlichen empfinden?

In vielen Ländern ist das Wort »Religion« für die Mehrheit der Bevölkerung zu einer Ansammlung abstrakter Lebensregeln geworden. Im Heidentum wird Religion definiert als das, »was tabuisiert und beschränkt«. Das Wort Religion stammt eigentlich vom lateinischen *religoere* und bedeutet »zurückverbinden«. Der Wortstamm *ligio* hat dieselbe Wurzel wie der medizinische Begriff »Ligament«, jene Fasern, die Knochen und Muskeln verbinden und es unserem Körper erlauben, sich zu bewegen. Diesem Wortursprung ist keine Bedeutung im Sinn von Tabu zu entnehmen. Doch Sprachen entwickeln sich über eine lange Zeit, und das Wort Spiritualität paßt heutzutage wohl besser, weil es die Idee beinhaltet, sich wieder mit dem Göttlichen zu verbinden. Der Kernpunkt ist das Göttliche, zu dem wir mit Hilfe von Ritualen eine Verbindung herstellen möchten. Bei der weiblichen Spiritualität geht es vor allem um die Verbindung zur Göttin, die wieder neu belebt werden soll.

Die Spiritualität ist eine innere Qualität; sie spricht über unseren Glauben zu unseren Gefühlen. Die Spiritualität kann entweder zusammen mit einer beliebigen Religion (in der richtigen Definition) ausgeübt oder gänzlich außerhalb der orthodoxen Religionen zelebriert werden. Mit ihr geht eine aktive Rolle im religiösen Leben einher, die über einen rein äußeren Ausdruck hinausreicht. Wer sich der Spiritualität widmet, versucht, die Geheimnisse des Glaubens anzunehmen und diese ganz in die Aspekte des inneren Selbst einzubinden. Auf diese Weise wird das Selbst mit dem Göttlichen vereinigt.

In den meisten Religionen, die Frauen verlassen haben, um sich dem Heidentum zuzuwenden, waren wir als vollwertige Teilnehmerinnen nicht erwünscht. Wir wurden als warme Körper gebraucht, um die Kirchenbänke zu füllen, als brave Gefolgschaft für andere, die vermeintlich in engerer Verbindung mit dem Göttlichen standen, und ließen uns von ihnen sagen, was wir zu tun oder zu denken haben. Wir fungierten als notwendige Gefäße, in denen die neue Gefolgschaft des Glaubens ausgebrütet wurde.

Wenn wir einen geistigen Weg beschreiten möchten, kommen wir nicht darum herum, uns mit dem Göttlichen in seinen inneren als auch äußeren Aspekten zu verbinden. Wir erfahren das Göttliche dann auf einer tieferen Ebene, und dies übt dauerhafte und positive Effekte auf unser Leben und vermutlich auch auf unsere Nachwelt aus. Eine reine Religion kann dies alles nicht leisten, weil sie nicht zu experimentellen Forschungen ermutigt, die spirituelles Erleben erst ermöglichen. Die Tatsache, daß Frauen dies neu entdecken, schnürt den Priestern der althergebrachten Religionen den klerikalen Kragen zu. Der Papst selbst warnte die Frauen vor erdgebundenen (sprich heidnischen) spirituellen Techniken, die – wie furchtbar – zur Ausübung der Hexerei führen könnten!

Trotz der Popularität der beiden Wege (des keltischen Heidentums und des geistigen Wegs der Frau) sind sie selten gemeinsam anzutreffen. Es scheint, als würden äußere Bezeichnung und innere Verbindung nicht zusammenpassen. Die Vorstellung, daß der geistige Weg der Frau und das keltische Heidentum einander ausschließen müssen, ist dumm. Sicherlich waren die am besten dokumentierten Göttinnenkulturen im afrikanischen oder mediterranen Raum angesiedelt, dafür bieten uns die Kelten aber besonders aussagekräftige und archaische Bilder von starken Frauen. Auf diese können wir unsere spirituellen Kräfte richten. Kriegerinnen und Königinnen, Mütter und alte Frauen, Herrscherinnen und Zauberinnen stehen im keltischen Pantheon bereit. Sie alle können uns wichtige Lektionen über uns selbst und unser Universum erteilen. Wenn wir unser Interesse am keltischen Heidentum mit der Spiritualität der Frau kombinieren, bahnen wir uns auf natürliche Weise einen persönlichen Weg, der die beiden wichtigsten Aspekte unseres Selbst miteinander verbindet: das Feminine und das ererbte (oder angenommene) Keltische. Diese Verbindung verhilft uns dazu, uns deutlicher als Ganzes zu empfinden, stärker zu werden, und zeigt uns neue Realitäten, die bisher in unserem Unbewußten verborgen lagen.

Der eine Weg ist kein Widerspruch zum anderen Weg. Einige Jahre war ich Teil eines gemischtgeschlechtlichen keltischen Hexenzirkels und damit sehr glücklich. Doch zwischen den Sonnen- und Mondfesten suchte ich weitere Kontakte und schloß mich einer Gruppe spirituell erfahrener Frauen an. Acht von uns stammten aus verschiedenen Milieus und hatten sehr unterschiedliche Erfahrungen in ihrem Leben gemacht. Trotzdem entdeckten wir schon bald eine gemeinsame Leidenschaft für alle keltischen Dinge. Obwohl wir nie zu einem richtigen Hexenzirkel zusammenwuchsen, lehrte mich diese Erfahrung, daß der geistige Weg der Frau wunderbar mit dem keltischen Heidentum oder jeder anderen heidnischen Tradition zusammenpaßt.

Da die keltische weibliche Spiritualität kein festgefahrenes »Brauchtum« mit vorprogrammierten Ritualen und definitiven Regeln ist, läßt sie sich sehr gut mit anderen geistigen Wegen kombinieren, auf denen Sie sich vielleicht augenblicklich befinden. Sie können den keltischen Weg der Frau als einzigen geistigen Weg wählen oder als Ergänzung zu anderen gruppendynamischen Aktivitäten. Unabhängig von Ihrer augenblicklichen Praxis und Ihrem kulturellen Hintergrund läßt sich dieser Weg zu jeder Zeit als zusätzliche Bereicherung beschreiten. Niemand wird Sie aus dem Heidentum exkommunizieren, weil Sie einer persönlichen Tradition mit eigenen Vorbildern und Mythen folgen.

Zum Heidentum im allgemeinen gibt es zahlreiche Bücher und Gruppen, die lehrreich sind, wenn der heidnische Ansatz neu für Sie ist. In den letzten Jahren sind zudem verschiedene Werke erschienen, die einen tieferen Einblick in die keltischen Aspekte des Heidentums gewähren. Wie immer bei Wegen, die auf einer bestimmten Kultur basieren, gibt es gewisse charakteristische Elemente, die diese von anderen Kulturen unterscheiden. Die keltisch-heidnische Spiritualität ist durch folgende Glaubenseinstellungen geprägt:

- Der heutige Mensch kann aus den geistigen Traditionen der alten Kelten lernen.
- Das Göttliche manifestiert sich in allen lebenden Dingen.
- Die Anderswelt ist ein Spiegel der physikalischen Welt.
- Ein Teil unseres Selbst ist in der Anderswelt manifestiert.

10

- Die Anderswelt und die Geister und Götter, die darin wohnen, sind für den Menschen zugänglich.
- Der Kreislauf des Lebens wird durch Reinkarnation oder natürliche Regenerationszyklen nach dem körperlichen Tod aufrecht erhalten.
- Die Gottheit tritt in doppeltem Gewand aus Göttin und Gott auf, wobei der feminine Archetyp in seinen drei Grundformen (Jungfrau, Mutter und alte Frau) das stärkere Element ist.
- Existenz einer ewigen Göttin und eines immer wieder neu geborenen Gottes.
- Existenz eines rechtmäßigen Königs (Inkarnation Gottes), der das Land (Inkarnation der Göttin) befruchtet. Alles was dem König geschieht, widerfährt auch dem Land.
- Die Zahl Drei ist heilig.
- Das kriegerische Selbst stellt einen wichtigen Aspekt in der geistigen Entwicklung dar.
- Die Natur wird als geistige Führung verstanden und ist der Ausgangspunkt für Feste und geheiligte Tage.
- Existenz einer Feenwelt, deren Bewohner Kontakt zu den Menschen aufnehmen können, um ihnen zu helfen oder sie zu behindern.
- Abwesenheit eines definitiven Entstehungsmythos. Glaube daran, daß die Göttin in Einheit mit Gott alle Dinge manifestiert.
- Magie ist eine natürliche Vorgehensweise des Universums.
- Die Zeit ist allgegenwärtig – im Gegensatz zu einer linearen Zeitvorstellung.

Die weibliche Spiritualität läßt sich wahrscheinlich noch weniger anhand bestimmter Glaubensvorstellungen identifizieren als andere Nebenzweige des Heidentums. Während der letzten Jahrzehnte sind zwar einige ausschließlich weibliche Traditionen entstanden, darunter die *Weise Frau* (Wahrsagerei) und die *Geistige Frau*, doch diese bestehen streng getrennt nebeneinander, und eine gemeinsame Basis ist nur schwer erkennbar. Grundsätzlich lassen sich für den geistigen Weg der Frau zumindest aber folgende Gemeinsamkeiten im Glauben feststellen:

- Betonung der Überlegenheit des göttlich Weiblichen oder der Göttin.
- Alle Frauen sind Inkarnationen der Göttinnen.
- Alle Frauen besitzen innere Kräfte, die Geschenke der Göttin sind und die sich durch Rituale erschließen lassen.
- Alle Frauen können Priesterinnen des göttlich Weiblichen sein.
- Alle Frauen besitzen eine natürliche, mediale Veranlagung.
- Das Gleichgewicht zwischen dem Selbst und der Welt läßt sich auf dem Weg der Göttin wiederherstellen.

Zwei Wege miteinander verbinden

Der geistige Weg der Frau läßt sich vom keltischen Heidentum aus ebenso einfach begehen wie von jedem anderen kulturellen Weg. Widerstände machen sich allerdings häufig an den kriegerischen Bildern fest, die aber aus der keltischen Geschichte nicht wegzudenken sind. Frauen, die sich auf anderen Wegen befinden, heben gerne die Ideale der Friedfertigkeit und der Gegenseitigkeit in ihrem spirituellen Leben hervor. Diese Ideale konnten meist nur in Kulturen in Äquatornähe realisiert werden, in denen es einen Überfluß an natürlichen Ressourcen gab und Kriege daher weniger wichtig waren.

Diesen Frauen fehlt der Aspekt des kriegerischen Archetyps, und dadurch geht ihnen ein wertvolles Instrument des Selbstausdrucks verloren. Auf ihrem Kreuzzug für die Frauenrechte und andere wichtige Anliegen merken sie nicht, daß sie ihr kriegerisches Selbst bereits wachgerufen haben. Der geistige Weg der Frau mit seiner Betonung auf dem kriegerischen Selbst kann den Boden dafür bereiten, diesen wichtigen Aspekt des inneren Selbst wieder mehr ins Bewußtsein zu rücken und anzuerkennen.

Dieser Schwerpunkt auf der weiblichen Seite des keltischen Heidentums sollte nicht als Schlag gegen die Männer mißverstanden werden. Allzu häufig prallen spirituelle Frauen- und Männergruppen aufeinander und zerstören das jeweils andere Geschlecht als Teil ihrer rituellen Erfahrung. Wir haben diesem Impuls alle schon gelegentlich nachgegeben. Das liegt daran, daß sich der Geschlechterkampf im Laufe der Jahrhunderte so entwickelt hat. Wenn dies gelegentlich geschieht, ist es ein verständlicher und akzeptabler emotionaler Ausbruch. Nicht annehmbar ist es aber, dies zum permanenten Bestandteil spiritueller Praxis zu machen. Angesichts einer 5000 Jahre alten Geschichte der Unterdrückung, in der viele unserer Göttinnenbilder zerstört wurden, ist es für Frauen sicher sehr schwer, nicht zu vergessen, daß das Patriarchat, das unsere moderne Welt geformt hat, auch viele große Männer verletzt hat, um uns eine einheitliche Weltanschauung aufzuzwingen. Männer, die in Frieden leben wollten, die den Wohlstand nicht als oberstes Ziel verstanden und die nicht nur dem einen fremdgewählten Gott huldigen wollten, wurden ebenso schnell zum Schweigen gebracht wie ihre weiblichen Gegenspielerinnen. Diese nicht sehr subtile Bekehrungskampagne wird auch heute noch geführt und gehört zu den effektivsten Kontrollmechanismen der Gesellschaft. Auf eins ist Verlaß: Wenn die Hexenverfolger an Ihre Tür klopfen, werden die Männer unter Ihrem Dach mit Sicherheit nicht aus Respekt vor dem Y-Chromosom verschont. Indem wir Frauen für unsere eigenen spirituellen Rechte kämpfen, kämpfen wir auch für jene Männer, die unsere Verbündeten sind.

Frauen und Männer haben verschiedene spirituelle Wege beschritten, seit die erste religiöse Regung in der menschlichen Seele erfolgte. Obwohl das Ziel am Ende dasselbe ist, nämlich die Vereinigung mit dem Göttlichen, enthalten die jeweils für uns sinnvollen Vorbilder, Symbole und Mysterien, die uns die Tür zur Initiation aufstoßen sollen, eindeutig geschlechtsspezifische Unterschiede. Der Psychologe C. G. Jung, der Anfang des 20. Jahrhunderts forschte und sich auch mit okkulten Mysterien befaßte, kam zu dem Schluß, daß ohne die Pflege dieser Unterschiede Männer und Frauen wie »Teufel« füreinander würden und das Fortschreiten ihrer geistigen Erfüllung behinderten.

Viele moderne Frauen finden es notwendig, einem eigenen geistigen Weg zu folgen, der die Göttin betont und sie dazu herausfordert, nach dem Göttlich-Weiblichen in sich selbst zu suchen. Am besten eignet sich dazu eine Atmosphäre, die frei von Beurteilungen ist: entweder allein oder in einer Gruppe vertrauter Frauen. Frauen fällt es viel schwerer als Männern, sich selbst als wertvolle Person zu akzeptieren. Alte Wunden erfordern häufig die Behandlung in einer Frauenrunde, damit sie ganz geheilt werden. Die übergewichtige und die magere Frau, die zu große oder die zu kleine Frau, die schmalbrüstige oder die vollbusige Frau, die Frau mit der langen Nase oder mit dem dünnen Haar und alle unsere Schwestern, die meinen, sie würden dem Maßstab nicht gerecht, sind in gemischtgeschlechtlichen Kreisen häufig sehr ängstlich. Das Problem persönlicher Unsicherheit läßt sich überwinden, wenn die Frau in eine Gruppe eingebunden wird, die ein Ritual des Nacktseins praktiziert, bekannt unter der Bezeichnung »Himmelskleid«. Da Frauen nicht gewohnt sind, sich selbst als Göttin zu sehen, weil sie sich – willentlich oder nicht – an die weiblichen Stereotypen der modernen Welt verkauft haben, fehlt ihnen das Selbstvertrauen, in einer gemischtgeschlechtlichen Gruppe für sich zu stehen und eine würdevolle Behandlung als Inkarnation des Göttlichen für sich zu beanspruchen. Frauen ist es häufig auf intellektueller Ebene klar, daß ein geringes Selbstbewußtsein sowohl falsch als auch für ihr eigenes mentales und emotionales Befinden schlecht ist. Dennoch fällt es ihnen oft sehr schwer, dieses künstliche Selbstbild aufzugeben, besonders wenn Männer anwesend sind. Auch heidnische Männer, die nach meinen Beobachtungen meist längst darauf verzichten, Frauen aufgrund ihrer körperlichen Erscheinung zu erniedrigen oder zu erheben, können von Frauen als Bedrohung für ihr Selbstwertgefühl empfunden werden. Dies liegt aber nur daran, daß Frauen nicht gelernt haben, sich selbst zu lieben und zu vertrauen. Indem wir die mächtigen, keltischen Archetypen der Frau erforschen, können wir diese Konditionierungen überwinden und uns selbst als kraftvoll und schön erleben. Die Achtung, die wir uns selbst gegenüber empfinden, erwarten wir auch von anderen. Damit stehen wir über allen weiteren Versuchen, unser Selbstwertgefühl zu manipulieren.

Erst wenn wir die Vollständigkeit unserer Existenz erfahren und akzeptiert haben – mit Hilfe von Archetypen, die auf den ersten Blick eher maskulin als feminin wirken –, können wir die Zusammenarbeit mit den Männern in gemischtgeschlechtlichen Ritualen wagen und unser volles geistiges Potential als inkarnierte Göttinnen entfalten. Dasselbe gilt auch für Männer. Sie müssen zuerst mit dem Göttlich-Männlichen in sich selbst in Kontakt kommen, ehe sie auf eine Verbindung zu ihren weiblichen Aspekten hoffen dürfen. Erst dann können sie als inkarnierte Götter in wahrer geistiger Partnerschaft zu uns kommen.

Viele heidnische Männer sind dabei, das Wertvolle an getrenntgeschlechtlichen Ritualen zu entdecken, und ergründen die geheiligten, männlichen Riten immer mehr. Dies zeigt sich an verschiedenen Büchern über männliche Mysterien, die in den letzten Jahren erschienen sind. Ich halte diese beiden getrenntgeschlechtlichen Wege für eine positive Erfahrung, die der gesamten heidnischen Gemeinschaft zugute kommt. Diese geschlechtsspezifischen Erforschungen können nur dazu dienen, uns als Ganzes im Zusammenwirken zu stärken. Denn dadurch befindet sich jede Gruppe in perfektem Gleichgewicht. Jedes Mitglied ist sich seiner oder ihrer persönlichen Stärke, seiner oder ihrer göttlichen Inkarnation bewußt, und beide stellen die zwei Hälften des Ganzen dar. Erst auf dieser Basis sind sie in der Lage, sich zu vereinen und neuen Ideen eine feste Form zu geben.

Die große Herausforderung beim Aufbau eines Systems weiblicher, keltischer Spiritualität besteht in der historischen Tatsache, daß die keltische Geschichte in Europa erst einsetzte, als das Patriarchat, das Zeitalter der männlichen Herrschaft, bereits bestand. Obwohl die Fabeln vom goldenen Zeitalter eines universellen Matriarchats größtenteils unwahr sind, gab es in Europa kleine Stämme mit matrizentrischem[*] Charakter. Sie lebten relativ friedlich, und ihre wirtschaftli-

---

[*] Der Begriff »Matriarchat« bedeutet die Herrschaft der Frauen oder einer Frau oder Frauengruppe über die Männer und jüngere Frauen. Erwiesenermaßen haben nur sehr wenige frühe Gesellschaften unter einem solchen System gelebt. Der Begriff »matrizentrisch« bezieht sich dagegen auf Gesellschaften, in deren Stammes- oder Clanmittelpunkt eine Mutterfigur stand. Diese Gesellschaften beteten meist eine Göttin an und betrachteten ihre Herkunft anhand des mütterlichen Familienstammbaums.

che Grundlage war der Tausch. Das Aufkommen des Patriarchats läßt sich mit einer veränderten Landnutzung und damit einhergehenden anderen wirtschaftlichen Grundlagen erklären. Diese Veränderungen begannen, als die friedlichen Jäger- und Sammlergesellschaften in Konflikt mit den Hirtengesellschaften gerieten.

Die Kelten waren ursprünglich Hirten. Sie kamen etwa im Jahr 2000 v.u.Z.* vom Kaukasus nach Europa und trachteten danach, große Landgebiete zu erobern, um ihr Vieh darauf zu weiden. Den meisten Jäger- und Sammlergesellschaften war die Idee fremd, daß man Land mit all seinen Schätzen besitzen konnte. Selbst wenn ein Stamm ein bestimmtes Gebiet beherrschte, wurde die gemeinsame Nutzung der Ressourcen deshalb nicht in Frage gestellt, denn dies hätte dem Tauschgedanken zutiefst widersprochen. Für die Kelten war das Vieh gleichbedeutend mit Reichtum, und dies sollte auch fast weitere 3000 Jahre so bleiben.

Die keltischen Clanführer waren oft Männer, meist die stärksten Krieger des Stammes. Aber auch Frauen erreichten diesen Rang. Insgesamt gesehen lebten die Kelten damals in bezug auf persönliche Freiheit und sozialen Status ein beneidenswertes Leben. Die keltischen Göttinnen nahmen eine hohe Stellung in ihrem geistigen Leben ein, und selbst die »neue Religion«** wurde dazu gezwungen, einige dieser unbesiegbaren Gottheiten in das Pantheon ihrer Heiligen aufzunehmen. Die meisten keltischen Mythen sind bis zur christlichen Epoche nicht schriftlich festgehalten worden. Dennoch ist bekannt, daß sie von starken weiblichen Metaphern geprägt waren. Die wichtige Rolle der Göttinnen im keltischen Leben von einst ist unbestritten. Vermutlich haben die christlichen Priester in ihren Aufzeichnungen der keltischen Mythen die starken weiblichen Göttinnen-Aspekte heruntergespielt. Ein deutlicher Beweis für die Kraft der weiblichen, keltischen Urbilder ist, daß ihre Mythen sowohl die Jahrhunderte der mündlichen Überlieferung als auch die Zeit der abgewandelten Niederschriften im sich ausbreitenden Patriarchat überdauern konnten.

---

* »V. u. Z.« bedeutet »vor unserer Zeitrechnung« und ist identisch mit dem Zusatz »v. Chr.« (vor Christi Geburt). Entsprechend verwende ich »u. Z.« für »unserer Zeitrechnung«, was identisch ist mit »n. Chr.« (nach Christi Geburt). Ich ziehe diese etwas wissenschaftlicheren und ökumenischen Bezeichnungen vor und verwende diese grundsätzlich bei Datumsangaben in diesem Buch.

** Die »neue Religion« ist ein heidnischer Begriff für das Christentum in Europa, welches die »alte Religion« des Heidentums ersetzte.

Neue Wege aus dem Alten erschaffen

Wann immer wir uns mit den heidnischen Traditionen der Kelten beschäftigen, taucht die unvermeidliche Debatte über den Wahrheitsgehalt der Informationen auf. Jeder möchte wissen, ob das jeweilige Material aus Quellen stammt, die wissenschaftlich unangefochten sind, ob es sich also um Tatsachen handelt oder ob es eher Vermutungen zuzuordnen ist. Leider läßt sich jede einzelne historische Information, über die wir verfügen, so oder so interpretieren und mit den entsprechenden Argumenten belegen. Fast jeder Historiker führt eigene Wertigkeiten und Klassifikationen ein. Die Geschichte, insbesondere die prähistorische, entzieht sich jedoch unseren modernen Anforderungen der Kategorisierung. Sie ist keine knallhart belegbare Wissenschaft, wie viele meinen, sondern eine Disziplin, in der Rückschlüsse aufgrund von Argumenten und Gegenargumenten gezogen werden – immer im Fluß und in Bewegung –, genau wie die Spiritualität selbst.

Angenommen wir könnten in eine Zeitmaschine steigen, die richtigen Knöpfe drücken und uns um 2500 Jahre zurückversetzen lassen, um wirklich Zeuge der alten keltischen Riten zu sein. Ein solcher Versuch, die Riten unverändert in unsere Gegenwart hinüberzuretten, würde im spirituellen Sinne kläglich scheitern, denn wir brächten zwar eine äußere religiöse Form mit, die aber nicht in der Lage wäre, auf tieferer Ebene zu uns zu sprechen. Sicherlich könnten wir die Verbindung der Kelten zur Natur oder die hohe Stellung der weiblichen Gottheiten nachvollziehen und auch den Zyklus der Jahreszeiten, aber nur wenige der damaligen Rituale hätten für uns heute noch eine Bedeutung. Außerdem würden wir merken, daß die Kelten kein so fest verbundenes Volk waren, wie viele moderne Heiden gerne glauben möchten. Obwohl die gemeinsame Kultur viele Ähnlichkeiten in Lebens- und Glaubensfragen hervorbrachte, war die Umsetzung in den einzelnen Ländern, Stämmen und Jahrhunderten doch sehr verschieden.

Religionen müssen sich mit den Menschen entwickeln. Sie müssen geistige Wege ebnen. Wenn eine Religion nicht in der Lage ist, den tieferen Bedürfnissen ihrer Anhänger gerecht zu werden, wird sie von innen ausgehöhlt. Die Menschen wenden sich dann anderen, passenderen Systemen zu, die zu ihren Seelen sprechen. Ein Blick in die Statistiken genügt, um festzustellen, daß sowohl die Zahl der Besucher von Gottesdiensten in Kirchen und Synagogen drastisch sinkt als auch die Mitgliederzahl jener Religionen, deren Schwerpunkt nicht auf dem Geistigen liegt, sondern auf einer Kontrolle der Gemeinde.

Wenn wir versuchten, die keltische Vergangenheit genau zu rekonstruieren, wären wir sicher nicht nur wegen des Mangels an geistiger Verbindung enttäuscht. Die keltischen Frauen hatten zwar einen sozial höheren Status als die Frauen in anderen Kulturen der damaligen Epoche, trotzdem war die Gesellschaft nicht perfekt. Das Patriarchat war auf dem Vormarsch, und auch der soziale Abstieg der Frau begann bereits im 2. Jahrhundert u. Z. und setzte sich in den Folgejahren noch weiter fort.

Wir können die Vergangenheit zwar nicht nachahmen, aber wir können aus ihr lernen. Wenn wir uns die Göttinnen als Vorbilder nehmen, den Zyklus der Jahreszeiten beobachten, die Mythen erforschen und dies alles mit unseren eigenen Bedürfnissen kombinieren, entwickeln wir neue Formen des keltischen Heidentums. Dabei sollte die Göttin in uns modernen Frauen auf eine Weise zum Leuchten gebracht werden, die wir verstehen, mit der wir arbeiten können und die für unser geistiges Wachstum sinnvoll ist.

Das keltische Heidentum ist oft als sehr individueller Weg bezeichnet worden. Es ist auch richtig, daß die tiefsten Einsichten meist aus einer Selbstbeobachtung in Einsamkeit gewonnen werden, aber das gilt auch für andere geistige Systeme. Darüber hinaus haben die Kelten ihren Familien und Gemeinschaften immer einen hohen Stellenwert eingeräumt. Einige Rituale lassen sich allein auch nicht zufriedenstellend ausführen. Aus diesem Grund habe ich in dieses Buch ein Gruppenritual aufgenommen und mache bei den Ritualen für einzelne auch Vorschläge dazu, wie sich diese in Gruppen ausführen lassen. Die Mehrzahl der Rituale richtet sich jedoch an die Frau allein.

In den unerschöpflichen Kessel eintauchen

Der magische Kessel – das wichtigste Symbol des keltischen Heidentums. Obwohl er in späteren Legenden häufig in der Form eines tragbaren Grals oder Bechers auftritt, ist der Kessel in den alten keltischen Mythen und im modernen keltischen Heidentum weit verbreitet. Im wesentlichen stellt er die Gebärmutter der Göttin dar, aus der alles Leben entspringt und zu der alles Leben zurückkehren muß, um wiedergeboren zu werden. In einigen Mythen dient der Kessel auch als Tor zwischen der realen Welt und der Anderswelt, aus der die Toten zurück in das Leben gebracht werden. Die meisten bekannten keltischen Kessel waren unerschöpflich und sorgten für immerwährende Kräftigung (Brans Kessel), für unendliche Weisheit (Cerridwens Kessel) und für ewiges Leben (Badbs Kessel). Auch das Wort für den kleinen Bruder des Kessels, der Kelch oder Gral, stammt von dem alten französischen Wort *graal* ab und bedeutet »unerschöpfliche Schale«.

Die schöpferische Kraft des Kessels reicht über die rein physikalische Funktion hinaus, sobald in diesem Topf Nahrung zubereitet wird. In einigen Mythen erscheint der Kessel als Gefäß für einen nie endenden Überfluß, aus dem alle essen und trinken dürfen und dessen Inhalt sich immer wieder selbst erneuert. Der Kessel ist auch ein Symbol des Status, der Inspiration, der Weisheit und der Transformation. Obwohl kein keltischer Entstehungsmythos überlebt hat, ist der Zusammenhang zwischen den Flüssigkeiten im Kessel und dem Gebärmutterblut der ursprünglichen Muttergöttin deutlich.

Die Vorstellungen, die sich mit dem mythischen Kessel der Kelten verbinden, lassen sich in fünf große Kategorien zusammenfassen. Sie beziehen sich jeweils auf ein bestimmtes Element:

Schöpfung	= Wasser
Kraft	= Erde
Inspiration	= Luft
Transformation	= Feuer
Regeneration	= Geist

Keltische Urbilder wie der Kessel unterstützen Frauen dabei, eine Verbindung zwischen dem Göttlich-Weiblichen und ihrem Interesse an der keltisch-heidnischen Spiritualität herzustellen. Auf diesem Weg können wir die Kriegerkönigin in uns erwecken, neue Zugänge zum geistigen Bewußtsein schaffen, die Mysterien der Frauen anhand des keltischen Systems erforschen und mit der Kraft der starken und symbolträchtigen Göttinnen aus dem keltischen Pantheon in Kontakt treten. Dieses Buch baut auf die unendliche Macht der Göttin und versucht, den geistigen Weg der Frau im Kontext des Keltischen verständlich darzustellen. Das Buch soll jenen Frauen als Grundlage dienen, die starke und bedeutungsvolle Traditionen für sich selbst, ihre Töchter, Schwestern und Freunde aufbauen möchten.

1 Frauen in der keltischen Gesellschaft

Die ersten keltischen Stämme stießen um 2000 v. u. Z. aus dem Kaukasus weit in das südöstliche Europa vor. Bei der Verteidigung des auf kriegerische Weise eroberten Landes gelangten die Kelten schon bald in den Ruf, furchterregende Kräfte zu besitzen. Obwohl die einzelnen Stämme gemeinsame sprachliche Wurzeln und kulturelle Ähnlichkeiten aufwiesen, waren sie kein einheitliches Volk, wie viele heutige Heiden gerne glauben möchten. Sie stahlen sich gegenseitig das Vieh und bekämpften sich untereinander ebenso wie fremde Völker. Es ist nicht genau bekannt, ob sich die einzelnen keltischen Gruppen der Ähnlichkeit zu anderen keltischen Stämmen bewußt waren. Der Name »Kelten«, unter dem diese Stämme zusammengefaßt sind, stammt von dem Wort *Keltoi*, mit dem sie in alten griechischen Schriften bezeichnet wurden.

Im Unterschied zu anderen heidnischen Völkern des alten Europa besaßen die Kelten weder eine Hierarchie von Gottheiten noch Gottheiten, die unabhängig von den Siedlungsgebieten waren. Es gab zwar Gottheiten mit ähnlichen Namen und Legenden, aber je nach den Gebieten, in denen die Kelten sich niedergelassen hatten, entstanden unterschiedliche Versionen dieser Gottheiten, gepaart mit den lokalen Göttern, die sich auf die umliegenden Naturgegebenheiten wie Bäume, Flüsse und Berge bezogen. Als sich um 1200 v. u. Z. der äußerste Rand der keltischen »Invasion« im Westen bis Irland* vorgeschoben hatte, waren die Kelten vom Schwarzen Meer im Osten bis zur Westküste Spaniens, von der Türkei und Italien im Süden bis zu den Shetland-Inseln im Norden bekannt. Als die Kelten von den anderen europäischen Kulturen als eigenständige Gruppe wahrgenommen wurden, bestand das Patriarchat (die Zeit der Männerherrschaft) in Europa und dem Mittleren Osten bereits seit ungefähr 3000 Jahren.

Während die keltische Zivilisation blühte und sich auf ihrer langsamen Wanderung nach Westen wandelte, änderte sich auch die Rolle der keltischen Frauen. Einige dieser Änderungen erfolgten als Antwort auf die Überzeugungen des Patriarchats und später viele

---

* Obwohl die Eroberung Irlands in den Mythen (zum Beispiel jenen um die Söhne von Mil) als Invasion bezeichnet wird, stießen die Kelten in kleinen Wellen vor und nicht als vereinte Kraft.

als Reaktion auf die Christianisierung Europas. Damit ging der Glaube einher, den Frauen gebühre ein niederer moralischer und geistiger Status. Alle diese Faktoren erschweren eine konkrete Analyse zur Rolle der Frauen in der keltischen Gesellschaft. Hinzu kommt die lange Dauer dieser Epoche, die großen Gebiete und die sehr unterschiedlichen Bedingungen, unter denen keltische Stämme lebten. Die Frauen, die 800 v. u. Z. in Gallien lebten, wurden anders behandelt als jene, die im Jahre 200 u. Z. in Irland wohnten.

Mythische Frauen

Mythen sind die Landkarten auf dem Gebiet der Mysterien – eine Art Code, der Geheimnisse entschlüsseln hilft. Diese lebendigen, sich immer weiter entwickelnden Geschichten haben auf der ganzen Welt erstaunliche Ähnlichkeiten. Sie folgen Mustern, die vor allem unser Unterbewußtsein versteht. Wir können Mythen so interpretieren, daß sie zu Instrumenten für unser persönliches Wachstum werden. Dazu müssen wir die Vorstellungen, die in Mythen entworfen werden, in einen Zusammenhang mit bestimmten Aspekten unseres Selbst bringen. Sobald diese Mysterien verstanden wurden, sind sie keine Geheimnisse mehr. Wir absorbieren sie dann als Facetten unseres gesamten Daseins. Ein mythisches Mysterium ist keine Fiktion im Sinne einer abstrakten Idee. Auch handelt es sich dabei nicht um die Erzählungen eines alten Weibes oder um Aberglauben, sondern um die Entdeckung tieferer und lebensverändernder Wahrheiten.

Wenn wir nach Antworten in unserem geistigen oder seelischen Leben suchen und Fragen zu unserem Platz als Frau in der Gesellschaft aufwerfen, schweift unser Blick gerne zu den keltischen Mythen.

Es heißt oft, daß der hohe Stellenwert der Frauen in den keltischen Mythen, insbesondere jenen aus Irland, gleichzeitig auch ein Beweis für den hohen Status der Frau in der keltischen Kultur sei. Doch diese Argumentation steht auf wackligen Beinen, denn es gibt in den keltischen Gesellschaften keine Frauen, die Führungspositionen eingenommen hätten. Die Legenden von Boudicca von Iceni, Cartimandua, Nessa, Connachts Königin Medb und anderen beruhen zwar eventuell auf historischen Frauenfiguren, dennoch ist keine einzige Frau bekannt, die als Königin ein keltisches Land regiert hat.

Es ist eine Tatsache, daß die mündlichen Überlieferungen der alten Kelten verändert wurden, ehe man sie niederschrieb, und dies ist nicht einmal mit böser Absicht geschehen. Mündliche Überlieferungen ändern sich im Laufe der Zeit meistens sehr stark. In einer so langen Zeit des Patriarchats wurden die Mythen langsam immer weiter abgewandelt, um die neuen Ziele und Belange der Gesellschaft zu spiegeln. Die starken weiblichen Figuren aus der keltischen Mythologie sind in den schriftlichen Aufzeichnungen ein wenig verzerrt dargestellt. Ihnen werden Charaktereigenschaften wie Kleinlichkeit und Niederträchtigkeit zugewiesen. Starke Frauen waren wohl nur dann akzeptabel, wenn sie große persönliche Schwächen aufwiesen oder in der Lage waren, wie ein Mann zu handeln. Ein gutes Beispiel hierfür ist die extravagante Königin Medb mit ihrem dringenden Bedürfnis, in den Krieg zu ziehen, um ihren Besitz zu vermehren.

Als sich der christliche Gürtel immer enger um die Welt der Kelten zusammenzog, wurden viele Legenden über starke Frauen und mächtige Göttinnen so verändert, daß diese zu Tieren oder Hexen degradiert wurden. Letzteres führte vielleicht zu den häßlichen Geschichten über die moderne Halloween-Hexe, die gackernd über ihren Kessel gebeugt ist, in dem sie ein christliches Kind kocht. Ein Beispiel für die verschlüsselte Form der Herabsetzung von der Göttin zum Tier oder zur alten Frau läßt sich im Mythos der irischen Göttin Carravogue aus Meath erkennen. Ihre ursprüngliche göttliche Funktion ist heute nicht mehr bekannt, aber als sie eines Tages mit dem heiligen Patrick zusammentrifft (etwa 400 u. Z.), ist sie eine alte Frau, die sich in eine Riesenschlange verwandelt, um trotz seines Verbots Beeren zu essen. Es kann sein, daß es sich dabei um Brombeeren gehandelt hat, eine Frucht, die einst der weithin bekannten Göttin Brigit (auch Brighid) heilig war. St. Patrick tötete Carravogue, indem er heiliges Wasser über sie schüttete. Daraufhin zerschmolz sie wie die Böse Hexe des Westens im Märchen *Der Zauberer von Oz*. Aber das mythische Erinnerungsvermögen der Kelten hat sich über diese zerstörerische Legende erhoben, denn es heißt weiter, Carravogue habe sich in einen See verwandelt, aus dem sie eines Tages wiedergeboren würde.

In der klassischen griechischen Mythologie gab es einen ähnlichen Trend, bei dem die alten, einst starken Göttinnen zu alten Vetteln verkamen, die unter dem Joch der Götter, Väter und Brüder standen. Doch selbst in ihrer demontierten Version lassen diese Göttinnen noch mehr Macht erahnen, als den Frauen unter den griechischen Gesetzen zugestanden wurde. Die griechische Geschichte erstreckt sich über eine lange Zeit und ist sicher besser dokumentiert als die Geschichte der Kelten. Doch wer eine Übereinstimmung mit der mythischen Frauenrolle in der griechischen Gesellschaft sucht, wird sich schwertun, vielleicht abgesehen von einigen sehr alten Kulten, die zu Zeiten der Geschichtsschreibung aber schon lange überholt waren.

Auch der langsame Wandel des Status der Frau in Wales wurde in den Mythen aufgezeichnet und ist eingebettet in die Geschichten um die walisische Göttin Arianrod, deren Name »Silberrad« bedeutet. Sie war eine mächtige Göttin der Fruchtbarkeit und Regeneration, eine Personifizierung des sich ewig drehenden Jahresrades. Arianrod lebte mit ihren insgesamt neun weiblichen Dienerinnen in einem Sternenreich und entschied dort über das Schicksal des Todes. Sie war eine sexuell freizügige Gottheit und verband sich zu verschiedenen Zeiten mit verschiedenen Männern. Diese Freiheit wurde nicht in Frage gestellt, bis der Zauberer Math sie öffentlich beschuldigte, zwei Kinder empfangen zu haben, die sie nicht geboren hatte. Sie mußte über seinen Zauberstab springen und brachte danach Zwillingssöhne zur Welt. Der Zauberstab ist in diesem Fall ein Phallussymbol, eine Metapher für ihre Vergewaltigung durch Math. Da Math sie ihrer sexuellen Freiheit beraubte und ihr die Freiheit nahm, über die Geburt von Kindern selbst zu entscheiden, gilt der Mythos von Arianrod bei vielen Feministinnen als Indiz für einen gesellschaftlichen Wendepunkt. Die Zeit der vollen Selbstbestimmung der keltischen Frauen ist vorbei, es beginnt die Ära der Männerclans und die Herrschaft des Mannes über die Frau.

Frauen vor dem Gesetz

Die besten Quellen zur Erforschung des tatsächlichen Lebens der keltischen Frauen sind die Überreste ihrer alten Gesetze. Die Kelten schätzten das Gesetz und ließen ihren Richtern und deren Verlautbarungen hohes Ansehen zukommen. Einige dieser Gesetze waren von Ort zu Ort verschieden, weil die Großfamilie oder *Tuath* bis in die heutige Zeit hinein das wichtigste Element der Regierung war. Aber bestimmte Grundsätze haben überlebt, und viele davon betreffen die Rechte der Frauen.

Ähnlich wie die keltischen Mythen haben sich auch die berühmten Brehon-Gesetze aus Irland im Laufe der Zeit geändert und spiegeln die Änderungen in der keltischen Gesellschaft wider. Eine erste Fassung der Brehon-Gesetze stammt wahrscheinlich bereits von 500 v. u. Z. Man nimmt an, daß diese Gesetze ihre Wurzeln bereits in vorkeltischer Zeit hatten. Die erweiterte Fassung, in deren Besitz wir heute sind, datiert vermutlich von 500 u. Z. In tausend Jahren kann viel geschehen.

Der irische Name für die Brehon-Gesetze lautete *Senchus Mor* und bedeutete »die große Weisheit«. In der Tat führten die Gesetze die Kelten auf kluge Weise durch so manche Konflikte, die sie miteinander hatten. Einige Mythen berichten davon, wie Streitigkeiten durch ein Brehon-Gesetz oder einen Richter beigelegt wurden, der das Gesetz so für die gegnerischen Parteien interpretierte, daß keine Zweifel übrigblieben. Die Gesetze waren für die damalige Zeit erstaunlich unparteiisch und regelten die Bedürfnisse und Rechte des Königs und der Bauern auf angemessene Weise.

Die keltische Gesellschaft war vielschichtig: Eine Elite von Kriegern und die Druiden bildeten die höchste Kaste, die Viehbarone zählten zur Mittelschicht und die kleinen Bauern und Händler zum niederen Volk. Die Kelten bestanden auch später auf dieser scharfen Unterteilung, was vermutlich zu ihrem endgültigen Untergang beigetragen hat. Die deutlichste Abgrenzung zwischen den einzelnen Personen fand also nicht zwischen den Geschlechtern statt, sondern zwischen den jeweiligen sozialen Rängen. Frauen kamen ebenso wie Männer in den Genuß jener Vorteile, die ein bestimmter sozialer Status mit sich brachte, wobei sie natürlich auch die entsprechenden Verpflichtungen übernehmen mußten.

Im Vergleich zu ihren Zeitgenossinnen in Griechenland oder Rom war die Frau im keltischen Irland in einer beneidenswerten Lage. Eine frei geborene irische Frau war kein »Vieh«, sondern die Partnerin ihres Mannes, den sie frei wählen konnte. Die einzige Einschränkung bestand darin, daß ihr Gemahl aus einer vergleichbaren sozialen Schicht stammen mußte. Ob Frau oder Mann, alle jungen Leute wurden gedrängt zu heiraten, denn in den Augen der Gemeinschaft galten sie erst dann als erwachsen, wenn sie eine Ehe führten. Diese Einstellung ist auch heute noch in Irland weitverbreitet und rührt vielleicht aus dem alten überlieferten Glauben, daß Mann und Frau Inkarnationen eines Gottes und einer Göttin sind – die zwei Hälften eines Ganzen.

Wer sich nicht sicher war, ob der gewählte Ehepartner die richtige Wahl war, konnte zunächst eine Art Jahres- oder Probevertrag für die Ehe schließen. Diese Prototypen des durch Händedruck besiegelten Heiratsvertrags[*], der auch heute bei den modernen keltischen Heiden praktiziert wird, wurden für die Dauer von einem Jahr und einem Tag geschlossen. Diese Zeitspanne hatte in der keltischen Mythologie eine magische Bedeutung. Dieser Vertrag konnte zwischen zwei beliebigen, zustimmenden Parteien unabhängig von ihrem Rang besiegelt werden. Falls beide ihn am Ende der festgelegten Zeit

---

[*] Bei Hochzeiten von Heiden/Wiccanern wird das Ritual des Händedrucks durchgeführt. Dies ist auf eine alte westeuropäische Tradition zurückzuführen, die besonders in Großbritannien und Irland befolgt wurde.

nicht erneuerten, waren sie automatisch wieder getrennt. Diese Idee klingt für unsere heutige Zeit ausgesprochen aufgeschlossen und gerecht, doch sie diente weniger dazu, das Zusammenpassen zweier Personen zu erproben, sondern sollte vor allem die Fruchtbarkeit der beiden Partner testen. Wenn eine solche Probeehe nicht zu Kindern führte, durfte sie meist wieder aufgelöst werden. Die Partner suchten sich dann andere Lebensgefährten.

Irische Frauen durften Land besitzen, die Scheidung einreichen und erhielten danach ihren Besitz und meist auch ihre Mitgift zurück. Sie konnten einen Schuldpreis (altirisch *Eric*) verlangen, wenn ihr Besitz beschädigt oder einer ihrer Angehörigen ermordet worden war (der Preis wurde je nach sozialem Rang festgelegt), und sie konnten Klagen bei Gericht einreichen. Das Kind einer unverheirateten Frau wurde nicht unehelich erklärt. Bei den Kelten gab es ein solches Stigma nicht. Alle freien Menschen hatten einen Rang, der sie automatisch mit bestimmten Rechten vor dem Gesetz ausstattete.

Frauen konnten auf Scheidung klagen, wenn ihre Männer ihnen nicht die Nahrungsmittel zur Verfügung stellten, die sie essen wollten, oder wenn sie von ihnen sexuell nicht befriedigt wurden. Auch in Zeiten des Krieges konnten sie auf einer Scheidung bestehen. Das Konzept der Scheidung ohne Schuldfrage – seiner Zeit weit voraus – war auch Bestandteil des frühen irischen Rechts und konnte von beiden Partnern beansprucht werden. Obwohl Scheidungen ohne Schuldfrage und persönliche Verantwortung behandelt wurden, gab es dennoch bestimmte Voraussetzungen für eine Genehmigung. Dazu gehörten geistige Unfähigkeit, Unfruchtbarkeit, Krankheit, Mangel an Unterstützung, nicht vollzogener Geschlechtsverkehr und die Anwendung von Zaubern gegen den Partner.

Die keltischen Frauen erfreuten sich nicht nur eines höheren sozialen Status als andere Frauen ihrer Zeit, sondern sie trugen auch die Verantwortlichkeiten und Lasten dieses freien Lebens. Weibliche Landbesitzer mußten ebenso wie Männer für ihre Ländereien kämpfen. Wenn eine Frau die Gesetze des Landes oder des Clans überschritt, wurde sie dafür mit gleicher Härte bestraft. Die Gemeinschaft war für die Kelten sehr wichtig, nicht nur als Zweckverband zum Überleben, sondern auch für die persönliche Identität. Eine der schlimmsten Strafen für einen Kelten, egal welchen Geschlechts, war die Verbannung aus dem Schutz des Gesetzes. Im alten Irland wurde diese Person als »Deorad« erklärt. Obwohl ein Deorad gelegentlich sogar am Rande der Gemeinschaft leben durfte, galt er nicht mehr als Stammesangehöriger und durfte nicht mehr am Gemeinschaftsleben teilnehmen. Diese verborgene Bedeutung von Gemeinschaft ist vielleicht der Grund dafür, warum die meisten keltischen Heiden sich heute besser in einer Gruppe aufgehoben fühlen und es vorziehen, nicht allein zu sein.

Junge irische Frauen konnten ebenso wie junge Männer als Pflegekinder fortgegeben werden. Die Pflegefamilien mußten für sie allerdings einen höheren Preis entrichten, weil man glaubte, die Erziehung eines Mädchens nähme eine längere Zeit in Anspruch. Diese Art Patensystem war bei den alten Kelten Brauch. Die Kinder wurden bis zum Alter von 17 Jahren zu einem anderen Haushalt oder Clan geschickt, um dort alles zu lernen, was sie als Erwachsene können mußten. Auf diese Weise wurden die Feindseligkeiten innerhalb eines Stammes, aber auch zwischen den Stämmen niedrig gehalten, denn die Loyalität der jungen Leute galt dadurch jeweils zwei verschiedenen Elternpaaren, die sie liebten. Wenn in einer Familie ein Pflegekind aufgenommen werden sollte, hatte die Frau dasselbe Mitspracherecht wie der Mann. Sie übernahm bei der Erziehung des Kindes aber auch dieselben Pflichten wie der Mann und konnte die Hälfte des Pflegegeldes für sich beanspruchen.

In vielen Pflegefällen wurde ein junger Mann in die Obhut des Bruders der Mutter übergeben. Zum Beispiel wurde der Ulsterheld Cuchulain, Sohn von Dechtire, in Pflege zu seinem Onkel König Cormac gegeben. Dies war ein alter Brauch, der auch in anderen heidnischen Kulturen zu finden ist. Er zeugt von den starken Blutbanden mütterlicherseits, auf denen die Einheit eines Clans beruhte. Bei einigen nordamerikanischen Stämmen und ostasiatischen Fürstentümern ging die natürliche Erbfolge von einem Mann an den Sohn seiner Schwester über und nicht an seinen eigenen Sohn.

Selbst in der stark an Klassen orientierten keltischen Gesellschaft waren Rang und Eigentum nicht unantastbar. Bei der Verletzung bestimmter Brehon-Gesetze konnten sie auch aberkannt werden. Dabei wurden Frauen und Männer unterschiedlich behandelt, zumindest in der noch erhaltenen Version der Gesetze. Folgende Rechtsbrüche konnten zur Folge haben, daß eine Frau aus der Gesellschaft ausgestoßen wurde: Diebstahl, Verspotten von anderen, Lügen, blutige Verletzung des Partners oder Gastfeindlichkeit. Um 500 v. u. Z. bestimmten die Gesetze ferner, daß eine Frau ihrem Mann sexuell treu sein mußte. Aus früheren Legenden geht hingegen deutlich hervor, daß verheirateten Personen große sexuelle Freiheit gewährt, ja sogar von ihnen erwartet wurde. Erstaunlicherweise erkannten die Gesetze der Frau nach wie vor das Recht zu, selbst dann eine Scheidung einzureichen, wenn sie sexuell untreu gewesen war. Auch heute noch läßt sich feststellen, daß der soziale Status der Frauen in jenen Stammesgemeinschaften besonders hoch war, in denen Frauen sexuelle Freiheit genossen. Eventuell hat diese einstige Freiheit dazu beigetragen, daß die Frauen auch nach dem Vordringen des Patriarchats auf keltische Gebiete noch einen relativ hohen sozialen Status hatten.

Mit untreuen Männern verfuhren die Brehon-Gesetze im allgemeinen nicht sehr hart, doch gibt es einen interessanten Passus: Einer betrogenen Frau wurde drei Tage lang jede Freiheit gewährt, Vergeltungsaktionen an ihrem Mann und seiner Geliebten durchzuführen, wobei sie von gesetzlicher Strafverfolgung ausgenommen war.

Kinder hatten bei den Kelten eine wichtige Bedeutung. Die absichtliche Einleitung einer Fehlgeburt wurde als Verbrechen gegen die gesamte Gemeinschaft angesehen. Sowohl Männer als auch Frauen konnten deswegen belangt werden. Dies ist ein radikaler Unterschied zu den meisten modernen Gesetzgebungen, in denen diese Last allein den Frauen aufgebürdet wird. Der Clan einer Frau konnte von einem Mann einen *Eric* verlangen, wenn dieser Mutter oder Kind bei der Geburt einem Risiko aussetzte. Er war vom Gesetz dazu verpflichtet, sich um ihr Wohlbefinden und ihre Sicherheit zu kümmern und zur Unterstützung eine qualifizierte Hebamme herbeizurufen, sobald dies notwendig wurde. Alle Kinder wurden vom Clan ebenso versorgt wie von den Pflegeeltern oder den leiblichen Eltern. Aus diesem Grund scheute niemand die Verantwortung für ein Kind.

Es gibt auch Beweise dafür, daß Frauen Kriegerinnen (siehe Kapitel 4), Königinnen, Richterinnen und Druiden (siehe Kapitel 2) waren, doch diese Überlieferungen datieren nur bis 100 u. Z. Detaillierte Kenntnisse zu Frauen in diesen Funktionen sind nicht vorhanden, weil von den frühen Kelten keine niedergeschriebenen, historischen Aufzeichnungen existieren. Die Überlieferung der Geschichte war die Aufgabe der Barden in den einzelnen Clans oder der Druiden. Ein Großteil der keltischen Geschichte wurde deshalb bis zur christlichen Periode (etwa 600 u. Z.) überhaupt nicht schriftlich festgehalten.

Es gibt auch Hinweise auf weibliche Clanführer. Obwohl die identifizierbaren, keltischen Nachnamen heute meist Aufschluß darüber geben, daß es sich um männliche Stammesführer gehandelt hat (Mac, Ap und O' sind Vorsilben für »Sohn von«), lassen sich anhand mündlicher Überlieferungen auch ältere, matrilineare Vorfahren ableiten. Dabei übernahmen die Frauen die Namen ihrer Mütter und gaben ihre eigenen Namen an die Söhne mit oder ohne väterliche Vorsilbe weiter. Nessa, die Mutter des Hohen Königs Cormac MacNessa, ist ein Beispiel dafür, das sowohl in schriftlichen als auch in mündlichen Überlieferungen zu finden ist.

Es gab zwar im allgemeinen keine weiblichen Hohen Königinnen, sondern regionale Königinnen wie die bekannte Königin Medb von

Connacht, eine Kriegerin und Denkerin von großem Ruf. Es gab auch starke keltische Frauen, die den Thron des Hohen Königs zeitweise für ihre noch minderjährigen Söhne übernahmen. Eine ist die bereits erwähnte irische Krieger-Gelehrtin Nessa, Mutter des Hohen Königs Cormac MacNessa und Vennolandua aus Cornwall. Letztere tötete ihren Mann in der Schlacht, ertränkte seine Geliebte und beanspruchte den Thron der Hohen Königin von Cornwall für sich, bis ihr Sohn das notwendige Alter erreicht hatte.

Frauen repräsentieren in vielen Kulturen den Archetyp der Herrin über das Land. Bei den Kelten wird diese Verbindung zwischen Frau und Land auf besonders starke Weise deutlich (siehe Kapitel 12). Aus diesen alten Vorstellungen rührt vielleicht das Bild der Frau als Mutter des Landes. In einer sehr alten irischen Legende vermutlich vorkeltischen Ursprungs ist von zwei Schwestern die Rede, den Prinzessinnen Ain und Iaine. Beide heirateten ihre Brüder, damit keine andere Familie außer ihrer die Herrschaft über ihr Land erhielt. Man sagt ihnen auch nach, sie hätten die Kriegsführung erfunden und dadurch den Rest der Insel für sich erobert. Einige Sagen um die beiden Schwestern gehen sogar noch weiter: So heißt es, nur diesen beiden Schwestern und ihren Taten sei es zu verdanken, daß in den Brehon-Gesetzen das Besitzrecht für Frauen zu einer Zeit und an einem Ort garantiert wurde, an dem dies nicht die Norm war.

Als sich das Christentum über das alte keltische Gebiet ausbreitete, reduzierte sich die Rolle der Frau – zumindest auf dem Papier – auf das, was wir auch heute noch kennen: Haushälterin, Dienerin und Pflegerin. Selbst die großen Heilkräfte, die Frauen einst besaßen und an ihre Töchter weitergaben, wurden als Übel gebrandmarkt. Wenn eine Frau so mutig war, ihre Kenntnisse offen anzuwenden, ging sie das Risiko ein, wegen Hexerei (siehe Kapitel 13) hingerichtet zu werden. Die späteren Invasionen auf keltischem Boden, vor allem durch Norweger und Normannen, führten zu weiteren sozialen und geistigen Änderungen in der keltischen Gesellschaft und bei den Frauen. Die patriarchale Welt stülpte sich immer mehr über ihr Leben und zerstörte das ausgewogene Herrschaftssystem, das auf den alten keltischen Gesetzen basierte.

Fragen für keltisch-heidnische Frauen

Die folgenden Fragen sind erst der Anfang einer Reihe von Fragen, die Ihnen im Verlauf dieses Buches gestellt werden. Sie sollen sich diese Fragen selbst stellen. Es gibt keine richtigen oder falschen Antworten. Sie dienen ausschließlich als Richtschnur, um Sie bei der

Entscheidung über Ihre nächsten spirituellen Schritte zu unterstützen. Anhand der Fragen erhalten Sie Anhaltspunkte zu Ihrem Fortschritt beim Lernen und Verstehen. Denken Sie immer kritisch über alles nach, was Sie lernen. Hinterfragen Sie das, was Sie lesen, auch die Informationen in diesem Buch. Suchen Sie das heraus, was Sie für richtig halten und was für Ihre augenblicklichen Studien sinnvoll ist. Lassen Sie das andere beiseite. Bleiben Sie immer offen! Was Sie heute noch verwerfen, kann morgen schon eine neue Bedeutung haben.

- Wie definieren Sie Heidentum und/oder Hexerei (oder Wicca)?
- Warum interessieren Sie sich besonders für die keltischen Aspekte des Heidentums?
- Was wissen Sie über die Kultur der Kelten? Über ihre Religion? Über ihre Weltanschauung?
- Wodurch unterscheidet sich die keltische Ausdruckskraft von anderen heidnischen Traditionen?
- Welche Werke zum keltischen Heidentum haben Sie bereits studiert? Welche mochten Sie oder mochten Sie nicht, und warum?
- Mit welchen Punkten stimmen Sie stark überein? Warum?
- Mit welchen Punkten stimmen Sie überhaupt nicht überein? Warum?
- Wie fühlen Sie sich, wenn Sie der Autorin zustimmen oder wenn Sie ihre Meinung ablehnen?
- Rufen bestimmte Worte starke Reaktionen bei Ihnen hervor? Wicca? Keltisch? Hexerei? Feen? Weibliche Spiritualität?
- Über welche keltischen Traditionen besitzen Sie bereits Kenntnisse? Möchten Sie mehr über dieses Themengebiet erfahren?
- Sind Sie eher ein keltischer Eklektikerin – d.h. bedienen Sie sich eher multikultureller Quellen – oder eine Traditionalistin? Wenn Sie nur einer einzigen keltischen Tradition folgen könnten, welche würden Sie vorziehen? Die irische, schottische, walisische, gallische oder eine andere?
- Was sind Ihre spirituellen Ziele, und welchen Weg möchten Sie gehen? Ziehen Sie es vor, Ihre Ziele allein oder in einer Gruppe zu erreichen?
- Wie empfinden Sie die soziale Schichtenbildung bei den Kelten?
- Wie versöhnen Sie die eher negativen Aspekte der keltischen Welt mit Ihrer eigenen keltisch-spirituellen Praxis?
- Was war Ihrer Meinung nach die Rolle der Frauen in der alten keltischen Gesellschaft?
- Was ist Ihrer Meinung nach die Rolle der Frauen im modernen keltischen Heidentum?

- Was zieht Sie an den spirituellen Aspekten der Frau im keltischen Heidentum an? Wie bringen Sie dies in Einklang mit Ihren anderen keltisch-heidnischen Interessen und Praktiken?
- Was erhoffen Sie sich vom Studium dieses Buchs?
- Welche Vorteile bringt dieses Studium Ihrer heidnischen und/oder weltlichen Gemeinschaft?

2 Weibliche Mysterienkulte

Erst seit der Renaissance des keltischen Heidentums im späten 20. Jahrhundert haben die Frauen damit begonnen, ihre Rollen als inkarnierte Göttinnen, Priesterinnen und spirituelle Kriegerinnen auf breiter Basis einzufordern. Wir haben das wenige, uns noch bekannte Wissen über die alten weiblichen Mysterienkulte aufgegriffen und diese neu aufleben lassen, damit sie in unsere heutige Welt passen.

Die Rolle der Frauen im religiösen Leben der alten Kelten liegt im Vergleich zu ihrer Stellung in der weltlichen Gesellschaft viel mehr im Dunkeln. Schriftliche Überlieferungen existieren nicht. Es bleibt nur, die Vergangenheit anhand von Symbolen oder Aufzeichnungen von Beobachtern der keltischen Kultur zu interpretieren. Außerdem lassen sich Vergleiche zu anderen Mysterienschulen für Frauen in den verschiedensten Teilen Europas (und außerhalb) anstellen. Auch die archäologischen Funde auf keltischen Gebieten sind eine Hilfe.

In den meisten frühen Kulturen gingen die Frauen und Männer jeweils eigenen spirituellen Traditionen nach. In einigen Bereichen überlagerten sie sich, waren vielleicht auch identisch, aber im wesentlichen blieben sie getrennt. Die Geschlechter kultivierten ihre eigenen Mysterien und Rituale, die vor dem jeweils anderen Geschlecht und den nicht Eingeweihten geheimgehalten wurden. Auch in späteren Jahrhunderten, bereits unter dem Patriarchat, gab es eine Blütezeit weiblicher spiritueller Traditionen, besonders bei den freiheitsliebenden Kelten. Dies läßt sich heute aus einem Gesetz namens »Goldene Statuten« rekonstruieren. Es wurde relativ früh in Irland erlassen und enthält die erste bekannte Deklaration zur allgemeinen Religionsfreiheit. Da wir wissen, daß die Unterteilung der keltischen Gesellschaft auf dem sozialen Rang und nicht auf dem Geschlecht beruhte, läßt sich zweifelsfrei folgern, daß dieses Gesetz für Frauen ebenso galt wie für Männer.

Die geschlechtsspezifischen Unterschiede bei den spirituellen Praktiken sind auch aus anderen europäischen Kulturen bekannt. Das berühmteste Beispiel hierfür sind wohl die Eleusinischen Mysterien aus Griechenland. Jahrhunderte lang war die griechische Stadt Eleusis Zentrum eines Göttinnenkults. Viele weibliche Pilger brachen zu den dortigen Tempeln und Priesterinnen auf, um den göttlichen Mysterien beizuwohnen. Im Laufe der Zeit bröckelte die Macht der Göttin und wurde durch ein männliches Gegenstück der neuen Religion ersetzt.

In den ersten Jahrhunderten der christlichen Periode in Irland manifestierte sich das geistige Leben der Frauen in eigenen Praktiken und blieb der neuen, männlich orientierten Religion vermutlich ebenso verborgen wie früher den alten männlichen Priestern. Die hartnäckigen Geschichten von Feen (vermutlich sind damit heidnische Frauen gemeint) und ihre Ehen mit (menschlichen) Männern haben bei einigen Wissenschaftlern zu der Annahme geführt, daß es sich dabei um Geschichten von getrenntgeschlechtlichen spirituellen Sphären handelt, die bis ins Jahr 500 u. Z. und vielleicht länger andauerten. Bis heute ist zumindest eine einzige alte Opferstätte als Beweis für diese Trennung erhalten geblieben. Vor der Küste der Grafschaft Sligo, auf der kleinen Insel Innishmurray, steht ein verlassenes Kloster aus dem 6. Jahrhundert u. Z. Die alten Ruinen lassen eine getrennte Frauenkapelle und einen Frauenfriedhof erkennen. Dies gehörte sicher nicht zu den Standardeinrichtungen der katholischen Kirche. In der Nähe befinden sich die berühmten »Fünf Gefleckten Steine«, stehende Steinblöcke monolithischen Ursprungs mit Inschriften heidnischer Symbole. Ein Stein vor einem anderen Frauenfriedhof in der Grafschaft Tyrone verkündet: »Hier gibt es keine lebenden Frauen und keine toten Männer.«

Im weiteren Verlauf der keltischen Geschichte wurden die weiblichen Gottheiten und ihre Kulte immer mehr verteufelt. Die Hexenjagden, bei denen ihre Anhänger verfolgt und vernichtet wurden – darunter auch einige Männer –, wurden zur üblichen Praxis, nicht nur in alten keltischen Gebieten, sondern in ganz Europa.

Frauen als Druiden

Die Frage, ob es auch Frauen in der Stellung von Druiden gab, hat schon zahlreiche Debatten unter Forschern ausgelöst. Die Druiden waren sowohl Priester als auch Philosophen, sie waren Barden und Historiker, Zauberer und Ratgeber, Sänger und Geschichtenerzähler. All diese Rollen wurden wahrscheinlich zu verschiedenen Zeiten von jeweils anderen Druiden eingenommen. Im Gegensatz zu den keltischen Clans waren die Druiden nicht an ein Stammesgebiet gebunden, sondern konnten reisen und forschen, wo sie wollten. Ihre Kenntnisse und Urteile wurden von fast allen keltischen Stämmen respektiert. Es ist erwiesen, daß sie im keltischen Leben eine starke Macht verkörperten, die vermutlich von Männern dominiert wurde.

Einige Wissenschaftler haben erklärt, daß es keinen Beweis dafür gibt, daß Frauen jemals Druiden gewesen sind. Die Rolle der Frau sei wahrscheinlich die der Seherin, Heilerin, Zauberin und Hüterin des heiligen Feuers gewesen, aber ohne den hohen Status der initiierten Druiden. Dieser Glaube basiert stark auf den Schriften Julius Caesars, in denen er seinen Feldzug gegen die Gallier im ersten Jahrhundert u. Z. beschreibt. Er bezieht sich dabei mehrmals auf die Macht der Druiden, die Schlachten beendeten und Könige berieten. Beim Bezug auf die Druiden verwendet er immer maskuline Pronomen. Andere Wissenschaftler hingegen zitieren frühe Schriften, in denen sich direkte Hinweise auf angebliche weibliche Druiden befinden, darunter der römische Feldherr Tacitus. Tacitus beschreibt, wie er einer feierlich gekleideten Truppe, darunter auch Frauen, bei Anglesey begegnet ist, einer bis zum Jahr 61 u. Z. bekannten Druidenfestung. Ebenso wie die männlichen Druiden, die sie begleiteten, schien es Tacitus, daß auch die Frauen Verbannungen und andere Zauber gegen die Eindringlinge aussprachen.

Als Propheten und Seher spielten die Frauen eine große Rolle, und dieses Talent war sehr anerkannt. Auch ist es eine Tatsache, daß dies eine der Hauptrollen der Druiden war, die sie für ihre Könige und Clanführer ausübten. Ein moderner Druidenautor schreibt, daß es eine ganze Klasse von weiblichen Seherinnen gab, die *Ueledas* oder *Banfhili* (altirisch für »Frauen-Seher«) hießen. *Banfhili* stammt eindeutig von dem Begriff *fili* ab, der Bezeichnung für eine bestimmte Funktion und Klasse von Druiden.

In den keltischen Legenden selbst werden auch Frauennamen als Druiden erwähnt, oder in den Geschichten treten Frauen in der Funktion von Druiden auf. Zu den Frauen, die laut keltischen Mythen und Legenden Druiden waren, gehörten: Amerach, die den Zauber der ewigen Jugend aussprechen konnte, Argante, eine Heilerin aus Anglesey, Birog, die einem Krieger bei der Rache am fomorischen Gott Balor half, Chlaus Haistic, deren Legenden sie als Göttin und Druidin beschreiben, Dubh, die Namensgeberin von Dublin, die ihren Mann auf magische Weise wegen seiner Untreue ertränkte, und Maer, die ihren Liebeszauber für den kriegerischen Helden Fionn MacCumhal verwendete. Die irische Göttin Facha, Göttin der Poesie, soll die Schutzherrin der Druidenbarden gewesen sein.

Die vielen Ungereimtheiten in der Frage der weiblichen Druiden erklären sich vielleicht auch damit, daß der Weg für die Initiation der Druiden von Anfang an auf Geschlechtertrennung beruhte. Der männliche Weg entwickelte sich vermutlich als der dominantere in der Hierarchie der keltischen Gesellschaft, während der Weg der Frauen andere Formen abseits des gesellschaftlichen Zentrums annahm. Die Herabsetzung der weiblichen Rolle mag zum Teil mit

Absicht erfolgt sein. Das Bestehen der männlichen Druiden auf ihrer Überlegenheit als religiöse Führer und Lehrer – diese Machtverschiebung fand zu dieser Zeit in beinahe allen Kulturen statt – hat womöglich ebenso wie die anderen scharfen Trennungen innerhalb der keltischen Gesellschaft dazu beigetragen, den Weg für den Sieg der römischen Kirche über die britischen Inseln zu ebnen.

Die modernen Druidensekten bestehen auch heute noch überwiegend aus Männern, aber die meisten sind auch Frauen zugänglich. Die Frauen haben diesen Teil ihrer geistigen Vergangenheit ebenfalls für sich zurückgewonnen und entwickeln bestimmte Druidentraditionen unter eigenen Namen, mit ihren eigenen Perspektiven und Mysterien weiter. Sie scheinen allerdings nicht so weit verbreitet zu sein wie die »traditionellen« Druidengruppen und nehmen auch nicht so gern an den endlosen Debatten über das Wesen des authentischen Druidentums teil. Die Mitglieder einer sehr interessanten Druidengruppe, die ausschließlich aus Frauen besteht, habe ich in Texas kennengelernt. Sie nennen sich selbst »Dryaden«, in Anlehnung an die Baumfeen, die unter diesem Namen bekannt waren. Die Frauen behaupten, die Dryaden selbst hätten der Sekte vor vielen Jahrhunderten ihren Namen verliehen. Eine ihrer wichtigsten Göttinnen ist die bretonische Göttin Druantia, eine Göttin der Bäume.

Keltische Priesterinnen

Als die Druiden damit begannen, die Frauen auszuschließen bzw. als das Druidentum selbst durch die Kirche ausgehöhlt wurde, haben sich die Frauen möglicherweise losgesagt, um ihre eigenen spirituellen Gemeinschaften zu bilden und zu stärken. Diese bauten nicht auf den Strukturen der Druiden auf. Ihre Kulte sind einfacher zu dokumentieren, und der Beweis für ihre Existenz erstreckt sich bis in die moderne Zeit.

Archäologische Ausgrabungen in keltischen Gebieten haben ikonographische Stücke zu Tage gebracht, die Abbildungen von Priesterinnen zeigen oder zumindest von Frauen bei eindeutig rituellen Handlungen. Es kann sich dabei natürlich auch um Göttinnenbilder handeln. Die frühe Literatur beschreibt die Rolle von Frauen als Priesterinnen oder Tempeldienerinnen am Hofe von Herrschern genauer. Königin Medb von Connacht beschäftigte in ihrer Festung Cruachain mindestens eine Priesterin, die in schriftlichen Aufzeichnungen erwähnt wird. Ihr Name war Erne. Wahrscheinlich gab es auch andere – um genau zu sein, vermutlich acht weitere.

Die Kelten hielten die Zahl Drei für heilig, noch heiliger war demnach dreimal Drei, also die Neun. Anders als moderne Hexenzirkel, die ihre Mitgliederzahl gerne auf die magische Zahl Dreizehn[*] beschränken, bezog sich die frühe keltische Priesterinnenschaft auf den heiligen Symbolismus der Zahl Neun und limitierte die Anzahl ihrer Mitglieder darauf. Diese Vorstellung gründet auf einem alten Waliser Gedicht, das von neun Mädchen erzählt, die den Kessel der Wiedergeburt in der Anderswelt bewachen. Nur ihr Atem konnte das darunter brennende Feuer anheizen. Auch in den klassischen Schriften von Strabo wird von einem Komitee aus neun Frauen berichtet, das rückkehrende Krieger empfing.

In Griechenland, Rom und anderen frühen Kulturen Europas wurde Priesterinnen oft die Sorge um die heiligen Feuer übertragen. Zu den bekanntesten gehörten die vestalischen Jungfrauen im alten Rom, die sich um das heilige Feuer der Göttin des Herdes und des Feuers, Vesta, kümmerten. Auch in Irland und Gallien wurden zwei ähnliche heilige Feuer von Frauen bewacht, die als »Jungfrauen« bezeichnet wurden (in Kapitel 8 werden die jungfräulichen Göttinnen und Heldinnen der Kelten ausführlich beschrieben). Eine der Frauen lebte bei den heißen Quellen in Gallien, die der Feuergöttin Sulis geweiht waren – in England unter dem Namen Sul bekannt. Die andere trat in Südirland bei Kildare auf, wo ein heiliges Feuer zu Ehren der Göttin Brigit unterhalten wurde, das jahrhundertelang ohne Unterbrechung brannte.

Brigit war eine jener keltischen Göttinnen, deren Bild und Archetyp in großen Teilen des keltischen Europa verehrt wurde. In Irland war sie unter dem Namen Brighid bekannt, in England und Wales als Brigantia und in Gallien als Brgindo. Sie war die Göttin des Feuers, der Geburt, der Inspiration, Fruchtbarkeit, Medizin, Musik, der Nutztiere und des Handwerks. Sie war Mutter, Herrscherin, Kriegerin und Schutzpatronin der Krieger und Kinder. Die Göttin Brigit wurde in weiten Gebieten angebetet und sehr verehrt.

Die ersten Geistlichen in Irland versuchten, ihre Anbetung zu unterbinden, und erfanden selbst einige sehr phantasievolle Geschichten, um den christlichen Göttinnenersatz, die Jungfrau Maria, mit Brigit zu verknüpfen. Das Ergebnis dieser Legendenmischung war die künstliche Erschaffung der Heiligen Brigitte, deren Mythen eine

---

[*] In den letzten Jahrhunderten war die Zahl Dreizehn für Mitglieder in Hexenzirkeln der europäischen Kultur traditionell besonders wichtig. Ein häufig angeführter Grund dafür ist, daß sie der durchschnittlichen Anzahl der Mondzyklen in einem Sonnenjahr entspricht.

seltsame Mischung aus jungfräulichen und mütterlichen Aspekten enthalten. Ihr Festtag fällt heute auf den 1. Februar, das alte Datum von Brigits Fest, das einst *Imbolg* genannt wurde und heute *La Fheile Brid* (das Fest von Brigit) heißt. Im 5. Jahrhundert u. Z. wurde Brigits Heiligtum bei Kildare und ihr ewiges Feuer von der Kirche übernommen. Das heilige Feuer wurde seit damals über viele Jahrhunderte von Nonnen gehütet. Man glaubt, daß die Flamme, die das ewige Licht von Brigits Göttlichkeit darstellt, bis in die Mitte des 16. Jahrhunderts ununterbrochen gebrannt hat.

Trotz der mittelalterlichen Maskerade als Heilige wurde Brigits Bild als Göttin der Fruchtbarkeit auch im modernen Irland beibehalten. Dies zeigt sich an den vielen heiligen Quellen, die ihren Namen tragen. Wasser und Erde, die beiden »weiblichen« Elemente*, sind für sich selbst sprechende Symbole der Fruchtbarkeit. Viele irische Quellen tragen den Namen *Tobar Brid* oder »Quelle von Brigit«. An diesen heute christlichen Pilgerstätten wird häufig um Heilung, Fruchtbarkeit oder den Schutz der Kinder gebeten.

Diese Übernahme der alten heiligen Göttinnenstätten war eine übliche Praxis der Geistlichen. Auf diese Weise versuchten sie, die ursprünglich keltische Bevölkerung an den Gott der neuen Religion und an Maria als seine Erdmutter zu binden. Im südlichen Munster wurde der Göttin der Rinder, des Feuers und der Sonne, Aine, eine heilige Stätte bei Knockaine eingerichtet. Bis in das frühe 20. Jahrhundert hinein hielten die Menschen dort am Tag der Sommersonnenwende, wenn die Sonne ihren Zenith erreicht hatte, Fackelzüge ab. Die Fackeln wurden auch über die Felder und zu den Tieren getragen, um ihre Fruchtbarkeit sicherzustellen.

Im Laufe der Zeit wurde die alte Religion von der Kirche offiziell immer mehr unterdrückt. Die einst verehrten keltischen Göttinnen waren auf den Status weiblicher Feen zurückgedrängt, wie die Todesbotin *Beansidhe* (engl. *Banshee*), oder auf den Status von Dämonen, wie die blaugesichtige Cailleach aus dem schottischen Hochland, die durch eine Berührung mit ihrem Totenkopf-Spazierstock den Tod bringen soll. Die keltischen Priesterinnen zogen sich ins Verborgene zurück, um dort den dünnen Faden der alten keltischen Religion weiterzuspinnen, an den wir heute wieder anknüpfen.

In den Anfängen der Christianisierung Irlands waren die Frauen volle Mitglieder des Klerus und dienten als Priesterinnen, Äbtissinnen, Diakoninnen und sogar als Bischöfinnen. Durch die starke Präsenz in der heidnischen Priesterschaft verfügten die Frauen über

---

* Die beiden anderen männlichen Elemente sind Feuer und Luft.

eine relativ große Auswahl an Möglichkeiten, als die Christianisierung der keltischen Gebiete im 2. bis 5. Jahrhundert u.Z. einsetzte.
Viele alte Klosterstätten in Irland enthalten eigene Frauenkapellen
und -friedhöfe. Dies war keine übliche Kircheneinrichtung, auch
nicht in der modernen römisch-katholischen Kirche. Eine solche,
sehr bekannte Stätte befindet sich auf der Insel Innishmurray vor der
Küste der Grafschaft Sligo. Eine weitere liegt bei der neuzeitlichen
Pilgerstätte Glenalough in der Grafschaft Wicklow. Hier steht eine
kleine Steinkirche, bekannt unter dem Namen Teampall na mBan
(oder Kirche der Frauen) außerhalb der eigentlichen Klostermauern.

Kele-De, Smirgat und Sheila-na-Gig

Einer der bekanntesten weiblichen Mysterienkulte ist der Kult von
Kele-De, jener Göttin, deren Name sich sogar in der englischen Bezeichnung einer Gruppe katholischer Mönche (*Culdees*) wiederfin-
det. Ihre weiblichen Anhänger hießen *Kelles*. Ihre Priesterinnen
waren von allen patriarchalischen Gesetzen ausgenommen, auch
von den Brehon-Gesetzen, die mehrere Jahrhunderte lang sexuelle
Freiheit untersagt hatten. Die Kelles konnten sich ihre Liebhaber
nach freiem Willen aussuchen, wann immer sie wollten.

Der Name Kele-De führte bei den Gelehrten zu einer Kontro-
verse: Einige meinen, er bedeute »Dienerin« oder »Gottes Braut«, andere leiten ihn von dem präkeltischen Glauben an eine »Allmacht«
oder Gottheit der Schöpfung ab, deren Mythen mittlerweile verloren
gegangen sind. Ihr Bild von der Verzehrerin sexueller Energie – eine
Kraft, die bei vielen alten Völkern mit der Lebenskraft gleichgesetzt
wird – hat auch zu der Vermutung geführt, daß sie von der alles verschlingenden indischen Göttin Kali-Ma abstammt.

Eine kaum bekannte Frau aus der irischen Sagenwelt ist Smirgat. Sie
stellt den wachenden Geist über die weiblichen Mysterien dar.
Wahrscheinlich war sie einst Priesterin und in einen weiblich-geisti-
gen Kult eingebunden, doch dies läßt sich heute nicht mehr beweisen. Diese Annahme basiert auf einem Mythos, in dem sie ihrem
Liebhaber, dem Helden Fionn MacCumhal, den Tod vorhersagt, falls
er je aus einem Horn trinkt. Für die Kelten war das Horn ein Gefäß
der Vollkommenheit, denn innen symbolisierte es den Schoß der
Göttin und außen den Phallus des Gottes. Aus einem Horn zu trinken, insbesondere wenn dieses von einer Priesterin geweiht und für
religiöse Riten verwendet wurde, stellte eine Form der Initiierung in
größere Mysterien dar – eine Art geistige Wiedergeburt.

Sheila-na-Gig

Eine weitere Göttinnenfigur, die Quelle von Streitigkeiten war, ist Sheila-na-Gig. Von dieser mysteriösen Göttin ist fast nichts bekannt. Ihr offenkundig sexuelles Abbild wurde aber – meist an heiligen Stätten und anderen Orten der Verehrung – in Steintoren eingemeißelt gefunden. Eine dieser Figuren ziert den Eingang zu Brigits Schrein bei Kildare. Diese Sheila ist eine nur grob ausgestaltete Figur, eine hockende Frau, die ihre fast dreieckig dargestellte Vulva einladend öffnet. Auf ihrem kauzigen Gesicht zeichnet sich ein feines Lächeln ab, das Heiterkeit und weise Selbstzufriedenheit ausstrahlt.

Die Schnitzereien von Sheila verwendeten die Nonnen zur Verzierung der Eingangstüren ihrer irischen Klöster. Als die entsetzten Männer der Kirche diese Darstellungen entdeckten, wurden sie entfernt und zerstört. Im späten 19. Jahrhundert fand ein Archäologe einen vergrabenen Haufen solcher Abbildungen in der Nähe einer alten irischen Klosterruine.

Sheila-na-Gig wurde häufig als Göttin der Segnung und des Schutzes interpretiert, wahrscheinlicher ist jedoch, daß sie zu den weiblichen Mysterien einlädt. Die dreieckige Form ihrer Vulva ruft Assoziationen zur heiligen Zahl Drei und zur Triadengöttin der Kelten wach: Jungfrau, Mutter und alte Frau stellen den gesamten Zyklus von Geburt, Tod und Erneuerung dar. Unter diesem Aspekt betrachtet, symbolisiert Sheila-na-Gig ein offenes Tor zur Anderswelt für all jene, die mutig genug sind, die Initiierung in ihre Mysterien anzunehmen. Es ist anzunehmen, daß Pilger diese in Stein gehauene Vulva ehrfürchtig berührten, ehe sie die Tempel zum Gebet betraten. Diese Geste ist auch aus anderen Kulturen bekannt und erweist der Göttin eine Ehrbezeugung beim Betreten von Palästen, die Zugang zu weiblichen Mysterienkulten bieten.

Doch die eigentliche Bedeutung von Sheila und der Sinn, den sie und ähnliche Göttinnen für uns moderne Frauen heute haben können, ist vermutlich noch umfassender. In ihrer physischen Erscheinung stellt sie die unersättliche, verschlingende Kraft dar, die dem weiblichen Sexualorgan zugesprochen wird. Dieses Bild ist stark genug, um viele Männer – und auch einige Frauen – in Angst und Schrecken zu versetzen und diese Göttin und ihre Geschwister zu unterdrücken. Auf diese Weise versuchte man im Laufe der Jahrhunderte, die Angst vor den Frauen zu besiegen. Dieses furchterregende Bild ist einer der Gründe dafür, warum viele alte Göttinnenbilder, keltischen oder anderen Ursprungs, verteufelt und in vampirartige Dämonen, häßliche Hexen und böse Feen verwandelt wurden. In dieser Form schienen sie weniger bedrohlich zu sein, denn dann wurde ihnen zumindest nicht als Göttinnen oder Schöpferinnen gehuldigt.

Die alles verzehrende Frau, die ihre körperlichen Bedürfnisse nicht kontrollieren kann, setzte Phantasien von unglaublichem Erschrecken frei. Dies läßt sich wohl zweifelsfrei als einer der wesentlichen Gründe dafür benennen, warum so viele Frauen heute ihren Körper buchstäblich aushungern, um die Zustimmung der Männer zu finden. Indem sie sich selbst schwach, klein und kindlich darstellen, bar jeglichen menschlichen Appetits, erscheinen sie weniger bedrohlich und kaum einer Göttin gleich. Durch die Herabsetzung ihres Status entwich auch die Kraft der Schöpfung, die allen Göttinnen innewohnt. Zurück blieb eine schwache weibliche Gestalt ohne kreative Kräfte, die, zur Passivität verdammt, keinen anderen Zweck mehr kannte, als zu dienen und Sexobjekt zu sein. Die magischen Frauen von heute dürfen niemals vergessen, daß der Wille zur Realität wird und daß der Wunsch, hilf- und machtlos zu erscheinen, zu einem wirklichen Verlust von Macht wird und sie der Herrschaft des Mannes in die Arme treibt.

Sheila-na-Gig ist nicht aus bloßem Spaß begierig zu verschlingen oder um einen körperlichen Hunger zu befriedigen. Um innerhalb des ewigen Zyklus von Geburt, Tod und Erneuerung zu bleiben, *muß* eine schöpferische Kraft gleichzeitig auch verzehren, denn nur dann ist eine Wiedergeburt möglich. Wiedergeburt in diesem Sinne ist nicht unbedingt körperlich zu verstehen, sondern läßt sich auch als geistige Wiedergeburt ansehen, als eine Einführung in die größeren Mysterien unseres Geschlechts. Deshalb bietet Sheila uns in Wirklichkeit ein Geschenk an, eine positive Manifestation des ewigen Kreislaufs des Lebens, der ein so wichtiger Bestandteil der keltischen Kosmologie und Religion ist.

3 Der Weg zu Sheila-na-Gig

Angeleitete Meditation

Die besten Mysterien sind jene, die das Selbst unmittelbar ansprechen und sich praktisch anwenden lassen. Die Mitteilungen, die wir
bei solchen Erforschungen erhalten, sind zwar manchmal ganz allgemeiner oder geschlechtsspezifischer Natur, aber sie beziehen sich
immer auf uns als Person; unabhängig von unserer geistigen Entwicklung und den augenblicklichen Problemen in der physischen
Welt. Die angeleitete Meditation in diesem Kapitel will Ihnen dazu
verhelfen, die Einladung von Sheila-na-Gig anzunehmen und ihr
Reich zu betreten.

Angeleitete Meditationen gehören zu den stärksten Mitteln, um
unser Selbst mit den Energien von Gottheiten und mythischen Figuren in Einklang zu bringen. Sie zwingen uns dazu, die Grenzen unserer persönlichen Energie auszuloten, denn sie regen unser Unbe-
wußtes zur Interaktion mit dem Göttlichen an und rütteln unser
kreatives Selbst wach.

Eine angeleitete Meditation läßt sich auch als eine vorstruktu-
rierte mentale Reise zu einer inneren archetypischen oder astralen
Ebene bezeichnen. Zweck dieser Reise ist es, dauerhafte Veränderungen sowohl im Bewußtsein als auch im Unterbewußtsein zu bewirken. Die Anwendung dieser Meditationsart ist so alt wie die Kunst
des Geschichtenerzählens selbst – eine Kunst, die sowohl bei den
alten als auch bei den modernen Kelten hohes Ansehen genießt. Die
Geschichtenerzähler verwendeten die alten Mythen und Legenden
dazu, die Menschen in andere Welten zu versetzen und wieder
zurückzuführen. Dabei bemerkten die Zuhörer häufig gar nicht, daß
eine Verwandlung stattgefunden hatte.

Die meisten angeleiteten Meditationen lassen sich wie im folgenden beschrieben ausführen, sie sollten aber immer auch als eine Art
Karte oder Schema verstanden werden, die den Anfangs- und End-
punkt einer Reise signalisieren. Die Wege zwischen diesen beiden
Punkten können sehr verschieden sein. Wenn Sie eine angeleitete Meditation und den zugehörigen Satz von Bildern öfter durcharbeiten,
erscheinen Ihnen die Wesen daraus bald sehr vertraut und verlassen
früher oder später ihre vordefinierten Rollen. Dadurch erhalten Sie
Unterstützung und Einblicke, die weit über das eigentliche Ziel der
ursprünglichen Meditation hinausreichen. Und so soll es auch sein.
Es ist ein Zeichen dafür, daß Sie wirklich auf einer anderen Existenze-
bene arbeiten und daß Ihre Anwesenheit dort akzeptiert wurde.

Die angeleitete Meditation in diesem Kapitel läßt sich entweder genau so verwenden, wie sie aufgeschrieben wurde, oder in kleinere Bestandteile einteilen. Sie können die Meditation nach Ihren Vorstellungen ändern, anpassen, neu anordnen oder Ihren Wünschen entsprechend neu schreiben. An verschiedenen Punkten auf diesem Weg erhalten Sie die Möglichkeit, die Meditation zu verlassen. Wenn Sie diese Möglichkeit wählen, können Sie später zu jeder beliebigen Zeit zurückkehren und die weiteren Aspekte erforschen. Sie können die Meditation zunächst einmal durchlesen und sich anschließend überlegen, in welcher Form Sie diese ausführen möchten. Jeder lernt auf unterschiedliche Weise. Manche Frauen möchten langsam vorgehen und jeweils nur einen Schritt durcharbeiten, andere hingegen ziehen es vor, sofort die gesamte Meditation auszuführen. Es gibt keinen falschen oder richtigen Weg. Treffen Sie selbst für sich die Wahl.

In der Meditation wird eine abgewandelte Form der keltischen Kreisstruktur verwendet. Dabei werden die Richtungen und Elemente jedoch nicht kreisförmig durchlaufen, sondern auf der Basis der Himmelsrichtungen Osten, Süden, Norden und Westen. Jede Himmelsrichtung entspricht einem Arm von Brigits Kreuz (siehe Kapitel 9). Sie können die Meditation jederzeit in einer anderen Reihenfolge ausführen, wenn Sie ein kreisförmiges Muster vorziehen. Sie sollten aber den Westen auf alle Fälle als letzten Punkt der Meditation festlegen, denn dies ist in den meisten keltischen Traditionen der Ort der Macht. Aus dieser Himmelsrichtung erhalten Sie die größte Weisheit.

Eine angeleitete Meditation kann ein kraftvolles Mittel zur Selbsterforschung sein. Sie sollten sowohl die Änderungen daran als auch das Betreten selbst nicht auf die leichte Schulter nehmen. Sorgen Sie dafür, daß Ihr Geist empfänglich und ehrfurchtsvoll ist, und betreten Sie diesen Raum nur mit den besten Absichten. Wenn Sie länger mit dieser Technik arbeiten, stellen Sie womöglich fest, daß Sie Ihr gesamtes Bewußtsein auf diese Bilder projizieren. Diese Kunst wird als »Astralprojektion« bezeichnet. Die Orte, die Sie aufsuchen, existieren innerhalb wie außerhalb Ihres Selbst. Sie sollten niemals glauben, daß sie durch den inneren Aspekt in irgendeiner Weise »unwirklich« seien. Der Geist ist der Mittelpunkt der Schöpfung, jener Ort, an dem alle Magie ihren Ursprung hat. Es ist ein sehr flexibler und realer Ort, an dem alle Gedanken Konsequenzen haben und eine Form annehmen.

In der Meditation sind bestimmte Teile in eckige Klammern [...] gefaßt. Diese Bereiche dienen dazu, bestimmte Begriffe zu erläutern, die im Text verwendet wurden, oder sie enthalten Anleitungen für denjenigen, der die Meditation laut vorliest und begleitet. Diese Abschnitte sollen nicht laut für die Reisende vorgelesen werden, denn sie gehören nicht zum Hauptteil der Meditation. Als Reisende bezeichne ich diejenigen Personen, die die Reise in die innere Welt oder die Astralwelt unternehmen. Sie können die Anleitung entweder auf eine Kassette aufnehmen oder sie sich von einer Partnerin vorlesen lassen. Wenn Sie mit angeleiteten Meditationen noch keine Erfahrungen haben oder nicht wissen, wie Sie in jenen veränderten Bewußtseinszustand gelangen, der für die Meditation und eine erfolgreiche Arbeit mit der Innenwelt notwendig ist, oder nicht darüber informiert sind, wie Sie sich selbst nach der Meditation wieder erden, lesen Sie bitte zuvor die diesbezüglichen Anleitungen, Erläuterungen und Tips auf Seite 297 ff. durch.

Die angeleiteten Meditationen sind grundsätzlich mit der Anrede Du abgefaßt, damit Sie sich die Anleitung selbst auf Band sprechen oder ohne Neuformulierungen von einer vertrauten Person vorlesen lassen können.

Meditation über Sheila-na-Gig

Schließe deine Augen und schalte langsam deine Gedanken ab. Atme rhythmisch und tief. Konzentriere dich auf deinen Geist und entspanne dich. Laß los. Richte deine Aufmerksamkeit nach innen und dann nach außen. Ziehe dein Bewußtsein aus der physischen Welt ab.

Du weißt, daß du von deiner inneren Kraft und von der Liebe der Göttin beschützt wirst. Wenn du möchtest, kannst du zu diesem Zeitpunkt deine Göttin anrufen und sie um Hilfe und Beistand bitten. Oder du führst einen anderen geistigen Zauber aus, der deinen physischen Körper beschützt, während du diesen mehr und mehr in Vergessenheit geraten läßt. Du kannst deine Göttin auch um Schutz und Führung auf der spirituellen Reise bitten. [Legen Sie dafür eine kleine Pause ein. Drei bis fünf Minuten sollten genügen.]

Du weißt, daß du immer alles unter Kontrolle hast und die Macht besitzt, jederzeit zu deinem wachen Bewußtseinszustand zurückzukehren. Wenn du an einen Punkt der Reise zurückkehren möchtest, denke einfach nur die Worte »Ich bin zu Hause«. Dadurch kehrst du zurück. Auf der Astralebene sind Gedanken Taten. Dieser einfache Willensakt wird sowohl dein Unterbewußtsein als auch dein Bewußtsein darüber informieren, daß du sofort in deinen normalen Bewußtseinszustand zurückkehren möchtest. Dies geschieht dann auch sofort. Anschließend kannst du deine Augen öffnen und unbeschadet wieder deinen Alltagsgeschäften nachgehen.

Du weißt, daß du beschützt und unter Kontrolle bist und kannst dich nun vollkommen entspannen. Nimm einen weiteren tiefen Atemzug und entlasse dich selbst in jene Erfahrung, die der Sheila-na-Gig-Aspekt der Göttin heute für dich bereit hält.

Befreie dich von den Grenzen deines normalen Bewußtseins und erlaube dir, durch jenen leeren Raum zu gehen, der die sogenannte »Realität« von der Anderswelt trennt. [Legen Sie dafür eine kleine Pause ein, um diese Vorstellung zu vertiefen.]

Sobald dein Blick nach innen klar geworden ist, siehst du dich im Vorhof eines kleinen Steintempels stehen. Um dich herum herrscht die Stille eines dichten Urwaldes. Im Hof des Tempels befindet sich eine kleine weiße Quelle, aus der zwei Flüsse fließen: ein blutroter und ein schneeweißer. Du weißt, daß dein Schicksal dahinter liegt und schreitest über die Quelle auf eine Tür zu. Währenddessen hörst du einen himmlischen Klang aus dir aufsteigen – so als ob du dich mit etwas Größerem als dir selbst in Einklang bringst.

Während Du zu der schweren Holztür hinaufsteigst, siehst du, daß an der Tür ein großes Abbild von Sheila-na-Gig eingeschnitzt ist. Du betrachtest die Schnitzerei einen Augenblick lang und versuchst dabei, soviel wie möglich über die Göttin zu erfahren. Ist ihr Lächeln geheimnisvoll oder nicht? Liegen ihre Lippen ruhig aufeinander, oder sind sie bereit, wartende Ohren in ihre Mysterien einzuweihen? Und was ist das Geheimnis ihrer geöffneten Vulva? Lege spontan deine Finger an den Rand des Durchgangs, der für dich offen gehalten wird. Erneut hörst du den himmlischen Klang, der in dir selbst als Echo widerhallt. Während der Klang dich umfängt und sich mit dir verbindet, wächst Sheila immer weiter – hoch über dich hinaus. Zuerst denkst du, Sheila wolle dich ganz verschlingen. Doch – wie groß Sheila auch gewachsen sein mag – du befindest dich immer noch am Rand der Öffnung. Es ist deine Entscheidung, ob du hineingehen möchtest oder nicht. Du weißt, daß Sheila hier ist, um dich durch ihre Lehren zu verändern, und du erlaubst dir selbst, in ihren dunklen Schoß zu fallen.

Nun befindest du dich an einem Ort des Nichts. Hier gibt es kein Licht, keine Wärme, keine Kälte und nichts, nach dem du greifen könntest. Du bist überall und nirgends. Du fällst nicht und schwebst nicht; du fliegst nicht und schwimmst nicht – du bist einfach nur da, tief eingetaucht in das angenehme, schoßähnliche Innere von Sheila. Zu deiner Überraschung stellst du fest, daß es hier ganz angenehm ist. An diesem Ort ist es schwer, sich an dein physisches Leben zu erinnern. Alle Probleme und Sorgen und die endlose Liste deiner täglichen Aufgaben sind verschwunden. Hier bist du nur dir selbst gegenüber verantwortlich.

Gerade als du anfängst, dich richtig wohl zu fühlen, bemerkst du, wie sich ein Licht um dich herum bildet. Während das Licht die Schatten vertreibt, kannst du bestimmte Formen klarer erkennen. Du fühlst normale Erde unter dir, und um dich herum zeichnet sich ein dichter Wald ab; vielleicht so ähnlich wie der Wald, in dem zuvor der Tempel stand – vielleicht aber auch ein anderer Wald. Du erkennst, daß es sich um einen heiligen Ort handelt. Er vibriert nicht nur vor spiritueller Energie, an seinem äußeren Rand befinden sich auch kleine Menhire oder aufgerichtete Steine, die einen perfekten Kreis beschreiben.

In der Mitte steht ein steinerner Dolmen [dies ist ein altarähnliches Gebilde aus Stein in einer beliebigen Größe; hier sollte es ungefähr die Größe eines normalen Altars einnehmen], und zu deinem Erstaunen nimmst du dahinter neun Frauen wahr, die dich mit einem Lächeln begrüßen. Drei Frauen tragen weiße Gewänder, drei sind rot gekleidet, und drei haben schwarze Gewänder an. Sie scheinen fast alterslos zu sein, aber die Frauen in den weißen Gewändern sind wohl die jüngsten und die Frauen in den schwarzen die ältesten. Jede dieser Frauen ist einzigartig und auf ihre eigene Art schön. Eine ist ernst, eine fröhlich, eine ist mütterlich und eine andere hat eher strenge Züge.

Du stellst fest, daß dieser heilige Ort auf einer kleinen Insel liegt, die von einem Fluß umgeben ist. Der Fluß scheint im Westen zu entspringen und fließt im Uhrzeigersinn nach Norden und entgegen dem Uhrzeigersinn nach Süden. Im Osten, wo beide Ströme sich treffen, scheinen sie unterzugehen anstatt aufzustieben. Auf der anderen Seite des Flusses, steht in jeder der vier Himmelsrichtungen ein großer Kessel.

Eine der schwarzgekleideten Frauen winkt dich hinüber zu dem Dolmen. Du begibst dich froh dorthin und bleibst davor stehen. Auf dem Dolmen, der als Altar dient, liegen verschiedene rituelle und magische Objekte der Frauen. Dabei handelt es sich überwiegend um Kelche, Steine und Schilder, die alle mit den verschiedenen Symbolen der Göttinnen verziert sind. In der Mitte der Gegenstände befindet sich ein sehr lebendig wirkendes, in Stein gemeißeltes Abbild von Sheila-na-Gig.

»Willkommen Schwester«, sagt eine der weißgekleideten Frauen.

»Wir haben dich erwartet«, sagt eine der Frauen in Rot. »Der erste Schritt zur Entdeckung der weiblichen Mysterien wartet auf dich.«

»Beachte, daß wirkliche Initiation kein Ereignis, sondern ein Prozeß ist. Niemand außer dir selbst kann die Tür zu den größeren Mysterien öffnen«, sagt eine der schwarzgekleideten Frauen. »Der Grund für dein Kommen sind die größeren Mysterien, und du hast Angst, mit dem Lernen zu beginnen.«

»Sich selbst zu verstehen ist der erste Schritt«, sagt eine der Frauen in Weiß. »Als junger Mensch wird eine Frau oft von ihrem wirklichen Weg abgebracht. Sie darf nur diejenigen Wege gehen, die andere für angebracht halten. Aber jetzt stehst du wieder wie ein junges Mädchen hier und bist bereit deinen Weg fortzusetzen. Die Hindernisse, die dir in jungen Jahren in den Weg gelegt wurden, sind immer noch hier, und es wird nicht einfach sein, den Kurs zu halten – deshalb sind wir anderen Schwestern hier, um dir dabei zu helfen. Aber wir können dir nur die Richtung zeigen. Der Weg ist lang, und du mußt ihn allein gehen. Der Kessel im Osten enthält Antworten auf viele deiner Fragen über deinen Neuanfang als Frau, aber er stellt auch viele Fragen im Gegenzug. Nimmst du die Herausforderung des Kessels im Osten an, nimmst du seine Lehren an und verbindest sie mit deiner eigenen Weisheit?«

Du teilst ihr mit, daß du einverstanden bist. Sie überreicht dir einen Athame [oder einen anderen Gegenstand, der in der keltischen Tradition zur Darstellung des Ostens und des Elements Luft verwendet wird] und weist dir den Weg in Richtung Osten.

Während du im östlichen Bereich an den Rand der Insel trittst, beginnt ein starker Wind gegen dich zu wehen und hindert dich daran, den Fluß zu überqueren. Das Wasser wird hochgepeitscht, und da du nicht weißt, wie tief der Kanal ist, zögerst du hindurchzugehen. Jedesmal wenn du den Fuß ins Wasser setzen willst, werden Wind und Wellen noch stärker. Aber du möchtest die Weisheit des Kessels am anderen Ufer kennenlernen. Du hörst auf, darüber nachzudenken, wie du die Elemente bezwingen könnest.

[Legen Sie einen oder zwei Momente Pause ein, damit die Reisende darüber nachdenken kann. An diesem Punkt findet die Reisende entweder selbst die Lösung, oder Sie geben als Begleiter einen Hinweis darauf, daß sich der Athame oder das gewählte Objekt zur Überwindung des Windes einsetzen läßt. Geben Sie der Reisenden zwei oder drei Minuten Ruhezeit, damit sie diese Aufgabe ausführen kann.]

Sobald du schließlich am anderen Ufer angelangt bist, hat sich der Wind in eine milde Frühlingsbrise verwandelt. Auf der Lichtung um den Kessel tummeln sich verschiedene Tiere: Kaninchen, Eichhörnchen, Ziegen und andere Totemtiere der jungen Göttin.

Aber es ist der Kessel, der deine Aufmerksamkeit auf sich zieht. Ehrfurchtsvoll näherst du dich dem Gefäß. Deine Sinne sind offen und würden sofort wahrnehmen, wenn du im Augenblick an diesem Ort nicht willkommen bist. [Ist dies der Fall, wird die Reisende dies wissen und sich selbst dafür entscheiden, den meditativen Zustand zu verlassen. Gewähren Sie eine kleine Pause, damit die Reisende diese Entscheidung treffen kann.] Aber du fühlst dich willkommen und trittst an den Rand des Kessels.

Du blickst in den Kessel hinein und siehst, daß dieser nicht wie erwartet mit einer Flüssigkeit gefüllt ist, sondern eine wirbelnde Energiemasse enthält. Während du diese beobachtest, formt sich daraus eine Mitteilung über dich selbst.

[Geben Sie der Reisenden eine Pause von fünf bis zehn Minuten, damit sie die Symbole, »Filmausschnitte« oder anderen Bilder ansehen kann, die ihr hier vorgeführt werden. Die Reisende kann dabei Fragen von sich hören oder spüren oder Antworten und Gegenfragen vernehmen.]

Wenn das letzte Bild verblaßt ist, trittst du vom Kessel zurück und dankst der Göttin und den weiblichen Geistern des Ostens für die Veranschaulichung dieser Dinge. Du hast neue Einblicke in dein Selbstverständnis erhalten, die dir sowohl auf deinem weiteren physischen als auch geistigen Weg helfen werden. Nachdem du der Luft deinen Dank ausgesprochen hast, erfaßt dich ein Wirbelwind, hebt dich hoch, trägt dich sicher über den Fluß und setzt dich wieder sanft vor dem Altar ab.

Eine der rotgekleideten Frauen lächelt dich liebevoll wie eine Mutter an. »Bist du bereit für die nächste Herausforderung?« fragt sie.

[An diesem Punkt können Sie zum Steintempel zurückkehren und die Meditation unterbrechen, um die Weisheiten der übrigen drei Kessel zu einem anderen Zeitpunkt zu erfahren.]

Du bestätigst deine Bereitschaft fortzufahren.

»Uns sind einige Einschränkungen gelehrt worden, die unser Los als Frauen betreffen. Unser Verstand weiß vielleicht auch, daß diese Lehren falsch und schädlich für alle Lebewesen sind. Aber emotional haben wir Narben davongetragen. Die Lehren aus der Jugend, wie falsch oder zerstörerisch sie auch waren, können eine große Macht auf uns ausüben. Sie müssen durch das Feuer der Leidenschaft verbrannt und durch vertrauensvolle Handlungen ersetzt werden. Das Erkennen und Verbannen dieser Ängste und das gleichzeitige Annehmen all unserer Fähigkeiten ist der zweite Schritt auf dem Weg der Weisheit«, sagt die Frau in Rot zu dir. »Der Kessel im Süden enthält Antworten auf deine diesbezüglichen Fragen, aber er wird dir im Gegenzug auch viele Fragen stellen. Nimmst du die Herausforderung des Kessels im Süden an, nimmst du seine Lehren an und verbindest sie mit deiner eigenen Weisheit?«

Du teilst ihr mit, daß du einverstanden bist. Sie überreicht dir einen Stab [oder einen anderen Gegenstand, der in der keltischen Tradition zur Darstellung des Südens und des Elements Feuer verwendet wird] und weist dir den Weg in Richtung Süden.

Während du im südlichen Bereich an den Rand der Insel trittst, entwickelt sich um dich herum eine starke Hitze, und du bist versucht zurückzurennen, um dich in der lauen Brise des Ostens abzukühlen. Das Wasser des Flusses beginnt zu kochen, als ob unter der Oberfläche ein riesiges Feuer entfacht worden ist. Du weißt, daß du nicht durch das Wasser kommst, ohne verbrüht zu werden. Aber du möchtest die Weisheit des Kessels am anderen Ufer kennenlernen. Du hörst auf, darüber nachzudenken, wie du die Elemente bezwingen könnest.

[Machen Sie einen oder zwei Momente Pause, damit die Reisende darüber nachdenken kann. An diesem Punkt findet die Reisende entweder selbst die Lösung, oder Sie geben als Begleiter einen Hinweis darauf, daß sich der Stab oder das gewählte andere Objekt zur Überwindung des Feuers einsetzen läßt. Geben Sie der Reisenden zwei oder drei Minuten Ruhezeit, damit sie diese Aufgabe ausführen kann.]

Sobald du schließlich am anderen Ufer angelangt bist, hat sich die sengende Hitze gelegt und in einen lauen Sommernachmittag verwandelt. Ehrfurchtsvoll näherst du dich dem Kessel. Deine Sinne sind offen und würden sofort wahrnehmen, wenn du im Augenblick an diesem Ort nicht willkommen bist. [Wenn die Reisende dort im Moment nicht erwünscht ist, wird sie dies wissen und sich selbst dafür entscheiden, den meditativen Zustand zu verlassen. Gewähren Sie eine kleine Pause, damit die Reisende diese Entscheidung treffen kann.] Aber du fühlst dich willkommen und trittst an den Rand des Kessels.

Als du in den Kessel blickst, entdeckst du, daß der Boden mit einem Feuerteppich bedeckt ist. In der Tiefe verweben sich die Farben Rot, Gold, Gelb, Orange und Blau. Während du dies beobachtest, flimmern Bilder von Sonnengöttinnen in den Flammen auf. Hier formulieren sich jetzt deine innersten Ängste, deine Unsicherheiten, aber auch deine persönlichen Kräfte und Fähigkeiten.

[Geben Sie der Reisenden eine Pause von fünf bis zehn Minuten, damit sie die Symbole, »Filmausschnitte« oder anderen Bilder ansehen kann, die ihr hier vorgeführt werden. Die Reisende kann dabei Fragen von sich hören oder spüren oder Antworten und Gegenfragen vernehmen.]

Wenn das letzte Bild verblaßt ist, trittst du vom Kessel zurück und dankst der Göttin und den weiblichen Geistern des Südens für die Veranschaulichung dieser Dinge. Du hast neue Einblicke in jene Dinge erhalten, die dich in Zukunft davon abhalten werden, beliebige Wege zu gehen. Als starke Frau kannst du jetzt auf deinem eigenen Weg fortschreiten. Nachdem du dem Feuer deinen Dank ausgesprochen hast, erfaßt dich eine lodernde Flamme, hebt dich hoch, trägt dich mit der Sorge einer liebenden Mutter sicher über den Fluß und setzt dich sanft wieder vor dem Altar ab.

Eine der schwarzgekleideten Frauen lächelt dich wissend an. »Bist du bereit für die nächste Herausforderung?« fragt sie.

[An diesem Punkt können Sie zum Steintempel zurückkehren und die Meditation unterbrechen, um die Weisheiten der übrigen beiden Kessel zu einem anderen Zeitpunkt zu erfahren.]

Du bestätigst deine Bereitschaft fortzufahren.

»Frauen sind dazu konditioniert, ihrem Wissen nicht zu trauen. Wenn ihre Erfahrungen und Einblicke herabgesetzt werden, stagnieren sie in ihrer Entwicklung. Unsere Feinde verhindern auf diese Weise, daß wir ein Teil unserer Weisheit werden. Da Weisheit uns stark macht, ist dies eine Bedrohung für alles, was sie in den letzten vier Jahrtausenden aufgebaut haben. Der dritte Schritt auf deiner Suche besteht darin, deinen Glauben anzunehmen, deine Erfahrungen als einzigartiges Wissen zu begreifen und dieses in deine bereits vorhandene Weisheit einzubinden. Du kannst nicht Kriegerin, Lehrerin oder Priesterin sein, ohne diesen Aspekt deines Selbst zu verstehen. Erinnere dich auch daran, daß es der Norden ist, aus dem die Kraft der Souveränität und Herrschaft kommt. Sie kommt aus dem Stein der Mutter Erde, die es gerne sieht, wenn ein aufrechter und gerechter Herrscher auf ihrem Rücken geht [siehe Kapitel 9]. Wir haben mehr Macht, als wir gewöhnlich glauben«, sagt die Frau in Schwarz zu dir. »Wäre dies nicht der Fall, hätte niemand so hart und so lange dafür gekämpft, uns diese vergessen zu lassen. Der Kessel im Norden enthält Antworten auf deine diesbezüglichen Fragen, aber er wird dir im Gegenzug auch viele Fragen stellen. Nimmst du die Herausforderung des Kessels im Norden an, nimmst du seine Lehren an und verbindest sie mit deiner eigenen Weisheit?«

»Der Norden«? fragst du. »Warum nicht der Westen?«

»Der Norden ist der Ort der Kälte und Dunkelheit, wo die größten Hindernisse für unser Fortschreiten liegen. Obwohl in der Dunkelheit viel Gutes liegt und vieles, was wir lernen können, müssen wir Licht dort hineinbringen, um die dort verborgene Weisheit zu erkennen. Es gibt keine Dunkelheit ohne Licht, und Licht ohne Dunkelheit blendet und verhindert einen klaren Blick.«

Die Frau überreicht dir einen Stein [oder einen anderen Gegenstand, der in der keltischen Tradition zur Darstellung des Nordens und des Elements Erde verwendet wird] und weist dir den Weg in Richtung Norden.

Während du im nördlichen Bereich an den Rand der Insel trittst, ertönt ein Donnern aus der Tiefe, und der Boden wird dir unter den

Füßen weggezogen. Ein Erdbeben! Es will dich daran hindern, den Fluß zu überqueren. Das Wasser wird in verschiedene Richtungen gespült, und das Flußbett vibriert und ändert seinen Lauf. Dies ist sicher keine einfache Herausforderung, aber du möchtest die Weisheit des Kessels am anderen Ufer kennenlernen. Du hörst auf, darüber nachzudenken, wie du die Elemente bezwingen könntest.

[Legen Sie einen oder zwei Momente Pause ein, damit die Reisende darüber nachdenken kann. An diesem Punkt findet die Reisende entweder selbst die Lösung, oder Sie geben als Begleiter einen Hinweis darauf, daß sich der Stein oder das gewählte andere Objekt zur Überwindung des Erdbebens einsetzen läßt. Geben Sie der Reisenden zwei oder drei Minuten Ruhezeit, damit sie diese Aufgabe ausführen kann.]

Sobald du schließlich am anderen Ufer angelangt bist, ist die Erde wieder ruhig, und der Teppich aus dichtem, grünem Gras fühlt sich unter Deinen Füßen wie eine weiche Decke an.

Aber der Kessel zieht deine Aufmerksamkeit an. Ehrfurchtsvoll näherst du dich ihm. Deine Sinne sind offen und würden sofort wahrnehmen, wenn du im Augenblick an diesem Ort nicht willkommen bist. [Ist dies der Fall, wird die Reisende dies wissen und sich selbst dafür entscheiden, den meditativen Zustand zu verlassen. Gewähren Sie eine kleine Pause, damit die Reisende diese Entscheidung treffen kann.] Aber du fühlst dich willkommen und trittst an den Rand des Kessels.

Sobald du in den Kessel blickst, entdeckst du, daß darin viele verschiedene Kristalle funkeln, die Mitteilungen über dein Selbst darstellen.

[Geben Sie der Reisenden eine Pause von fünf bis zehn Minuten, damit sie die Symbole, »Filme« oder andere Bilder ansehen kann, die sich ihr hier offenbaren. Die Reisende kann dabei Fragen von sich hören oder spüren oder Antworten und Gegenfragen vernehmen.]

Wenn das letzte Bild verblaßt ist, trittst du vom Kessel zurück und dankst der Göttin und den weiblichen Geistern des Nordens für die Veranschaulichung dieser Dinge. Du hast neue Einblicke erhalten und eine Weisheit erlangt, die dir auf deinem künftigen physischen und geistigen Lebensweg helfen wird. Nachdem du der Erde deinen Dank ausgesprochen hast, stößt dich ein Windstoß aus einem tiefen Riß im Boden in die Höhe, setzt dich über den Fluß und bringt dich sanft zurück vor den Altar.

Diesmal stehst du ungeduldig davor, denn du wartest darauf, daß dir jemand den Zugang zum Kessel des Westens anbietet. Doch so lange du auch wartest, keine der neuen Frauen bietet dir den Westen an.

[Die Reisende kann die Meditation an diesem Punkt unterbrechen oder bleiben, um mit den Energien des Westens zu arbeiten.]

Schließlich ergreifst du das Wort und kündigst an, daß du den westlichen Kessel aufsuchen möchtest. Alle neun Frauen scheinen über deine Wahl erfreut, und doch scheinen sie zu zögern, dir den Weg zu weisen. Die älteste der schwarzgekleideten Frauen tritt auf dich zu und spricht: »Der Westen ist in der keltischen Tradition der Ort mit der größten Macht. Hier liegt die Heimat unserer Vorfahren, unserer Gottheiten und unserer geliebten und ewigen Mutter, von der wir alle abstammen und zu der wir alle eines Tages zurückkehren müssen. Es ist ein Ort an dem alle Dinge – alle Gedanken, Menschen, Plätze, Zeiten und Räume – aufeinandertreffen, sich vermischen und neu entstehen. Es ist der Ort, der dich stark machen kann oder deine größten Schwächen dem gesamten Universum offenbart. Er kann dich bessern und läutern oder dich ganz zerstören. Es ist ein Ort, zu dem du nur freiwillig gelangen kannst. Eine Einladung ist hier nicht angebracht. Du mußt diesen Ort im Wissen um seine Macht betreten. Von diesem Ort wirst du nicht unverändert zurückkehren. Unsere Mythen erzählen dies wieder und wieder. Dieses Mal mußt du ganz sicher sein, ob du die Herausforderung des - Kessels im Westen annehmen möchtest?« [Auch an diesem Punkt soll die Reisende die Möglichkeit erhalten, die Meditation abzubrechen.]

Als du ihr mitteilst, daß du bereit bist, sieht sie erfreut aus und übergibt dir einen Kelch [oder einen anderen Gegenstand, der in der keltischen Tradition zur Darstellung des Westens und des Elements Wasser verwendet wird] und weist dir den Weg in Richtung Westen.

Während du im westlichen Bereich an den Rand der Insel trittst, peitscht ein starker Regen auf dich nieder, als wolle er dich an der Überquerung des Flusses hindern. Der Kelch in deiner Hand füllt sich schnell und läuft über. Es scheint, als ob der Fluß bald über die Ufer tritt und dich hinwegspült. Aber du möchtest die Weisheit des Kessels am anderen Ufer kennenlernen. Du hörst auf, darüber nachzudenken, wie du die Elemente bezwingen könntest.

[Machen Sie einen oder zwei Momente Pause, damit die Reisende darüber nachdenken kann. An diesem Punkt findet die Reisende entweder selbst die Lösung, oder Sie geben als Begleiter einen Hinweis darauf, daß sich der Kelch oder das gewählte andere Objekt zur Überwindung des Regens einsetzen läßt. Geben Sie der Reisenden zwei oder drei Minuten Ruhezeit, damit sie diese Aufgabe ausführen kann.]

Sobald du schließlich am anderen Ufer angelangt bist, hat der Regen aufgehört. Nun hüllt ein Dunstschleier alles in sanften Nebel. Ein paar hohe Bäume überragen den Kessel. Darin sitzen ein paar

Eulen mit großen Augen – die Vögel der alten Göttin – und beobachten dich aufmerksam.

Aber der Kessel zieht deine Aufmerksamkeit an. Ehrfurchtsvoll näherst du dich ihm. Deine Sinne sind offen und würden sofort wahrnehmen, wenn du im Augenblick an diesem Ort nicht willkommen bist. [Ist dies der Fall, wird die Reisende dies wissen und sich selbst dafür entscheiden, den meditativen Zustand zu verlassen. Gewähren Sie eine kleine Pause, damit die Reisende diese Entscheidung treffen kann.] Aber du fühlst dich willkommen und trittst an den Rand des Kessels.

Sobald du in den Kessel blickst, entdeckst du, daß er mit einer Flüssigkeit gefüllt ist, die rot wie Blut und dunkel wie die tiefe Nacht ist. Du hast den Eindruck, der Kessel habe keinen Boden. Die Energien, die von diesem Kessel ausgehen, sind stärker als die der anderen Kessel, mit denen du bisher gearbeitet hast. Du mußt gegen dich selbst ankämpfen, um die Angst vor dem Kommenden zu überwinden. Du blickst in die Tiefe des Kessels und erkennst in dem dunklen Gewässer eine Mitteilung für dich, die dich zu Wissen und Weisheit führen möchte.

[Geben Sie der Reisenden eine Pause von fünf bis zehn Minuten, damit sie die Symbole, »Filmausschnitte« oder anderen Bilder ansehen kann, die ihr hier vorgeführt werden. Die Reisende kann dabei Fragen von sich hören oder spüren oder Antworten und Gegenfragen vernehmen.]

Wenn das letzte Bild verblaßt ist, trittst du vom Kessel zurück und dankst der Göttin und den weiblichen Geistern des Westens für die Veranschaulichung dieser Dinge. Du hast Hinweise darauf erhalten, wie du dich selbst wiedergebären kannst, um jene Frau zu werden, die du sein möchtest. Nachdem du dem Wasser deinen Dank ausgesprochen hast, erfaßt dich eine riesige Fontäne, hebt dich in die Luft, trägt dich sicher über den Fluß und setzt dich sanft wieder vor dem Altar ab.

Bei der Rückkehr stellst du fest, daß die Frauen dir zujubeln und dich als neue spirituelle Kriegerin und auszubildende Priesterin verehren. Jede von ihnen küßt dich auf die Stirn und murmelt eine Segnung für Frauen in dein Ohr. [Geben Sie dafür eine Pause von drei Minuten.]

Die Klänge der Bodhran [eine traditionelle irische, mit Ziegenfell bespannte Trommel] erfüllen die Lichtung, und die Frauen führen dich in einen ekstatischen Kreistanz. Von der Mitte des Kreises aus tanzt du spiralenförmig nach außen und wieder nach innen. Der Kreis stellt den ewigen Kreislauf des Lebens dar, die Einheit von Negativem und Positivem, die Polarität von Leben und Tod – denn all dies gehört zu den Frauen. Frauen gebären und erschaffen, und durch sie werden alle Dinge neu geboren. Du tanzt und freust dich darüber, ein Teil dieses Kreises, dieser Kraft zu sein.

Der Tanz wird schneller und schneller und immer verrückter. Du drehst und wirbelst mit den anderen Frauen nach innen und außen und läßt die Kräfte der Elemente um dich herum zum Leben erwachen – in einem Tanz des Dankes und der Freude. An diesem Punkt bemerkst du eine weitere Tänzerin direkt vor dir. Diese Gestalt führt nun alle anderen an. Sie vollführt Umdrehungen und Kreise, die so unerwartet und schnell kommen, daß du außer Atem gerätst. Es ist Sheila selbst – in all ihrer hemmungslosen und gierigen Herrlichkeit!

Du folgst ihr in den ausgelassenen Tanz, der nun bis in die Anderswelt hineinreicht und wirbelst durch alle Elemente, durch Zeit und Raum. Dabei dehnt sich dein Bewußtsein so weit aus, daß du alle Möglichkeiten und Realitäten erfassen kannst.

Während du tanzt, hörst du die Stimme einer Frau in dein Ohr flüstern. Ist es Sheila? Sie sind sich nicht sicher, aber ihre Worte klingen echt. »Erinnere dich daran, daß wirkliche Initiation kein Erlebnis, sondern ein Prozeß ist. Die Weihen anzunehmen, aber den Prozeß zu ignorieren, wäre ein Schlag ins Gesicht der Göttin, die dir das Leben geschenkt hat. Nimm diese neue Weisheit mit in das Leben und laß sie zu einem Teil deiner gesamten Existenz werden. Lebe sie. Sterbe sie. Lebe und sterbe sie immer wieder aufs neue. Denn dies ist das Wesen der weiblichen Kraft, die Grundlage all unserer Weisheit.«

Als die letzten Worte verhallen, wächst Sheila vor dir zur Größe eines Mammuts an, und du befindest dich wieder in ihrem Innern. Erneut bist du an jenem Ort des Nichts und der Stille.

Mit erschüttertem Gefühl stellst du fest, daß du wieder vor dem Steintempel stehst, gegenüber der riesigen geschnitzten Sheila, die dich zum ersten Mal in ihre Mysterien eingeweiht hat. Mit Schrecken bemerkst du, wie sie wieder zu ihrer normalen Größe zusammenschrumpft und sich in das Relief an der Tür verwandelt. Ehrfurchtsvoll berührst du sie noch einmal und sprichst ihr still deinen Dank aus.

Du fühlst dich, als seist du neu geboren und hättest deine erste Initiation in die keltischen Traditionen der Frauen erhalten. Mit diesem Gefühl wendest du dich von ihr ab und gehst zurück über den blutroten und schneeweißen Fluß. In diesem Moment beginnt sich dein Bewußtsein von diesem Ort zu trennen. Du begibst dich an den Rand des Waldes und fühlst dabei, wie die Welt des Mysteriums hinter dir in immer weitere Ferne rückt. Du entfernst dich selbst immer weiter von der Tempelanlage und verschließt diese andere Welt vor deiner eigenen Welt. Dabei sprichst du die Worte »Ich bin zu Hause«.

Dein Bewußtsein schlüpft sanft zurück in deinen physischen Körper. Du spürst, wie sich das Bewußtsein für deinen physischen Körper zunächst in den Beinen, dann in den Armen, im Rücken, im Bauch und im Hals ausbreitet. Strecke dich und freue dich darüber, daß du ein lebendiger Mensch bist.

Du bist jetzt wieder ein Teil der lebendigen, materiellen Welt, öffnest deine Augen und fühlst dich erfrischt, voller Energie und froh, mit deiner neuen Weisheit – die du von Sheila-na-Gig erhalten hast – zu Hause angelangt zu sein. Vergiß nicht, dich wieder zu erden [Informationen dazu finden Sie auf den Seiten 291 ff. und 300 f.]. Berühre die Erde, nimm etwas zu essen zu dir, schreie laut oder unternimm etwas, was dein Dasein in der Gegenwart bekräftigt. Lege diese Erfahrung schriftlich in deinem Begleitbuch nieder oder in einem anderen magischen Tagebuch, damit du sie darin später nachlesen kannst.

4 Die Kriegerin
und ihre Göttinnen

Es gibt zahlreiche ikonographische Belege für die Existenz namenloser »Kriegsgöttinnen«. Einige Ikonen sind mit nicht entzifferbaren Inschriften versehen, obwohl es sich dabei um Statuen und Reliefs handelt, die eindeutig keltische Frauen vor der Schlacht zeigen. Es bot sich wohl an, diese Figuren einfach als Göttinnen zu bezeichnen, denn es ist ein sehr modernes Vorurteil, daß Frauen keine fähigen Kämpferinnen sind. Doch diese Abbildungen zeigen deutlich, daß die keltischen Frauen eng mit den vorrangigen Belangen ihrer Gesellschaft verbunden waren: dem Krieg.

Die Bedeutung der Kriegskultur bei den Kelten kann nicht hoch genug eingeschätzt werden. Die Krieger bildeten die höchste erreichbare Kaste in der Gesellschaft, darüber standen nur noch der König und die Königin sowie die fähigsten Druiden. Frauen glauben häufig, daß Kriege von Männern begonnen, geführt und beendet werden. Aber eine vorkeltische Legende aus Irland erzählt davon, daß der Krieg von Frauen erfunden wurde – von den beiden Schwestern Ain und Iane. Diese heirateten ihre eigenen Brüder, um ihren Besitz nicht teilen zu müssen und keine andere Familie des Landes an die Herrschaft gelangen zu lassen. Mit Hilfe der Institution Krieg antworteten sie auf verschiedene Herausforderungen und sorgten dafür, daß das von ihnen beherrschte Land in den Händen ihrer Familie blieb. Die keltischen Frauen dienten bis in das siebte Jahrhundert hinein als Kriegerinnen, obwohl ihre Zahl bereits im Jahr 50 u. Z. drastisch nachließ.

Die Debatten um diesen Punkt werden zwischen Feministinnen und Gelehrten der keltischen Geschichte bzw. einigen feministisch-revisionistischen Historikerinnen heftig geführt. Letztere nehmen an, die Frauen seien damals dazu gezwungen worden, als Kriegerinnen zu dienen. Doch diese Theorie berücksichtigt folgende Sachverhalte nicht: den Inhalt der alten keltischen Gesetze und den hohen Rang der Kriegerkaste.

Die alten irisch-keltischen Gesetze besagten, daß alle Landbesitzer ihren Stämmen als Krieger dienen mußten. Da die Frauen ebenfalls Land besitzen durften, waren sie auch dazu verpflichtet, es zu verteidigen. Dies spielte in einer Kultur, in der Krieg eine ständige Bedrohung war, eine große Rolle. Der frühe irische Gesetzeskodex zählt zu den am wenigsten sexistischen Gesetzen, die je erlassen wurden, denn darin wird bei der Frage des Eigentumsrechts nicht zwischen Mann und Frau unterschieden. Frauen ohne Besitz konnten zwar wählen, ob sie in den Kampf ziehen wollten oder nicht, wenn ein Krieg bevorstand. Aber für sie war es sehr schwierig, formell in die Kaste der Krieger aufgenommen zu werden.

In unserer heutigen Zeit verlassen viele junge Menschen ihre Heimat, um nicht als Krieger/Soldaten dienen zu müssen, aber wir leben in einer Welt, in der der Wert des Krieges – trotz des gegenteiligen Anscheins – ausgehöhlt wurde. Für uns ist es deshalb nicht ganz einfach, den Status der kriegerischen Elite bei den Kelten nachzuvollziehen. Damals strebten die jungen Männer und Frauen danach, in die Klasse der Krieger aufgenommen zu werden, so wie die heutigen jungen Leute davon träumen, Ärzte, Anwälte oder Manager zu werden. Wenn man diesen Status erreicht hatte, gehörte man zur Elite. Wer nicht in die Klasse der Krieger hineingeboren wurde oder kein Land besaß, hatte nur eine Möglichkeit aufzusteigen: die Pflegefamilie. Wenn die Eltern einer jungen Frau es sich leisten konnten, den Preis für die Pflege zu entrichten, konnten sie ihre Tochter oder den Sohn (der Pflegepreis für Mädchen war höher als für Jungen) zu einem Krieger in Pflege geben. Diesem diente sie einerseits, erhielt aber im Gegenzug eine Grundausbildung in Kampftechniken. Gelegentlich gelang es auch jungen Leuten aus ärmeren Familien, dank ihrer erfolgreichen Taten bei der Verteidigung des Stammes und des Landes, dennoch in den Rang eines Kriegers aufzusteigen. Doch dies kam nur selten vor, insbesondere wenn die junge Kriegerin kein Land als Belohnung für ihren Erfolg erhalten hatte.

Die Annahme, eine große Anzahl keltischer Frauen sei dazu gezwungen worden, Kriegerin zu werden, ist ebenso absurd wie die Behauptung, heute würde eine große Anzahl von Frauen gegen ihren Willen dazu gezwungen, erfolgreich, angesehen und wohlhabend zu sein.

Sicherlich gab es auch die eine oder andere Frau, die in ihrer Rolle als Kriegerin unglücklich war, aber in einer Gesellschaft, die den Krieg und die Krieger dem Rang nach so hoch ansiedelte, wäre es doch sehr verwegen vom »Zwang zum Kriegsdienst« zu reden. Wenn eine Frau diese Ehre nicht wollte, gab es bestimmt jemand anderen, der dies gerne übernahm.

Die Frauen waren bis zum Jahr 697 u. Z. nicht vom Kriegsdienst ausgeschlossen. Damals wurde in Irland und Schottland von einem Bischof namens Arculf, der spätere St. Adamnain, ein Gesetz erlassen, das unter dem Namen »Cain Adamnain« bekannt wurde. Aus kirchlichen Überlieferungen geht hervor, daß es der Mutter des Heiligen mißfiel, Frauen im Kampf gegeneinander zu sehen. Sie überzeugte darum ihren Sohn davon, daß dieser Praxis ein Ende gesetzt werden müsse. Das von ihm erlassene Gesetz stellte Frauen, Kinder und Priester von den Schrecken des Krieges frei und schützte sie vor allen diesbezüglichen Taten. Dies hatte zur Auswirkung, daß den Frauen das Recht verweigert wurde, als Kriegerinnen zu dienen. Der Erlaß dieses Gesetzes beweist, daß es auch im 7. Jahrhundert noch Frauen im Status von Kriegerinnen gab, und es ist eine Tatsache, daß viele ihrer Privilegien als Kriegerinnen abgeschafft wurden.

Zur Blütezeit der keltischen Gesellschaft war es nicht üblich, Frauen »verkümmern« zu lassen, einzuengen oder ihnen durch schwächende Drogen »unweibliche« Ambitionen auszutreiben.* Die keltischen Frauen waren keine Modepüppchen, die ihren natürlichen Körper mißhandelten, um ein kulturell akzeptiertes Erscheinungsbild abzugeben. Sie waren auch keine zerbrechlichen viktorianischen Porzellanblumen, die von den Männern vorsichtig behandelt werden mußten. Nein, es waren Frauen, die selbstbewußt darauf vertrauten, mit jedem anderen gleichgestellt zu sein. Der sizilianische Historiker und Geograph Diodorus Siculus berichtete im 1. Jahrhundert v. u. Z. von der unglaublichen Kraft der keltischen Frauen. Sie seien so groß und stark wie die Männer, ebenso streitlustig und immer zu kämpfen bereit. Er beschrieb ihre verbissene Wut im Kampf und ihre beneidenswerten und furchterregenden Fähigkeiten als Kriegerinnen. Der Feldherr und Kaiser Julius Cäsar schrieb in seinem Werk über den gallischen Krieg, daß ein gesamtes römisches Bataillon keine Chance gegen die Kelten hätte, wenn diese ihre Frauen zur Verstärkung riefen.

Die heutige Vorstellung, Frauen möchten im Grunde als zarte Wesen betrachtet werden, ungeeignet für körperliche anstrengende Aktivitäten, war dem keltischen Bewußtsein völlig fremd. Frauen wurden bei den Kelten ebenso für ihren körperlichen Einsatz bewundert wie für jede andere ihnen zugesprochene Eigenschaft. In den irischen Mythen finden wir zahlreiche Beispiele für athletische Heldinnen. Luaths Lurgann, bekannt als die »Schnellfüßige«, war nicht nur die Tante der berühmten Fianna-Kriegerin Fionn Mac-Cumhal, sondern galt auch als schnellste Läuferin ganz Irlands. Nachdem sie bei einem Laufunfall den Tod gefunden hatte, entstand um ihren Oberschenkelknochen herum ein See, bekannt unter dem Namen Lough Lurgann. In der Legende von »Deirdre, der Toben-

---

* Ich beziehe mich hier auf die gängige Volksmedizin Ende des 19. und Anfang des 20. Jahrhunderts. Damals wurden viele Medikamente entwickelt, die Frauen »unweibliche« Eigenschaften wie Intelligenz und Ehrgeiz austreiben sollten.

den« werden die Eigenschaften ihrer Dienerin Lavercam oft auf das Niveau eines traditionellen Hausmädchens heruntergespielt. Aber Lavercam war eine Poetin, Bardin und Athletin. Es hieß, sie könne die gesamte Länge von Irland innerhalb eines Tages durchlaufen und dem Ulsterkönig über alles berichten, was sie gesehen und gehört hatte. Taillte wird heute meist als Göttin der Ernte beschrieben, aber die Mythen berichten darüber, daß sie sich einst in Tara niederließ und als Schutzgöttin des Wettkampfs verehrt wurde. Sie befahl, die einst bewaldete Ebene von Oenach Taillten abzuholzen, um dort ein Spielfeld anzulegen. An dieser Stätte (dem heutigen Teltown) wurden bis 1169 jährlich Spielwettbewerbe abgehalten. Dieser gut organisierte Wettkampf galt als irische Version der Olympischen Spiele. Die Spiele von Taillte wurden im späten 19. Jahrhundert wiederbelebt, als die keltische Renaissance einsetzte.

Weibliche Krieger kamen nicht nur in den Genuß des hohen Status der Kriegerelite, sie mußten auch die entsprechenden Pflichten erfüllen. Dazu gehörte zum Beispiel das Anleiten junger Krieger, meist junger Männer. Es ist ein alter anglo-keltischer Glaube, daß sich das Wissen von Frau zu Mann und von Mann zu Frau einfacher mitteilen läßt. Diese Polarität spiegelte ihren Glauben an die einheitliche Natur ihrer Welt. Gott und Göttin, Oberwelt und Unterwelt, Mann und Frau – sind jeweils zwei Hälften des großen Ganzen, die miteinander verbunden werden müssen, damit sie richtig funktionieren.

Legenden über Frauen als Ausbilder von Kriegern sind in den Mythen erhalten geblieben. In der irischen Mythologie spielen zwei Brüder eine Rolle, die Ulsterkrieger waren und im Mythenzyklus »Vom roten Zweig« beschrieben werden. Einer von ihnen, der hochverehrte Cuchulain, wurde von der Krieger-Göttin Scathach unterrichtet.

Der Ursprung des Namens Scathach ist nicht genau geklärt; er kann »siegreich«, »beschützend« oder auch »angsteinflößend« bedeuten. Auf ihrer mysteriösen Insel, der Isle of Shadow (Hebriden), befand sich eine berühmte Schule. Dort unterrichtete sie jene Männer, die sich als würdig erwiesen hatten, ihre unbesiegbaren Kampftechniken zu erlernen. Zu den bekanntesten dieser Techniken zählten ihre Sprünge und Kampfschreie. Letztere dienten angeblich dazu, ihre Gegner durch Angst und Schrecken zu paralysieren. Scathach war eher eine Göttin als eine Frau; sie hatte die Größe einer Amazone, und es heißt, sie habe viele Jahrhunderte gelebt. Dieser Mythos ist so von göttlichen Aspekten überzeichnet, daß sich die historische Person dahinter kaum mehr erkennen läßt. Diese Dichotomie ist allen Mythen der Welt zu eigen und einer der Gründe dafür, warum Religionen auf Mythologien aufbauen und nicht auf bekannten geschichtlichen Tatsachen. Die Mythologie bietet ein viel fesselnderes Bild von fremden Kulturen und ist als Ausgangspunkt für deren Erforschung besonders interessant.

Alle keltischen Krieger, ob Männer oder Frauen, waren an einen bestimmten Ehrenkodex gebunden, der vermutlich später in den Kodex der Ritter des Mittelalters überging. Am strengsten wurden die Gesetze zur Gastfreundschaft ausgelegt. Wenn ein Krieger sie brach, riskierte er die Rache der Götter. Dies geht aus vielen Mythen hervor, zum Beispiel aus der alten irischen Legende »Angriff auf die Herberge von Da Derga«, die mit dem Tod des Königs endet.

Die Regeln der Gastfreundschaft waren einfach, aber durften nicht gebrochen werden. Sie dienten vor allem dazu, die Krieger zu zügeln und sie davon abzuhalten, kriegerische Handlungen in ungeschützten Gemeinschaften zu begehen. Das Konzept des fairen Kampfes war für die Kelten von großer Bedeutung. Ein Sieg, der nicht im Kampf zwischen zwei gleich starken Kräften errungen worden war, gereichte niemandem zur Ehre.* Wenn man den »Schutz von Brot und Salz« aus der Hand des Gastgebers angenommen hatte, war der Gast bei seiner Ehre dazu verpflichtet, den Haushalt des Gastgebers wie seinen eigenen zu respektieren. Dazu gehörte auch, den Viehbestand des Gastgebers nicht anzurühren und keinen Krieg gegen seinen Clan zu führen. Im Gegenzug durfte der Gastgeber den Gast nicht nach seinen Absichten fragen oder ihn zum Weggehen auffordern, ehe dieser dazu bereit war. Dies konnte bis zu einem Jahr und einem Tag dauern. Diese Sitte der Gastfreundschaft war so tief verwurzelt, daß sie in den ländlichen Gegenden Schottlands und Irlands zum Teil sogar bis in das frühe 20. Jahrhundert hinein existierte.

Die Initiation des Kriegers

Die offizielle Weihung oder Initiation eines jungen Kriegers bestand aus drei Ritualen: der Bewaffnung, der Namensgebung und der sexuellen Initiation.

Kriegerinnen hatten die Aufgabe, die jungen Männer nicht nur in Kampftechniken einzuweisen, sondern auch in die Sexualität. Wie bereits in Kapitel 1 erwähnt, war die unbegrenzte sexuelle Freiheit

---

* Ausgenommen von diesem Ehrenkodex waren »nichtoffizielle« Schlachten wie die unrühmlichen Viehdiebstähle. Dabei zählte ausschließlich das Überraschungsmoment und nicht die Fairneß oder eine Ausgewogenheit der Kräfte.

der keltischen Frauen einer der Gründe dafür, warum sie im Vergleich zu ihren Zeitgenossinnen in anderen Teilen Europas einen höheren Status in der Gesellschaft hatten. Diese Initiation hatte nichts damit zu tun, ob der junge Mann bereits sexuell aktiv war oder nicht. In der keltischen Gesellschaft war dies meist bereits zu einem viel früheren Zeitpunkt üblich. Die Initiation als Krieger war ein heiliger Akt, ähnlich den heiligen sexuellen Handlungen, die auch heute einen festen Bestandteil der modernen heidnischen Praxis darstellen (siehe Kapitel 9). In dieser Hinsicht erfüllten die Frauen ähnliche Funktionen wie die heiligen Prostituierten, die aus der römischen Kultur als Priesterinnen der Göttin Vesta bekannt sind. In der keltischen Gesellschaft fungierten sie auch als Personifikation des mythischen Göttinnenbildes von Mutter und Geliebter. Sie waren diejenigen, die die heiligen Könige weihten und ihnen die Macht und das Recht zur Herrschaft verliehen (siehe Kapitel 12). Göttinnen, die sowohl als Gottheiten der Schlacht als auch der Liebe (oder des »irdischen Vergnügens«) dienten, sind aus vielen Gebieten Europas bekannt. Diese Verbindung zwischen göttlichem Abbild und weltlicher Funktion war möglicherweise eine Methode, um sowohl dem Lehrer als auch dem Schüler die Einmaligkeit des Lebens und des Todes in ritueller Form vor Augen zu führen und sie auf diese Weise auf die Schlacht vorzubereiten.

Die bereits erwähnte Lehrerin Scathach hatte eine Schwester namens Aife, die ebenfalls ihr Lager auf der Isle of Shadow aufgeschlagen hatte und Krieger unterrichtete. Sie war allerdings weniger bekannt. Der Mythos von Aife beschreibt sie eher als sexuelle Lehrerin junger Krieger, während Scathach diese mit Waffen ausstattete. Aife kommandierte eine Legion starker Reiterinnen – Pferde galten bei den Kelten als Symbol sexuellen Mutes –, und Scathach brachte ihnen die verschiedenen Kampftechniken bei. Der Mythos vom Kriegshelden Cuchulain, der auf der Isle of Shadow ausgebildet worden war, enthält alle drei Elemente der Initiation eines Kriegers. Zunächst wurde ihm ein bestimmter Name gegeben, der sich auf seine Verpflichtungen (irisch *Geis*) bezog. Als zweites händigte ihm Scathach als Belohnung für seine Fähigkeiten bestimmte Waffen aus, und drittens erhielt er eine sexuelle Initiation von Aife, die ihm einen Sohn gebar. Erst nachdem alle diese drei Komponenten der Initiation ausgeführt waren, durfte Cuchulain als wirklich unbesiegbarer Krieger nach Irland zurückkehren.

Die vermutlich bekannteste Geschichte einer Frau, die einen Mann bewaffnete, ist in der Artussage zu finden. Darin schenkt die »Dame vom See« dem jungen König Arthur jenes Schwert, das unter dem Namen Excalibur bekannt wurde. Dies war nicht nur ein Akt der Bewaffnung, sondern sollte ihn auch als heiligen König weihen und die physischen Aspekte des Landes verkörpern. Diese Praxis war bei den Kelten sehr wichtig und wird ausführlich in Kapitel 9 beschrieben.

Die Namen spielten bei den Kelten ein große Rolle. Kriegern wurden häufig Namen verliehen, die sich auf ihre Fähigkeiten bezogen. Ein Kelte konnte viele Namen besitzen: einen spirituellen Namen, einen Namen, der seine Verdienste widerspiegelte, einen Clannamen, einen Kriegernamen, einen Rangnamen, einen Namen der Kindheit, einen Namen des Alters und so weiter. Einige Namen wurden geheim gehalten und waren entweder nur der Person selbst oder noch einigen wenigen Vertrauten bekannt. Der eigene Name reflektierte das wahre Selbst. Wenn man diesen preisgab, war man demjenigen, der ihn kannte, auch in gewisser Weise ausgeliefert. Die Namensvergabe bei der Initiation von Kriegern und Kriegerinnen in Verbindung mit deren Bewaffnung wird in vielen Mythen beschrieben.

Der bedeutende Mythos der Waliser Göttin Arianrod, deren Archetyp die Reinkarnation, Fruchtbarkeit und weibliche Autorität darstellt, beinhaltet ebenfalls die Namensvergabe und Bewaffnung. Doch in ihrem Mythos ist ein anderer Aspekt von noch größerer Bedeutung. Hier wird die Verlagerung von den auf Frauen konzentrierten Clans zu einer patriarchalen Struktur deutlich. Ihr wurde mit Hilfe einer Täuschung die Macht genommen, ihren Kindern einen Namen zu geben und diese zu bewaffnen. Arianrod konnte über ihren Körper frei bestimmen. Sie verband sich mit den Männern ihrer Wahl, so wie es ihr gesetzmäßiges Recht war. Dieses Recht wurde plötzlich in Frage gestellt, als ein Magier namens Math behauptete, sie habe zwei Kinder empfangen und diese nicht zur Welt gebracht. Als er eine Entscheidung von ihr erzwang, gebar sie zwei Söhne. Einer der Söhne schwamm sofort in das Meer davon, der andere blieb bei seinem Vater und wollte Krieger werden. Aber Arianrod weigerte sich, dem unerwünschten Sohn einen Namen und Waffen zu geben, wie es unter dem Waliser Gesetz ihr Recht war. Math gelang es durch einen Trick, doch beides von ihr zu erhalten, indem er den Sohn maskierte und dessen Kriegskünste ihre Aufmerksamkeit erregten.

Auch in diesem Mythos ist es bezeichnend, daß die Waffen von der Mutter überreicht werden mußten. Arianrod agiert hier als unabhängige Göttin, die den Krieger oder König mit Macht ausstattet und seinen Rang legitimiert. Die unabhängige Göttin repräsentierte das Land selbst und nur sie allein konnte wählen, wer es regieren und verteidigen sollte. Logischerweise würde sie für diese Art magischer Verbindung nur den stärksten und fruchtbarsten Krieger aussuchen. Aus diesem Grund ging die Ehre der Namensvergabe und der Bewaffnung an die Frauen über – an eine Mutter, Göttin oder Priesterin. Dieses Thema wird in den keltischen Mythen häufig wiederholt: in den Geschichten von der Dame vom See, die dem jungen Arthur das Schwert Excalibur aushändigte, sowie bei der Lehrerin Scathach, die dem Krieger Cuchulain das unbesiegbare Schwert Gae Bolg übergibt und in vielen anderen Mythen von Kriegern und Herrschern, die ihre Macht aus Kesseln und Kelchen erhielten – den Symbolen der Göttin.

Vermutlich haben auch die Frauen das Recht zum Kriegsdienst oder zur Herrschaft aus derselben Quelle erhalten, denn es gibt keinen anderslautenden, bekannten Präzedenzfall. Häufig wird jedoch allein die Tatsache, daß Frauen Männer im Kriegsdienst unterrichteten und umgekehrt, als Argument dafür verwendet, daß die keltischen Frauen entsprechend wohl auch durch keltische Männer initiiert worden seien. Doch dieses Argument zählt nicht, denn die Kunst der Lehre (ein sozialer Akt) und die Kunst der Initiation (ein spiritueller Akt) haben in der keltischen Gesellschaft keinen gemeinsamen Ursprung. Überzeugender ist hingegen folgende Annahme: Da die Frauen das Recht hatten, den Kriegern Namen und Waffen zu geben, und das Land, das sie verteidigen wollten, von einer Göttin (ebenfalls eine Frau) personifiziert wurde, liegt der Schluß nahe, daß die Frauen sowohl Männer als auch Frauen initiierten.

Diese Annahme wird auch von der keltischen Mythologie selbst bekräftigt. Dabei kann nicht nur die bereits erwähnte Arianrod als Beispiel herangezogen werden, sondern auch der Mythos der Göttin Cerridwen. Diese wurde häufig als Sau abgebildet, einem Sinnbild für das Land und dessen Überfluß, ähnlich den Göttinnen der Herrschaft. Cerridwen ist berühmt wegen ihres Kessels der Weisheit, bekannt unter dem Namen »Amen«, in dem sie den Weisheitstrank »Greal« braute. Es wurde schon häufig versucht, diesen Begriff etymologisch von dem Wort *Gral* abzuleiten. Dieses Gebräu mußte ein Jahr und einen Tag lang kochen – ein üblicher Zeitraum in der keltischen Magie. Cerridwens Diener und Schüler, der junge Gwion, war mit der Sorge um den Trank im Kessel betraut. Als ein wenig von der blubbernden Mischung auf seinen Finger spritzte, steckte er diesen instinktiv in den Mund. Daraufhin wurde ihm die gesamte Weisheit der Vergangenheit, Gegenwart und Zukunft zuteil. Wohl wissend, daß der Trank für Cerridwens Sohn gedacht war, beschloß er zu fliehen.

Cerridwen verfolgte ihn daraufhin hartnäckig, während beide fortwährend ihre Existenzform veränderten. In jeder dieser Verwandlungen nahm Cerridwen die Rolle der Jägerin ein, um den nunmehr zum Opfer gewordenen Gwion zu fangen und zu töten.

Schließlich gelang es Cerridwen, Gwion in der Form eines Getreidekorns habhaft zu werden. Sie war die Henne, die ihn zu sich nahm. Das Korn schlug in ihrem Schoß Wurzeln, und Cerridwen gebar Gwion als den großen Barden Taliesin wieder. Einige Heiden interpretieren diese magische Jagd als die verschiedenen Ebenen der Initiationsriten, die in der keltischen Priesterschaft ausgeübt wurden. Die letzte der Verwandlungen mündet in der Wiedergeburt und stellt das neue Selbst dar, das nach der Initiation in Erscheinung tritt.

Leider wird dieser Mythos häufig auch als Akt des Zorns gesehen, wobei Cerridwen Gwion verfolgt, um ihn zu bestrafen, weil er etwas gestohlen hat, das nicht ihm gehört. Es lohnt sich aber, jene Mythen, die eine spirituelle Weisheit beinhalten, genauer nach ihren tieferen Bedeutungen zu befragen. In diesem Fall bietet sich die Frage an, in welcher Weise diese Geschichte eine Initiation darzustellen versucht, in der Cerridwen als Lehrerin und Gwion als Schüler agiert. Es mag zwar hart für einen Lehrer sein zu beobachten, wie der eigene Schüler das rechte Maß überschreitet, aber die Jagd scheint nicht angetrieben von einem solchen Ärger oder von Eifersucht. Es ist die Aufgabe eines Lehrers, einen Schüler herauszufordern, wenn er die Bereitschaft des Schülers dazu fühlt. Ohne Herausforderungen kann ein Schüler nicht wachsen oder darauf hoffen, sein ganzes Potential zu entwickeln. Sobald der Schüler Gwion die Weisheit erlangt hatte, mußte die Lehrerin Cerridwen ihn dazu herausfordern, sie auch zu benutzen.

Die Wiedergeburt Gwions als Taliesin durch Cerridwen ist von einigen als weitere Geschichte einer alles verschlingenden Göttin interpretiert worden, die sich wahllos die Lebenskräfte der Männer einverleibt (siehe Kapitel 2). Auch jene, die die mythische Bedeutung einer verzehrenden Göttin erkannt haben, im Sinne eines Glaubens an Reinkarnation, verstehen häufig nicht, daß das Verschlingen selbst auch ein Teil der Reinkarnation ist – der greifbare Beweis für die Errungenschaften Gwions. Nachdem er Cerridwens Herausforderung bestanden hatte, verlieh sie ihm eine neue Identität. Anders ausgedrückt: Sie führte ihn in tiefere Mysterien ein, und er ging daraus als jemand Besseres hervor. Dies macht die spirituelle Wiedergeburt aus.

Die Kriegerköniginnen

Die keltischen Clanoberhäupter und Herrscher wurden nicht immer aufgrund der Erbfolge bestimmt, sondern traditionellerweise auf der Basis ihrer Fähigkeiten im Kampf. Der beste Krieger wurde zum Anführer ernannt. Diese Praxis gab auch den Frauen die Möglichkeit, an dem Wettstreit teilzunehmen, und einigen gelang es, diesen hohen Status zu erreichen.

Die berühmteste der weiblichen Kriegerköniginnen war Medb (Maeve) von Connacht aus Irland. Ihr Mythos berichtet von einer starken, kompromißlosen Frau, die ihre Truppen wie eine Löwin in den Kampf führte. Wie andere Figuren aus der alten keltischen oder anderen Mythologien, war auch Medb eine interessante Mischung aus Heldin, historischer Person und Göttin. Da die meisten ihrer Mythen bis zum 11. Jahrhundert u. Z. nicht niedergeschrieben wurden, ist es beinahe unmöglich, ihre genauen Wurzeln festzustellen bzw. die ineinander verwobenen Geschichten auseinanderzuhalten. Einer ihrer Ursprünge mag in der Schutzgöttin von Tara zu finden sein, jener Festung, in der die irischen Könige so lange beheimatet waren. Als regierende Königin von Connacht personifiziert sie im Mythenzyklus vom »roten Zweig« den Inbegriff weiblicher Macht: Sie ist Kriegerin, Verführerin und Herrscherin. Medb war bekannt wegen ihres heftigen Temperaments und ihres starken Willens und prahlte damit, daß sie in einer Nacht mehr als 30 Männer sexuell erschöpfen könne. Ihre persönliche Macht wird am deutlichsten durch die Tatsache unterstrichen, daß man sich hütete, Schlachten gegen sie zu führen, wenn sie menstruierte, denn damals glaubte man, diese »Mondzeit« markiere den Gipfelpunkt weiblicher Kraft.

Eine weitere halbhistorische Figur war Nessa, Mutter des Königs Conor Mac-Nessa, der im 3. Jahrhundert u. Z. auf den Thron gelangte. Die Mutter hieß ursprünglich Assa, was »freundlich« bedeutet, und war eine große Gelehrte. Ihre Hofmeister wurden von einem neidischen Druiden ermordet, woraufhin sie sich als Kriegerin ausbilden ließ und den Namen »Nessa« (»unfreundlich«) annahm. Sie verband ihre herausragenden mentalen und körperlichen Fähigkeiten und sicherte auf diese Weise den Thron für ihren Sohn.

Bei den kontinentalen Kelten wurde ein Stamm namens Bructeri von einer kräftigen Reiterin und Kriegerkönigin namens Veleda regiert. Während ihrer Herrschaft befand sich ihr Volk im Krieg gegen Rom. Ihre militärischen Kenntnisse und ihre starke Führungspersönlichkeit führten zu einem kühnen Plan: Ihre Truppen stahlen ein römisches Schiff und zogen dieses den Fluß Lippe hinauf bis zu ihrer Festung. Damit war die Schlacht für die Kelten entschieden.

Es gibt auch einige andere Kriegerköniginnen, deren Leben uns aus einer bestimmten historischen Epoche bekannt ist. Verschiedene schriftliche Bezüge zeugen von ihrem Leben und ihren Taten. Zu den berühmtesten gehört Boudicca, eine Herrscherin über einen keltischen Stamm, der im 1. Jahrhundert u. Z. unter dem Namen Iceni bekannt war. Sie führte eine Revolte gegen die römische Regierungsmacht im südlichen England an und verdankte ihrer Schutzgottheit, der Kriegsgöttin Andraste, einen Großteil ihres Erfolges. Boudicca bot Andraste regelmäßig Opfer dar, meist in Form gefangengenommener Feinde.

Boudicca wurde heimlich begraben, nachdem sie sich dazu entschlossen hatte, Gift zu nehmen, um der Gefangenschaft zu entgehen. Es heißt, sie sei in dem heiligen Eichenhain beerdigt worden, in dem bereits ihre königlichen Vorfahren ruhten. Sie wurde stehend begraben, das erhobene Schwert in der Hand, das Gesicht nach Süden gewandt – dem Feind Rom entgegen. Dies ist ein starkes feminines Bild in einer Kultur, die ihre Krieger überwiegend als Männer aufgezeichnet hat.

Eine weitere Frau, die in die historischen Aufzeichnungen Eingang gefunden hat, war Cartimandua, Kriegerkönigin eines Brigantenstammes, der ebenfalls gegen die römische Invasion kämpfte. Die Legenden um sie wurden manchmal mit jenen der Göttin Brigit und der Göttin Epona vermischt.

In dieser edlen Tradition stehen viele keltische Frauen, die das Schwert aufnahmen, um Kriegerinnen und Gesetzlose zu werden, wenn ihnen von der Gesellschaft, in der sie lebten, keine andere Chance gegeben wurde. Es ist offensichtlich, daß diese »modernen« Kriegerinnen die Bedeutung kannten, die ihre Weiblichkeit in bezug auf ihre Kraft als Kriegerin hatte. Obwohl die Verwendung des Beinamens *ni* (irisch für »Tochter von«) im Mittelalter allmählich immer mehr zu Gunsten des beinahe universellen *mac* (irisch für »Sohn von«) wich, gab es Frauen, die die mütterliche Abstammungslinie ganz bewußt weiter in ihrem Nachnamen führten. Diese kämpferischen Frauen waren stolz darauf, obwohl dies damals bedeutete, sich selbst als unehelich bzw. vaterlos zu brandmarken. Bei den alten Kelten gab es solche sozialen Unterscheidungen nicht, aber im frühen Mittelalter war es üblich, diese Last jenen aufzubürden, denen man keinen sozialen Status und keine ökonomische Macht zubilligen wollte.

In Irland gehören die Namen Ebha Ruagh ni Murchu und Marie ni Ciaragain in die Reihe bekannter Kriegerinnen aus dem frühen Mittelalter. Im elisabethanischen Zeitalter (1558–1603) war die irische Grainne ni Malley eine berühmte Piratin, die englische Schiffe überfiel. Die Legenden um Grainne haben bereits epische Ausmaße angenommen, und heute läßt sich Wahrheit und Fiktion kaum noch unterscheiden. Ihre Angriffe auf die englischen Boote waren aber wohl so erfolgreich, daß Königin Elisabeth Grainne zu sich an den Hof einlud und ihr wertvolle Bestechungsgeschenke anbot, damit sie die englischen Schiffe verschonte. Grainne lehnte die Angebote ab und kehrte nach Irland zurück, wo sie einen englischen Adeligen als Geisel gefangen hielt, bis die britische Admiralität ihre Hoheit über die Irische See anerkannte.

Keltische Religion und Kriegsführung

Die keltische Religion hatte einige religiöse Aspekte, die für Menschen von heute nur schwer verständlich sind. In den modernen Gesellschaften ziehen Partisanen in den Krieg, wobei jede Gruppe behauptet, »Gott« sei auf ihrer Seite. Es werden Gebete für den Sieg und Schutz der Soldaten gesprochen und anschließend werden die jungen Männer (und jetzt auch einige junge Frauen) in den Kampf geschickt. Der Religion begegnen sie erst dann wieder, wenn sie im Krankenhaus gelandet sind und die Regierung einen Pfarrer vorbeischickt.

Die Religion war bei den keltischen Stämmen hingegen im gesamten Leben des Stammes integriert, und es gab keine Einteilung in religiöse und weltliche Bereiche wie in den modernen Gesellschaften. Deshalb spielte der spirituelle Moment sowohl bei den Vorbereitungen als auch bei den Plünderungen und Erfolgen der Kriege eine wesentliche Rolle.

Zu Beginn eines wohldurchdachten Feldzugs waren die Segnungen der Druiden und Priesterinnen unabkömmlich. Anhand von Prophezeiungsritualen wurde versucht, den bestmöglichen Ablauf der Aktionen und das voraussichtliche Ergebnis zu bestimmen. Je nach Fähigkeiten der Druiden oder Priesterinnen wurden verschiedene Wahrsagungstechniken angewendet. Zu diesen Methoden gehörte zum Beispiel die Betrachtung der Wolkenformationen, das Kristallesen, eine Reise in die Innenwelt, die Eingeweideschau und verschiedene andere Techniken.

In Cornwall und Wales war die Schicksalsgöttin Aerfen für den Ausgang einer Schlacht verantwortlich. In der heutigen Stadt Glyndyfrdwy brachten die Clans ihr alle drei Jahre Opfer in ihrem Schrein dar, um sich ihr Wohlwollen in künftigen Kriegen zu sichern.

Boudicca von Iceni bot ihre Opfer Andraste dar und verwendete ihr Totemtier, einen Hasen, sowohl zur Weissagung als auch als Zeichen zum Angriff für ihre Truppen. Boudicca hatte sich ein System erarbeitet, durch das sie den Ausgang des Kampfes am Laufmuster und der Laufrichtung des Hasen erkennen konnte.

Es galt als unheilvolles Zeichen für den Ausgang der Schlacht, wenn Luideag, der Wäscher an der Furt, in Erscheinung trat. Ähnlich der besser bekannten, keltischen Fee Banshee (gälisch Beansidhe), erschien der Wäscher als Spektralerscheinung einer alten Frau, die Leichentücher in einem daraufhin rot getränkten Fluß wusch. Wenn eine Kriegerin dieser Erscheinung begegnete, wußte sie, daß sie in der nahestehenden Schlacht dem Tod geweiht war. Ähnlich wie Banshee, die in der Nacht vor dem Tod eines bestimmten Familienmitglieds ihre Klage erhob, konnte man auch die Totenklage (irisch *Caoine*) des Wäschers hören. Die Caoine ist eine besondere keltische Form der Trauer, die in manchen Teilen Irlands auch heute noch von Frauen ausgeübt wird. Aus der Mythologie geht hervor, daß die Göttin Brigit die erste Frau war, die diese Totenklage erhob, als sie entdeckte, daß ihr Sohn Ruadan, das Kind ihres Mannes Bres, tot auf dem Schlachtfeld lag.

In der Nacht vor einer Schlacht war es auch üblich, dem Stamm einen »Cath« vorzulesen. Ein Cath war eine Art epische Geschichte über den Krieg, die am Vorabend der Schlacht vorgelesen wurde, um einen wohlgesonnenen Zauber für den Kampf heraufzubeschwören. Da das Geschichtenerzählen in der keltischen Gesellschaft einen hohen Stellenwert hatte, hielt sich dieser Brauch bis in das frühe 20. Jahrhundert als »Segnung der Geschichte«. Moderne Heiden würden dies heute als »Geschichtenzauber« bezeichnen – ein Zauber, der in Form einer zusammenhängenden Geschichte vorgetragen wird.

Meist wird angenommen, all diese Segnungen und Geschichten aus dem Druidentum seien ausschließlich von hochrangigen Männern im Stamm vorgetragen worden. Für die spätere Zeit ist diese Annahme vielleicht sogar richtig, aber das irische Wort für Segnung ist ein sehr altes, in dem die Verbindung zur weiblichen Kraft noch sehr deutlich ist. Das irische Wort für Segnung lautet *beannacht* und enthält den Wortstamm für Frau: *bean*.

Die Krieger fragten die Priesterinnen häufig um Rat, sie baten um einen magischen Zauber, der sie in der Schlacht unverletzbar machen sollte, oder um einen Zauber für ihre Waffen, damit diese jederzeit einen perfekten Schlag ausführen konnten. Die keltischen Mythen belegen diesen Glauben; zum Beispiel die Sage vom berühmten Schwert Gae Bolg, das Cuchulain von Scathach übergeben wurde. Wer in den Besitz einer solchen Magie gelangt war, mußte die Regel des Schweigens befolgen. In der modernen, heidnischen Magie ist das Schweigen das oberste Gebot, um die Kraft einer Magie aufrechtzuerhalten. Es gibt viele keltische Geschichten, die davon berichten, wie Krieger durch Vertrauensmißbrauch vernichtet wurden. Ein Beispiel dafür ist die Geschichte von Niamh, Tochter des großen Druiden Celtchair am Hof des Königs Conchobar. Niamh heiratete einen Krieger, dessen magisches Geheimnis seine Unbesiegbarkeit im Kampf war. Sie überredete ihn dazu, ihr sein Geheimnis preiszugeben, und überbrachte die Information anschließend ihrem Vater, der ihn daraufhin töten konnte. Als Belohnung wurde Niamh mit dem Mann ihrer Wahl verheiratet, dem Sohn des Königs.

Zu den weiteren Vorbereitungen für die Schlacht gehörte die Körperbemalung, die bei fast allen Stammesvölkern der Welt ein Kriegsritual ist. Die Kelten favorisierten dabei die Farben Gelb und Blau, die aus Safran bzw. einem Waidholz gewonnen wurden. Blau gehörte zu den beliebteren Farbtönen. Die Körperbemalung hatte sowohl eine spirituelle als auch eine physische Bedeutung. Der geistige Sinn bestand darin, den Krieger mit seinen Mitstreitern zu verbinden und sie damit als Einheit agieren zu lassen und sie gleichzeitig mit der Macht des Göttlichen zu verbinden. Auf der rein physischen Ebene sollte die Bemalung den Krieger als Angehörigen des jeweiligen Stammes kennzeichnen und damit von den anderen Kämpfern im Schlachtgetümmel unterscheidbar machen.

Auch von den Griechen und Römern ist übermittelt, daß manche Kelten nackt in die Schlacht zogen, lediglich mit einer Körperbemalung und ihren Waffen versehen. Die unter dem Namen *Gaesetae* (»Speermänner«) bekannten Krieger waren dafür berühmt, daß sie unbekleidet kämpften. Vermutlich versuchten sie, auf diese Weise ihre Wesen und Auren miteinander zu verbinden und so während der Schlacht eine geschlossene Einheit zu bilden.

Eine weitere Sitte der keltischen Kriegsführung, die zu heftigen Kontroversen geführt hat, ist das Kopfabschlagen des Feindes. Der Kopf hatte in der keltischen Mythologie eine überragende Bedeutung. Dort befand sich die Weisheit, er war die Heimat des ewigen Geistes – dort blieb etwas von der Lebensessenz auch nach dem Tod erhalten. Eine der bekanntesten »Kopfgeschichten« in den keltischen Mythen handelt von Bran, dem Anführer eines Bataillons Waliser Krieger. Als er getötet wurde, trennte man seinen Kopf ab und ergötzte sich acht Jahre lang daran. Dann stellte man ihn an der Stätte des heutigen Towers in London zur Abschreckung und Warnung vor weiteren Invasionen auf.

Nach vollendeter Schlacht schlugen die siegreichen Krieger die Köpfe der geschlagenen Feinde ab und steckten sie an Pfählen um ihr Stammeslager als Schutzamulette auf. Die Sitte, dem Feind nach der Schlacht den Kopf abzutrennen, hielt noch bis in das 14. Jahrhundert an, obwohl die Vorstellung vom Kopf als Symbol für Macht, aber auch Respekt vor dem kämpferischen Geist des Feindes bereits lange verlorengegangen war.

Die größte Ehre für einen Krieger war es, wenn er durch das Lied eines Barden gepriesen wurde, auf der rechten Seite des Clanchefs oder Königs Platz nehmen durfte und bei der Siegesfeier die »Kriegerportion«, das größte und feinste Stück Fleisch, erhielt.

Die Kriegerinnen nahmen ebenso an all diesen Ereignissen rund um eine Schlacht teil, doch ging ihre Zahl zwischen 800 und 100 v. u. Z. drastisch zurück. Und wenn damals eine Frau rechts vom König saß oder die Kriegerportion erhielt, sind darüber keine Aufzeichnungen gemacht worden, oder sie haben nicht überlebt. Doch die Berichte der griechisch-römischen Kriegsherren aus dem 1. Jahrhundert u. Z. haben überlebt, und in ihnen wird die Rolle der Frau im Kampf als eine unterstützende Kraft beschrieben. Sie brachten frische Pferde, trugen verwundete Krieger vom Schlachtfeld und sprachen ähnlich den Priesterinnen einen Bann und rituelle Schwüre gegen den Feind aus.

Kriegsgöttinnen und Schlachtfurien

Obwohl in den keltischen Mythen fast ausschließlich Männer als Krieger gefeiert werden – der gesamte Fianna- und größtenteils auch der Ulsterzyklus konzentrieren sich auf männliche Figuren –, bleibt es eine Tatsache, daß die keltischen Gottheiten des Krieges, der Schlacht und des Schlachtfeldes (»Furien«) überwiegend weiblich waren und die Charakterzüge einer Mutter oder einer alten Frau tragen. Dies mag auf den ersten Blick unlogisch erscheinen, vor allem der mütterliche Charakterzug (mit Eigenschaften wie nährend und lebensbejahend) scheint vollkommen fehl am Platze. Doch der Archetyp des Kessels vermittelt uns einen anderen Zugang zu diesen scheinbar unvereinbaren Bildern. Der Kessel stellt eine Quelle für Status, Inspiration, Weisheit und Transformation dar (siehe die Geschichte von Cerridwen). Es ist zwar kein keltischer Mythos von der Entstehung der Welt überliefert, aber die Verbindung zwischen den Flüssigkeiten im Kessel und dem Blut der Muttergöttin ist deutlich. Wenn kein Kessel vorhanden ist, können auch andere Elemente, z. B. Flüsse, Seen und Quellen, den Archetyp der Regenerationskräfte erfüllen. Da die Kelten glaubten, das Land der Toten läge jenseits oder unter dem Wasser, stellte das Wasser für die Kelten einen jener Zwischenbereiche dar, der zudem für äußerst machtvoll gehalten wurde. Es war jener Punkt, an dem sich die physikalische Welt mit der Anderswelt traf und vermischte.

Die fruchtbaren Kräfte des Kessels reichten bis in die physikalische Welt, wenn er dort als Topf für die Zubereitung lebenserhaltender Nahrung verwendet wurde. Eine jener vielen Göttinnen, bei denen die Kelten in der Schlacht Führung und Inspiration suchten, war die irische Göttin Sin. In der späteren folkloristischen Tradition wurde sie auf das Maß einer kleinen Feenkönigin reduziert, die sich gierig vom Blut der Krieger nährte. In älteren Legenden, vermutlich aus mündlicher Überlieferung, wird sie als Göttin beschrieben, die aus Wasser Wein und aus Blättern Schweine machen konnte und damit die Legion ihrer Soldaten ernährte. In den keltischen Mythen werden die Kessel häufig als Gefäße beschrieben, die unbegrenzten Nachschub für die Krieger lieferten, darunter auch Kessel von einigen Gottheiten wie Bran und Dagda. Interessanterweise handelte es sich bei beiden Gottheiten, die diese Kraft besaßen, um männliche Figuren, aber das Instrument der Regeneration ist der Kessel, das wichtigste Symbol der Göttin.

Die zweifellos bekannteste keltische Schlachtfurie ist Morrigan, eine Triadengöttin des Krieges und der Vernichtung, deren Name »Große Königin« bedeutet. Manchmal wird sie als Vereinigung von drei alten Frauen beschrieben, manchmal eher in der klassischen Variante einer Triadengöttin aus Jungfrau, Mutter und alter Frau. Die drei Göttinnen, die sich zu Morrigan verbunden haben, sind Badb, Macha und Nemain.

Die Kelten glaubten, daß Morrigan während der Schlachten in der Form eines Raben oder einer Rabenkrähe über sie hinwegflog. Manchmal erschien sie als Wolf verkleidet und konnte sich unverletzt durch die wilden Schlachtreihen bewegen. Wenn eine Schlacht beendet war, verließen die Soldaten das Schlachtfeld bis zum Morgengrauen, damit Morrigan die Seelen der Toten einfordern konnte. Zu dieser Zeit war das Schlachtfeld ein heiliger Boden. Die Schotten hatten ebenfalls eine Göttin des Schlachtfeldes namens Bellona; es wird vermutet, daß dieser Name eine Abwandlung von Badb ist.

Die Kelten glaubten auch, daß Morrigan ein Regiment aus den gefallenen Soldaten aufstellen und ihre leblosen Körper in einer Art makabrem Spektraltanz weiterhin in das Schlachtgeschehen einbringen könne. Die Fähigkeit der Göttin, Legionen von toten Körpern aufmarschieren zu lassen, steht in enger Verbindung zu anderen Mythen um die Göttin, deren Wesenszug es war, Leben zu nehmen und zu geben. Das Bild eines Kessels spielt in vielen dieser Mythen eine Rolle. So gibt es zum Beispiel einen solchen Mythos um die Waliser Kriegsgöttin Cymidei Cymeinfoll, deren Name »großer Bauch der Schlacht« bedeutet. Der große Bauch war ein Bild, das Schwangerschaft symbolisieren und damit ebenfalls einen Bezug zu den Regenerationskräften herstellen sollte. Dieser Göttin wurde nachgesagt, sie könne innerhalb von sechs Wochen einen Krieger wieder zur Welt bringen. Cymidei und ihr Mann Llasar Llaesyfnewid besaßen einen magischen Kessel, in den sie auf dem Schlachtfeld gefallene Krieger eintauchen konnten. Die Krieger stiegen dann wieder quicklebendig aus dem Kessel und konnten die Schlacht fortführen – allerdings verloren sie dadurch ihre Sprache. Dieser Verlust galt sowohl als Opfer zugunsten des eigenen Clans, aber auch als Symbol für Veränderung und Wiedergeburt.

Die keltischen Mythen und die folkloristische Tradition ist voll von weniger bedeutenden Kriegsgöttinnen. In Wales und dem keltischen England wurde die Göttin Agrona häufig mit Morrigan gleichgesetzt. Obwohl ihr Name die gleiche Wurzel wie das lateinische Wort *ager* (Acker, Land) enthält, gibt es keinen Beweis dafür, daß sie eine Göttin der Landwirtschaft oder Ernte war. Vermutlich handelte es sich bei ihr um eine Mischung aus dem Bild »Mutter des Landes« und »alter Frau«, die Leben nahm.

Die keltischen Kriegsgöttinnen werden meist in sehr gefälliger Weise abgebildet, gelegentlich jedoch mit einem wilden Gesichtsausdruck. Eine war allerdings durch ihre Scheußlichkeit charakterisiert: die irische Göttin Lot aus einem prä-danannischen Volk, das unter dem Namen Fomorier bekannt ist. Dieser Mythos ist vermutlich eines der vielen Nebenprodukte, die unvermeidlicherweise dadurch entstehen, daß die Sieger jeweils auch die offiziellen Chroniken der Geschichte verfassen. Die Fomorier wurden vom Volk der Tuatha De Danann besiegt und vertrieben. Erstere wurden daraufhin zu schrecklichen Meeresungeheuern und letztere zu wunderschönen Gottheiten und Göttinnen der Kelten stilisiert.

An all diese Kriegsgöttinnen wird jedoch nicht nur in Mythen erinnert, sondern auch in Form von bronzenen und steinernen Statuetten und Münzprägungen aus der frühen europäischen Eisenzeit (1500–1200 v. u. Z.). Wie bereits erwähnt, werden diese Darstellungen häufig keltischen Frauen und nicht Göttinnen zugeschrieben, doch auf einigen Statuetten sind Inschriften vorhanden, die diese als Göttinnen des Krieges bezeichnen. Auf anderen ist das Abbild von Gänsen zu sehen, einem aggressiven Vogel, der Wachsamkeit und Abwehr symbolisiert. Andere zeigen jene Pferdebilder, die so bezeichnend sind für die Kriegsgöttinnen und die keltischen Frauen, die herausfordernd auf dem Rücken von Pferden in die Schlacht zogen.

Die Pferde spielen in den Mythen der Kriegerköniginnen und Kriegsgöttinnen eine wichtige Rolle, denn sie stellen die Verbindung zur Anderswelt oder dem göttlichen Reich dar. Pferde sind in den keltischen Mythen Symbole für sexuelle Fähigkeiten und persönliche Macht und verbinden die Anderswelt mit der physikalischen Welt. Viele Göttinnen in Pferdeform sorgten für den Transport zwischen den beiden Welten, wie in der Sage von Rhiannon nachzulesen ist. Es mag sein, daß die in England gefundenen, in Kalkhügel eingeschnittenen weißen Pferde bei Ufflington und Cambridge Bezug nehmen auf die Kriegerköniginnen und -Göttinnen und einst dazu gedacht waren, sowohl deren Schutz als auch deren Fruchtbarkeitssegnungen für das Land zu empfangen.

Narben des Kampfes und Übergangsriten

In der Geschichte wurde das Kriegsgeschehen meist als männliche Aktivität betrachtet. Trotz der Erfolge der Kriegerköniginnen dominierten auch bei den Kelten die Männer das Schlachtfeld. Die Aufregung, mit der viele junge Männer die Aussicht auf einen Krieg begrüßen – auch in jüngster Zeit –, erschreckt die Frauen eher und verstört sie. Seit frühester Zeit waren Schlachten für junge Männer immer auch Riten, die jenen Zeitpunkt kennzeichneten, zu dem sie in der Gemeinschaft als Erwachsene anerkannt wurden. Unter den Kelten zeigte man sich einst die Narben und Wunden aus einer Schlacht mit ähnlichem Stolz, wie ein moderner Soldat seine Medaillen und Auszeichnungen präsentiert. Bei den Frauen spielte dieser Aspekt keine Rolle. Narben aus der Schlacht hoben sie wohl kaum in den Stand von Erwachsenen.

Frauen hatten schon immer den Vorteil, daß ihr Körper ihnen mitteilte, wann sie keine Mädchen mehr sind. Der weibliche Ritus für den Eintritt in das Erwachsenenleben ist die Menarche, das Einsetzen der ersten Menstruation. Diese setzt auf natürliche Weise ein, und die Frauen müssen nicht danach suchen. In beinahe allen alten Kulturen wurde die Menstruationszeit der Frauen als die Periode größter persönlicher Kraft gesehen. Oft wurden Frauen dazu aufgefordert, sich in diesen Tagen vom Rest des Stammes fernzuhalten. Es galt als heiliger Akt, diese Zeit in Verbindung mit der Göttin zu verbringen oder währenddessen an Zaubern und Ritualen zu arbeiten, um deren Kraft zu fördern.

Frauen können sich selbst bewaffnen und sich selbst als Kriegerinnen bezeichnen. Sie können lernen, dieses kriegerische Selbst aus ihrem tiefsten Innern hervorzurufen, wenn es notwendig ist. Das Ritual im nächsten Kapitel beschreibt diesen Vorgang.

Fragen für die keltische Kriegerin

Anhand der folgenden Fragen können Sie Ihre eigenen Wünsche und Fähigkeiten einschätzen, um zu erfahren, ob Sie eine Kriegerin sein möchten. Der Zweck der Fragen besteht darin, sich selbst zu bewerten. Es gibt keine richtigen oder falschen Antworten.

- Wie definieren Sie »Kriegerin«?
- Wie sehen Sie die Rolle der Krieger in der keltischen Gesellschaft? Was halten Sie von Kriegerinnen?
- Wie nehmen Sie eine Kriegerin intuitiv wahr?
- Wie paßt der kriegerische Aspekt Ihres Selbst zu den anderen Ausdrucksformen Ihres keltischen Heidentums?
- Ist es notwendig, kämpferisch zu sein, um den geistigen Weg der keltischen Frau gehen zu können? Warum oder warum nicht?
- Haben Sie sich in Ihrem Leben jemals wie eine Kriegerin gefühlt? Wenn ja, wann?
- Hatten Sie jemals das Gefühl, daß der kämpferische Aspekt Ihres Selbst keine weibliche Ausdrucksform ist? Wann und warum?
- Erlauben Sie anderen zu oft, Sie zu kontrollieren? Oder versuchen Sie zu oft, andere zu kontrollieren? Wie würde Ihr kämpferisches Selbst diese Aspekte beurteilen? Sowohl positiv als auch negativ?
- Handeln Sie in Ihrem täglichen Leben auf der Basis der allgemeingültigen Regeln des Zusammenlebens, oder verlassen Sie sich zu häufig auf magischen Schutz?
- Gibt es andere, die von Ihrem Schutz oder positiven Urteil abhängig sind?
- Haben Sie den Eindruck, daß das Dasein als Kriegerin Ihre anderen keltisch-spirituellen Aufgaben stört, zum Beispiel Ihr Dasein als Priesterin oder die Teilnahme an einem Hexensabbat oder eine persönliche Reise in die Anderswelt? Oder sind Sie der Meinung, daß diese anderen Aspekte durch Ihren Kriegerinnenstatus in neuem Licht erscheinen? Warum oder warum nicht?
- Möchten Sie in der heutigen Zeit eine Kriegerin sein? Warum oder warum nicht?

5 Einweihung der Kriegerin

Ritual für eine Frau

Die Frau von heute wird vermutlich nicht auf dem Schlachtfeld gegen feindliche Stämme kämpfen – auch wenn dies nicht ausgeschlossen ist, falls sie in einer modernen Armee arbeitet –, aber sie ist dazu aufgerufen, für ihre Prinzipien und ihren Glauben zu kämpfen, um sich selbst vor Übergriffen und Diebstahl zu schützen, um ihre Kinder und ihr nahestehende Personen vor Gefahren zu bewahren oder einfach, um ihre eigene Selbstachtung zu erhalten.

Traurigerweise haben moderne Frauen nicht gelernt, für sich selbst zu kämpfen. Vielen Frauen wurde beigebracht, stillzuhalten und ihre Macht heimlich auszuspielen, indem sie die Männer in dem Glauben ließen, sie hätten ein Problem bewältigt, dessen Lösung aber in Wirklichkeit von den Frauen stammte. Die jungen Frauen sind in einer gewalttätigen Welt großgeworden; ihnen wurde beigebracht, persönliche Macht mit der Überlebensstrategie »Angriff ist die beste Verteidigung« gleichzusetzen. Dies ist ein ebenso armseliges Kriegerinnenmodell wie die absolut passiven Rollen aus der Babyboom-Generation. Jene Frauen, die vor dem Zweiten Weltkrieg aufgewachsen sind, hatten weniger positive Rollenmodelle zur Hand als die beiden späteren Generationen. Alles in allem ist es verwunderlich, daß es überhaupt noch gesunde und selbstbewußte Frauen gibt.

Moderne Kriegerinnen wissen, daß der größte Unterschied zwischen den Menschen mehr auf dem Geschlecht beruht als auf anderen Umständen, die Menschen voneinander trennen. Uns wird zwar glauben gemacht, daß die größten Probleme auf verschiedenen ethnischen Zugehörigkeiten, Religionen und Weltanschauungen basieren, aber denken Sie einmal über all jene Frauen nach, die Ihnen in Ihrem Leben begegnet sind: Was sie erduldet haben, wie sie es geschafft haben zu überleben und wie sie in vielen Fällen auch triumphiert haben. Für sie gibt es keine andere übergeordnete Kategorie, sie sind einfach alle nur Frauen. Denken Sie an jene Frauen, die von ihren Vätern, Brüdern oder Müttern geschlagen werden. Denken Sie an jene, die an ihrem Arbeitsplatz sexuell belästigt werden. Denken Sie an jene, die vergewaltigt wurden. Denken Sie an jene, die sich entscheiden mußten, ob sie ihre geliebten Kinder erziehen oder zwei schlecht bezahlte Jobs annehmen, um allein für das Auskommen sorgen zu können. Denken Sie an die verschiedenen Gesetze, die meist von Männern aus den oberen sozialen Schichten verabschiedet wurden und Frauen in Situationen zwingen, an denen andere schon längst zerbrochen wären. Dies alles sind weltweite Probleme, die vor keinen Unterschieden haltmachen, außer vor dem Geschlecht.

In den Medien werden häufig Unterschiede zwischen den verschiedenen Hautfarben gemacht: Wenn ein weißer Mann eine schwarze Frau angreift, erregt dies weniger Aufsehen als der Angriff eines schwarzen Mannes auf eine weiße Frau. Aber in Wirklichkeit reduziert sich das Problem immer auf den entscheidenden Punkt: Ein Mann greift eine Frau an. Die Medien implizieren mit solchen Darstellungen, daß es akzeptabler wäre, wenn diese geschlechtsspezifischen Auseinandersetzungen innerhalb derselben ethnischen, religiösen oder ökonomischen Gruppe stattfinden. Sie versuchen, die Frauen davon zu überzeugen, daß der Feind aus anderen ethnischen, religiösen oder sozio-ökonomischen Zusammenhängen stammt, und stülpen den Frauen damit typisch männliche Feindbilder über. Durch diese Strategie werden die Frauen voneinander getrennt. Ein solcher Blickwinkel hindert uns daran zu erkennen, daß die Frauen grundsätzlich ähnliche Ziele verfolgen, ähnliche Erfahrungen sammeln und ähnlichen Problemen gegenüberstehen. Wenn Frauen gegeneinander kämpfen, bleiben sie isoliert und schwach.

Da ich viele Freunde unterschiedlicher ethnischer Herkunft, Religion und Kultur habe, konnte ich dieses Prinzip selbst miterleben. Ich habe mich lange mit vielen Frauen aus aller Welt unterhalten, und trotz aller Unterschiede gab es nie Verständigungsschwierigkeiten, wenn von den Problemen der Frauen die Rede war. Wenn Sie keine solchen Erfahrungen gesammelt haben, sollten Sie nach entsprechenden Gelegenheiten Ausschau halten. Die Übereinstimmung in den Erfahrungen und Wahrnehmungen der Frauen kennenzulernen ist ein bekräftigendes Erlebnis. Außerdem ist es für die herrschenden Mächte sehr bedrohlich. In der Einigkeit liegt Stärke, und das Patriarchat weiß dies.

Wir Frauen müssen häufig verbale Attacken ertragen, die dazu dienen, uns in einer niedrigeren Position zu halten. Wir haben uns die verschiedenen Titulierungen als »Hexe«, »Fotze«, »Weib«, »alte Vettel«, »Nutte« und so weiter schon zur Genüge anhören müssen.

Unsere wirklichen Fähigkeiten in dieser Welt wurden ebenfalls massiv in Frage gestellt. In vielen Fällen wurden wir als zu hysterisch und zu instabil eingestuft, um verantwortliche Positionen übernehmen zu können. Doch Untersuchungen zeigen, daß es der Mann ist, der mit der rechten Gehirnhälfte arbeitet – und die rechte Hemisphäre regiert über die emotionale Seite menschlichen Verhaltens. Frauen hingegen werden von der linken Gehirnhälfte dominiert, der Hemisphäre der Logik und des Verstandes. Außerdem haben Frauen mehr Kontakte und Verbindungen zwischen den beiden Gehirnhälften. Dies wird durch eine Substanz namens *Corpus callosum* bewirkt, die einen größeren Austausch von Informationen zwischen den beiden Sphären ermöglicht. Denken Sie einmal darüber nach. Wann haben Sie das letzte Mal in den Abendnachrichten einen Bericht über Frauen gehört, die so vehement aufeinander losgegangen sind, daß es in einer Schießerei endete? Wann haben Sie zuletzt von einer Frau in der Zeitung gelesen, die über die Scheidung von ihrem Mann so aufgebracht war, daß sie ihn, die Kinder und anschließend sich selbst erschoß? Wann haben Sie zuletzt von einem weiblichen Serienmörder gehört, einer Pädophilen oder einer Vergewaltigerin?

Unsere natürlichen Zyklen, die die Fortsetzung des menschlichen Lebens garantieren, wurden häufig als Grund für unsere Irrationalitäten unterstellt. Das prämenstruelle Syndrom (PMS) wird in den Medien ausführlich abgehandelt. Es ist sicher richtig, daß Frauen während dieser Periode aggressiver sind, aber sie geraten höchst selten außer Kontrolle. In dieser Zeit stehen Frauen unter einem verstärkten Einfluß des männlichen Hormons Testosteron, denn die Produktion dieses Hormons erhöht sich in der prämenstruellen Phase, wenn auch in geringen Mengen. Die moderne Medizin hat das als »Testosteronanfall« bekannte Phänomen dokumentiert, das aus einem heftigen irrationalen Ausbruch besteht und auf einer vermehrten Ausschüttung dieses Hormons basiert. Testosteron wird als muskelbildendes Steroid eingesetzt. Testosteron erhöht die Aggressivität. Testosteron ist ein definitiv männliches Hormon, dessen Gegenstück das weibliche Hormon Östrogen ist. Also stellen sich all jene PMS-Symptome, die Frauen instabil machen, dann ein, wenn sie sich in dieser Zeit eher wie Männer verhalten. Bei Männern wird bei aggressivem Verhalten applaudiert – bei Frauen ist es gefürchtet.

Die Frauen müssen lernen, den kämpferischen Aspekt ebenso in ihr Leben zu integrieren wie andere magische Aspekte, nicht nur um sich zu vervollkommnen, sondern um in unserer modernen Welt zu überleben. Wenn wir Kriegerinnen werden möchten, müssen wir uns mit den Mitteln bewaffnen, die wir zur Verteidigung für uns und unsere Schwestern benötigen, wenn die verbalen Angriffe erfolgen. Worte haben Macht. Wenn Sie diese Tatsache nicht akzeptieren, haben Sie keinen Zugang zu einer magischen Religion, in der Worte als ein Mittel zur Veränderung der Realität eine so große Rolle spielen. Worte, die von uns nicht korrigiert werden, entwickeln eine starke negative Energie und formen eine repressive, von uns nicht erwünschte Realität.

Eine Kriegerin zu sein, bringt Verpflichtungen mit sich und die Notwendigkeit zur Mäßigung. Kriegerinnen müssen lernen, nicht aus der »Hüfte zu schießen« (um eine Floskel aus dem Filmgenre Western zu bemühen), wenn es um ihre Verteidigung geht. Übermäßige Aggressionen sind keine Lösung für unsere kollektiven Probleme. Wenn dies der Fall wäre, hätten wir bereits das Paradies auf Erden. Vor allen Dingen dürfen wir keinen Männerhaß schüren. Wir müssen die Weisheit besitzen, im patriarchalen Denken verhaftete Männer von jenen Brüdern zu unterscheiden, die solche Verhaltensstrukturen und geistige Welten als ebenso störend empfinden wie wir. In der Hitze des Gefechts muß eine fähige Kriegerin wissen, gegen wen sie mit der Axt antritt.

Die Kräfte der Kriegerin anzurufen, hat nicht den Zweck, Macht über andere zu erhalten, sondern dient ausschließlich dazu, die Macht über uns selbst und unser Leben zurückzugewinnen. Es bestärkt uns in dem Recht, unsere eigenen Entscheidungen zu treffen, über unsere Körper zu bestimmen, uns unsere Freunde und Männer, unseren Beruf und unsere Lebensform selbst auszusuchen. Und vor allem lehrt es uns, wie wir mit den vielen Aspekten der Göttin in uns selbst in Verbindung treten können. Wenn wir gelernt haben, das kriegerische Selbst in uns wachzurufen, können wir schnell und angemessen reagieren, wenn wir selbst oder einer unserer Lieben sich in Gefahr befindet. Das kriegerische Selbst in uns hat nichts damit zu tun, Probleme auf gewalttätige Art zu lösen. Verwechseln Sie dies nie! Die stärksten kriegerischen Aktivitäten sind friedfertiger Natur und führen Veränderungen durch Weisheit und Willensstärke herbei. Das ist wahre Macht.

Was ist ein Ritual?

Ein Ritual setzt sich aus einem bestimmten Muster von Aktionen und Worten zusammen und soll langanhaltende und erkennbare Ergebnisse erzielen. Rituale können formell oder informell sein, geplant oder spontan, immer gehören aber auch einige wiederkehrende Elemente und vorgeschriebene Riten dazu. Wenn diese eingehalten werden, läßt sich dadurch eine dauerhafte Veränderung im Leben und in der Psyche der Teilnehmer bewirken. Die Sprache des Rituals ist der Symbolismus. Symbole dringen tief in unser Bewußtsein ein und stärken die jeweils gewünschten Ausrichtungen, sie verbinden sich mit anderen Aspekten unseres inneren Selbst und mit unseren inneren

Göttinnenbildern. Um eine symbolische Verbindung zu den tieferen Schichten unseres Selbst oder dem Unbewußten herzustellen, ist eine bestimmte Anzahl von Wiederholungen in einem Ritual notwendig.

Es heißt oft, ein Ritual bewirke eine dauerhafte Veränderung der Psyche desjenigen, der es ausübt. Das ist eine gute Definition, aber wenn die Vorstellung der Psyche für Sie keine Bedeutung hat, ist ein Ritual sinnlos. *Psyche* ist das altgriechische Wort für Seele. Den gleichen Namen trug auch eine griechische Heldin, die die menschliche Seele darstellte und den Gott der Liebe, Eros, heiratete. Diese Vorstellung bezieht sich auf die Gesamtheit einer Person, da sie nicht nur in dieser Inkarnation auftritt, sondern in allen Formen. Diese Vorstellung bezieht sich sowohl auf den menschlichen Körper, als auch auf die Seele, den mentalen Körper und den Astralkörper. Gut vorbereitet und genau ausgeführt, kann ein Ritual zu einem sehr machtvollen und weitreichenden Instrument für Veränderungen sein. Lange nachdem ein Ritual auf der physikalischen Ebene beendet ist, wirken seine Energien noch weiter auf Ihr Verhalten ein.

Ein altes metaphysisches Sprichwort besagt: Wenn Sie sich ändern, ändert sich auch alles um Sie herum. Durch ein Ritual versuchen wir, das Wesen der Änderungen in uns zu kontrollieren. Indem wir dies tun, ändern wir die Welt um uns herum entsprechend unseren Wünschen. Aus diesem Grund werden Rituale auch häufig mit Magie gleichgesetzt. Das Endergebnis ist eine Art Veränderung, wenn auch auf sehr subtile Weise.

Ein Ritual wird meistens innerhalb eines geheiligten Kreises ausgeführt. Die Verwendung eines Kreises für religiöse Riten und Magie ist eine alte Praxis. Die runde Form des Kreises ist ein Symbol für die Vollendung, Ewigkeit und Abgeschlossenheit, und sie zeigt, daß alle Dinge zyklischer Natur sind. Jeder von uns wurde geboren, stirbt und erneuert sich immer wieder und wieder. (Wer mit dem Aufbau, der Verwendung und Erdung eines heiligen Kreises nicht vertraut ist, findet die entsprechenden Erläuterungen und Hinweise dazu auf Seite 284 ff.).

Vorbereitung für die Segnung als Kriegerin

Dieses Ritual besteht aus elf Teilen:
1. Reinigung
2. Schutz
3. Bewaffnung
4. Namenssuche für die Waffen
5. Absichtserklärung
6. Feierlicher Schwur

7. Namenssuche für das kriegerische Selbst
8. Anlegen des Hüftgürtels oder Torques
9. Einnehmen der Kriegerstellung
10. Trinken des Kriegergebräus
11. Einnahme des Heldenmahls

Für dieses Ritual benötigen Sie folgende Utensilien:

- Ein Gewürz oder Kraut mit reinigenden Kräften, z.B. Weihrauch, Basilikum, Salbei oder Zimt.
- Ihr Schild (wird ausführlich in diesem Kapitel erläutert).
- Eine von Ihnen ausgewählte Waffe; dabei kann es sich um ein rituelles Instrument handeln oder um einen speziellen Stab, ein Messer oder eine Axt. Die Waffe wird für rituelle Zwecke verwendet.
- Eine Leibbinde oder ein Seil, um daraus einen Hüftgürtel herzustellen, der Ihren neuen Status darstellen soll. Dazu können Sie auch einen Torques verwenden; dies ist ein metallener Halsreif, der von den keltischen Kriegern und Personen von Rang getragen wurde und in Spezialgeschäften erhältlich ist.
- Ein Kräutertee, der stärkt und prophetische Visionen unterstützt, z.B. aus Beifuß, Zimt, Katzenminze, weißer Eichenrinde, Engelwurz, Baldrian oder grüner Minze.
- Planung einer großen, üppigen Mahlzeit nach dem Ritual.

Es ist üblich, vor einem Ritual den Körper und den Geist zu reinigen. Dies war bei den Kelten ausgesprochen weit verbreitet, und in vielen früheren Berichten über die Kelten ist häufig von deren fast besessener Reinlichkeit die Rede. Zur Reinigung des Körpers nimmt man entweder ein »Bad« im Rauch entzündeter Kräuteressenzen oder in einer Badewanne, indem man die reinigenden Kräuteressenzen ins Wasser gibt. Der Geist läßt sich durch eine einfache Meditation reinigen: Nehmen Sie sich Zeit, lassen Sie ihre Gedanken langsam werden, konzentrieren Sie Ihre Energien, und richten Sie diese auf das Ritual. Welche Methode Sie auch verwenden, lenken Sie Ihre Aufmerksamkeit von allgemeinen Problemen ab, und richten Sie sie auf die vor Ihnen liegende Aufgabe. Vor dem Ritual sollten bereits folgende Vorbereitungen getroffen worden sein:

- Sie haben einen Schild angefertigt und einen Namen dafür ausgewählt.
- Sie verfügen über eine Waffe und haben auch dafür einen Namen ausgewählt.
- Sie haben einen Namen für Ihr kriegerisches Selbst ausgewählt.

Je nach Wunsch kann Ihr Schild einfach oder kunstvoll gefertigt sein. Der Schild soll für eine Art psychischen Schutz und Stärke sorgen; es ist kein wirkliches Instrument für eine Schlacht. Sie können ihn auf einem Papier aufzeichnen, aus bunten Filzstücken zusammenkleben, aus Stoff nähen oder aus Holz sägen. Formen für Schilde aus Holz finden Sie in Heimwerkermärkten. Wenn Ihr Schild klein genug ist, können Sie ihn auch als persönlichen Talisman bei sich tragen. Falls nicht, läßt er sich in persönlichen Ritualen oder Gruppenritualen dann verwenden, wenn sich unsichere oder beängstigende Situationen für Sie ergeben. Sie können Ihr Schild aber auch zu jeder anderen Zeit einsetzen, wenn Sie persönliche Stärke oder Stehvermögen benötigen.

Wenn Sie Zeit haben und über die nötige Ruhe verfügen, beginnen Sie mit dem Entwurf des Schildes. Nehmen Sie einen Bleistift oder Buntstifte zur Hand, und skizzieren Sie Ihre Ideen für die Embleme auf Ihrem Schild.

Die ausgewählten Embleme sollten zum einen Ihren keltischen Schwerpunkt darstellen, aber auch Bilder für die Verteidigung und den Schutz enthalten. Auf meinem Schild befindet sich ein großes Pentagramm, das Symbol für Schutz in vielen Wicca-Traditionen. Das Pferd stellt eine Göttin dar, die zwischen den Welten reisen kann. Das Wildschwein symbolisiert die besten Eigenschaften einer Kriegerin (Stärke, Zähigkeit und Durchhaltevermögen) und ist außerdem ein Zeichen für Überfluß und Weisheit. Die Triskele in der Mitte repräsentiert die Triadengöttin (siehe Kapitel 6). Das Kreuz der Brigit erweist meiner Verbindung zu dieser Göttin als eine ihrer Priesterinnen die Ehre. Außerdem habe ich meinen Namen als Kriegerin auf das Schild geschrieben.

Sie sollten darüber hinaus auch ein geheimes Symbol auswählen, um während des Rituals auch mental durch den Schild geschützt zu werden. Dieses geheime Symbol können Sie sich jederzeit ins Gedächtnis rufen, um die schützenden Kräfte des Schil-

Der Kriegerschild der Autorin

des zu aktivieren. Niemand außer Ihnen sollte dieses geheime Symbol kennen. So verhindern Sie, daß andere Ihren Schild verwenden oder dessen Abwehrkräfte durchbrechen können.

Beispiele für die Bewaffnung und Benennung von Kriegern sind bereits im vorhergehenden Kapitel beschrieben worden. Namen hatten bei den Kelten eine große Bedeutung. Sie waren der Auffassung, daß ein Name die essentiellen Kräfte einer Person oder Sache enthält. Etwas zu benennen war also eine ernste Angelegenheit. Durch den Namen wurde der Sache oder Person eine Form gegeben und ihre inneren Kräfte gelenkt. Um den richtigen Namen für jemanden oder etwas zu finden, mußte man zunächst ein bestimmtes Maß an Kontrolle darüber erhalten. Dies ist auch ein Grund dafür, warum Sie das geheime Symbol für den Schild und den Namen Ihrer Waffe geheimhalten sollten.

Ihr kriegerisches Selbst wird nicht in jedem Moment Ihres Lebens offen auftreten. Indem Sie sich selbst einen Namen als Kriegerin geben, können Sie diesen Aspekt Ihres Selbst jederzeit anrufen, wenn es notwendig ist. Machen Sie sich keine Gedanken darüber, ob dieser Name mit Ihren anderen Namen zusammenpaßt, die Sie bereits für sich gewählt haben. Ein Heide kann viele Namen haben. Wenn Sie einen Namen für Ihr kriegerisches Selbst auswählen, werden dadurch Ihre anderen Namen nicht in ihrer magischen Kraft beeinträchtigt. Ich habe vier Namen: einen allgemeinen Namen, einen Namen für die Priesterin, einen für die Kriegerin und einen geheimen Namen, den wir uns bei der Initialisierung selbst gegeben haben. Da ich, wie viele Heiden, bereits einen geheimen Namen besitze, muß ich meine anderen Namen nicht allzu geheimhalten.

Den richtigen Namen für sich selbst zu finden, ist nicht schwierig, es kann aber einige Zeit in Anspruch nehmen. Wenn Sie auf der Suche nach Namen für sich oder Ihre Instrumente sind, sollten Sie zunächst in den keltischen Mythen nach passenden Bezeichnungen Ausschau halten. Die Namen der Kriegergöttinnen oder Heldinnen sind immer geeignet. Sie können auch in einem Lexikon der irischen oder walisischen Sprache nach passenden Namen suchen. Mein Name als Kriegerin ist zum Beispiel Lorica. Das irische Wort *lorica* bedeutet Brustplatte und kennzeichnet damit die letzte Verteidigungslinie in einem direkten Kampf. Im modernen Irisch bedeutet es auch Segnung oder Bitte um Schutz.

Eine Möglichkeit, einen Namen für das Schild oder die Waffe auszusuchen, besteht darin, sich von dem Gegenstand selbst den wahren Namen mitteilen zu lassen. Dazu müssen Sie Zeit mit dem Gegenstand verbringen: Halten Sie ihn in der Hand, schlafen Sie mit ihm (wenn es nicht gefährlich ist – ein Messer sollte besser nicht im

Bett liegen!), meditieren Sie und drücken Sie den Gegenstand dabei an sich. Öffnen Sie sich für dessen Energien, und fragen Sie dann nach seinem Namen. Wenn ein Name oder Wort übermittelt wird, das Sie nicht kennen, können Sie zunächst recherchieren, was es bedeutet, ehe Sie es verwenden. Negative Namen wie »Geisttöter« oder »Leidbringer« sind ein Zeichen dafür, daß bei der mentalen Programmierung der Waffe etwas schiefgelaufen ist. In diesem Fall sollten Sie noch einmal von vorne beginnen, um positive und defensivere Bilder darauf zu projizieren.

Um die Kräfte Ihres Schildes, Ihrer Waffe oder Ihres kriegerischen Selbst anzurufen, nehmen Sie einfach einen tiefen Atemzug, konzentrieren Ihre Energie und sprechen (oder denken) den Namen dreimal. Sprechen Sie den Namen jedesmal deutlich, langsam und bedächtig. Sie werden fühlen, wie Sie dadurch die inneren Aspekte wachrufen. Beschwören Sie außerdem im Geist das geheime Symbol herauf, das Sie dem Schild als Schutz zugedacht haben. Die Kombination aus dem Namen und dem Symbol wird Ihren Schild und Ihre Waffen zum Leben erwecken, unabhängig davon, ob Sie diese augenblicklich mit sich führen oder nicht. Auch Ihr kriegerisches Selbst wird dadurch an die Oberfläche gerufen. Verwenden Sie die Energien Ihres Schildes, wenn Sie defensive Kräfte benötigen, und die Energie der Waffe, wenn Sie offensive Kräfte anrufen möchten.

Wenn alle notwendigen Komponenten bereitstehen, ist diese Technik sehr einfach anzuwenden und sollte möglichst vielen Frauen zur Verfügung stehen. Es gibt ein weiteres Mysterium, das Sie kennenlernen sollten: Einfache Zauber haben oft die größte Wirkung. Da ihre Anwendung unkompliziert ist, lassen sie sich häufig gut einsetzen, und dadurch entwickelt sich im Laufe der Zeit eine starke Arbeitsbeziehung. Jedesmal wenn Sie einen Zauber anwenden, verdreifacht sich dessen Kraft in bezug auf Sie. Diejenigen, die Sie durch einen Zauber abzuwehren versuchen, sehen zwar weder Schild noch Waffe bei Ihnen, aber Sie können sich darauf verlassen, daß sie die davon ausgehenden Kräfte spüren und sich Ihnen nur mit Vorsicht nähern werden.

Ich habe diesen Zauber für Kriegerinnen bereits selbst für mich in Aktion gesehen. Als ich in Texas lebte, joggte ich mit meiner besten Freundin, ebenfalls eine keltische Heidin, häufig erst nachts, weil es tagsüber viel zu heiß dazu war. Wir blieben immer zusammen und joggten auch nur durch unser im allgemeinen ruhiges und sicheres Wohnviertel. Eines Nachts bemerkten wir, daß wir von einem Mann auf der gegenüberliegenden Straßenseite beim Verlassen meines Hauses beobachtet wurden. Er hielt sich zwischen zwei Häusern verborgen. Unsere Wohngegend war ausgesprochen still, und es gab keinerlei Durchgangsverkehr oder Nachtleben. Wir konnten uns nicht erklären, wie dieser Mann ausgerechnet auf uns gekommen war, aber wir spürten, daß er mit uns nichts Gutes im Sinn hatte. Sofort riefen wir beide im Geiste unseren Schild und unsere Waffe an und richteten diese in unserer Vorstellung gegen ihn. Dabei hegten wir keine bösen Absichten, wir wollten ihm kein Leid zufügen, sondern ihn lediglich davor warnen, sich mit zwei Kriegerinnen einzulassen. Nach nur wenigen Minuten verschwand er in Richtung der Hauptstraße.

Da dieses Ritual sowohl in der realen als auch in der imaginären Welt ausgeführt wird, wirkt es auch auf beiden Ebenen. Dies zu wissen ist sehr wichtig. Denn Sie können Ihr kriegerisches Selbst auch dann aktivieren, wenn Sie eine Astralprojektion ausführen, sich in einer angeleiteten Meditation befinden oder eine Traumkontrolle ausüben. Grundsätzlich ist es zwar immer am besten, sich zurückzuziehen, wenn Gefahren aus der Anderswelt drohen, oder aufzuwachen, wenn Sie sich in einem verstörenden Traum befinden. Es kann aber Situationen geben, in denen dies nicht möglich ist. In diesem Fall können Sie auch auf diesen Ebenen Ihr kriegerisches Selbst oder die Kräfte Ihres Schildes oder Ihrer Waffe zu Ihrer Verteidigung anrufen und damit gegen psychische Angriffe kämpfen.

Der Torques und der Hüftgürtel sind Symbole keltischer Autorität und persönlicher Macht. Der Torques wird meist mit männlichen Kriegern in Verbindung gebracht, aber da er ein Symbol für den Rang und nicht für das Geschlecht ist, können Frauen ihn ebenfalls tragen. Auch der Hüftgürtel ist kein modisches Accessoire, sondern ein Zeichen für persönliche Autorität. Es zeigt, daß die Trägerin sich ihrer selbst bewußt ist. Sie braucht keinen anderen Menschen, um sich als ganze Person zu empfinden, sie benötigt keine Bestätigung von außen für ihre Entscheidungen, und sie bittet auf der Suche nach ihrem Kriegerinnen-Selbst niemanden um Hilfe. Der Hüftgürtel war für die Kelten ein Symbol für magischen Schutz und sollte den Kriegern Schutz bieten, wenn diese in die Schlacht zogen.

Ritual zur Segnung der Kriegerin

Stellen Sie alle angefertigten und notwendigen Utensilien zusammen, und begeben Sie sich an einen ruhigen Ort, um den heiligen Kreis für das Ritual aufzubauen. Für das hier beschriebene Ritual benötigen Sie mindestens eine Stunde Zeit an einem ungestörten Ort. Wenn alle Hindernisse aus dem Weg geräumt sind (siehe Seite 284 ff.) verkünden Sie dem gesamten Universum laut den Zweck dieses Rituals. Sie können sich dabei Richtung Süden wenden, in die Richtung des Elements Feuer, das den Schutz und den Kampf beherrscht.

Als nächstes ergreifen Sie Ihr Schild und drücken im Geiste das geheime Symbol darauf, das Sie zur Kräftigung und zum Schutz des Schildes ausgewählt haben. Sie sollten das Symbol deutlich vor ihrem inneren Auge sehen und dann mental auf die Vorderseite des Schildes übertragen. Bleiben Sie einige Momente bei dieser Energie, die sich mit dem Schild verbindet. Sie sollten dabei im Geiste ausdrücken, welche Eigenschaften der Schild haben soll und welche Form von Schutz er für Sie ausüben soll. Dann sprechen Sie eine Erklärung, mit der Sie dem Schild den ausgewählten Namen geben. Wenn Sie allein sind, sprechen Sie dabei laut, in einer Gruppe sollten Sie den Namen leise vergeben, damit dieser geheim bleibt und niemand ihn hören kann. Diese Erklärung könnte etwa wie folgt lauten:

> Dieser Schild dient zu meiner Verteidigung und meinem Schutz. In Anwesenheit der Göttin, die den wahren Namen aller ihrer Schöpfungen kennt, und im Namen von Erde, Wasser, Feuer und Luft nenne ich dich ... (Namen des Schildes einfügen). Wenn ich dich rufe, wirst du für mich bereit sein.

Wiederholen Sie nun den Namen des Schildes dreimal. Nach jeder Namensnennung atmen Sie tief auf den Schild aus. Der Atem des Lebens ist ebenfalls ein keltisches Konzept, das von den Kriegern verwendet wurde. Wenn ein Krieger tödlich verwundet auf dem Schlachtfeld lag, kam ein anderer Krieger herbei und gab ihm den »Lebenskuß«. Während ihre Lippen sich berührten, übertrug sich ein Teil der Lebenskraft des Sterbenden auf den überlebenden Krieger. Die Kelten glaubten, daß dem toten Krieger auf diese Weise zu einer Wiedergeburt im Clan verholfen wurde.

Beginnen Sie im südlichen Viertel des Kreises, und arbeiten Sie im Uhrzeigersinn weiter. Präsentieren Sie Ihren Schild jedem einzelnen Viertel, indem Sie den Schild namentlich vorstellen. Erzählen Sie jedem Element, daß der Schild nun ein Teil von Ihnen ist, damit jedes Element ihn als solchen erkennen kann. Diese Art der Vorstellung ist ein typischer Brauch in vielen Wicca-Ritualen. Der Zweck besteht darin, dem gesamten Universum einen neuen Namen und den zugehörigen Gegenstand (oder eine Person) bekanntzugeben – in diesem Falle der Schild.

Als nächstes nehmen Sie die ausgewählte Waffe in die Hand. Lassen Sie sich ebenso wie beim Schild ein wenig Zeit, um die Verbindung zwischen der Waffe und sich zu fühlen. Dieses Gefühl wird stärker sein, wenn Sie die Waffe selbst hergestellt haben. Beachten Sie, daß der Gegenstand nicht perfekt ausgearbeitet sein muß. Es muß auch keine Waffe im traditionellen Sinn sein, denn dieses Stück hat eine ausschließlich psychische und symbolische Funktion. Geben Sie der Waffe dann einen Namen:

> ... [Fügen Sie den Namen der Waffe, des Messers, Stocks usw. ein.] Du bist mein Verbündeter im Kampf. In Anwesenheit der Göttin, die den wahren Namen aller ihrer Schöpfungen kennt und im Namen von Erde, Wasser, Feuer und Luft nenne ich dich ... [Namen der Waffe einfügen]. Wenn ich dich rufe, wirst du für mich bereit sein.

Wiederholen Sie nun den Namen der Waffe dreimal. Nach jeder Namensnennung atmen Sie tief auf die Waffe aus. Beginnen Sie im südlichen Viertel des Kreises, und arbeiten Sie im Uhrzeigersinn weiter. Präsentieren Sie Ihre Waffe jedem einzelnen Element, indem Sie sie namentlich in jedem Viertel des Kreises vorstellen.

Nehmen Sie nun die beiden neu eingeführten Gegenstände zur Verteidigung und zum Angriff, und gehen Sie damit zur Mitte des Kreises. Halten Sie den defensiven Schild in ihrer linken oder rezeptiven Hand (meist die nicht dominierende Hand – nicht die Schreibhand) und die offensive Waffe in der rechten oder projektiven Hand (die dominante Hand – die Schreibhand). Sie erhalten nun die heiligen Weihen der Kriegerin. Diese sollten aufgeschrieben werden und folgende Elemente enthalten:

- Eröffnung der Absicht zum eigenen Schutz und zur Selbstverteidigung
- Anerkennung der eigenen Stärke und Macht als Kriegerin
- Hingabe an den Weg der Göttin
- Einwilligung, andere zu schützen, die nicht so stark sind wie Sie oder die ängstlich sind und unfähig, sich selbst zu verteidigen

Sie halten die Ausrüstung immer noch in der Hand und verkünden ihren Kriegerinnen-Namen dreimal mit folgenden Worten:

> Ich bin die Kriegerin ... [Namen einfügen].

Sind andere Frauen anwesend, können Sie den Namen leise aussprechen, wenn Sie ihn geheimhalten möchten. Wenn nicht, gibt es verschiedene Möglichkeiten, sich von anderen feiern und bestärken zu lassen. Die anderen können Ihren neuen Namen rhythmisch singen, während Sie ruhig stehen und Ihre ganze Stärke ausstrahlen. Oder die anderen begrüßen Sie der Reihe nach als Kriegerin unter den Frauen. Es klingt einfach, aber glauben Sie mir: Es ist eine sehr bewegende Erfahrung, in solcher Weise gefeiert zu werden.

Der nächste Schritt besteht darin, den Hüftgurt oder den Torques anzulegen oder ihn sich anlegen zu lassen (falls Sie ein Gruppenritual ausführen). Während Sie ihn sich anlegen, sollten Sie eine Erklärung zu diesem Symbol der Ehre, des Kriegerstatus und der damit verbundenen Verpflichtung abgeben. Sie sollten auch schwören, daß dieses Symbol zerstört wird, wenn Sie Ihre Stärke als Kriegerin jemals mißbrauchen. Diesen Schwur formulieren Sie mit Ihren eigenen Worten oder jenen Worten, die von der Gruppe ausgesucht wurden. Diese Art Schwur ist ebenfalls typisch für Initiationszeremonien bei Heiden. Dabei werden die Gottheiten darum gebeten, die Kriegerin zu verlassen, und die Instrumente werden gebeten, sich gegen die Kriegerin zu richten, falls diese sie zu einem falschen Zweck einsetzt.

Anschließend nehmen Sie das rituelle Getränk, das Kriegergebräu, zu sich (jenen Tee, den Sie zuvor zubereitet haben). Bei der Zubereitung sollten Sie an den Sinn des Rituals gedacht haben und ihn zur Besiegelung Ihres Eides trinken. In Gruppensituationen ist es üblich, einen große gemeinsame Tasse zu verwenden; oder, etwas hygienischer, aus einem gemeinsamen Krug oder Kessel in kleinere Tassen einzuschenken. Die Wahl liegt bei Ihnen. Das Einnehmen des Getränks ist ebenfalls ein dreifacher Ritus: Zuerst begrüßen Sie die Göttin, als zweites trinken Sie und bieten drittens den Rest der Mutter Erde an, zum Zeichen dafür, daß das Ritual beendet ist.

Anschließend stoßen Sie Freudenschreie aus, singen und tanzen und nehmen die Position einer Kriegerin ein. Stellen Sie sich selbst jedem Viertel des Kreises mit ihrem neuen Kriegerinnen-Namen vor. Erlauben Sie sich, sich unbesiegbar zu fühlen. Schwelgen Sie in Ihrer Stärke.

Wenn Sie fertig sind, können Sie den Kreis schließen und sich selbst erden (siehe Seite 291 ff. und 300 f.). Bewahren Sie ihre neuen Talismane für die Macht der Kriegerin an einem Ort auf, wo deren Energien vor neugierigen Händen oder unerwünschten Zufällen sicher sind. Sie können die Utensilien in ein Kleidungsstück einwickeln und diese in einen Schrank, eine Zaubertruhe oder einfach unter Ihr Bett legen. Diese magischen Instrumente sind nun ein Teil von Ihnen und sie sollten mit dem notwendigen Respekt behandelt werden.

Nachdem Sie Ihre magischen Instrumente gut versorgt haben, gehen Sie aus, und nehmen Sie Ihr Heldenmahl zu sich. Das Heldenmahl bestand früher aus dem besten Fleischstück und dem besten Wein am Festbankett. In der keltischen Mythologie werden diese Feste häufig beschrieben, denn unter den Kriegern gab es einen Wetteifer um den Ehrenplatz rechts neben dem König. Gehen Sie entweder alleine zum Essen aus, behandeln Sie sich selbst königlich, und genießen Sie den ersten Geschmack ihres Selbstbewußtseins als Kriegerin. Oder gehen Sie mit einer Gruppe heidnischer Frauen aus (unabhängig davon, ob diese an Ihrem Ritual teilgenommen haben oder nicht), und feiern Sie Ihren neuen Status gemeinsam.

6 Die keltische Triadengöttin

Obwohl es über das Wesen von Göttinnen unter den Heiden schon zahlreiche Diskussionen gegeben hat, ist eine Tatsache meist unbestritten: Göttinnen sind so real wie notwendig. Ich habe die Diskussion darüber, ob die Göttinnen real sind oder »nur« eine archetypische Projektion unseres inneren Selbst, immer für lächerlich gehalten. Wer annimmt, der Geist sei nicht real, bestreitet das Vorhandensein unserer inneren Erfahrungen, unserer Magie, unserer Astralreisen und anderer metaphysischer Ansätze. Denn alle diese Dinge werden in unserem Geist geboren. Jeder ist sein eigenes Universum. Die Behauptung, ein lebendiges Göttinnenbild sei nicht real, führt – logisch zu Ende gedacht – zu dem Schluß, daß die Person, die sich das Bild vorstellt, ebenfalls nicht real ist.

Ein altes Zauber-Sprichwort, das oft von erfahrenen Magiern verwendet wird, besagt:

> Wie oben, so unten
> Wie innen, so außen.

Diese Feststellung beschreibt eine wesentliche Erkenntnis: Was sich außerhalb von uns selbst befindet, ist eine Manifestation unseres Inneren, und was sich im Inneren befindet, ist eine Manifestation des Äußeren. Der Makrokosmos und der Mikrokosmos sind wie zwei große Spiegel, die einander reflektieren. Beide helfen dabei, das Bild des anderen zu formen; mit anderen Worten: Wenn die Göttinnen in uns existieren, müssen sie auch außerhalb von uns real sein, wobei jeweils die Existenz des anderen reflektiert wird.

Im Gegensatz zu vielen anderen heidnischen Kulturen gibt es in der keltischen Götterwelt keine Hierarchien. Es wurde zwar versucht, dem Gott Dagda eine übergeordnete Position zuzusprechen, aber dieser herrscht nicht über die anderen Götter, wie etwa Zeus im griechischen Pantheon. Es gibt auch keine Göttin, der andere Göttinnen untergeordnet sind. Es läßt sich lediglich zwischen mehr oder weniger herausragenden Göttinnen unterscheiden, sei es aufgrund ihrer mythischen Rolle oder aufgrund weit verbreiteter Anbetung. Eine erkennbare, göttliche Hierarchie ergab sich daraus aber nicht.

Manche Aspekte der keltischen Vorstellung von den Göttern sind in ähnlicher Form auch in anderen heidnischen Kulturen zu finden, zum Beispiel der Glaube an die Dualität des Göttlichen, bestehend aus einem weiblichen und einem männlichen Teil, bzw. Gott und Göttin. Jeder Teil stellt eine Hälfte der Gesamtheit kreativer Lebenskraft dar. Bei den Kelten galt die weibliche Hälfte, also die Göttin, als überlegen und dominant. Es war die Göttin, die alles Leben gebar, die uns ernährte, während wir auf der Erde lebten. Und zu ihr kehrte die keltische Seele nach dem Tod zurück, um auf ihre Wiedergeburt zu warten. In vielen keltischen Mythen spielt der weibliche Charakter oder die Göttin eine zentrale Rolle, während der männliche Charakter oder der Gott häufig als unterstützendes Element oder als Begleiter der Göttin in Erscheinung tritt. Die Frau gab die Richtung der Geschichte an, während der Mann der erste Protagonist zu sein schien.

Die Kelten betrachteten ihre Göttinnen und Götter als Personifikationen des Landes. Diese Tatsache formte die Grundlage für alle keltischen Riten. Vom »Geist des Ortes« (lateinisch *genus locus*) ist die keltische Vorstellung vom Göttlichen stark geprägt. Bis zum heutigen Tag tragen keltische Landschaften die Namen der alten Göttinnen. Die Begriffe *Eire* und *Britannia* für Irland und Großbritannien sind Namen alter keltischer Göttinnen, die eins waren mit der Erde. Auch Quellen, Seen, Flüsse, Felsen und Berge sind mit den Namen keltischer Göttinnen versehen. Sie alle belegen die Bedeutung der Göttinnen und ihre innere Verbindung zum Land.

Die Triadengöttin

Beinahe alle Kulturen haben eine Kardinalzahl, die sie für heilig halten und der magische Energien zugeschrieben werden. Bei den Kelten war dies die Zahl Drei und alle zugehörigen Vielfachen. Die keltische Kosmologie, Ikonographie und Mythologie unterstreichen diesen Glauben deutlich. Signifikant tritt die Zahl Drei bei den Triadengöttinnen mit ihren dreifachen Aspekten hervor (es gibt auch einige Triaden-Götter): bei den drei Ebenen der Anderswelt, den drei Wegen zur Reinkarnation, den drei Aktionen für einen Zauber und den vielen Skulpturen und Zeichnungen von göttlichen Trios, die aus den vergangenen Zeiten überlebt haben. Die Heiligkeit des Dreifachen hat in einem Symbol Eingang gefunden, das Triskele oder Triskelion genannt wird. Es besteht aus drei geschwungenen Speichen, die in einen Kreis eingefaßt sind und strahlenförmig vom Mittelpunkt ausgehen.

Als natürliches Vielfaches von drei verkörpert die Neun (mathematisch ausgedrückt die »Drei im Quadrat«) die höchste heilige Kraft der Zahl Drei. Die keltischen Mythen enthalten viele Geschichten, in

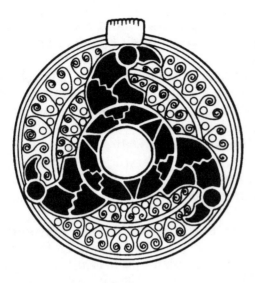

Anhänger als Triskele

denen neun Frauen als Kesselwächterinnen, Lehrerinnen oder Pflegemütter auftreten. Im alten Kildare hüteten diese Frauen die heilige Flamme von Brigit, in der Waliser Mythologie beschützten sie in der Anderswelt den Kessel von Annwn, und im Märchen erscheinen sie bei Dornröschen, um ihre Segnungen auszusprechen – einschließlich des Todes und der Wiedergeburt.

Keltische Artefakte geben häufig bestechend deutlich Auskunft über die Natur und Macht des Göttlichen. Viele auch heute noch vorhandene Skulpturen stellen weibliche Trios dar. Allerdings ist diesen Darstellungen meist nicht zu entnehmen, um welche speziellen Göttinnen es sich jeweils handelt. Doch die Bedeutung der Zahl Drei in Verbindung mit der weiblichen göttlichen Dreieinigkeit geht daraus unmißverständlich hervor. Aus der römisch-keltischen Periode in Gallien sind Ikonen erhalten, die beschriftet sind bzw. Symbole aufweisen, die eine Verbindung zu bekannten Triadengöttinnen erlauben.

Häufig zeigen auch Abbildungen oder Skulpturen von Tieren die Triadengöttin mit ihren Attributen. Auf dem europäischen Festland wurden Statuen von Stieren mit drei Hörnern ausgegraben. Dem Stier kommt in der keltischen Mythologie eine besondere Bedeutung zu, insbesondere in Irland. Er fungiert oft als Symbol der Herrschaft. Eine der bekanntesten und längsten Mythen ist »Tain Bo Cuailagny« oder der »Viehraub von Cooley«. Darin hat Königin Medb es auf einen ansehnlichen Stier abgesehen, der einem Ulstermann gehört; der Kampf um den Besitz dieses Stiers führt in einen Krieg.

Triadengöttinnen lassen sich auch anhand von Beschreibungen erkennen. Weiß, rot und schwarz sind die klassischen Farben der keltischen Triadengöttin. Eine mythische, weibliche Gestalt wird häufig mit diesen Farben an Körper oder Kleidung beschrieben. Als die heidnischen Legenden von der Kirche ins Visier genommen wurden, war es Aufgabe der Geschichtenerzähler (*seanachai* und *cyfarwydd*), die mündlichen Mythen ihres Volkes, ähnlich den alten Barden, zu bewahren. In diesen Geschichten verbargen sie auf kluge Weise das Wissen um ihre alte Religion vor der Kirche.

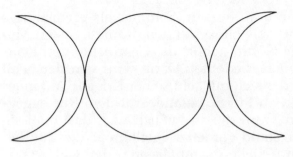

Die Monde der Triadengöttin

Wenn man Märchen genau untersucht, enthüllt sich dieses alte Wissen darin, zum Beispiel im Märchen von »Schneewittchen und den sieben Zwergen«. Darin wird von einer jungen Frau erzählt, die weiße Haut, rote Lippen und schwarze Haare hat (die Farben der Triadengöttin). Sie lebt in den Wäldern und ist mit wilden Tieren und elfenhaften Wesen befreundet.

Die Triadengöttin gibt es nicht nur in der keltischen Mythologie und Religion, sie spielt auch im keltischen System eine außerordentlich starke Rolle. Ihr Bild wird in Mythen und Legenden immer wieder aufgegriffen. Sie ist die eine mit den drei Aspekten Jungfrau, Mutter und alte Frau, wobei jeweils einer oder alle drei Aspekte gleichzeitig präsent sein können. In der griechischen Tradition gibt es ebenfalls einen starken Archetyp der Triadengöttin. Dort wird sie von den drei Phasen des Mondes symbolisiert: die Jungfrau mit dem zunehmenden Mond, die Mutter mit dem Vollmond und die alte Frau mit dem abnehmenden Mond.

Dieser Zyklus des Alterns, den die Triadengöttin während der 29tägigen Mondphase durchläuft, stimmt mit dem Menstruationszyklus der Frau überein. Das Wort Menstruation stand für »Wechsel des Mondes«. Dieses dreifache Mondsymbol wird heute in vielen keltischen Kreisen als Symbol für die Triadengöttin verwendet, obwohl es keine eindeutigen Wurzeln in der keltischen Ikonographie hat. Sicherlich war der Zusammenhang zwischen dem Mond und dem Zyklus der Frau auch den alten Kelten bekannt. Aber der Mond spielte bei den Kelten nicht dieselbe Rolle wie die Sonne, sofern es um die Festlegung von Feiertagen oder Opferdarbietungen ging. In der Tat gibt es in der keltischen Mythologie nur sehr wenige Bezüge, die sich als Verbindung zur Mondgöttin interpretieren ließen. Hingegen finden wir zahlreiche Verbindungen zur Sonne-/Feuer-Göttin, eine Verbindung, die in anderen heidnischen Traditionen meist den männlichen Gottheiten vorbehalten blieb.

Die Triadengöttin repräsentiert die Dreieinigkeit, und doch sind die einzelnen Aspekte unabhängig voneinander. Ähnlich den drei Mondphasen ändert sich die Göttin je nach Jahreszeit. Im

Frühling tritt sie als junge Frau auf, im Sommer als erwartungs-frohe Mutter und im Winter als Hexe. Zu den dramatischsten My-then über diese dreieinige Göttin gehört die Geschichte von Flait-hius, deren Name »königlich« bedeutet. Darin wird von der Niall der neun Geiseln erzählt, der sich mit acht seiner Krieger* auf einer der üblichen Expeditionen zu Pferde befand. Auf dem Ritt begeg-neten sie einer sehr alten Frau, die so häßlich war, daß man sie kaum ansehen konnte. Sie stand vor jener Quelle, von der die Rei-ter zu trinken wünschten (Quellen symbolisieren den Geburtska-nal der Mutter Erde. Aus einer Quelle zu trinken war eine schama-nische Initiation in die göttlichen Mysterien). Die Hexe gestattete den Männern nicht, aus der Quelle zu trinken. Sie verlangte, daß jeder einzeln vom Pferd absteigen und sie küssen sollte. Sechs der Männer weigerten sich strikt und zwei gaben ihr einen schnellen Kuß auf die Backe. Nur Niall küßte sie wie ein Liebhaber und gab sich anschließend dem Liebesspiel mit ihr hin. Flaithius wurde dar-aufhin in eine wunderschöne junge Frau verwandelt, eine Herr-scher-Göttin, die Niall zum Hohen König von Irland machte (in Kapitel 12 finden Sie genaue Erläuterungen zur Rolle der Herr-scher). In den Mythen der Triadengöttinnen stellt diese Transfor-mation sowohl die Dreieinigkeit dar, als auch den Zyklus der Jah-reszeiten – heute als Jahresrad bekannt. Sie zeigt die Kräfte, die einer Göttin in den verschiedenen Phasen ihres »Lebens« zuge-schrieben werden.

Die Erscheinungsform der keltischen Triadengöttin in den My-then ist häufig auf den ersten Blick etwas undurchsichtig. Man weiß nie so genau, ob es drei Aspekte einer Seinsform, drei Seinsformen mit demselben Aspekt, drei Geschichten über dieselbe Frau oder drei Frauen in ähnlichen Situationen in drei verschiedenen Ge-schichten sind. Um keine unnötige Verwirrung zu stiften und die Dinge verständlich zu machen, haben viele Geschichtenerzähler Frauen mit ähnlichen oder gleichen Namen zu einer einzigen Person zusammengefaßt. Vielen Menschen ist zum Beispiel nicht bewußt, daß in der Artussage steht, König Artus habe drei Frauen gehabt, die

---

* Beachten Sie das Bild der neun Männer – ein Ausdruck höchster Heiligkeit der Zahl Drei. Beachten Sie auch, daß sich die Zahl hier auf Männer bezieht. Im kelti-schen Pantheon gab es auch viele Triaden-Götter. Diese wurden allerdings nicht unter dem Aspekt des sich verändernden Lebens (junger Mann, Vater, Alter) be-trachtet. Ihnen wurden eher Funktionen zugewiesen, z. B. Jäger, Krieger und König oder bestimmte Fähigkeiten wie Goldschmied, Hirte und Erfinder oder eine der drei Rangfolgen der druidischen Priesterschaft wie Barden (Poeten und Historiker), Ehrenämter (Älteste und Richter) und Magier (Seher und Zauberer).

alle denselben Namen Ginevra trugen. Im Originalmythos von Königin Medb werden auch ihre zwei Schwestern beschrieben, die unterschiedliche Temperamente hatten. Die Riesin und Jagdgöttin Garbh Ogh baute sich selbst drei Grabhügel, ehe sie dort hineinging, um zu sterben.

Edain (oder Etain), die als Göttin der Reinkarnation gilt, tritt in drei verschiedenen Geschichten jeweils in Form einer anderen Frau auf. Obwohl alle drei denselben Namen tragen und verschiedene Abenteuer erleben, deuten offensichtliche Verbindungen darauf hin, daß es sich immer um Edain in verschiedenen Inkarnationen handelt. Ein roter Faden, der sich durch alle ihre Geschichten spinnt, ist ihre Suche nach der Weisheit und den Gaben aus der Welt des Geistes. In diesem Punkt ist sie vergleichbar mit den modernen Weisheitssuchern, die hoffen, diese Kenntnis im Laufe mehrerer Leben zu erhalten, bis ihre Seele perfekt ist, voll und ganz im Geist aufgeht und nicht wiedergeboren wird.[*]

Jeder Aspekt der Triadengöttin hat eigene Einflußbereiche, die sich aber auch überlagern, denn schließlich ist sie ein Wesen, das uns verschiedene Gesichter zeigt. In der folgenden Liste sind alle Aspekte mit ihren wichtigsten Entsprechungen aufgeführt. In den nächsten Kapiteln werden diese Punkte weiter vertieft.

	Jungfrau	Mutter	Alte Frau
Alter	Jugend	Mittleres Alter	Hohes Alter
Menstruation	Menarche	Schwangerschaft	Menopause
Lebensphase	Erwachsen werden	Mutterschaft	Alter
Lebenszyklus	Geburt	Erziehung	Tod/Wiedergeburt
Mondphase	zunehmend	Vollmond	abnehmend
Wichtige Feste	Imbolg	Lughnasadh	Samhain
Jahreszeiten	Frühling/Sommer	Sommer/Herbst	Winter
Gaben	Erweckung	Kreativität	Weisheit
Tiere	Lamm/Reh	Hase/Pferd	Eule/Hund
Keltische Farbe	Weiß	Rot	Schwarz

---

[*] Dieses New-Age-Konzept weisen viele Heiden als zu einfach und linear im Denken zurück, es läßt sich aber gut in die Theorie der Omnipräsenz von Zeit einbinden. Viele andere Heiden gehen ebenfalls davon aus, daß die Perfektionierung der Seele der Sinn des Lebens ist. Dagegen wird u. a. angeführt, daß es im gälischen oder britannisch-keltischen Sprachraum kein ursprüngliches Wort für »Seele« gibt.

Die keltischen Triadengöttinnen spielen in Mythen mit starken Bildnissen eine Schlüsselrolle. Die Göttinnen des Krieges, Todes und der Zerstörung, bekannt unter dem Namen Morrigan, bilden eines dieser Trios. In manchen Mythen besteht dieses Trio aus drei alten Frauen, in manchen aus Jungfrau (Nemain), Mutter (Macha) und Alter (Badb). In ihrer Funktion als Gottheit umfassen sie den kompletten Zyklus des keltischen Lebens von der Geburt bis zum Tod und wieder zurück. Die Morrigan sind die Herrscher über Krieg und die Überbringer des Todes, aber auch die Bewahrer der Seele bis zu deren Wiedergeburt. Badb ist der Aspekt der Alten; in einigen Mythen wird sie als Hüterin des Kessels der Regeneration in der Anderswelt beschrieben. Diese Rolle unterstreicht den Aspekt der Wiedergeburt bei der mit dem Tod befaßten Morrigan.

Ein weiteres wichtiges Trio bildeten die einstigen Herrscherinnen von Irland: Eire, Fodla und Banba. Diese Göttinnen gehörten zu den Tuatha De Dannan, einem mysteriösen Volk, das nach Irland vorgedrungen war. Jede der drei Göttinnen bat die eindringenden Milesier (die ersten irischen Kelten) darum, dem Land ihren Namen zu geben. Die Bitte von Eire wurde erhört, weil man ihr die größten magischen Kräfte zusprach – und auch heute noch ist Eire der gälische Name für Irland.

Gelegentlich traten die Triadengöttinnen auch in der Manifestation eines Tieres auf, das ihnen als heilig galt. Ein solches Trio erschien zum Beispiel in der Gestalt von Kühen; diese waren den Kelten heilig, weil sie Wohlstand und Macht symbolisierten. Bei diesem Trio handelte es sich um Bo Find (»weiße Kuh«) und ihre Schwestern Bo Dhu (»schwarze Kuh«) und Bo Ruadh (»rote Kuh«); alle drei stellten jeweils eine der traditionellen Farben der Triadengöttin dar: Weiß, Rot und Schwarz. Die Kuhschwestern gehören zu einem der ältesten irischen Mythen und lassen Fragmente eines lange verlorenen Erschaffungsmythos erahnen. Zusammen gelangten alle drei aus der Anderswelt über das westliche Meer in das karge Irland. Jede begab sich in einen anderen Teil der Insel und machte diesen fruchtbar. Bo Find, die Hauptfigur des Trios, soll in der Nähe des heutigen Tara Zwillingskälber geboren haben. Sie erklärte, das männliche und das weibliche Kalb seien Gaben des Überflusses, die das irische Volk für immer ernähren sollten. Bo Finds heilige Verbindung zum Land wird auch durch eine heilige Quelle unterstrichen, die nach ihr »Tabor-Bo-Find« genannt wurde.

In weniger bekannten Mythen erscheinen Drachen, die meist die gegensätzlichen Kräfte der hellen und dunklen Energien Gottes symbolisieren. Diese Kräfte kämpfen an den Wendepunkten des Jahres in ähnlicher Weise um die Vorherrschaft wie die einzelnen Aspekte der Triadengöttin. Eine relativ unbekannte Volkssage erzählt von einem dreiköpfigen Drachen, der mit einem männlichen Krieger kämpft. Die Triadengöttin verliert den Kampf, als ihr der dritte Kopf abgeschlagen wird. Diese Geschichte läßt sich als post-heidnischer Mythos interpretieren, der in einer Zeit entstand, als die Menschheit bereits begonnen hatte, die verschlingenden und verzehrenden Aspekte der Göttin zu fürchten und zu hassen. Darum sollte dieser Aspekt erbarmungslos von den freundlichen Aspekten der Jungfrau und Mutter getrennt werden. Als der Krieger die alte Frau bzw. den dritten Kopf abgeschlagen hatte, trennte er sich damit gleichzeitig selbst von der Einsicht in die natürlichen Lebenszyklen von Leben, Tod und Wiedergeburt und somit vom alten Glauben der Kelten. In anderen Mythen wird berichtet, daß die beiden Schwestern von Königin Medb die Eigenschaften von Drachen besaßen und der Gelehrte und Krieger Nessa einst ein Drache war.

Wenn die Drachen weibliche Wesen darstellen, enthalten sie meist zusätzliche Symbole für eine Verbindung zum Element Wasser, während das Feuer eher den männlichen Drachenbildern zugeordnet wird. Womöglich sollen damit auch Herrscherinnen-Aspekte angedeutet werden, wie bei der Dame vom See, die das Schwert der Herrschaft an König Arthur überreichte (siehe Kapitel 12). Die Tatsache, daß Frauen/Drachen in diesen Legenden zum Sterben in das Wasser zurückkehren, kann ein Hinweis auf einen unbekannten Entstehungsmythos oder auf Legenden aus der Anderswelt sein, die heute nicht mehr nachvollziehbar sind bzw. im Laufe der Zeit in zu viele Bruchstücke zerfallen sind.

Rituale zur Triadengöttin

Es gibt viele kreative Rituale, die sich um die Triadengöttin oder einen ihrer Aspekte drehen. Zu den bekanntesten gehören die verschiedenen Rituale für Frauen, die sich mit den Übergängen in den einzelnen Lebensphasen befassen. Dabei wird meist einer der Aspekte der Triadengöttin, entsprechend der zugehörigen Lebensphase, genauer behandelt.

RITUALE FÜR EREIGNISSE AUS DER LEBENSPHASE JUNGFRAU

Heidnischer Wicca-Brauch: Ein neugeborenes Kind den Göttern präsentieren

Erwachsen werden: Menarche oder Beginn der Menstruation feiern als den Eintritt in die spirituelle Welt der Erwachsenen

Rituale für Ereignisse aus der Lebensphase Mutter

Empfängnis/Schwangerschaft: Empfangen und Austragen eines Kindes im Schoß oder Vorbereitung auf die Adoption eines Kindes

Geburt des Kindes: Ritual zum Gebären oder zur formellen Adoption eines Kindes

Rituale für Ereignisse aus der Lebensphase Alte Frau

Altern: Menopause oder Ende des Menstruationszyklus zelebrieren.

Abschied: Beerdigungsriten und Erinnerungs-Rituale für Heiden

Die Rituale zur Triadengöttin in Kapitel 7 und die Ritual-Vorschläge in den Kapiteln 8, 9 und 10 unterscheiden sich von den Ritualen, die in vielen anderen Büchern zu finden sind. Der Schwerpunkt der in diesem Buch beschriebenen Rituale liegt nicht so sehr auf dem tatsächlichen Übergang zwischen den verschiedenen Lebensabschnitten, denn damit wären alle Frauen ausgeschlossen, die sich augenblicklich nicht in einer dieser Phasen befinden. Manche Frauen könnten die Rituale dann vielleicht überhaupt nicht verwenden, weil sie entweder zu spät zum Heidentum gelangt sind oder eine der traditionellen Lebensphasen übersprungen haben (z. B. kinderlos geblieben sind). So eng sollten Sie die Bedeutung der Rituale nicht interpretieren, denn sie beziehen sich im wesentlichen auf die Aspekte der Triadengöttin, die eine Frau immer aufweist und die zu den unterschiedlichsten Zeiten stärker oder schwächer hervortreten können. Benutzen Sie die Rituale entsprechend ihren eigenen Bedürfnissen bzw. denen Ihrer Gruppe.

Die Triadengöttin ist keine statische Vision, die brav einen vorgeschriebenen Plan befolgt. Welches Gesicht von ihr augenblicklich auch immer dominant sein mag, die anderen beiden Aspekte schlummern ebenfalls in ihr. Das Kommen und Gehen der Aspekte ist in die keltische Vorstellung von der Zeit eingebunden – ein Konzept, das von der modernen Wissenschaft bestätigt wird. Die Zeit ist omnipräsent und setzt sich nicht in eine Richtung fort. Wie viele alte Völker haben dies auch die Kelten gewußt. Das Göttliche ist also immer in Bewegung und verändert sich. Auch eine alte Frau kann Neuanfänge haben – nicht nur eine Jungfrau. Und auch eine Jungfrau kann sehr weise sein – nicht nur eine alte Frau. Die Mutter ist ein Archetyp für alles Schöpferische, und wir alle haben die Fähigkeit, auf unterschiedlichste Weise und in allen unseren Lebensphasen Neues zu erschaffen. Die Geburt oder Adoption eines Kindes ist nur eine von vielen Möglichkeiten, das Schöpferische in den Vordergrund treten zu lassen.

Für uns ist es wichtig, während unseres gesamten Lebens mit allen Aspekten der Triadengöttin zu arbeiten. Auf diese Weise verstehen wir die großen Mysterien der Göttin besser, stärken unsere Selbstachtung und schaffen innere Ausgeglichenheit. Alle Frauen sind Triadengöttinnen. Auch wenn wir zu einer bestimmten Zeit der Welt eine bestimmte Gestalt zeigen, sind die anderen in unserem Inneren ebenfalls lebendig. Die Anerkennung dieser Aspekte begegnet uns jeden Tag, wenn auch in verschlüsselter und wenig schmeichelhafter Form. Da wird von »weiblicher Intuition« und »alter Hexe« geredet – das ist die Alte mit ihrer Weisheit. Das »Geplapper der Mädchen« kennzeichnet das Erwachsenwerden der Jungfrau. Die Begriffe »Mutterliebe«, »Überprotektion« und »Mannweib« begleiten uns als Mutter, Erzieherin und Kriegerin. »Hysterisches Weib« und »Hure« haben ebenfalls ungebeten in unserem Leben Platz genommen. Viele Frauen haben den Kampf aufgegeben und verwenden diese Begriffe selbst, um sich über andere Frauen zu erheben. Doch wir sind Triadengöttinnen. Wenn die Welt in eines unserer Gesichter schlägt, haben wir noch zwei andere, mit denen wir uns wehren können.

Die Aspekte der Triadengöttin sind keiner Frau fremd. Frauen haben dazu von der Geburt bis zum Tod ein symbiotisches Verhältnis, ob wir dies bewußt wahrnehmen oder nicht. Wir können uns mit allen Aspekten der Triadengöttin vertraut machen, wenn wir uns die notwendige Zeit dazu nehmen.

7 Dreifache Segnung
Ritual für die Gruppe

Das in diesem Kapitel vorgestellte Ritual läßt sich nicht auf eine bestimmte keltische Quelle zurückführen. Vielleicht ist es deshalb angebracht, von einem Ritual im keltischen Stil zu sprechen und nicht von einem keltischen Ritual. Ähnliche Segnungen sah ich erstmals Anfang der 80er Jahre; der irische Hexensabbat, dem ich angehörte, hatte seine eigene Version entwickelt. Diese Segnung ist zwar der Form nach nicht alt, bedient sich aber alter Symbolismen. Es ist anzunehmen, daß die keltischen Frauen früher ähnliche Segnungen ausführten.

Die dreifache Segnung enthält zwei weibliche keltische Archetypen: die Triadengöttin und den Kessel. Der irische Hexensabbat, dem ich während meines Aufenthalts in Texas angehörte, verwendete diese Segnung bei den verschiedensten rituellen Sitzungen. Sie war Teil unseres Initiationsritus und unseres Ritus für das Erwachsenwerden. Außerdem wurde sie häufig bei verschiedenen Heilungen eingesetzt. Ich habe die Segnung auch in einer Frauengruppe eingeführt, mit der ich kurz gearbeitet habe, und bin zu der Überzeugung gelangt, daß sie bei allen Arten von Frauensitzungen sinnvoll ist.

Für die dreifache Segnung benötigen Sie nur einen Gegenstand: einen beliebigen Kessel mit ein wenig Salzwasser. Verwenden Sie nur wenig Salz, denn es ist korrodierend und kann Teppiche, Kleider und Gras beschädigen. Anstelle des Kessels können Sie auch einen Krug verwenden, obwohl ich der Meinung bin, daß diese Form von der tieferen Bedeutung der Segnung ablenkt. Der Kessel ist ein besonders wichtiger Archetyp aus der keltischen Welt, er symbolisiert den Schoß der Göttin und das Tor zur Anderswelt. Wenn Sie dieses Symbol einfach ersetzen, geht dabei ein wichtiger Eindruck für den Geist und die Seele verloren. Sie müssen für einen Kessel nicht viel Geld ausgeben und können vielleicht auf einem Flohmarkt ein geeignetes Stück erstehen. Die symbolische Bedeutung ist dieselbe und völlig unabhängig vom Preis. Auch ein Plastikkessel erfüllt seinen Zweck.

An der hier vorgestellten Segnung sollten mindestens vier Frauen teilnehmen – eine der Frauen wird gesegnet, die anderen drei stellen die einzelnen Aspekte der Triadengöttin dar. Doch läßt sich die Segnung auch auf weniger Frauen oder auf eine einzelne Frau umstellen. Wenn Sie nur zu zweit sind, kann die eine Frau die einzelnen

Aspekte der Triadengöttin darstellen und die andere Frau segnen. Anschließend können Sie die Rollen tauschen, damit jede Frau die Segnung erhalten kann. Wer allein ist, kann die Segnungen der einzelnen Aspekte der Triadengöttin auch für sich selbst aussprechen. Selbstverständlich läßt sich die Segnung auch für größere oder gemischtgeschlechtliche Gruppen abwandeln.

Die dreifache Segnung

Sie können diese Segnung an jedem beliebigen Punkt in jedes beliebige Ritual einbauen. Meiner Meinung nach ist sie am besten als Abschlußelement geeignet, aber Sie sollten die Segnung dann vornehmen, wenn es Ihnen oder den anderen Frauen am sinnvollsten erscheint.

Im rechten Moment führen Sie die Frau (oder Frauen) für die Segnung in die Mitte des Kreises oder des Raumes, in dem das Ritual abgehalten wird. Die drei Frauen, die die Aspekte der Triadengöttin darstellen sollen, nehmen den Kessel und stellen sich vor die Frau (Frauen) hin, die gesegnet werden soll. Während Sie den Kessel vor sich halten, sprechen Sie folgende Worte:

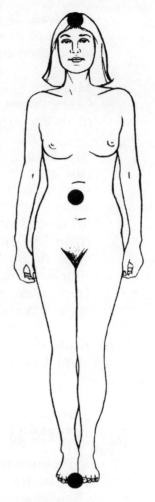

*Salbungspunkte für die
dreifache Segnung*

Triadengöttin (unisono):
Sieh meinen Kessel an! Durch ihn gebe ich Leben und Nahrung, Tod und Ruhe, Regeneration und Erneuerung. Wenn du in seine Tiefen blickst, siehst du in meinen Schoß. Dort erkennst du die Gesamtheit von Zeit und Raum und meine Einheit und Unendlichkeit. Nimm meine Segnung an, um meine Mysterien kennenzulernen.

97

Jungfrau:
Gesegnet sei das Wasser – mein Blut, aus dem alles Leben entspringt.

Mutter:
Gesegnet sei das Salz – mein Körper, der ernährt und erhält.

Alte Frau:
Gesegnet sei der Kessel – mein ewiger Schoß, der erschafft, zerstört und neu erschafft.

Triadengöttin (unisono):
[Jede legt eine Hand in das Wasser und bewegt sie im Uhrzeigersinn.] Wasser und Salz, Blut und Erde. Leben, Tod und Wiedergeburt. Dies alles habe ich erschaffen, und damit segne ich jene, die mir folgt.

Die Person, die den Jungfrau-Aspekt darstellt, nimmt ihre nasse Hand aus dem Kessel und stellt sich direkt vor die zu segnende Frau.

Jungfrau:
Kennst du mich?

Zu segnende Frau:
Du bist die Triadengöttin – die Jungfrau.

Die Jungfrau kniet vor der Frau nieder, die gesegnet wird, und salbt die Füße mit Salzwasser.

Jungfrau:
Bei meinem Blut segne ich deine Füße, damit du im Leben immer auf dem richtigen Weg gehst. Mögen deine Füße dich kühn in neue Abenteuer tragen und sicher wieder nach Hause bringen. Mögest du in Schönheit und voller Vertrauen gehen, in Heiligkeit und Wahrheit, mutig und frei, wie es sich für eine Kriegerin unter Frauen geziemt. Gesegnet seist du, Schwester.

Der Jungfrau-Aspekt tritt wieder zu den anderen zurück, während der Mutter-Aspekt die feuchte Hand aus dem Kessel nimmt und vor die zu segnende Frau tritt.

Mutter:
Kennst du mich?

Zu segnende Frau:
Du bist die Triadengöttin – die Mutter.

Der Mutter-Aspekt beugt sich vor und legt die nasse Hand etwas unterhalb des Magens der Frau, in Höhe ihrer Gebärmutter.

Mutter:
Bei meinem Körper segne ich deinen Schoß, dein schöpferisches Zentrum, damit Fruchtbarkeit und Ernte immer ein Teil deines Lebens sind – in der inneren wie in der äußeren Welt. Möge alles, was du berührst, wachsen, alles, was du erträumst, blühen und alles, was du erhoffst, wahr werden. Möge alles, was du erhältst, deine Kraft, deine Macht und dein Vertrauen stärken, wie es sich für eine Kriegerin unter Frauen geziemt. Gesegnet seist du, Tochter.

Der Mutter-Aspekt tritt wieder zu den anderen zurück, während der Aspekt der Alten die feuchte Hand aus dem Kessel nimmt und vor die zu segnende Frau tritt.

Alte Frau:
Kennst du mich?

Zu segnende Frau:
Du bist die Triadengöttin – die alte Frau.

Die Alte steht der Frau, falls möglich, Auge in Auge gegenüber – sie kniet vor niemandem – und legt die nasse Hand auf die Stirn der Frau.

Alte Frau:
Bei meinem Schoß, der gibt und nimmt, segne ich deinen Kopf, damit du innere Weisheit findest. Ich kann dir nichts geben, was du nicht schon besitzt, aber ich kann dir den Weg

zeigen, auf dem du das findest, was in dir ist, Kriegerin unter den Frauen. Ich segne dich, damit du klar denken kannst, Weisheit suchst, meine Mysterien verstehst und begreifst, wie diese in deinem Leben und im Universum wirken. Wisse, daß du mit allen Dingen verbunden bist. Du bist mein, wie alles, was ist oder jemals sein wird, mein ist. Wie du kommt alles von mir, und alles wird zu mir zurückkehren. Gehe nun, meine Kriegerin, und sei weise. Gesegnet seist du, Kriegerkind.

Wenn Sie die Segnung mit einer großen Frauengruppe ausführen, kann nun eine andere Frau für die Segnung in die Mitte treten und so weiter, bis alle an der Reihe waren. Ein netter Abschluß für dieses Ritual ist es, wenn jede Frau davon erzählt, wie sich die verschiedenen Aspekte der Triadengöttin und ihre Segnung in ihrem Leben bisher verwirklicht haben. Auf diese Weise erhält die Triadengöttin als Gegengabe ebenfalls eine Segnung.

Wenn Sie das Ritual beendet haben, in dem die Segnung verwendet wurde, entsorgen Sie das Wasser, wie es sich für ein geheiligtes Objekt gehört. Schütten Sie es an einem geeigneten Platz aus. Wenn Sie glauben, daß Sie es in einen gewöhnlichen Ausguß schütten müssen, sollten Sie dies mit dem klaren Gedanken daran tun, daß es auf irgendeinem Weg zu seiner Quelle – der Göttin – zurückkehrt.

8 Die Jungfrau

Der Jungfrau-Aspekt der Triadengöttin ist schwer zu erfassen – vor allem, weil er sich dem menschlichen Bedürfnis nach Kategorisierung entzieht.

Das Problem beginnt bereits bei den Vorstellungen, die sich heute mit dem Wort Jungfrau verbinden. Da der alte lateinische Begriff *virgo* die Bedeutung »unversehrt« hatte, setzte die patriarchale Welt den Status der Jungfräulichkeit schon bald mit einem unversehrten Hymen oder Jungfernhäutchen gleich – jener dünnen Membrane, die die Öffnung der Vagina bedeckt. Das Hymen zerreißt beim ersten sexuellen Kontakt, es kann aber auch auf viele andere Arten zerreißen, zum Beispiel durch bestimmte Sportarten, das Einführen eines Tampons oder durch eine gewöhnliche medizinische Untersuchung.

Glücklicherweise ist das Hymen ein Teil des Körpers, dem die modernen Frauen nicht mehr allzu große Bedeutung beimessen. Aus diesem kleinen Gewebe ist wahrlich auch schon genug Aufhebens gemacht worden. Häufig wurden damit Ängste vor sexuellen Beziehungen geschürt. Jungen Frauen wurde oft von älteren Frauen erzählt, daß der Verlust des Hymen oder der »Jungfräulichkeit« eine schmerzhafte und blutige Angelegenheit sei. Der Erfahrung vieler Frauen nach treten aber weder Schmerzen noch exzessive Blutungen auf.

Der ursprüngliche Begriff *virgo intacta* bezog sich auf die gesamte Frau und nicht nur auf das Hymen. Eine Jungfrau war eine Frau, die intakt war. Mit anderen Worten, sie war für sich selbst genommen ein Ganzes. Sie brauchte niemand anderen, zum Beispiel keinen Gemahl, um sich selbst zu vervollkommnen oder in der Gesellschaft anerkannt zu werden. Sie war frei und durfte sich ganz nach eigenem Wunsch und zu jeder beliebigen Zeit mit den Männern ihrer Wahl vereinigen. Dies war vor allem in der frühen keltischen Kultur der Fall. Häufig war die Jungfrau damals auch eine Priesterin, die Sex als geheiligtes Ritual verwendete. In diesem Punkt war sie den berühmten vestalischen Jungfrauen ähnlich, den heiligen Prostituierten in den römischen Tempeln. Diese waren sicherlich keine Jungfrauen im modernen Sinn, aber ganz bestimmt im Sinne der ursprünglichen Bedeutung.

Wenn in diesem Buch von Jungfrau die Rede ist, soll dabei die Assoziation zu junge Frau freigesetzt werden und nicht zu dem Begriff Jungfer. Der Schwerpunkt des Begriffs Jungfrau liegt also auf der erwachenden Sexualität einer jungen Frau – jener Göttin, die sich der Macht ihrer Sexualität sehr wohl bewußt ist, denn durch sie erhält sie ihre Souveränität.

Im Mittelalter sind die beiden Begriffe Jungfrau und Jungfer von keltischen Autoren vermischt worden. Dies kommt im Mythos von Dechtire sehr deutlich zum Ausdruck. Bei dieser irischen Göttin fand die Empfängnis des Helden Cuchulain statt, indem sie ein Getränk zu sich nahm, in das eine magische Fliege mit dem Geist des Gottes Lugh (dem angeblichen »Vater« von Cuchulain) gefallen war. Sie gebar das Kind aus dem Mund und blieb damit eine »Jungfrau«.

Es gibt auch ein moderneres Beispiel für die Verwendung des Wortes Jungfrau in Zusammenhang mit einer souveränen Herrscherin. Die englische Königin Elisabeth I. wurde mit dem Beinamen Jungfrauen-Königin versehen, weil sie nie geheiratet hatte. Einige Biographen haben dies darauf zurückgeführt, daß sie ihre Macht nicht mit jemand anderem teilen wollte, auch wenn dies bedeutete, daß die englische Krone bei ihrem Tod an den Sohn ihrer größten Feindin, Königin Maria von Schottland, übergehen würde. Elisabeth hatte zahlreiche Verehrer, von denen einige sicher auch ihre Liebhaber waren, und doch blieb sie die »Jungfrauen-Königin« – ein Ganzes für sich selbst.

Eigenschaften und Entsprechungen der Jungfrau

Die Jungfrau repräsentiert Neuanfänge und das Erwachen. Bei den Kelten symbolisierte sie auch die Macht des Landes selbst. Sie ist die Göttin des Abenteuers, der magische Aspekt des femininen Göttlichen. Im Gegensatz dazu ist sie auch die Verkörperung von Schönheit, von Freude als auch von Leid.

Gelegentlich überlagert sich der Jungfrau-Aspekt einer Göttin oder Heldin mit dem Mutter-Aspekt. Manche Eigenschaften sind beiden gemeinsam. Beim Lesen keltischer Mythen, Legenden und Sagen, läßt sich die Jungfrau am besten an folgenden Merkmalen erkennen:

Jugendlich: Die Jungfrau tritt fast immer als junge Frau auf.

Schön: Sie ist meist wunderschön und zieht sowohl erwünschte als auch unerwünschte männliche Aufmerksamkeit auf sich. Diese Aufmerksamkeit mündet oft in Schlachten oder Problemen anderer Art, sowohl für die Frau, als auch für den Mann, der sie besitzen möchte.

Zwei Beispiele für diese Jungfrauen sind die irische Deirdre die To-bende (durch sie wurde die Bruderschaft Roter Zweig zerstört) und die Waliserin Gwen, deren Schönheit das menschliche Auge blendete.

Herrschend unabhängig: Sie gewährte Königen die Macht zur Herr-schaft, wie Königin Ginevra in der Artussage.

Überreicht einem Mann eine Waffe oder einen Kelch: Jede Göttin oder Heldin, die einen dieser Gegenstände überreicht, handelt in souveräner Weise und ist als Jungfrau-Aspekt anzusehen.

Besitzt eventuell einen Pferdeaspekt: Da das Pferd mit der Souve-ränität in Verbindung steht, handelt es sich bei Pferde-Göttinnen meist um Jungfrauen, in einigen Fällen aber auch um Mutter-Aspekte. Einige menschliche Frauen, die historisch als Herrscherin-nen betrachtet werden, hatten Beinamen von Pferden, z. B. die Krie-gerin Cartimandua, die auch »Seidenpony« genannt wurde.

Starke sexuelle Natur: Die archetypische Jungfraurolle ist folgende: Sie ist zunächst die Gemahlin des Königs und heiratet dann dessen auserwählten Nachfolger. Dies weist auf eine starke sexuelle Natur hin. Dieser Aspekt von ihr ist im Laufe der Zeit pervertiert worden: Sie wurde als Buhlerin oder Hure betrachtet. Ein Beispiel dafür fin-det sich in dem bretonischen Mythos über die Jungfrau-Göttin Dahud-Ahes. Sie verließ Britannien, als die Christen kamen, und wurde zur Göttin der Ausschweifungen ernannt.

Mit einem Sterblichen vermählte Fee oder Frau aus der Anders-welt: Dies ist ein weiterer Typ der Herrscher-Göttin. Sie gewährt einem sterblichen Mann den vollen Zugang zur Anderswelt, zu schamanischer Weisheit oder erhebt den Mann zu einem Gott aus ei-genem Recht. Ein Beispiel hierfür ist Caer, die Göttin des Schlafes und der Träume. Sie heiratete König Oengus MacÓc, einen Gott der Liebe. Ein weiteres Beispiel ist Niam »Goldhaar«. Sie holt Osín zu sich in die Anderswelt, aber er stirbt, weil er ihre Warnungen bei sei-ner Rückkehr zur Erde nicht befolgt.

Verbunden mit einer Landschaft oder einem Gewässer: Dies kann zwar auch ein Mutter-Aspekt sein, ist aber häufiger bei Jungfrauen anzutreffen, wie zum Beispiel bei Boann, der Göttin und Namensge-berin des irischen Flusses Boyne, bei der Dame vom See aus der Ar-tussage, bei Aine von den Bergen in Munster oder bei Sioann vom Fluß Shannon.

Erduldet großes Leid und persönliche Tragödien: Eine Jungfrau hat meist eine Reihe von Tragödien oder persönlichen Unglücksfällen erlebt, die den zentralen Kern ihrer Mythen bilden; zum Beispiel Deirdre die Tobende, die Waliser Göttin Branwen oder die Göttin der Heilkräfte Airmid, die mit ansehen mußte, wie ihr eifersüchtiger Vater ihren Bruder ermordete.

Verkörpert Freude und geht Risiken ein: Deirdre die Tobende, Grainne und andere Göttinnen, die in diesem Kapitel erwähnt werden, drücken immer auch große Lebensfreude aus und gehen beträchtliche Risiken ein, um diese zu erhalten oder zu bewahren. Meist enden die Geschichten jedoch eher tragisch als glücklich.

Gebiert einen Sohn durch magische Mittel: Beispiele hierfür sind Eri mit dem goldenen Haar, die durch einen Sonnenstrahl schwanger wurde; Dechtire, die eine Seele aus einer Tasse trank und Finchoem, die einen Wurm an einer magischen Quelle verschluckte und daraufhin Conall den Siegreichen gebar. Göttinnen, die Tiere auf die Welt brachten, sind meist mit den Zyklen der Landwirtschaft verbunden und gelten eher als Mutter-Aspekte.

Geht auf große Abenteuer: Ein Beispiel ist Grainne, die den jungen Krieger Diarmaid von ihrem eigenen Hochzeitsmahl entführte und mit ihm floh. Zusammen durchquerten sie ganz Irland auf der Flucht vor den Fianna-Kriegern.

Symbolisiert Frieden und ist doch oft eine Kriegerin: Brigantia, der freie Geist der Bretonen, ist ein Beispiel hierfür. Auch regierende Königinnen und weibliche Clanoberhäupter, wie Königin Medb, passen in diese Kategorie.

Teil einer Dreierbeziehung: Eine Jungfrau ist häufig zwischen zwei Männern hin- und hergerissen; entweder zwischen zwei Liebhabern oder zwischen Vater und Sohn. Beispiele hierfür sind Isolde, um die sich der Streit zwischen Cornwalls König Mark und Irlands Tristan drehte; aber auch Grainne, die mit Fionn mac Cumhaill verheiratet wurde, aber mit ihrem Liebhaber Diarmaid floh.

Umworben von zwei oder mehr Männern: Wenn zwei Männer um den Besitz einer Frau kämpfen, entweder aus sexuellen Gründen oder wegen ihrer Besitztümer, handelt es sich meist um eine Jungfrau. Meist dreht sich der Kampf um die Vorherrschaft: Ein alter schwacher König stirbt und muß durch einen jüngeren Mann ersetzt werden. Gewinner ist der, dem die Herrscher-Göttin sexuell den Vorzug gibt. In der Waliser Mythologie dient Olwens Vater Ysbadda-den als Beispiel: Er versucht, ihr Hindernisse in den Weg zu stellen und sie so von ihrem Liebhaber Kulhwch zu trennen.

Triadengöttin mit Jungfrau-Aspekt: Wenn von einer Triadengöttin oder einem dreifachen weiblichen Archetyp berichtet wird, der/dem die Eigenschaften einer Jungfraugöttin zugewiesen werden, handelt es sich dabei vermutlich um einen Jungfrau-Aspekt, so wie etwa Anu der Jungfrau-Aspekt von Anu, Dana und Badb oder Ginevra ist, als sie König Artus zum ersten Mal heiratete.

Fragen zur Jungfrau

Die folgenden Fragen können Sie sich selbst stellen und beantworten, wann immer Sie sich mit dem Jungfrau-Aspekt befassen. Dabei spielt es keine Rolle, ob Sie sich bereits lange mit dem keltischen Heidentum beschäftigen oder erst seit kurzem. Erforschen Sie diesen Aspekt, wann immer Sie den Eindruck haben, die Jungfrau hat Ihnen etwas zu sagen.

- Welche Ideen und Bilder ruft das Wort »Jungfrau« in Ihnen wach?
- Wie empfinden Sie die Jungfraugöttin?
- Glauben Sie, daß die Jungfrau in Ihrem augenblicklichen Leben eine Bedeutung hat? Warum oder warum nicht?
- Sind Sie der Jungfrau gegenüber freundlich gesinnt, oder ruft sie Unangenehmes in Ihnen hervor?
- Ruft die Jungfrau in Ihnen Gefühle von Eifersucht, Wut oder Glück hervor? Warum?
- Sind Sie mit dem Archetyp der Jungfrau vertraut? Warum oder warum nicht?
- Was empfinden die Männer in Ihrem Leben gegenüber der Jungfraugöttin? Bedroht Sie eines dieser Gefühle, oder tröstet es Sie?
- Was erhoffen Sie sich von einer Beschäftigung mit der Jungfraugöttin? Was erwarten Sie als Gabe von ihr?
- Was können Sie der Jungfrau dafür anbieten?
- Was erwarten Sie nicht von der Jungfrau?
- Fällt es Ihnen leicht, den Jungfrau-Aspekt der Göttin mit ihren beiden anderen Manifestationen in Verbindung zu bringen?
- Welche Jungfrau-Aspekte besitzen Sie oder besitzen Sie nicht? Welche Aspekte davon würden Sie gerne ändern, wenn Sie könnten?

Meditation und Übung zur Jungfrau

Nehmen Sie sich Zeit, um sich mit der Jungfrau zu befassen. Es können einige Stunden oder auch ein ganzer Tag sein. Während dieser Zeit erlauben Sie sich Gedanken und Handlungen, die zu den Archetypen der Jungfrau gehören. Betrachten Sie alles, was Sie während dieser Zeit tun oder planen als Abenteuer. Planen Sie für die nächste Zeit neue Dinge und erfrischende Anfänge. Lassen Sie Freude und Leid aufkommen, geben Sie Ihren Eitelkeiten nach, verschenken Sie Ihre Zuneigung, delegieren Sie Autorität, lassen Sie Ihren spontanen Ideen freien Lauf, spielen Sie wie ein Kind, kichern Sie oder verbringen sie ein wenig Zeit mit anderen Frauen, um sich selbst zu vergnügen.

Während dieser Zeit sollten Sie mit mindestens einer anderen Person in Kontakt treten, die nicht weiß, daß Sie gerade Ihr Jungfrauen-Selbst ausleben; wenn Sie Kontakt zu mehreren Personen aufnehmen – um so besser. Auf diese Weise lernen Sie, die Reaktionen der anderen auf Ihren Jungfrau-Aspekt einzuschätzen.

Nachdem Sie diese Übung beendet haben, sollten Sie sich Zeit für sich selbst nehmen, um über die Qualitäten der Jungfrauen-Göttin nachzudenken und darüber, wie diese Aspekte sich in Ihnen selbst manifestieren oder auch nicht. Dabei spielt Ihr tatsächliches Alter keine Rolle. Schreiben Sie Ihre Eindrücke in einem Begleitbuch oder einem magischen Tagebuch auf, damit Sie in Zukunft darauf zurückgreifen können.

Rituale des Erwachens: Feier für die Jungfrau

Zu jeder Zeit haben wir Erlebnisse des Erwachens: im geistigen, ethischen, persönlichen oder in einem lebensverändernden Sinn. Alle diese Neuanfänge markieren das Ende alter Zyklen und den Beginn neuer Kreisläufe. Dies ist das Terrain der Jungfrau.

Folgende Zeiten und Lebensphasen eignen sich besonders, den Jungfrau-Aspekt zu feiern, zu ehren und um Unterstützung zu bitten:

- Wenn Sie mündig werden oder ein Ritual für eine junge Frau ausführen, die mündig wird (diese Zeremonie ist in heidnischen Kreisen weit verbreitet, um das geistige Erwachsenwerden zu feiern).
- Wenn Sie um Hilfe bitten möchten bei der Bewältigung von Veränderungen in Ihrem Leben.
- Um mit bereits veränderten Lebenssituationen zurechtzukommen und sich an diese zu gewöhnen.

- Wenn erfreuliche Veränderungen eingetreten sind und Sie dafür danken.
- Wenn Sie Hilfe benötigen, um Ihr Leben zu ändern.
- Bei Ritualen zur Huldigung des heiligen Königs.
- Bei Hochzeiten.
- Wenn Sie auf neue Erkenntnisse, Abenteuer, Änderungen, Anfänge oder Vergnügungen hoffen.
- Wenn die Sonne noch schwach und neu ist – im späten Winter und zu Beginn des Frühjahrs.
- Wenn der zunehmende Mond zum ersten Mal am Nachthimmel erscheint.

Bei den keltischen Ritualen zur Jungfrau sollte die Farbe Weiß im Vordergrund stehen, auch Blau ist akzeptabel. Vielleicht finden Sie eine jener dicken Kerzen mit drei Dochten, die es mittlerweile häufig in Kerzengeschäften gibt. Wenn Sie eine weiße finden, können Sie diese zu Ehren der Jungfrau verwenden, ohne dabei die beiden anderen Aspekte, die präsent aber nicht sichtbar sind, zu vergessen. Speisen des Frühlings sind ebenfalls der Jungfrau zugeordnet: Milch, Honig, Quarkspeisen und Süßigkeiten.

Wenn Sie den rituellen Kreis an den Jungfrau-Aspekt anpassen möchten, können Sie im Inneren des ersten Kreises zwei weitere, kleinere Kreise ziehen. Diese symbolisieren dann die Manifestation der Erde und der Anderswelt, aus der die Jungfrau im Frühjahr auftaucht. (Auf Seite 284 ff. finden Sie Anleitungen zum schrittweisen Aufbau der rituellen Kreise.)

9 Die Mutter

Der Mutter-Aspekt der Triadengöttin ist uns vermutlich am vertrautesten. Wir kennen diesen Archetyp der schöpferischen, pflegenden Frau gut, da wir diesem Bild täglich begegnen. In den modernen Gesellschaften ist die pflegende und nährende Rolle häufig die einzige, die einer Frau zugebilligt wird – natürlich nur, sofern sie dabei weiterhin wie eine schöne Jungfrau aussieht. Die Medien und viele Menschen in unserem Leben trichtern uns diesen Gedanken täglich ein.

Die Muttergöttinnen der vorpatriarchalen Welt sahen jedoch nicht wie die ausgezehrten Frauen von heute aus. Die Ikonographie zeigt uns radikal andere Bilder von Frauen mit Hängebrüsten, dicken Bäuchen und breiten Becken, die ihre Natur stolz zur Schau stellten und nicht schamvoll verbargen. Doch da das Patriarchat bereits im europäischen Leben Fuß gefaßt hatte, als die Kelten an die Macht kamen, sind in der keltischen Ikonographie eher schlanke Göttinnen dargestellt, die in ihren geräumigen Becken aber dennoch Körner, Kinder oder Früchte gedeihen lassen. Glücklicherweise sind viele Statuen und Reliefs aus der römisch-keltischen Periode Galliens mit Inschriften versehen, die die Namen der jeweiligen Göttinnen genau wiedergeben. Ein Rätselraten um die dargestellten Figuren ist also überflüssig.

Die Muttergöttin hat oft zwei Gesichter: ein hell leuchtendes und ein dunkles. Diese beiden Gesichter symbolisieren die zunehmenden und abnehmenden Perioden des Sonnenjahres, die Zu- und Abnahme des Mondes, den Übergang von der Mutterschaft zum Alter und die physikalische und die Anderswelt. Der helle Mutter-Aspekt stellt die Periode des Wachstums, der Fruchtbarkeit und Tatkraft von Kriegern und Königinnen dar, während der dunkle Aspekt Stagnation, Leere und Passivität, die Kräfte der Hexe und Priesterin, symbolisieren. Eine keltische Muttergöttin kann auch drei Gesichter haben und als Triaden-Mutter gezeigt werden. Dabei repräsentiert ein Gesicht die Ernte, ein anderes die Geburt und das dritte die Menstruation.

In den meisten Kulturen ist die Muttergöttin in den jeweiligen Entstehungsmythos eingebettet, aber die Kelten sind vielleicht die einzige Kultur in der Welt, deren Entstehungsmythos nicht bekannt ist. Es wird aber angenommen, daß es einen gab – entweder einen eigenen oder einen aus einer anderen Kultur übernommenen. Es gibt verschiedene keltische Mythen mit Bildern, die eine Verbindung zur Entstehung der Welt erahnen lassen. Dazu gehören zum Beispiel

Göttinnen, die weben oder spinnen, die aus dem Wasser auftauchen, die Tiere und Fruchtbarkeit in ein Land bringen, die große Götter oder Helden geboren haben oder die eindeutig Ahnen von Gottheiten sind. Doch es gibt keine einzelne Figur, der die Entstehungsgeschichte allein zugewiesen werden könnte.

Eine der bekanntesten keltischen Muttergöttinnen ist Modron, deren Name »große Mutter« bedeutet. Sie war die Mutter von Mabon, dessen Name ungefähr mit »heller Sohn« übersetzt werden kann. Er wurde ihr im Alter von nur drei Jahren entwendet, aber – in mittelalterlichen Legenden – von König Artus zurückgegeben. Dieser fungiert in jener Geschichte als ihr Liebhaber/Gemahl und schenkt ihr ein Kind, das in Wirklichkeit ein jüngerer Aspekt seines Selbst ist. In der keltischen Tradition ist der Liebhaber/Gemahl der Göttin beinahe immer sein eigener Vater. Im Verlauf eines Jahreszyklus wird er von der Göttin geboren, vermählt sich mit ihr und stirbt dann, um von ihr wiedergeboren zu werden.

Eine weitere Mutter ist Irlands Dana oder Danu, deren Namen heute an vielen Stätten Europas, an denen die Kelten einst lebten, wiederzufinden ist; zum Beispiel am Fluß Donau. Einige Keltologen halten sie für die älteste keltische Gottheit, über die am meisten bekannt ist. Der Wortstamm *Dan* bedeutete im Altirischen »Wissen« und bietet uns tiefe Einblicke in ihren Charakter. Der Name des mystischen Volkes Tuatha De Dannan, das einen Großteil der Götter und Feenkönige der irischen Kelten stellt, bedeutet »Volk der Göttin Dana«. Demzufolge ist Dana die Gottheit, von der dieses Volk abstammt, also die »große Mutter«. Die Waliser Muttergöttin Don und der irische Gott der Anderswelt Donn, werden für weitere Versionen von Dana gehalten.

Mit der Zeit vermischte sich das Bild von Dana mit dem von Brigit, eine der am meisten verehrten Göttinnen der Kelten. Brigit wird als Jungfrau wie auch als Mutter betrachtet. Als diese Göttin von der katholischen Kirche in die Heilige Brigitte umgewandelt wurde, vermischten sich ihre Bilder als Jungfrau und Mutter und widersprachen sich auch bisweilen. Da sie aber eine Schutzgöttin war – und dies zu den mütterlichen Aspekten gehört – und da sie mit dem Feuer und der Sonne in Verbindung gebracht wird – ebenfalls Muttersymbole –, ist dieser Aspekt wohl ihr stärkster.

Brigit ist auch eine Gottheit der kreativen Inspiration, eine weitere Entsprechung zur Mutter. Sie soll die irische, rituelle Totenklage (*Caoine*) erfunden haben, als sie unaufhörlich um ihren getöteten Sohn Ruadan klagte. Sie ist vermutlich auch der Ursprung des Feengeistes Banshee (»Beansidhe« oder »Feenfrau«), deren Trauerklage in der Nacht vor einem Todesfall im ganzen Dorf zu hören ist. Die Banshee galt aber auch als Schutzgeist der Familie und verkörperte vielleicht eine Ahnengottheit – beides eindeutige Eigenschaften der Mutter. Außerdem beteten Krieger, Heiler, Beschützer der Kinder, Hebammen und Herrscher zu ihr.

Eine der interessantesten Muttergöttinnen ist Macha, ein Aspekt der Göttin Morrigan. Der Mythos von »Machas Fluch« bildet einen Teil des Ulsterzyklus in der irischen Mythologie und führt direkt zu den Ereignissen, die in dem bekannten Epos *Tain* beschrieben sind. In diesem Mythos zieht Medb wegen eines Stieres gegen Ulster in den Krieg. In der Folge der Ereignisse findet der Held Cuchulain den Tod. An diesem Punkt verbindet sich das Mutterbild von Macha mit der Göttin »Alte Frau«. Als Göttin des Todes und der Zerstörung (Attribute der alten Frau) bewachte sie einst *Mesred machae*, das Tor der Ulsterfestung *Emain Macha*, auf dessen Pfeilern die Köpfe der geschlagenen Krieger zur Schau gestellt wurden. Als Mutter war sie eine Pferdegöttin. Ihr Mann, ein Ulsterkönig, behauptete anläßlich eines Pferderennens, seine Frau könne schneller rennen als jeder Reiter. Nachdem er gewagt hatte, öffentlich damit zu prahlen, forderte der König Macha auf, dies sofort unter Beweis zu stellen. Macha protestierte dagegen, da sie gerade hochschwanger war. Der König fürchtete, sich lächerlich zu machen und wegen seiner Angeberei getötet zu werden. Deshalb befahl er Macha, das Rennen zu laufen. Macha wandte sich an die versammelten Krieger und fragte: »Wollt ihr mir nicht helfen? Schließlich seid ihr alle einst von einer Mutter geboren worden?«

Doch Macha erfuhr keine Gnade. Sie bestritt das Rennen siegreich, starb aber am Ende, nachdem sie Zwillinge geboren hatte. Als ihr Leben zu Ende ging, verfluchte sie alle bärtigen Männer von Ulster (also alle erwachsenen Krieger). Wann immer sie von Gefahr bedroht seien, sollten sie große Wehenschmerzen erleiden und dadurch in ihrer Kampfkraft geschwächt sein. Nur der bekannte Krieger Cuchulain, der für sein Babygesicht bekannt war, unterlag dem Fluch nicht. Die restlichen Krieger waren dem Zauber ausgeliefert und wurden in der Folge von Connacht besiegt.

Heilige keltische Quellen und die heilende fruchtbare Mutter

In allen keltischen Landstrichen finden sich zahlreiche sakrale oder heilige Quellen. Einige von ihnen sind Quellen im traditionellen Sinn, d.h. die Bewohner versorgen sich daraus mit dem notwendigen Wasser. Bei anderen handelt es sich lediglich um kleine Vertiefungen in alten Steinen, die heute ebenso wie in der Vergangenheit im Zentrum heiliger Stätten lagen. In Irland wurden hunderte dieser alten Quellen von der neuen Religion übernommen, und sie sind heute Ziel von Pilgerfahrten. Die nach verschiedenen Heiligen benannten Quellen werden jeweils an den zugehörigen Namenstagen aufgesucht. Die Quellen werden zu Taufen, Reinigungsritualen und besonders für die Heilung verwendet, ebenso wie vor tausend Jahren. Frauen suchen die Quellen oft auf, um sich von Unfruchtbarkeit zu heilen, wobei die Quelle mit der Kraft der Muttergöttin in Verbindung gebracht wird.

Die Heilung ist eine Eigenschaft der Mutter. Einige alte Frauen und Jungfrauen waren ebenfalls Heilerinnen, aber diese Überlagerungen sind in einer Kultur nicht ungewöhnlich, in der den weiblichen Gottheiten drei Gesichter zugeschrieben wurden. Doch sicherlich wurden der Mutter die größten Heilkräfte zugeschrieben. Davon legen auch heute noch viele Quellen Zeugnis ab, die eindeutig mit dem Mutter-Aspekt verbunden sind. Die Quelle St. Kevin bei Glendalough in Irland liegt eingebettet in eine pferdefußartige Erdvertiefung und ist von Birken flankiert – beides Symbole der Muttergöttin. Die Quellen, die nicht nach Heiligen benannt sind, tragen oft die Namen von Muttergöttinnen, zum Beispiel die bekannte Quelle »Tobar Brid« (Brigits Quelle) in der Grafschaft Donegal. Viele Quellen sind nach Brigit benannt, die in der neuen Religion zur Heiligen Brigitte wurde. Sowohl der christlichen als auch der heidnischen Brigit wurden Heilkräfte zugesprochen, und beide weisen einen starken Mutter-Aspekt auf. Viele keltische Heiden und christliche Pilger suchen sie auch heute noch auf, um sich heilen zu lassen.

Das Bild der Quelle selbst steht archetypischerweise für die Geburt. Die lange, schmale Öffnung in der Erde, die von der Oberfläche zur lebensspendenden Wasserquelle führt, ist ein Symbol für den Geburtskanal oder die Vagina der großen Mutter Erde. Münzen und andere Gaben werden heute ebenso wie vor tausend Jahren in die heiligen Quellen geworfen, um die Gunst der Mutter und der darin lebenden weiblichen Wassergeister zu erwerben. Die Quellen wurden auch als Tor zwischen der manifesten Welt und der Welt des Geistes betrachtet, als Symbole für Wiedergeburt und Schamanenreisen in die Anderswelt und wieder zurück.

In der irischen Mythologie und dem Volksglauben treten häufig Göttinnen und Heldinnen auf, die mit den Quellen und deren heilendem und fruchtbarem Zauber verbunden sind. Aibheaog ist beispielsweise eine Feuergöttin aus der Grafschaft Donegal – in den keltischen Mythen wird das Element Feuer mit der Muttergöttin assoziiert. Diese Göttin war mit einer heiligen Quelle verbunden, die nach Brigit benannt war. Daraus läßt sich der Schluß ziehen, daß Aibheaog ein anderes Gesicht von Brigit war. Das Wasser dieser Quelle soll sich besonders gegen Zahnschmerzen geeignet haben. Der Bittgänger mußte einen kleinen weißen Stein an der Quelle zurücklassen, der den krankhaften Zahn symbolisieren sollte. Diese Form des Zaubers wird als magischer Ersatz bezeichnet. Dabei wird eine unerwünschte Sache symbolhaft durch etwas Ähnliches ersetzt und geopfert. Diese Art des Zaubers ist auch heute noch dort üblich, wo keltische Traditionen praktiziert werden.

Weitere Heilkräfte, die jenen Quellen zugesprochen werden, wirken gegen Kopfschmerzen, Rückenschmerzen, Geisteskrankheiten, Unfruchtbarkeit, Augenkrankheiten, Arthritis und gegen Kinderkrankheiten.

Caolainn ist eine örtliche Gottheit in der Grafschaft Roscommon und die geistige Hüterin der dortigen Zauberquelle. Sie ist vor allem dafür bekannt, den Pilgern ihre Wünsche zu offenbaren. Der Bittsteller lernt dabei oft erst einmal in einer harten Lektion, daß er etwas ganz anderes sucht, als er zunächst geglaubt hatte. Das Erteilen einer harten Lehre ist häufig ein Wesenszug der Mutter, wird aber noch häufiger der alten Frau zugeschrieben. Auch in diesem Punkt überlagern sich die Einflußsphären der keltischen Triadengöttin.

In der Nähe des Dorfes Brideswell (bedeutet auch »Brigits Quelle«) in der Grafschaft Roscommon liegt eine Quelle, die sterilen Frauen Fruchtbarkeit garantieren soll. In vielen Fällen genügte es, sich mit dem Wasser zu bespritzen, um dessen Macht aufzunehmen. Gelegentlich war aber auch ein kompliziertes Ritual notwendig. In der Grafschaft Sligo gab es eine Quelle mit dem Namen »Bett unserer Frau«. Frauen, die fürchteten, im Kindbett zu sterben, sollten sich in diese enge Quelle legen und sich dreimal darin herumdrehen, während sie die Göttin in der Manifestation der christlichen Jungfrau Maria um Hilfe bei der Geburt baten. Dieser Akt läßt sich als eine Art »magischer Ersatzhandlung« interpretieren. Es wird ein symbolisches Opfer dargebracht, um dafür die Geburt wohlbehalten zu überstehen.

Steine oder andere Objekte aus der Nähe der Quelle wurden von den Pilgerinnen oft als Talisman der Fruchtbarkeit mitgenommen. Dieser Glaube findet sich auch in der keltischen Mythologie. Nessa, die bereits erwähnte Kriegerin und Gelehrte, weigerte sich, dem Mann ein Kind zu gebären, der sie gefangengenommen hatte. Also beschloß sie, sich selbst zu befruchten, indem sie zwei Würmer aß, die sie in der Nähe einer heiligen Quelle fand. Als ihr Sohn, der künftige Hohe König Conor MacNessa, geboren wurde, hielt er in seiner kleinen Faust zwei Würmer.

Doch diese Quellen enthielten auch verbotene Mächte, die nicht allen zugänglich waren – auch dieses Thema wird in der keltischen Mythologie immer wieder aufgegriffen. Liban, eine Göttin des Wassers, der Reinkarnation und des Wissens, war die Hüterin heiliger Quellen in Irland. Eines Tages, als ihre Wachsamkeit nachließ, sprudelte eine der Quellen über, wuchs zu einer großen Flutwelle an und bildete den See Lough Neath in Nordirland. Liban verlor ihren Göttinnenstatus und wurde ein Geist, der dazu verdammt war, in Quellen und Flüssen zu wohnen.

Cebhfhionn, die im irischen Volksglauben als Göttin der Inspiration galt, residiert oben auf der Quelle des Wissens. Von dort aus füllte sie einen Kessel ohne Boden. Es war ihre Absicht, das Zauberwasser auf diese Weise von den Menschen fernzuhalten – zu deren eigenem Wohl. Wie eine übertrieben beschützende Mutter fühlte sie, daß wir mit wirklicher Weisheit nicht umgehen können und diese auch nicht zu schätzen wissen.

Ein weiterer bekannter Mythos berichtet von Sionnan, Namensgeberin des Flusses Shannon, und ihrer planlosen Annäherung an eine Quelle, die sich dann als die berühmte Quelle des Wissens aus der Anderswelt (Quelle von Segais) herausstellte. Sionnan wollte hier irgendwelche Rituale ausführen und ihre unbedachte Handlungsweise verärgerte die Quelle so sehr, daß ihr Wasser anstieg und Sionnan in die Tiefe riß. Wegen dieser Handlung wurde ihr für immer der Zutritt zum Frieden der Anderswelt verwährt, und nun lebt sie in den Gewässern Irlands als Königin der Flüsse.

Die Quelle des Wissens wird manchmal auch als Quelle der Weisheit bezeichnet; hier verwischt wieder einmal die Trennungslinie zwischen Mutter und alter Frau. Bean Naomha, eine Göttin aus der Grafschaft Cork, schwimmt als Forelle in der Quelle der Sonne (»Tobar Ki-na-Greina«). Ihre Manifestation als Fisch weist sie als Göttin der Weisheit aus. Um Antworten von diesem Orakel zu erhalten, muß man einige Mühen auf sich nehmen. Laut Legende soll man sich der Quelle kriechend nähern und dann dreimal im Uhrzeigersinn um sie herumkriechen. Nach jeder Umrundung nimmt man einen Schluck ihres Wassers zu sich und legt einen Stein in der Größe eines Taubenauges an der Quelle nieder. Nachdem dies geschehen ist, soll man die Frage im Geiste formulieren und dann einen Blick in die Quelle von Bean Naomha werfen, um die Antwort zu erhalten.

Eigenschaften und Entsprechungen der Mutter

Der Archetyp der Mutter überlagert sich bisweilen mit dem der Jungfrau, häufiger jedoch mit dem der alten Frau. Dies läßt sich auch mit unseren linearen Zeitvorstellungen in Einklang bringen, denn die Göttin altert von der Jungfrau zur alten Frau. Beim Lesen keltischer Mythen, Legenden und Sagen, läßt sich die Mutter am besten an folgenden Merkmalen erkennen:

Erschafft Tiere, Landschaftsformationen oder Pflanzen: Ein Beispiel hierfür ist Bo Find und ihre Schwestern: Sie kamen aus der Anderswelt und brachten in Irland Rinder auf die Welt.

Fruchtbar: Die Mutter ist häufig schwanger, gebiert oder sorgt für die Fruchtbarkeit anderer Frauen. Sie kann auch ein Land oder die darauf lebenden Tiere fruchtbar machen. Gelegentlich schwängert sie sich auch selbst durch ungewöhnliche Mittel, wie zum Beispiel Nessa, die zu diesem Zweck zwei Würmer von einer heiligen Quelle aß, oder Königin Etar, die eine magische Fliege verschluckte, um Edain zu gebären.

Symbolisiert Kreativität und Inspiration: Die Mutter verfügt nicht nur für sich selbst über diese Kräfte, sondern kann sie auch anderen gewähren. Brigit und die irische Fee/Göttin/Blutsaugerin/Mutter namens Leanansidhe stellen diesen Aspekt dar und werden häufig von Künstlern um Hilfe gebeten. Eine weitere Göttin dieser Art ist Saba. Sie verwandelte sich in eine Hirschkuh, ehe sie ihren Sohn gebar – den Dichter und Krieger Ossian, dessen poetische Talente bereits bei der Geburt deutlich wurden.

Canola gilt als eine der ältesten irischen Gottheiten und als Erfinderin des lange hochgeschätzten irischen Symbols – der Harfe. In Legenden wird darüber berichtet, wie sie in tiefen Schlaf fiel, als sie draußen der schönsten Musik lauschte, die sie je gehört hatte. Als sie erwachte, sah sie, daß die Musik aus den Sehnen eines ausgenommenen Wals erklang, durch die ein starker Wind blies. Sie baute sich eine Harfe, um diesen Klang nachzuahmen. Es heißt, sie könne ihr musikalisches Talent auch auf andere übertragen.

Führungskraft für Familie, Clan oder Land: Königinnen wie Medb von Connacht waren bei den Kelten keine Seltenheit. Die weibliche Erbfolge für Machtpositionen wie Königinnen oder Stammesoberhäupter war einst üblich. Ebenso wie die Könige Vaterfiguren darstellten, verkörperten sie Mutterfiguren.

Mythen um Menstruation, Geburtskanäle oder Quellen: Beinahe alle Quellengöttinnen lassen sich als Mutter-Aspekt identifizieren, auch wenn diese gelegentlich über Eigenschaften der alten Frau verfügen. In anderen Mythen werden Verbindungen zum Menstruationszyklus hergestellt, zum Beispiel bei der Waliserin Gwyar. Der vollständige walisische Name von Gwyar bedeutet »Blutvergießen« oder »geronnenes Blut«.

Verbindung zu Zyklen der Landwirtschaft oder Ernte: Die Erde ist die Mutter. In ihrem Schoß sprießen die Samen und wachsen zur Frucht heran, und aus ihrem Körper werden sie uns bei der Ernte überlassen.

Anders als die Göttinnen in den meisten Kulturen, gibt es bei den Kelten nicht allzu viele Göttinnen, die sich eindeutig mit der Landwirtschaft oder der Ernte in Verbindung bringen lassen, aber einige sind vorhanden. Die meisten stammen aus dem keltischen Gallien, wo durch den Kontakt mit den Römern zahlreiche Göttinnenstatuen mit Erntesymbolen entstanden. Dazu gehört zum Beispiel die gallische Göttin Deae matres, eine Triaden-Gottheit, deren lateinischer Name »Muttergöttinnen« bedeutet. Von ihr sind zwar keine Legenden überliefert, aber viele Inschriften und Skulpturen weisen auf ihre Anbetung hin. Auf einer Ikone ist sie als Trio dargestellt, das einen Korb mit Blumen (Frühling), Getreide (Sommer) und Früchten (Herbst) trägt. Diese drei Jahreszeiten symbolisieren jeweils landwirtschaftliche Ereignisse, die im Winter nicht stattfinden. Auf anderen Ikonen sind keltische Muttergöttinnen mit Füllhörnern oder Erntegeräten zu sehen, die ebenfalls eine Verbindung zur Landwirtschaft herstellen.

Verbindungen zur Sonne oder zum Feuer: In vielen anderen europäischen Kulturen wird die Muttergöttin mit dem Vollmond assoziiert. Die keltischen Mütter werden hingegen mit der Sonne in Verbindung gebracht (siehe Kapitel 18). Die Sonne ist eine aktive Kraft, während der Mond als passiv gilt. Die Mutter ist ebenfalls eine aktive Kraft; sie wird schwanger, gebiert und ernährt ihre Nachkommen.

Zu diesem aktiven Prinzip gehören auch die Göttinnen heißer Quellen, denn einst glaubte man, diese würden von einer Sonne in der Erde erwärmt. Die keltischen Göttinnen der Sonne, des Feuers und der heißen Quellen sind Adsullata, Aimend, Aine, Brigit, Lassair, Rosmerta und Sul.

Ahnengöttin: Von der großen Mutter stammt ein ganzer Stamm ab. Die Tuatha De Dannan beziehen sich auf Dana als ihren gemeinsamen Ursprung. Eine andere Ahnengöttin ist Elen von Cornwall; alle

Könige Cornwalls berufen sich auf die Abstammung von ihr. Elens Kinder und Enkel werden in einigen Teilen der Artussage erwähnt, wobei Elen gelegentlich auf romantische Weise mit dem Zauberer Merlin in Verbindung gebracht wird.

Starke Beschützerinstinkte und -kräfte: Die Mutter versucht jene zu beschützen, die sie liebt, besonders ihre Kinder. Häufig wird eine Muttergöttin mit Schildern oder anderen Schutzgegenständen dargestellt. Manchmal berichten auch nur Mythen und Legenden von ihrem beschützenden Wesen, wie etwa von Caireen, einer irischen Fürsprecherin und Beschützerin der Jugend – vermutlich einst Schutzgöttin der Kinder.

Pflegender Aspekt: Frauen, die sich um andere kümmern, sind ebenfalls gute Kandidatinnen für Muttergöttinnen. Die Menschen, für die sich eine Frau verantwortlich fühlt, müssen keine Kinder sein. Die Göttin Airmid sammelte einst Heilkräuter, die sie auf dem Grab ihres geliebten Bruders anpflanzte – auch dies ist ein Hinweis auf einen Mutter-Aspekt.

Eventuell mit Pferdeaspekt: Da das Pferd Souveränität symbolisiert, wird es meist der Jungfraugöttin zugeordnet. Es gibt aber auch Muttergöttinnen mit Pferden, zum Beispiel Macha. Ein weißes Pferd läßt sich auch als Symbol für die Reise zwischen dieser Welt und der Anderswelt, für Traumerlebnisse, Sexualität, Fruchtbarkeit und persönliche Macht interpretieren, wobei die beiden letzteren ausgesprochen starke Mutter-Aspekte sind. Diese Vorstellung war so tief in der keltischen Gedankenwelt verwurzelt, daß im irischen Volksglauben weiße Pferde bei Beerdigungen nicht willkommen waren.

Höhlen oder unter der Erde lebende Tiere: In vielen Kulturen werden jene Göttinnen als Muttergöttinnen betrachtet, die unter der Erde leben und im Frühjahr häufig als Jungfrauen wiedergeboren werden. Im keltischen Pantheon ist dieses Bild weniger stark vertreten als in anderen, alten, europäischen Kulturen. Das Bild der Feenfrau, die unter der Erde wohnt und herauskommt, um Kinder zu stehlen, ist aber in keltischen Landstrichen weitverbreitet. Weitere Muttergöttinnen manifestieren sich als unter der Erde lebende Tiere, zum Beispiel die irische Schlangengöttin Corchen – ein Symbol für die Wiedergeburt.

Hügel oder das Leben auf Hügeln: Hügel oder Burgen gelten seit Jahrhunderten als Heimat der keltischen Feen. Feen waren einst machtvolle Göttinnen des Landes. Dazu gehören die schottische Momu – eine Göttin der Quellen und Hügel – und die englische Magog – eine Pferdegöttin mit vier Brüsten, nach der zwei Berge benannt sind. Magog wurde später zur Heiligen Margarete von England.

Eventuelle Verbindungen zu unbekannten Entstehungsmythen: Jede Göttin, deren Bild sich mit dem verlorengegangenen Entstehungsmythos der Kelten in Verbindung bringen läßt, ist vermutlich ein Mutter-Aspekt. Zwei Beispiele hierfür sind die irische Göttin Irnan, die Netze weben konnte, um damit eindringende Feinde zu fangen, und die Waliser Göttin Arianrhod, die manchmal als Weberin geschildert wird. In anderen Kulturen lassen sich Göttinnen, die Weberinnen oder Spinnerinnen sind oder auf andere Art Kleidung herstellen, häufig mit dem Entstehungsmythos der jeweiligen Kultur in Verbindung bringen.

Verbindungen zum Jahresrad: Das sich immerwährend drehende Jahresrad (ausführlich in Kapitel 17 erläutert) wird in manchen Mythen von der Mutter in Schwung gehalten. Das Symbol von Brigit – Brigits Kreuz – stellt diesen Kreislauf dar. Es besteht aus vier Punkten, die Symbole der Hauptjahreszeiten sind. Ferner stellt es die Einheit der Göttin als Prinzip der kreativen Lebenskraft dar. Durch die Vereinigung des Männlichen mit dem Weiblichen werden alle Dinge erschaffen. Das Kreuz ist ein Zeichen für die Erde, über die sie herrscht und die sie als Mutter liebt.

Brigits Kreuz

Fragen zur Mutter

Die folgenden Fragen können Sie sich selbst stellen und beantworten, wann immer Sie sich mit dem Mutter-Aspekt befassen. Dabei spielt es keine Rolle, ob Sie sich bereits lange mit dem keltischen

Heidentum beschäftigen oder erst seit kurzem. Erforschen Sie diesen Aspekt, wann immer Sie den Eindruck haben, die Mutter hat Ihnen etwas zu sagen.

- Welche Ideen und Bilder ruft das Wort »Mutter« in Ihnen wach?
- Wie empfinden Sie die Muttergöttin?
- Glauben Sie, daß die Mutter in Ihrem augenblicklichen Leben eine Bedeutung hat? Warum oder warum nicht?
- Sind Sie der Mutter gegenüber freundlich gesinnt, oder ruft sie Unangenehmes in Ihnen hervor?
- Ruft die Mutter in Ihnen Gefühle von Eifersucht, Wut oder Glück hervor? Warum?
- Sind Sie mit dem Archetyp der Mutter vertraut? Warum oder warum nicht?
- Was empfinden die Männer in Ihrem Leben gegenüber der Muttergöttin? Bedroht Sie eines dieser Gefühle, oder tröstet es Sie?
- Was erhoffen Sie sich von einer Beschäftigung mit der Muttergöttin? Was erwarten Sie als Gabe von ihr?
- Was können Sie der Mutter dafür anbieten?
- Was erwarten Sie nicht von der Mutter?
- Fällt es Ihnen leicht, den Mutter-Aspekt mit den beiden anderen Manifestationen der Göttin in Verbindung zu bringen?
- Welche Mutter-Aspekte besitzen Sie oder besitzen Sie nicht? Welche dieser Aspekte würden Sie gerne ändern, wenn Sie könnten?

Meditation und Übung zur Mutter

Nehmen Sie sich eine bestimmte Zeit, um sich mit der Mutter zu befassen. Es können einige Stunden oder auch ein ganzer Tag sein. Während dieser Zeit erlauben Sie sich Gedanken und Handlungen, die zu den Archetypen der Mutter gehören. Betrachten Sie alles, was Sie während dieser Zeit tun oder planen, unter dem Aspekt der Pflege und des Schutzes; arbeiten Sie zum Beispiel im Garten, gehen Sie im Wald spazieren, lassen Sie Ihrer Familie oder Ihren Lieben zusätzliche Sorge zukommen. Lassen Sie Ihrem kreativen Selbst den Freiraum zum Erblühen, oder beenden Sie ein Projekt, an dem Sie arbeiten (»auf die Welt bringen«).

Während dieser Zeit sollten Sie mit mindestens einer anderen Person in Kontakt treten, die nicht weiß, daß Sie gerade Ihr mütterliches Selbst ausleben. Wenn Sie Kontakt zu mehreren Personen aufnehmen, um so besser. Auf diese Weise lernen Sie, die Reaktionen der anderen auf Ihren Mutter-Aspekt einzuschätzen.

Nachdem Sie diese Übung beendet haben, sollten Sie sich Zeit für sich selbst nehmen, um über die Qualitäten der Muttergöttin nachzudenken und darüber zu meditieren, wie diese Aspekte sich in Ihnen selbst manifestieren oder auch nicht. Dabei spielt Ihr tatsächliches Alter keine Rolle. Schreiben Sie Ihre Eindrücke in einem Begleitbuch oder einem magischen Tagebuch auf, damit Sie in Zukunft darauf zurückgreifen können.

Rituale für die Schöpferin: Feier für die Mutter

Wir Frauen sind von Natur aus schöpferisch, nicht nur weil wir eine Gebärmutter besitzen, sondern weil wir unsere Kreativität schon immer pflegen mußten, um jahrhundertelang in einer Welt zu bestehen, die unsere natürlichen Talente als Frauen unterdrückt. Mit Hilfe unserer Kreativität konnten wir uns selbst auf für uns bedeutungsvolle Weise ausdrücken, ohne damit das Patriarchat zu bedrohen. Es ist kein Zufall, daß die Wandteppiche und Handarbeiten aus alten Zeiten ausgesprochen kunstvoll sind, denn diese gehörten zu den wenigen Metiers, die uns von der Kirche und der Schule belassen wurden. Daraus haben wir das Beste gemacht.

Folgende Zeiten und Lebensphasen eignen sich besonders, den Mutter-Aspekt zu feiern, zu ehren und um Unterstützung zu bitten:

• Wenn der Wunsch nach einer Schwangerschaft stark wird.
• Wenn Sie ein Kind auf die Welt bringen oder gebracht haben.
• Wenn Sie ein heidnisches Hexenritual für ein Neugeborenes ausführen (bei diesem Ritual präsentieren die Eltern das Kind den Göttern und bitten diese um die Segnung des Kindes).
• Wenn Sie sich für Ihre »Kinder« bedanken möchten (Kinder bezieht sich hier nicht nur auf eigene Babys, sondern auf die Vollendung von Projekten, erfolgreich verlaufene Unternehmungen, Haustiere, Organisationen und so weiter).
• Wenn Sie Ihr Land oder Ihren Garten segnen möchten.
• Wenn Sie einen kreativen Anstoß benötigen.
• Bei Fruchtbarkeitsritualen.
• Wenn Sie in bezug auf Kreativität, Fruchtbarkeit, Geburt von Kindern, Kinder oder zu Angelegenheiten des Hauses und des Herzens wahrsagen möchten.
• Wenn die Sonne stark ist – im Sommer.
• Wenn die Felder viele Früchte tragen.
• Bei Vollmond.

Bei den keltischen Ritualen zur Mutter sollte die Farbe Rot im Vordergrund stehen. Vielleicht finden Sie eine jener dicken Kerzen mit drei Dochten, die es mittlerweile häufig in Kerzengeschäften gibt. Wenn Sie eine rote finden, können Sie diese zu Ehren der Mutter verwenden, ohne dabei die beiden anderen Aspekte, die präsent aber nicht sichtbar sind, zu vergessen. Speisen des Sommers sind ebenfalls der Mutter zugeordnet: Getreide, Eier und frisches Fleisch.

Wenn Sie den rituellen Kreis an den Mutter-Aspekt anpassen möchten, können Sie im Hauptkreis nebeneinander drei kleinere Kreise aufbauen, ähnlich dem Muster der Triskele. Benennen Sie jeden der kleinen Kreise mit einem Aspekt der Triadengöttin, mit einer der drei Ebenen aus der Anderswelt oder einem anderen beliebigen Dreifach-Aspekt. Wenn Sie auf die Mutter bezogene Rituale durchführen, stellen Sie sich dazu in jenen Kreis, dem Sie den Mutter-Aspekt bzw. eine zugehörige Eigenschaft zugewiesen haben. (Auf Seite 284 ff. finden Sie Anleitungen zum schrittweisen Aufbau der rituellen Kreise).

10 Die alte Frau

Die alte Frau wirkt faszinierend und abstoßend zugleich. Sie erinnert an einen Horrorfilm, der uns nachts aus dem Tiefschlaf reißt, den wir aber trotzdem mit Spannung verfolgen. Die alte Frau ist jene Hexe, die in Vollmondnächten auf ihrem Besen reitet, kleinen Kindern auflauert und sie mit Süßigkeiten in ihr Haus lockt.* Sie ist die Frau, die auf der Straße zur Seite geschubst wird, weil sie alt und nutzlos ist. Aber die alte Frau ist auch unsere Großmutter, unser Lehrer und letztlich unser eigenes Schicksal. Wir werden ihr mit zunehmendem Alter ähnlicher, und wir werden zu ihr zurückkehren, wenn das Leben auf der Erde seinem Ende entgegengeht. Leider haben die Menschen schon immer Angst vor dem Tod gehabt, und deshalb ist die alte Frau für uns eine beständige Erinnerung an das, was wir gerne aus unserem Leben verbannen würden, was aber unvermeidbar ist. Das Bild des Todes läßt sich auch an dem Verlust »kraftvoller Zeiten« oder des Menstruationszyklus festmachen. Anstatt das Blut zu verlieren, behält sie es nun für sich, hält ihre Macht fest in sich verschlossen.

In vielen Hexen-/Heidenbüchern wird der Ratschlag erteilt, diese dunkle Seite der Göttin in Ruhe zu lassen und die Aufmerksamkeit den ansprechenden Jungfrau- und Mutter-Aspekten zuzuwenden. Doch glücklicherweise ändert sich dieser Trend allmählich. Zu unserem eigenen Schaden, schrecken wir vor der alten Frau zurück. Sie zu ignorieren heißt aber, einen wichtigen Teil von uns selbst zu ignorieren. Dadurch trennen wir uns von jenem großen Wissen ab, das eigentlich zu unserer Verfügung stände. Als Frau ist es besonders wichtig, die alte Frau in unser Leben zu integrieren und sie in uns selbst anzuerkennen. Nur dadurch können wir Ganzheitlichkeit für uns selbst erlangen und uns den großen Mysterien des weiblichen Geistes öffnen. Wir müssen ihr Auge in Auge gegenübertreten, um dieses wichtige Schatten-Selbst kennenzulernen, das ein Teil von uns allen ist. Wenn wir dieses Wissen haben, können wir alle Aspekte unseres Daseins zu einem Ganzen formen. Die persönliche Macht, die daraus entsteht, ist sehr stark.

---

* Diese Bilder werden in den Märchen von Schneewittchen und Hänsel und Gretel gezeichnet.

Die keltische, alte Frau ist ein besonders starker Archetyp. Die Jungfrau beinhaltet die größte Souveränität, die Mutter die größten Heilkräfte und die Alte die größte magische und transformierende Kraft. Auch hier überlagern sich die Aspekte gelegentlich, überwiegend zwischen Mutter-Aspekt und alter Frau. Dies läßt sich besonders an den unvermuteten sexuellen Aspekten der alten Frau verdeutlichen. Sie verschlingt das Leben und wird damit zu einer Göttin, der Opfer dargebracht werden. Dieses Bild hat große Ängste vor ihr freigesetzt, vor allem unter Männern.

Diese Verbindung läßt sich anhand der Symbole der alten Frau noch deutlicher herstellen: Das Spinnrad ist ein solches archetypisches Symbol. Die Alte spinnt den Faden des Lebens und schneidet ihn dann am Lebensende wieder ab. Der Spinnrocken des Rades – die Spule, um die das ganze Garn gewickelt ist – wurde als magisches Instrument der Frauen betrachtet, dem man große Macht zusprach. In der teutonischen Tradition gibt es sogar ein Fest zu Ehren des Spinnrockens und des zugehörigen Bildes vom Leben und vom Tod. In einer alten irischen Überlieferung heißt es, daß man ein männliches Tier niemals mit einem Spinnrocken schlagen dürfe, sonst würde es impotent.

Das sexuelle Opfer ist ebenfalls ein wichtiger Teil der keltischen Spiritualität und eng verbunden mit den Fruchtbarkeitszyklen des Jahres (siehe Kapitel 12) und der alles verzehrenden Göttin. Zu diesen Bildern mit sexuellem Charakter gehört auch Sheila-na-Gig, die ihre Vulva weit für uns öffnet und uns mit ihrer Vagina verschlingt und nicht mit ihrem Mund. Im Lateinischen war dieser sexuell verzehrende Aspekt unter dem Begriff *vagina dentata* bekannt, was »Vagina mit Zähnen« bedeutet.

In vielen Kulturen der Welt rief dieses Bild der Verschlingenden so große Ängste hervor, daß die Münder von Frauen als häßlich galten und bedeckt werden mußten. In der islamischen und chinesischen Kultur sind zwei Beispiele dafür zu finden. Im Islam müssen die Frauen ihre untere Gesichtshälfte hinter einem Tuch verbergen, wenn sie in die Öffentlichkeit gehen. Die chinesischen Frauen wurden früher dazu erzogen, ihre Köpfe zu neigen, wenn sie sprachen, und ihren Mund zu bedecken, wenn sie lachten. Auch in Europa herrschte der Glaube, daß Frauen die Männer meist deshalb überlebten, weil sie in der Lage waren, ihre Lebenskraft aufzusaugen und so ihr eigenes Leben zu verlängern.

Die Angst davor, die eigene Lebensessenz werde von einer Frau – besonders von einer alten Frau – aufgezehrt, führte zu der Vorstellung, ein magisches Objekt namens *Aiguillette* (ein kleines Stück Schnur, das bei Bindezaubern eingesetzt wurde) könne die sexuelle

Potenz des Mannes zerstören. Dies ist zwar eine interessante Theorie, aber niemand hat bisher erklären können, warum Frauen dies tun sollten.

Dieser Aspekt der Todesgöttin, der ebenfalls zur alten Frau gehört, durchdringt das Göttinnenbild sehr stark, obwohl die tatsächlichen Überlieferungen diese Vehemenz nicht erkennen lassen. Ein Beispiel hierfür ist die Göttin Morrigan, die in vielen Texten zur keltischen oder weiblichen Spiritualität abgehandelt wird, während sie in der wirklich aufgezeichneten Mythologie nur einige wenige Male erwähnt wird. Ihre Darstellung wurde in diesen Sekundärtexten zudem sehr einseitig abgefaßt, um ihre Todesaspekte in den Mittelpunkt zu stellen. Gelegentlich tritt sie als Triadengöttin auf, mit den traditionellen Aspekten von Jungfrau, Mutter und alter Frau, sie wird aber auch als Dreifach-Aspekt der alten Frau beschrieben. Diese Triplizität der alten Frau läßt sich anhand der Mythologie kaum belegen, spielt aber in den modernen, mündlichen Überlieferungen eine wichtige Rolle.

Einer der bekanntesten Aspekte der keltischen Alten ist »Cailleach«, deren Name »alte Frau« bedeutet. Sie wurde zum Synonym für die »alte Hexe« und war eine Göttin aus den gallischen Gebieten. Manchmal wurde sie als Frau mit blauem Gesicht geschildert oder als böse Fee, deren magische Berührung alles erstarren ließ, oder als verschleierte Göttin, die ihre Häßlichkeit zusammen mit ihren Geheimnissen verbergen möchte. Ihren Schleier zu lüften ist eine Metapher für das Öffnen des symbolischen Vorhangs zwischen der Anderswelt und unserer Welt. Wenn wir dazu in der Lage sind, können wir erfolgreich zwischen beiden Welten reisen und erhalten Zugang zu den Geheimnissen der alten Frau (siehe auch Kapitel 14). Der Triaden-Aspekt von Cailleach geht aus den Beschreibungen deutlich hervor: Sie hatte eine weiße Schürze, rote Zähne und schwarze Kleidung. Die roten Zähne sind in diesem Fall ein Hinweis auf ihr verschlingendes Wesen – das Aufsaugen von Blut – und auf ihren Mutter-Aspekt durch die Farbe Rot.

Auf Altbritannisch wurde die alte Frau *Groac'h* genannt. Dieser Begriff, ursprünglich mit der neutralen Bedeutung »alte Frau«, erhielt im Lauf der Zeit böse Untertöne und wird heute mit »Hexe« übersetzt. Dies ist allerdings eine »Hexe« im falschen Sinne, denn gemeint war damit die »Anhängerin des christlichen Anti-Gottes Satan« und nicht die Anhängerin einer alten europäischen Naturreligion. Die Groac'h tritt in zahlreichen bretonischen Volksmärchen als Antagonistin auf, wo ihr allerdings keine schmeichelhaften Rollen zugewiesen werden.

Eigenschaften und Entsprechungen
der alten Frau

Beim Lesen keltischer Mythen, Legenden und Sagen läßt sich die alte Frau am besten an folgenden Merkmalen erkennen:

Fähigkeit zur Verwandlung: Auch andere Aspekte der Göttin sind in der Lage sich zu verwandeln, z. B. viele keltische Feen. Doch die alte Frau ist die Meisterin dieser Kunst. Sie kann sich nach Wunsch in Tiere verwandeln und liebt es besonders, ein Vogel zu werden. Die Vögel stellen in der keltischen Mythologie den Übergang vom Leben zum Tod dar und werden häufig als Symbol für die Bewegung zwischen der Welt der Lebenden und der Welt der Toten verwendet. Die Alte kann sich auch in ihre jungfräuliche Gestalt verwandeln, dies geschieht meist im Frühjahr. Eines der großen irischen Mythenbücher *The Book of Lecan* hebt diesen zyklischen Charakter von Cailleach deutlich hervor. Es wird erzählt, daß sie sieben jugendliche Perioden mit sieben verschiedenen Liebhabern durchlebte, nach denen sie jedes Mal wieder zur alten Frau wurde. Dies verbindet sie mit den alten Zyklen des Königsmordes, denn auch hier mußten die alten Könige sterben, damit jüngere und stärkere sich mit der Göttin des Landes vermählen konnten (siehe Kapitel 12).

Verschlingende und zerstörerische Eigenschaften: Die Göttin der alten Frau verbraucht Leben. Gelegentlich tritt sie als Kriegs- oder Schlachtgöttin in Erscheinung, wie Morrigan, die in der Hitze der Schlacht ihren Hunger stillte. Zu anderen Zeiten wird sie als übergroßes Wesen beschrieben, deren Bauch voller Menschlichkeit ist, wie in dem Waliser Mythos von Cymedei Cymeinfoll, in dem sie als »großer Bauch der Schlacht« erwähnt wird. Zu wieder anderen Zeiten tritt sie als Sheila-na-Gig auf, die ihren Körper am Tor zu größeren Mysterien anbietet, oder als Zauberin Carman, eine Göttin aus der Grafschaft Wexford, deren Kraft alles zerstören konnte, wenn sie ihren Zauber dreimal über eine Sache aussprach.

Lebt in der Anderswelt oder am Rande des Stammesbereichs: Die Welt der alten Frau liegt eindeutig unter der Erde, entsprechend den dunklen Aspekten der Anderswelt. Gemäß dem Volksglauben, der die alte, weise Frau schon immer als Hexe betrachtet hat, lebte sie häufig auch am Rand der Gemeinschaft (siehe Kapitel 13).

Symbolisiert durch Krähen oder Raben: Da Krähe und Rabe Aasvögel sind, stellen sie aussagekräftige keltische Symbole für die Alte mit ihrem verschlingenden Aspekt dar. Badb, ein Aspekt der Morrigan, wird häufig als Krähe beschrieben. In ihrer Triaden-Manifestation fliegt sie allerdings meist als Rabe über die Schlachtfelder. Vögel stehen in der keltischen Mythologie für den Übergang vom Leben zum Tod, und es war Badbs Aufgabe, den anderen bei diesem Übergang zu helfen, damit sie die Anderswelt erreichten.

Bringt Menschen beim Tod in die Anderswelt: Gelegentlich bringt eine Jungfrau-Göttin einen Menschen, meist einen Mann, in die Anderswelt, um diesen zu ihrem Gemahl zu machen. Die alte Frau aber bringt Menschen nur bei ihrem Tod in die Anderswelt. Das Bild von Krähe und Rabe verdeutlicht diesen Übergang am besten.

Wacht über Krieg und Schlachten: Da der Krieg den Tod mit sich bringt, sind hier die Alten-Göttinnen wie Morrigan anwesend. Sie wird böse Hexe, Fee oder Dämon genannt wie Cailleach oder Groac'h. Die alte Frau wird häufig in den Schmutz gezogen und mit wenig schmeichelhaften Namen benannt. Die Worte »böse«, »alt«, »Hexe« und »häßlich« werden sehr oft zu ihrer Beschreibung benutzt.

Mythen, die verfälscht wurden, um Angst zu erzeugen: Die alte Frau wird meist in eine Rolle gedrängt, in der sich andere vor ihr ängstigen, zum Beispiel als Kriegsgöttin. Mit diesem Bild konnte man Kinder ängstigen und zu sozial akzeptiertem Verhalten zwingen. Ein Beispiel hierfür ist Irlands Moingfhion, deren Name »weißhaarig« bedeutet. Ihre Mythen drehen sich um den versuchten Mord an ihrem Stiefsohn. Archetypischerweise spielt sie die Rolle der Alten, die töten muß und dann den sterbenden Gott beklagt, damit dieser durch sie wiedergeboren werden kann. Aber im modernen Irland gibt es zu Halloween einen Brauch, bei dem Gebete aufgesagt werden, um sich selbst vor ihrer Heimtücke zu schützen, besonders wenn Kinder im eigenen Haus leben.

Mythen, die sie abwerten oder verteufeln: Wenn ein Mythos oder eine Sage sich in extremer Länge darüber ausbreitet, einer weiblichen Gestalt niedere oder dämonische Eigenschaften anzudichten, handelt es sich vermutlich um eine alte Frau, die aus Angst erniedrigt werden muß. Als Beispiel dafür läßt sich die Göttin Carravogue vom europäischen Kontinent nennen, die von einem christlichen Heiligen in eine Schlange verwandelt wurde, weil sie etwas Verbotenes gegessen hatte. Hier wird eindeutig eine keltische Eva für den Niedergang der Humanität verantwortlich gemacht.

Tritt manchmal mit einem unerfreulichen Äußeren auf: Die keltische Alte läßt sich allerdings nicht immer aufgrund ihres äußeren Erscheinungsbildes identifizieren, und viele keltische Göttinnen, die andere Rollen erfüllen, werden ebenfalls in wenig schmeichelhafter Weise beschrieben. Aber dennoch ist ihre Häßlichkeit, gepaart mit hohem Alter oder einem verschlingenden Charakter, ein deutlicher Hinweis auf einen Aspekt der alten Frau.

Besitzt oder benutzt einen Kessel: Der Kessel stellt die Wiedergeburt dar, und darüber regiert die keltische Alte. Göttinnen wie Cerridwen, Badb und Cymedei Cymeinfoll sind Beispiele für Kessel-Gebärende. In der keltischen Eschatologie oder bei den Vorstellungen vom Weltuntergang verursacht eine alte Frau das Ende, indem sie den Kessel über Leben, Tod und Wiedergeburt überkochen läßt. Dadurch wird der Planet zerstört und in eine große Wüstenlandschaft verwandelt.

Wird mit Gräbern oder geheiligten Ruinen assoziiert: Die meisten Göttinnen sind im modernen Volksglauben durch Feen ersetzt worden, waren aber ursprünglich vielleicht eine Göttin mit dem Aspekt der alten Frau. Viele von ihnen bewachen heute die alten Begräbnisstätten in Irland und Schottland. Cally Berry, eine nordirische Version von Cailleach, soll Newgrange Cairn errichtet haben, indem sie Felsblock auf Felsblock setzte.

Besitzt große Weisheit und die Gabe der Wahrsagung: Mit dem Alter kommen die Weisheit und konsequenterweise auch bessere Fähigkeiten zur Prophezeiung. Beide Eigenschaften besitzt die Alte im Überfluß. Die alte Badb soll den Niedergang der Tuatha De Dannan durch die Milesier geweissagt haben, und viele glauben, daß sie auch die große irische Kartoffelhungersnot in den Jahren 1845–1849 prophezeit hat. Eine schottische Göttin der Wahrsagekunst und Transzendenz war Corra; sie erschien häufig in der Form eines Kranichs (auch hier wieder das Bild des Vogels). In Wales hatte Drem, eine Prophetin in Diensten des Waliser Königs, die Macht zu wissen, wann jemand einen Angriff gegen ihr Land plante. Cerridwen und ihr Kessel des Wissens läßt sich ebenfalls gut mit der weisen alten Frau assoziieren.

Erteilt harte Lektionen: Diese Eigenschaft läßt sich eher den mündlichen Überlieferungen und den Traditionen der Frauen entnehmen, nicht so sehr den Originalmythen. Die alte Frau spricht oft harte Bestrafungen aus oder erteilt ihren Schülern und jenen, die sich geistig auf der Suche befinden, harte Lektionen. Dies ist für die Suchenden eine Herausforderung, denn sie müssen ihren tiefsten Ängsten und Unsicherheiten ins Auge blicken, um sich weiterzuentwickeln. Dieses Konzept ist in allen Mysterienschulen der Welt zu finden – auch in den keltischen. Zu diesem Bild passen einige Göttinnen mit dem Aspekt der alten Wächterin und einige Frauengestalten aus der Artussage, wie zum Beispiel Morgan LeFay.

Kontrolliert das Wetter oder bringt den Winter: Der Alten wird auch nachgesagt, daß sie die Fähigkeit besitzt, das Wetter zu beeinflussen. Vor allem in Schottland wurde dieser Charakter als böse Fee angesehen, die großes Wissen in der Wetterkunde besaß. Ein Beispiel hierfür ist Cailleach.

Da der Winter die Zeit des Todes und des Winterschlafs ist – eine Jahreszeit, in der das Leben schläft und auf seine Wiedergeburt wartet –, ist es die Jahreszeit der alten Frau. In vielen keltischen Sagen wird diese Jahreszeit der Alten zugeordnet; z. B. die bereits erwähnte Cailleach aus Schottland. Im modernen Volksglauben, der sie in eine böse Fee verwandelt hat, ist sie die Königin des Winters. In ihrer knochigen, blauen Hand trägt sie einen Stock, und alles, was sie damit berührt, erstarrt zu Eis. Auf diese Weise bringt sie den Winter über das Land.

Fragen zur alten Frau

Die folgenden Fragen können Sie sich selbst stellen und beantworten, wann immer Sie sich mit dem Aspekt der alten Frau befassen. Dabei spielt es keine Rolle, ob Sie sich bereits lange mit dem keltischen Heidentum beschäftigen oder erst seit kurzem. Erforschen Sie diesen Aspekt, wann immer Sie den Eindruck haben, die alte Frau hat Ihnen etwas zu sagen.

- Welche Ideen und Bilder ruft das Wort »alte Frau« in Ihnen wach?
- Wie empfinden Sie die alte Göttin?
- Haben Sie jetzt oder früher einmal Angst vor der alten Frau gehabt? Was verursacht diese Angst? Wie haben Sie diese Angst bewältigt? Oder wenn sie nach wie vor vorhanden ist: Wie könnten Sie dieser Angst ein Ende setzen?
- Glauben Sie, daß die alte Frau in Ihrem augenblicklichen Leben eine Bedeutung hat? Warum oder warum nicht?

- Sind Sie der alten Frau gegenüber freundlich gesinnt, oder ruft sie Unangenehmes in Ihnen hervor?
- Ruft die alte Frau in Ihnen Gefühle von Eifersucht, Wut oder Glück hervor? Warum?
- Sind Sie mit dem Archetyp der alten Frau vertraut? Warum oder warum nicht?
- Was empfinden die Männer in Ihrem Leben gegenüber der Göttin mit dem Aspekt der alten Frau? Bedroht Sie eines dieser Gefühle, oder tröstet es Sie?
- Was erhoffen Sie sich von einer Beschäftigung mit der Göttin unter dem Aspekt der Alten? Was erwarten Sie als Gabe von ihr?
- Was können Sie der alten Frau dafür anbieten?
- Was erwarten Sie nicht von der alten Frau?
- Fällt es Ihnen leicht, den Aspekt der alten Frau mit den beiden anderen Manifestationen der Göttin in Verbindung zu bringen?
- Welche Aspekte der alten Frau besitzen Sie oder besitzen Sie nicht? Welche Aspekte davon würden Sie gerne ändern, wenn Sie könnten?

Meditation und Übung zur alten Frau

Nehmen Sie sich eine bestimmte Zeit, um sich mit der alten Frau zu befassen. Es können einige Stunden oder auch ein ganzer Tag sein. Während dieser Zeit erlauben Sie sich Gedanken und Handlungen, die zu den Archetypen der alten Frau gehören. Betrachten Sie alles, was Sie während dieser Zeit tun oder planen, unter dem Aspekt ihrer eigenen inneren Weisheit. Erleben Sie diese Zeit im vollen Bewußtsein ihrer inneren Macht, und üben Sie diese gelassen und gut aus. Zelebrieren Sie Ihren Altersprozeß.

Während dieser Zeit sollten Sie mit mindestens einer anderen Person in Kontakt treten, die nicht weiß, daß Sie gerade Ihr Selbst als alte Frau ausleben. Wenn Sie Kontakt zu mehreren Personen aufnehmen, um so besser. Auf diese Weise lernen Sie, die Reaktionen der anderen auf Ihren Aspekt der alten Frau einzuschätzen.

Nachdem Sie diese Übung beendet haben, sollten Sie sich Zeit für sich selbst nehmen, um über die Qualitäten dieses Göttinnen-Aspekts nachzudenken und darüber zu meditieren, wie diese Aspekte sich in Ihnen selbst manifestieren oder auch nicht. Dabei spielt Ihr tatsächliches Alter keine Rolle. Schreiben Sie Ihre Eindrücke in einem Begleitbuch oder einem magischen Tagebuch auf, damit Sie in Zukunft darauf zurückgreifen können.

Rituale für die Weisheit: Feier für die alte Frau

Wir alle haben Anflüge von Weisheit, und es gibt Zeiten, in denen wir uns »älter fühlen, als wir sind« oder in denen die Mysterien sich uns von selbst offenbaren. Zu unserem größten Erstaunen verstehen wir diese auch in umfassendem Sinne. Dies ist das Reich der alten Frau.

Die folgenden Zeiten und Lebensphasen eignen sich besonders dazu, den Aspekt der alten Frau zu feiern, zu ehren und um Unterstützung zu bitten:

- Wenn Sie in die Menopause eintreten.
- Bei einem Sterbefall.
- Wenn Sie ein Ritual für die Toten ausführen (bei diesem Ritual wird der Toten gedacht).
- Wenn Sie Prophezeiungen für tiefgreifende Veränderungen machen möchten, Projekte beenden, Wissen und Weisheit erlangen möchten, Tod oder Krieg begegnen, Selbstbewußtsein erlangen oder zu den Mysterien der Frauen vordringen möchten.
- Wenn Sie den Tod des Gottes im Herbst betrauern.
- Wenn die Kraft der Sonne im Herbst abnimmt.
- Wenn der abnehmende Mond erstmalig am Nachthimmel erscheint.

Bei den keltischen Ritualen zur alten Frau sollte die Farbe Schwarz im Vordergrund stehen; auch die Farben Grau, Orange und Braun sind möglich. Vielleicht finden Sie eine jener dicken Kerzen mit drei Dochten, die es mittlerweile häufig in Kerzengeschäften gibt. Wenn Sie eine schwarze finden, können Sie diese zu Ehren der alten Frau verwenden, ohne dabei die beiden anderen Aspekte, die präsent aber nicht sichtbar sind, zu vergessen. Speisen des Herbstes sind ebenfalls der alten Frau zugeordnet: Früchte (vor allem Äpfel), Weintrauben, Beeren, Kürbisse und alle Erzeugnisse, die im Spätherbst reifen.

Wenn Sie den rituellen Kreis an den Aspekt der alten Frau anpassen möchten, sollten Sie einen Halbkreis aufbauen. Richten Sie den rituellen Raum so ein, daß der Halbkreis mit einer Wand oder einem Felsvorsprung abschließt. Ziehen Sie den Kreis, so weit es geht, bis zur Wand, und vervollständigen Sie ihn dann mental hinter der Barriere. Diese Barriere soll das Unbewußte darstellen, ein Attribut, das stark mit der alten Frau verbunden ist. (Auf Seite 284 ff. finden Sie schrittweise Anleitungen zum Aufbau der rituellen Kreise.)

11 Das rituelle Drama

Die Kunst, aus keltischen Mythen zu lernen

Mythen sind lebendig und entwickeln sich durch die Menschen, die sie lesen und wiedererzählen, weiter. Vieles davon ist reine Phantasie; manches läßt sich auf historische Tatsachen zurückführen, ist aber vermischt mit Phantastischem oder spirituellen Lehren.

Alle Religionen basieren auf Mythologien, die uns vom Wesen der Gottheiten berichten, vom Ursprung des Universums, von unserem Platz darin und vom Ende der Welt. Innerhalb dieses Rahmens läßt sich gut erkennen, wie sich die Mythen mit der Zeit entwickelt haben, um die femininen Aspekte daraus herauszuschälen. Auf dem geistigen Weg der Frau müssen wir diese Aspekte wieder an den richtigen Platz stellen und mit der männlichen, göttlichen Schöpferfigur vergleichen.

Die erste Frage sollte sich also auf die Veränderungen der Mythen im Lauf der Zeit beziehen. In welcher Weise haben sie sich geändert? Die Antwort darauf ist sicher nicht einfach, aber bestimmte Schilderungen sprechen eine deutliche Sprache.

Der Waliser Mythologe Sir John Rhys schrieb um die Jahrhundertwende, daß die Mythologie selbst viel älter ist als die ältesten niedergeschriebenen Verse, in denen sie aufgezeichnet wurde. Unbestreitbar treten in den Entstehungsmythen aller alten Gesellschaften entweder ein Mann und eine Frau auf oder nur eine Frau. Die Menschen haben schon immer gewußt, daß wir uns in diesen Götterbildern selbst erschaffen. Die Frauen haben die Gebärmutter – sie bringen Kinder zur Welt. Aus diesem Grund repräsentieren die weiblichen Gottheiten – die Göttinnen – die Schöpfung. Diese Feststellung soll den Beitrag der Männer nicht schmälern, denn um neues Leben zu schaffen, sind Mann und Frau notwendig. Da der männliche Gott aber bereits seit einigen Jahrtausenden als einziger Herr der Schöpfung gefeiert wird, begehen wir keine Ungerechtigkeit, wenn wir hier einmal den feministischen Blickwinkel darlegen.

Das Wesen der keltischen Gottheiten und ihre Beziehungen zueinander sind ebenfalls erwähnenswert. Die Kelten betrachteten ihre Gottheiten nicht als allmächtig oder allwissend. Sie hatten viele menschliche Eigenschaften wie Eifersucht und Jähzorn. Doch sie wurden für die Kräfte verehrt, die sie jeweils symbolisierten, z. B. die Beherrschung bestimmter Elemente oder ihre Verbindung zur Anderswelt oder andere spezifische Wesenszüge. Die Begriffe Gott und

Göttin werden in den mythischen Texten selbst eigentlich kaum verwendet. Doch dies ist ganz gut so, denn die irischen Begriffe für die Gottheiten implizieren für weibliche Gottheiten einen geringeren Status. Das irische Wort für Göttin ist *Bandia* und bedeutet »Gottfrau« (*Ban* = Frau, *Dia* = Gott). Der männliche Gott hingegen wird einfach als *Dia* (= Gott) bezeichnet und nicht als *Feardia*, was gleichbedeutend wäre mit »Gottmann«. Dies impliziert, daß Gott an sich männlich ist, während die Frau noch einen Zusatz im Namen benötigt. Auch in Wales läßt sich dieses linguistische Vorurteil konstatieren: Die Göttin wird hier mit einer Verkleinerungsform des Wortes Gott bedacht (*Dew* = Gott, *Dewies* = Göttin). Die weibliche Endung eignet sich deshalb besser als andere Begriffe, denn sie ist am wenigsten herabsetzend.

Erstaunlicherweise lernt man das Lesen zwischen den Zeilen der Mythen am besten im Buch der Genesis aus der jüdisch-christlichen Bibel. Als die alten Priester (*Kohanim*) damit begannen, den Entstehungsmythos zu formulieren, entwarfen sie zunächst einige grobe Fassungen. Der Text über den Entstehungsmythos der Menschen ist wie folgt zu übersetzen: »Und er erschuf sie nach seinem Ebenbild, Mann und Frau erschufen *sich*« (Hervorhebung von der Autorin).

Aha! *Sie* erschufen sich also entsprechend *ihrem* Ebenbild – Mann und Frau. Ein sehr interessanter Ausrutscher des alten Federkiels. Wie die meisten anderen Kulturen hatten auch die frühen Hebräer eine Göttin, die weibliche Hälfte des universellen Göttlichen, bekannt unter dem Namen Shekinah. Leider wurden die Legenden um sie so heruntergespielt, daß sie heute nur noch die Karikatur einer Göttin ist. Sie wird Freitag nachts als »Sabbatbraut« geehrt, die Frieden für den Sabbat bringt.

Beim Studium keltischer Mythen müssen wir auf jene Stellen achten, an denen eine Geschichte nicht mehr in die bekannten Muster alter heidnischer Kulturen paßt. Die Mönche, die die keltischen Mythen transkribierten, schrieben in einer späteren Epoche (800 bis 1400 u. Z.) – also zu einer Zeit, als die mündlichen Überlieferungen bereits durch das Patriarchat gefärbt waren. Vermutlich haben sie die Mythen genauso niedergeschrieben, wie sie ihnen zu dieser Zeit erzählt wurden, obwohl manche Mythen eindeutig von der christlichen Doktrin durchsetzt sind. Deshalb an dieser Stelle ein Rat, der auch für andere Texte mit anderen Inhalten gilt: Lesen Sie einen Text immer kritisch.

Die heilige Kunst des rituellen Dramas

Eine der besten Methoden, hautnah mit Mythen zu arbeiten, ist das rituelle Drama. Ein rituelles Drama bedient sich der Kunst des Live-Theaters während der spirituellen Rituale. Diese Praxis ist so alt wie die Menschheit und findet augenblicklich eine Wiederbelebung im modernen Heidentum.

Die ältesten Wurzeln des modernen Theaters sind in den religiösen Riten aus alten Zeiten zu finden. Die ersten Schauspielrollen spielten die Schamanen, die sich selbst mit Fellen schmückten und eine erfolgreiche Jagd ihres Stammes nachspielten. Bei den alten Griechen, dem Ursprung des modernen Theaters, hatten alle Dramen einen rituellen Kern. Hauptzweck war es darzustellen, daß die Menschen nicht mehr als die Spielbälle der Götter waren. Auf dem Höhepunkt der Stücke kam ein Schauspieler in der Rolle einer Gottheit vom Himmel herab, um all jenes Unheil wieder gerade zu biegen, das im Verlauf des Stückes entstanden war. Diese dramaturgische Struktur war so weit verbreitet, daß sie auch heute noch mit einem speziellen Namen bezeichnet wird: *Deus ex machina* oder »Gott aus der Maschine«.

Im alten Rom und Griechenland, wurde das Drama in den Tempeln aufgeführt, um die Wiedergeburt von Kore/Persephone darzustellen, die die vorherigen sechs Monate in der Unterwelt zugebracht hatte. In Ägypten wurden die Lebenszyklen vieler Gottheiten in Form von heiligen Dramen in Ehren gehalten; ein bekanntes Beispiel ist die Auferstehung des Todesgottes Osiris. Im heutigen Ostasien werden spirituelle Dramen sowohl in Tempeln abgehalten als auch außerhalb. Die Passionsspiele an Ostern, die den Tod und die Auferstehung Christi darstellen, sind direkte Nachfolger dieser alten rituellen Dramen.

Das rituelle Drama hatte bei den Kelten keine starke Anhängerschaft, aber unser keltischer Hexensabbat hat bereits einige rituelle Dramen entwickelt. Sobald wir regelmäßig mit dieser Methode arbeiteten und ein Repertoire aus improvisierten und aufgeschriebenen Stücken zur Hand hatten, fügten wir auch Elemente der Anrufung hinzu. Auf diese Weise waren unsere Dramen keine reinen Ehrbezeugungen an die Gottheiten mehr, sondern wurden selbst zu einem Experiment, bei dem wir Erfahrungen sammeln konnten.

Ein weiterer Vorteil des rituellen Dramas besteht darin, erwünschte Archetypen mit unserer Persönlichkeit zu verbinden, indem wir die jeweiligen mythischen Inhalte darstellen. In einer sicheren, nur aus Frauen bestehenden Umgebung können wir starke weibliche Figuren aufgreifen und »Superheldinnen« spielen. Durch ein solches Rollenspiel und durch die Lehren, die wir damit den jüngeren Mädchen in unseren Reihen erteilen, können wir dafür sorgen, daß die Frauen von morgen diese starken weiblichen Archetypen als integrierten Teil ihres Daseins akzeptieren. Dies ist besonders für Frauen wichtig, die noch nie gefühlt haben, daß sie die Freiheit besitzen, sich selbst in solchen heroischen Rollen zu sehen und auszudrücken – leider ist das bei den meisten erwachsenen Frauen von heute der Fall. Dieser Mangel läßt sich am lebhaftesten in der Pubertät erkennen, einer Zeit in der laut moderner Psychologie bei Frauen ein dramatischer Verlust an Selbstwertgefühl und Selbstvertrauen stattfindet.

Die Anrufung ist eine theurgische Kunst, denn dabei wird das Wesen einer Gottheit in das physikalische Selbst hineingezogen. Das weit verbreitete Ritual, den Mond zu beschwören, ist ein gutes Beispiel für die moderne Verwendung der Anrufung. Dabei schlüpft eine Priesterin bei Vollmond in die Rolle der Muttergöttin. Früher war ich der Auffassung, nur Frauen sollten die Rollen weiblicher Göttinnen spielen und Männer männliche Gottheiten. Vor einigen Jahren habe ich jedoch erfahren, wie einschränkend dies ist. Wir alle besitzen auch Stärken des jeweils anderen Geschlechts in uns. Ebenso wie wir die verschiedenen Aspekte der Triadengöttin in uns anerkennen, müssen wir auch andersgeschlechtliche Aspekte in uns zur Kenntnis nehmen.

Bei den Experimenten mit diesen Rollenspielen hat sich in unserem Hexensabbat sehr schnell herauskristallisiert, welche Gottheiten auf derselben energetischen Wellenlänge mit uns sind, welche uns diametral entgegengesetzt sind, welche keinerlei Macht auf uns ausüben, wessen Funktion wir überschätzt hatten und wer kein Interesse daran hatte, ein Teil von uns zu werden. Das waren jeweils sehr erhellende Augenblicke, die uns ein tiefes Wissen über uns selbst vermittelt haben. Ich setze diese Technik nach wie vor gelegentlich für mich selbst ein.

Ein rituelles Drama läßt sich auch allein durchführen. Was dabei eventuell zu kurz kommt, ist die tatsächliche Interaktion der verschiedenen Energien, die in einer Gruppe entstehen, wenn gleichzeitig verschiedene Gottheiten auftreten. Doch auch wenn Sie allein spielen, ist die Präsenz der Mitwirkenden vorhanden. Erinnern Sie sich, wie Sie als Kind allein in Ihrem Zimmer oder Hof gespielt haben. Sie haben sich einfach geistig in eine andere Welt versetzt. Um sie herum waren alle anderen Personen, mit denen Sie in Interaktion treten wollten, vorhanden. Sie waren so sehr von Ihrer eigenen Rolle besetzt, daß Sie nicht einmal hörten, wenn man Sie zum Essen rief. Vielleicht sind Sie auch atemlos aus Ihrem Zimmer gestürmt, um Ihrer Mutter von den soeben durchlebten Abenteuern zu berichten.

Wenn es Ihnen gelingt, diese Aufregung aus der Kindheit zurückzugewinnen, haben Sie den Schlüssel zum rituellen Drama gefunden. Sie können sich nun jederzeit in den inneren Welten verlieren, die Sie innerhalb des rituellen Kreises aufbauen – genauso wie Sie dies einst als Kind getan haben. Diese Erfahrungsebenen können Sie entweder physisch ausleben oder in Form einer angeleiteten Meditation durchleben (siehe Seite 297 ff.).

Richtlinien für das rituelle Drama

Behandeln Sie ein rituelles Drama als einen heiligen Akt. Bauen Sie ihren Kreis auf, rufen Sie die einzelnen Viertel an, und ehren Sie die Gottheiten (siehe Seite 284 ff.). Dies ist besonders dann ratsam, wenn Sie göttliche Energien anrufen und diese nicht nur nachahmen möchten. Das Göttliche ist heilig und beansprucht einen geheiligten Raum. Während einer Anrufung öffnen Sie sich selbst, um Energien von außerhalb in sich eindringen zu lassen. Dabei wollen Sie absolut sicher sein, daß Ihr Umfeld den höchsten spirituellen Wesen gegenüber freundlich gesinnt ist. Es hat sich herausgestellt, daß die Geister negativer oder niedrigerer Ebenen einen Raum nicht betreten können, wenn dort geistige Vibrationen auf einem hohen Niveau stattfinden. Diese beiden Ebenen sind einfach nicht miteinander vereinbar. Ärger, Krankheit oder negative Absichten können die Vibrationen ihres geheiligten Raums zum Einstürzen bringen. Aus diesem Grund soll ein Kreis auch erst dann aufgebaut werden, wenn Ihr Geist und Körper gereinigt sind und sich ganz auf den Zweck des Rituals konzentrieren können.

Wenn Sie in einer Gruppe arbeiten, sollten Sie bereits längere Zeit vorher beschlossen haben, ob Sie Gottheiten anrufen möchten. Es mag Teilnehmer geben, die diesen Vorgang unangenehm finden. In diesem Fall sollte man besser darauf verzichten. Das Ritual wird sich auch dann auswirken, wenn keine Anrufung stattfindet, doch kann es sein, daß Sie den tieferen Austausch mit den Gottheiten vermissen.

Es gibt zahlreiche Möglichkeiten, eine Gottheit anzurufen. Wenn Sie möchten, können Sie zunächst mit den verschiedenen Techniken experimentieren, um herauszufinden, welche für Sie besonders geeignet ist, um eine Verbindung mit dem Göttlichen herzustellen. Dabei sollte ein möglichst kompletter Energiefluß aufgebaut werden. Im folgenden werden drei der möglichen Methoden erläutert:

Stab oder Schwert auf den Ursprungspunkt richten

Diese Methode wird auch bei der Beschwörung des Mondes verwendet. Ein rituelles Wurfinstrument wird auf jenen Ort gerichtet, an dem man sich die Gottheit vorstellt. Die Energie wird in das Instrument eingeladen und dann durch Visualisierung in den eigenen Körper übertragen. Der Eintritt der Energie erfolgt durch einen der Chakra-Punkte, z. B. die Stirn, den Solarplexus oder den Nabel.

Mentale Verbindung

Bei dieser Methode schließen Sie die Augen und visualisieren die Gottheit, die aus der Anderswelt auf Sie zukommt. Wenn Sie ihr Auge in Auge gegenüberstehen, drehen Sie der Göttin ihren Rücken zu und erlauben ihr, in Ihr physisches Selbst einzutreten.

Energie hoch- oder herunterziehen

Während Sie aufrecht stehen, visualisieren Sie die Energie der Göttin: Diese schwillt entweder in der über Ihnen liegenden Welt an oder dehnt sich in der Unterwelt aus, die sich direkt unter Ihnen befindet. Stellen Sie sich dann vor, wie ein Strahl reinen Lichts von diesem Ort ausströmt, in Sie eintritt und Sie mit Kraft überflutet. Laden Sie die Göttin ein, auf diesem Lichtstrahl bei Ihnen einzutreten.

Gruppen stellen häufig eine oder mehrere Personen zur Unterstützung derjenigen Person ab, die die Anrufung durchführt. Diese helfen mit, die Energie durch eigene Instrumente anzuziehen bzw. verbal die Verbindung der Visualisierungen zu unterstützen.

Um möglichst gute Ergebnisse zu erzielen – ob allein oder in einer Gruppe –, sollten Sie das Ritual vorab ein wenig planen. Sie müssen keine schrittweisen Anleitungen befolgen, aber Sie sollten die wesentlichen Aktionen des Rituals stichpunktartig notieren. Wenn die Teilnehmer sich während des Rituals fragen müssen, was der nächste Schritt ist, können sie sich nicht auf den Ritus konzentrieren, und es keimt Unruhe unter allen Beteiligten auf.

Wenn Sie in einer Gruppe arbeiten, weisen Sie jedem Anwesenden eine Rolle zu, und beschließen Sie, wer der Regisseur des Dramas sein soll. Diese Person leitet dann den Ablauf, weist die Schauspieler in ihre Rollen ein und ist dafür zuständig, den Wagen wieder in die Spur zu setzen, wenn dieser entgleist ist.

Sowohl bei Einzel- als auch bei Gruppenritualen sollte ein hohes Maß an »Entgleisung« und damit Spontaneität zugelassen werden. Hier geht es schließlich nicht um einen wirklichen Bühnenauftritt.

Die spontanen Momente sind sogar oft besonders erhellend, denn hier werden die Energien der Göttinnen wirklich sichtbar. Diese Abschweifungen vom Skript treten in Gruppen häufig auf, wenn mehrere Göttinnen angerufen worden sind. Sie sind die »wirklichen« Darstellerinnen und keine Bühnenschauspielerinnen. Sie werden nicht zögern, die Dinge in eine andere Richtung zu lenken, wenn sie spüren, daß es notwendig ist.

Außerdem ist es wichtig, den Mythos sorgfältig auszuwählen, der durchgearbeitet werden soll. In einem rituellen Schauspielkreis vergrößern sich alle Energien auf natürliche Weise. Einem eventuell negativen Aspekt sollte jedoch nicht die Möglichkeit eingeräumt werden, den gesamten Kreis ins Chaos zu stürzen. In einer Gruppe sollten alle Beteiligten vorher vereinbaren, mit welcher Textversion gearbeitet werden soll: mit alten, neuen, überarbeiteten Fassungen oder anderen Zusatztexten. Aus diesem Grund ist eine gewisse Planung im voraus notwendig. Es ist wenig sinnvoll, Auseinandersetzungen um die richtige Interpretation eines Mythos in das Ritual selbst einfließen zu lassen.

Einige Mythen eignen sich für keltische Frauen besonders gut zum Einstieg in das rituelle Drama. Dazu gehören die Mythen um Brigit (die Erfindung der Totenklage), Blodeuedd (das Austricksen von Lleu und ihre Verwandlung in eine Eule) und Rhiannon (sie wurde angeklagt, ihren Sohn getötet zu haben, und ihre Bestrafung als Dienerin außerhalb des Königreichs ihres Mannes) sowie die heroischen Geschichten um Kriegerinnen wie Boudicca (ihr siegreicher Kampf gegen die Römer). Geeignete Erzählungen sind in jedem Buch über keltische Mythen und Sagen zu finden. Sie können in verschiedenen Büchern nachschlagen, um die Versionen und Interpretationen miteinander zu vergleichen.

Wenn keine der Frauen eine männliche Rolle übernehmen will, erlauben Sie sich die Freiheit, die Mythen entsprechend umzuschreiben und die Szenen so zu arrangieren, daß alle Frauen weibliche Rollen erhalten. Handeln Sie in diesem Fall die Ereignisse, in denen Männer auftreten, als Besprechung oder Vorlesung ab, anstatt sie szenisch darzustellen. Sie werden erleben, daß die weibliche Sichtweise auf diese Weise deutlicher wird.

Lassen Sie Ihrer weiblichen Intuition bei der Leitung eines rituellen Dramas freien Lauf. Rufen Sie immer wieder das Kind in Ihnen wach, das diese Kunst einst so gut beherrschte. Wenn Sie allein arbeiten, ist dies sicher nicht schwer, es läßt sich aber auch in gemeinsamer Anstrengung erreichen.

Mit 13 Jahren spielte ich mit meinen zwei besten Freundinnen häufig Theaterstücke durch. Die Stücke entstanden aus unserer

Phantasie, unseren Zukunftsträumen oder banden berühmte Schauspieler oder Jungen aus unserer Umgebung mit ein. Manchmal benutzten wir die Stücke auch dazu, Schulprobleme zu bewältigen, die unüberwindbar schienen. In den Dramen stießen wir auf Lösungen, die uns andernfalls nicht in den Sinn gekommen wären. Den Kern der Geschichte kannten wir vor dem Spiel, aber der Verlauf und die Richtung wurde spontan von unserem inneren Selbst bestimmt. Auf diese Weise entwickelten wir manch ausufernde »Seifenoper«. Die Stücke waren so lebendig und real, daß ich mich heute noch gut an verschiedene erinnere. Und ich muß zugeben, daß sich in dieser Retrospektive unsere drei Persönlichkeiten so stark mit den fiktiven Bildern aus den Dramen vermischen, daß ich sie kaum davon unterscheiden kann.

Wenn das rituelle Drama zu Ende ist, lassen Sie die herbeigerufenen Energien wieder los, indem Sie den Vorgang umkehren, mit dem Sie sie angezogen haben. Es empfiehlt sich, dieselbe Technik zu verwenden, denn unser Bewußtsein liebt die Logik und ist auf diese Weise am besten einzubinden. Sobald die angerufene Energie wieder freigelassen ist, können Sie sich von den Vierteln verabschieden und den Kreis schließen.

12 Die göttliche Herrscherin

Die Göttin als Personifizierung des Landes, die mit dem heiligen König vermählt wird, der dieses Land regiert, ist das Herzstück des keltischen Konzepts vom Göttlichen. Das Land war der wirkliche Herrscher. Es bot alles, was die Menschen benötigten. Es ernährte sie und lehrte sie. Das Land war immer treu. Nur wenn die Menschen vergaßen, das Land zu ehren, wendete sich die Natur gegen sie.

Leider mußte dieser alte Glaube, einer der wenigen gemeinsamen Punkte unter den Kelten, im Laufe der Jahrhunderte einige Schläge einstecken. Erst in jüngster Zeit fand eine Rückbesinnung darauf statt, die heute wieder eine zentrale Rolle im keltischen Heidentum spielt. Aber auch unter denjenigen, die diesen Aspekt wieder aufleben lassen möchten, wird er gelegentlich mißverstanden.

Dieses Konzept und seine Verdrehung wurde mir bereits mit 15 Jahren deutlich, als ich den Bestseller *Harvest Home* (dt. *Der Kult*) von Thomas Tryon über einen alten Fruchtbarkeitskult im modernen England las. In diesem Buch lassen Jugendliche den alten Fruchtbarkeitskult, den heiligen König zu ehren und ihm zu opfern, wiederaufleben. Widerstrebende junge Männer werden dazu gezwungen, dessen Rolle zu spielen. Das Buch entwickelt daraus eine Art Horrorszenario mit allen möglichen Bildern des Todes, aber es geht nicht auf die Aspekte der ewigen Wiedergeburt des heiligen Königs ein.

Kurz nachdem ich dieses Buch gelesen hatte, kam der Film *Camelot* in die Kinos, der König Artus und Ginevra zeigte. Ein Mann, der den Film ebenfalls gesehen hatte, sagte zu mir: »Hast Du das gesehen? Eine Frau hat dieses perfekte Königreich zu Fall gebracht.« Dieser Kommentar kränkte mich. Aber intuitiv wußte ich, daß dies nicht die Botschaft war, die ich von diesem Film erhalten sollte. Da war Ginevra mit dem alternden König verheiratet und wünschte sich dennoch den starken jugendlichen Ritter. Und ihre Belohnung? Anklage wegen Hochverrats.

Verrat? Dies alles machte für mich keinen rechten Sinn. Es gab da etwas, was ich sowohl in dem Buch als auch in dem Film vermißte, aber es sollte noch viele Jahre dauern, bis ich es herausfand.

Die Vorstellung vom Land als Göttin und oberster Herrscherin und vom König, der mit dem Land verheiratet wurde, ist sehr alt und durchdringt noch heute das von den Kelten bewohnte Land. Die Rituale der Hochzeit des Königs mit dem Land haben sich über die Jahrhunderte zwar verändert, aber die Vorstellung selbst blieb erhalten. Der König wurde eine Inkarnation Gottes, heiratete die Göttin und mußte als ihr Gefährte sterben, damit sie ihn wieder gebären und damit einen neuen Lebenszyklus beginnen konnte. Ihre Hochzeitsgabe an ihn besteht darin, daß er mit ihrer Zustimmung über das Land herrschen darf. Wenn sie sich aus der Ehe zurückzieht, wie bei Ginevra und Artus, kann er auch nicht länger König bleiben. Ein junger starker König muß gewählt werden, der ihn ersetzt, damit das Land und sein Volk gesund und stark bleiben.

Der König war so eng mit dem Land verbunden, daß man im alten Irland forderte, er habe makellos zu sein. Jede noch so kleine Schwäche, Verwundbarkeit oder Entstellung disqualifizierte ihn bereits als König. Der König wurde so tiefgehend mit dem Land identifiziert, daß man fürchtete, alles was an ihm haftete, würde auch das Land befallen. Wenn er vernichtet wurde, dann betraf dies auch das Land, sein Volk und die Tiere. Es war die Pflicht der Göttin/Königin, das Beste für das Land zu unternehmen und nach einem neuen, jungen König Ausschau zu halten, wenn der alte schwach wurde.

Das »Verbrechen« von Ginevra bestand also nicht in der Untreue zu ihrem Mann, sondern in der Treue gegenüber ihrem Land, das sie symbolisierte. Als sie sich einem anderen Mann zuwandte, gestand sie ihm damit das Recht zu, Camelot zu regieren und die Position des alten König Artus einzunehmen. Die Frau vernichtete also nicht das perfekte Königreich, sondern sicherte dem Land durch ihre neue heilige Ehe die besten Möglichkeiten. Ginevra wurde nur deshalb des Verrats bezichtigt, weil Artus seinen Thron verlieren sollte.

Eine ähnliche Interpretation keltischer Geschichte läßt sich auf Britannien im ersten Jahrhundert anwenden, als die Kriegerin und Clanführerin Cartimandua ihren Mann, das Stammesoberhaupt, verließ und einen anderen Mann zu ihrem Liebhaber machte. Das Ergebnis war ein Krieg zwischen verschiedenen Stämmen, ähnlich der Geschichte, die uns in den Legenden von Camelot erzählt wird.

Seit wann ziehen Menschen in den Krieg, weil die Frau eines Staatsoberhauptes mit einem anderen Mann geschlafen hat? Wenn dies eine übliche Praxis wäre, gäbe es auf der Welt wohl noch viel mehr Kriege. Diese Reaktion unter den keltischen Stämmen ist nur dann einleuchtend, wenn die Oberhäupter der Stämme die alten Rollen einnahmen, also Herrscher-Göttin und heiliger König waren. Die keltischen Mythen zeigen uns deutlich, daß die Probleme im Paradies nicht dadurch entstehen, daß die Göttin/Königin einen anderen Liebhaber hat, sondern der Gott/König sich dem unvermeidlichen Wechsel in der Führung des Landes widersetzt.

Dieses Konzept wurde vom Patriarchat verdreht, was nicht überraschend ist. In vielen Kulturen erlebten die Mysterien der Frauen und die Machtzyklen ähnliche Fehlinterpretationen. Bei den Ureinwohnern Nordamerikas gab es zum Beispiel eigene Unterkünfte für menstruierende Frauen. Die Menstruationsperiode der Frau wurde als jene Zeit angesehen, in der die Frauen besonders mächtig waren. Aus diesem Grund trennte man sie innerhalb des Stammes zu dieser Zeit von den Männern. Die Frauen betraten einen heiligen Ort, an dem sie ihre Mysterien mit den anderen Frauen teilen konnten. Im Laufe der Zeit wurde diese Trennung als Schutz des Mannes vor der Frau interpretiert, aber nicht vor deren Macht, sondern vor dem »scheußlichem« Blut.

In den keltischen Mythen finden sich zahlreiche Bezüge auf heilige Könige, wobei viele mit den Sichtweisen des jahrhundertelang wirkenden Patriarchats überfrachtet sind. Dabei wird den Frauen die Rolle der Verführerin zugedacht, die ihren Mann aufgrund ihrer Untreue ins Verderben stürzt. Auch diese Angst geht zurück auf das Bild der Frau als Verschlingende, die Leben ebenso großzügig verbraucht wie gibt. Aus dem Blut werden die Männer geboren und im Blut sterben sie.

Diese Dreierbeziehungen sind in den keltischen Mythen beliebt. Manchmal kämpfen zwei Liebhaber um die Gunst der herrschenden Göttin; manchmal kämpft ein Vater gegen einen Sohn oder potentiellen Schwiegersohn, also den neuen König, der ihn ersetzen soll. Aber in allen Mythen bleiben zwei Themen erhalten: das Konzept der heiligen Zahl Drei als Voraussetzung für Aktion und Schöpfung und das Konzept der herrschenden Göttin, d.h. nur sie kann dem Gott/König die Legitimität seiner Herrschaft garantieren.

Die irischen *Seanachai* oder Geschichtenerzähler unterschieden zwischen Liebesgeschichten mit ihren Verwicklungen und jenen Liebesgeschichten, in denen dieses heilige Trio eine Rolle spielte. Letztere wurden *Secra* genannt, und in ihnen ging es weniger um Liebe, sondern um die Macht, die von der Frau auf den siegreichen Mann übertragen wurde. In verschiedenen Secras ist festzustellen, daß die heilige Hochzeit zwischen Gott und Göttin im Monat Mai stattfindet. In den Erzählungen ist häufig die Bemühung festzustellen, die Ereignisse jeweils in Einklang mit der passenden Jahreszeit zu bringen. Der Mann mit dem Aspekt des dunklen Herrschers oder der Unterwelt ist meist zu »Samhain« siegreich, jenem Zeitpunkt im Herbst, an dem der dunkelste Teil des Jahres beginnt und das Land brachliegt. Der dunkle Herrscher nimmt die Herrscher-Göttin zu sich in sein unterirdisches Reich, wo sie das Land nicht mit ihrer Fruchtbarkeit segnen kann, bis sie im Frühling vom Licht oder dem hellen Herrscher zurückgewonnen oder entführt wird (zur Zeit des Festes »Beltane«, dem Gegenpunkt zu Samhain im keltischen Sonnenkalender).

Zu diesen heiligen keltischen Trios gehören:

- Isolde mit König Mark von Cornwall und Tristan (Onkel und Neffe)
- Ginevra mit König Artus und Lancelot (König und Krieger)
- Morgan LeFay mit König Artus und Modred (Vater und Sohn)
- Creiddylad mit Gwythyr ap Greidawl (Sonnengott/Krieger) und Gwyn ap Nuadd (Herrscher der Unterwelt und Anführer der »Wilden Jagd« – jene nächtliche Suche nach Seelen für die Unterwelt)
- Grainne mit Fiann mac Cumhaill und Diarmuid (alter und junger Krieger)
- Olwen mit Ysbadadden und Culhurch (Vater der Frau und sein potentieller Schwiegersohn)
- Königin Medb mit König Ailell und einigen anderen Männern (König und Krieger ihres Königreichs)
- Blodeuedd mit Lleu und Grown (Onkel und Neffe)
- Deirdre mit König Cormac und Naoise (alter König und junger Krieger)
- Dubh Lacha mit Bradubh (Ulsterkönig, dessen Name »schwarzer Rabe« bedeutet; stellt die dunkle Hälfte des Jahres und den Tod dar) und Mongan (Krieger, der die Sonne und das Licht symbolisiert, also die helle Hälfte des Jahres)
- Blathnat mit CuRoi (Fianna-Krieger) und Cuchulain (Ulsterkrieger mit vielen Frauen und Geliebten)
- Rhiannon mit Gwawl (Krieger, dessen Name »Licht« bedeutet) und Pwyll (ein König der Unterwelt). Dieses Trio symbolisiert das Jahresrad mit seinen beiden Hälften und Rhiannon als Mittelpunkt der Umdrehungen
- Branwen mit Mathowch (Waliser König) und Bran (Kriegsherr und Gottheit für Schutz und göttliche Kräfte)
- Edain und König Eochaid (sterblicher König) und Midhir (Feenkönig, der die Unterwelt symbolisierte)
- Goewin mit Math ap Mathowch, einigen anderen Männern (König und Krieger seines Königreichs) und den Zwillingen Gwydion und Gilfaethwy.

Nicht alle Könige kämpften gegen die unvermeidliche Veränderung der Herrschaft an. In vielen Märchen keltischen Ursprungs wird von Königen erzählt, die ihre Töchter dem jeweils tapfersten Mann aus dem Königreich übergaben. Diese Übergabe wurde von modernen Feministinnen häufig so interpretiert, daß der Mann damit den Besitz seiner Frauen dokumentieren wolle. In Wirklichkeit erwählte der König jedoch auf diese Art und Weise seinen Nachfolger. Durch die Gabe einer königlichen Frau überreichte er dem Mann nicht nur eine Gemahlin, sondern die Souveränität und das Recht, über das Land zu herrschen.

Nachdem der König mit dem Land vermählt war, wurde er zu einem Gott der Fruchtbarkeit und war ebenso wie die Göttin dazu in der Lage, seine Schaffenskräfte dem Land zugute kommen zu lassen. Dies ist wahrscheinlich der rationale Grund für ein altes irisches Gesetz, das durch den französischen Begriff *Droit de seigneur* bekannt geworden ist. In diesem Gesetz erhält der König das Recht, in der ersten Nacht nach der Vermählung das Schlafgemach der jungen Braut zu betreten.

Das in den Mythen gezeichnete Bild der ewigen Erneuerung königlicher Herrschaft wird mit dem Kreislauf des Jahresrades in Verbindung gebracht. An den beiden Wendepunkten sind wir mit dem symbolischen Kampf zweier Kräfte konfrontiert. Der eine stellt die aufkommenden neuen Energien dar, der andere die weichenden Energien. An diesen jahreszeitlichen Wendepunkten siegt der eine Aspekt, und der andere »stirbt«. Nach sechs Monaten wird die Schlacht wieder aufgenommen, und der ehemalige Verlierer wird nun zum Sieger. Der Eichenkönig (zunehmendes Jahr) und der Heilige König (abnehmendes Jahr), der Rote Drachen (zunehmendes Jahr) und der Weiße Drachen (abnehmendes Jahr) sowie der ewige Kampf zwischen Gwythyr (zunehmendes Jahr) und dem Herrn der Unterwelt Pwyll (abnehmendes Jahr) sind berühmte Beispiele. Ihre Kämpfe werden in heidnischen Kreisen an den Wendepunkten des Jahres immer wieder aufgeführt. Wann immer eine Frau in einen Kampfmythos verwickelt ist, stellt sie zweifellos den souveränen Geist des Landes dar. Sie wählt den jüngeren, starken Mann nicht zu ihrem eigenen Vergnügen aus, sondern weil es ihre Pflicht ist, den besten Herrscher mit sich in einer heiligen Hochzeit zu verbinden. Der beste Herrscher wird für ein möglichst starkes Land sorgen.

In vielen keltischen Mythen kämpft der ältere, abtretende König nicht körperlich mit dem anderen Mann, sondern gegen den unvermeidbaren Wechsel der Zeit. Er nimmt den Kampf auf, um seine eigene Herrschaft zu erhalten. Ein Beispiel hierfür ist der Waliser Mythos um Olwen. Olwen wollte Culhwch heiraten, aber ihr Vater, König Ysbadadden, stellte ihm beinahe unüberwindbare Hindernisse in den Weg, denn es war ihm prophezeit worden, daß einer seiner Enkel ihn töten und seinen Thron übernehmen würde. Dies ist sicherlich im Kontext des heiligen Königs zu sehen, denn der alte König kämpfte um seinen Platz. Ein weiteres heiliges Duo aus kämpfendem Großvater und Enkel stellen Lugh und Balor dar, beides Sonnengötter. Lugh tötete Balor und stellt damit nicht nur einen Herrschaftswechsel unter den Königen dar, sondern auch den Übergang des Sonnenjahres von der dunklen Hälfte (abnehmende Sonne) zur hellen Hälfte (zunehmende Sonne).

Weihung des heiligen Königs

Anders als der junge Mann in Tryons Geschichte nimmt der heilige König der Kelten seinen Tod hin und ist sich dabei bewußt, daß er für diese Pflicht geboren wurde und für diese Pflicht sterben wird. Selbst bei der Krönungszeremonie im modernen Großbritannien sind die Aspekte der Weihung bzw. Vermählung des Königs mit dem Land noch präsent.

Ein heiliger König wurde nicht per Zufall auserwählt. Der beste Mann für das Land erhielt diese Aufgabe. Aus diesem Grund pflegten die Kelten auch nicht das Recht des Erstgeborenen, in dem der älteste Sohn automatisch alles, auch den Thron, erbte. Er mußte seinen Wert beweisen und wurde dann durch die symbolische Vermählung mit der Göttin des Landes heilig. In den verschiedenen Epochen der keltischen Geschichte und in den einzelnen keltischen Landstrichen wurde diese Zeremonie jeweils auf etwas unterschiedliche Weise begangen.

Im allgemeinen wird aber in allen keltischen Legenden die Weihung des Königs oder dessen Heiligsprechung wie folgt beschrieben: Der König erhielt ein Objekt oder einen Talisman der Macht, den er verwenden und gut aufbewahren mußte. Dieses Objekt ließ sich häufig dem Element Erde oder dem Element Wasser zuordnen. Beide Elemente symbolisieren das weibliche Göttliche und das souveräne Wesen der Erde. Manchmal war das Objekt auch ein Geschenk der Herrschergöttin selbst.

Zu den Weiheobjekten, die in keltischen Mythen beschrieben werden, gehören Fahnen, Schilder, Kessel, Kelche, Grale, Decken, Mäntel, Kristalle, Steine, Kugeln, Zepter, Trommeln, Degen, Schwerter, Brettspiele, Harfen, Lanzen, Speere, Lampen, Kranichbeutel (kleiner magischer Sack, ähnlich den Medizinbeuteln bei den nordamerikanischen Indianerstämmen), Runen, Degenscheiden, Stangen und Stäbe.

Waffen gehören zu den häufigsten Weiheobjekten und werden in den bekannten Legenden auch am häufigsten erwähnt. Der große Ulsterheld Cuchulainn war zwar kein König, wurde aber durch das Geschenk des unbesiegbaren Speers *gae bulga* geweiht, den er von seiner Lehrerin Scathach erhielt. Wenn er diesen Speer nach einem Feind warf, sorgten dessen gezackte Ränder für einen qualvollen Tod. Ähnlich den heiligen Königen war Cuchulainn gegen viele Zauber gewappnet, die von anderen ausgesprochen wurden. Er war beispielsweise immun gegen Machas Fluch (siehe Kapitel 10), der die anderen Ulsterkrieger betraf. Cuchulainn starb durch die Kraft der Hände von Königin Medb, und sein Blut ergoß sich über die Erde.

Dem gesegneten Bran aus der Waliser Mythologie wird ein Kessel überreicht, der Leben spendet – eine der bedeutendsten keltischen Weihungen, die sehr eng mit der Göttin verbunden war. Ebenfalls aus der Waliser Tradition ist Gwyddiw Garanhir bekannt, die einen Kessel oder Korb besaß, der für einen nie endenden Nachschub an Nahrung sorgte. Nuada mit der Silberhand wurde ein Schwert, ähnlich Gae bulga, überreicht, das den Feind niemals verfehlte.

Die vermutlich berühmteste Weihung wurde wohl durch Excalibur, das Schwert von König Artus, vorgenommen. In vielen modernen Verfilmungen und Büchern bleibt zwar die Essenz der Legende erhalten, doch die Rolle der Göttin wird vorsichtig umgangen. Vermutlich ist dies keine böse Absicht, sondern basiert auf der Verwendung der mittelalterlichen Texte zu dieser Sage. In diesen Versionen (zum Beispiel von Mallory und Geoffrey of Monmouth) wird die Göttin ausradiert, heruntergespielt oder verteufelt.

In den »christianisierten« Fassungen befand sich der Stein, aus dem Artus das Schwert zog, in einem Kirchhof. Die Idee ist auch hier, daß die Herrschaft an Artus vom Göttlichen übergeben wird, aber nicht mehr von der alten Göttin, der Herrscherin über das Land, sondern vom christlichen Gott. Daher rührt das moderne Konzept vom »göttlichen Recht des Königs«. In den Originalmythen wurde Artus das Schwert Excalibur von der Dame vom See übergeben, einer Göttin, die den Geist des Landes und die Essenz des Elements Wasser verkörperte. Excalibur war fest in einen Stein eingeschlossen, der entweder in ihrem Schoß ruhte oder auf ihrem See trieb – und daraus bezog Artus seine Weihen.

Der Glaube daran, daß ein Stein Herrscher sein kann und das Recht zur Herrschaft übergeben kann, ist alt. Der bekannteste Herrscherstein ist zweifellos *Lia Fail* in Irland, auch Schicksalsstein genannt. Es hieß, er hätte zu dröhnen begonnen, wenn der richtige Herrscher auf ihn trat. Ein weiterer Lia Fail (oder vielleicht derselbe, der gestohlen wurde) wurde in Schottland bis in das 13. Jahrhundert verwendet, aber dann wiederum von Englands König Edward I. gestohlen. In der Westminster Abbey in London soll der Stein, der sich unter dem Thron des britischen Königs befindet, jener Lia Fail sein – und den Königen und Königinnen auch heute noch das Geschenk der Herrschaft bereiten.

Ein weiterer berühmter Stein, dem Verbindungen zum Geistigen nachgesagt wurden, ist der Blarney-Stein aus Irland. Wem es gelang, den Stein zu küssen, während er sich rückwärts daran lehnte, dem wurde eine geläufige Sprache zuteil. Vermutlich handelte es sich um einen Herrscherstein, der den Herrschern auf dieselbe Weise »Leben« gab, wie andere Kessel die Sprache nehmen konnten, wenn sie als Tor zwischen den Welten verwendet wurden. Dies wird im Mythos von der Schlacht zwischen Irland und Wales beschrieben, in dem die Waliser den Kessel der Wiedergeburt dazu verwendeten, ihren toten Kriegern wieder Leben zu geben. Sie kehrten zwar in diese Welt zurück, hatten aber ihre Sprache verloren.

Überall in keltischen Landschaften gibt es tafelförmige Steinformationen, Dolmen genannt, die vermutlich in der Vergangenheit als Altar dienten. Auch hier spricht der Symbolismus dieselbe Sprache von Erde/Göttin/weiblich als Garant der Herrschaftsmacht. Durch die Verwendung des Steins als Verkörperung der Göttin kam die Idee auf, Frauen – insbesondere Priesterinnen – als Altar zu verwenden. In verschiedenen Beschreibungen heidnischer Praktiken wird davon berichtet, daß der Körper einer Frau als Altar benutzt wurde. Diese Praxis wurde natürlich prompt von jenen pervertiert, die die heilige Bedeutung nicht verstanden haben und sie als Gelegenheit benutzten, den weiblichen Körper zu diffamieren.

In einigen Mythen und Legenden werden die Weihungen als die »vier Weihen« erwähnt. Dies bezieht sich auf die vier Elemente, die Kern der heidnischen Praxis sind: Erde (Stein), Wasser (Kelch), Feuer (Speer) und Luft (Schwert). Manchmal ist nur ein Element präsent, wie zum Beispiel die Luft (oder in einigen Interpretationen auch das Feuer), symbolisiert durch Gae bulga oder Excalibur. Zu anderen Zeiten spielen zwei oder mehrere Elemente eine Rolle, jeweils repräsentiert durch ein anderes Objekt. Ein ausgezeichnetes Beispiel für eine vierfache Weihe für einen Mann, ist der vierseitige Kelch der Wahrheit, den Irlands Hoher König Cormac Mac Art erhielt. Die Mythen geben keinen genauen Aufschluß darüber, wer ihm den Kelch überreichte, aber immerhin wird in einer Legende auf eine Göttin aus der Anderswelt verwiesen, die sich auf einer ihrer vielen Reisen in diese Welt befand. In anderen Mythen ist vom Palast der vier Weihen die Rede – ein entweder imaginärer Palast oder ein wirklicher. Der potentielle heilige König mußte durch diesen Palast hindurchfinden und dabei seinen Wert unter Beweis stellen, um die vier Objekte der Weihung zu erhalten und das karge Land zu heilen.

Die Hochzeit eines Königs mit dem Land hat gelegentlich auch eine eher sexuelle Symbolik. Die irischen Könige von Emain Macha, der Festung der Ulsterkönige (in der heutigen Grafschaft Armagh), wurden einst aufgefordert, sich mit der Göttin in Gestalt eines weißen Pferdes symbolisch zu vermählen. Die vielen Göttinnen, die sich in Pferde verwandeln konnten und damit die Macht der Herrscherin symbolisierten, sind bereits erwähnt worden. In Gallien waren sie für die Wirtschaft, den Krieg und bestimmte religiöse Aspekte wichtig.

Wenn ein König sich rituell mit einem Pferd vermählte, das die Herrschergöttin darstellen sollte, wurde er dadurch zum heiligen König. Der Vermählungsakt übernahm in diesem Fall die Funktion der Übergabe von Weiheobjekten. Diese Vereinigung von Göttin und Gott ist unwiderruflich und endet erst mit dem Tod. Aus diesem Grund ist die symbolische Erinnerung an diese Vereinigung, bekannt unter dem Namen Großer Ritus, ein so wichtiger Teil der modernen heidnischen Praxis. Beim Großen Ritus werden die Weihesymbole oder -objekte der Göttin und des Gottes in Form einer Zeremonie vereinigt, um deren ewige, heilige Vermählung erneut darzustellen. Meist wird dazu in einem rituellen Akt ein Athame oder ein rituelles Schwert (als Symbol für den Phallus) in einen Kelch (als Symbol für den Schoß der Göttin) eingeführt. Diese Zeremonien sind sehr bewegend, und wenn sie richtig ausgeführt werden, ist die Energie, die dadurch freigesetzt wird, in einem Kreis deutlich spürbar.

Die Machtenthebung des alten Königs findet nicht nur dann statt, wenn sich die Göttin einen anderen Mann sucht, sondern auch, wenn sie sich ihm gegenüber sexuell zurückhält. In einer britischen Legende wird von Prinzessin Marcassa* berichtet, die sich weigerte, mit einem sterbenden König zu schlafen. Nur der Sex hätte seine »Krankheit« heilen können. Die Prinzessin weigerte sich und »fiel in den Winterschlaf« bis der König starb – vermutlich eine Metapher für das Durchlaufen eines Aspekts der alten Frau. Im Frühling erwachte sie wieder zur jungfräulichen Herrscherin. Anschließend heiratete sie einen jungen Krieger ihrer Wahl.

Der heilige König als Opfergott

Um die ewigen Zyklen von Geburt, Tod und Wiedergeburt des keltischen Gottes aufrechtzuerhalten, muß der heilige König, der die Rolle des inkarnierten Gottes angenommen hat, in bestimmten Peri-

---

* In vielen keltischen Sagen wird diese mächtige Frau »Prinzessin« genannt, doch die ursprüngliche Bezeichnung ihrer Position lautete *pennsvierges*, was »Kopf einer Sache« bedeutet. Eine Interpretation als Stammesoberhaupt ist deshalb vermutlich angebracht.

oden Opfer bringen, um die Fruchtbarkeit und Gesundheit des Landes zu erhalten. Ähnlich dem großen kosmischen Vater muß seine Saat in Form von Blut über das Land verteilt werden, um es zu befruchten. Um einen heiligen Tod zu sterben, muß der alte König sein Blut in einem Fruchtbarkeitsritus über das Land verteilen. Dieser Ritus ist so alt, daß sich seine Wurzeln nicht herauskristallisieren lassen. Während er diesen letzten Akt seiner Liebe zum Land, zur Göttin und zum Volk ausführt, stirbt er, damit ein jüngerer, kräftigerer König an seine Stelle treten kann.

Dieses Konzept – der Mann muß durch einen realen oder symbolischen sexuellen Akt sterben – ist auch ein Grund für das Aufkeimen angstbesetzter Mythen vor der alles verschlingenden Frau (siehe Kapitel 2). Aber der Symbolismus ist deutlich. Nach dem Geschlechtsverkehr trägt die Frau die Saat des Mannes (Sperma) in sich und damit das Potential für die Wiedergeburt. Bei der Frau bringt dieser Vorgang keine äußerlichen Veränderungen mit sich, sondern findet in internalisierter Form statt. Beim Mann hingegen wird die entschwundene sexuelle Kraft durch einen abgeschwollenen Penis sichtbar, der seine lebenspendende Qualität verloren hat. Dieselbe Vorstellung wird durch das Verspritzen seines Blutes auf der Erde, dem Schoß der Göttin, deutlich.

Im Laufe der Zeit wurden die mündlichen Überlieferungen noch weiter entfremdet, indem allen Frauen die Rolle der Verschlingenden zugewiesen wurde, wobei die ursprüngliche Bedeutung der Herrscher-Göttin vollkommen in Vergessenheit geriet. Ein Beispiel hierfür ist die Göttin Nair, eine Herrscherin, die zum Inbegriff einer Königsmörderin wurde. In alten irischen Legenden wird erzählt, daß alle Könige, die mit Nair schliefen, sterben mußten. Aus welchem Grund wird allerdings nicht erwähnt.

Wie häufig die Praxis des heiligen Königsmordes wirklich stattfand, wurde lange heftig diskutiert. Es ist aber anzunehmen, daß sie in Irland bis zum 17. Jahrhundert angewendet wurde.

In seinem tiefsten Inneren weiß der heilige König, daß er eines Tages dazu aufgefordert wird, für sein Land zu sterben und in einem heiligen Akt sein Blut auf der Erde zu verteilen und die Göttin zu befruchten, damit diese für eine neue Ernte, Tiere und Menschen sorgen und – besonders wichtig – einen starken, jüngeren, heiligen König heiraten kann.

Im modernen Heidentum gedenken wir des Todes des Gottes/heiligen Königs in der Erntezeit, meist am Sabbat oder jenem Festtag, der unter dem Namen »Lughnasadh« oder »Lammas« bekannt ist. Dieser Zeitpunkt fällt mit dem Reifen des ersten Korns in der nördlichen Hemisphäre zusammen, und diese Ernte verkörpert den König. Wenn der König sich mit dem Land vermählt, teilt er auch sein Schicksal mit ihm. Wenn eine Pflanze zur Erntezeit ihre Frucht abgibt, beginnt sie zu sterben, opfert sich symbolisch selbst zum Wohle der Menschen. Auch der heilige König beginnt im Spätherbst zu sterben, wenn die letzte Ernte eingefahren ist. In vielen heidnischen Traditionen wird die letzte Garbe aufbewahrt und im Laufe des restlichen Jahres als Erinnerung an dieses Opfer in Ehren gehalten. In anderen Traditionen wird sie zur Form einer Frau verwoben, die den Geist der Herrscherin des Landes darstellen soll.

Auch nach dem Tod endet die Rolle des heiligen Königs als Behüter des Landes auf Geheiß der Göttin nicht. Bran der Gesegnete bestand darauf, daß sein Kopf in der Nähe des heutigen Tower in London begraben wurde. Er sollte nach Süden gerichtet werden, damit er das Volk bewachen und vor Invasoren warnen konnte. Und König Artus soll mit seinen Kriegern in einer verborgenen Höhle schlafen und auf den Ruf seines Volkes in Not warten, um dann wieder aufzustehen und sein Volk zu verteidigen.

Diese Legenden um die schlafenden heiligen Könige sind eng verbunden mit den vielen Legenden des verwundeten Landes oder des wüsten Landes, das nur ein wieder auferstandener gesunder König heilen kann. Dies wird auch in den Mythen der Artussage um den Fischerkönig deutlich. Der heilige König liegt verwundet und wartet darauf, durch die Rückkehr seines Weiheobjekts geheilt zu werden. Seine Wunden trennen ihn von der Macht der Herrschaft, vermutlich weil er seine Macht mißbraucht hat und nur die Kontinuität des heiligen Zyklus von Tod, Wiedergeburt und neuer Weihe ihn und sein Land retten kann, das er auf Befehl der Göttin beschützt.

Die Herrschergöttin erkennen

Die Göttin der Herrschaft tritt in vielen Verkleidungen auf, aber trotzdem ist es nicht schwer, sie zu erkennen. In den keltischen Mythen symbolisiert sie entweder das Land oder das Recht der Herrschaft über ein Land. In einigen keltischen Mythen wirken die Herrschergöttinnen auf den ersten Blick unbedeutend und sind deshalb vielleicht nicht einfach zu identifizieren. Ihnen werden häufig unscheinbarere Rollen als den Männern zugedacht. Doch wenn Sie einen klaren Blick auf eine Geschichte werfen, wird sehr schnell deutlich, daß die Göttinnen das eigentliche Herzstück des Mythos sind, denn sie stellen das Land dar und alles, was auf dieses zukommt oder bereits zugekommen ist.

Nicht alle Herrschergöttinnen sind in romantische Dreierbeziehungen verwickelt. Einige verkörpern ihre Macht über das Land einfach durch ihren Namen, durch eine Tat oder einen bestimmten Ort. Diese Göttinnen täuschen oft über ihr Wesen als Herrscherin hinweg, weil sie Gottheiten bestimmter Orte auf der Erde sind: von Flüssen, Felsen oder anderen natürlichen Landschaftsformationen. Alle diese sogenannten »kleineren« Göttinnen waren einst die Herrschergöttinnen jener Clans oder Stämme, die in ihrer Nähe lebten. In der keltischen Tradition gibt es Hunderte von Göttinnen; viele ihrer Namen sind uns heute nicht mehr bekannt. Manchmal herrschten auch männliche Götter über diese Stätten, aber die weiblichen waren eindeutig dominanter.

Obwohl auch sie nie in ein romantisches Dreieck verwickelt war, ist Eire[*] die höchste Herrscherin Irlands. Im modernen Heidentum wird Eire als Herrscherin und auch als Schutzgöttin verehrt. In den ersten mündlichen Überlieferungen entstand Eire zusammen mit dem Land. (Obwohl die Mythen nicht davon berichten, wer oder was sie erschaffen hat.) In späteren Mythen soll Eire die Tochter von Dagda und Delbaeth gewesen sein, der Jungfrau-Aspekt einer Triadengöttin, deren Schwestern Banbha und Foldha die beiden anderen Aspekte bildeten. Ihre Namen werden ebenfalls in poetischer Form für Irland verwendet. Eires Zauber war sehr machtvoll: Sie warf Schlammbälle auf die eindringenden Milesier (Kelten) herab, worauf sich der Schlamm in lebendige Krieger verwandelte. Sie gewann zwar die erste Schlacht, verlor die Insel später aber dennoch an die Milesier. Aus Respekt vor der Demonstration ihrer Macht, billigte der Barde Amergin ihr zu, die Insel nach ihr zu benennen.

Das Symbol von Eire war die Harfe, ein Emblem, das auch heute noch als stolzes Symbol für den unabhängigen Geist Irlands steht. Die Harfe hat irische Fahnen und Münzen geziert, und die Iren haben dieses Symbol mit derselben Wildheit verteidigt wie Eire einst ihr Land.

Eine weitere Herrscherin, deren Ruhm durch den Namen des Landes geehrt wird, ist die anglo-keltische Göttin Brigantia, auch bekannt als Brittania, Symbol des unabhängigen Geistes von Großbritannien. Sie war auch eine Göttin des Feuers, des Handwerks und der Inspiration – ähnlich ihrem irischen Gegenstück Brigit. Im Jahr 1667 ließ König Karl II. einen alten römisch-keltischen Brauch wieder aufleben und setzte das Konterfei von Brittania auf die englischen Münzen, wo sie noch heute zu finden ist.

---

[*] Eire ist das gälische Wort für Irland und wird in Irland auch heute noch zur Bezeichnung der Insel verwendet.

In den Chroniken über die Eroberung von Ländern wird meist der Blickwinkel desjenigen eingenommen, der als fremder Forscher oder Krieger das Land erstmalig betreten hat, und weniger der Blickwinkel derjenigen, die schon immer da waren. Columbus ist das beste Beispiel dafür: Es heißt, er habe Amerika entdeckt, aber daß die Ureinwohner Amerika – rein pragmatisch betrachtet – schon viele Jahrhunderte vorher für sich entdeckt hatten, wird selten erwähnt. Die ersten Aufzeichnungen von der Entdeckung Irlands durch einen Menschen berichten von einer Frau namens Cessair, die ihr Volk, die Partholaner, durch eine große Flut nach Irland führte, bei der nur drei Frauen und fünfzig Männer überlebten. Deshalb gilt sie als erste Herrscherin Irlands. Einige Gelehrte haben die Hypothese aufgestellt, daß sie einst eine vorkeltische Muttergöttin war, denn ihr Mythos beschreibt sie als Quelle der Regeneration des Lebens und der Erneuerung.

Eine weitere berühmte Herrscherin des Landes ist Taillte, eine Göttin der Erde, des Wettkampfs, der Ernte, des ersten Korns und besonders des Weizens, der ein weibliches Fruchtbarkeitssymbol ist. Sie wurde »Pflegemutter des Lichts« genannt, was von manchen als »Mutter der Sonne« interpretiert wurde. Dies mag darauf hinweisen, daß sie Teil eines alten, verlorengegangenen Entstehungsmythos war, in dem die Göttin die Sonne vor allem anderen gebar. Eine ähnliche Auffassung findet sich sowohl in mündlichen als auch schriftlichen Überlieferungen aus anderen Kulturen. Viele der berühmten Probehochzeiten für ein Jahr und einen Tag (siehe Kapitel 1) fanden auf jenem großen Spielfeld statt, das sie in der Nähe von Tara eingerichtet hatte.

Eine eindeutige Herrschergöttin, die aber nie direkt mit einem Land verbunden war, ist Goewin, die offizielle »Fußhalterin« des Waliser Königs Math. Er durfte nur so lange regieren, wie seine Füße in ihrem Schoß ruhten. Die Füße zu entfernen war ihm nur erlaubt, wenn er in den Krieg zog. Goewin kämpfte auch für sich selbst, als Math versuchte, sie zu seiner Sklavin zu machen. Außerdem ging es in verschiedenen Schlachten und Entführungsmythen um sie. Dies alles zeigt uns, daß sie eine Herrscherin war. Wer Wales regieren wollte, mußte sich mit ihr vermählen.

Königin Medb und die anderen Frauen in den Legenden um sie, erfüllten viele archetypische Funktionen, darunter auch die der Herrscherin. Diese Göttin aus Connacht, die von den Schreibern der Mythen zur Königin gemacht wurde, personifiziert den Höhepunkt weiblicher Macht. Einige Texte beschreiben Medb als »Frau der Promiskuität«, eindeutiges Attribut einer Herrscherin, die jenen Mann heiraten muß, der das Land am besten regiert. Ihr Kriegerinnen-

Aspekt und ihre sexuelle Seite sind sehr stark, und einige Legenden berichten, sie habe sich oft damit gebrüstet, 30 Männer in einer Nacht erschöpfen zu können. Beide Elemente zeigen, wie sie ihr Land beschützte. Ihr Mann, König Aillel, der in den Mythen seiner Frau nur eine marginale Rolle spielt, schien immer zu verstehen, daß es die Pflicht seiner Frau Medb war, andere Liebhaber unter ihren Kriegern auszuwählen. Ein Mythos zitiert ihn, wie er sagte: »Sie mußte das immer tun.« Ob dies eine Anerkennung ihrer Herrschaft war oder einfach eine Akzeptanz ihrer Untreue, bleibt offen. Jedenfalls hat Aillel nicht nachhaltig versucht, seine Frau Medb davon abzuhalten.

Eine Königin aus Leinster namens Medb Lethderag, vermutlich eine abgesplitterte Version von Connachts Medb, war die Frau von neun verschiedenen, aufeinander folgenden Hohen Königen. Hier spielt die heilige Zahl Drei mal Drei eine Rolle. Diese Medb erlaubte keinem König, über Tara zu regieren, wenn er sie nicht zur Frau nahm.

In Wales und Cornwall war die archetypische Hüterin der weiblichen Mysterien Condwiranmur, die Frau von Parzival aus der Artussage. Nachdem er sie geheiratet und Sex mit ihr hatte, kehrte er zum zweiten Mal zur verschlossenen Gralsburg zurück, und diesmal wurde ihm der Zutritt gewährt. Als er den Segen ihrer Herrschaft erhalten hatte, wurde er zu einem der drei Ritter, die den Auftrag erhielten, den Gral zu finden – ein weiteres weibliches Symbol der Herrschaft.

Die Suche nach dem heiligen Gral ist letztlich die Suche nach der Herrschaft. Erst wenn sie dem »verwundeten Land« zurückgegeben wird, kann es geheilt und wieder ganz werden. Wie die Göttin der Unterwelt, repräsentiert der verlorene Gral ein Volk, das von den fruchtbaren und lebensspendenden Kräften der Herrschergöttin des Landes abgeschnitten ist. Der Gralmythos dient als Warnung vor dem, was geschieht, wenn wir vergessen, das Land zu ehren. Die Natur wendet sich gegen uns, wie sie es in unserer modernen Welt bereits getan hat.

Auch Göttinnen, die nach sexuellen Beziehungen zu Männern wieder zu Jungfrauen werden, sind Herrscherinnen. In Kapitel 6 habe ich Flaithius erwähnt, die diese Transformation durchlebte, um ihren Liebhaber Niall zum Hohen König zu ernennen. Da viele Mythen über Göttinnen zu Feenmärchen degradiert wurden, finden sich viele dieser wandlungsfähigen Gottheiten in den keltischen Sagen um weibliche Feengestalten. In fast allen dieser Geschichten treten weibliche Gestalten auf, die eng mit dem Land verbunden sind und damit ihre Identität als Herrscherin unmißverständlich kundtun.

Eine dieser Feenfrauen ist die irische Göttin Becuna, die zur Feenfrau des Hohen Königs Conn wurde. Als sie fühlte, daß sie nicht mit Respekt behandelt wurde, rächte sie sich, indem sie Unfruchtbarkeit über die Menschen, Tiere und Ländereien Irlands brachte. Unter diesem Aspekt repräsentierte sie die alte Frau im Winter – einer Zeit, in der das Land brachliegt und die Tiere ruhen. In diesem Mythos tritt auch eine andere Feenfrau unter demselben Namen auf, die den Jungfrauen- und Herrscher-Aspekt von Becuna symbolisiert und den Aspekt der alten Fee verbannt, um Irland die Fruchtbarkeit zurückzubringen.

Auch zahlreiche andere Heldinnen und Göttinnen weisen die Eigenschaften der Herrscherin auf, und die alten Mythen müssen nur gelesen werden, um sie aufzudecken. In vielen Fällen ist das Bild sehr deutlich, aber manchmal muß die Leserin auch etwas genauer hinsehen.

Viele moderne Heiden lehnen sich an diese Legenden an und weihen heilige Könige in Form von Priestern. Aber es sind immer noch die Frauen, die den Schlüssel zu dieser Herrschaft in der Hand haben.

Modernes Ritual zur Weihung des heiligen Königs

In einem modernen keltischen Hexensabbat sind Rituale zur Weihung des heiligen Königs keine Seltenheit. Zunächst wird eine Frau zur Herrscherin über die Erde gemacht; anschließend weiht diese Frau einen Mann als heiligen König. In meinem gemischtgeschlechtlichen irischen Hexensabbat in Texas wurde dieses Ritual jeden August praktiziert. Dabei wählten wir eine Frau als Herrscherin aus. Die acht anderen weiblichen Mitglieder des Sabbats führten ein privates Ritual mit ihr aus. Durch Meditation wurde ihre Verbindung zur Erde gestärkt, damit sie diese symbolisch als Königin der Erde verkörpern konnte. Zu diesem Zweck legte sich die Frau flach auf den Boden, und wir führten sie durch eine Meditation, in der ihre Energien sich mit den Energien der Erde verbanden. Sie wurde angeleitet, den Zustand des Landes zu visualisieren, damit die Geister des Landes zu ihr sprechen konnten und die Frau als einen heiligen Teil von sich selbst anerkannten. Wir salbten sie wie eine Königin und erinnerten sie an ihre Verantwortung gegenüber unserem Hexensabbat im kommenden Jahr. Es würde ihre Pflicht sein, sich um das Land, auf dem wir uns trafen, zu kümmern, es zu beschützen und dafür zu sorgen, daß es in angebrachter Form behandelt wird. Ihr wurde auch die Aufgabe übertragen, sich für den Hexensabbat einzusetzen, wenn es Probleme in der Führung oder Kommunikation gab.

Nachdem wir unsere Herrscherin erschaffen hatten, trafen wir uns mit den Männern des Sabbat. Zusammen wählten wir einen Mann aus, der unser heiliger König sein sollte und wollte. Ein heiliger König muß den Wunsch, diese Verantwortung auf sich zu nehmen, auch in sich selbst verspüren und dazu bereit sein.

Die Frauen standen der Herrscherin bei und die Männer dem heiligen König. Wir boten ihm zur Weihung vier Objekte an, die den Himmelsrichtungen entsprechen, um ihn formell mit dem Geist der Erde in Verbindung zu bringen. Im kommenden Jahr mußte er dem Hexensabbat in jeder nur denkbaren Hinsicht zu Diensten stehen. Am Ende des Jahres würde er der Erde ein symbolisches Opfer darbringen, meist eine Gabe aus Nahrungsmitteln oder ein rituelles Objekt. Dann würden wir seinen symbolischen Tod betrauern und unseren neuen König weihen.

Wenn ein Hexensabbat nur aus Frauen besteht, wird für den heiligen König häufig symbolisch ein Getreidehalm verwendet. Dazu wird ein Halm ausgesucht, der »willens« scheint, diese Aufgabe zu übernehmen. Wenn möglich sollte dieses Ritual auf dem Feld ausgeführt werden, wo der Halm wächst. Die Weihezeremonie wird dann auf dieselbe Weise ausgeführt wie mit einem anwesenden Mann. Beim abschließenden Opferritual wird der Halm einfach aus der Erde gerissen.

Auch wenn Sie allein arbeiten, können sie einen Getreidehalm oder einen kleinen Bereich im Garten als Symbol für den heiligen König auswählen. Wichtig ist, daß das betreffende Objekt Ihnen dazu geeignet erscheint, den Geist des Landes zu symbolisieren. Verbringen Sie genügend Zeit für die Meditation mit der Erde und ihren Geistern. Fühlen Sie sich selbst dabei als Herrscherin über Ihr eigenes Land. Führen Sie dann für den ausgewählten Halm die Weihung des heiligen Königs durch. Bieten Sie ihm vier Weihegegenstände an. Die traditionellen keltischen Weihegegenstände sind nachstehend aufgelistet, aber sie können sie auch durch andere Objekte ersetzen:

Erde: Stein	Feuer: Speer
Wasser: Kelch	Luft: Stab

Am Ende opfern Sie den heiligen König zum Wohl des Landes und seines Volkes.

13 Magie
und Hexerei

Der Glaube an die Magie gehört zu den heidnischen Glaubens-
grundsätzen – auch bei den Kelten. Magie bedeutet: in uns selbst die
Fähigkeit erkennen, die Realität entsprechend unseren Vorstellungen
zu ändern. Dafür gibt es zahlreiche Methoden und Katalysatoren
(manche nennen es auch Zauber), die sich unterschiedlicher Beliebtheit erfreuen. Jeder kann seine bevorzugten Methoden frei wählen.
Welche materiellen Zusätze wie Öle, Kräuter, Steine usw. auch
immer wir verwenden, die wirkliche Magie spielt sich in unserem
Inneren ab. Nur durch unseren Willen, unsere Vorstellungskraft und
Bemühung erreichen wir unser Ziel.

Die Kraft der Magie wurde zu Beginn von der Kirche durchaus erkannt, aber verleugnet. Wer Magie betrieb, wurde verdammt. Auf der
einen Seite behauptete die Kirche, es gäbe keine Magie, auf der anderen Seite verfolgte und bestrafte sie jene, die sie praktizierten. Wenn es
keine Magie gab, wozu dann all diese Anstrengungen? Was es nicht
gibt, muß auch nicht vernichtet werden. Um diesen Widerspruch zu
bewältigen, erklärte die Kirche, daß die Menschen keine magischen
Kräfte besäßen, sondern nur übernatürliche Wesen. In der logischen
Folge dieser Argumentation war nur Gott selbst und sein Anti-Selbst,
der Satan, dazu in der Lage, magische Dinge auszuführen bzw. diese
Kraft auf andere zu übertragen. Da Gott – bis auf wenige von der Kirche anerkannte Wunder – keine Magie ausübte, mußten also alle mit
dem Teufel im Bunde sein, die Magie betrieben. Zum Wohle aller galt
es also, diese »bösen« Geister zu bekämpfen und zu zerstören.

Wer außerhalb der Kirche mit magischen Kräften arbeitete, wurde
als »Hexe(r)«* bezeichnet. Auch heute noch sind die Worte Hexe und
Hexerei »Reizwörter« – auch für viele Heiden. Wer diese Begriffe in
einer Unterhaltung fallen läßt, erntet häufig zunächst einmal Erstaunen.

Mittlerweile hat sich im modernen Heidentum aber eine eigenständige Definition für Hexe durchgesetzt. Hexen begreifen sich
heute selbst als Anhängerinnen der alten heidnischen Religionen
und tragen den Namen mit Selbstbewußtsein. Dennoch sind nicht
alle Heiden gleichzeitig Hexen. Auch im keltischen Heidentum wer-

---

* Es gibt (weibliche) Hexen und (männliche) Hexer. In diesem Buch verwende ich
ausschließlich die weibliche Form, weil ich mich an Frauen richte.

154

den an diesem Punkt Unterscheidungen vorgenommen. Viele Frauen haben ihren Weg zurück zu den alten Religionen gefunden und verwenden das Wort »Hexe« als Ehrbegriff für sich. Mit Nachdruck versuchen sie, die negativen Assoziationen umzukehren und zu verdeutlichen, daß sie und ihr Glaube positive Inhalte darstellen.

Die Verteufelung der Hexen fand im Mittelalter statt, als die Kirche das Leben der Menschen in Europa radikal bestimmte. Formal wurde damals jeder verdammt, der irgendeine Kunst praktizierte, die sich als heidnisch definieren ließ. Die Spuren dieser alten heidnischen Traditionen sind auch heute noch lebendig, und viele moderne Kirchen und Synagogen sahen sich gezwungen, diese Elemente heidnischer Praxis zu adaptieren, um eine größere Akzeptanz zu erzielen. Aus diesem Umstand läßt sich schließen, daß der damalige Versuch, den heidnischen Glauben zu vernichten, für die Geistlichen eine große Herausforderung war. Zu den Praktiken, die als Hexerei eingestuft wurden, zählten die natürlichen Heilkünste, Spaziergänge in den Wäldern, das Sammeln von Kräutern, die nicht zum kulinarischen Verzehr bestimmt waren, und das Feiern alter nichtchristlicher Feste.

Zu dieser Zeit waren vor allem die Frauen Heilkundige, die Kräuter und Pflanzen zur Herstellung von Arzneimitteln verwendeten. Unter dem Kirchengesetz wurde das Heilen zu einem Verbrechen erklärt, denn damit werde Gottes Wille unterminiert. Die falsche Übersetzung eines alten hebräischen Wortes führte dazu, daß die Geistlichen diese Frauen fortan als Hexen bezeichneten und auf der Basis konstruierter oder lächerlicher »Beweise« zum Tode verurteilten. Dem biblischen Diktat des Gebots »Du sollst nicht töten« setzten sie eine Passage aus Exodus entgegen, die lautet »Du sollst das Leben einer Hexe nicht dulden«.

Viele Heiden wissen heute, daß der Grund für dieses Mißverständnis in einer falschen Übersetzung lag. Das Originalwort für »Hexe« lautete im althebräischen Text *m'ra-ay-lah* und bedeutet »Giftmörder«. Der Giftmord galt in früheren Zeiten als besonders heimtückisch, denn damals gab es noch keine forensische Medizin, die selbst die kleinsten Rückstände von Toxinen im menschlichen Körper feststellen konnte. Ein Giftmord ließ sich früher nur schwer beweisen, und es gab viele prominente Opfer, die vermutlich einem Giftmord zum Opfer gefallen waren, deren Mördern aber nichts nachgewiesen werden konnte. Heute nimmt man an, daß diese falsche Übersetzung unter der Herrschaft von Englands König James I. (1603–1625) zustande kam, denn in seiner Bibelversion finden sich auch viele andere subtile Änderungen, die seinen Vorstellungen dienlich waren. Auf diese Weise konnte er die Aggressionen gegen die Überreste der alten Religion noch einmal gründlich schüren.

Als ich dieses Kapitel schrieb, bat ich meinen Mann Mark, diese Passage in einer hebräischen Bibel nachzuschlagen und mir mitzuteilen, welches Wort er dort findet. Ich war sicher, daß er auf *m'ra-ay-lah* stoßen würde. Er kehrte von seiner Recherche mit einem Stirnrunzeln zurück und sagte, er habe dort den Begriff *m'khashayfah* gefunden. Dieses Wort bedeutet »Zauberin« und wird häufig mit »Hexe« übersetzt.

Ich war daraufhin sehr verärgert, denn ich hatte immer an den alten hebräischen Begriff geglaubt und an das, was man mir ein ganzes Leben lang erzählt hatte – daß das ursprüngliche hebräische Wort »Giftmörder« war. Was konnte geschehen sein? Zuerst nahm ich einfach an, daß diese Übersetzung inzwischen so weit verbreitet war, daß sie Eingang in den hebräischen Text gefunden hatte. Aber dies, so wußte ich, paßte nicht mit der Sorgfalt zusammen, mit der hebräische Gelehrte die Übersetzungen und Kommentare ihrer Bibeltexte verfaßten. Ich konnte einige Kommentare finden, meist neueren Datums, aus denen hervorging, daß diese Bibelstelle im Laufe der Zeit einige Veränderungen erfahren hatte. Dennoch fand ich keine konkrete Bestätigung für meine Annahme.

Schließlich setzte sich Mark mit einem Blatt Papier hin und nahm einige erhellende Änderungen am hebräischen Alphabet vor. Diese Art der Manipulation ist eine alte kabbalistische Kunst, bekannt als Gematrie, die eng mit der Numerologie verbunden ist. Diese Manipulation bedient sich aber verschiedener Techniken. Mark hat am Jüdischen Theologischen Seminar studiert und ist ein Amateur-Kabbalist. Er erinnerte sich daran, daß sie gelernt hatten, wie einige alte jüdische Gesetze auf der Grundlage der Gematrie entstanden sind. Zum Beispiel wußte er noch, daß die ersten jüdischen Herrscher die blutige Rachejustiz nicht befürworteten, die sich aus der Bibelstelle »Auge um Auge« ableitete. Sie nahmen deshalb das alte hebräische Wort für »Auge« und blätterten im Alphabet einen Buchstaben weiter nach unten. Dort fanden sie das Wort für Geld. Auf diese Weise entstand die Idee, Verbrechen auch durch Kompensationszahlungen büßen zu können. Als Mark ein ähnliches gematrisches Manöver mit dem Wort *m'ra-ay-lah* durchführte, stieß er – welche Überraschung! – auf das Wort *m'khashayfah*.* Wir können nur vermuten, daß auch einige jüdische Schreiber, ähnlich wie die katholische Kirche, auf diese

---

* Das hebräische Alphabet umfaßt 22 Buchstaben und enthält keine Vokale. Im modernen Hebräisch werden die Vokale, die den Ton für die Verbindung zwischen den Konsonanten angeben, über oder unter den Zeichen eingefügt. In der hebräischen Bibel werden diese Kennzeichnungen aber nicht vorgenommen. Dadurch entsteht die Diskrepanz in der Buchstabenzählung zwischen diesen beiden transkribierten Wörtern.

Weise Manipulationen am Originaltext vorgenommen haben und dadurch das Wort *m'ra-ay-lah* in den Begriff *m'khashayfah* geändert wurde. Aus einem »Giftmörder« wurde also auf diese Weise ein »Zauberer« bzw. eine »Hexe«.

In der Hexerei ist nicht mehr Böses zu sehen, als in jeder anderen Religion auch. Auch ihre Anhänger sind fehlbar wie jeder Mensch. Ebenso wie andere Religionen basiert auch das Heidentum/die Hexerei auf bestimmten ethischen Lehrsätzen. Grundlage ist folgendes Bekenntnis: »Wir können tun, was wir wollen, solange wir keiner anderen lebenden Person oder Sache damit schaden.«[*] Wir können nur unser Bestes tun, um diesem Grundsatz zu folgen, und ich glaube, viele Heiden/Hexen unternehmen bewußtere Anstrengungen dafür als andere Gläubige, die sich mit der wöchentlichen Absolution für ihre Übertritte begnügen. Heiden und Hexen wissen, daß sie die Verantwortung für ihre Fehltritte übernehmen müssen und daß es keine Absolution dafür gibt (alles Übel fällt dreifach auf sie zurück)[*].

Viele aufgeklärte Menschen, ob Heiden oder nicht, wissen heute, welche fadenscheinigen Beweise einst genügten, um Hexen zu verurteilen. In den meisten Fällen war eine Anklage bereits identisch mit einer Verurteilung. Nur wenige mußten nicht mit ihrem Leben dafür bezahlen. Im Mittelalter war eine gerechte Justiz eine viel größere Seltenheit als heute. Die Hexentribunale wurden absichtlich so gestaltet, daß kaum ein Freispruch möglich war. Zwischen dem 13. und 18. Jahrhundert waren in großen Teilen Europas Hexenjagden und –tribunale auf den alten keltischen Gebieten eine gängige Praxis. Die kommunalen Hexenverbrennungen verfolgten im wesentlichen vier Absichten: Erstens verfestigten sie die Autorität der Kirche gegenüber dem Volk. Zweitens erzeugten sie Angst bei den Menschen und »bekehrten« sie auf diese Weise zu einem mit der Kirche konformen Leben. Drittens vermehrten sie den Wohlstand der Kirche, denn das Eigentum der verurteilten Hexen ging in den Besitz der Kirche über. Und schließlich ermöglichten sie es der Gemeinschaft, Belastungen für ihre Nächstenliebe zu beseitigen, insbesondere ältere Frauen oder unabhängige Frauen, die als Bedrohung der familiären Strukturen begriffen wurden. Und genau diese Frauen waren die Zielscheiben der Hexenjagd.

---

[*] Diese Ethik ist unter dem Begriff Heidnische Rede bekannt. Sie besagt: »Solange es niemanden verletzt, kannst Du tun, was Du willst.«

[**] Im modernen Heidentum ist dies als das Dreifache Gesetz bekannt – ein karmisches Prinzip mit folgendem Inhalt: Die Energien, die wir aussenden, sowohl negative als auch positive, werden auf bedeutungsvolle Weise zu uns zurückkehren.

Das Vermächtnis der keltischen Hexen

Die meisten keltischen Hexen, die uns aus der Geschichte und den Legenden bekannt sind, waren Heilkundige nach alter Sitte des Landes. Sie waren weise Frauen, Hebammen und Kräutersammlerinnen. Ihre Nachbarn wandten sich um medizinische Hilfe an sie, gelegentlich auch um einen Schutz- oder Liebeszauber. Eine erstaunliche Anzahl dieser Frauen hatte Verbindungen zum Feenreich.

In der keltischen Terminologie enthält das Wort »Fee« viele verschiedene Bedeutungsebenen. Auf der einen Seite sind die Feen die Naturgeister des Landes, auf der anderen Seite die Überreste alter Götter und Göttinnen, die sich laut Legenden unter die Erde zurückzogen, als sie nicht mehr länger Seite an Seite mit den Menschen leben konnten. Bei den modernen Kelten beinhaltet das Wort Fee sowohl die Anderswelt und die Unterwelt, als auch die natürliche Welt und die Innenwelt. Diese offensichtlichen Aufteilungen schaffen einen reichen, manchmal aber auch verwirrenden Hintergrund für magische Erforschungen.

Zu den bekanntesten keltischen Hexen aus den Überlieferungen gehört Meg, die Heilerin, aus Schottland. Sie war in ihrer Kunst so bewandert, daß sogar die Feen zu ihr kamen, wenn sie eine Krankheit nicht heilen konnten. Wenn wir die Welt der Feen als einen unsichtbaren Bereich der natürlichen Welt ansehen, dann gehörte Meg zu den wenigen Menschen, die frei zwischen dem Reich der Feen und wieder zurück wandern konnte. Wenn wir diese Feenwelt als Anderswelt betrachten, in der andere Geister wohnen, dann war Meg eine Schamanin, die zwischen den Welten reisen und ihr Wissen aus dem einen Reich den Wesen bringen konnte, die in dem anderen Reich lebten.

In den schottischen Sagen wird davon berichtet, daß Meg gelegentlich zu jenen Menschen kam, die im Feenland gefangengehalten wurden. Sie bat dann einen Sturm darum, ihr bei der Befreiung zu helfen. Auch diese Geschichte läßt vieles im Dunkeln. Waren diese gefangenen Seelen nur Metaphern für Menschen, die in einem veränderten Bewußtseinszustand gefangengehalten waren, denen sie nicht allein entkommen konnten? Oder waren es die Geister der Toten, die unfähig waren zu reinkarnieren? Diese Geschichte läßt sich für beide keltischen Konzepte zufriedenstellend interpretieren. Die Verfasser dieser alten Sage wollten uns vielleicht mitteilen, daß die Feenwelt sowohl die Anderswelt der Toten als auch der Götter war. Denn es heißt, als Meg starb, sei sie dorthin gegangen, um für immer an diesem Ort zu bleiben.

Eine weitere schottische Hexe war Stine Bheag O'Tarbat, eine alte Frau aus Tarbat Ness, die in Besitz der Geheimnisse der Wettermagie gewesen sein soll. Die Kontrolle über das Wetter ist eine Macht, die sowohl den Feen als auch der alten Frau nachgesagt wird. In einigen Legenden wird sie als »Mutter Tarbat« bezeichnet – eventuell ein Hinweis darauf, daß sie einst eine Muttergöttin oder eine Art Priesterin war.

In Innishark, Irland, besaß die Hebamme Biddy Mamionn die Gabe der Heilkunst. Die Feen sollen sie in ihre Welt geholt haben, um ein krankes Kind zu heilen. Anschließend pflegten die Feen und Biddy gute Beziehungen und tauschten ihr Wissen über die Heilkunst aus.

Die Vorstellung, daß Hexen gute Beziehungen zu den Feen hatten, ist in den keltischen Überlieferungen weitverbreitet. Später wurde es Frauen vor Gericht zum Verhängnis, wenn sie sich einer Feenfestung oder einer Feenburg* näherten. Dies galt als Beweis dafür, daß sie Hexen waren. In den alten keltischen Legenden heißt es, die Feen teilten mit jenen ihre Heilkenntnisse, die auf ehrenhafte Weise mit ihnen verkehrten. Dieser rote Faden zieht sich durch fast alle Legenden über keltische Hexen.

Doch die wohl berühmteste von allen war Biddy Early. Diese Frau lebte Mitte des 19. Jahrhunderts in der irischen Grafschaft Clare. Über sie wurden verschiedene Bücher geschrieben, mit dem Versuch, Wahrheit und Dichtung voneinander zu trennen. Biddy durfte ihre Macht ausüben, ohne dabei von den Autoritäten allzu sehr eingeschränkt zu werden, obwohl es mehrere unterhaltsame Geschichten darüber gibt, wie sie wütende Priester verjagte. Die Hexengesetze von Irland, 1586 niedergeschrieben, waren auch damals noch in Kraft und wurden zu Biddys Lebzeiten auch noch streng angewandt.** Dennoch unternahm niemand jemals den Versuch, sie zu verhaften. Ihre Nachbarn betrachteten sie mit einer Mischung aus Angst und Stolz, und Hochwohlgeborene wie auch das niedere Volk klopften an ihre Tür und baten um Heilung und Zauber.

Biddys Aufstieg war vor allem einer blauen Flasche zu verdanken – vermutlich ein Geschenk der Feen. Warum ihr diese übergeben wurde, darüber streiten sich die Geister. Um die richtige Heilme-

---

* Eine Feenfestung war eine Gesteinsformation, und eine Burg war ein mit Gras oder Bäumen bedeckter Hügel, unter dem die Feen gewohnt haben sollen.
** Anders als die englischen Hexengesetze, die Anfang der fünfziger Jahre aus den Gesetzbüchern entfernt wurden, sind sie in Irland eventuell immer noch darin enthalten. Es gab keine mir zugängliche Quelle, der ich eine definitive Antwort auf diese Frage entnehmen konnte. Ich bin dankbar für jede Information hierzu, wie vage sie auch sein möge.

thode und den richtigen Zauber zu finden oder die Zukunft vorherzusagen, mußte Biddy in die Tiefen der Flasche blicken und berichtete dann dem Ratsuchenden, was sie darin gesehen hatte. Diese Methode der Suche nach magischen Antworten ist fest in die irische Tradition übergegangen. Wenn eine irische Frau eine vermißte Person oder einen Gegenstand finden will, formt sie mit ihrer Hand einen Zylinder und sucht darin nach der Antwort. Es heißt, Biddy habe die Flasche vor ihrem Tod in einen nahe gelegenen See geworfen, in dem sie noch heute liegt.

Ein weiteres interessantes Beispiel einer irischen Hexe ist die Dame Alice Kyteler – hier überschneidet sich die Anklage vor Gericht mit eventuell wirklich vorhandenen Kenntnissen der alten Religion oder zumindest einer Art Volksmagie. Alice war viermalige Witwe und lebte im 14. Jahrhundert in Kilkenny. Sehr spät in der Nacht beobachtete ein Nachbar, wie sie vor ihrem Haus stand und den Staub von der Straße in ihr Haus fegte. Dabei sang sie einen rhythmischen Zauberspruch, der den Wohlstand der Stadt in das Haus ihres Sohnes William kehren sollte. Der Besen ist ein bekanntes magisches Instrument der Hexen und auch heute noch beliebt. Eine Frau, die in Richtung ihres Hauses kehrt und dabei Zauberlieder singt, führt eine im Volk gängige Zauberpraxis durch.

Der Nachbar meldete den Vorfall, und der örtliche Bischof übernahm den Fall. Ehe die Verhandlung abgeschlossen war, hatten alle vier Kinder Alice beschuldigt, ihre Väter vergiftet zu haben. Außerdem berichteten verschiedene Augenzeugen, daß sie mit Dämonen gesprochen, Eingeweide beschaut und lebende Opfer dargebracht habe. Alice konnte nach England fliehen, aber der Volkszorn aus Kilkenny entlud sich über ihrem Dienstmädchen Patronilla, die an ihrer Stelle sterben mußte.

In dieser Zeit wurden die Sagen über Hexen ausgesprochen bösartig. Die Hexe wurde dem Teufel gleichgestellt, ausgerechnet einem Wesen, das ein reines Produkt der christlichen Theologie ist und vom Heidentum nicht anerkannt wird. Das Erscheinungsbild der Hexe wurde zunehmend häßlich, und das Ergebnis ist die alte Hexe aus den Märchen, die Kinder frißt und in jenem Kessel Gift kocht, der einst der große Kessel des Lebens und der Weisheit war.

Merkmale keltischer Zauberei und Hexerei

Die keltische Magie läßt sich an einigen bestimmten Merkmalen erkennen. Sie können sich diese als Volkszauber mit irischem Einschlag vorstellen. Die wesentlichen Merkmale sind:

- Die heilige Zahl Drei einbinden
- Energie aus »Zwischenwelten« verwenden
- Energie durch traditionelle Tänze und Musik entfalten
- Magische Positionen, Gesten und Handlungen einsetzen
- Langes Haar (bei Frauen) während eines Zaubers offen tragen
- In die Anderswelt und zurück reisen

Das letzte Merkmal, die Reise in die Anderswelt, gehört eher zu den übergreifenden Praktiken des keltischen Schamanismus und läßt sich nicht nur einem einzigen heidnisch-keltischen Brauch zuordnen. Dieser Punkt wird ausführlich in Kapitel 17 beschrieben.

Die Zahl Drei als besondere und heilige Zahl der Kelten wurde bereits erläutert. Sie tritt im keltischen Zauber häufig in folgenden Zusammenhängen auf: Anzahl der Wiederholungen eines Gesangs oder einer Geste, Anzahl der verwendeten Katalysatoren oder der angerufenen Gottheiten. In vielen modernen »Volkszaubern«, besonders im katholischen Britannien und in Irland, ist die alte Anrufung der Triadengöttin zur Segnung des Zaubers durch die Anrufung der christlichen Dreieinigkeit aus Vater, Sohn und Heiliger Geist ersetzt worden. Auch der sprichwörtliche Ausdruck »drei Kreuze machen« läßt sich so interpretieren, daß ein Zauber erst dann wirkt, wenn er dreimal bestätigt wurde.

Auf die Energie von dazwischenliegenden Welten zu setzen ist ebenfalls ein Kennzeichen keltischer Magie. Damit ist zum Beispiel der rituelle Kreis gemeint, der einen Raum eröffnet, der weder ganz in der realen Welt noch in der Anderswelt liegt. Auch Mitternacht, die »Geisterstunde«, die weder zum vorherigen noch zum nächsten Tag gehört, wird häufig als Raum zwischen den Welten angesehen. Es gibt viele Zeiten und Orte, die als »Zwischenwelt« fungieren können, z. B. Mitternacht, die Abend- und Morgendämmerung, Silvester, Küsten, Höhlenöffnungen, Friedhöfe und Baumwipfel. Dies alles sind Übergangsorte, die sich in Zeit oder Raum nicht genau definieren lassen und veränderbare Energien enthalten. Wenn wir diese Zeiten und Räume betreten, können wir mit diesen Energien arbeiten.

Die Musik war auch eine Form der Magie, die von Poeten eingesetzt wurde, um Flüche abzuschwächen und Spottgedichte oder Lobeshymnen vorzutragen. Alle diese musikalischen Elemente zogen magische Konsequenzen im Leben derjenigen nach sich, auf die sie gerichtet waren. Ein gutes Beispiel dafür ist der Barde Cairbre Mac-Etan. Er wollte Bres vom irischen Thron des Hohen Königs entfernen und verfaßte zu diesem Zweck ein beißendes Spottgedicht. Bres wurde dadurch so blamiert, daß er – laut altem irischem Gesetz –

kein König mehr sein durfte. Auch König Caier von Connacht wurde musikalisch von seinem Hofbarden Nede MacAdnai abgesetzt, weil er ein Versprechen nicht gehalten hatte.

Wenn wir zaubern, versuchen wir, die Energien um uns herum zu verändern und umzuformen. Wir möchten aber unsere eigene wertvolle Energie nicht dafür verschwenden. In diesen Zwischenzeiten und -räumen gibt es große Quellen magischer Energien, denn an den Rändern zwischen den Welten stoßen die Energiewellen zusammen und setzen einen enormen Fluß frei – jenen universellen Fluß, der wohl letztlich aus der Anderswelt kommt.

Wir können diese Energien aufkommen lassen, um sie für unseren Zauber zu verwenden. Viele Menschen auf der ganzen Welt wenden sich an diese Energien, indem sie trommeln, tanzen und musizieren. Die keltische Musik und die traditionelle, mit Ziegenfell bespannte irische Trommel (*Bodhran*) erfreut sich heute zunehmender Beliebtheit. Auf Seite 304 ff. finden Sie einige Musikstücke aus der keltischen Tradition.

Wenn hier als Merkmal von Positionen die Rede ist, dann sind damit keine militärischen »Hab-Acht-Haltungen« gemeint, sondern Körperstellungen, die einen Zugang zu den magischen Energien erleichtern. Dazu gehört zum Beispiel der bekannte »Salmsprung«, den Cuchulainn als Kampftechnik von der Göttin Scathach erlernte, und eine Sitzposition mit gekreuzten Beinen, die sowohl von alten keltischen Dichtern beschrieben wird als auch auf dem Kessel von Gundestrap* abgebildet ist. Letztere Position eignet sich gut zum Lernen, Segnen oder zum Aussenden positiver Energien an jemanden, der im Augenblick bei Ihnen ist, zum Beispiel ein Studierender.

Wenn Frauen ihre Haare bei einem Ritual aufbinden, ist dies ebenfalls ein keltischer Brauch. Dieses Bild tritt in den Originaltexten verschiedener Mythen und Legenden auf und ist Bestandteil der mündlichen Überlieferungen keltischer Frauen. Ich habe selbst Hexenzirkel kennengelernt, keltische und andere, die ihre weiblichen Mitglieder dazu aufgefordert haben, ihre Haare offen zu tragen, sobald sie sich dem Kreis anschließen.

Eine äußerst mysteriöse magische Position besteht darin, ein Auge zu schließen und einen Arm und ein Beim so nach hinten zu legen, daß sie sich nicht benutzen lassen. Diese Position wurde mit dem Aussprechen von Flüchen oder der Übertragung negativer

---

* In einem Sumpfgebiet nahe der dänischen Stadt Gundestrap wurde ein goldener Kessel keltischer Herkunft gefunden, auf dem das Bild einer sitzenden Naturgottheit, dargestellt durch ein gehörntes Tier, zu sehen ist.

162

Energien in Verbindung gebracht. Erfahrene Heiden wissen, daß negative Energien auch positive Folgen haben können, wenn damit etwas Negatives zerstört werden soll, zum Beispiel schlechte Angewohnheiten oder eine Krankheit. Doch in diesem Fall scheinen die Aussagen in den Mythen weder auf ein eindeutig schlechtes noch auf ein gutes Ende hinzudeuten. Bezug genommen wird auf diese Position zum Beispiel beim Kampf der Fomorier gegen die Partholaner im frühen Irland, oder als eine Frau, der die Gastfreundschaft verweigert wurde, einen Fluch über das Haus von Da Derga verhängte. Eine unangenehme schottische Fee namens Fachan hatte nur ein Auge, ein Ohr, einen Arm und ein Bein; dies mag eine alte magische »Position« für Verwünschungen gewesen sein.

Ein mir bekannter Heide stellte einmal folgende Hypothese auf: Diese Haltung hatte ursprünglich möglicherweise die Bedeutung, das Selbst aus der Unterwelt in die Oberwelt zu strecken und damit eine Art Kanal für magische Energien zu bilden. Diese Theorie ist nicht schlecht, denn es gibt in der Geschichte eine ähnliche Position, die in der zeremoniellen Magie als ein Schutzritual mit der Bezeichnung »Bannung des Niederen im Pentagramm« verwendet wurde. Aber der ausschlaggebende Aspekt dieser Stellung wird erst im Mythos des Sonnengottes Lugh deutlich. Dieser nahm die besagte Position im Kampf gegen seinen Großvater Balor ein. In den Originalmythen heißt es, in dieser Stellung gleiche er einer gebeugten alten Frau. Aha! Die Macht der alten Frau! Dies zwischen den Zeilen herauszulesen ist keine große Kunst. Hier wird auf die Energie der alten Frau angespielt.

Keltische Zauberrituale

Die nachfolgenden Beispiele für Zauberrituale enthalten eine breite Palette der verschiedenen Aspekte keltischer Magie. Die meisten keltischen Zauberrituale sind moderner Herkunft, enthalten aber verschiedene Elemente und Konzepte aus alter Zeit. Alle hier vorgestellten Rituale haben sich bewährt.

DIE FLASCHE FÜR VORHERSEHUNGEN

Ich habe mir selbst eine Flasche für Vorhersehungen gebastelt. Obwohl ich nicht gerade eine Expertin im Lesen aus Kristallkugeln und dergleichen bin, hat sie mir bereits gute Dienste geleistet. Sie benötigen dazu eine kleine blaue Glasflasche, am besten mit einem festen Verschluß (z. B. einem Korken). Solche kleinen Flaschen können Sie in Geschenkboutiquen oder anderen Dekorationsgeschäften kaufen. Meine Flasche ist nicht sehr groß, nur 15 Zentimeter hoch. Außerdem benötigen Sie ein »Feenöl«, einen Duft, den die Feen traditionellerweise gerne mögen. Ich empfehle hierfür Flieder, Primel, Nachthyazinthe oder Zeder. Wenn Sie bereits Erfahrung mit der Feenwelt haben, finden Sie vielleicht auch eigene Duftnoten und verwenden diese. Ölmischungen aus für Feen geeigneten Elementen sind ebenfalls hübsch.

Nehmen Sie die blaue Flasche, und reinigen Sie diese gründlich. Halten Sie die Flasche dazu unter fließendes klares Wasser, und stellen Sie sich dabei vor, wie alle eventuell bereits vorhandenen Prägungen von der Flasche abgewaschen werden. Verbringen Sie mindestens drei Nächte zusammen mit der Flasche. Halten Sie sie in Ihren Händen, streichen Sie darüber, und verbinden Sie Ihre Energien soweit wie möglich mit der Flasche. Viele weibliche Mysterienschulen empfehlen, der Ölmischung auch ein paar Tropfen Ihres Menstruationsblutes beizugeben – wenn möglich und durchführbar. Dieses Symbol der Macht steht sowohl zu Ihnen als auch zur Göttin in Verbindung und kann Ihrem Zauberritual große Kraft verleihen. Sie sollten diesen Schritt aber nur dann tun, wenn Sie sich selbst damit in Einklang befinden und dies nicht »ekelhaft« finden.

In der vierten Nacht beginnen Sie damit, die Flasche durch visualisierte Vorstellungen neu zu programmieren – sie soll ja ein Werkzeug der Prophezeiung für Sie werden. An diesem Punkt sollten Sie auch die Segnungen der Feenwelt erbitten. Es spielt keine Rolle, was für Wesen Sie sich unter den Feen vorstellen. Salben Sie die Flasche dann mit dem Feenöl; reiben Sie das Öl dabei vom Flaschenhals nach innen, um zu symbolisieren, daß Sie Ihre Energien in die Flasche leiten. Verschließen Sie die Flasche, wickeln Sie sie in ein weißes Tuch, und vergraben Sie sie auf einem Hügel, in einem Garten oder an einem Ort, der den Feen gefallen würde. Lassen Sie sie drei Nächte dort. Das weiße Tuch schützt die neuen Energien der Flasche davor, geerdet zu werden und damit verlorenzugehen, während die Verbindung zur Feenwelt aufgenommen wird. Es ist auch Brauch und gehört zum höflichen Umgang, den Feen eine Gabe anzubieten. Am besten eignet sich Milch, Honig und Brot.

Nachdem Sie die Flasche wieder ausgegraben haben, nehmen Sie sie aus dem Tuch, und entfernen den Verschluß. Denken Sie an jene Frage oder an jenes Problem, zu dem Sie in den Tiefen der Flasche eine Antwort finden möchten, und blicken Sie dann hinein.

DER WUNSCHSTEIN

Steine haben im geistigen Leben der Kelten schon immer eine große Rolle gespielt. Die vorkeltischen, aufrecht stehenden Steine, Dolmen genannt und der Lia Fail (siehe Kapitel 12), sind nur einige Beispiele dafür. Steine wurden auch für magische Wünsche verwendet, wie der heute noch benutzte Blarney-Stein zeigt.

Ein weiterer interessanter Wunschstein ist der *Deer Stone*, der heute noch an der christlichen Pilgerstätte Glendalough in Irland zu besichtigen ist. Obwohl diese Stätte dem Heiligen Kevin aus der neuen Religion gewidmet ist, sind die heidnischen und göttlichen Ursprünge eindeutig. Um die Kraft des Steines (eine Entsprechung zum weiblichen Element Erde) zu aktivieren, setzen Sie sich nach Westen gewandt darauf (in die Richtung der keltischen Anderswelt) und lehnen sich so weit zurück, bis Ihre Hände das dahinterliegende Wasser (das andere weibliche Element) berühren. Auf diese Weise blicken Sie in die Richtung der Göttin, während Sie gleichzeitig mit ihren beiden Elementen verbunden sind. Wenn Sie dieses Kunststück eine Weile aushalten, können Sie während dieser Zeit drei Wünsche formulieren.

Wer einen eigenen Wunschstein haben möchte, unternimmt am besten einen Spaziergang durch die freie Natur. Nehmen Sie den Stein mit, der zu Ihnen spricht. Legen Sie ihn zu Hause in eine Glasschüssel mit Erde und Wasser. Lassen Sie den Stein darin drei Tage liegen. Verbringen Sie jeden Tag ein wenig Zeit damit, Ihre Wünsche auf den Stein in der Schüssel zu projizieren. Bringen Sie den Stein nach drei Tagen in die Natur zurück, damit Ihr Wunsch von dort in die Anderswelt getragen wird.

LIEDERZAUBER

Auch Lieder sind in der keltischen Magie von großer Bedeutung. Sie dienten früher häufig dazu, Geschichten zu überliefern und Gelerntes weiterzugeben. Das irische Wort für lernen bedeutet wörtlich »hinübersingen«. Lieder dienten auch dazu, Autoritäten zu verspotten, was in seltenen Fällen bis zu deren Abdankung führte. Heute gibt es ebenso wie in der Vergangenheit Führungspersonen, deren Fehltritte ans Licht gebracht werden sollten. Jeder hat schon mal einen Vorgesetzten, einen Clubpräsidenten, einen Komiteevorsitzenden oder Lokalpolitiker gekannt, der ein Problem war. Wenn Sie eine solche Person aus Ihrem Leben kennen, komponieren Sie ein Spottlied, und stellen Sie darin ihre Schwächen bloß. Lassen Sie dann der Sache ihren Lauf.

Talisman mit Schutzzauber

Die Kelten führten häufig Weihungen und Segnungen aus; dieser Brauch lebte im ländlichen Schottland und Irland sogar bis in die moderne Zeit weiter. Es gibt bereits einige gedruckte Fassungen der beliebtesten Segnungen; ihr Ursprung und Alter ist aber meist unbekannt, deshalb unterliegen sie keinem Urheberrecht. Im modernen keltisch-heidnischen Brauchtum werden die Segnungen oft an einem Talisman durchgeführt, um dessen Wirksamkeit zu erhöhen.

Um einen solchen Talisman mit Schutzzauber für Sie selbst anzufertigen, nehmen Sie drei Blätter von Bäumen, die Ihnen mitteilen, daß sie beschützende Eigenschaften besitzen. Eichen, andere Harthölzer und Bäume mit stacheligen Ästen sind immer eine gute Wahl. Wickeln Sie die Blätter in ein goldenes oder weißes Tuch (die Farben des Schutzes), und nähen Sie es mit einem roten Faden (Farbe der Warnung und Verteidigung) zu. Weihen Sie den Talisman im Namen der Triadengöttin. Verwenden Sie dazu eine Segnung aus der keltischen Tradition oder aus einer anderen Ihnen bekannten Quelle.

Um dem Talisman einen keltischen Flair zu verleihen und ihn zusätzlich mit ihren persönlichen Energien anzureichern, können Sie auf das Tuch eine traditionelle keltische Segnung sticken, ehe Sie die Blätter darin einwickeln.

Irische Heilung

Die Iren glaubten wie viele alte Völker, daß der Schöpfer keine Krankheit auf diese Erde gebracht habe, gegen die es nicht auch ein Heilmittel gab. Es war die Aufgabe der Heiler, diese Mittel zu finden und an das Volk weiterzugeben.

Die Iren haben viele Göttinnen der Heilkunst. Die bekannteste von ihnen ist Airmid, die Tochter des Medizingottes Dian Cécht der Tuatha De Dannan. Sie und ihr Bruder Miach fertigten für den Tuatha-König Nuada eine Silberhand an, damit diese Behinderung ihn nicht vom Regieren abhalte. Danach tötete Dian Cécht Miach aus Eifersucht. Airmid pflegte das Grab ihres Bruders, indem sie darauf alle Kräuter der Welt anpflanzte. Dort »sprach« sie zu den Kräutern und katalogisierte ihre heilenden Wirkungen. Auf diese Weise lernte sie die Heilmittel für alle Krankheiten der Erde kennen. Nachdem Sie die Kräuter geerntet hatte, legte sie diese der Reihe nach auf eine ausgebreitete Decke, um sich besser an ihre Eigenschaften erinnern zu können. Als der eifersüchtige Dian Cécht dies sah, schüttelte er die Decke aus und zerstreute das Wissen um die Heilung im Wind. Laut Legende besaß Airmid für jede Krankheit ein Heilmittel, und diese Mittel liegen immer noch irgendwo draußen verborgen und warten darauf, wiederentdeckt zu werden.

Göttinnen, die mit regenerativen Symbolen dargestellt werden, zum Beispiel mit Schlangen oder Eiern, können ebenfalls Göttinnen der Heilkunst oder auch der Fruchtbarkeit gewesen sein. Beide Funktionen sind eng miteinander verknüpft. Was bedeutete das Ersetzen von Nuadas Arm, wenn nicht Heilung, die Regeneration beinhaltete? Eine Göttin, die alle diese Aspekte vereinte, war die Erdgöttin Sirona, die oft mit Schlangen und Eiern dargestellt wird.

Ehe Sie einen Versuch der Selbstheilung unternehmen, sollten Sie klugerweise einen Arzt um Rat fragen. Mit ein wenig Mühe werden Sie sicher eine Ärztin finden, die gegenüber Naturheilmitteln aufgeschlossen ist und Ihnen die entsprechenden Rezepturen verschreibt. Zusammen mit Ihrem ärztlichen Beistand sollten Sie sich verdeutlichen, wie die jeweiligen Substanzen mit der Chemie Ihres Körpers interagieren, bzw. wie Ihr Körper darauf reagiert. Leider sind viele moderne Mediziner wie Dian Cécht und weisen die Verwendung der alten Naturheilmittel offiziell von sich, obwohl sie deren Wert instinktiv kennen. Solange diese Naturheilmittel nicht patentiert sind und sich mit ihnen große Umsätze machen lassen, können Sie sich nicht darauf verlassen, sie in den Regalen der Apotheken zu finden.

Viele irische Heilungszauber weisen Verbindungen zu den alten Religionen auf. Sie verwenden die Zahl Drei, beinhalten die Anrufung der dreieinigen Gottheit – heute allerdings die christliche Trinität und nicht die Triadengöttin – und beziehen verschiedene Elemente von Tieren und aus der Erde mit ein.

Omen und Wahrsagung

Wahrsagung ist die Kunst, die Zukunft oder die unbekannte Vergangenheit aus Karten, Kristallen, Steinen, Stöcken/Stäben oder anderen Objekten zu lesen. Omen zu erkennen heißt, die Zeichen der Natur wahrzunehmen, zum Beispiel den Flug der Vögel, die Wolkenformationen oder die Bewegung der Blätter im Wind, und diese nachzuahmen.

Genauer gesagt: Das Erkennen von Omen diente dazu, den Verlauf einer künftigen Aktion anhand dieser Zeichen vorherzusehen. Diese Kunst sollen vor allem die Frauen beherrscht haben. Das Erkennen von Omen war bei den alten Kelten sehr beliebt und vor allem in der Klasse der Priester und Priesterinnen verbreitet. Die Wahrsagung wird heute bei den Heiden dank der Verfügbarkeit von Tarot-Karten und Runensteinen bevorzugt.

Den keltischen Priesterinnen wurden prophetische Gaben nachgesagt, weshalb das Wahrnehmen von Vorzeichen für sie auf ganz natürliche Weise erfolgte. In einigen Mythen werden Frauen beschrieben, die bevorstehende Schlachten oder den Tod vorhersagen konnten, z. B. jene Frauen/Feen, die Königin Medb den Sieg über Ulster und ihren eigenen Tod voraussagten.

Alles in der Natur läßt sich als Zeichen interpretieren, die die Zukunft vorhersagen, die Vergangenheit erklären, uns den richtigen Weg weisen oder ein aktuelles Problem hervorheben.

Es gibt keine Grundregeln für diese Zeichen. Deshalb ist das Erkennen von Omen eine sehr persönliche Angelegenheit, die nur mit Geduld, Zeit und sorgfältiger Prüfung der Ergebnisse ausgeführt werden kann. Es gibt zwar viele Symbole, die sich als Archetypen bezeichnen lassen, eine Art universelles Muster, das für die meisten Menschen dieselbe Bedeutung hat. Dennoch kann die korrekte Interpretation immer nur von der betreffenden Person vorgenommen werden, die diese Symbole sieht.

Wenn Sie lernen möchten, mit Omen zu arbeiten, konzentrieren Sie sich zunächst auf einen bestimmten Bestandteil der Natur, um diesen genauer zu betrachten. Zum Beispiel:

> Wolkenformationen
> Vogelflug
> Bewegungen der Bäume im Wind
> Verhalten von Tieren in ihrem Bau
> Tierspuren in der freien Natur
> Muster des Pflanzenwuchses in Ihrem
> eigenen Garten
> Nächtliche Tiergeräusche

Nehmen Sie einen Papierblock zur Hand, und halten Sie alles fest, was Sie bei Ihren Beobachtungen in der ausgewählten natürlichen Umgebung feststellen. Schreiben Sie außerdem auf, wie Sie dies interpretieren würden. Manchmal sind diese Assoziationen ganz offensichtlich, manchmal werden Sie aber auch genauer hinsehen müssen.

Das Lesen von Wolkenformationen ist heute ebenso beliebt wie in der Vergangenheit. Die Menschen legen sich gerne ins Gras und blicken in die Wolken, um dort das eine oder andere Symbol zu entdecken. Die Bewegung, die Farben und die Veränderung der Formen können eine Bedeutung haben. Ich habe für mich herausgefunden, daß ein plötzlicher Silberring um eine dunkle Wolke ein sicheres Zeichen für einen bevorstehenden Sieg oder Erfolg ist.

Aufziehende Wolken hingegen bedeuten für mich, daß eine Situation, mit der ich mich gerade befasse, mir aus der Hand genommen wurde.

In vielen keltischen Überlieferungen wird von Tieren berichtet. Ihre Bewegungen, Geräusche und ihr Aussehen lassen sich als Omen für die Zukunft verwenden. Nächtliches Hundegeheul wurde immer schon als Vorbote des Todes oder einer Krankheit gesehen, und Eulen, einst die heiligen Tiere der alten Göttin, werden heute als Unglücksboten bezeichnet. Wenn Sie Ihre eigenen Aufzeichnungen sorgfältig festhalten, können Sie die Geräusche und Bewegungen Ihren Erfahrungen entsprechend interpretieren.

Nach einiger Zeit und konsequenten Bemühungen werden Sie die Aufzeichnungen in Ihrem Notizblock auswerten können. Erstellen Sie dann eine Liste, und führen Sie die Bedeutungen auf, die ein Symbol, eine Bewegung oder Formation für Sie haben. Wenn Sie am Anfang eine Orientierungshilfe benötigen, können Sie zum Beispiel ein Buch über symbolische Traumdeutung durchblättern. Sie sollten dies aber eher als Anregung verstehen und sich nicht zu lange dabei aufhalten, denn die Bücher zu diesem Thema sind meist zu allgemein.

Für Wahrsagungen allgemeiner Art, die nicht auf natürlichen Vorzeichen beruhten, verwendeten die alten Kelten häufig die Eingeweide oder das Blut von Tieren. Meist wurde diese Methode gewählt, um den Ausgang von Schlachten vorherzusagen oder die Schuld oder Unschuld eines Verdächtigen zu ermitteln. Es ist unbestritten, daß die Druiden für einen Teil ihrer Prophezeiungen lebende Opfertiere benutzten. Ebenso unbestritten ist, daß dies von den modernen Heiden nicht mehr praktiziert wird. Doch wir können auf dieses alte Ritual in abgewandelter Form zurückgreifen – die kreative Veränderung ist schließlich eine Stärke von uns Frauen!

Anstelle des Blutes können wir Wasser verwenden. Das Wasser läßt sich mit roter Lebensmittelfarbe oder Wein originalgetreu färben, damit es wie Blut aussieht. Diese Form der Wahrsagung ist besonders dann effektiv, wenn Sie die Identität einer unbekannten Person aufdecken möchten, die jemandem aus Ihrer Familie oder dem Freundeskreis Leid zugefügt hat. Diese Methode kann zwar bei der Enthüllung helfen, sollte aber niemals als Ersatz für das Justizsystem angesehen werden. Wenn Sie Opfer eines kriminellen Übergriffs geworden sind, wenden Sie sich an einen Rechtsanwalt oder die Polizei. Versuchen Sie nie, solche Dinge selbst zu regeln, denn damit verschlechtern Sie nur die Situation. Sie können die Magie dazu verwenden, Gerechtigkeit auf den dafür vorgesehenen Wegen zu erlangen. Der Zauber ist aber kein Allheilmittel.

Für diese Form der Wahrsagung sollten Sie sich im Freien befinden, in einem trockenen Gebiet, in dem Sie Ihre Wassermarkierungen sehen können. Trockener Boden oder Sandgebiete eignen sich gut – auch der toxische Asphaltboden einer Straße ist nicht zu verachten. Die Oberfläche mag zwar nicht sehr magisch erscheinen, aber vor ihrem Hintergrund lassen sich Wasserflecken gut lesen. Außerdem benötigen Sie eine kleine Schüssel (etwas größer als Ihre Handfläche) und etwas Straßenkreide oder wasserlösliche Farbe.

Sobald Sie die geeignete Oberfläche ausgesucht haben, ziehen Sie darauf einen Kreis von circa einem Meter Durchmesser. In der Mitte ziehen Sie einen kleineren Kreis von etwa zehn Zentimeter Durchmesser. Der kleine Kreis soll die Person darstellen, dessen Schuld oder Unschuld Sie herausfinden möchten. Der größere Kreis symbolisiert die gesamte Situation, also sowohl die bekannten als auch die unbekannten Elemente. Unterteilen Sie den Kreis weiter in Viertel. Jedes Viertel repräsentiert einen der folgenden vier Aspekte: Wahrheit, Lüge, das Selbst und die anderen. Schließlich ziehen Sie um den äußeren Kreisumfang weitere kleine Kreis von je 10 cm, um andere Personen darzustellen, die schuldig sein können, aber unbekannt sind. Geben Sie einem oder zwei dieser Kreise einen Namen, wenn Ihnen weitere Verdächtige bekannt sind.

Setzen Sie sich nun vor diesen Kreis hin, und halten Sie die Schüssel mit dem Wasser vor sich in der Hand. Halten Sie die andere Hand über das Wasser, und konzentrieren Sie sich auf das Wasser, denn dies ist der Katalysator für die Suche nach den Antworten. Wenn Sie gut auf das Thema eingestimmt sind, schlagen Sie mit der freien Hand in das Wasser und lassen es dabei spritzen. Dies ist eine fast perfekte Simulation der alten Sitte vom Aufschlitzen der Ader eines noch lebenden Tieres.

Wenn die Tropfen gefallen sind, stellen Sie die Schüssel beiseite, und untersuchen Sie die Wassertropfen: In welchem Bereich sind sie gelandet? Wie viele Tropfen liegen in den einzelnen Sektionen? Und wie groß sind die Tropfen? Alle diese Einzelheiten helfen Ihnen dabei, ein Bild der Wahrheit zu finden. Angenommen, das meiste Wasser ist im oder in der Nähe des Verdächtigenkreises gelandet, so mag dies auf eine Schuld hinweisen. Ist aber eine große Menge Wasser in das Viertel »Wahrheit« gefallen, kann dies Unschuld bedeuten. Wenn die Tropfen überall landen, nur nicht beim Kreis des Verdächtigen, weist dies ebenfalls auf Unschuld hin. Wenn jedoch eine beträchtliche Menge Tropfen auch im Viertel »Selbst« liegt, wird damit eine Komplizenschaft oder Mitwissertum im vorliegenden Fall angedeutet. Wasser, das sich überwiegend innerhalb des großen Kreises befindet, zeigt an, daß Sie mit Ihrem Verdacht wahrscheinlich auf der richtigen Spur sind. Wenn ein Großteil der Flüssigkeit außerhalb des Kreisumfangs liegt, ist dies ein Zeichen dafür, daß keine der von Ihnen aufgezeichneten, verdächtigen Personen ihre Hand im Spiel hat.

14 Keltischer Schamanismus
für Frauen

Der Schamanismus ist keine Religion, sondern eine spirituelle Praxis, die in fast allen alten Religionen zu finden ist. Vermutlich ist der Schamanismus sogar die älteste spirituelle Disziplin. Die Universalität des Schamanismus setzt viele Menschen in Erstaunen, denn häufig wird er vor allem den Ureinwohnern Nordamerikas zugeschrieben. Das Wort selbst stammt aus einer alten, asiatischen Sprache namens Tungus und bedeutet ungefähr »einer, der zwischen den Welten wandert«.

Schamanen waren die Medizinmänner eines Stammes, die Seher, Visionäre und Vermittler zwischen Mensch und Gott – diese Rolle wird auch von den modernen Schamanen in ihren heutigen »Stammeskulturen« ausgeübt. Die Heiden entdeckten diese starken Wurzeln ihres eigenen kulturellen Erbes wieder neu und betrachten sie heute als einen wertvollen Teil moderner spiritueller Praxis.

Die Schamanin muß eine besondere Vision haben, in der die Verbundenheit aller Dinge zu erkennen ist. Sie sträubt sich nicht, wenn ein Tier – von anderen oft als niederes Wesen bezeichnet – zu ihr kommt, um ihr den Weg zu weisen. Sie zögert nicht, ihr Bewußtsein in unbekannte Reiche auszusenden, um eine verlorene Seele zurückzugewinnen. Sie weiß, wie sie in die Anderswelt reisen kann, um mit neuen Kenntnissen zurückzukehren, die sie furchtlos in die physische Welt einbringt.

Alle diese Dinge bewältigt sie, indem sie durch ihren starken Willen in einen anderen Bewußtseinszustand eintritt. Dieses Talent ist allen Priesterinnen aus der Vergangenheit und Gegenwart gemeinsam.

Die Schamanin weiß, daß sie für diese Fähigkeiten gelegentlich Opfer bringen muß. In der keltischen Tradition finden wir diesen roten Faden in den Geschichten von der weisen Frau Early Biddy wieder. Da sie in ihrer Grafschaft Clare eine berühmte Heilerin und Seherin war, soll sie häufig von Feenwesen aufgesucht worden sein, denen sie ihre Gaben der Heilkunst und Wahrsagung in erster Linie verdankte.

Der Schamanismus ist kein Bereich, den alle Frauen bereisen möchten, denn diese Praxis ist überwiegend von den Kulten männlicher Priester geprägt. Doch in alten Zeiten gab es auch Frauen, die als Schamanen fungierten. In einigen Kulturen wurde die weibliche Schamanin als *Shamanka* bezeichnet, aber dieser Begriff wird von den modernen Frauen nicht allzu sehr geliebt, weil sie ihn für sexistisch halten.

Weibliche Schamanen reisten häufig in die Anderswelt – dieses Thema ist mit dem keltischen Schamanismus eng verbunden. Mit dem Aufkommen des Patriarchats wurde die alte Frau zunehmend unterdrückt. Sie und andere dunkle Aspekte des Weiblichen, die Bestandteil der Anderswelt sind, wurden als ungesund und sogar gefährlich eingeschätzt. Den Männern wurde Angst davor eingejagt, und deshalb gingen bestimmte Abenteuer in der Anderswelt in die Hände der Frauen über – zumindest in einer Zeit, als sie diese Kunst noch frei praktizieren durften. Als auch die Frauen davon abgeschnitten wurden, starb langsam die Erinnerung an die Göttin und wurde von männlichen Göttern – oder einem männlichen Gott – ersetzt.

Die Schamanen waren schon immer in der Lage, die Zeit zu überwinden. Sie konnten ihre Wunder sowohl in der Zukunft als auch in der Vergangenheit vollbringen, um dadurch die Gegenwart zu beeinflussen. Dies war nur möglich, weil die Menschen früher bereits wußten, was moderne Heiden und Wissenschaftler gerade wieder neu entdecken: Zeit ist kein lineares Ereignis, sondern ein allgegenwärtiges. Dieses Konzept war bereits den Kelten bewußt. Die Akzeptanz einer omnipräsenten Zeit bedeutet nicht, daß Sie Ihr Leben plötzlich in einem nicht-linearen Zusammenhang erfahren, sondern daß Sie das Rad der Zeit einfacher bereisen können. Dies ist die Essenz der Schamanenreisen.

Aspekte des keltischen Schamanismus

Der keltische Schamanismus weist eigene Merkmale auf und offenbart eine einmalige Perspektive. Die keltischen Aspekte mischen sich gelegentlich mit anderen Formen des Schamanismus, sprechen aber doch eine eindeutig keltische Sprache. Diese Eindeutigkeit ist möglich, weil die keltische Kultur bis in jene Zeit hineinreichte, in der die Geschichte aufgezeichnet wurde, aber auch weil moderne keltische Heiden durch mühsame Forschungen die Einzelteile unserer spirituellen Vergangenheit Stück für Stück zusammengetragen haben. Der keltische Schamanismus besteht überwiegend aus folgenden Konzepten und Praktiken:

REISEN IN DIE ANDERSWELT

Es gehört zu den Grundlagen der Schamanenkunst, Reisen in die Anderswelt anzutreten, um dort Informationen zu erhalten. Die Kelten hatten dazu eine eigene Einstellung. Für sie war die Anderswelt ein Ort der geistigen Heimat, an den sie bei ihrem Tod zurückkehren würden. Sie konnten dort ihre Vorfahren treffen und mit den Gott-heiten kommunizieren, persönliche Herausforderungen eingehen, zerbrochene Seelen heilen, ihre Heilkenntnisse erweitern oder Pro-bleme in der physischen Welt lösen. Die vielen Facetten der kelti-schen Anderswelt werden später ausführlich in diesem Kapitel und in den beiden folgenden Kapiteln erörtert.

SEELENHEILUNG

In der keltischen Sprache gab es keinen Begriff für die »Seele«, wie wir ihn heute kennen. Doch es gab einen Glauben an den ewigen Aspekt einer geistigen Essenz. Alle keltischen Sprachen besitzen Wörter für den Geist bzw. jenen Teil der ganzen Person, der vor dem Tod verlorengehen kann und der dann wiederbelebt werden muß, damit das Ganze weiterbesteht. Laut Schamanismus entstehen kör-perliche oder geistige Krankheiten dann, wenn die Seele aus dem Körper entflohen ist. In diesem Fall wird häufig von einer »zerrütte-ten Seele« gesprochen.

Es gehört zu den Pflichten eines Schamanen, diese zerrütteten Teile einer Seele, wohin sie auch entflohen sein mögen, wieder zurückzubringen und in den irdischen Körper zu integrieren. Dies ist jedoch nur möglich, wenn die kranke Person diesen Willen teilt. Heiden akzeptieren den freien Willen aller und das individuelle Recht eines jeden zu leben, wie er will, solange er damit niemand anderen verletzt. Die Kelten liebten die persönliche Freiheit sehr und nahmen große Schmerzen auf sich, um ein Volk von Freigeborenen zu sein.

Manchmal ist die Person, die geheilt werden soll, dem Tod sehr nahe, und dann verwischt eventuell die Grenze zwischen freiem Willen und Manipulation. In den alten Stammesgesellschaften hätte ein Schamane auch dann den Versuch unternommen, die Seele wie-derzubeleben, wenn der freie Wille nicht mehr klar erkennbar gewe-sen wäre. Wenn die Seele dem Schamanen allerdings mitteilt, daß sie weiterwandern will, läßt er sie in Ruhe.

TIERGEISTER ALS »KATALYSATOREN« UND DIE KUNST DER VERWANDLUNG

In den meisten schamanischen Praktiken werden die Geister der Tiere als Verbündete und Gehilfen betrachtet. Bei den Kelten waren die Tiere eher »Katalysatoren« für eine bestimmte Übung, oder sie dienten als Transportmöglichkeit in ein bestimmtes Reich der An-derswelt. Ein Vogel würde also zum Beispiel nicht als Führer in die

174

Anderswelt fungieren, sondern Sie würden sich in einen Vogel verwandeln und selbst dorthin reisen.

Dies ist die Kunst der Verwandlung – ebenfalls ein wichtiger Bestandteil schamanischer Praxis mit einem eigenen keltischen Flair. Die Verwandlung wird häufig benutzt, um eine persönliche Aufgabe auszuführen, einen Initiationsritus, eine Feier zum Wechsel der Jahreszeiten oder einen Dienst für die Allgemeinheit.

Die Kelten betrachteten ihre Frauen/Göttinnen als natürliche Verwandlungskünstlerinnen. Wenn in den keltischen Mythen von Verwandlungen berichtet wird, sind meist Frauen daran beteiligt (Cerridwen, Blodeuwedd, Liban und andere), während nur wenige männlich-weibliche Paare (Edain-Midhir, Saba-Ossian, Cerridwen-Taliesin) in diesem Zusammenhang erwähnt werden. Männer alleine treten fast nie als Verwandlungskünstler auf, obwohl es auch dafür einige seltene Beispiele gibt.

Eine Verwandlung läßt sich durch Visualisierung in einem anderen Bewußtseinszustand durchführen, oder indem Sie die Eigenschaften eines Geistes oder Tieres annehmen, während Sie sich im rituellen Kreis befinden. Beide Methoden werden heute angewandt, und beide funktionieren gleich gut. Welche Methode Sie bevorzugen, hängt von dem Ziel ab, das Sie mit der Verwandlung erreichen möchten. Wenn Sie zum Beispiel nach einem Zugang zur Anderswelt suchen, ist die Methode der Visualisierung zu empfehlen. Wenn Sie jedoch die geistige Kraft eines bestimmten Tieres in Ihrer physischen Realität benutzen möchten, ist die rituelle Ausrichtung die bessere Wahl. Wenn Sie ein Tier finden, mit dem Sie regelmäßig arbeiten möchten, und ähnliche Eigenschaften an sich entdecken, handelt es sich dabei vermutlich um Ihr Totemtier. *Totem* ist ein Begriff aus der Welt der nordamerikanischen Indianer. Die keltischen Heiden verwenden diesen Begriff deshalb bevorzugt, weil er das Konzept so gut trifft und von den meisten Menschen im Westen verstanden wird, die sich auf magischen Wegen befinden.

Bei einer berühmten keltischen Zeremonie namens *tarbh feis* (Stierwahl) mußten die Teilnehmer die Eigenschaft eines Tieres annehmen. Die Magier einer Gemeinschaft versammelten sich dabei zum rituellen Festessen eines Stiers. Anschließend wickelte sich einer der Teilnehmer in die Tierhaut, um durch den Geist des Stiers Visionen aufkommen zu lassen. Auf diese Weise wurden die Könige durch eine Gemeinschaft erwählt.

In der keltischen Welt galten bestimmte Tiere als die »ältesten Tiere«. Diese waren besonders heilig, und sie sollen der einzige Besitz der Gottheiten in der Anderswelt gewesen sein. Ihr Fleisch wurde bei Banketts in der Anderswelt dargereicht, zum Beispiel beim »Fest des Alters«. Wer bei dieser Gelegenheit ein Schwein verzehrte, soll vor dem Altern geschützt gewesen sein.

In dem Waliser Mythengedicht »Die Schlacht der Bäume« oder »Cad Goddeu« (auf walisisch) wird beschrieben, wie diese heiligen Tiere durch einen Krieg auf die Erde gelangt sind. Einige Gottheiten spürten, daß die Menschen vier Tiere brauchten: den Hund, den Hirsch, das Schwein und den Kiebitz. Alle diese Tiere waren früher ausschließlich in Besitz der Bewohner der Anderswelt.

BESONDERE KELTISCHE OBJEKTE

Jede Kultur besitzt eigene Varianten ritueller Objekte. Einige sind für die schamanischen Praktiken typisch. In der keltischen Kultur war das wichtigste Werkzeug des Schamanen der Silberzweig. Dazu wurde ein Ast von einer Esche oder Eibe geschnitten und mit silberner Farbe bemalt. Daran wurden Äpfel gehängt, die wie kleine Glocken klangen. Diese werden in den keltischen Mythen als »harmonische Früchte« bezeichnet. Sie sollen aus dem Obstgarten *Emain Ablach* gekommen sein, der als Tor zur Anderswelt fungierte.

Der Ast wurde rhythmisch geschlagen, um den Schamanen in einen Trancezustand zu versetzen. Er wurde also ähnlich verwendet wie in den meisten anderen schamanischen Kulturen die Trommel. Die Kelten benutzten diesen Ast auch für Segnungen und als Schutzobjekt.

Harmonische Äpfel zu finden, um sich selbst einen Silberzweig herzustellen, mag wie eine unmögliche Herausforderung klingen – die Art von Herausforderung aus der Anderswelt, die in den keltischen Mythen so beliebt ist. Aber wenn Sie sich vor Weihnachten einmal umsehen, finden Sie sicherlich kleine Silber- oder Goldglöckchen, die eine Apfelform aufweisen und genau das Richtige für Ihren Silberzweig sind.

VEREINIGUNG MIT DEM SCHATTEN-SELBST

Die Kelten glaubten, ein Teil ihres Selbst wohne in jeder Welt. Das Selbst in der Anderswelt wurde als Schatten-Selbst oder Begleiter (irisch *coimimeadh*) bezeichnet und war eine Dublette der lebenden Person. Dieser Glaube führte zu der Vorstellung vom »Abholer«, der den Menschen ein paar Wochen vor ihrem Tod erschien, um sie zur Vereinigung mit den anderen Aspekten des Selbst in die Anderswelt zu begleiten.

Das Schatten-Selbst ist kein entgegengesetztes Bild zum physischen Selbst: schlecht, wenn das physische Selbst gut ist, oder gut, wenn das physische Selbst schlecht ist. Es ist im Gegenteil ein ziemlich genaues Spiegelbild des wirklichen Selbst. Eine Vereinigung mit dem Schatten-Selbst kann uns sofort unsere guten und schlechten Seiten zeigen. Es kann uns helfen, unsere Angstblockaden zu lösen, die den geistigen Fortschritt zurückhalten. In dieser Hinsicht ist es auch ein behütender Geist.

Das Schatten-Selbst ist eng mit dem Göttinnenaspekt der alten Frau verbunden und mit ihrem Kessel der Transformation in der Anderswelt. Nur durch eine Vereinigung mit dem Selbst und dem Einverständnis, in den Kessel zu steigen, können wir hoffen, eines Tages in unserer irdischen Inkarnation ein Ganzes zu werden.

AHNENBESCHWÖRUNG

Die keltische Vorliebe, die Ahnen um Beistand zu bitten, basiert auf der Vorstellung, daß die Ahnen selbst als Gottheiten angesehen wurden bzw. als Wesen mit guten Verbindungen zum Göttlichen. Die Kunst der Totenbeschwörung, allgemein als Nekromantie bezeichnet, wurde häufig an Grabstätten ausgeübt. Die keltischen Grabstätten waren meist übergroße steinerne Bauwerke mit Türen, die das Tor zwischen den Welten symbolisierten. Die Tür wurde geschlossen, wenn die beiden Welten getrennt werden sollten, und konnte weit geöffnet werden, um eine freie Reise zwischen beiden Orten zu ermöglichen. Nur die Schamanen und Priesterinnen durften sich auf oder in diese Hügelgräber stellen. In vielen Sagen wird über normale Menschen berichtet, die dies taten, was zu den unterschiedlichsten Ergebnissen führte. Einige wurden mit Mächten von zweifelhaftem Wert gesegnet, und andere wurden von den Schutzgeistern der Feen angegriffen. Wieder andere, wie der berühmte irische Harfenspieler O'Carolan, wurden mit der Gabe der Musik ausgestattet.

Zentrum der nekromantischen keltischen Aktivitäten war häufig der menschliche Kopf. Der Kopf hat in vielen keltischen Mythen eine besondere Bedeutung; er war eine keltische Schlachttrophäe und das Objekt von Kampfspielen mit Enthauptungen. Die Kelten glaubten, im Kopf liege der Sitz des lebendigen Geistes und damit eine Verbindung zur Weisheit der Anderswelt.

KRANICHBEUTEL

Kleine Medizinsäcke oder Pulverbeutel finden sich beinahe in allen Stammeskulturen. Die Kelten nannten dieses Objekt »Kranichbeutel«, denn es wurde aus Kranichhaut hergestellt. Dieser Vogel reiste laut Mythen zwischen den Welten. Es gibt auch Mythen von

Göttinnen, die sich selbst in Kraniche verwandeln konnten, zum Beispiel Schottlands Corra und Irlands Munanna.

Heute schrecken Heiden eher davor zurück, ein Tier für einen magischen Zweck zu töten. Sie spüren, daß Menschen, die nicht in Harmonie mit dem Land leben, kein Recht dazu haben. Die Kranichbeutel werden deshalb heute aus Stoff hergestellt, am besten eignet sich Seide. Wenn Sie sich selbst einen Kranichbeutel fertigen möchten, sollten Sie darin jene Objekte aufbewahren, die Sie gerne zu jeder Zeit in Ihrer Nähe haben möchten: Schutzamulette, kleine magische Objekte, ein besonderer Stein oder ähnliche wertvolle Gegenstände. Diese Objekte helfen Ihnen dabei, die Verbindung zur Anderswelt und ihren Gottheiten und Totems herzustellen. Viele glauben, eine Trennung von ihrem Kranichbeutel würde die Qualität ihrer magischen Bemühungen herabsetzen.

HERAUSFORDERUNG DER ANDERSWELT

Bei den Reisen der Schamanin in die Anderswelt muß eine Probe bestanden werden, um in den Kreis der Heiligen eintreten zu können. Die Schamanin erhält dabei zwar Unterstützung, eventuell Warnungen, durch Freunde und auch durch Feinde, aber der Weg muß letztlich allein beschritten werden.

Die Angst gehört zu den größten Hindernissen auf dem geistigen Weg, besonders in der sich ständig wandelnden Anderswelt. Die Überwindung von Angst ist von entscheidender Bedeutung, um weiterzukommen und zu wachsen. Diese Blockade, die sich in jedem Stadium geistiger Entwicklung einstellen kann, wird häufig mit dem allgemeinen Begriff »Schwellenangst« bezeichnet. Meist hört die Angst auf, wenn Sie ihr ins Auge blicken, eine Herausforderung bestehen oder den Schrecken mit ihrem kriegerischen Selbst bekämpfen. Erst wenn die Herausforderung bestanden ist, können Sie zu den weiteren Mysterien der Anderswelt vordringen.

Ein Beispiel für eine ungewöhnliche Herausforderung dieser Art ist in dem Mythos der irischen Andersweltgöttin Creide zu finden. Sie lebte allein in der Anderswelt und war zur Schlaflosigkeit verdammt, bis sie einen Mann finden konnte, der ein besonderes Gedicht für sie verfaßte. Dieser Mann sollte nicht nur Zutritt zu ihrem schwer bewachten Haus in der Anderswelt erhalten, sondern auch ihr Gemahl werden. Das Gedicht sollte von perfekter Form sein und ihr Haus mit all seinem Inhalt genauestens beschreiben. Coll, einem der Fianna-Krieger, gelang es, diese wunderbare Tat zu vollbringen. Daraufhin wurde er als ihr Gemahl in Creides Haus in der Anderswelt aufgenommen.

In allen Kulturen bestand die eigentliche Rolle der Schamanen darin, die Gunst des Göttlichen dem Volk zukommen zu lassen, dem sie dienten. Obwohl diese Schamanenkünste in der Praxis auf jeweils verschiedene Wege führten, mündeten sie doch alle im Göttlichen. Opfer, Gaben und die Suche nach dem Wissen wurden meist im Namen einer Gemeinschaft ausgeführt und nicht aus individuellem Interesse. Der moderne Schamanismus legt auf die Rolle des einzelnen einen größeren Akzent, aber das erworbene Wissen läßt sich ebenso für andere wie für sich selbst einsetzen.

Das Land der Frauen

In den meisten Kulturen gibt es nur einen Namen für die Anderswelt oder das Land der Toten und Götter; bei den Kelten gibt es mehrere. Die Anderswelt ist nicht einfach der Himmel, das Paradies oder die Hölle, sondern ein Reich mit vielen Facetten, das sich grob in drei wesentliche Bereiche einteilen läßt: die Oberwelt, die Mittelwelt und die Unterwelt. Jeder Abschnitt enthält wiederum verschiedene besondere Bereiche, die sehr eigene Herausforderungen bei den Erfahrungen mit der Anderswelt in sich bergen. Diese Bereiche haben Dutzende verschiedene Namen, zum Beispiel das »Land der ewigen Jugend«, das »Land des Versprechens«, »Land unter den Wellen«, »Land der Spiegel«, »Glasschloß« und so weiter. Alle diese Bereiche stellen besondere Aspekte der Anderswelt dar und bieten solch ein reichhaltiges Repertoire archetypischer Mächte wie sonst kein anderes geistiges System.

Ein besonders faszinierendes Reich ist *Tir Na mBan* oder das Land der Frauen. Dieses Land wird in drei Mythen als Ziel einer Reise beschrieben. Zwei dieser Reisen wurden von Heiden unternommen, die dritte von einem Christen. Die Mythen zu den ersten beiden Reisen sind älteren Datums als die Reise des Christen. Die »Reise von Mealduin« und »Die Reise von Bran MacFerbal« sind die beiden heidnischen Versionen. Die Geschichte von Bran ist die neuere der beiden und bildet die Grundlage für die »Reise vom Heiligen Brendan« in christlicher Zeit. Die Niederschriften dieser alten Mythen, der noch existenten Teile, haben für das keltische Volk eine ähnliche Bedeutung wie das Buch der Toten für die Ägypter und Tibeter. Sie liefern ein Netzwerk, um ein Verständnis für den Tod und alles, was nach dem Leben auf uns wartet, zu entwickeln. Der wesentliche Unterschied zur christlichen Auffassung besteht darin, daß diese Mythen kein abschließendes Urteil für uns bereithalten, in dem ein höheres Wesen über uns zu Gericht sitzt und auf der Basis der Ereignisse im Leben Belohnungen oder Bestrafungen für unsere Seele ausspricht. Die Abwesenheit eines solchen Gerichts erklärt auch den keltischen Glauben an die Selbstverantwortlichkeit und den Zyklus der Wiedergeburt.

In beiden Mythen brechen die Abenteurer mit ihren Schiffen zu 33 verschiedenen Inseln der Anderswelt auf, aber in jeder Geschichte wird das Land der Frauen am genauesten beschrieben und mit den meisten Herausforderungen geschildert. Die Faszination durch das Land der Frauen reicht auf den alten Glauben an die allmächtige Muttergöttin zurück und auf den Glauben, daß nach dem Tod eine Rückkehr zur Heimat der Ahnen stattfindet. Da die Kelten ursprünglich eine Gesellschaft des »Mutterbluts« waren, in der die Stämme ihre Herkunft von den Frauen ableiteten, war die Ahnengottheit ebenfalls eine Frau. In der keltischen Mythologie heißt es außerdem weiter, daß die toten Seelen beim Tod zu ihrer Quelle zurückkehren. Dieser Vorgang wird manchmal durch den unerschöpflichen Kessel der Wiedergeburt porträtiert, dem Symbol für den Schoß der Göttin. Beim physischen Tod wurde die Seele wieder vom Schoß der Großen Mutter aufgenommen, um dort auf die Wiedergeburt zu warten.

In der Geschichte von Bran und ihrer Fortführung durch den Heiligen Brendan hat die Reise zum Land der Frauen eine etwas unheimliche Komponente. Die Königin der Insel holte Brans Schiff buchstäblich in den Hafen hinein, indem sie eine Art Netz auswarf, mit dem sie das Boot einfing und an Land zog. Die Männer wurden reichlich mit Essen versorgt und verwöhnt. Sie blieben mehrere Jahre und alterten dabei um keinen einzigen Tag. Es wurde ihnen gestattet, dort zu bleiben und sich zu vergnügen. Sie vergaßen die Zeit und ihr bisheriges Leben. In dieser Hinsicht werden die Frauen sehr doppelzüngig dargestellt: Sie täuschen die Männer für ihr selbstsüchtiges Ziel, sie im Land der Frauen zu behalten. Die Männer müssen schließlich einen Trick und Gewalt anwenden, um fliehen und zur Erde zurückkehren zu können.

Dieser Aspekt des Kampfes um die Rückkehr aus dem Land der Frauen widerspricht allem, was wir über den keltischen Glauben an die Wiedergeburt wissen. Es war nicht nötig zu kämpfen, um wieder in das Leben zurückzukehren. Die Wiedergeburt wurde von der Göttin angeboten und aus freiem Willen angenommen.

Die traditionelle Herausforderung der Anderswelt besteht im wesentlichen in der Aufnahme und nicht in der Flucht. Die Frage, warum Bran und seine Männer diese perfekte Existenz verlassen wollten, um ins irdische Reich zurückzukehren, in dem das Altern und der Tod auf sie wartete, ist ebenfalls ungeklärt. Eine der bekanntesten Bezeichnungen für die Anderswelt ist *Tir na nOg* oder das Land der ewigen Jugend. Dieser Name spiegelt den Glauben daran wider, daß es in der Anderswelt kein Altern gab. Aufschlußreich ist auch, daß die Männer auf der Suche nach einer perfekten Welt vom Land der Frauen aufgenommen wurden.

Erfahrungen im Land der Frauen

Dieses Reich ist besonders für Frauen geeignet – hier finden Sie einen Ort, an dem Ihre Kraft nie in Frage gestellt wird. Die Herausforderungen, denen Sie hier begegnen, machen Sie nur stärker. In den nächsten beiden Kapiteln werden die Archetypen genauer erforscht, und Sie erfahren, wie Sie sicher dorthin und zurückreisen können. Sie werden mit Kenntnissen zurückkehren, die Sie für Ihr geistiges Fortschreiten benötigen.

Einige Frauen glauben, die Anderswelt sei auch das Land der Träume. Wenn Sie mit Träumen arbeiten möchten, kann diese Welt für Sie eine besondere Bedeutung gewinnen. Nichts ist so frustrierend für geistiges Wachstum wie ein Traum, an den Sie sich nicht erinnern können oder der nicht abgeschlossen werden kann. Aus diesem Grund enthält Kapitel 16 eine angeleitete Meditation zur Wiederentdeckung von Träumen.

15 Immrama

Eingang zur Anderswelt

Eine Reise in die Anderswelt zu unternehmen, ist eine relativ einfache Aufgabe. Dort aber das Benötigte zu finden, eventuell auch dafür zu kämpfen, es dann zurückzubringen und in die physische Welt zu integrieren – das ist viel schwieriger.

Die irische Sprache unterscheidet zwischen »Reisen« in die Anderswelt, genannt *immrama*, und anderen Abenteuern, genannt *echtrai*. Ersteres ist eine absichtlich geplante Unternehmung, und letzteres geschieht eher durch Zufall oder bestimmte Umstände. Damit die Abenteuer in der Anderswelt dauerhafte Auswirkungen auf Ihr Leben haben können, sollten Sie diese ein wenig im voraus planen. Die Anderswelt wird immer voller Überraschungen sein. Dies ist ihre Natur, und auf diese Weise lernen wir die neuen Ebenen unseres geistigen Wachstums am besten kennen. Am besten eignet sich vielleicht ein Vergleich mit einem Einkaufsbummel: Stellen Sie sich vor, Sie wissen überhaupt nicht, was Sie kaufen möchten. Mit einer solchen Einstellung verschwenden Sie vermutlich sehr viel Zeit, geben viel zu viel Geld aus und bringen das Wichtigste nicht mit nach Hause. Reisen in die Anderswelt sind so ähnlich.

Es gibt nur einen Grund, die Anderswelt zu betreten: um zu wachsen. Zusammen mit dem Wachstum ergeben sich aber auch andere Wohltaten. Sie werden lernen, ungesunde und hemmende Ängste abzulegen, Ihre Verbindung zum Göttlichen wird enger werden, Sie werden ihre Fähigkeiten zur Prophezeiung verbessern, und Sie werden lernen, auf Ihr kriegerisches Selbst zu vertrauen.

Der Mythologe Joseph Campbell hat wiederholt über das folgende universelle mythische Thema geschrieben: Ein risikofreudiger Mensch findet sich plötzlich selbst in einer Situation der Anderswelt wieder, triumphiert über die Hindernisse, die ihm in den Weg gelegt wurden, und kehrt dann mit besonderen Gaben in die physische Welt zurück. Jedesmal wenn Sie von einer Reise aus der Anderswelt zurückkommen, sollten sie etwas von Wert mitbringen. Dabei kann es sich um unsichtbare Gaben wie neue Erkenntnisse handeln oder um ein Amulett oder einen Talismann, der Ihnen anvertraut wurde. Auch wenn dieses Objekt in der physikalischen Welt für Sie nicht mehr sichtbar ist, existiert es dennoch und bleibt bei Ihnen, bis Sie es eines Tages wieder in die Anderswelt zurückbringen – entweder aus freien Stücken oder weil Sie dazu aufgefordert werden. Sie sollten von dieser Gabe soviel lernen wie nur möglich, solange Sie in ihrem Besitz ist und sie auch möglichst mit anderen teilen.

Die Blutreise

Von vielen Menschen wurde bereits festgestellt, daß Männer und Frauen auf ihren schamanischen Reisen höchst unterschiedliche Erfahrungen machen, die ausschließlich auf ihrem Geschlecht basieren. Ein solches Konzept irritiert viele Feministinnen, die nicht glauben möchten, daß es in diesen Reichen geschlechtsspezifische Unterschiede gibt. Doch gerade in der keltischen Tradition gibt es für diese Unterscheidung einige Präzedenzfälle. Doch Sie sollen auch wissen, daß Männer und Frauen am Ende geistig an denselben Ort gelangen – lediglich die Wege dorthin trennen sich an bestimmten Punkten.

Ein Schriftsteller formulierte einmal: »Die letzte Reise eines Mannes in die Anderswelt führt ihn in eine samenfarbene Welt«, an einen »weißen« Ort der Seligkeit und der Vereinigung mit Gott.

Für Frauen eignet sich der Ansatz einer Blutreise wohl besser. Die vorhandene Metaphorik dafür entwirft aber keine Bilder einer Welt voll Blut, sondern stellt vor allem das Pferd in den Mittelpunkt. Zu diesem Tier, das eine enge Bindung zum Weiblichen hat, finden die Männer in den keltischen Mythen nur schwer Zugang. Die Pferdegöttin Rhiannon ist ein Beispiel für eine Frau auf einem Pferderücken, die sich nicht fangen ließ, wie sehr ihre Verfolger dies auch versuchten. Da das Pferd mit den dunkleren Bereichen der Anderswelt und mit dem Mutter-Aspekt der Göttin assoziiert wird, besteht hier auch eine Verbindung zum Blut.

Die Reisen in die Samen- oder Blutwelten sind Reisen in die Anderswelt, die sich allerdings nicht planen lassen. Sie sind ein Geschenk, das Sie in Anerkennung Ihrer Bemühungen erhalten. Die Blutreise überfällt eine Frau sehr überraschend und katapultiert sie in ein ekstatisches Reich der weiblichen Mysterien. Sie befindet sich dort an der Quelle der gesamten Schöpfung. Wenn Sie aus dieser Welt wieder auftaucht, ist sie in spirituellem Sinn wiedergeboren. In der keltischen Spiritualität ist es sehr wichtig, zu den »zweimal Geborenen« zu gehören. Damit geht eine ähnliche Vorstellung wie beim Christentum einher, das diesen Vorgang als »neu geboren werden« bezeichnet. In beiden Vorstellungswelten ist wohl die Initiation zu geistigen Mysterien gemeint – ein »Wissen«, das eine tiefere Verbindung mit dem Göttlichen in sich birgt.

Trotz des keltischen Glaubens an die Wiedergeburt ist jede Existenzform im Hier und Jetzt einmalig. Ihr Körper, Ihr Geist und Ihr mentales Selbst manifestieren sich in genau dieser Kombination nur einmal. Diese Form werden Sie später nie wieder einnehmen. Sie erhalten nur eine Chance, Ihr augenblickliches Selbst zu leben. Das nächste Mal werden Sie jemand anderer sein. »Zweimal geboren zu werden« ist also ein Privileg, mit dessen Hilfe Sie sich besser auf die Transformationen im nächsten Leben vorbereiten können. Sie erhalten damit die Möglichkeit, sich der Bedeutung Ihres Todes und jener Welten voll bewußt zu werden, die Sie erforschen, wenn dieses Leben zu Ende ist.

Die Regeln der Anderswelt beachten

Sie sollten nicht den Fehler begehen zu glauben, Ihre Erfahrungen in der Anderswelt seien nicht real, weil Sie sich in Ihrer Vorstellung abspielen. Heiden, Magier und andere Okkultisten haben die Berechtigung der Erfahrungen in der Innenwelt schon lange erkannt und gelernt, diese Orte nur aufzusuchen, wenn eine entsprechende Vorbereitung des Bewußtseins vorausgegangen ist. Sie würden solche Reisen niemals als eine Art Sport betrachten. Aus jahrhundertelanger Erfahrung wissen sie, daß eine solche Haltung nur zu Blockaden und geistigen oder physischen Rückschlägen führt. Schließlich werden Sie genau an jenen Orten nicht willkommen sein, die Sie unbedingt besuchen möchten. Die Schwellenangst läßt sich mit einer solchen Haltung nicht überwinden, und Sie können Ihre Reise nicht fortführen oder abschließen.

Sie sollten eine Reise in die Anderswelt ebenso angehen wie jedes andere Ritual: mit Ehrfurcht und mit einer bestimmten Absicht. Reinigen Sie zuvor Ihren Körper und Ihren Geist. Lassen Sie Ärger, Wut oder andere emotionale Aufregungen draußen vor der Tür. Beachten Sie, daß im großen Rad der Zeit alles zurückkommt, was abgeschickt wurde. Wenn Sie negative Gefühle mit in die Anderswelt nehmen, werden diese früher oder später auf Sie zurückfallen.

In der Anderswelt sollten Sie die Privatsphäre von anderen, die Sie dort treffen, beachten – ob Geister der Toten, Gottheiten oder reisende Menschen wie Sie selbst. Wenn jemand eindeutig nicht daran interessiert ist, eine Unterhaltung mit Ihnen zu führen oder Ihr Lehrer oder Reisebegleiter zu werden, versuchen Sie nicht, eine Bindung zu erzwingen.

Die keltische Anderswelt wird von denselben Regeln der Gastfreundschaft bestimmt, wie die physische Welt der Kelten in der Vergangenheit. Besonders wichtig war damals der Schutz von »Brot und Salz«. Wenn einem Gast Nahrung angeboten wurde – wozu eine Verpflichtung bestand – und dieser angenommen hatte, war der Gast dazu verpflichtet, in diesem Haushalt in Frieden zu leben. Der Gastgeber wiederum durfte den Gast nicht zum Verlassen seines Hauses auffordern, ehe nicht ein Jahr und ein Tag vergangen war. Diese stillschweigende Vereinbarung war im keltischen Leben vor allem deshalb wichtig, weil durchreisende Krieger schnell Unfrieden stiften konnten. Wenn Ihnen in der Anderswelt Speise und Trank angeboten werden – lassen Sie Vorsicht walten, ehe Sie annehmen. In den Sagen wird häufig beschrieben, daß solche Gaben dazu dienen, den ahnungslosen Menschen in bestimmte Bereiche der Anderswelt zu locken, insbesondere in Feenreiche. Wenn Sie das Angebot annehmen, müssen Sie sich auch über Ihre Verpflichtungen im klaren sein.

In der Anderswelt sollten Sie vorsichtig mit der Zeit umgehen. Wer bereits einmal meditiert hat, kennt das Phänomen des Zeitverlusts. Wenn Sie sich in der Anderswelt aufhalten, befinden Sie sich außerhalb der Grenzen von Zeit und Raum, wie wir sie kennen. Auch Wissenschaftler werden Ihnen bestätigen, daß die Zeit außerhalb unseres Universums keine Rolle spielt. Es ist nichts Ungewöhnliches, von einer Reise aus der Anderswelt zurückzukehren und festzustellen, daß viel mehr oder weniger Zeit vergangen ist als angenommen. Viele Legenden erzählen von Menschen, die in der Anderswelt hängengeblieben sind, besonders in den Feenreichen, und nicht in der Lage waren zurückzukehren bzw. die Rückkehr extrem schwierig fanden. In den meisten Fällen sind die Menschen dort nicht wirklich hängengeblieben, sondern waren sich der Zeit einfach nicht bewußt. Wenn Sie Ihren Willen darauf konzentrieren, zu Ihrem physischen Bewußtsein zurückzukehren, sollten Sie sich damit befreien können.

In der Anderswelt können auch andere Tücken auf Sie warten: Da dies ein Ort der Wiedergeburt ist, kann eine Gottheit oder ein Lehrer Ihnen einen *Geis* auferlegen. Ein Geis ist ein Tabu, eine persönliche Beschränkung, die jemandem üblicherweise bei seiner Geburt auferlegt wird. Manchmal wird ein Geis auch nur dem nichtphysischen Selbst auferlegt und kann dann nur in der Anderswelt zu erfahren sein. Manchmal bezieht sich der Geis auch auf das physische Leben. In den keltischen Mythen wird sehr häufig davon berichtet, wie ein Geis bewußt oder unbewußt gebrochen wurde. Dies hat ernste Auswirkungen. Wenn Sie für Ihr geistiges Fortschreiten ein solches Zugeständnis machen, müssen sie die Kehrseite dieser Beschränkung akzeptieren. Dies alles sind die Herausforderungen der Anderswelt, deren Zweck darin besteht, unsere Weiterentwicklung zu fördern.

Der Mythos von Niamh Goldhaar ist ein gutes Beispiel für einen Geis, der in der Anderswelt auferlegt wurde und einen schweren Fall von Zeitverlust darstellt. Niamh nahm den jungen Helden Ossian mit zu einem Besuch in ihrer Heimat in die Anderswelt. Dort waren sie sehr glücklich und hatten einen Sohn und eine Tochter zusammen. Ossian war nicht bewußt, daß dabei mehr als 900 Jahre vergangen waren. Als er die große vergangene Zeitspanne schließlich bemerkte, bat er Niamh, noch einmal zur Erde zurückkehren zu dürfen, um dann für immer bei ihr und den Kindern zu bleiben. Sie gab ihm ihr Pferd und sagte ihm, daß er frei sei zu gehen. Sie erlegte ihm aber den Geis auf, auf keinen Fall vom Pferd abzusteigen. Als Ossian zurück in Irland war, vergaß er den Geis und stieg sorglos vom Pferd. Er alterte auf der Stelle und löste sich in Staub auf.

Methoden zur Reise in die Anderswelt

Die modernen, keltischen Heiden verfügen über ein ganzes Arsenal an Methoden, um die Türen zur Anderswelt aufzustoßen. Die vier wichtigsten Techniken werden im folgenden beschrieben:

Trauminkubation	Meditationsanleitung
Symbolisches Portal	Astralprojektion

TRAUMINKUBATION

Eine altbekannte Wahrheit besagt: Träume entstehen aus unseren Vorstellungen. Ihre eigene kreative Vorstellungskraft ist ein Faktor, der darüber bestimmt, wie mühelos Sie die Anderswelt betreten können. Wenn wir lernen, unseren Vorstellungen zu trauen, können wir ihnen in andere Bereiche der Realität folgen.

Die Trauminkubation ist ein alter Schamanentrick und besteht im wesentlichen darin, Bedingungen zu entwickeln, die prophetische Träume fördern. Dabei wird die natürliche Offenheit des Bewußtseins während der Alpha- und Thetaphasen des Schlafs benutzt, um mit den Wesen der Anderswelt in Kontakt zu treten und Wissen und Anleitungen von ihnen zu erhalten (auf Seite 298 finden Sie eine Tabelle zu den vier Schlafphasen und den zugehörigen Meditationsstadien). Mit dieser Methode können Sie auch Ahnen treffen oder andere Geister von Verstorbenen. Keltische Schamanen schliefen aus diesem Grund häufig auf Grabhügeln, um Mitteilungen aus der Anderswelt zu erhalten.

Viele alte Kulturen legten spezielle Schlaftempel an, um wahrsagende Träume zu forcieren. Bei den alten Griechen war diese Methode besonders beliebt; sowohl Männer als auch Frauen schliefen in sogenannten *abatons* (Heiltempeln). In vielen Kulturen galten die Frauen dank der Verbindung des Weiblichen mit der Nacht und dem Mond als wahre Meister in der Kunst des prophetischen Traums. Der einzige Hinweis auf eine solche Technik bei den Kelten ist der bereits erwähnte Schlaf auf Grabhügeln, heiligen Steinen, in Eichenhainen und so weiter. Vermutlich waren einige rituelle Vorbereitungen und Gebete notwendig, um diese Träume empfangen und sich später auch daran erinnern zu können.

Das magische Repertoire des modernen Heidentums bietet viele Tricks, um die Empfangsbereitschaft für diese Träume zu erhöhen. Dazu gehört zum Beispiel, ein wenig Jasmin zu verbrennen, um diesen Duft im Schlafraum zu verbreiten, oder vor dem Traumschlaf einen Jasmintee zu trinken. Jasmin ist ein Kraut, das auch häufig in Ritualen zum Tod verwendet wird. Es stimmt den Träumenden darauf ein, Mitteilungen seiner Ahnen zu empfangen. Traumkissen werden zu diesem Zweck ebenfalls gerne benutzt. Die kleinen Stoffkissen werden mit Kräutern wie Jasmin, Beifuß, Zitronenmelisse oder Patschuli gefüllt (die Träumerin sollte dies selbst einnähen) und nachts unter das normale Kopfkissen gelegt. Meist werden die Traumkissen auch noch auf ihre Aufgabe eingestimmt, zum Beispiel durch eine gezielte Visualisierung, eine Segnung oder durch Einsalben mit einem speziellen Öl. Die verschiedenen Traumkräuter geben den Träumen jeweils einen eigenen Charakter. Patschuli steht mit der Erde in Verbindung und wird Sie vermutlich in die Reiche der Unterwelt führen oder Sie mit den Geistern der Unterwelt in Kontakt bringen. Beifuß ist ein Kraut, das häufig zur Unterstützung von Reisezaubern und Astralprojektionen verwendet wird. Es hilft Ihnen, in Ihren Träumen via Astralprojektion in die Anderswelt zu reisen. Zitronenmelisse und Jasmin stehen mit der Traumwelt und der Wahrsagung in Verbindung; beide werden Sie darin unterstützen, in Ihren Träumen Visionen von der Zukunft zu erhalten. Lavendel galt ebenfalls als mächtiges Zaubermittel, um Schlaflosigkeit zu heilen. Wenn Sie in ein Kissen Lavendel einnähen, werden Sie besser einschlafen können.

Lassen Sie sich von diesen alten Bräuchen jedoch nicht einschränken. Kenntnisreiche Kreativität ist für schamanische Aktivitäten sinnvoller als das Befolgen starrer Regeln. Wenn Sie sich zum Beispiel dafür interessieren, in die Vergangenheit zu blicken, sollten Sie Flieder verwenden. Unter Vergangenheit sind nicht nur vergangene Leben zu verstehen, sondern ungelöste Probleme im gegenwärtigen

Leben. Wenn Sie in Ihren Träumen romantische Situationen erleben möchten, verwenden Sie Rose.

Auch heiße Kräutertees können dabei helfen, auf magische Weise wichtige Träume herbeizuführen. Hierzu empfiehlt sich Jasmin, Rosmarin, Eukalyptus oder Salbei. Um Alpträume zu verhindern, sollten Sie Anis verwenden. Geben Sie pro Tasse einen Teelöffel des Krauts in einen Teebeutel, und lassen Sie es etwa fünf Minuten ziehen. Trinken Sie den Tee kurz vor dem Einschlafen, und behalten Sie den Zweck des Getränks dabei fest im Sinn.

Nachdem Sie den Duft entzündet, das Traumkissen an seinen Ort gelegt und den Traumtee zu sich genommen haben, sollten Sie sich sobald wie möglich im Bett (oder an einem anderen Schlafplatz) zur Ruhe begeben. Wenn Sie an diesem Punkt noch ein Ritual ausführen möchten, um das Erscheinen von Träumen zu beflügeln, halten Sie es kurz. Sie sollten sich in diesem Moment nicht mehr aus dem empfänglichen Zustand herausholen und sich auf ein kompliziertes Ritual konzentrieren.

Viele Menschen scheuen zwar davor zurück, ein Traumtagebuch zu führen, weil es Zeit und Mühe erfordert, doch es kann sehr nützlich sein, und es ist sicherlich unterhaltsam, in ein paar Jahren wieder darin zu blättern. Wenn Sie Ihre Träume aufschreiben, sollten Frauen in gebärfähigem Alter Ihren Menstruationszyklus festhalten. Auch Informationen zum Wetter oder besondere astrologische Daten könnten sich als interessant erweisen. Der Einfluß, den der Zyklus auf Ihre Psyche hat, sollte nicht unterschätzt werden. Auch Frauen in der Menopause können bestimmte Rhythmen in Ihrem Körper wahrnehmen – auch nachdem die Periode längst abgeklungen ist. Ist dies bei Ihnen der Fall, sollten Sie diese Eindrücke ebenfalls aufschreiben. Mit der Zeit werden Sie ein klares Muster erkennen, das Ihnen zeigt, an welchem Punkt Ihres Zyklus Sie am empfänglichsten für Träume sind, bzw. welche Zeitpunkte sich am besten dazu eignen, die Anderswelt zu betreten, Kontakt zu den Toten aufzunehmen oder andere Ziele anzustreben. Dies können wertvolle Informationen sein, wenn Sie später in einem dieser Bereiche Unterstützung suchen.

SYMBOLISCHES PORTAL

Die Bedeutung von Symbolen der Anderswelt zu verstehen, gehört zu den wesentlichen Voraussetzungen, um auf einer Reise den richtigen Weg zu beschreiten. Sie können sich diese Symbole als eine Art Straßenkarte in der Anderswelt vorstellen. Symbole lassen sich auch dazu verwenden, das Unterbewußte zu konditionieren, zum Beispiel mit dem Wunsch einer Reise in die Anderswelt. Dadurch lassen sich freundlich gesinnte Verbindungen zwischen Ihrem Unterbewußtsein und den Energien der Anderswelt herstellen. Der Schlüssel zu den Symbolen liegt darin, Ihre Geheimnisse zu entschlüsseln, ihre tiefere Bedeutung zu erfassen und sie dann regelmäßig zu verwenden. Die beiden besten Symbole, die einem keltischen Schamanen für die Reise in die Anderswelt zur Verfügung stehen, sind die Triskele und das Labyrinth.

Die dreifache Spirale

Die Triskele oder dreifache Spirale ist ein sehr altes keltisches Symbol, das die heilige Zahl der Kelten in all ihren Wechselbeziehungen zeigt: die drei Stadien der Existenz (Geburt, Tod und Wiedergeburt); die Triadengöttin (Jungfrau, Mutter und alte Frau), die drei Ebenen der Anderswelt (Unterwelt, Mittelwelt und Oberwelt) und so weiter.

Die Bedeutung der verschiedenen Spiralensymbole wird anhand ihrer Drehrichtung und der Plazierung vor anderen keltischen Symbolen an den Ausgrabungen und heiligen Stätten erklärt. Eine der interessantesten Interpretationen gibt es zur Doppelspirale, bei der die einzelnen Spiralen die Sonnwendpunkte darstellen, die Zeiten der Tagundnachtgleiche im Sonnenjahr. Eine Spirale wendet sich der Dunkelheit zu, die andere dem Licht. Beachten Sie, daß die Spirale auf der linken Seite entgegen dem Uhrzeigersinn verläuft. Sowohl die Richtung links als auch die Bewegung entgegen dem Uhrzeigersinn (früher: entgegen dem Lauf der Sonne) sind mit der Anderswelt verbunden. Die rechte Spirale dagegen verläuft im Uhrzeigersinn; sowohl die Richtung rechts als auch die Bewegung im Uhrzeigersinn sind mit der Oberwelt, manchmal auch mit der Mittelwelt verbunden. Die Mittelwelt wird als ein Reich betrachtet, das auf derselben Ebene wie die physische Welt, aber parallel dazu, liegt. Das Design dieses alten Symbols stellt sich uns als Straßenkarte für unseren Aufenthalt in der Anderswelt zur Verfügung. Die »auf der Seite liegende Acht« tritt in vielen magischen Situationen als Symbol auf. Sie erscheint zum Beispiel häufig über dem Kopf des Magiers auf den

Die Doppelspirale der Anderswelt

Tarot-Karten und stellt die Fähigkeit dar, Ideen des Geistes in die physikalische Realität umzusetzen.

Ich habe diese »Straßenkarte« selbst verwendet und bin der Meinung, daß sie auf wunderbare Weise funktioniert. Alle Reisen in die Anderswelt lassen sich damit viel einfacher bewältigen, denn dieses Symbol erleichtert den Zutritt und das Verlassen der Anderswelt beträchtlich. Meditieren Sie mit diesem Symbol, bitten Sie es um Einblicke. Schließen Sie dann Ihre Augen, und folgen Sie vor Ihrem inneren Auge der Bewegung vom Zentrum der rechten Spirale im Uhrzeigersinn nach außen. Wenn Sie in der Mitte am Schnittpunkt der beiden Spiralen angelangt sind, wechseln Sie die Drehbewegung und folgen der linken Spirale von außen nach innen bis zum Zentrum. Wenn Sie bereit sind, die Anderswelt zu verlassen, schließen Sie mental die Augen und leiten den umgekehrten Vorgang ein (siehe die Meditationsanleitung in Kapitel 16).

Einem ähnlichen Zweck dient das Labyrinth. Wir meinen oft, das klassische Labyrinth sei griechischen Ursprungs, doch es ist ein Symbol für die Anderswelt und die Mysterien der Göttin, das in ganz Europa verbreitet war. Die Kelten benutzten dieses Symbol ebenfalls, wie durch Ausgrabungen an vielen alten heiligen Stätten belegt ist, einschließlich der heiligen Stätte bei Glendalough, Irland, die heute dem heiligen Kevin gewidmet ist. Es wurden auch verschiedene Variationen des Labyrinths gefunden. Ein Labyrinth unterscheidet sich von einem Irrgarten, weil es ein Muster ohne Anfang und Ende ist; auch die Spiralen sind letztlich eine Art Labyrinth.

Die Reise durch ein Labyrinth ist eine transformierende Erfahrung. Sie steht symbolisch für die geistige Initiation, den Tod und die Wiedergeburt in ein neues Leben. Das Zentrum des Labyrinths stellt

Klassisches Labyrinthmuster

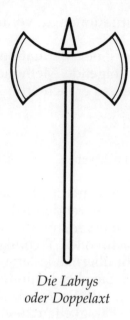

Die Labrys
oder Doppelaxt

den Schoß der Göttin dar, in dem alle Dinge geboren und wiedergeboren werden. Einige englische Hexenzirkel besitzen genug Land, um große Labyrinthe in Heckenform anzulegen und damit Ihren heiligen Kreis zu beschreiben. Auf diese Weise wird wirklich ein Ort außerhalb von Zeit und Raum angelegt – ein Ort an dem Veränderungen möglich sind.

Es ist kein Zufall, daß die feministische heidnische Bewegung, als dianische Tradition bekannt, die Labrys als ihr Symbol gewählt hat. Die Labrys ist eine Axt mit zwei Schneiden. Beachten Sie das klassische Labyrinthmuster: in der Mitte unterteilt und am Rand gerundet. Es ist der Doppelaxt ähnlich.

Meditationsanleitungen oder Astralprojektion

Obwohl diese beiden Methoden zum Betreten der Anderswelt getrennt aufgeführt wurden, werden Sie hier gemeinsam behandelt, denn sie haben vieles gemeinsam. Die Meditationsanleitungen aus Kapitel 3 und 16 bieten vordefinierte Wege in die inneren Welten. Im Laufe der Zeit und mit zunehmender Erfahrung können Sie diese Wege verlassen und auf eigene Faust in die Anderswelt reisen. In diesem Moment führen Sie eine Astralprojektion durch.

Die astrale Welt oder Astralebene ist das Konzept eines unsichtbaren Reiches, das parallel zu unserer physischen Welt verläuft und diese durchdringt. Sie ist immer um uns und in uns, bleibt dem normalen Bewußtseinszustand aber verborgen. Die Astralprojektion ist ein Mittel, mit dem wir unser Bewußtsein absichtlich ausschalten können und unsere Astralkörper auf die Astralebene verlagern. In diesem fließenden Zustand können wir überallhin reisen. Zeit und Raum sind keine Schranken mehr.

Der Astralzauber ist häufig mißverstanden worden, wurde aber von den Kelten häufig praktiziert, insbesondere von der Priesterschaft. Die Druiden besaßen einen Zauber namens *fith fath*, der sie unsichtbar werden ließ. Dies war vermutlich nur eine Metapher für einen Zustand der Astralprojektion. In diesem Zustand waren sie in der Lage, den Bindungen der linearen Zeit zu entfliehen und ihre magischen Zauber sowohl in der Vergangenheit als auch in der Zukunft anzuwenden, um gegenwärtige Situationen zu verändern.

Ob Sie eine Astralprojektion durchführen oder einer Meditationsanleitung folgen, in beiden Fällen können Sie folgende Methoden anwenden, um sich den Sprung in die Anderswelt zu erleichtern:

• Sich verwandeln.
• Einer vertrauenswürdigen Führerin folgen.
• Durch einen bekannten Ort oder ein Zeitportal eintreten.

Es sind viele Horrorgeschichten über Heiden im Umlauf, die sich während einer Reise in die Anderswelt in ein Tier verwandelt haben, doch sie lassen sich überraschend oft als Taktik entlarven, mit der andere davon abgehalten werden sollen, diese machtvollen Techniken kennenzulernen. Es ist aber richtig, daß Sie nicht übermäßig lang in einer anderen Form wohnen sollten. Dies könnte Sie eher behindern als unterstützen, denn Sie verlassen sich dabei auf Energien, die außerhalb von Ihnen liegen, anstatt Ihre eigenen Fähigkeiten zu entwickeln. Aber wenn Sie kurzzeitig die Form eines Tieres annehmen, das dafür bekannt ist, den Weg zwischen dieser und der Anderswelt schnell zu überbrücken, ist nichts dagegen einzuwenden. Eine solche Verwandlung kann auch dann hilfreich sein, wenn Sie einmal Schwierigkeiten beim Eintritt in die Anderswelt haben sollten.

Vögel und Pferde sind Tiere, die diese Kraft besitzen und ausgesprochen gut für Reisen in die Anderswelt geeignet sind. Pferde sind Symbole für das Göttlich-Weibliche, wie auch für Tod und Übergang und sind eine ausgezeichnete Wahl, die Kunst der Verwandlung einzuüben. Göttinnen wie Rhiannon, Macha, Mare und Epona wurden in Pferdeform dargestellt. In der keltischen Mythologie treten sowohl Menschen als auch Göttinnen auf, die sich im Moment des Todes in Vögel verwandeln. Ein Beispiel hierfür ist Blodeuedd, die sich in eine Eule verwandelte, als sie getötet wurde. Ebenfalls sehr bekannt ist die irische Vogelgöttin Cliodna, die häufig in der Form eines Seevogels auftrat, und die schottische Göttin der Wahrsagung Corra, die meist als Kranich erschien.

In der physischen Welt sind große rituelle Anstrengungen notwendig, um sich in andere Formen zu verwandeln, und das Ergebnis ist eher psychischer Art als eine wirkliche physikalische Transformation. Sie selbst werden die Veränderung wahrnehmen und auch jeder andere, der in der Lage ist, Sie mit seiner psychischen Vorstellungskraft zu sehen. Doch dem Rest der Welt werden Sie lediglich als Schauspielerin erscheinen. In der astralen Welt sind alle Gedanken Taten: Was Sie wollen, wird real. Auf diese Weise können Sie sich auf dieser Ebene durch Ihren Willen selbst verwandeln. Doch diese Verwandlungen sollten einen Sinn haben und nicht als Sport betrieben werden. Wenn Sie diese Macht mißbrauchen, werden Sie sie verlieren oder davor zurückprallen, um eine Lektion zu lernen.

Zur Verwandlung in der astralen Welt erlauben Sie einfach Ihrem äußeren Selbst eine andere Hülle anzunehmen. Bei diesem Vorgang erkennen Sie Ihr inneres Selbst weiterhin, es bleibt beschützt in dieser neuen Form. Beobachten Sie, wie sich die Verwandlung langsam vollzieht und jeden einzelnen Teil von Ihnen betrifft, bis sie komplett ist. Wenn Sie damit Schwierigkeiten haben, kann dies daran liegen, daß der Geist des Tieres im Augenblick nicht dazu bereit ist, sich mit Ihnen zu verbinden. Auch wenn Sie selbst Angst davor haben, kann eine Art Blockade entstehen. Sobald die Verwandlung durchgeführt ist, formulieren Sie im Geist den Willen, in dieser Form in die Anderswelt zu reisen. Sobald Sie Ihr Ziel erreicht haben, wechseln Sie wieder zurück zu Ihrer normalen äußeren Form. Für den Rückweg in die physische Welt können Sie sich dann erneut verwandeln.

Haben Sie keine Angst davor, in der Verwandlung oder der Anderswelt »hängenzubleiben«. Sie sollten immer wissen, daß Ihr Gedanke sofort eine Handlung nach sich zieht. Wenn Sie dieses Prinzip beherzigen, gibt es keinen Grund für die Angst. Sie wünschen sich dann einfach in Ihr physisches Selbst in die physische Welt zurück.

Sie können sich auch der Führung eines vertrauenswürdigen Begleiters überlassen, der Sie in die Anderswelt hineinbringt und wieder heraus führt. Bei einem solchen Begleiter kann es sich um eine Gottheit, den Geist eines bekannten Verstorbenen oder um den Geist eines Tieres handeln. In der Welt der Kelten waren folgende Tiere heilig: Hunde als traditionelle Wächter an den Toren der Anderswelt, der Lachs, der eine ähnliche Funktion hatte wie in anderen Kulturen die Schlange (sie war ein Symbol der Weisheit und Transformation), Wildschweine als Symbole für Überfluß und den Krieger, Bären mit ihrer Stärke und einem königlichen Aspekt, Rinder und Stiere als Symbol für Wohlstand und Schweine als Symbole für Überfluß, Jugend, Göttinnen und die Anderswelt.

Die alten Kelten glaubten, daß es viele natürliche Zeiten und Orte gab, an denen die Anderswelt ihnen die Tore öffnete. Alle »Zwischenzeiten« waren zum Beispiel bestens für Reisen in die Anderswelt geeignet. Dies sind alle jene Zeiten, die sich nicht eindeutig dem einen oder anderen Zeitrahmen zuordnen lassen, zum Beispiel Mitternacht, Mittag und die Abend- oder Morgendämmerung, aber auch der Silvesterabend. Die beliebteste Zeit war die Abenddämmerung, wenn der Tag nicht mehr hell ist und die Nacht noch nicht dunkel – eine Zeit, die irgendwo dazwischen liegt, während die Welt der dunklen Mysterien sich auszubreiten beginnt.

Es gab auch Orte, die als natürliche Tore zur Anderswelt angesehen wurden. Alle diese Plätze lassen sich in einer Meditation oder Astralprojektion anrufen. In diesem Punkt unterscheidet sich die keltische von anderen Kulturen, in denen die Schamanin ein physisches Symbol ihrer Reisekräfte mitführen mußte. Die Vorstellung, daß ein Schamane einen Stab oder ein anderes Symbol des »Weltenbaums« besitzt, ist weltweit anzutreffen. Dieser Weltenbaum stellte eine Verbindung zwischen den drei Ebenen der Anderswelt dar, die sich jeweils in der Mitte des Universums trafen, also an jener Stelle, an welcher der Schamane seinen Stab aufrichtete. Aber die Kelten betrachteten den Raum als ebenso omnipräsent wie die Zeit. Aus diesem Grund verfügten sie über zahlreiche Einstiegsorte in die Anderswelt. Viele Mythen erzählen von zufälligen Abenteuern in der Anderswelt, die dann stattfanden, wenn sich jemand diesem Zugangsort auf falsche Weise genähert hatte.

Zu den natürlichen Zugangsorten gehörten aufrecht stehende, heilige Steine, Grabhügel und andere heilige Stätten, Küstenstriche, Höhlen, Feuerstellen (insbesondere jene, die Feuergöttinnen wie Brigit geweiht waren) und die Mittelpunkte bestimmter Strukturen wie Labyrinthe.

Erste Erforschungen der Anderswelt

Ein Verständnis von der Anderswelt zu entwickeln ist wesentlich für ein Verständnis der gesamten keltischen Spiritualität. Erst dadurch können Sie tiefer zu den weiblichen Mysterien vordringen. Die Bedeutung der Anderswelt kann gar nicht hoch genug eingeschätzt werden. Wer sich nicht dazu bereit fühlt, sollte sich allerdings auf dieses Abenteuer auch nicht einlassen. Sie sollten sich davor aber auch nicht fürchten und diesen Weg einschlagen, wenn Sie dadurch auf Ihrem Weg wachsen.

Die meisten Menschen fühlen sich bei ihren Erforschungen in Begleitung sicherer. Die Meditation im nächsten Kapitel enthält einen Weg, dem Sie als Anfängerin folgen können. Wenn Sie genügend Erfahrungen gewonnen haben, können Sie diesen Punkt als Sprungbrett für selbstgewählte Wege und Abenteuer verwenden.

16 Reise nach Tir Na mBan

Angeleitete Meditation

Diese Meditation soll Ihnen dabei helfen, die Türen zu *Tir Na mBan*, dem Land der Frauen, zu öffnen. Wenn Sie bereits Erfahrungen mit diesem Bereich gemacht haben, verwenden Sie bitte auch weiter jene Technik, mit der Sie die Anderswelt am besten betreten und verlassen können. Ihr Unterbewußtsein ist bereits darauf konditioniert, und es gibt keinen Grund, dies zu ändern. Andernfalls stoßen Sie vermutlich eher auf Hindernisse, die Ihren Fortschritt aufhalten. Wenn Sie bereits mit der Anderswelt experimentiert haben, aber noch nicht mit Tir na mBan, können Sie die Archetypen aus dieser Meditation einbinden, um in dieses besondere Reich zu gelangen – die Grundstruktur Ihrer Meditation müssen Sie deshalb nicht ändern.

Auch in dieser angeleiteten Meditation sind alle Anmerkungen, die in eckigen Klammern […] stehen, als zusätzliche Hinweise oder Informationen gedacht. Sie können den Text der Anleitung entweder selbst auf Band sprechen, um diesen später anzuhören, oder ihn sich von einer vertrauten Person vorlesen lassen. Die Abschnitte in den eckigen Klammern sollten dann nicht laut gelesen werden, denn sie gehören nicht zur Meditation selbst. Wenn Sie noch nie eine Meditation ausgeführt haben, nicht wissen, wie Sie in den notwendigen veränderten Bewußtseinszustand gelangen können, oder nicht wissen, wie Sie sich nach der Meditation wieder erden können, informieren Sie sich auf den Seiten 291 ff. und 300 f. Dort finden Sie Beschreibungen und Tips zu diesen Fragen.

Die angeleiteten Meditationen sind grundsätzlich mit der Anrede Du abgefaßt, damit Sie sich die Anleitung selbst auf Band sprechen oder ohne Neuformulierungen von einer vertrauten Person vorlesen lassen können.

Meditation zu Tir na mBan

Schließe deine Augen und schalte langsam deine Gedanken ab. Atme rhythmisch und tief. Konzentriere dich auf deinen Geist und entspanne dich. Laß los. Richte deine Aufmerksamkeit nach innen und dann nach außen. Ziehe dein Bewußtsein aus der physischen Welt ab.

Du weißt, daß du von deiner inneren Kraft und von der Liebe der Göttin beschützt wirst. Wenn du möchtest, kannst du zu diesem

Zeitpunkt deine Göttin anrufen und sie um Hilfe und Beistand bitten. Oder du führst einen anderen geistigen Zauber aus, der deinen physischen Körper beschützt, während du diesen mehr und mehr in Vergessenheit geraten läßt. Du kannst deine Göttin auch um Schutz und Führung auf der spirituellen Reise bitten. [Legen Sie nun eine Pause von fünf Minuten ein.]

Du weißt, daß du immer alles unter Kontrolle hast und die Macht besitzt, jederzeit zu deinem wachen Bewußtseinszustand zurückzukehren. Wenn du an einen Punkt der Reise zurückkehren möchtest, denke nur die Worte »ICH BIN ZU HAUSE«. Dadurch kehrst du zurück. Auf der Astralebene sind Gedanken Taten. Dieser einfache Willensakt wird sowohl dein Unterbewußtsein als auch dein Bewußtsein darüber informieren, daß du sofort in deinen normalen Bewußtseinszustand zurückkehren möchtest. Und dies geschieht dann sofort. Anschließend kannst du deine Augen öffnen und unbeschadet wieder deinen Alltagsgeschäften nachgehen.

Du weißt, daß du beschützt und unter Kontrolle bist, und kannst dich nun vollkommen entspannen. Nimm einen weiteren tiefen Atemzug und entlasse dich selbst in jene Erfahrung, die Tir na mBan heute für dich bereithält.

Befreie dich von den Beschränkungen deines normalen Bewußtseins und erlaube dir, durch den Vorhang zu treten, der unsere »reale« Welt von der Anderswelt trennt. [Legen Sie für die Visualisierung dieses Bildes eine kleine Pause ein.]

Wenn deine innere Vorstellung klar und deutlich ist, siehst du dich im Zentrum der rechten Hälfte der großen Doppelspirale stehen. Du setzt vorsichtig einen Fuß vor den anderen und beginnst, dem Weg der Spirale zu folgen.

Du weißt, daß die Anderswelt ein grenzenloser Raum ist, mit unzähligen Reichen, die du erforschen kannst. Auf dem Weg nimmt das Bedürfnis zu, eine Form anzunehmen oder einen Begleiter zu suchen, der dich sicher nach Tir na mBan führt.

[An diesem Punkt müssen Sie entscheiden, wie es weitergehen soll. Sie können entweder ein kleines Silberboot wählen, das auf Sie gewartet hat, ein weißes Pferd oder einen schwarzen Vogel. Sie können sich auch selbst in eine Pferde- oder Vogelform verwandeln. Wenn Sie sich für die Verwandlung (A) entschieden haben, nehmen Sie nun die Änderungen Ihrer äußeren Form wahr. Wenn Sie einen Begleiter (B) wünschen oder ein Boot (C), beobachten Sie, wie diese Form sich für Sie entwickelt.]

Du wartest an jenem Punkt, an dem die beiden Spiralen sich treffen, und fühlst eine Veränderung der Atmosphäre. Die Welt ist fließender und heller geworden. Auf jeder Seite des Weges stehen zwei Hunde, ein roter und ein weißer. Sie sind die Wächter des Tores zur keltischen Anderswelt. Es sind furchteinflößende Wesen, die dich passiv beobachten, als ob sie dich erwartet hätten. Sie bewegen sich nicht und wollen dich nicht am Durchgang hindern.

[Ich wurde an diesem Punkt schon einige Male angehalten, entweder von den Hunden oder von anderen Geisterwesen, und mir wurde befohlen oder geraten, nicht weiterzugehen. Wenn Sie sich nicht wohl fühlen, zornig und nur wenig motiviert sind oder irgendeine negative Emotion mit sich herumtragen, die eine Reise in die Anderswelt zu diesem Zeitpunkt nicht ratsam erscheinen läßt, werden Sie eventuell ebenfalls angehalten oder erhalten zumindest den Rat, zurückzukehren und später wiederzukommen. Die Wahl bleibt meist Ihnen überlassen, aber diese Wächter können sich in wahre Schreckgestalten der Schwelle verwandeln und das Fortschreiten sehr erschweren. Es kann auch eine Zeit geben, in der Sie genau diese harte Lektion lernen sollen. Es wird Ihnen dann gestattet, weiterzugehen – zu Ihrem eigenen Nachteil. Ich habe auch diese Erfahrung bereits gemacht. Doch Sie müssen für sich selbst entscheiden, ob Sie durch das Aufhalten eine Herausforderung aus der Anderswelt erhalten haben, oder ob Sie einfach von jenen geführt werden, die mehr wissen, als Sie selbst.

Die Herausforderung der Anderswelt, im Heidentum meist als »Schwellenangst« bezeichnet, ist ein tiefgreifendes Thema in der keltischen Praxis. Es beherrscht sowohl die alten Mythen als auch die modernen Rituale. Der Zweck einer solchen Herausforderung hat zwei Seiten: 1. Wer unvorbereitet ist, soll auf diese Weise zurückgeschickt werden oder die Lektion auf die harte Weise lernen müssen. 2. Wer den Test dieser Herausforderung besteht, erhält neue Erkenntnisse und ein neues Selbstvertrauen. Auf diese Weise wird der Weg frei gemacht für die größeren Mysterien.

Folgen Sie nun der Auswahl A, B oder C, je nachdem, welche Form Sie für Ihren Weg nach Tir na mBan gewählt haben.]

A. VERWANDLUNG

Du spürst, daß sich deine äußere Form ebenso auflöst wie die Welt um dich herum. Du nimmst eine sehr weibliche Form an. Du fühlst, wie deine Arme zu [hier entweder »Hufen« oder »Flügel« einfügen] werden, und empfindest die Kraft als sehr real, die diese neue Form mit sich bringt. [Legen Sie für diesen Vorgang drei Minuten Pause ein.]

Du bewegst dich nun auf der anderen Spirale weiter gegen den Uhrzeigersinn in einer Welt aus Wasser und Nebel. Der Kreis der

Spirale wird immer enger, je weiter du in sein Inneres vordringst. Plötzlich bist du am Ufer von Tir na mBan angelangt.

Du trittst hinaus auf den Strand und fühlst, wie deine alte Form zurückkehrt. Die [hier »Hufen« oder »Flügel« einfügen] gehen wieder in deine Haut über, und du blickst wieder mit deinen eigenen Augen in die Welt.

B. PFERD ODER VOGEL ALS BEGLEITER

Aus dem Nebel vor dir kommt dein Begleiter auf dich zu und führt dich den restlichen Weg nach Tir na mBan. Eine wunderschöne weiße Stute oder ein schwarzer weiblicher Rabe hält majestätisch vor dir an und beugt sich herab, damit du aufsteigen kannst. Du kletterst freudig auf den Rücken des Tieres.

Du bewegst dich nun auf der anderen Spirale weiter gegen den Uhrzeigersinn in einer Welt aus Wasser und Nebel. Der Kreis der Spirale wird immer enger, je weiter du in sein Inneres vordringst. Plötzlich bist du am Ufer von Tir na mBan angelangt.

Du trittst hinaus auf den Strand und steigst von deiner Freundin ab. Du weißt, daß sie hier auf deine Rückkehr wartet.

C. SILBERBOOT

Aus dem Nebel kommt ein kleines silbernes Boot auf dich zu, um dich den restlichen Weg nach Tir na mBan zu fahren. Freudig steigst du ein, denn du weißt, daß es aus der Anderswelt zu dir geschickt wurde.

Du bewegst dich nun auf der anderen Spirale weiter gegen den Uhrzeigersinn in einer Welt aus Wasser und Nebel. Der Kreis der Spirale wird immer enger, je weiter du in sein Inneres vordringst. Plötzlich bist du am Ufer von Tir na mBan angelangt.

Du trittst vom Wasser auf den Strand und machst das Boot fest. Du weißt, daß es hier auf deine Rückkehr wartet.

An diesem Punkt am Ufer bemerkst du, daß sich hier zwei Welten treffen. Hinter dir liegt die neblige Welt, durch deren dunstigen Schleier kaum ein Blick zu werfen ist. Aber vor dir in Tir na mBan ist es Sommer; üppiges Grün erwartet dich. Vor dir dehnt sich ein dichter Urwald endlos aus. Der einzige Zugang dazu scheint ein kleiner Weg direkt vor dir zu sein. Die Seiten des Weges sind durch zwei kleine Kessel markiert. Während du näherkommst, entdeckst du, daß sie eine dunkelrote Flüssigkeit enthalten. Der Weg selbst ist ebenfalls dunkelrot, als ob er tausend Jahre lang vom Menstruationsblut der weiblichen Zyklen getränkt worden sei – den Zyklen der Gebärmutter, der persönlichen Schmerzen, des Frauenhasses und der Freude darüber, eine Frau zu sein. Hier fließen die Flüsse jenes Blutes zusammen, das unter Qualen, in Gewalt, Glück und Vereinigung vergossen wurde. Sie sind alle hier und bilden einen Teil dieser Anderswelt. Du kannst den kollektiven Puls des universellen Weiblichen um dich herum spüren. Das gesamte Gebiet strahlt Heiligkeit aus und bebt im Rhythmus des Lebens. Du fühlst, wie dein eigenes Herz im Einklang damit pocht.

Du folgst diesem Blutpfad ins Innere des Waldes, bis du an eine Grotte kommst. In der Mitte der Grotte steht ein Thron aus Silber und Gold. Darauf sitzt eine Frau, einer Göttin ähnlich, gekleidet in ein fließendes grünes Gewand. Auf ihrem blonden Haar sitzt eine Goldkrone, die strahlt wie die Sonne, und darauf funkelt der größte und klarste Rubin, den du je gesehen hast. Sie verkörpert Ernsthaftigkeit und ruhige Kraft, und sie scheint eins zu sein mit ihrer natürlichen Umgebung.

Um sie herum sind die Astralformen von Frauen wie du selbst, die hierhergekommen sind, um die Weisheit von Tir na mBan zu suchen. Zunächst empfindest du Trauer, weil nur relativ wenige Frauen vor ihr anstehen, um aus ihrem mit Edelsteinen besetzten Kelch zu trinken, den die Göttin-Königin ihnen anbietet. Im Vergleich zu all den Frauen in der Welt ist ihre Anzahl eher gering. [Der Kelch wird vermutlich von der schottischen Elfenkönigin überreicht und dient den Frauen als Einladung, ihre Weisheit zu suchen. In den letzten Jahrhunderten ist diese Göttin eine Feenkönigin geworden, eine Herrscherin aus Beltane. Thomas Rhymer, ein Visionär aus dem 17. Jahrhundert, behauptete, ihm sei sie eines Abends im Mai erschienen, gekleidet in grüne Seide auf einer weißen Stute mit 59 Silberglocken in der Mähne.]

Wenn du an der Reihe bist, den Trank einzunehmen, näherst du dich dem Thron. Die Königin lächelt dich mit mütterlichem Stolz an und überreicht dir den schweren Kelch. Nimm einen großen Schluck daraus. Das Getränk darin schmeckt ein wenig wie Milch und Honig, sieht aber heller und durchscheinend aus. Einen solchen Geschmack hast du noch nie erlebt.

Du gibst der Königin den Becher zurück.

»Willkommen in Tir na mBan«, sagt sie. »Dieses Reich gehört dir. Gehe und suche deine Weisheit, meine Schwester.«

Du bist nun frei, diese Welt auf deine eigene Weise zu erkunden. Du gehst wieder in den Wald und erkennst dabei, wie reich die Landschaft an weiblichen Symbolen ist. Kelche, Kessel, Hasen, Rehe, Pferde, Raben und Seen mit heiligem Blut eröffnen sich dir.

[An diesem Punkt können Sie jeden beliebigen Bereich im Land der Frauen erkunden. Sie können Ihre Ahnenmutter besuchen oder eine persönliche Vision im Kessel des Wissens ansehen, indem Sie die Quelle von Segais besuchen, oder Sie suchen nach ihrem Schatten-Selbst in den dunkleren Regionen von Tir na mBan. Ihr Schatten-Selbst wird dieselben Ängste, Liebesgefühle, Hoffnungen, Freuden, Stärken und Fehler haben wie Sie selbst. Es ist weder gut noch böse, weder stark noch schwach. Es wird wie Sie sein. Diese Entdeckung kann zu den beängstigendsten Erfahrungen in der Anderswelt gehören, aber durch sie werden Sie letzten Endes heilen. Hier erhalten Sie geistige Einblicke, die Sie sonst nirgendwo bekommen. Heiden wurde jahrhundertelang beigebracht, daß man selbst sein bester Lehrer ist. Was Sie nicht in sich selbst finden können, werden Sie auch nicht außerhalb finden.

Der folgende Zusatz zur Meditation führt Sie durch einen Prozeß, der Ihnen dabei hilft, Träume wiederzubeleben. Diese Methode ist eine alte und bewährte Schamanentechnik. Sie können diesen Abschnitt dann in die Meditation einflechten, wenn Sie sich wieder an einen Traum erinnern möchten, den Sie vergessen haben, oder wenn Sie einen wichtigen Traum hatten, dessen Ende Sie nicht kennen, aber wissen möchten.]

Du weißt, daß du einen vergessenen oder nicht abgeschlossenen Traum suchst, und läßt dich intuitiv zur Traumhöhle führen. Du wirst durch ein nebliges Land geleitet, das von phantastischen Wesen und Figuren bevölkert wird. In der Mitte eines klaren blauen Sees siehst du den Eingang zur Traumhöhle. Die Höhle scheint aus reinem Silber zu bestehen und glitzert im halben Schein der Traumwelt. In ihrem Innern liegen alle Traumbilder, die je von Frauen geschaffen wurden.

In der Nähe ist kein Boot oder eine andere Möglichkeit zu finden, um über den See zur Höhle zu gelangen. Dann wird dir bewußt, daß in der Traumwelt alles möglich ist, und du schreitest auf der Wasseroberfläche über den See. Während du dich dem Höhleneingang näherst, bemerkst du, daß kein Wächter davorsteht. Der einzige Schutz scheint der See zu sein – ein Hindernis, das sich einfach überwinden ließ.

Du trittst ein und siehst, daß die Traumhöhle innen nicht dunkel ist wie eine normale Höhle. Viele Wege führen von diesem Hauptgewölbe ab. Da du bereits in deinem normalen Bewußtseinszustand versucht hast, den Traum zu finden, folgst du nun deinem Instinkt und wählst einen der Seitenwege aus.

Du gehst durch einen engen Raum, der unzählige geschlossene Türen enthält. Die meisten Zeichen darauf sind dir fremd, und du merkst, daß dein Traum nicht hinter diesen Türen liegen kann. Schließlich gelangst du zu einer Tür, die dir sehr vertraut ist. Du weißt, daß es die Tür für dich ist. Während du zur Türklinke greifst, erinnerst du dich lebhaft an jenen Punkt, an dem der Traum aufhörte, oder an das Gefühl, das du kurz nach dem Erwachen aus dem vergessenen Traum hattest. Öffne die Tür und begib dich erneut in das Traumgeschehen.

[Wenn Sie alle im Moment erreichbaren Informationen aus dem Traum erhalten haben und zufrieden sind, sollten Sie zum Eingang der Silberhöhle zurückgehen. Bleiben Sie auf demselben Weg, den Sie für den Eingang zum Traum verwendet haben. Sie können dann langsam mit der Rückkehr zu Ihrem normalen Bewußtsein beginnen. Dieser Vorgang wird im folgenden beschrieben.]

Wenn du bereit bist, Tir na mBan zu verlassen, kehrst du auf dem Blutweg zurück und folgst ihm bis zum Ufer. [Wenn Sie den Blutweg nicht finden, motivieren Sie sich selbst mental, und formulieren Sie diesen im Geiste.]

A. Verwandlung

Während du am Ufer stehst, fühlst du, wie sich die Tierform nähert, die du für den Hinweg gewählt hast. Sie läßt die Transformation zu. Dann trittst du vom Ufer weg und begibst dich auf den Weg in der linken Spirale und folgst diesem Weg immer weiter nach außen. An dem Punkt, an dem der Weg die rechte Spirale kreuzt, verwandelst du dich wieder zurück und begibst dich in deinen physischen Körper.

B. Pferd oder Vogel

Das Pferd oder der Vogel, auf dem du hierher gelangt bist, wartet am Ufer auf dich. Du kletterst auf den Rücken und wirst auf dem Weg der linken Spirale hinausgetragen. Der Weg windet sich immer weiter nach außen, bis er auf den Weg der rechten Spirale trifft. An diesem Punkt steigst du ab, dankst dem Wesen und gehst deinen Weg selbst weiter.

C. Silberboot

Am Ufer wartet das Silberboot auf dich, das dich hierher gebracht hat. Du kletterst hinein, und es fährt dich auf dem Weg der linken Spirale hinaus. Der Weg windet sich immer weiter nach außen, bis er auf den Weg der rechten Spirale trifft. An diesem Punkt hält das Boot an, und du steigst aus. Das Boot zieht sich in den Nebel zurück, wo es auf dich wartet, bis du deine nächste Reise nach Tir na mBan antrittst.

Freudig gehst du deinen Weg bis zur Mitte der rechten Spirale weiter. Tir na mBan entfernt sich immer weiter von dir, und die Atmosphäre verliert ihren fließenden Charakter. Auf dem Weg fühlst du dich wie neugeboren und hast eine andere Ebene der Initiation in die Tradition der keltischen Frauen erhalten. Sobald du im Zentrum der rechten Spirale ankommst, spürst du, daß die Astralwelt entschwindet, und ein Schleier aus Zeit und Raum schließt diese Welt von deiner Welt ab. Du sagst zu dir selbst: »Ich bin zu Hause«.

Langsam und freundlich kehrt dein Bewußtsein in deinen physischen Körper zurück. Nimm bewußt wahr, wie dein physisches Selbst in deine Beine, deine Arme, deinen Rücken, Magen und Nacken zurückkehrt. Strecke dich und genieße die Freude, ein lebendiger Mensch zu sein.

Du bist nun wieder ein Teil der wachen, physischen Welt. Du öffnest deine Augen und fühlst dich erheitert, voller Energien und froh, mit deiner neuen Weisheit zu Hause zu sein. Vergiß nicht, dich selbst zu erden (siehe Seite 291 ff. und 300 f.). Berühre die Erde, esse, schreie oder unternimm etwas anderes, das dich fest mit der Gegenwart verwurzelt. Halte deine Erlebnisse in deinem Begleitbuch oder einem anderen magischen Tagebuch fest, damit du sie später nachlesen kannst.

17 Das Jahresrad
für keltische Frauen

Das keltische Jahresrad (siehe Diagramm) ist gut bekannt und enthält die Mehrzahl der Festtage und Symbole aus der alten anglo-keltischen Tradition. Die acht Feiertage, auch als Sabbate bezeichnet (vom hebräischen *schabat*, »ruhen«, abgeleitet), sind in zwei Kategorien unterteilt: die Großen Sabbate und die Kleinen Sabbate. Die Großen Sabbate sind vermutlich keltischen Ursprungs: Samhain, Imbolg, Beltane und Lughnasadh.

Das Sonnenjahr

Das Sonnenrad des Jahres war die Grundlage für das Netzwerk, in dem die Kelten ihre ewigen Göttinnen und den sterbenden und wiedergeborenen Gott anordneten. Die Göttinnen durchliefen das Jahresrad in folgender Weise: Die Jungfrau gebar den Gott im Winter, sie heiratete ihn im Frühling, brachte ihn/seinen Sohn zur Erntezeit zur Welt und beobachtete seinen Tod zu Samhain.

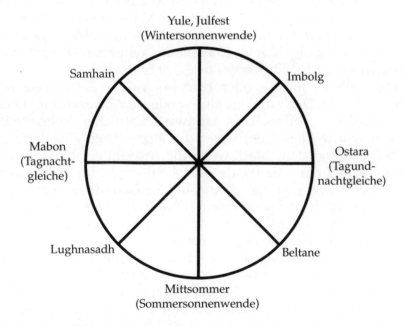

Das traditionelle Jahresrad

Obwohl der Sonnenzyklus das moderne keltische Jahresrad beherrscht, gibt es zahlreiche Spekulationen darüber, welche solaren Sabbate zu den Originalfesten der Kelten gehörten und welche eventuell erst später hinzugekommen sind. Später ist in diesem Zusammenhang ein relativer Begriff, denn einige Sabbate wurden in den irischen, nicht aber in den gallischen Kalender aufgenommen. Beim Studium dieser Informationen mußte ich meine Auffassungen immer wieder ändern, denn es gibt für die eine wie für die andere Version starke Beweise. In Gallien soll es zunächst angeblich nur die Festtage Imbolg, Beltane und Lughnasadh gegeben haben. Aber da Lugh ein Gott der Tuatha De Dannan war und erst in das keltische Pantheon aufgenommen wurde, als die Kelten in Irland angekommen waren, scheint diese Annahme unlogisch. Viele Gelehrten und Heiden sind der Auffassung, die Sonnenwende und die Tagundnachtgleichen seinen zunächst nicht im keltischen Jahresrad enthalten gewesen und erst von den eindringenden Normannen und Skandinaviern eingeführt worden. Auch diese Vermutung scheint unlogisch. Die beiden Sonnenwenden sind die ältesten Sonnenfesttage der Menschheitsgeschichte und waren in allen alten Kulturen bekannt. Die Sonnwendpunkte wurden mit den Bezeichnungen »Mittsommer« und »Mittweihnacht« in das keltische Jahresrad eingefügt. Nach unserem modernen Kalender würde eine solche Bezeichnung keinen Sinn ergeben, denn die Sonnwendpunkte markieren nicht die Mitte sondern den Anfang des Sommers und des Winters. Im keltischen Jahresrad liegt der Mittsommer aber genau zwischen Beltane und Lughnasadh, und der Mittwinter liegt zwischen Samhain und Imbolg. Nur im Kontext des keltischen Jahresrads macht die Bezeichnung als Mitte einer Jahreszeit Sinn.

Heute gibt es feste – oder beinahe feste – Zeitpunkte für die Großen Sabbate. Doch dies ist eine moderne Abwandlung. Die alten Feste wurden auf der Basis landwirtschaftlicher Zeiten gefeiert. Samhain wurde begangen, wenn die letzte Ernte eingebracht war, und Beltane fand dann statt, wenn die Aussaat erfolgt war und das Vieh im Sommer auf die Weide getrieben wurde. Im frühen Mittelalter wurden diese Festtage dann auf der Grundlage astrologischer Phänomene auf feste Daten gelegt. Durch diese Festlegung verschoben sich die Daten der Großen Sabbate um fünf bis sieben Tage nach vorne auf die auch heute noch aktuellen Zeiten.

Für uns moderne Menschen scheint es ungeheuer wichtig, die Festtage jeweils an ganz bestimmten Daten zu feiern. Wir sind den Zyklen der Landwirtschaft bereits so entrückt, daß wir diese »verläßlichen« Markierungspunkte benötigen. Wir haben die Feiertage in ein Jahresrad eingebunden, das ein Symbol für den ewigen Zyklus von Leben, Tod und Wiedergeburt ist.

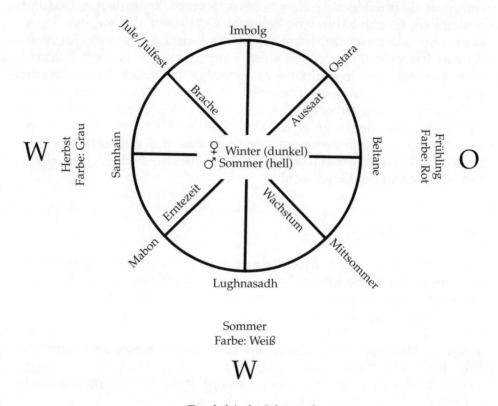

N
Winter
Farbe: Schwarz

Imbolg

Jule/Julfest

Ostara

Brache

Aussaat

W

Herbst
Farbe: Grau

Samhain

♀ Winter (dunkel)
♂ Sommer (hell)

Beltane

Frühling
Farbe: Rot

O

Erntezeit

Wachstum

Mabon

Mittsommer

Lughnasadh

Sommer
Farbe: Weiß

W

Das keltische Jahresrad

Die Großen Sabbate in Irland waren früher auch mit bestimmten Orten und mit den Göttinnen verbunden, die über diese Landschaften herrschten. Die Feste zu Samhain wurden an den heiligen Stätten von Tlachtga, einer Unterweltgöttin, abgehalten. Imbolg wurde bei Tara, einer heiligen Stätte von Tea, der Gründerin und Wächterin dieser Festung, begangen. Die Rituale zu Beltane wurden an den heiligen Stätten von Eire, der Namensgeberin von Irland, durchgeführt, und Lugnasadh feierten die Kelten in der Nähe von Telltown, an der heiligen Stätte von Taillte, der Göttin des Wettkampfs, auf deren Land jedes Jahr besondere Kampfspiele abgehalten wurden.

Die keltische Betonung des Sonnenjahrs hat bei einigen Forschern zu der Annahme geführt, daß die männlichen Gottheiten für die Bedeutung der Festtage besonders wichtig waren. Dies ist zwar in bezug auf andere europäische Kulturen richtig, gilt aber nicht für die keltische Kultur. Bei den alten Kelten gab es keine nahtlose Zuordnung der Gottheiten nach dem Schema Sonne = männlich und Mond = weiblich. Es gab zahlreiche keltische Göttinnen, die mit der Sonne oder dem Feuer verbunden waren oder solare Eigenschaften aufwiesen. In Irland tragen verschiedene Göttinnen den Namen Grainne oder Greine, der grob übersetzt »sonnig« bedeutet. Eine Grainne war die Mutter von neun Töchtern, die in Schutzhütten mit der Bezeichnung *griannon* (Sonnenhäuser) lebten. Sie war vermutlich die Zwillingsschwester von Aine, der Sonnengöttin, die das abnehmende Jahr symbolisierte, während Grainne das zunehmende Jahr darstellte. Im modernen Irischen hat das Wort für Sonne, *grian*, ebenfalls ein weibliches Geschlecht.

Das Mondjahr

Die Einteilungen des Mondjahres werden ebenfalls kontrovers diskutiert. Viele moderne Heiden beziehen sich auf den keltischen Baumkalender, der auf den Mondumläufen basiert. Jeder Umlauf erhält den Namen eines Baums und symbolisiert gleichzeitig dessen Energien. Einige glauben, dieser Baumkalender stamme von den Druiden, andere behaupten, er sei von Robert Grave für sein Buch *Die weiße Göttin* angelegt worden. Die Wahrheit liegt vermutlich irgendwo zwischen diesen beiden extremen Standpunkten.

Doch es gibt auch handfeste Beweise für das keltische Mondjahr. Diese wurden 1897 auf altem gallischem Gebiet in der Nähe der französischen Stadt Coligny gefunden. Auf ausgegrabenen Bronzetafeln entdeckte man eine Jahreseinteilung, bestehend aus zwölf und manchmal 13 Mondumläufen. Ein Sonnenjahr aus 365 Tagen kann entweder zwölf oder 13 Mondumläufe beinhalten. Das Kalendersystem von Coligny beachtet den 13. Mondumlauf weniger, weil er nur manchmal auftritt, und nennt ihn »Mitt-Samonios«.

Im Coligny-Kalender beginnt das Jahr mit dem Oktober und einem Mond, dessen Bezeichnung denselben Wortstamm, *sam*, wie das Fest von Samhain enthält. An diesem Sonnenfesttag beginnt das keltische Jahr. Die Monatseinteilungen des Coligny-Kalenders sehen wie folgt aus:

Monatsname	Übersetzung
Samonios	Aussaat
Dumannios	Tiefste Dunkelheit
Riuros	Zeit der Kälte
Anagantios	Zeit des Zuhause-Bleibens
Orgronios	Zeit des Eises
Cutios	Zeit der Winde
Giamonios	Zeit des Sprossens
Simivisonios	Zeit der Helligkeit
Equos	Zeit der Pferde
Elembios	Zeit der Klageerhebung
Edrinos	Zeit des Gerichts
Cantlos	Zeit des Gesangs
Mitt-Samonios	Mitte der Aussaat

Trotz der vielen Einwände erfreuen sich die modernen keltischen Heiden an ihrem Baumkalender, und das ist auch richtig so. Viele Feste, die zum heidnischen Kalender hinzugefügt wurden, stammen nicht direkt aus alter Zeit und basieren doch auf den alten keltischen Konzepten. Der Baumkalender ist ebenfalls in zwei Varianten zu finden. In der einen beginnt das Jahr an Samhain, in der anderen Variante in der Mitte des Winters. Die letztere Version läßt sich auf den Einfluß der Skandinavier (700–1000 u. Z.) zurückführen. Die Reihenfolge der Monate im Baumkalender variiert ebenfalls gelegentlich. Dies ist auf eine unterschiedliche Interpretation des Ogham-Alphabets zurückzuführen – ein System aus Linien und Strichen, eine Art alter keltischer Schrift. Diese Schrift wurde erst kürzlich mit den Monatsnamen in Zusammenhang gebracht, und die Diskussion darum ist noch lange nicht zu Ende. Die Baumnamen sind für diejenigen in die Liste der keltischen Festtage in diesem Kapitel aufgenommen worden, die gerne damit arbeiten möchten.

Festtage des keltischen Frauenkalenders

Im folgenden Teil habe ich ein Jahresrad der Festtage für Frauen entwickelt. Dieses Jahresrad mag nicht für alle Frauen auf dem keltischen Weg passend erscheinen. Ich kann hier nur jene Festtage vorschlagen, die für Frauen von großer Bedeutung sind und Wege beschreiben, mit denen sich diese Tage feierlich gestalten lassen. Einige dieser Wege basieren auf alten Konzepten, andere sind eher moderne Interpretationen.

Einige Festtage in diesem Modell sind sehr modernen Ursprungs. Gelegentlich stehen Sie mit anderen Daten aus heidnischen Kalendern in Konflikt, doch vielleicht ist gerade dies für uns eine Möglichkeit, wirklich einen bedeutungsvollen Kalender für Frauen zu entwickeln und damit zu arbeiten. Wir sollten uns immer die Freiheit nehmen, eigene Festtage zu finden – entweder für einen ganz persönlichen Gebrauch oder für unsere Familie oder Gruppe.

Ich sehe schon das Schaudern unter den Traditionalisten, die der Gedanke zutiefst erschreckt, daß Sterbliche einfach neue Festtage erschaffen. Doch all jenen sei gesagt, daß auch die alten Festtage einst von Sterblichen erfunden wurden. Und vielleicht hat es auch eine tiefere Bedeutung, daß wir von unseren Göttern keine Steintafeln mit festgelegten Vorschriften erhalten haben, die uns über Tausende von Jahren binden sollen. Die Großen Sabbate, die wir heute feiern, werden in anderer Form begangen als vor 2000 Jahren. Die Spiritualität kann in einer statischen Umgebung nicht überleben. Spiritualität und ihr Ausdruck muß sich immerfort entwickeln und mit den Menschen wachsen, damit sie ihre Bedeutung erhalten kann. Und dennoch sind viele tiefere Aspekte dieser Festtage intakt geblieben, und das ist ihre Stärke. Doch ihre äußere Form hat sich verändert.

Das von mir vorgeschlagene Schema für ein keltisches Jahresrad der Frau enthält ungefähr dreizehn Sonnen- und Mondfeste. Jedes größere Fest wird in diesem Kapitel vorgestellt. Zusätzlich werden einige Anregungen für Feierlichkeiten gegeben. Doch bitte, lassen Sie sich von meinem Konzept nicht einengen. Dies ist nicht meine Absicht. Sie sollten sich immer die Freiheit nehmen, Ihren eigenen Ideen für besondere Rituale oder Feiern nachzugehen. Fügen Sie diesem Jahresrad jene Elemente hinzu, die Ihnen wichtig sind, und lassen Sie weg, was Ihnen unpassend erscheint. Ideen, die hier für Gruppen vorgeschlagen werden, können auch von einzelnen verwirklicht werden, und Gruppen können Rituale übernehmen, die hier für einzelne vorgestellt werden. Wenn Sie mit der Struktur heidnischer Rituale nicht vertraut sind, lesen Sie die Informationen auf Seite 284 ff.und 295 f. nach, oder informieren Sie sich in den zahlreichen anderen Büchern, die es dazu auf dem Markt gibt. Die heidnischen Rituale sind zwar nicht allzu streng gehalten, und es gibt nur wenige Möglichkeiten, wirklich etwas falsch zu machen. Dennoch ist es wesentlich, bestimmte Kernpunkte zu berücksichtigen, damit sich der Sinn eines Rituals Ihrer Psyche einprägt.

Wie Sie anhand dieser Auflistung feststellen werden, finden sich in beinahe allen keltischen Festen, ob alt oder modern, weibliche Mysterien. Ihrer Vorstellungskraft sind keine Grenzen gesetzt. Richten Sie sich nach Ihrem eigenen Potential als Frau und inkarnierte Göttin!

Solange es niemanden verletzt, können Sie tun und lassen, was Sie wollen.

SAMHAIN: 31. OKTOBER

Über dieses beliebte Fest ist bereits so viel geschrieben worden, daß es fast überflüssig und ein wenig anmaßend erscheint, dies alles in einer kurzen Beschreibung zusammenzufassen. Samhain ist das wichtigste Fest des neuen Jahres und ein Fest, bei dem das Ende der Ernte begangen wird. Zu Samhain feiern wir die Welt des Geistes und ehren unsere Ahnen. Das Fest hat seine Wurzeln eventuell sogar in prähistorischer Zeit, zu einer Zeit als die Stämme noch durch das Mutterblut verbunden waren und das Opfer für die weiblichen Ahnen ein zentraler Punkt ihrer spirituellen Ausrichtung war.

Der Begriff *Samhain* läßt sich auf zwei verschiedene Ursprünge zurückführen: Die entfernteste Ableitung besteht zur alten arischen Todesgöttin Samana. Es kann auch sein, daß der Name von dem irisch-gälischen Begriff *samhraidhreadh* abstammt, dies bedeutet buchstäblich »Ende des Sommers«. Eine weitere Bedeutung dieses Begriffs ist »alle zusammen«, was die Bedeutung noch genauer widerspiegelt, denn Samhain ist jene Zeit, in der sich der Schleier zwischen den Welten der Toten und Lebenden hebt. Zu dieser Zeit durften die Ahnen unter uns sein.

Die alte Frau, als Göttin und Ahnin, ist die wichtigste Gottheit an diesem Festtag. Samhain ist die Nacht, in welcher der alte Gott, ihr Sohn und Liebhaber, stirbt und sie die Klage um ihn erhebt, bis sie sich selbst wieder in eine Jungfrau verwandeln kann, um ihn wiederzugebären. Das Bild von der Halloween-Hexe, die in ihren blubbernden Kessel starrt, rührt von dem alten keltischen Glauben, daß alle toten Seelen ebenso wie der Gott in ihren Kessel des Lebens, des Todes und der Wiedergeburt zurückkehren, um dort auf die Reinkarnation zu warten.

Um diesen Sabbat zu feiern, können Sie einem alten irischen Brauch folgen und Kerzen in ihrem Fenster aufstellen, um die Reisen der Geister zu erleuchten. Auch das »Stumme Mahl« gehört zum alten Brauchtum. Es wird abends in vollkommener Stille eingenommen, und die Toten werden dazu eingeladen. Oder Sie backen einen Seelenkuchen und verschenken diesen. Alle diese Gaben zur Ernährung der wandernden Geister werden in England und Schottland an die Kinder verteilt, die von Haus zu Haus gehen und darum bitten. Sie können auch ein Kostümfest veranstalten, zu dem die Frauen als alte Göttinnen von großer Stärke und Macht erscheinen.

Da in dieser Nacht die Türen zu anderen Zeiten und Orten weit offen stehen, ist es eine gute Zeit, um allein oder in einer Gruppe an vergangenen Leben zu arbeiten. Entdecken Sie diese Methoden jetzt, sofern Sie Ihnen noch nicht bekannt sind.

Wenn Sie zu Samhain Seelenkuchen backen und an andere verschenken, können diese dabei einen Wunsch für das neue Jahr aussprechen. Das Brotbrechen in einer Gemeinde ist in vielen Kulturen ein Akt des treuen Glaubens und kann dazu dienen, die Bande zwischen Ihrer keltischen Gruppe zu festigen.

In dieser Zeit können Sie auch um einen toten Gott trauern. Verwenden Sie dazu den traditionellen Trauerschleier der Frauen, und bieten Sie der sich grämenden Göttin Trost.

Stellen Sie Fotos oder Erinnerungsstücke Ihrer weiblichen Vorfahren in Ihrem Kreis auf, um ihr Andenken in Ehren zu halten. Rufen Sie den Geist der alten Frau an, damit sie den Geistern erst kürzlich Verstorbener in der Anderswelt hilft. Alle Anwesenden können ihre Erinnerungen an hinübergegangene Frauen miteinander teilen.[*] Auch eine Feier für all jene Frauen, die als Hexen hingerichtet wurden, ist zu dieser Zeit angebracht.

Besonders nett wäre es, in das Ritual einen Teil aufzunehmen, durch den eine alte Frau in Ihrer Gruppe geehrt wird – eine Frau, die weise ist oder kürzlich in die Menopause eingetreten ist. Oder Sie nehmen sich die Zeit, den Aspekt der alten Frau in sich selbst zu zelebrieren.

TAG DER BANSHEES: 1. NOVEMBER

Dieses Fest, das nur gelegentlich auf heidnischen Kalendern verzeichnet ist, ist weder modern noch ganz alt. Die Banshee oder *bean-sidhe* ist ein Geist aus der Anderswelt, der jeweils einer bestimmten

---

[*] Der Begriff »hinübergegangen« ist ein Synonym für »sterben«. In der Wicca-Tradition drückt dies den Glauben daran aus, daß die Seele eines Verstorbenen in die Anderswelt hinübergeht.

keltischen Familie angehört. In der Nacht, bevor ein Mitglied dieser Familie stirbt, sind ihre Klagen in der ganzen Gegend zu hören. Das Wehklagen der Banshee wird häufig aber nicht als störend, sondern tröstend empfunden.

Die Banshee stellt das Reich der weiblichen Anderswelt dar oder das Land der Frauen. In diese Welt müssen die toten Seelen gehen, um wiedergeboren zu werden. Der Schoß der Göttin, durch den unerschöpflichen Kessel symbolisiert, ist die Essenz dieses Reichs.

Die genauen Ursprünge der Banshee sind mit der Zeit verlorengegangen, aber es ist anzunehmen, daß sie einen Mutter-Aspekt der Anderswelt darstellt. Eventuell wurde sie auch von den Klagen der Göttin Brigit abgeleitet, die beim Tod ihres Sohnes Ruadhan in tiefes Wehgeschrei verfallen war.

Sie können diesen Festtag begehen, indem Sie einem alten irischen Brauch für die Tagundnachtgleiche folgen, der noch heute ebenso wie der Girlandensonntag in einigen ländlichen Gebieten praktiziert wird. Legen Sie dazu Äpfel auf die Gräber geliebter Verstorbener. Der Apfel symbolisiert die keltische Anderswelt, die Wiedergeburt, das ewige Leben und die Göttin der alten Frau. Allein oder in einer Gruppe können Sie über die Bedeutung des Wortes *Banshee* meditieren (*ban* = Frau, *sidhe* = Fee). Obwohl dieses Wort irisch ist, ist die Banshee auch in anderen keltischen Ländern bekannt, meist unter dem Namen »die Trauernde«.

Sie können auch ein Ritual abhalten, um die Schutzgeister Ihrer Familie zu ehren, oder ein Erinnerungsritual für Frauen ausführen, um all jener Frauen zu gedenken, die in ihrer Trauer so stark sind wie Banshee.

MOND DER BIRKE: VOLLMOND IM NOVEMBER ODER DEZEMBER

Im keltischen Baumkalender wird dieser Festtag auch Mond der Eröffnung genannt. In diesem Mondzyklus können Sie Neugründungen oder Anfänge feiern. Dieser Tag läßt sich auch als eine Art zusätzlicher Neujahrstag auffassen.

FEST DER INNEREN KRAFT: 23. NOVEMBER

Dieser Festtag ist zwar in den modernen heidnischen Kalendern enthalten, doch finden sich dazu keinerlei Hinweise auf Ursprünge aus alter Zeit. Das Konzept ist trotzdem überzeugend. Manchmal wird dieser Festtag auch als »Geheimnis des unbehauenen Steins« bezeichnet. Dieses Bild spielt auf das innere Potential an, das überall dort zu finden ist, wo noch keine Verformung stattgefunden hat.

Mit anderen Worten: Behauen bedeutet, auf eine Sache so lange mit einer Axt oder einem anderen Schlagwerkzeug einzuschlagen, bis es die gewünschte Form erhält. Hier wird also etwas in eine konforme Form gepreßt; dieser Vorgang läßt sich auch abstrakt interpretieren, zum Beispiel wenn es um die Umformung von Prinzipien und Ideen geht.

Für mich ist dies ein wichtiger Festtag, an dem der/die einzelne sich selbst zur Innenansicht zwingen kann, um jenen Dingen ins Auge zu blicken, die nicht nur angenehm sind. Es ist der richtige Tag, um komplizierte Ideen zu untersuchen, über Veränderungen nachzudenken und jene Verwurzelungen aufzulösen, die unseren Widerstand dagegen aufrechterhalten. An diesem Tag lassen sich unsere Ängste und Unsicherheiten Schritt für Schritt in Luft auflösen, indem wir unseren Blockaden gegenübertreten. Häufig werden Ängste zwar ausgesprochen und niedergeschrieben, aber nur selten wagt man, diese Herausforderung wirklich anzunehmen und der Schwellenangst, dem Schatten-Selbst und dem Begleiter (siehe Kapitel 13 bis 15) ehrlich zu begegnen. An diesem Tag können Sie erkennen, welche Blockaden Ihr geistiges Fortschreiten und Ihre Verbindung zum Göttlichen behindern.

Bevor Sie mit der Feier beginnen, sollten Sie sich selbst zwingen, an etwas zu denken, was Sie gerne verdrängen. Dabei kann es sich um ein geistiges Ziel handeln, um eine persönliche Hürde oder ein aktuelles Problem, das bewältigt werden muß. Das anschließende Fest wird Ihre Belohnung sein. Führen Sie ein Ritual, eine Meditation oder eine Reise in die Anderswelt aus, und wählen Sie dafür ein Szenario aus, das für Sie immer schwierig war, zum Beispiel weil es Bilder bemüht, die Sie als störend empfunden haben. Blicken Sie dieser Schwellenangst ins Auge, und treten Sie darüber hinweg. Wenn Sie ihr nicht ins Auge sehen können, sollten Sie zumindest versuchen, näher als bisher an sie heranzukommen. Rufen Sie zur Ermutigung Ihr kriegerisches Selbst wach (siehe Kapitel 4 und 5). Oder führen Sie eine angeleitete Meditation oder eine Astralprojektion in eine Welt durch, in der Sie dem Schatten-Selbst oder dem Begleiter begegnen.

Vielleicht gibt es in Ihrem Herzen eine heimliche Wunschliste von Dingen, die Sie eigentlich tun möchten, aber aus Angst oder mangelndem Selbstvertrauen nicht ausgeführt haben. Wählen Sie wenigstens einen dieser Wünsche aus, und nehmen Sie sich fest vor, diesen bis zum Ende des Winters ausgeführt zu haben. Wenn in einer Frauengruppe interne Schwierigkeiten aufgetreten sind, ist dies die richtige Zeit, um sich gemeinsam zurückzuziehen und über das Potential in der Gruppe und die Beiträge der einzelnen Frauen zu diskutieren. Dieses unbekannte Potential sollte als Bereicherung für die gesamte Gruppe gesehen werden und als Möglichkeit, die Gruppe in eine neue und angemessene Richtung zu lenken.

An diesem Festtag sind auch Rituale von einzelnen angebracht, bei denen dem eigenen Willen und den Talenten gedankt wird. Richten Sie sich selbst an einer mächtigen Göttin aus, und öffnen Sie sich, um ihre Kraft und Stärke mit sich selbst zu verbinden. Wenn Sie in einer Gruppe arbeiten, können Sie folgendes Ritual ausführen: Jede Frau darf einmal im Kreis herumgehen und jeder einzelnen anwesenden Frau etwas über ihre Stärken mitteilen. Manchmal zeigen wir anderen ihre Stärken, sind uns aber unserer eigenen Kräfte nicht bewußt. Danach können Sie die Namen der Gruppenmitglieder laut singen und eine verbale Kette der Kraft aufbauen, die die einzelnen Mitglieder der Gruppe miteinander verbindet.

MOND DER EBERESCHE: VOLLMOND IM DEZEMBER

Im keltischen Baumkalender wird dieser Festtag auch »Mond der Vision« genannt. Zur Zeit dieses Mondes können Sie in Ihr Inneres reisen, um Ihre inneren Stärken hervorzubringen. Diese Zeit wird auch Astralmond genannt – eine gute Zeit, um die Kunst der Astralprojektion zu vertiefen oder mit der Welt des Geistes in Kontakt zu treten.

MITTWEIHNACHT: WINTERSONNENWENDE

Die Wintersonnenwende ist der älteste Sabbat, vermutlich 12 000 bis 20 000 Jahre alt. Vor sehr langer Zeit, als der Winter noch gefährlicher war als heute, markierte dieser Festtag die Wiedergeburt der Sonne, deren Kraft ab diesem Zeitpunkt wieder zunahm. Sie wurde mit Freude und Erleichterung begrüßt. Viele Legenden berichten von keltischen Priesterinnen und Druiden, die früh aufstanden, um die Sonne bei ihrem Aufgang zu begrüßen. Diese Ehrerbietung fand überwiegend zur Wintersonnenwende statt, jenem Tag, an dem die Sonne wieder stärker zu scheinen begann.

In den meisten heidnischen Traditionen wird die Wintersonnenwende als Geburtstag des männlichen Gottes/Sohnes/Liebhabers der Jungfrau-Göttin gefeiert. Diese Tradition wurde auch in das moderne Heidentum übernommen, und es gibt sehr viele Rituale für diese Feierlichkeit. Doch gerade angesichts des Übergewichts dieses männlichen Akzents erscheint es nur berechtigt, an diesem Datum auch die Rückkehr der Sonnen- und Feuergöttin zu feiern.

An diesem Sabbat begehen die meisten Wiccaner den ewigen Kampf zwischen den zunehmenden und abnehmenden Kräften des Jahres. In der keltischen Mythologie werden diesen Archetypen viele

Namen gegeben: der Heilige König und der König der Eiche, der Rote und der Weiße Drachen sowie viele andere. Sie alle stellen die Umkehr der universellen Energiemuster in die Richtung ihrer Polaritäten dar. Die kämpfenden Figuren sind ihrem Wesen nach meist männlich, obwohl es gelegentlich auch Schlachten gegen eine Herrschergöttin gab, zum Beispiel in der Geschichte der Waliser Göttin Creiddylad, die von den Göttern Gwyn und Gwyrthur bekämpft wurde. Das Bild von einer Göttin, die um die Vorherrschaft des Jahres kämpft, gehört nicht zu den gängigen Vorstellungen. Bekannter ist das Konzept, bei dem ein Aspekt in einer Jahreshälfte herrscht, während der andere in dieser Zeit nicht vorhanden ist bzw. in die Unterwelt wandert. Aine, deren Festtag kurz nach der Sommersonnenwende stattfindet, und Grian, deren Name »sonnig« bedeutet, sind vermutlich dieselbe Göttin, die zu den verschiedenen Jahreszeiten jeweils ein anderes Gesicht zeigt. In der dunklen Hälfte des Jahres soll Grian unter einem Hügel namens Pallas Green (Unterwelt?) in der Grafschaft Tipperary gelebt haben. Es ist also anzunehmen, daß Grian in der hellen Hälfte des Jahres regiert hat (von der Winter- bis zur Sommersonnenwende) und Aine in der dunklen Hälfte (von der Sommer- bis zur Wintersonnenwende).

Wenn Sie zur Wintersonnenwende Rituale ausführen, sollten Sie sich der Rückkehr Grians aus der Unterwelt bewußt sein, um über die zunehmende Sonne zu herrschen. Der Kampf zwischen den beiden männlichen Archetypen steht für Frauen sicherlich weniger im Vordergrund. Sinnvoll ist es zu dieser Zeit auch, Geburtsrituale auszuführen, um die neu geborene Sonne als Tochter willkommen zu heißen.

Wenn Sie nach zusätzlichen Möglichkeiten suchen, diesen Sabbat zu feiern, können Sie auch vor Sonnenaufgang aufstehen und draußen die aufgehende Sonne an diesem Tag des Jahres begrüßen. Oder Sie veranstalten eine Party zur Wintersonnenwende und bedienen sich christlicher Sitten, die ohnehin größtenteils den heidnischen Traditionen in Europa entliehen sind: Schmücken Sie Ihre Wohnung mit Mistel-, Tannen- oder Wacholderzweigen wie die alten Kelten. Zeigen Sie Ihren Glauben an das zunehmende Jahr, indem Sie einige Pläne für den Sommer schmieden.

SILVESTER: 31. DEZEMBER

Das schottische Neujahrsfest wurde einst »Hagmenai« genannt oder »Mond des alten Weibes«. Damit wurde die Göttin der alten Frau in ihrem tiefsten Winter geehrt, zu jener Zeit, als die Trauer um ihren verlorenen Gott am stärksten war. Die Feiern an diesem Tag haben weltweit Tradition, aber die Verbindung zur Göttin ist in Vergessenheit geraten.

FEST DER DREIEINIGEN GÖTTIN: 6. JANUAR

Dieser Festtag wird in den jeweiligen Kalendern an verschiedenen Tagen begangen, manchmal im April, manchmal auch erst im Juli. Das Datum im Januar entspricht der »Zwölften Nacht«, einem Festtag aus dem teutonisch-heidnischen Kalender, der das Ende der Mittweihnacht-Feierlichkeiten darstellte und die Muttergöttin verehrte. Wenn Sie es vorziehen, diesen Festtag im April oder Juli zu feiern, ist er zwar nicht in größere Feierlichkeiten eingebettet, läßt sich aber dafür zu Zeiten begehen, in denen sonst keine Festtage liegen. Das Datum ist nicht so wichtig wie die Absicht.

Der Festtag der dreieinigen Göttin ist eindeutig moderner Herkunft, womöglich die Kopfgeburt einer Person oder Gruppe, die einen speziellen Tag zu Ehren der Triadengöttin einführen wollte. Ein Festtag für diese Göttin sollte für keltische Frauen besonders interessant sein, denn unsere Verbindung zu dieser Göttin ist sehr eng.

Da es keine alten Rituale als Orientierung für dieses Fest gibt, haben Sie hier in Ihrer Gruppe oder als einzelne alle Freiheit zum Experimentieren – genießen Sie diese Möglichkeiten!

DAS FEST DER MORRIGAN: 7. JANUAR

An diesem Festtag wird die Kraft und Würde der Triadengöttin des Todes und der Zerstörung gewürdigt. Beachten Sie, daß mit dem Tod auch die Wiedergeburt einhergeht. Alles, was diese Göttin zerstört, belebt sie auch wieder.

MOND DER ESCHE: VOLLMOND IM JANUAR

Dieser Mondzyklus ist mit dem Fluß allen Lebendigen verbunden und eignet sich zur Herstellung magischer Objekte. In der Heilkunst werden häufig Stäbe aus Esche verwendet.

IMBOLG: 2. FEBRUAR

Imbolg ist einer der vier Großen Sabbate, ein Feuerfest, an dem die Kraft des jungen Sonnengottes und seiner wartenden Braut, der Erdgöttin, gefeiert wird. An diesem Tag wird auch Brigit* geehrt, eine Göttin mit vielen Eigenschaften und Entsprechungen, darunter

---

* Ihr irischer Name ist Brighid. In England und Wales wurde sie Brigantia oder Brittania genannt und in Gallien Brigindo.

auch das Feuer. Da das Feuer mit der Hitze der Sonne in Verbindung steht, ist Brigit ein natürliches Zentrum dieses Festtages. Ihr Festtag war so tief in der irischen Kultur verwurzelt, daß die Kirche ihn nicht abschaffen konnte. Aus diesem Grund entschloß man sich zu einer Umwandlung in den Tag der Heiligen Brigit, zu Ehren einer zweifelhaften Heiligen, die in Wirklichkeit eine alte Göttin war.

Imbolg war auch das Fest der weiblichen Mysterien mit vielen ausschließlich für Frauen reservierten Ritualen bzw. Ritualen, die auf die Herrschaft der Frauen gerichtet waren. Diese Interpretation ist vermutlich eher modernen Ursprungs – wobei modern hier ein relativer Begriff ist –, denn die weibliche Gefolgschaft von Brigit bestand auch aus jenen Nonnen, die bereits vor Hunderten von Jahren die heilige Flamme von Brigit bei Kildare hüteten. Die diesbezüglichen Riten bestehen schon seit langem aus Mischformen von heidnischen und christlichen Praktiken, und ihr genauer Ursprung wird wohl für immer ein Geheimnis bleiben.

Anfang des 20. Jahrhunderts war es für die jungen Frauen in den irischen Dörfern Brauch, sich als Brigit in alten Gewändern zu verkleiden und ihr Bild auf diese Weise durch die Straßen zu tragen. Die Mädchen gingen von Tür zu Tür und bettelten für die »arme Biddy«, ein Spitzname von Brigit. Ein guter Teil des eingesammelten Geldes oder der Nahrungsmittel ging an die Gemeinde entweder durch die Kirche oder direkt von den Mädchen an ihre Familien. Eine Gabe für Brigit sollte Glück bringen, besonders bei der Ernte.

Zu Imbolg können Sie Brigit auf alte Weise verehren, indem Sie eine Puppe in ein Puppenbett legen, die als Braut gekleidet ist, oder als die junge Sonne selbst und den Sonnengott erwartet. Ein weiterer altirischer Brauch besteht darin, über Nacht ein weißes Kleidungsstück (ein Symbol für Brigits Mantel) draußen aufzuhängen und den Tau aufzufangen. Wenn Sie das Stück am nächsten Morgen hereinholen, soll es heilende Eigenschaften besitzen. Tragen Sie es im kommenden Jahr, wenn Sie der Heilung bedürfen oder wenn Sie einen Zauber für die Heilung von anderen ausführen.

Traditionell wird diese Zeit auch für Wahrsagungen oder Prophezeiungen der Zukunft benutzt, besonders durch das Lesen natürlicher Zeichen. Vögel, Wölfe und Schlangen wurden im Februar für Wahrsagungen verwendet. Der Einsatz von Vögeln und Wölfen kam aus Rom nach Westeuropa. In Rom stand dieser Festtag mit dem Hochzeitsfest Lupercalia in Verbindung (14. bis 15. Februar). Die Schlangen passen besser zur keltischen Weltsicht, denn sie verkörpern die Verbindung zwischen unserer Welt und der Unterwelt und sind ein Symbol für die Erneuerung der Erde im Frühling.

In Ihren Ritualen können Sie Brigit oder eine andere Sonnen-/Feuergöttin ehren. Der christianisierte Name für dieses Fest ist Lichtmeß. Dieser Name rührt von der alten heidnischen Praxis, an diesem Festtag viele Kerzen anzuzünden, um die wachsende Kraft der Sonne zu symbolisieren.

FEST VON ST. BLAIZE: 2. FEBRUAR

In Frankreich, vor allem in der keltischen Bretagne, wurde die Göttin Brigit bzw. die Heilige Brigit zu einer weniger bekannten Heiligen namens St. Blaize. Sie war Schutzpatronin der Heilerinnen und sorgte in harten Wintern für Schutz. Der Name Blaize ist eine Abwandlung des englischen Wortes *blaze* für Glut. Dies verdeutlicht die Verbindung zur alten Feuer- und Sonnengöttin.

MOND DER ERLE: VOLLMOND IM FEBRUAR ODER MÄRZ

Ein Mond der Bewegung, da der Frühling naht. Dieser Mondzyklus ist von der erwachenden Erde beseelt.

FEST DES SPEKTAKELS: 1. BIS 3. MÄRZ

Dieses Fest dient dazu, die Mutter Erde aus ihrem langen Winterschlaf zu erwecken – ein sehr beliebtes Ereignis in der heutigen heidnischen Praxis und auch in der Vergangenheit. Sowohl die angelsächsische als auch die keltische Tradition legt uns nahe, diesen Festtag im Freien zu begehen.

Außerhalb der Dörfer und Höfe wurden Freudenfeuer entzündet, die das Erwärmen der Erde symbolisierten. Während die Prozession im Fackelzug von Feuerstätte zu Feuerstätte zog, wurde getrunken und viel Lärm und Geschrei gemacht. Der Lärm war unüberhörbar; es wurde auf Bratpfannen oder Trommeln geschlagen, gesungen und so weiter, um die Mutter Erde zu wecken.

Um dieses Fest auf Ihrem eigenen Terrain zu feiern, greifen Sie zu einem Stock und gehen Sie damit umher. Klopfen Sie dreimal mit dem Stock auf die Erde und rufen Sie sie beim Namen, um sie zu wecken. Schenken Sie dabei besonders jenen Flächen Beachtung, die einer Erneuerung bedürfen: Felder, Gärten oder Orte, an denen die Erde verletzt wurde.

FEST VON RHIANNON: 4. MÄRZ

Dieser Festtag ehrt das Waliser Pferd, den Mond und die Ahnengöttin. Begehen Sie diesen Tag mit Bildern von Pferden, Mondriten, und ehren Sie Ihre weiblichen Vorfahren. Das Pferd symbolisiert die Fähigkeit, sich zwischen den Welten zu bewegen. Wenn Sie diesen Tag auf schamanische Weise feiern möchten, erforschen Sie andere Welten.

Rhiannon weist große Ähnlichkeiten mit zwei anderen Pferdegöttinnen auf: Epona und Mare. Mare ist die Überbringerin von Träumen und Epona die Göttin der Transformation. Wenn Sie diesen Göttinnen Speisen anbieten, erscheinen sie vielleicht in Ihren Träumen.

Eine alte Volkssitte aus Westirland besagt: Wenn Sie vor der Dämmerung in jeder Ecke eines perfekt ausgerichteten Kreuzes (direkt nach Osten, Westen, Norden und Süden gerichtet) Feuer anzünden und sich dann ruhig hinsetzen, können Sie Epona vorbereiten sehen. Sie kommt aus dem Westen, der Richtung der untergehenden Sonne.

TAG VON SHEILA-NA-GIG: 18. MÄRZ

Auch dieser Festtag erscheint gelegentlich auf heidnischen Kalendern; es ist aber keine alte Quelle dafür zu finden. An diesem Tag wird die mysteriöse Göttin der Schwellen geehrt und mit ihr die weiblichen Mysterien. Benutzen Sie diesen Tag, um sich diesem Bildnis zu nähern oder darüber zu meditieren. Erlauben Sie ihr, das Tor zu ihren Geheimnissen für Sie zu öffnen (siehe Kapitel 2 und 3).

EOSTRE: TAGUNDNACHTGLEICHE IM FRÜHJAHR

Dieser teutonische Festtag wird in modernen Wicca-Traditionen und von vielen Kelten als Tag des Gleichgewichts und des sexuellen Erwachens gefeiert. Eostre ist eine teutonische Göttin des Frühlings und der Fruchtbarkeit, die gerne in das moderne, keltische Pantheon aufgenommen wurde.

TAG VON TEA UND TEPHI: TAGUNDNACHTGLEICHE IM FRÜHJAHR

Die Ursprünge dieses Feiertags liegen im Dunkeln; es gibt keinen deutlichen Hinweis auf eine alte Herkunft. Es ist ein Festtag für die Zwillingsgöttinnen von Tara, der alten physikalischen und spirituellen Festung der irischen Hohen Könige. Tea und Tephi waren Frauen aus dem Volk der Tuatha De Dannan. Als Herrscherinnen von Tara sorgten sie für dessen Schutz und überreichten den Königinnen die Macht zur Herrschaft über Irland.

Der Tag der Frau (Lady Day) wurde in Cornwall und im südlichen Wales begangen und steht in Verbindung mit verschiedenen heidnischen Frühlingsfesten, gelegentlich auch mit Lughnasadh. In manchen Kalendern wird der Tag am 24. April begangen, in anderen erst Mitte Juli; die Daten im Frühling scheinen jedoch zu überwiegen.

Auch am Tag der Frau wird die Rückkehr der Göttin aus dem Winterschlaf zelebriert. Im modernen Cornwall lassen sich an diesem Tag ebenfalls noch viele alte heidnische Bräuche beobachten, zum Beispiel das Begraben von Eiern, um die Fruchtbarkeit der Felder zu sichern, oder Dekorationen aus Frühlingsblumen, Tänze und andere Feierlichkeiten. Jede Frau, die an diesem Tag ein Kind gebärt, gilt als von der Göttin/Jungfrau Maria gesegnet. Die Nachgeburt dieses Ereignisses wurde als heiliges Objekt behandelt und häufig der Göttin als Opfer zurückgegeben.

Wenn die Frauen aus Cornwall Probleme mit der Fruchtbarkeit hatten, gingen sie an diesem Tag zu der berühmten Steinformation »Men-an-Tol«. Diese besteht aus einem großen runden Stein mit einem natürlichen Loch (Symbol für die Göttin/Frau) und einem großen, aufgerichteten phallischen Stein (Symbol für den Gott/Mann). Es war Brauch, daß die Frauen neunmal im Uhrzeigersinn durch das Loch im Stein schlüpften und dabei magische Sprüche für ihre Fruchtbarkeit sprachen.

Bei den modernen Heiden gilt der Tag der Frau als Zeit sexuellen Erwachens, wenn die Jungfrau-Göttin auf die Suche nach ihrem Geliebten, dem jungen Gott, geht. Dieses Konzept basiert auf dem alten keltischen Glauben an die Vorbestimmung dieser Begegnung – die physische Vereinigung der beiden Geschlechterhälften des Göttlichen in menschlicher Form. Wahrsagungen zu künftigen Romanzen bilden deshalb einen festen Bestandteil dieses Festtages. Eine beliebte Übung ist es, das Gesicht des künftigen Geliebten in einem Wasserbecken vorauszusehen, während man frische Milch trinkt. Bei den meisten keltischen Frühlingsfesten ist es üblich, Milchprodukte als rituelle Mahlzeiten zu sich zu nehmen.

Auch der Tag der Frau hat, wie viele andere heidnische Festtage in der modernen Welt, ein ernsteres Gesicht. Im Mittelalter wurde der Festtag im südlichen England auf den 4. April verlegt und zu Ehren von St. Mark umbenannt. Dieser Heilige wird oft als Hirte der Seelen im christlichen Himmel dargestellt. Im südlichen England entwickelte sich daraufhin ein alter Volksbrauch: Wer sich an diesem Tag zu Mitternacht auf die Schwelle einer Kirchentür setzte, konnte die Seelen all jener von Osten nach Westen (Richtung Anderswelt) an sich vorbeiziehen sehen, die im kommenden Jahr sterben würden.

MOND DER WEIDE: VOLLMOND IM MÄRZ

Da die Weide ein weiblicher Baum ist, der sich vom weiblichen Element Wasser ernährt, und aus der Weide häufig magische Instrumente hergestellt werden, wurde dieser Zyklus des keltischen Baumkalenders als Mond der Hexen bezeichnet.

MOND DES WEIßDORNS: VOLLMOND IM APRIL

Der blühende Weißdorn ist eine Blume der Feen. Er soll einst von Herrscherinnen wie Ginevra am Morgen von Beltane gepflückt worden sein.

BELTANE: 1. MAI

Der Sabbat Beltane gehört zu den bekanntesten Festtagen des Wicca-Jahres. In der modernen heidnischen Tradition wird diese Zeit für den Händedruck (heidnischer Hochzeitsritus) reserviert. Dieser Brauch stammt vom eigentlichen Hauptzweck des Sabbats: die Feier der sexuellen Vereinigung oder Heirat zwischen Göttin und Gott. In Wirklichkeit war Beltane im alten Irland die traditionelle Zeit für Scheidungen (in der modernen Wicca-Tradition als Loslassen der Hände bekannt), und Hochzeiten fanden meist im November statt. Dies macht in einer Hirtenkultur auch Sinn. Im November wurde das Vieh von den Sommerweiden in die Dörfer oder Befestigungsanlagen der Stämme zurückgebracht, und die Frauen, die mit dem Vieh losgezogen waren, um darauf aufzupassen, kamen zu dieser Zeit ebenfalls wieder zurück zu ihrem Clan.

Ebenso wie bei Samhain, gibt es auch bei diesem Sabbat vielfältige Meinungen über die Herkunft des Namens. Eine Möglichkeit ist, daß der Tag nach der alten irischen Todesgöttin Beltene benannt wurde (eventuell fälschlich in das Pantheon aufgenommen). Eine weitere Möglichkeit ist, daß er von den Namen der schottischen Göttin Bel oder dem irischen Feuergott Belanos abgeleitet wurde. Die überzeugendste etymologische Spur ist jedoch, daß der Name für den Festtag vom englischen Begriff *balefire* abstammt, einer Art heiligem Freudenfeuer. Auch heutzutage werden in ganz Großbritannien und Irland am Abend des 1. Mai heilige Freudenfeuer angezündet. In Irland wurden diese Feuer erst entfacht, wenn das Feuer von Tara angezündet war. In Schottland zündete jede Gemeinde ihr eigenes Feuer aus dem *tein-eiging* (»Notfeuer«) an. Dieses kleine Feuer wurde von der Gemeinde rund um das Jahr für häusliche Zwecke (Kochen oder Heizen) am Leben erhalten. Da alle Winterfeuer vor diesem ersten offiziellen Sommertag gelöscht werden mußten, war das Wiederentfachen dieser Feuer eine heilige Aufgabe, die meist von hochrangigen Priesterinnen oder Druiden ausgeübt wurde. In den Häusern hatten jeweils die Frauen die Ehre, das Haushaltsfeuer zu entzünden. Und es waren auch die Frauen, die sich das ganze Jahr um das Feuer kümmerten.

Um Beltane für sich selbst zu feiern, lesen Sie in den zahlreichen Büchern zur Praxis der Heiden und Wicca nach. Hier finden Sie viele Vorschläge für Rituale zu diesem Tag. Das Prinzip der Vereinigung von Mann und Frau – ein Akt, der als Großer Ritus bezeichnet wird – ist das zentrale Thema dieser Rituale. Entzünden Sie ein Feuer, wenn Sie möchten, und legen Sie einen brennenden Scheit als Schutz-Talisman gegen unerwünschte Geister beiseite.

Sie können sich vor der Ausführung eines Rituals mit Morgentau von einem Weißdornbusch reinigen. Die Reinigung vor einem Ritual ist eine wichtige heidnische Praxis. In der Artussage wird beschrieben, wie Königin Ginevra am Morgen von Beltane mit ihren Dienerinnen ausritt, um Weißdorn zu pflücken. Wenn Sie keinen Weißdorn zur Verfügung haben, können Sie auch einen Brombeerzweig verwenden, dessen Energien Ihnen sympathisch sind.

In einer Gruppe können Sie den Tanz um den Maibaum ausführen. Dies ist ein alter Brauch unbekannter Herkunft (siehe Seite 303 ff. für Musik zum Maibaumtanz). Der Maibaumtanz hatte in den keltischen Gebieten drei Phasen großer Popularität, diese Zahl wissen moderne Heiden zu schätzen. Der erste Höhepunkt war der Ausbruch der Pest in Europa (etwa im 14. Jahrhundert), der zweite nach der Pest und vor der Periode des englischen Commonwealth (1648–1660). Damals wurden alle heidnischen Praktiken verbannt. Und der dritte Höhepunkt fand nach der Periode des Commonwealth statt, als die alten Bräuche sich wieder neuer Beliebtheit erfreuten.

Um die Spitze des Maibaums werden weiße und rote Bänder gewickelt. Für diese traditionellen Farben gibt es zwei Interpretationen: Weiß stellt die Jungfrau-Göttin dar und Rot den Gott, oder Weiß steht für die Jungfrau-Göttin und Rot für die Mutter. Der Maibaum ist das phallische Symbol, während die Tänzer, die ihre Bänder nach innen und außen werfen, den Geburtskanal darstellen. Auch für diesen Symbolismus gibt es zwei Interpretationen: Das Überblenden von Weiß und Rot kann die Vereinigung von Göttin und Gott darstellen oder den Übergang vom Jungfrau- zum Mutter-Aspekt, der durch die Vereinigung mit dem Gott geschieht.

VEREHRUNG DES DORNBUSCHS: 4. MAI

Auch dieser Festtag läßt sich nicht eindeutig zurückverfolgen, aber vermutlich war er einst Teil des älteren Festes, das unter dem Namen »Nacht der Lunantisidhe« (siehe später in diesem Kapitel) bekannt war. An diesem Tag wurden die alten Feenwächter der Dornbüsche geehrt.

Viele heilige Quellen in Irland waren einst heilige Stätten der Heiden, und die Dornbüsche – meist Weißdorn – finden sich auch heute noch in größerer Zahl an diesen Quellen. Noch heute glauben viele Iren, daß diese Büsche von Feen beschützt werden und nicht gestört werden dürfen, damit die heilige Kraft der Quellen nicht versiegt. In der Nähe von Quellen befinden sich häufig kleine weiße Stoffetzen an diesen Büschen. Diese symbolisieren die Wünsche, die Pilger an dieser Stätte hinterlassen haben.

Der Schwarzdorn (Schlehdorn) ist ein weiter Dornbusch dieser Art. Er wird auf zweierlei Weise verwendet. In der englischen Tradition wird er dazu benutzt, Flüche abzuschwächen. In der irischen Tradition ist er ein Busch der Segnungen; aus seinem Holz werden *Shillelaghs* hergestellt – Spazierstöcke, die bei den irischen Feen unter dem Namen *Leprechauns* bekannt sind.

NACHT DER LUNANTISIDHE: 16. MAI

Da dieses Datum sehr nahe an dem der Verehrung des Dornbuschs liegt, ist anzunehmen, daß es sich früher um ein und denselben Feiertag gehandelt hat. Da die Dornbüsche dazu verwendet werden, an den modernen irischen Pilgerquellen Bitten an die Gottheiten zu richten, ist der Festtag zur Verehrung des Dornbuschs vermutlich die christliche Version der Nacht von Lunantisidhe – der älteren heidnischen Variante.

In dieser Nacht werden alle schrecklichen Wächter des irischen Schwarzdornbusches verehrt. Die Lunantisidhe haben ein verhutzeltes Erscheinungsbild mit langen Armen und Fingern, damit sie durch die Schwarzdornbüsche klettern können, in denen sie leben. Ein moderner Volksglaube besagt, daß diese Feen Menschen hassen, aber dies mag eine Schuldprojektion dafür sein, wie wir die Natur behandelt haben. Es heißt, sie verlassen ihre Büsche nur nachts bei Vollmond.

MOND DER EICHE: VOLLMOND IM MAI ODER JUNI

Im keltischen Baumkalender ist dies ein Baum der Stärke, der mit den Ritualen der Sommersonnenwende in Zusammenhang steht. Die Energie dieses Baumes ist eher männlich, aber das Symbol seiner Stärke und Ausdauer kann auch für Frauen sinnvoll sein.

MITTSOMMER: SOMMERSONNENWENDE

Im keltischen Heidentum markiert der Tag der Sommersonnenwende die Zeit, wenn die Sonne ihren Höhepunkt erreicht hat – dies ist das Bild einer männlichen Gottheit. Wie bereits unter der Wintersonnenwende erläutert, besitzen die Kelten aber auch zahlreiche Sonnen-Göttinnen, für die das Symbol der Sonne archetypisch ist. Alle diese Göttinnen können Sie nach Wunsch an diesem Festtag ehren. In dieser Zeit können Sie auf die volle Blumenpracht und Frauenmacht zurückgreifen. Weihen Sie sich als Kriegerin, lernen Sie mehr über die keltischen Sonnengöttinnen, geben Sie ein Gastmahl mit scharf gewürzten Speisen, und schwelgen Sie im warmen Gesicht der Göttin.

FEST VON AINE: 25. JUNI

Dieses Feuerfest gehörte einst zu den Ritualen des Mittsommers. Aine ist eine irische Feuer- und Vieh-Göttin, deren Tag von St. John übernommen wurde. An ihrem Festtage werden häufig Pilgerreisen zu den heiligen Quellen unternommen. Aines Name war in ihrem Herkunftsort Munster mit den Lichterprozessionen zu Mittsommer verbunden. Diese wurden bis in das 20. Jahrhundert hinein abgehalten. Es war ein alter irischer Brauch, die Lichter zu Mittsommer über die reifenden Felder zu tragen, um die Ernte zu schützen und zu segnen.

FEST VON CERRIDWEN: 3. JULI

Auch dieser Festtag wird an verschiedenen Daten angesiedelt. Cerridwen war eine Schweine-Göttin und verkörperte Wissen, Weisheit und Reichtum. Zelebrieren Sie an diesem Festtag alles, was Sie bereits gelernt haben.

MOND DER STECHPALME: VOLLMOND IM JULI

Dieser Mondzyklus betont die Polarität, insbesondere zwischen Mann und Frau.

Rowena: 25. Juli

Es heißt, dieser Tag sei zu Ehren von Rowena gefeiert worden, einer Göttin des Wissens aus Cornwall. Sie steht in Verbindung mit der Eberesche, der Schutzkräfte nachgesagt werden. Aus ihrer Rinde und den Blättern lassen sich an diesem Tag Schutzamulette herstellen.

Die Amulette können auf verschiedene Arten angefertigt werden. Eine einfache Methode besteht darin, einige Blätter und Rindenstücke in einem weiß-goldenen Stoff einzunähen und dabei das Ziel des Zaubers zu visualisieren. Binden Sie das Säckchen mit rotem Faden zu. Weiß und Gold sind die traditionellen Farben für Schutz, und Rot ist die Farbe der Warnung und Abwehr. Tragen Sie das Amulett bei sich, oder bewahren Sie es an einem gut sichtbaren Platz im Haus auf.

Lughnasadh: 1. August

Lughnasadh ist ein altes irisches Wort, das im modernen Irland nur noch den Monat August bezeichnet. Das alte irische Wort bedeutete einst »Hochzeit von Lugh«. Dadurch wurde Lugh, der Gott der Ernte, mit dem Land oder der Göttin verbunden. An diesem Festtag werden die ersten Früchte der Ernte gefeiert. Die erste Ernte setzt jene Ereignisse in Bewegung, die letztendlich zum Opfer des heiligen Königs führen (siehe Kapitel 12). Er wird zum heiligen König, weil die Göttin ihn als Gemahl akzeptiert und ihm die Herrschaft über die Ernte gibt.

In vielen heidnischen Traditionen ist dies der Sabbat, an dem der König symbolisch zusammen mit der Ernte »umgemäht« wird. In anderen Traditionen wiederum wird lediglich die Hochzeit des heiligen Königs gefeiert, und sein Opfer erfolgt erst zu Samhain, wenn das letzte Getreide eingebracht ist.

Feiern Sie Lughnasadh als Ernte- oder Hochzeitsfest. Konzentrieren Sie Ihre Energien auf die Kraft des Weiblichen, um die Ernte aus dem Schoß der Göttin (dem Land) zu erhalten und dem Ernte-Herren den heiligen Status zu gewähren.

Tag von Taillte: Anfang bis Mitte August

Die Mythen um diese Göttin des Wettkampfs waren eine Inspiration für die berühmten irischen Spiele der Kampftechniken und der Ausdauer, vergleichbar mit den Olympischen Spielen der Griechen. Die Spiele wurden mehrere Jahrhunderte lang alljährlich in Irland abgehalten und erfuhren im 19. Jahrhundert eine Renaissance. Feiern Sie den Tag von Taillte, indem Sie ihre eigenen Spiele spielen oder die Grenzen ihrer physischen Belastbarkeit testen.

MOND DER HASELNUSS: VOLLMOND IM AUGUST ODER SEPTEMBER

In diesem Mondzyklus wird die alte Frau geehrt und ihre Weisheit gefeiert.

MABON: TAGUNDNACHTGLEICHE IM HERBST

Obwohl häufig behauptet wird, die Tagundnachtgleiche im Herbst sei von den Kelten nicht zelebriert worden, bis die Sachsen und Skandinavier in das Land kamen, enthält dieser Sabbat den Namen des Waliser Gottes Mabon – dem »jungen Sohn« der »großen Mutter« Modron.

Der Sabbat ist das zweite der drei Erntefeste (Lughnasadh das erste und Samhain das dritte). Zu dieser Zeit werden vor allem die Beeren geerntet und Weine gekeltert. Ein irischer Brauch sagt, daß die Brombeeren (der Brigit heilig) zwischen Mabon und Samhain gepflückt werden müssen. Andernfalls müssen sie für jene häßlichen Feen mit Hufen gelassen werden, die nach dem 1. November alle noch nicht geernteten Früchte für sich beanspruchen.

MOND DES WEINES: VOLLMOND IM SEPTEMBER

Dies ist ebenfalls ein kleiner Erntefesttag, insbesondere für Produkte, aus denen alkoholische Getränke hergestellt werden.

FEST DES BRAUENS: 28. SEPTEMBER

Feierlichkeit für die Herstellung alkoholischer Getränke für Feste und heilige Zwecke. Dies ist eine gute Zeit, um die bretonische Weingöttin Uroica zu ehren.

GIRLANDENSONNTAG: ENDE AUGUST ODER ANFANG SEPTEMBER

An diesem alten Festtag trugen die Menschen Girlanden, die mit Äpfeln geschmückt waren, auf die Friedhöfe. Dort streuten sie die Äpfel aus und beklagten die Toten. Anschließend versammelten sie sich an einem öffentlichen Ort, um zu tanzen, zu trinken und zu feiern. Bei den Kelten waren die Äpfel ein Symbol für die alte Frau – also sowohl für den Tod als auch für das ewige Leben. Ein Waliser Name für die Anderswelt ist Avalon und bedeutet »Land der Äpfel«.

MOND DER EIBE: VOLLMOND IM OKTOBER

Dieser Tag wurde auch Mond der Unverwüstlichkeit genannt – ein Hinweis auf den Glauben an die Wiedergeburt und den Triumph über den Tod.

MOND DES SCHILFROHRS: OKTOBER ODER NOVEMBER

Ein Mondzyklus der Vervollständigung, des Heims und der Feuerstelle. An diesem Tag lohnt sich der Blick nach innen.

18 Die Priesterin

Keine andere Rolle der Frau wurde im Laufe der Geschichte so heftig und nachhaltig angegriffen wie ihre Stellung als Priesterin ihres Volkes. Als sich das Patriarchat in Europa mit der Kirche zusammenschloß, nahm der Angriff auf alles Feminine paranoide Formen an. Die Macht der Frauen, die einst geistige Führerinnen und Lehrerinnen waren, wurde sehr gefürchtet, und die Männer fühlten sich nicht mehr sicher. Auch heute haben Männer diese Ängste vor der Macht der Frauen, und sie haben auch guten Grund dazu. Wenn einer Gruppe die bürgerlichen Rechte aberkannt werden und damit die Möglichkeit, innerhalb der Gesellschaft ihrem inneren Selbst Ausdruck zu geben, wird diese Gruppe außerhalb der Grenzen der aktuellen Gesetze und Bräuche nach neuen Wegen suchen.

Wer mit dem Argument, das herkömmliche Leben würde auf den Kopf gestellt, gegen die Rechte der Frauen auf ihre eigene Religiosität antritt, hat nicht ganz unrecht. Frauen, die ihre eigene Stärke erkennen und wissen, daß sie selbst in Kontakt mit ihren Gottheiten treten können, lassen sich nicht von anderen kontrollieren, besonders nicht von konturlosen, autoritären Organisationen wie der Kirche. Die Macht des Göttlichen ist wesentlich stärker als die Macht einer Institution, die versucht, die Menschen auszugrenzen. Die heidnische Geschichte hat immer wieder gezeigt, daß die alten Wege überleben, was auch immer ihnen entgegengesetzt wird.

Frauen haben in vielen Teilen der Welt für ihr Recht als geistige Führerinnen gekämpft und sind dafür gestorben. In den keltischen Überlieferungen wird dies zwar nur schemenhaft deutlich, ist aber unübersehbar vorhanden. Diese Sachverhalte herauszufiltern, gehört zu den schwierigsten Aufgaben beim Studium der keltischen Geschichte, denn diese wurde überwiegend von Männern geschrieben. Die Geschichte wird immer von den Gewinnern, den Eroberern, festgehalten und zwar meist aus ihrer Sicht auf die Ereignisse. Dabei gehen alternative oder anders gewichtete Meinungen fast immer verloren. Es ist deshalb nicht überraschend, wenn Priesterinnen in der keltischen Literatur meist in Geschichten auftreten, in denen sie ihre Macht mißbrauchten und deshalb dem Untergang geweiht waren. Eine solche Legende rankt sich um dreihundert irische Frauen, vermutlich Priesterinnen, die bei Tara von einem König umgebracht wurden, dem sie den Treueschwur verweigert hatten. Es wird angenommen, diese Frauen seien Tempelpriesterinnen gewesen, ähnlich den vestalischen Jungfrauen in Rom, die sich geweigert hatten, sich mit dem heiligen König zu vermählen und ihm damit nach altem keltischem Gesetz das Recht zur Herrschaft abgesprochen hatten. Indem er sie tötete, löste sich der König von den Banden mit dem heiligen Geist des Landes, die durch die keltische Herrschergöttin personifiziert wurden. Er unterbrach damit die jahrtausendealte Kette des heiligen Königtums, die immer dem Guten gedient hatte. Die Könige brauchten nun keine Königinnen mehr, um legitim zu sein.

Die Aufgaben einer Priesterin in ihrem religiösen Umfeld haben sich vermutlich im Laufe vieler tausend Jahre nicht wesentlich verändert. Solange ihre Position von jenen anerkannt wurde, denen sie diente, blieb ihre Rolle wahrscheinlich schon allein deshalb bestehen, weil ihre grundlegenden Funktionen sich in diesem Zeitraum kaum gewandelt haben.

Moderne heidnische Priesterinnen

Möchten Sie als Priesterin dienen?

Denken Sie über die Formulierung dieser Frage nach. Wann immer von jemandem die Rede ist, der als religiöser Führer arbeitet, definieren wir dessen Rolle als dienend. Diese semantische Wahrheit gilt quer durch alle Religionen und trifft sowohl für einen Mann als auch für eine Frau zu.

Eine Priesterin dient ihrem Volk und ihren Gottheiten. Als Priesterin üben Sie keine Managementfunktion aus, um Anordnungen an andere zu delegieren. Es ist auch kein Amt, in dem Sie Ihr Ego befriedigen können, indem Sie sich über andere erheben. Eine Priesterin ist eine Vermittlerin, Förderin und Lehrerin. Die heidnische Priesterschaft ist eine lebenslange Hingabe an das Dienen; sie erfordert Bescheidenheit, gutes Urteilsvermögen und Selbstverantwortung.

Das Konzept des Dienens läßt sich auch in der alten Mythologie erkennen. Der Kessel oder Gral ist das Sinnbild des Göttlich-Weiblichen, besonders in der keltischen Tradition. Beides symbolisiert auch die Priesterin als inkarnierte Göttin. In der Artussage kreisen drei zentrale Fragen um die Suche nach dem Gral. Die erste lautet: »Wem dient der Gral?« Die Antwort ist: »Er dient der Menschheit.« Aus diesem Grund muß eine Priesterin, die den irdischen Mantel der Göttin angelegt hat, der Menschheit ebenso dienen wie die Göttin.

Im Heidentum hat die Priesterin keinen exklusiven Anspruch auf das Göttliche. Sie ist nicht die einzige, die erfolgreich Kontakt zu den Gottheiten aufnehmen, Zauberrituale ausführen oder zur heidnischen Gemeinschaft sprechen kann. Jeder – ob Mann oder Frau –, der für das heidnische Leben initiiert wurde, wird als eine Art Priester oder Priesterin angesehen und kann mit dem Göttlichen unmittelbar und ohne ein weiteres Zwischenglied in Verbindung treten.

Eine moderne Priesterin läßt sich vielleicht am besten so charakterisieren: Sie hat ein gutes Urteilsvermögen, ist temperamentvoll, arbeitet gut mit anderen zusammen und ist mit den Energien des Kreises und der Natur vertraut. Sie hat Zeit und Mühe in ihre Studien investiert und erkannt, daß die Initiation in die Priesterschaft für sie ein neuer Anfang ist und nicht das Ende. Sie wird immer weiterlernen. Wenn Sie damit aufhört, wird die Göttin ihr die Ehre aberkennen, die ihr zugesprochen worden ist. Die Priesterin ist die Verbindung der Göttin zu den natürlichen Ritualen.

Der genaue Weg für eine moderne Frau zur Priesterschaft und den Pflichten dieser Rolle unterscheidet sich von Tradition zu Tradition. Es gibt zwei verschiedene traditionelle Strukturen: die hierarchische und die priesterliche. Welcher Form eine Frau folgt bzw. welche Form sie bevorzugt, bestimmt häufig auch ihren Weg zur Priesterschaft und den Titel, den sie von anderen erhält.

Die hierarchischen Traditionen verfügen über ein abgestuftes System oder eine Hierarchie bei der Initiation, die durchlaufen werden muß, um von einer Ebene zu einer höheren zu gelangen. Diese Gruppen sind bei jenen beliebt, die im Rahmen keltischer Traditionen praktizieren, doch jene, die sich auf dem geistigen Weg der Frau befinden, bevorzugen meist den anderen Weg. Die Priesterschaft wird meist mit dem zweiten Grad eines dreistufigen Bewertungssystems erlangt. Der Titel »Hohe Priesterin« wird gewöhnlich nach der Absolvierung der Studien zum dritten Grad gewährt. In den hierarchischen Traditionen dürfen meist nur diejenigen ein Ritual leiten und Anfänger einweisen, die eine Initiation dritten Grades vorweisen können.

In einer priesterlichen Tradition hingegen gibt es keine Abstufungen, die durchlaufen werden müssen, und keine Karriereleiter, die erklommen werden muß. Jeder und jede in einer Gruppe kann die Priesterschaft für sich selbst beanspruchen. Kein Ritual wird ohne Leitung ausgeführt, aber die leitenden Rollen werden abwechselnd unter den Mitgliedern aufgeteilt. Eine Anfängerin wird meist nach einem Jahr und einem Tag des Lernens initiiert. Dieser magische Zeitraum wird in den keltischen Mythen und Legenden häufig erwähnt und gilt im westlichen Heidentum als Zeitrahmen für die Vorbereitung und Einweihung in den heidnischen Weg. In dieser Zeit soll die Anfängerin so viel wie möglich lernen und ihre Verbindung zum Göttlichen, ihre magischen Fähigkeiten und Schamanenkenntnisse vertiefen. Sie kann währenddessen bereits leitende Rollen innerhalb der Gruppe übernehmen. Ich wurde 1986 in eine priesterliche Tradition mit irischem Hintergrund initiiert und wurde bereits 1987 – nach einem Jahr und einem Tag – Priesterin.

Obwohl die einzelnen Traditionen verschiedene Pflichten für die Priesterinnen festlegen, gibt es Funktionen, die allen gemeinsam sind. Daran knüpfen auch die Frauengruppen auf dem geistigen Weg an. Diese Rollen sind: Förderin – Vermittlerin – Lehrerin.

DIE PRIESTERIN ALS FÖRDERIN

Auch in eher egalitären Gruppen muß eine Person die Leitung übernehmen. Es müssen ein Plan für die Handlungen und ein Sinn definiert werden, damit die Rituale nicht zu einer Bühnenshow ohne Substanz degradiert werden. Eine Priesterin fördert ein Ritual. In den hierarchischen Traditionen kann sie diese Punkte mit einem oder zwei anderen Mitgliedern ausarbeiten und stellt sie dann der gesamten Gruppe als gegebene Tatsache vor. In einer priesterlichen Tradition werden diese Punkte in der Gruppe erarbeitet, wobei die Priesterin als Moderatorin und Koordinatorin fungiert, die wesentlichen Entscheidungen aber nicht allein trifft.

Sobald der Kreis aufgebaut ist, übernimmt die Priesterin die Leitung. Auch wenn eine andere Person eine wichtigere Rolle spielen soll, ist sie diejenige, die die Teilnehmer auf das Kommende einstimmt. Sie entscheidet, wann der Höhepunkt der magischen Energie erreicht ist, sie entscheidet, wann die Gottheiten den Kreis betreten, und sie beobachtet eventuelle Brüche im Energiemuster genau, um sie notfalls korrigieren zu können.

Wenn sich ein Hexensabbat vergrößern möchte, wird zuerst die Priesterin gefragt, ob die Energien und Interessen des neuen Anwärters oder der neuen Anwärterin zur Gruppe passen.

Die Priesterinnen haben schon immer dafür gesorgt, daß Neuankömmlinge behutsam in die spirituelle Gemeinschaft der Kelten eingeführt wurden, entweder bei der Adoption oder bei der Geburt. Bis in das 19. Jahrhundert hinein haben Hebammen die neugeborenen Kinder »getauft«. Anders als bei den christlichen Taufen, die zu einem späteren Zeitpunkt stattfanden, haben die weiblichen Täuferinnen einem Kind sofort den Schutz vor Feen und anderen übelgesinnten Geistern angeboten. Die Macht der Zahl Drei wurde dafür so oft wie möglich herangezogen: dreimaliges Beträufeln mit Wasser, Segnung durch drei Elemente, Anrufung der Triaden-Gottheit (sowohl in der alten als auch in der neuen Religion) und so weiter. Diese Art der Segnung bei der Geburt hat alte Wurzeln und war einst die Aufgabe der keltischen Priesterin.

Auch heute sind es meist die keltischen Priesterinnen, die Neuankömmlingen durch ihre Lehren und Rituale einen Weg in die heidnische Gemeinschaft bahnen.

DIE PRIESTERIN ALS VERMITTLERIN

Heiden haben sich stets der Idee verweigert, nur bestimmte Personen hätten einen Zugang zum Göttlichen. Die Heiden glauben fest daran, daß jeder die Möglichkeit hat zu beten, vom Göttlichen erhört zu werden und das Wesen des Göttlichen in sich Selbst zum Vorschein zu bringen. Eine Verbindung zum Göttlichen muß bereits bestehen, bevor ein Ritual ausgeführt wird, damit es auf einer tieferen Ebene Erfolg haben kann. Aus diesem Grund bitten wir häufig eine erfahrene Frau darum, der Gruppe als Priesterin zu dienen. Der Sinn von Religion ist es, uns mit dem Göttlichen in Verbindung zu bringen. Eine Priesterin, die sowohl das Göttliche in sich als auch außerhalb ihrer selbst erkennt (»wie oben, so unten«), kann als Kanal für die Göttin während eines Rituals agieren und andere lehren, ebenfalls diese Funktion auszufüllen.

Der Glaube daran, daß äußere und innere Welt sich gegenseitig spiegeln, ist ein altes keltisches Konzept. Die Kelten kannten keinen Unterschied zwischen Innen und Außen. Sie glaubten zwar, daß es getrennte Bereich gibt, die sich aber miteinander verbinden und sich überlagern. An den Überschneidungen lägen große Kräftereservoirs, die es zu erschließen galt. Auch hier treten wieder die »Zwischenwelten« als heilige und machtvolle Orte in Erscheinung. In einem Ritual nimmt die Priesterin jenen Ort ein, der dazwischen liegt, und stellt sich als Treffpunkt zwischen Gottheit und Menschheit oder zwischen Anderswelt und physischer Welt zur Verfügung.

Bei dem keltischen Ritual »Den Mond herunterholen« wird der Vollmond als Verkörperung der Muttergöttin in den Körper der Priesterin geholt, um dort während eines Rituals zu bleiben, in dessen Zentrum der Mond steht. Die Priesterin wird zur inkarnierten Göttin. Das Ritual »Die Sonne herunterholen« ist weniger bekannt, wird aber in ähnlicher Weise ausgeführt. Dabei dient allerdings ein Priester als Inkarnation der Sonne und des Gottes. Doch diesem Ritual kam eine weniger große Bedeutung zu, eventuell weil Frauen schon immer eine Art Naturbegabung für derartige Verwandlungen zugesprochen wurde. In den keltischen Mythen werden fast ausschließlich Frauen mit diesen Fähigkeiten geschildert, einschließlich der Fähigkeit zur Initiation und zur Wanderung zwischen den Welten. Das bedeutet aber nicht, daß Männer den Mond nicht herunterholen könnten oder Frauen die Sonne. Doch diese Varianten sind in der kollektiven Priesterschaft nicht sehr verbreitet.

Eine Priesterin kann auch in einer großen Gemeinschaft als Vermittlerin auftreten, zum Beispiel als anerkannte Priesterin eines bestimmten Bezirks, einer Provinz oder eines Landes. Dort wird sie als heidnische Priesterin anerkannt und kann weltliche Hochzeitszeremonien durchführen, bei den Heiden als »Ritual des Händedrucks« bekannt.

DIE PRIESTERIN ALS LEHRERIN

In viele Hexenzirkeln werden Neuankömmlinge im Heidentum und der Hexerei unterrichtet. Einige lehren allgemeine heidnische Methoden und erwarten vom Lernenden, daß dieser sich anschließend selbst weiter kundig macht. In anderen werden die eigenen Traditionen gelehrt, und vom Lernenden wird erwartet, daß er oder sie sich später für oder gegen die Gruppe entscheidet, wenn ein bestimmter »Studiengang« abgeschlossen ist.

Ich war einmal an einem sehr guten Lehrerkreis beteiligt und weiß aus Erfahrung, wie gut eine solche Gruppe organisiert sein muß. Es muß jemanden geben, der die Bemühungen koordiniert und sicherstellt, daß der einzelne Lernende die notwendige Aufmerksamkeit erhält. Außerdem ist zu beachten, daß niemand, der auf einem bestimmten Gebiet große Fähigkeiten besitzt, einem Lehrer überlassen wird, der dieses Talent nicht entwickeln kann. Schließlich sind wir nicht alle auf allen Gebieten gleichermaßen talentiert. Meist ist die Priesterin dafür verantwortlich, daß eine solche Lehrgruppe sinnvoll abläuft und jeder Lernende die besten Lehrer für sich erhält.

Die Rolle der Priesterin als Lehrerin macht sie auch zu einer Art Ratgeberin oder einer Schiedsrichterin bei Diskussionen zwischen den Mitgliedern. Sie ist innerhalb dieser Gemeinschaft die wichtigste Kontaktperson – auch nach außen. Immer häufiger fragen zum Beispiel Schulen an, um genaue Informationen über das Heidentum zu erhalten.

Doch eine Priesterin ist keine Alles-Wisserin. Um eine gute Lehrerin zu sein, muß sie ihre Grenzen kennen und darf sich nicht vor der Antwort »Ich weiß es nicht« fürchten, wenn diese Situation entsteht. Leider gibt es viele Menschen, die eine Priesterin als ihren persönlichen Guru betrachten und sehr wütend werden, wenn sie von ihr nicht alle Antworten erhalten. Aber es ist besser, wenn sie dies jetzt und nicht später lernen, wenn sie selbst als Lehrerinnen nach Antworten suchen, die sie nicht haben. Als Lehrerinnen eignen sich oft

232

jene Lernenden am besten, die erkannt haben, daß das Heidentum ein niemals endender Weg ist, auf dem es immer etwas Neues zu lernen und zu bedenken gibt.

Die einsame Priesterin

Heiden erwarten nicht, daß andere ihre spirituellen Lasten für sie tragen. Ein großer Teil der heidnischen Gemeinschaft findet vor allem die Tatsache attraktiv, daß jeder Einzelne eine befriedigende persönliche Beziehung zum Göttlichen haben kann. Dies ist besonders für Frauen wichtig, weil sie in den großen Religionen meist am Rand leben und lediglich als »Brutkästen« für die Nachkommen des Glaubens dienen und nicht als denkende Wesen mit eigenen Bildern vom Göttlichen.

Die Priesterin kann ihren Titel entweder durch andere oder durch Selbst-Initiation erhalten. In der gesamten heidnischen Welt haben beide Wege ihre Gültigkeit. Doch Sie sollten wissen, daß die Selbst-Initiation nicht von allen Traditionen anerkannt wird. Manche Traditionen verlangen, daß Sie in ihrem Rahmen arbeiten und die jeweilige Initiation durchlaufen, um als Mitglied dieser besonderen Tradition zu gelten. Viele Traditionalisten erkennen aber trotzdem die Gültigkeit anderer Wege an, einschließlich des Wegs der einsamen Priesterin. Die wenigen, die es nicht tun, sind nicht der Aufregung wert.

Wenn jemand die Rechtmäßigkeit Ihrer Selbst-Initiation als heidnische Priesterin in Frage stellt, steht oft ein bestimmtes Motiv dahinter. Einige Traditionalisten mokieren sich über die Idee der Selbst-Initiation im allgemeinen und die der Priesterinnen im besonderen. Häufig haben diese Traditionalisten Probleme mit dem eigenen Ego. Häufig sind hier Probleme des Egos im Spiel. Hier fürchtet jemand die Erosion seiner Macht, ebenso wie dies in den Hauptkirchen anzutreffen ist. Diese Art Schlachten habe ich niemals verstanden. Sicher ist im Herzen der Göttin Platz für alle, die ihr dienen möchten.

Eine Freundin von mir ist seit etwa acht Jahren eine selbst-initiierte Wicca-Priesterin. Ihr Wissen und ihre Kenntnisse sind groß, und sie wird häufig wegen der ausgezeichneten Rituale in ihrem kleinen, auserlesenen Kreis gelobt. Vor einigen Monaten wurde sie von einer großen heidnischen Gemeinde in einem anderen Teil des Landes aufgefordert, ihnen mitzuteilen, auf wessen Geheiß sie als Priesterin arbeite und ob sie »richtig ausgebildet und eingeweiht« sei. Sie behaupteten, ihr nichts Böses, sondern ihr nur helfen zu wollen. Sie hatte nicht um Hilfe gebeten und stellte unmißverständlich klar, daß ihr Zirkel nicht zu deren Geschäftsbereich gehörte. Ich habe ihr stehend applaudiert.

Gruppenarbeit kann sehr ermüdend für eine Priesterin sein, wenn Sie »die Show« Monat für Monat in Gang halten muß. Dies geschieht manchmal, wenn die anderen ihre Pflichten vernachlässigen und keine leitende Position übernehmen wollen. Diese Last kann den einsamen Weg sehr verlockend erscheinen lassen. Eine Priesterin wird häufig einmal den einsamen Weg wählen, wenn sie merkt, daß es ihrem geistigen Wachstum zugute kommt. Eine einsame Priesterin kann ebenso bestimmte Zeremonien ausführen, andere lehren und auch Teil einer größeren heidnischen Gemeinschaft sein. Sie kann sowohl anderen als auch ihrer Göttin dienen, ohne dabei dem Druck eines täglich operierenden Hexensabbats zu unterliegen. Wer diese Aufgabe einmal ausgefüllt hat, weiß, wie groß sie ist.

Als einsame Priesterin wird sich das Repertoire der Rituale erweitern und Ihre Verbindung zum Göttlichen vertiefen. Vielleicht wählen Sie sich eine Gottheit als Schutzpatronin aus, oder Sie werden von der Göttin erwählt. Dies geschieht häufig, besonders bei Frauen auf dem Weg der Selbst-Initiation oder in nicht-hierarchischen Traditionen.

DIE PRIESTERIN ALS SCHAMANIN

Die Priesterin übt auch eine Funktion als Schamanin aus, und obwohl bei schamanischen Praktiken meist das Wohl einer Gemeinschaft im Mittelpunkt steht, gibt es auch Aspekte, die sich auf den Einzelnen beziehen. Auch wenn das Ergebnis der Bemühungen der Gemeinschaft zugute kommt, ist die tatsächliche Arbeit eine Erfahrung, die der Einzelne macht.

Der Schamanismus ist vermutlich die älteste spirituelle Disziplin der Welt. Er gehört zu keiner bestimmten Religion, zu keinem bestimmten Kulturkreis und ist doch in den Herzen aller zu finden. Ein Schamane wird gelegentlich als Medizinmann oder -frau bezeichnet. Diese Person wurde einst als »Wanderer zwischen den Welten« beschrieben, die in Trance in andere Reiche vordringen konnte, um zu heilen, die Zukunft vorherzusagen, die Vergangenheit zu korrigieren, eine »zerrüttete Seele« zurückzuholen, Träume wiederzufinden oder für den Stamm wesentliche Informationen zu suchen (siehe Kapitel 13).

Der keltische Schamanismus ist in den letzten Jahren ein beliebtes Forschungsfeld geworden, und zu diesem Thema sind einige interessante Bücher erschienen. Frauen werden von den Schamanenkünsten angezogen, weil sie ihr Gefühl persönlicher Macht in Situationen stärken können, in denen sie sich sonst ohnmächtig fühlen. Der oder die Suchende tritt außerdem in direkten Kontakt mit der Anderswelt, dem Reich der Götter und Geister. Der Schamanismus läßt sich beinahe ohne jedes Wissen ausüben und erfordert keine Hilfestellung von anderen. Kein Wunder, daß die Kirche diese Macht rigoros auslöschen wollte.

Der Schamanismus verlangt von einer Priesterin, daß sie die Kunst der Meditation beherrscht, ausgeglichen und in sich »ganz« ist. Ihre Absichten dürfen niemanden verletzen. Erforderlich ist auch die Kunst, die Sprache der Symbole ohne Probleme lesen zu können. Dies alles sind Fähigkeiten und Eigenschaften, die viele Priesterinnen suchen, aber nur die Ehrlichen werden damit Erfolg haben.

Die Wahl der Schutzgöttin

In vielen Traditionen wird erwartet, daß sich die Priesterin selbst einer bestimmten Göttin widmet, die dann zu ihrer Schutzgöttin wird. Diese Praxis ist zwar sehr alt, läßt sich aber nicht eindeutig auf keltische Ursprünge zurückführen. Die Spuren dieser Praxis finden sich aber in vielen anderen Teilen der Welt. Die Priesterinnen im Mittleren Osten legten zum Beispiel ihren Geburtsnamen ab und wurden mit dem Namen der Schutzgöttin gerufen, der sie sich gewidmet hatten.

Die Schutzgöttin spielt eine aktive Rolle in Ihrem Leben: Sie stellt die Verbindung zur Anderswelt und anderen Gottheiten her, und an ihr können Sie Ihre Energien ausrichten, um erfolgreiche Magie und Rituale auszuüben. Sie wird Ihre Gebete und Bitten erhören und Ihnen den Weg zeigen, auf dem Sie Ihre Wünsche erfüllen können.

Manche verfechten die Meinung, keltische Gottheiten ließen sich nicht als Schutzgottheit auswählen, vielmehr wählten sie selbst die Menschen aus. Ich habe früher auch heftig in dieses Horn geblasen, mittlerweile stehe ich dem aber etwas gelassener gegenüber. In meiner Tradition dient ein Priester oder eine Priesterin immer seiner oder ihrer Schutzgottheit. Als ich mit meinem Studium der Priesterschaft begann, war ich überzeugt davon, Medb würde meine Schutzgöttin werden. Ich liebte diese Frau! Sie war so stolz, energisch, in positivem Sinn arrogant und vollkommen unabhängig. Kurz, sie war zu sehr wie ein Teil von mir, den ich durch mühevolle Arbeit zu überwinden gesucht hatte. Ich brauchte im Grunde keine Schutzgöttin, die die eher negativen Eigenschaften einer Löwennatur verkörperte. Ich konnte tun, was ich wollte: Die innere Stimme, die mir gesagt hätte, sie wolle meine Schutzgöttin sein, war nicht zu vernehmen.

In der Zwischenzeit wurde ich freundlich von einer anderen Göttin umworben, obwohl ich dies hartnäckig ignorierte. Diese Göttin war Brigit, die wichtigste Göttin in meiner Tradition und die Schutzgöttin der meisten Mitglieder. Ich wollte mich von den anderen unterscheiden, einmalig sein und wehrte sie deshalb ab. Ich kann von Glück sagen, daß sie mich nicht einfach hat fallen lassen.

In dieser Zeit merkte ich, daß meine Fähigkeiten und Talente immer mehr dahinschwanden. Nicht nur meine magischen Talente, auch meine weltlichen. Ich konnte nicht mehr richtig lernen, hatte Probleme mit dem Schreiben, meine Finger holperten über die Tastatur meines Klaviers, während sie früher sanft darüber geglitten waren. Ich wußte, daß Brigit eine Göttin der Weisheit und kreativen Inspiration war, deshalb bat ich sie um Hilfe. Als ich mir gestattete, mich mit ihren Energien zu verbinden, wurde alles gut.

Doch an diesem Punkt erkannte ich immer noch nicht, was sie mir sagen wollte, und war weiterhin auf Medb fixiert. Schon bald wurde ich mit Symbolen von Brigit geradezu bombardiert, insbesondere mit ihrem gleicharmigen Kreuz. Ich merkte, daß ich von ihr zu träumen begann und daß ich mich am wohlsten fühlte, wenn in unserem Hexenkreis Brigit angerufen wurde. Unser Hexenzirkel entwickelte einige gut durchdachte rituelle Dramen, in denen die Anrufung verwendet wird. Bei diesem Vorgang wird die Göttin in das Selbst hineingerufen. Ich merkte bald, daß die Rolle von Brigit mir zugedacht war, weil alle dies für richtig hielten. Wenn ich aber darauf bestand, Medb oder eine andere Gottheit zu spielen, kam nichts dabei heraus.

Schließlich konnte ich mir endlich eingestehen, daß Brigit ihre Hand nach mir ausstreckte und meine Schutzgöttin sein wollte. Als ich aufhörte, sie zu bekämpfen, fand ich endlich zu einer erfüllenden Beziehung zwischen Schutzgöttin und Dienerin, die mich nun schon seit vielen Jahren erfreut. Manchmal verwende ich Medb immer noch, wenn ich mit meinem kriegerischen Aspekt arbeiten möchte, und dafür leistet sie mir gute Dienste, aber im täglichen Leben bin ich eine Dienerin von Brigit, und sie beschützt mich.

Wenn Sie nach Ihrer Schutzgöttin suchen, ob als Priesterin oder als Anfängerin auf dem keltischen Weg der Frau, sollten Sie offen für ihr Anerbieten sein.

- Achten Sie auf Symbole, die Ihnen einen Hinweis auf eine bestimmte Göttin geben könnten. Die Symbole können im Traum, bei einem Spaziergang, bei einer Meditation oder durch Bücher auf Sie zukommen.
- Legen Sie ein Traum-Tagebuch an, indem Sie ungewöhnliche Symbole festhalten.

- Beachten Sie alle Wesen, die bei einer Astralprojektion oder Meditation auf Sie zukommen. Vielleicht handelt es sich dabei um Ihre Schutzgöttin oder deren Abgesandte.
- Studieren Sie möglichst viele keltische Mythen, und lesen Sie nicht nur mit dem Kopf, sondern auch mit dem Herzen. Wer interessiert Sie am meisten? Wer ruft nach Ihnen?
- Meditieren Sie über jene Göttinnen, die sich an Sie gewendet haben. Machen Sie anschließend Notizen über jene, mit deren Energien Sie sich in Einklang gefühlt haben.
- Erstellen Sie eine Liste Ihrer positiven und negativen Eigenschaften. Wenn Sie in diesem Punkt nicht objektiv sein können, konsultieren Sie einen astrologischen Ratgeber, der die positiven und negativen Seiten der einzelnen Sonnenzeichen aufführt, und arbeiten Sie mit diesen. Vielleicht entdecken Sie, daß die Göttin, die mit Ihrem Sonnen-Selbst am besten zusammenpaßt, nicht unbedingt Ihre Schutzgöttin sein muß (wie dies bei mir der Fall war).

Wenn Ihre Schutzgöttin Sie gefunden hat, werden Sie dies sehr schnell wissen. Als Zeichen dafür wird Ihnen eventuell der Priestermantel von dieser speziellen Göttin überreicht. Jedes Ritual, das Sie ab diesem Zeitpunkt ausführen, um die Akzeptanz dieser Priesterschaft zu bekräftigen, ist nur noch eine äußerliche Bestätigung dessen, was die Göttin Ihnen bereits verliehen hat. Kein Mensch kann Sie zur Priesterin erklären, nur die Göttin selbst kann dies. Aus diesem Grund kann auch kein Mensch Ihnen diese Bezeichnung streitig machen.

Im Laufe der Zeit kommen möglicherweise auch andere Schutzgottheiten auf Sie zu; dabei kann es sich um Götter oder Göttinnen handeln. Vermutlich haben Sie – ebenso wie ich – gelernt, daß es auch in bezug auf das Göttliche einige dumme Geschlechtertrennungen gibt. Angeblich kann eine Frau keine männlichen Schutzgötter haben oder einen Gott erfolgreich anrufen. Es ist sicher richtig, daß es schwieriger ist, das Maskuline zu verstehen, während wir uns in einem weiblichen Körper befinden. Dennoch können Sie mit jenem Teil Ihres inneren Selbst in Verbindung treten und dieses in Ihre gesamte Natur integrieren.

Die Priesterschaft annehmen

Wenn Sie sich einem heidnischen Weg widmen und damit arbeiten, ist es vermutlich nur noch eine Frage der Zeit, wann Sie Ihre innere Priesterin erkennen. Sobald sie Teil einer heidnischen Bewegung geworden sind, werden Sie automatisch als eine Person anerkannt, die mit den Göttern kommunizieren kann. Dazu müssen Sie zunächst keinerlei leitende Funktion ausüben. Wenn Sie sich dazu bereit fühlen, sich selbst auch offiziell als Priesterin zu weihen, lassen Sie sich durch niemandem von einer Selbst-Initiation abhalten. Die Selbst-Initiation als Priesterin ist ebenso legitim wie die Selbst-Initiation als Heidin. Beide sind Geschenke der Göttin, die von Menschen nicht zu bestreiten sind. Eine Initiation zur Priesterschaft, ob selbst oder von anderen ausgeführt, ist nichts anderes als eine Absichtserklärung für die Außenwelt. Sie bestätigen etwas offiziell, was in Ihrem Inneren längst stattgefunden hat. Was die Göttin Ihnen verliehen hat, kann Ihnen kein Mensch wieder entwenden.

Wenn Sie von den Gottheiten in bezug auf Ihre Initiation zum Heidentum oder zur keltischen Tradition der Frau hart auf die Probe gestellt wurden, sollten Sie lange und ernsthaft über Ihre Priesterschaft nachdenken. Diesen Rat sollten Sie zu Ihrem eigenen Wohl und dem der Göttin befolgen, ehe Sie ihr als Priesterin dienen. Übernehmen Sie mehr Verantwortung, werden auch die Herausforderungen größer.

Fragen an die potentielle keltische Priesterin

Die folgenden Fragen betreffen die Priesterschaft und Ihre Einstellung dazu. Ebenso wie bei den anderen Fragen in diesem Buch gibt es keine richtigen oder falschen Antworten. Die Fragen dienen ausschließlich dazu, Ihnen das Thema und den Sinn der Priesterschaft deutlich vor Augen zu führen und Sie bei Ihrer Entscheidung zu unterstützen. Antworten Sie ehrlich und formulieren Sie auch eigene Fragen und Zweifel, ehe Sie sich formell als Priesterin weihen lassen.

- Wie definieren Sie den Begriff Priesterin, und was betrachten Sie im modernen Heidentum als ihre Aufgabe?
- Warum möchten Sie eine Priesterin werden?
- Wie viele Mitglieder des Klerus innerhalb und außerhalb des Heidentums kennen Sie gut?
- Was wissen Sie über das tägliche Leben einer Priesterin?
- Was versprechen Sie sich davon, Priesterin zu werden?
- Welche Vorteile bringt Ihre Priesterschaft anderen?
- Was erwarten Sie von der heidnischen Gemeinschaft als Gegenleistung für Ihren Dienst?
- Welche Dienste können Sie der heidnischen Gemeinschaft leisten?

- Glauben Sie, mit Männern, Kindern, alten Menschen, Homosexuellen, Lesben, polygamen Menschen, Konservativen, Liberalen und natürlich auch mit anderen Frauen ebenso umgehen zu können wie mit sich selbst?
- Wie lange sind Sie bereits Heidin? Wie lange keltische Heidin? Wie lange befinden Sie sich auf dem geistigen Weg der Frau? Ist diese Zeit lang genug, um Ihre Fähigkeiten anderen zur Verfügung zu stellen?
- Was müssen Sie noch lernen?
- Was können Sie sicher unterrichten?
- Sehen die anderen zu Ihnen auf?
- Ist Ihr Ego gesund? Ist es stabil? Leiden Sie an mangelndem Selbstvertrauen?
- Ist es für Sie notwendig, daß andere zu Ihnen aufsehen, damit Sie sich auf dem gewählten, geistigen Weg bestätigt fühlen?
- Wie gut kennen Sie die weiblichen Mysterien? Können Sie andere effektiv dazu anleiten, diese zu suchen?
- Wie oft sind Sie von den Hütern der Schwelle herausgefordert worden? Was geschah dabei? In welcher Weise können diese Erfahrungen Sie als Priesterin unterstützen?
- Wenn Sie sich dafür entscheiden, sich im Augenblick nicht als Priesterin zu weihen, welche Konsequenzen würde dies für Ihren weiteren geistigen Weg haben?
- Wenn Sie sich dafür entscheiden, Priesterin zu werden, welche Folgen würde dies für Ihre Spiritualität haben?
- Haben Sie eine Schutzgöttin oder einen Schutzgott? Auf welche Weise kann diese Göttin oder dieser Gott Sie in Ihrem Amt unterstützen?
- Haben Sie vor, auch andere heidnische oder keltische Wege zu studieren und für sie ebenfalls die Priesterschaft zu erlangen?

19 Selbst-Initiation zur keltischen Priesterin

Ritual für eine Frau

Das Ritual in diesem Kapitel führt nicht in eine bestimmte heidnische Tradition ein – auch nicht in das Heidentum oder eine Wicca-Tradition im allgemeinen. Der keltische Weg der Frau ist keine Tradition, sondern ein spezieller oder zusätzlicher Aspekt im heidnischen Leben der Frau. Möglicherweise gibt es auch bereits einige speziell für Frauen ausgearbeitete keltische Traditionen auf der Welt, die mir bis jetzt verborgen geblieben sind. Doch zweifellos wird sich auch dieser Ansatz in Zukunft großer Beliebtheit erfreuen.

Diese Initiation ist für eine Frau gedacht, die bereits als Heidin oder Wicca-Anhängerin initiiert ist und sich bereit dazu fühlt, sich selbst als keltische Priesterin zu weihen, um einer bestimmten keltischen Göttin zu dienen. Wie bereits in vorherigen Kapitel erwähnt, sind wir alle bereits in einem bestimmten Sinn Priesterinnen, sobald wir in das Heidentum eingeführt wurden. Das bedeutet, wir benötigen keinen Vermittler zwischen uns und unseren Gottheiten. Aber dieses Ritual soll auf diesem Weg ein Stück weiter führen, indem es unsere Rolle als Priesterin klar und deutlich bestätigt.

Es empfiehlt sich, mit der Initiation zur Priesterin zu warten, bis Sie für die Dauer von einem Jahr und einem Tag Teil des Heidentums gewesen sind. Dies ist der übliche Zeitraum, in dem Anfänger zunächst einmal die Grundlagen des Heidentums kennenlernen und studieren sollten, ehe Sie eine Initiation durchlaufen. Mit einer Initiation zum Heidentum wird der bereits gewählte Weg im Grunde nur noch formal bestätigt. Die Zeitspanne von einem Jahr und einem Tag ist in vielen keltischen Mythen und Sagen eine magische Periode des Übergangs und stellt einen Zyklus der Vervollständigung und Veränderung dar.

Wenn Sie Ihre Studien bereits länger als ein Jahr und einen Tag durchgeführt haben oder schon in einer heidnischen Gemeinschaft initiiert wurden, sollten Sie entscheiden, ob Sie sich der Rolle einer Priesterin widmen möchten. Wie bereits erwähnt, ist dies keine einfache Position, sondern Sie entschließen sich damit zu einem Dienst an anderen und Ihrer Göttin. Wenn Sie lange und sorgsam über diese Rolle nachgedacht haben, sich von Ihrer Göttin dazu auserwählt fühlen und diese Herausforderung gerne annehmen möchten, ist dieses Ritual nur noch eine letzte Bestätigung dessen, was die Göttin Ihnen bereits gegeben hat.

Bedeutung und Herausforderung der Initiation

Eine Initiation ist kein physikalischer Vorgang oder ein Ereignis, sondern eher eine Bestätigung bereits geschehener Veränderungen. Das Wort »Initiation« bedeutet »anfangen« und bezeichnet das neue Leben, das auf Sie wartet, wenn Sie die Weihen empfangen haben und sich der Kreis geschlossen hat. Zu Beginn einer neuen Lebensphase nehmen Sie die Herausforderungen und Verantwortung an, die diese mit sich bringt. Vermutlich werden Sie von der Göttin, der Sie sich gewidmet haben, gelegentlich auf die Probe gestellt. Auch wenn Ihnen dies bei der Initiation nicht gesagt wurde, werden Sie diesen Punkt schon bald danach kennenlernen. Aus diesem Grund hat auch niemand anderes das Recht, über den Wert Ihrer Initiation zu entscheiden. Nur Ihr inneres Selbst und die Gottheiten wissen, was »real« und was ein Spiel ist. Zu bestimmten Zeitpunkten werden die Gottheiten der Anwärterin ihre Überschreitungen mit Sicherheit vor Augen führen.

Wer gegen die Gültigkeit der Selbst-Initiation argumentiert, fürchtet meist, eine selbst errichtete Machtbasis zu verlieren. In der modernen heidnischen Bewegung gibt es zahlreiche selbsternannte »Gurus«, auch in den keltischen Traditionen. Viele von ihnen glauben, Priester(in) zu sein bedeute einen großen Spaß, und sie benutzen diese Bezeichnung vor allem dazu, andere unter ihrer Kontrolle zu halten. Dies ist ein klarer Mißbrauch ihres Amtes, denn sie wissen nicht alles besser. Dies bedeutet aber nicht, daß wir auf alle Selbst-Initiierten verächtlich herabblicken können. Die Mehrzahl geht diesen Weg ehrlichen Herzens und versucht das Beste zu geben. Die Göttin sucht sich ihre Hexen und Priesterinnen selbst aus. Dieser Vorgang läßt sich grundsätzlich nicht durch die Segnung von anderen ersetzen. Wer darauf besteht, daß eine Initiation von anderen durchgeführt werden muß, muß sich die folgenden beiden Fragen stellen lassen: Woher nehmen Sie das Recht, anderen zu sagen, wer sie sind? Wer hat wohl die erste Hexe, die es je gab, initiiert?

Das Ritual der Initiation ist ein Ausdruck dessen, was Sie bereits besitzen: ein Geschenk der Göttin, das Ihnen niemand durch Worte oder Taten nehmen kann. Dieses Ereignis soll Sie für die wirkliche Initiation öffnen. Es verfolgt zwei Ziele: Es fordert Sie heraus und zeigt Ihnen jene Bereiche, in denen Sie weiterforschen sollen. Eine Priesterin zu werden, markiert nicht das Ende eines Weges, sondern leitet eine neue Phase ein. Kurz nach meiner Initiation zum Heidentum fand ich mich selbst in eine magische Schlacht mit jemandem verwickelt, der sich auf einem negativen Weg befand. Ich machte mich sofort auf, um Hilfe zu suchen. Doch ich fand nur heraus, daß die Kraft, mit dem Problem umzugehen, bereits die ganze Zeit in mir selbst vorhanden war.

Aber die Herausforderungen hören nicht auf. Nachdem ich als Priesterin von Brigit initiiert war, wurde meine kreative Seite herausgefordert, bis ich realisierte, was die Göttin mir mitteilen wollte und danach handelte.

Ein altes metaphysisches Sprichwort sagt: »Wenn Sie sich ändern, ändert sich auch alles um Sie herum.« Die Initiation erweckt Aspekte, die bis dahin nur in Ihrem inneren Selbst geschlafen haben. Dadurch wird es möglich, mit der Außenwelt auf neue Art in Kontakt zu treten. Geistige Initiationen sind immer mit Herausforderungen verbunden, unabhängig davon, auf welcher Stufe sie stattfinden. Die Energiemuster Ihres neuen Selbst sind immer andere. Sie werden eine gewisse Zeit benötigen, um sich daran anzupassen.

Sie können davon ausgehen, daß Sie in Ihrem spirituellen Leben immer wieder neuen Herausforderungen begegnen werden. Dies ist kein einmaliges Erlebnis, sondern ein anhaltender Prozeß des Lernens und Wachsens. Das Einverständnis hierzu geben Sie, wenn Sie Ihr Leben einer Gottheit widmen. Alle Herausforderungen sind Teil des Initiationsprozesses, der Sie immer weiter in die Mysterien der Göttin einführt. Der Zweck ist immer zu Ihrem Vorteil, auch wenn dies nicht sofort ersichtlich ist. Je tiefer Sie dabei gehen, desto mehr lernen Sie, desto mehr müssen Sie sich selbst beweisen und desto mehr müssen Sie zurückgeben. Das Universum sucht immer nach Ausgeglichenheit und Gegenseitigkeit für Erhaltenes und Gegebenes. Sie sollten sich absolut sicher sein, daß Sie das Richtige für sich tun, denn wenn das Ritual zur Initiation einmal ausgeführt ist, haben Sie Ihre Energien mit jenen der Anderswelt verbunden – danach gibt es keinen Weg zurück. Wenn Sie sich dieser Widmung später widersetzen, beschwören Sie dadurch fürchterliche Herausforderungen herauf.

Gelegentlich begegnet man Menschen, die behaupten, in ihrem geistigen Leben nie auf Herausforderungen gestoßen zu sein. Nichts schien sie je auf die Probe gestellt, nichts sie herausgefordert zu haben. Bei diesen Fällen ist anzunehmen, daß sie entweder lügen oder die Herausforderungen nicht als solche wahrgenommen haben. Es kann auch sein, daß diese Menschen sich nie wirklich zum Heidentum bekannt haben oder ihre Initiation nur aus vielen Worten bestand – eine Zeremonie ohne Substanz. Falls Sie während des ersten Jahres keinen Umständen oder Kräften begegnet sind, die Sie zu geistigem Wachstum angeleitet haben, sollten Sie noch einmal darüber nachdenken, was Sie tun möchten und wohin Sie gehen wollen.

Vorbereitung auf das Ritual

Ebenso wie beim Ritual zur Weihung als Kriegerin, das in Kapitel 5 zu finden ist, sollten Sie sich auch auf dieses Ritual durch eine Reinigung von Geist und Körper vorbereiten. Einige Frauen bereiten sich auf ihre Initiation als Priesterin durch Fasten und lange Meditationen vor.

Fasten und Festessen waren schon immer wichtige Elemente auf dem geistigen Weg der Frau. Diese beiden gegensätzlichen Aspekte der Nahrungsaufnahme sind starke Domänen der Frauen. Die Nahrung ist eines der wenigen Gebiete, das sich schon immer fast ausschließlich in der Hand der Frauen befunden hat. Sie konnten wählen, welche Nahrung in ihre Mägen gelangen sollte. Sie bereiteten die Speisen zu, und die Feuerstelle oder der Herd waren oftmals der einzige Ort, an dem Sie eigene Entscheidungen treffen konnten. Kein Wunder, daß das Kochen zur ihrer Hauptbeschäftigung wurde. Die Beschäftigung mit Essen und unsere Assoziation der persönlichen Kontrolle darüber wird durch die traurige Tatsache belegt, daß 99 Prozent aller Menschen mit Eßstörungen Frauen sind. Wenn Sie vor dem Ritual fasten möchten, sollten Sie dies aus spirituellen Gründen tun und nicht, um Ihr Aussehen zu verbessern.

Das Ritual enthält folgende Elemente:
1. Segnung des Selbst
2. Schwur auf den Dienst
3. Schwur auf die Göttin
4. Verkünden Ihres Namens als Priesterin
5. Salbung durch Öl und »Blut«
6. Weihen des Amtssymbols
7. Der Göttin das Opfer darbringen
8. Der Göttin den Opfertrank anbieten

Dazu benötigen Sie folgende Gegenstände:
• Zwei Kelche oder kleine Kessel
• Wasser
• Salz
• Ruß
• Olivenöl
• Ein Symbol für das Amt
• Ein Opfersymbol, das weggegeben wird
• Nach Belieben: Keltische Musik oder Düfte Ihrer Wahl

Der Kelch oder Kessel ist bereits ausführlich als Symbol für den Schoß der Göttin erläutert worden. Geben Sie in das eine Gefäß etwas Wasser, ehe Sie mit dem Ritual anfangen. Das Olivenöl wird später zur Salbung Ihrer Haut benötigt und sollte sich in dem zweiten Kessel oder Kelch befinden. Seit mehreren tausend Jahren wird das Olivenöl zur Salbung von Königinnen und Priesterinnen verwendet. Es reizt die Haut nicht und ist auch für andere Kräuteröle gut als Grundlage geeignet. Doch für dieses Ritual sollten Sie keine weiteren Kräuter zusetzen, es sei denn, Sie sind absolut sicher, daß Ihre Haut dies verträgt. Bei der Zubereitung des Öls sollten Sie visualisieren, wozu es verwendet wird: Sie besiegeln durch die Salbung mit dem Öl, daß Sie sich der Göttin als Priesterin widmen.

Ruß besteht aus Kohle und kann aus einer Feuerstelle oder einem Kamin entnommen werden. Falls dies nicht möglich ist, halten Sie eine brennende Kerze gegen feuerfestes Glas oder einen Porzellanteller, bis sich genug Ruß daran abgesetzt hat. Kratzen Sie dann eine kleine Schicht davon ob, um sich selbst damit zu salben. Der Ruß symbolisiert das Blut.

In vielen Kulturen wurde die Initiation früher mit Blut ausgeführt. Das Verspritzen von Blut gehörte häufig zur Vorbereitung für die Aufnahme in eine Geheimgesellschaft, zum Beispiel eine Priesterschaft. Die magische Natur von Ruß und sein Erscheinen in einer Phase der Transformation (wenn Feuer etwas verbraucht oder verformt) verbindet den Ruß mit der archetypischen Funktion des Blutes. Einige feministische Forscherinnen glauben, daß der Zusatz von Ruß in vielen alten »fliegenden Salben«[*] und Rezepten nur eine Metapher für die Zugabe von Blut der Frau war.

Die bekanntesten Schmucksymbole der Priesterin zum Anlegen sind das Hals- oder Strumpfband. Ein Halsband mit einem spirituellen Symbol als Anhänger gehört zu den beliebtesten Utensilien in heidnischen Kreisen. Das Halsband stellt den ungebrochenen Kreis dar, in dem wir arbeiten, jenen Kreis, der sich im Zentrum des Universums befindet. Wenn sich die Priesterin ein Halsband anlegt, verkündet sie damit, daß sie sich innerhalb dieses Kreises bewegt und in der Lage ist, die Energien zu lenken, die mit dieser heiligen Verbindung verknüpft sind. Der Anhänger kann ein Pentagramm, Brigits Kreuz, eine Triskele, ein Mondsymbol, ein astrologisches Symbol oder auch eine andere Darstellung sein. Wichtig ist nur, daß es für Sie als Heidin und für Ihre heidnische Tradition eine Bedeutung hat.

---

[*] Dies waren Salben, die auf den Körper aufgetragen wurden, um Astralreisen zu erleichtern. Diese Salben werden auch heute noch verwendet, doch meist ohne die verderblichen oder schädlichen Zusätze aus den alten Rezepten.

Das Strumpfband hat unter den Priesterinnen der anglo-keltischen Tradition eine lange Geschichte. Es ist eine Abwandlung des Hüftgürtels, der in alter Zeit von den Priesterinnen getragen wurde. Nach dem Einzug der neuen Religion in Europa waren solche expressiven Ausdrucksformen der Hexerei sehr gefährlich. Deshalb trugen die Priesterinnen später Strumpfbänder unter ihrer Kleidung, die von außen nicht sichtbar waren. In den modernen britischen Traditionen heißt es: »Wann immer sich ein neuer Hexenzirkel aus einem bereits bestehenden Kreis um eine Priesterin bildet, muß die Priesterin eine neue Schnalle an ihrem Strumpfband befestigen.« In einigen Hexenzirkeln wird die Priesterin sogar zur »Hexenkönigin«, wenn Sie mehr als drei Schnallen an ihrem Strumpfband trägt.

Das Strumpfband erlangte Mitte des 14. Jahrhunderts durch die Entstehung des berühmten Hosenbandordens in England als heidnisches Symbol Unsterblichkeit. 1349 tanzte König Edward III. bei einem Ball am Hof so leidenschaftlich mit der Gräfin von Salisbury, daß ihr das Strumpfband herunterrutschte. Das Tragen von Strumpfbändern galt so sehr als Zeichen für Hexerei, daß die Gräfin damit ihre Verhaftung riskierte. Aber der König hob es auf und verkündete laut, daß das Böse jene heimsuchen solle, die angesichts eines Strumpfbandes an Böses dächten. Der König muß sich seiner Rolle als heiliger König wohl bewußt gewesen sein, denn er fühlte sich dazu verpflichtet, die Hexen zu beschützen. Auf der Basis dieses Ereignisses wurde der elitäre Hosenbandorden ins Leben gerufen, eine Bruderschaft, die heute noch besteht. Diese Ritter – dreizehn an der Zahl! – gehören auch heute noch zu den wenigen Auserwählten, die bestimmten Teilen der Krönungszeremonie (der Weihung?) der englischen Monarchen beiwohnen dürfen.

Sie können sich selbst ein Strumpfband nähen oder eines kaufen. Ich persönlich habe mir ein Halsband als Symbol für meine Priesterschaft ausgesucht, und das Strumpfband bewahre ich in meinem magischen Schrank auf – es war ein Scherz-Geschenk eines Mitglieds aus unserem Hexenzirkel. Er entdeckte eines Tages in einem der kleinen Geschäfte für weibliche Sex-Dessous (warum er dort war, hat er uns nie mitgeteilt) ein Strumpfband aus schwarzem Satin mit kleinen roten Rosen für sehr wenig Geld. Er konnte nicht widerstehen, allen Mitgliedern des Hexenzirkels – einschließlich der vier Männer – eines zu kaufen. Gelegentlich tragen wir die Strumpfbänder als Symbol unserer Einigkeit und Freundschaft.

Es gibt noch ein weiteres Symbol für die Macht der Priesterin: den Mantel. Vielleicht möchten Sie dieses Bekleidungsstück für Ihre Priesterschaft auswählen. Der Mantel wurde gewöhnlich von den Kelten getragen. Die Farbe, der Stoff und die Aufmachung symbolisierten früher den Rang des Trägers in der Gesellschaft. Dieses Bekleidungsstück war außerdem für Clanführer oder Könige reserviert. »Einen Mantel zu erben« bedeutete damals, die Autorität von einer anderen Person zu übernehmen.

Wenn Ihnen weder Halsband, Strumpfband noch Mantel als Symbol gefallen, sollten Sie sich die Freiheit nehmen, ein eigenes Stück dafür auszusuchen. Wählen Sie einen Ring, eine Krone, eine Schärpe, ein Armband oder einen anderen Gegenstand, der für Sie dieses Amt und die Verpflichtung gegenüber der Göttin am besten darstellt.

Außerdem benötigen Sie einen Gegenstand, den Sie als Opfer verwenden können, um symbolisch zu demonstrieren, daß Sie gewillt sind, die Herausforderungen der Göttin anzunehmen, indem Sie ein neues Leben beginnen und einen großen Teil Ihres alten Lebens hinter sich lassen. Dazu eignet sich ein Symbol aus der Vergangenheit, z. B. ein Gegenstand aus Ihrer alten Religion, ein Schriftstück mit den ersten Informationen zum Heidentum oder ein ähnlich bedeutsames Objekt.

Beim Ablegen dieses Objekts nehmen Sie Ihren Namen als Priesterin an. Sie können Ihrem aktuellen Namen einfach einen weiteren hinzufügen. Ich habe die Rolle der Priesterin mit folgender Metapher verglichen: Sie ist die Lampe, die anderen den Weg leuchtet. Aus diesem Grund habe ich meinem Namen das irische Wort *solus* vorangestellt, das »Licht« bedeutet.

Lange ehe Sie dieses Ritual ausführen, sollten Sie sich Zeit für Meditationen zu jenen Göttinnen nehmen, denen Sie sich am nächsten fühlen. Auf diese Weise erfahren Sie, welcher Göttin Sie dienen möchten. Wenn Sie eine Wahl getroffen haben, der die Göttin zustimmt, werden Sie dies bald wissen. Wenn nicht, wird die innere Verbindung fehlen, und auch dies werden Sie sehr bald bemerken. In einigen Fällen entsteht möglicherweise der starke Eindruck, die Göttin habe Sie ausgewählt. Dies war bei mir sicher der Fall. Ich wollte ursprünglich eine Priesterin von Medb sein und durchlief die gesamte Anwartschaft auf die Priesterschaft mit dieser fixen Idee im Kopf. Doch nichts in diese Richtung schien für mich zu passen. Statt dessen schoben sich das Bild von Brigit, ihr Archetyp und ihre Entsprechungen immer stärker in den Vordergrund. Ich verweigerte mich diesen »Annäherungsversuchen« lange Zeit, weil ich anders sein wollte als der Rest unserer Gruppe. Brigit und Lugh sind die wichtigsten Gottheiten in meiner Tradition, und die Mehrzahl der Mitglieder hat diese beiden als Schutzgottheiten ausgewählt.

Ich bin nicht die erste Heidin, die diese Erfahrung machen mußte: Wenn wir nicht annehmen, was das beste für uns ist, geraten wir so lange in unangenehme Situationen und fühlen uns zerrissen, bis wir den richtigen Weg erkennen und unsere Schritte in die entsprechende Richtung lenken. Während ich mich Brigit verweigerte, entschwanden alle Aspekte aus meinem Leben, die Brigit zuzuordnen sind: Kreativität, Inspiration, mentale Stärke und die Fähigkeit zur Transformation. Ich war gezwungen, sie um Hilfe zu bitten. In dieser Zeit erkannte ich auch, was ich bekämpft hatte, und akzeptierte Brigit als meine Schutzgöttin. Ich habe es nie bereut.

Ritual zur Selbst-Initiation

Öffnen Sie Ihren Kreis, und rufen Sie wie üblich die einzelnen Viertel auf. Rufen Sie neben den anderen Gottheiten, die Sie in den Kreis bitten möchten, auch jene Göttin an, die Ihre Schutzgöttin sein soll.

Sobald der Kreis aufgebaut ist, nehmen Sie den Kelch/Kessel zur Hand und segnen diesen mit folgenden Worten:

> Gesegnet sei das Wasser, das Blut der Göttin,
> aus dem alles Leben entspringt, aus dem ich
> erschaffen wurde und zu dem eines Tages alles
> zurückkehrt.

Nehmen Sie nun das Salz, und segnen Sie es mit folgenden Worten:

> Gesegnet sei das Salz, Symbol der Erde, Körper der Göttin, gesegnet sei die Erdenmutter,
> die mich ernährt und stützt.

Geben Sie das Salz in das Wasser, und rühren Sie es dreimal entgegen dem Uhrzeigersinn um. Segnen Sie dann die Mischung mit folgenden Worten:

> Wasser und Salz. Blut und Erde. Damit segnet
> die Göttin jene, die ihr dienen.

Führen Sie nun das Ritual aus Kapitel 7 zur Dreifachen Segnung auf Geheiß der Göttin aus.

Als nächster Schritt folgt der erste Schwur. Zunächst sollten Sie nicht auf den Dienst an der Göttin, sondern auf den Dienst an Ihren Mitmenschen schwören. In der keltischen Tradition wurde dies *adbertos* genannt – ein altes gälisches Wort für »Opfer«. Der Begriff des Opfers ist in der deutschen Sprache negativ belegt, *adbertos* aber beschrieb ein positives Konzept im religiösen und gemeinschaftlichen

Leben der Kelten. Es bedeutete, die eigenen Wünsche für andere, den Stamm oder den Clan zurückzustellen bzw. zu opfern. Die Kelten betrachteten das gegenseitige Geben und Nehmen persönlicher Opfer als wichtigen Teil des alltäglichen Lebens – es war der Kernpunkt im Zusammenspiel zwischen dem Einzelnen und der Gemeinschaft.

Wenn Sie als Priesterin andere unterrichten möchten, sollten Sie erklären, daß Sie dies aus ethischen Gründen und nur mit den besten Absichten tun werden. Das irische Wort für »lehren« bedeutet gleichzeitig »singen«. Sie können diesen Teil Ihres Schwurs also auch singen, wenn Sie möchten. Alle Worte sollten aus Ihrem Herzen kommen und von Ihnen selbst stammen. Niemand kann Ihnen diesen Eid abnehmen. Achten Sie also auf die Worte, die aus Ihrem Herzen kommen, und beziehen Sie folgende Elemente ein:

- Sprechen Sie Ihre Göttin mit Namen an.
- Schwören Sie, ihr zu dienen.
- Schwören Sie, alle ihre Gaben und ihre Herausforderungen anzunehmen.
- Schwören Sie, zu wachsen und zu lernen.
- Schwören Sie, ein Leben zu leben, auf das sie stolz sein wird.
- Legen Sie einen Eid darüber ab, daß sich beim Mißbrauch Ihrer Kräfte all diese Schwüre gegen Sie wenden und diese Kräfte Sie vernichten werden.

Erklären Sie abschließend, daß die Schwüre Ihnen in Ihrem neuen Namen als Priesterin heilig sind, zum Beispiel mit folgenden Worten:

> Von nun an bin ich unter dem Namen [Ihren Namen als Priesterin einfügen] bekannt. Ich bin eine Priesterin von [Namen der Göttin einfügen]. Wir haben uns gegenseitig auserwählt, wir werden einander dienen, in Ehre, in Aufrichtigkeit, für ein positives Ende, bis sie mich nach Tir na mBan führt, wo ich wieder mit ihr vereint werde. Die Worte, die ich in diesem Kreis spreche, sind mir heilig. Die Schwüre sind mit meinem Namen besiegelt. So soll es sein.

Wenn Sie Ihre Versprechen abgegeben haben, besiegeln Sie sie durch eine Salbung. Nehmen Sie den Ruß und mischen Sie ihn mit dem Öl. Sprechen Sie dabei folgende Worte:

Durch das Blut des Schoßes werden alle Dinge auf der Erde heilig.

Legen Sie einen Finger in das Olivenöl* und sprechen Sie:

> Öl der Erde vom Baum des Lebens und geheiligtes Blut des Schoßes segnet die Schwüre, die ich an diesem heiligen Ort geleistet habe. Von mir an die Göttin, von dieser Welt an die Anderswelt – die Verbindung wurde für immer geschlossen. So soll es sein.

Salben Sie Ihre Stirn mit dem Öl und sprechen Sie:

> Meine Schwüre sind besiegelt und können nicht zurückgenommen werden. Mein Geist ist für immer mit der Göttin verbunden.

Salben Sie Ihre Lippen mit dem Öl und sprechen Sie:

> Meine Schwüre sind besiegelt und können nicht zurückgenommen werden. Mein Mund wird wissen, wann er sprechen und wann er schweigen soll.

Salben Sie Ihr Herz mit dem Öl und sprechen Sie:

> Meine Schwüre sind besiegelt und können nicht zurückgenommen werden. Ich werde lieben.

Salben Sie Ihren Schoß mit dem Öl und sprechen Sie:

> Meine Schwüre sind besiegelt und können nicht zurückgenommen werden. Ich werde Schönes erschaffen.

---

* Der Olivenbaum war im Mittleren Osten der Baum des Lebens. Er war verschiedenen Göttinnen des Mittleren Ostens geweiht. Nach Belieben können Sie dem Öl ein wenig von der Rinde eines eher keltischen Baumes beimischen, wie Eiche, Weide, Haselnuß, Apfelbaum, Birke usw.

Salben Sie Ihre Knie mit dem Öl und sprechen Sie:

> Meine Schwüre sind besiegelt und können nicht zurückgenommen werden. Ich werde vor niemandem niederknien, aber ich ehre meine Göttin und bin biegsam wie eine Weide.

Salben Sie Ihre Füße mit dem Öl und sprechen Sie:

> Meine Schwüre sind besiegelt und können nicht zurückgenommen werden. In Schönheit gehe ich durch die Tage meines Lebens.

Als nächstes nehmen Sie Ihr Symbol für das Amt und salben es mit folgenden Worten:

> Ich lege das [Name des Symbols einfügen] an und erkläre mich selbst zur Priesterin von [Name der Göttin einfügen]. Sollte ich mich des Amtes nicht als würdig erweisen oder meine Göttin erzürnen, so sollen dieses Symbol und meine Kräfte mich verlassen.

Legen Sie dann das betreffende Stück an und sprechen Sie:

> So soll es sein.

Als nächstes bringen Sie Ihr Opfer dar. Erklären Sie der Göttin, welche Bedeutung das gewählte Objekt in Ihrer Vergangenheit hatte. Erklären Sie, daß Sie diese nun hinter sich lassen. Vergraben oder verbrennen Sie das Opfer im Anschluß daran, oder legen Sie es beiseite, um es zu einem späteren Zeitpunkt zu verbrennen oder zu vergraben. Verstreuen Sie die Asche über die Erde.

Schließen Sie den heiligen Kreis zum Schluß.

Nachdem der Kreis geschlossen ist, bieten Sie der Göttin und ihren Elementargeistern eine Speise und/oder einen Trank an, die bzw. der problemlos im Freien aufgestellt werden kann.

20 Die Bindung zwischen Seelenfreundinnen

Ritual für zwei Frauen

Das keltische Konzept *Anamchara* oder Seelenfreund/in bedeutete sowohl eine spirituelle als auch emotionale Verpflichtung. Im Gegensatz zu den üblichen hierarchischen Beziehungen in der keltischen Gesellschaft waren die Seelenfreundinnen Partnerinnen und Gleichgestellte. Eine Seelenfreundin war Lehrerin und Schülerin zugleich, abhängig und überlegen, Vertraute und Leitende, kurz gesagt: eine Person, mit der Weisheit und geistige Lehren geteilt wurden. Einer Seelenfreundin konnten Sie Ihr Leben und Ihre Seele anvertrauen, und im Gegenzug wurde Ihnen in gleicher Weise vertraut. Diese Praxis war so tief verwurzelt und besonders, daß sie in Irland zu einem integrierten Bestandteil im klösterlichen Leben der frühen keltischen Kirche wurde. Obwohl dieses Konzept nicht sehr bekannt ist, stellt es auch heute noch einen wichtigen Aspekt im keltischen Heidentum dar, dessen Popularität zunimmt, besonders unter Frauen.

Den meisten modernen religiösen Führern ist das Konzept des Seelenfreundes fremd. Sie denken fast ausschließlich in Begriffen von Meister/Schüler oder Führer/Anhänger. Die Funktion des Seelenfreundes läßt sich ein wenig mit dem Konzept des Paten im modernen Christentum vergleichen. Es ist die Verbindung von zwei gleichgestellten Personen, die sich auf demselben geistigen Weg befinden. Seelenfreunde gleichen gegenseitig Stärken und Schwächen aus. Sie bekennen sich jeweils zu den Wünschen des anderen, sie geben ohne Eifersucht und Neid und nehmen, indem sie geben.

Es ist nicht verwunderlich, warum dieses Konzept besonders bei den modernen heidnischen Frauen großen Anklang findet. Frauen scheuen Hierarchien am ehesten und suchen nach gleichgestellten Beziehungen.* Die Mehrheit der Hexenzirkel (jedenfalls der mir bekannten), die in egalitärer Weise agieren, bestehen überwiegend aus

---

* Wirkliche »Traditionen« (im Gegensatz zu eklektischen Gruppen), die ihrem Wesen nach auf Gleichstellung basieren, werden auch »priesterliche Traditionen« genannt, weil sie jeden dazu ermutigen, den Priester oder die Priesterin in sich selbst zu suchen. In einem priesterlichen Zirkel kann jeder – und dies ist manchmal auch der Fall – Leiter und Priester oder Priesterin sein.

Frauen oder werden primär von Frauen betrieben. Frauen suchen nach Bindungen, um durch die Interaktion Gemeinsamkeiten zu finden und sich auf demselben Boden wie andere zu bewegen, aber nicht um nach Rangfolgen zu streben.

Frauen genießen den Status der »besten Freundin« – eine Beziehung, die für viele Männer undurchschaubar bleibt. Beste Freundinnen haben Zugang zum wirklichen inneren Selbst. Die beste Freundin einer Frau kennt ihre Träume oft besser als der Ehemann, ist vertraut mit ihren Gedanken und Gefühlen, Hoffnungen und Träumen, die vom Ehemann häufig ferngehalten werden. Es ist eine Beziehung des Gebens und Nehmens. Manchmal ist eine der beiden Frauen stärker; manchmal sind die Rollen austauschbar. Seelenfreundinnen schämen sich nicht, sich gegenseitig ihr Herz auszuschütten. Ihre Tränen und Ängste mindern nicht ihr gegenseitiges Ansehen, und ihr Stolz oder ihr Sinn für Weiblichkeit werden durch schwache Momente nicht beeinträchtigt. Eine solche Beziehung prädestiniert in der keltischen Tradition zwei Frauen auf demselben geistigen Weg dazu, Seelenfreundinnen zu werden.

Um diese Seelenfreundschaft durch ein Ritual zu bekräftigen, erkennen wir gegenseitig und gegenüber unseren Göttinnen diese duale Rolle von Mentorin/Anhängerin, Lehrerin/Schülerin, Patin/Kind, stark/schwach usw. an. Durch das Ritual drücken wir etwas aus, das wir im Inneren bereits seit langem zugestanden haben. Uns wird dadurch sowohl unsere Verpflichtung als auch unsere Abhängigkeit voneinander noch deutlicher bewußt. Wenn Sie ein solches Versprechen in einen rituellen Rahmen einbinden, wird die Bedeutung weiter vertieft, denn ein Ritual prägt sich unserer Psyche sehr stark ein, und wir werden uns der Tiefe unserer Verbindung bewußt. Das Ritual trägt die Seele zweier Freundinnen in das Reich des Göttlichen, denn die Vereinigung zweier Seelen wurde in vielen Kulturen als Symbol für die Vereinigung zwischen Göttin und Gott betrachtet und repräsentiert das alles umfassende Dasein.

Doch eine Seelenfreundin ist kein Mülleimer. Sie kann nicht all Ihre Lasten tragen, sondern teilt sie mit Ihnen, damit die Bürde leichter wird. Sie hat nicht die Antwort auf all Ihre Probleme, aber sie hört Ihnen freundlich zu und bietet Ihnen eine Schulter zum Ausweinen an. Sie hilft Ihnen dabei, die besten Antworten für Sie selbst zu finden.

Seelenfreundinnen sind einander gleichgestellt. Dies kann nicht oft genug betont werden. Dieses Ritual ist nicht dazu gedacht, die Bürden von Neuankömmlingen auf die Schultern erfahrenerer Personen zu verteilen. Die Beziehung zwischen Seelenfreundinnen basiert auf der *gegenseitigen Verbindung zweier Gleichgestellter*, die sich auf dem gleichen geistigen Weg befinden und etwa den gleichen Erfahrungshintergrund mitbringen. Beide entscheiden sich dafür, einander zu helfen und dieses Versprechen sowie die bereits vorhandene feste Bindung in ritueller Form zu vertiefen.

Vorbereitung auf das Ritual

Das Ritual in diesem Kapitel läßt sich unverändert übernehmen oder Ihren Wünschen entsprechend anpassen. Sie können dafür eine freudige oder ernste Atmosphäre schaffen oder beide Elemente einbinden. Das Ritual zur Seelenfreundschaft sollte Ihr Vertrauen und Ihre Verpflichtung symbolisieren, aber auch Ihre ganz persönlichen Gemeinsamkeiten hervorheben. Sie können in das Ritual zum Beispiel einen privaten Scherz einbinden oder ein Symbol, das nur für Sie beide eine Bedeutung hat.

Vermeiden Sie bei diesem Ritual Bindungszauber, die ihre Seelen buchstäblich zusammenschweißen. Die Seelenfreundschaft ist eine Vereinigung, die für die Dauer eines ganzen Lebens geschlossen wird; sie ist häufig dauerhafter und stabiler als so manche Ehe. Beide Personen nehmen aus eigenem und freiem Willen an diesem Ritual teil, deshalb sollten Sie darauf achten, daß wirklich nichts zwischen Ihnen steht. Fragen Sie sich, wie zufriedenstellend es ist, einen Liebhaber durch einen magischen Zauber an sich zu binden. Ebenso können Sie sich fragen, wie sehr es Ihren Bedürfnissen entgegenkommt, wenn Ihre Seelenfreundin unter magischer Beeinflussung an Ihrer Seite steht. Die Kelten liebten ihre Freiheit, und dies sollten Sie auch tun.

Vor dem Ritual sollten beide viel Zeit für Meditationen – zusammen und getrennt – aufbringen und überlegen, welche Folgen eine formelle Bindung für die Freundschaft mit sich bringt. Wenn eine der beiden Freundinnen an diesem Punkt das Ritual abbrechen oder verschieben möchte, sollte diese Entscheidung respektiert werden. Viele Menschen werden vor einem Ritual in letzter Minute nervös. Dies zeigt nur, daß ihre potentielle Seelenfreundin die Verpflichtung ernst nimmt, und ein Zögern sollte Ihre enge Freundschaft nicht tangieren.

Für das Ritual in diesem Kapitel benötigen Sie folgende Utensilien:

• Drei Kerzen: Je eine Kerze symbolisiert eine der beiden Personen, und die dritte Kerze stellt Ihre Vereinigung dar. Die Kerzen können eine beliebige Farbe haben, es ist allerdings auch schön, wenn auch die Farben das Thema Vereinigung oder Freundschaft repräsentieren. Eine passende Farbkombination wäre etwa: Die Kerzen für die Personen sind je eine blau und rot, und die dritte Kerze für die Freundschaft ist lila. Die Mischung aus Blau und Rot ergibt Lila. Lila symbolisiert außerdem in magischen Zaubern die Seele.

- Kerzenhalter, die zu den ausgewählten Kerzen passen und die groß genug sind, um Wachstropfen aufzufangen.
- Einen Kelch, der Ihre Einheit darstellt und zwei kleinere Kelche, Tassen oder Trinkgläser, die jeweils die einzelne Frau symbolisieren. Die beiden kleineren Tassen werden vor dem Ritual zu einem Drittel mit einer Flüssigkeit (die Sie trinken möchten) gefüllt.
- Acrylfarben in verschiedenen Farben.
- Pinsel in verschiedenen Größen.
- Zwei 90 Zentimeter lange, unbearbeitete Holzstangen mit einem Durchmesser von etwa drei Zentimetern. Die Stangen sind nicht kostspielig, und Sie finden sie in jedem Baumarkt. Behandeln Sie die Enden mit Sandpapier, und runden Sie sie damit ab, bis sie sich angenehm in der Hand anfühlen. Während dieser Arbeit sollten Sie visualisieren, daß die Stäbe als Kanal für die Kraft in den künftigen Ritualen von Ihnen beiden dienen.
- Ein Geschenk oder ein geistiges Zeichen für Ihren Seelenfreund. Dies sollte geheim bleiben, bis es während des Rituals übergeben wird.
- Eine Altardecke oder eine Abdeckung für den Boden (wenn gewünscht).
- Eine Packung Papiertaschentücher. Dieses Ritual kann sehr emotional werden!

Das Ritual Anamchara

Stellen Sie alle notwendigen Gegenstände zusammen, und begeben Sie sich an jenen Ort, an dem das Ritual ausgeführt werden soll.

Ein traditioneller Altar ist nicht erforderlich, legen Sie alle Gegenstände in der Mitte des Kreises auf den Boden (ähnlich wie in der hier dargestellten Abbildung). Wenn Sie befürchten, daß Ihre magischen Kräfte von diesem Bodenkontakt zu sehr beeinträchtigt werden, legen Sie eine Decke auf den Boden.

Öffnen Sie den Kreis gemeinsam und verteilen Sie die zugehörigen Pflichten gleichmäßig (siehe Seite 284 ff.). Sobald der Kreis errichtet ist, setzen sie sich in der Nähe der Kreismitte einander gegenüber; orientieren Sie sich dabei an jenen Himmelsrichtungen, die Ihnen

Positionen für das Ritual Anamchara

angenehm sind. Diese Position von Angesicht zu Angesicht hat eine lange Tradition, wenn es darum geht, Informationen und Lehren weiterzugeben. Der Fluß der Energien von der Lehrerin an die Schülerin und zurück soll auf diese Weise möglichst effizient gehalten werden.

Nehmen Sie an diesem Punkt die beiden Tassen in die Hand, die Sie als Einzelpersonen symbolisieren. Eine der beiden Personen (in diesem Beispiel Sie) beginnt das Ritual. Nehmen Sie einen Schluck des Getränks und geben Sie folgende oder eine ähnliche Erklärung ab:

> Ich trinke aus der Tasse der Göttin. Ihr Blut ist meines und meines ist ihres. Sie kennt alle Geheimnisse meines Herzens und segnet dich, die diese Kenntnisse mit ihr teilt. Trinke aus meinem Geist.

Die Vorstellung, Menschen durch gemeinsames Trinken miteinander zu verbinden, ist sehr alt und läßt sich auch bei Hochzeitszeremonien in Ostasien und im Mittleren Osten beobachten. Die oft gehörten Worte »Laßt uns darauf trinken« haben ihren Ursprung ebenfalls in diesem Glauben.

Reichen Sie Ihre Tasse über den Kreis an die andere Frau, und bieten Sie Ihr einen Schluck aus Ihrer Tasse an. Wenn sie dies getan hat, sollte sie die Tasse neben sich absetzen und ihre eigene Tasse in die Hand nehmen. Auch sie trinkt, spricht und reicht die Tasse an Sie weiter. Wenn Sie beide getrunken haben, nehmen beide gleichzeitig die Tassen auf und schütten den Inhalt in den größeren Kelch in der Mitte. Dadurch wird die Vereinigung symbolisiert. Während Sie die Flüssigkeit dort hineinschütten, sollten Sie gemeinsam etwa folgende Worte sprechen:

> Zwei Körper haben eine gemeinsame Seele. Zwei Herzen schlagen im gleichen Rhythmus. Zwei Leben werden geführt, um zu wissen, zu lehren, zu lernen, zu nehmen und zu geben. In dir habe ich meine Seelenfreundin gefunden.

Die andere Frau nimmt den Kelch auf und hält ihn an Ihre Lippen, damit Sie trinken können. Sie sagt:

> Hiermit erkläre ich vor unserer Göttin, was ich dir bereits gegeben habe – mich selbst. Ich bin deine Freundin. Ich bin deine Lehrerin. Ich

bin deine Schülerin. Ich hänge von dir ab. Ich
bin dein Trost und deine Begleitung. Ich bin
dein Schild und dein Fels, dein Kind und
deine Mutter, deine Schwester und deine Ratgeberin.

Nachdem Sie einen Schluck getrunken haben, bieten Sie Ihrer Seelenfreundin den Kelch an und geben ebenfalls diese Erklärung ab.
Sie trinkt aus dem Kelch.

Es beginnt nun jene Frau, die als zweite die Tasse aufgenommen
hat (in diesem Beispiel die andere Frau). Sie zündet jene Einzelkerze
an, die auf ihrer rechten Seite steht. Dabei sagt sie, daß die Kerze ihr
spirituelles Selbst darstellt. Anschließend zünden Sie mit ähnlichen
Worten ebenfalls Ihre Kerze an.

Die Kerze in der Mitte zwischen Ihnen und Ihrer Seelenfreundin stellt nicht nur Ihre Vereinigung, sondern auch das
größere Potential zweier Geister auf der gleichen Reise dar. Beide
ermutigen und unterstützen sich gegenseitig. Während Sie beide
Ihre Kerzen über den Docht der mittleren Kerze halten, um diese
anzuzünden, geben Sie gemeinsam eine Erklärung wie die folgende ab:

Durch dieses Ritual binde ich mich an dich als
Freundin deiner Seele – als deine Anamchara.
Siehe, unsere Flammen scheinen hell, brennen
heißer und stärker als eine allein. Ich schwöre
bei Erde und Luft, bei Feuer und Wasser, bei
Sonne und Mond, auf unserem keltischem
Weg und dem Weg der Göttin deine Lehrerin
und Schülerin zu sein. Ich bin die Schulter, an
der du dich ausweinen kannst, und das Licht,
das dir den Weg leuchtet. Meine Augen werden dich überall in der Welt gierig suchen. Ich
bin dein Kind, das von dir ernährt und unterrichtet, umsorgt und geliebt werden möchte.
Ich bin dein Schild und dein Schwert, dein
Buch und dein Kreis und stehe in der Mitte
deines Lebens, so wie du in der Mitte meines
Lebens stehst. Ich teile meine Weisheit und
meine Geheimnisse mit dir, solange dieses
Leben andauert. Bis wir uns in Tir na mBan
wieder treffen. So soll es sein.

An diesem Punkt können Sie auch über andere Gefühle sprechen. Die Emotionen sind in diesem Moment sehr stark, deshalb liegen auch die Taschentücher neben Ihnen.

Überreichen Sie sich nun die Geschenke, die Sie zur Besiegelung der Seelenfreundschaft mitgebracht haben. Empfehlenswert sind alle Gegenstände, die in rituellen Sitzungen verwendet werden können. Ein keltisches Schmuckstück, zum Beispiel ein Halsband oder ein *Niam-linn* (Stirnband), aber auch andere rituelle Schmuckstücke, wie besondere Steine, Instrumente zum Wahrsagen oder magische Objekte eignen sich als Geschenk.

Anschließend legen Sie alle anderen Utensilien zur Seite und lassen nur noch die mittlere Kerze der Einheit zwischen sich und Ihrer Seelenfreundin brennen. Nehmen Sie die Stäbe und Farben und bemalen Sie den Stock für Ihre Seelenfreundin.

Dieses Instrument soll Ihre spirituelle Einheit symbolisieren und läßt sich später in allen gemeinsamen Sitzungen verwenden, in denen Sie gegenseitige Zauber oder Heilungen ausführen möchten. Das Bemalen sollte nicht in allzu ernster Stimmung erfolgen. Sie können auch ganz eigene Symbole oder private Witzbilder darauf anbringen. Eine gute Freundschaft besteht immer auch aus einer Portion Humor, und Gelächter kann ebenso verbinden wie ein formelles Ritual. Während der Arbeit können Sie frei über Ihre Freundschaft sprechen, zum Beispiel über gemeinsame Erinnerungen oder über Ihren neuen Status als Seelenfreundinnen. Dies regt vielleicht auch die Vorstellung von Motiven auf dem Stab an.

Wenn die Bemalung abgeschlossen ist, überreichen beide ihrer jeweils neuen Seelenfreundin den Stab und erläutern jene Elemente der Bemalung, die noch nicht besprochen worden sind. Jede Frau sollte sich nun noch zusätzlich Zeit nehmen, um dem neuen Stab auch noch eigene Elemente hinzuzufügen. Auf diese Weise erhält jede Frau ein kleines »Gesamtkunstwerk«, das trotzdem individuell verschieden ist.

Am Ende löschen Sie die Kerze in der Mitte und schließen den Kreis.

Zu guter Letzt nehmen Sie gemeinsam die Flüssigkeit aus dem großen Kelch und gießen diese zusammen über Mutter Erde, um ihr Nahrung zu geben. Dabei visualisieren Sie, wie Ihr verschmolzener Geist ein Teil der großen Mutter wird, von der Sie abstammen.

21 Das Leben
als keltische Frau

Die moderne keltische Frau übernimmt viele Rollen, zeigt viele Gesichter, hat viele Interessen und ist mit den verschiedensten Aktivitäten befaßt. Sie trägt ihr kriegerisches Selbst wie eine zweite Haut. Ihre Kraft ist »Macht für« und nicht »Macht über«. Sie kennt ihre spirituelle Verbindung mit allen lebendigen Dingen und versucht, ihre Macht harmonisch einzusetzen und nicht als Waffe gegen andere. Ihre wirklichen Waffen sind ihre Weisheit und ihr Selbstvertrauen. Ihr Stärke besteht in ihrem Willen zu lernen und zu wachsen. Ihr innerer Friede rührt von dem Wissen um ihren Platz in der Schöpfung, und sie weiß, daß sie immer einen Funken der Göttin in sich trägt.

Diese kriegerische Frau weiß, wann sie kämpfen muß wie ein Löwe und wann sie fliehen muß wie ein Hase. Sie weiß, wann sie sprechen und wann sie schweigen muß. Der Mut ihrer Überzeugungen ist ihr Schild; ihre Seele ist ihr Speer und ihr Wille ihr Kessel – der unbeschränkte Schoß, aus dem sie alles gebären kann, was sie möchte.

Die keltische Frau ist eine Mutter und eine alte Frau, aber vor allem ist sie eine Jungfrau – eine Frau, die für sich selbst besteht und niemand anderen benötigt, um ihren geistigen Weg auf zufriedenstellende Weise zu gehen. Wenn sie sich mit anderen Frauen oder einer gemischtgeschlechtlichen Gruppe zusammenschließt, um ihrer Göttin zu opfern, tut sie dies, um die Rituale zu bereichern und ihren geistigen Horizont zu erweitern, aber nicht weil sie jemand anderen braucht, um ihrem Ritual eine Bedeutung zu verleihen oder sich mit dem Göttlichen zu verbinden.

Kontakte knüpfen

Für die Menschen in der modernen Welt ist es sehr schwierig, die Bedeutung einer Gemeinschaft wirklich zu schätzen. Wir sind heute so sehr auf die Stärke des Einzelnen fixiert, daß wir häufig die Tatsache vernachlässigen, daß starke Einzelpersonen auch starke Gemeinschaften bilden können. Für eine starke Gemeinschaft haben die Kelten ihre Kinder auf eine Weise gefördert, die ihre Talente hervorbringt – Talente, die später allen zugute kamen.

Im modernen keltischen Heidentum dient die Arbeit in einer Gruppe oder einem Hexenzirkel demselben Zweck. Es ist sicher nicht einfach, zufriedenstellende Kontakte in der heidnischen Gemeinschaft aufzunehmen, aber es läßt sich durchaus bewerkstelligen. Wenn Sie Kontakte zu anderen Frauen mit gemeinsamen spirituellen Interessen suchen, können Sie die verschiedenen Bücher auf dem Markt als Quelle für Hinweise verwenden (siehe Literatur). Fragen Sie in Ihrer esoterischen Buchhandlung auch nach Zeitschriften auf diesem Gebiet. Es empfiehlt sich zum Beispiel, Anzeigen darin aufzugeben. Dabei ist es wichtig, die eigenen Vorstellungen möglichst genau zu beschreiben, damit sich die richtigen Frauen bei Ihnen melden. Sollte es zu einem Treffen kommen, nutzen Sie Ihren gesunden Menschenverstand und begeben Sie sich nicht in Gefahr. Forcieren Sie nichts und drängen Sie niemanden. Wenn es an der Zeit ist, werden Sie mit Sicherheit die richtigen Frauen finden.

Die acht Frauen, mit denen ich die verschiedenen Facetten weiblicher keltischer Spiritualität erforscht habe, fanden fast alle durch Zufall zueinander. Nach unserem ersten Treffen glaubte niemand, daß wir uns je wiedersehen würden. Meine Freundin Avi und ich hatten eine Anzeige in einer alternativen Zeitung aufgegeben. Wir wollten Frauen kennenlernen, die an eklektischen Sitzungen interessiert waren, um die weibliche Spiritualität zu erforschen. Zuerst erhielten wir Antwort von einer Frau namens Pam. Wir trafen Sie in einem freundlichen Café. Pam praktizierte damals gerade allein, war aber schon einmal Mitglied in einem keltischen Kreis gewesen und hatte sich selbst beigebracht, irisches Gälisch zu lesen. Dies paßte sehr gut zu meinem irischen Interesse und Avis Interesse an Schottland. Wir drei paßten sehr gut zusammen und trafen uns wieder.

Pam war von unserem zweiten Treffen, bei dem wir bis zum Abend miteinander sprachen, sehr angetan und fragte deshalb, ob wir uns auch mit anderen Frauen, die sie kannte, treffen wollten. Es sollte kein Hexenzirkel eröffnet, sondern lediglich ein Netzwerk für Frauen errichtet werden, das uns allen Unterstützung bot. Avi und ich stimmten zu, und drei Wochen später trafen sich eines sonnigen Sonntagnachmittags noch fünf weitere Frauen mit uns in einem Park.

Ebenso wie Avi und ich gehörten drei der Frauen bereits einem Hexenzirkel an. Zu unserer Freude stellte sich heraus, daß dieser sehr groß und aktiv war, und aus jenem Kreis entstanden war, den Avi und ich sieben Jahre zuvor initiiert hatten. Wir hatten also einige gemeinsame Bekannte. Die anderen beiden Frauen hatten bereits zu zweit miteinander gearbeitet und waren damit sehr zufrieden. Sie hatten große Erfahrungen mit dem Heidentum, waren sich aber nicht sicher, ob sie sich mit anderen in einem großen Rahmen treffen wollten.

Als wir anfingen, uns über unseren geistigen Hintergrund und unsere augenblicklichen Interessen zu unterhalten, schob sich schon bald ein keltisches Thema in den Mittelpunkt. Die beiden eher zögerlichen Frauen, Cheryl und Karen, hatten sich selbst zu Dienerinnen einer Göttin erklärt, die im Mittleren Osten und Polynesien verehrt wurde. Seit kurzem waren sie aber auf der Suche nach den geistigen Traditionen ihres keltischen Erbes. Die drei anderen Frauen – Mutter, Tochter und Freundin der Mutter – waren Mitglieder in einem eklektischen Hexenzirkel und hatten sich in ihren Praktiken auf die keltischen Aspekte konzentriert. Die Mutter, Donna, war eine Priesterin von Cerridwen. Ihre Tochter, Tracey, war erst 17 Jahre alt, aber besonders bewandert in den Überlieferungen aus der Artussage. Donnas beste Freundin, Joanne, hatte Rhiannon als Schutzgöttin gewählt.

Obwohl wir uns nie zu einem perfekt arbeitenden Hexenzirkel zusammenschlossen, haben wir viele gemeinsame Forschungen auf dem geistigen Weg der Frau mit einem keltischen Schwerpunkt angestellt und unser Zusammensein sehr genossen. In dieser Gruppe gab es keine Kämpfe um das Ego; wir respektierten die Traditionen der jeweils anderen Frauen und ließen uns die Freiheit, in unseren eigenen Hexenzirkeln weiterzuarbeiten.

Diese sieben Frauen repräsentierten einige der besten Eigenschaften der modernen keltischen Frau. Sie waren selbstsicher und großzügig, neugierig und klug.

Fragen zu Gruppen für keltische Frauen

Die folgenden Fragen sollten Sie sich selbst stellen, wenn Sie ernsthaft überlegen, eine Gruppe oder einen Hexenzirkel aufzubauen bzw. darin zu arbeiten. Wenn eine Gruppe einmal zustande gekommen ist, werden sich sicher noch viele weitere Fragen ergeben. Fragen, die dann aber eher von den praktischen Dingen handeln und weniger von Ihrem tiefen Wunsch, Teil einer Gruppe zu sein. Um so wichtiger ist es, sich diese grundsätzlichen Fragen zu stellen, ehe Sie sich einer Gruppe anschließen. Einer falschen Gruppe beizutreten, kann verheerende Folgen haben und Ihnen Erfahrungen bringen, die Ihnen nicht entsprechen. Daran sind aber bestimmt nicht die Frauen in einer solchen Gruppe Schuld, sondern lediglich die unterschiedlichen Philosophien. Manchmal passen Energien einfach nicht zusammen, und es ist ratsam, sich darüber vorab Gedanken zu machen. Das Heidentum unterscheidet sich von vielen anderen Religionen dadurch, daß von einer Person nicht verlangt wird, die rituellen Lasten allein zu tragen. Jede muß ihren Teil dazu beitragen, und dieser erfordert eine allgemeine Zustimmung aller. Daneben ist eine Gemeinsamkeit im Glauben und eine ähnliche Vorstellung vom Sinn und der Bedeutung der Vorhaben wichtig. Denken Sie also über alle diese Punkte nach, ehe Sie die ersten Schritte in die Praxis unternehmen.

- Würden Sie sich selbst als eklektische Keltin bezeichnen, oder gibt es eine bestimmte keltische Tradition, die Sie besonders interessiert?
- Gibt es einen bestimmten kulturellen Brennpunkt, der für Sie von großer Bedeutung ist (z. B. den irischen, schottischen oder walisischen)?
- Wie würden Sie sich fühlen, wenn die Frauen in Ihrer Gruppe oder Ihrem Hexenzirkel beschlössen, die Gruppe auch für Männer zu öffnen?
- Wie viele Frauen stellen Sie sich als optimale Anzahl für die Arbeit in einer Gruppe vor?
- Wünschen Sie sich eine gleichberechtigte Gruppe, oder ziehen Sie eine hierarchische Struktur vor?
- Welchen Beitrag könnten Sie für die Gruppe leisten?
- Was erwarten Sie sich von einer Gruppe? Was soll bei Ihren gemeinsamen Bemühungen herauskommen?
- Wie oft möchten Sie sich mit diesen Frauen treffen? Möchten Sie lockere monatliche Verabredungen treffen oder intensivere Verbindungen eingehen?
- Wie würden Sie sich fühlen, wenn eine lesbische Frau in der Gruppe ist, eine Frau mit einer festen Beziehung, eine polygame Frau, eine Mutter, Großmutter, ein Teenager oder eine transsexuelle Frau?
- Was wissen Sie über Hexenzirkel? Haben Sie selbst schon einmal an einem Hexenzirkel teilgenommen oder kennen Sie Freunde, die in solchen Gruppen arbeiten?
- Welche grundlegenden Elemente sollte eine Gruppe, an der Sie teilnehmen möchten, unbedingt haben, damit Sie zufrieden sind? An welchen Punkten fühlen Sie sich kompromißbereit?
- Könnten Sie sich vorstellen, selbst eine Gruppe zu eröffnen, wenn Sie keinen passenden Kreis finden? Wissen Sie, wie sich Kontakte herstellen lassen, um dies auf ungefährliche und effektive Weise und zum Wohl aller durchzuführen?

Die keltische Frau lebt in Frieden, sie führt ihre Waffen für den Kampf unauffällig mit sich. Sie versteht sich selbst als einen Bestandteil des Schöpfungsgeflechts, aber auch als einmalige Individualität von großem Wert. Sie liebt und respektiert ihre Familie, ihre Freunde und die Gemeinschaft, in der sie lebt, findet aber auch Inspiration in der Abgeschiedenheit. Sie ist eine Person mit starken Führungsqualitäten und weiß, wann es an der Zeit ist, anderen die Regie zu überlassen. Sie ist bemüht, zu lernen und zu lehren, das Gemeinsame zu pflegen und Geheimnisse zu bewahren, Änderungen herbeizuführen und doch sie selbst zu bleiben. Sie kann Mensch oder auch Göttin sein.

Unser Planet braucht mehr keltische Frauen, in deren Kesseln die innere Kraft nie versiegt. Ihr Kessel könnte als Schoß für die Geburt einer neuen und besseren Welt dienen.

Keltische Göttinnen
und machtvolle Frauen

In diesem Anhang finden Sie ein Namensregister der wichtigsten in diesem Buch erwähnten keltischen Göttinnen und Heldinnen. Neben den Namen werden die jeweiligen Kulturkreise der Göttinnen aufgeführt. Da manche Mythen sehr umfangreich sind, können sie hier nicht komplett behandelt werden. Der Inhalt wird aber stichpunktartig beschrieben, um zu erläutern, in welchem Kontext die einzelnen Göttinnen in Erscheinung getreten sind. Wenn eine dieser Göttinnen/Heldinnen einen besonders starken Eindruck auf Sie macht, können Sie die zugehörigen Mythen und Legenden in den einschlägigen Werken nachlesen (siehe Literatur).

Achall (irisch): Die Schwester eines jungen Kriegers, der in der Schlacht getötet wurde. Als er starb, trauerte sie so sehr um ihn, daß sie ebenfalls starb. Der Hügel von Achall in der Nähe von Tara ist nach ihr benannt.

Achtland (pankeltisch): Eine Göttin/Königin, die kein sterblicher Mann sexuell befriedigen konnte. Deshalb nahm sie einen Riesen aus dem Feenreich zum Gemahl.

Adsullata (kontinental): Eine Göttin der heißen Quellen, vermutlich der Prototyp der anglo-keltischen Sonnengöttin Sul (die auch Göttin der heißen Quellen war). Eventuell einst selbst Sonnengöttin.

Aerten (anglo-keltisch, walisisch, aus Cornwall): Eine Schicksalsgöttin, die über verschiedene Kriege herrschte, die zwischen rivalisierenden Clans ausgetragen wurden.

Aeval (irisch): Eine Munsterkönigin, die laut Legende um Mitternacht Hof hielt, um eine Debatte darüber zu hören, ob die Männer aus ihrer Provinz ihre Frauen sexuell befriedigten oder nicht. Nachdem Sie die Beweise angehört hatte, beschuldigte sie die Männer von Munster prüde und faul zu sein und befahl ihnen, ihre Frauen zufriedenzustellen.

Aibheaog (irisch): Eine Feuergöttin aus der Grafschaft Donegal. Ihre heilige Quelle besaß große Heilkraft, vor allem bei Zahnschmerzen.

Aife (irisch, schottisch): Eine Göttin/Königin/Kriegerin, die eine Legion starker und erfahrener Reiterinnen auf der Isle of Shadow befehligte (die angeblich auf den Hebriden lag). Sie und ihre Schwester Scathach betrieben eine Schule, in der männliche Krieger in Kampftechniken ausgebildet wurden.

Ailbhe (irisch): Eine Tochter von König Cormac MacArt, berühmt wegen ihres Scharfsinns und klugen Verstands.

Ailinn (irisch): Prinzessin aus Leinster und irische Julia. Sie und ihr Liebhaber, Baile, wurden fälschlich jeweils vom Tod des anderen unterrichtet.

Beide starben aus Trauer und wurden in nebeneinander liegenden Gräbern beerdigt, wo zwei Bäume – ein Apfelbaum und eine Eibe – wuchsen und sich eng umschlangen.

Aille (irisch): Folgte ihrem Mann Meargach als Clanchefin nach, nachdem dieser in der Schlacht getötet worden war.

Aimend (irisch, schottisch): Eine Sonnengöttin.

Ain und **Iaine** (irisch): Prinzessinnen, die ihre Brüder heirateten, damit keine andere Familie über ihre Insel herrschen konnte. Sie galten auch als Erfinderinnen des Krieges, um den Rest von Irland für ihren Familienclan beanspruchen zu können.

Aine (irisch): Göttin der Sonnenwende, der Fruchtbarkeit, der Rinder, der Sonne und des Feuers. Auch heute noch in Munster sehr bekannt. Im Mittsommer wurde ihr zu Ehren bis ins 20. Jahrhundert hinein sowohl in Munster als auch in Donegal eine Lichterprozession abgehalten.

Aine (irisch): Göttin der Liebe, die eventuell identisch war mit Aine, der berühmten Göttin der Rinder (siehe oben).

Airmid (irisch): Eine Tochter des Gottes der Medizin, Diancecht, die eine fähige Heilerin war. Sie kultivierte alle Kräuter der Welt auf dem Grab ihres Bruders, des Heilers Miach, der von ihrem eifersüchtigen Vater ermordet worden war. Der Vater zerstreute die Heilkräuter, die deshalb heute der Menschheit nicht mehr bekannt sind. Airmid war auch Silberschmiedin und half, die berühmte Silberhand des Königs Nuad zu schmieden.

Amerach (irisch): Ein Ulsterdruide, der den Zauber der Alterslosigkeit aussprechen konnte (vermutlich eine Metapher für Zeitmanipulation).

Andraste (anglo-keltisch, kontinental): Eine Göttin, deren Anwesenheit am Vorabend der Schlacht erbeten wurde, um die Gunst auf die eigene Seite zu bringen. Königin Boudicca von Iceni bot ihr Opfer in ihrem heiligen Grab dar, ehe sie gegen die einmarschierenden Römer in die Schlacht zog.

Anu (irisch): Der Jungfrau-Aspekt vieler Triadengöttinnen Irlands, verbunden mit den Eigenschaften von Wohlstand und Überfluß. Ihr Mutter-Aspekt ist Dana/Danu, ihr Aspekt der Alten wird häufig mit Badb (ein Aspekt der Morrigan) angegeben. In der modernen keltischen Praxis wird sie gelegentlich als Mondgottheit angerufen.

Ardwinna (britisch, kontinental): Waldgöttin, die auf einem wilden Eber durch die Wälder der Ardennen ritt.

Argante (walisisch, aus Cornwall, britisch): Heilerin aus Avalon, eventuell eine Druidin.

Arianrhod (walisisch): Göttin der Reinkarnation, des Jahresrads, des Vollmonds, der Sexualität, der Webkunst (eventuell ein Hinweis auf eine Verbindung zum keltischen Entstehungsmythos), der Fruchtbarkeit, der Sterne (insbesondere auf der Nordhalbkugel) und Urgestalt weiblicher Macht.

Arnamentia (anglo-keltisch): Göttin fließender Gewässer, der Heilkunst und der Läuterung.

Artio (kontinental): Bärengöttin des Überflusses, der Festigkeit und der Ernte.

Badb (irisch, kontinental): Kriegsgöttin, Teil der Morrigan, eine Triadengöttin (meist in Form von drei Alten, aber nicht immer); verbunden mit Tod, Zerstörung und Schlacht. Sie half, die Fomorier aus Irland zu vertreiben, und erschien über dem Schlachtfeld als Krähe oder rannte neben den Kriegern als Wolf verkleidet. Sie war auch eine Göttin der Wiedergeburt und wachte in der Anderswelt über den Kessel der Regeneration.

Ban-Chuideachaidh Moire (irisch): Göttin der Geburt von Kindern.

Banbha (irisch): Musikerin, Kriegerin, Göttin und Herrscherin, die Irland vor Eindringlingen schützte. Sie ist Teil einer Triadengöttin; die anderen Aspekte bilden ihre Schwestern Eire und Fodhla.

Bean Naomha (irisch): Göttin der Sonne und einer Quelle, in deren funkelndem Wasser sie sich in Form eines Salms tummelt. Laut keltischer Überlieferung ist der Salm ein Fisch, dem großes Wissen und die Fähigkeit zur Prophezeiung nachgesagt wird. Der *Salm der Weisheit* wird zwar meist als männliche Gottheit beschrieben, mag aber einst ihr Begleiter gewesen sein.

Becuma (irisch): Göttin der Boote.

Belisama (anglo-keltisch): Göttin des Flusses Mersey.

Bellah Postil (britisch): Frau, die auf einem Stock ritt, um ihrem Verlobten zu Hilfe zu eilen, vermutlich eine Metapher für eine Astralprojektion.

Bellona (schottisch): Göttin der Schlachtfelder.

Birog (irisch): Druidin, die dem Krieger Cian dabei half, Balor zu schlagen.

Blathnat (irisch): Tochter des Feenkönigs Midhir; half Cuchulainn, den magischen Kessel ihres Vaters zu stehlen. Sie reiste mit drei weißen und roten Kühen und forderte von den Kriegern, die sie traf, Heldentaten zu ihrer Unterhaltung.

Blodeuedd (walisisch): Frau, die von Gwyddion und Math aus der Blüte der Eiche, des Geißklees und Mehlkrauts für Gwyddions Neffen Lleu erschaffen wurde. Blodeuedd war jedoch nicht die kleine folgsame Frau, die sie sich vorgestellt hatten, und half ihrem Geliebten dabei, Lleu zu töten.

Bo Find (irisch): Der Name dieser alten Göttin bedeutet »weiße Kuh«. In einer der frühesten irischen Legenden heißt es, sie sei zusammen mit ihren Schwestern Bo Ruadh (»rote Kuh«), und Bo Duh (»schwarze Kuh«) auf dem Ödland der Insel erschienen und habe die Bäume, die Tiere und das Gras erschaffen. Diese Dreifaltige Göttin ist das erste Beispiel für die Verwendung der drei Farben der keltischen Dreifaltigen Göttin, die auch in modernen keltisch-heidnischen Traditionen noch benutzt werden.

Boann (irisch): Nach dieser Göttin wurde der Fluß Boyne benannt, nachdem sie darin in einer Flutwelle ertrunken war.

Boudicca von Iceni (anglo-keltisch): Kriegerkönigin aus dem ersten Jahrhundert, die einen erfolgreichen Aufstand gegen die Besatzungsmacht aus Rom anführte. Die Kriegsgöttin Andraste war ihre Schutzgöttin. Boudicca brachte ihr Opfer dar. Ihr Totemtier war der Hase, den sie aus ihrem Mantel losließ, um ihren Anhängern den Weg zu weisen und den Verlauf der Auseinandersetzung vorherzusagen.

Branwen (walisisch): Frau von Mathowch, einem irischen König, der nach einer Beleidigung beim Hochzeitsmahl gegen ihren Bruder Bran in den Kampf zog.

Brigit (irisch, kontinental): Eines der vorherrschenden Göttinnenbilder im Westen. Ihr gälischer Name ist Brigindo, der angelsächsische Name ist Brittania. All diese Namen gehen auf ein Wort mit der Grundbedeutung »Macht« zurück. Sie stammte vermutlich von Dana/Danu, der wichtigsten Muttergöttin der Kelten, ab. Sie ist eine Göttin des Feuers, der Fruchtbarkeit, der Schmiedekunst, der Geburt, des Schutzes, des Viehs (besonders der Schafe), der Heilkunst und Kreativität. Ihre heilige Stätte lag bei Kildare, wo ihr ewiges Feuer einst von ihren Priesterinnen gehütet wurde. Später übernahmen die Nonnen diese Aufgabe. In den Zeiten des Patriarchats wurde sie zur Heiligen Brigitte.

Caer Ibormeith (irisch): Göttin des Schlafs, des Traums und der Liebe. Häufig nahm sie die Form eines Schwans an, geschmückt mit goldenen und silbernen Halsketten.

Cailleach (irisch): Cailleach ist eigentlich kein Name, sondern eine Bezeichnung. Sie bedeutet »alte Frau« oder »Hexe«. Sie bezeichnet eine jener Erscheinungen, in denen die Göttin im gälischen Sprachraum der keltischen Gebiete als alte Frau auftrat. In den modernen Sagen wurde sie im Winter zur alten blaugesichtigen Feenfrau, die sich im Frühjahr in eine wunderschöne Jungfrau verwandeln konnte.

Caireen (irisch): Beschützerin der Kinder, wahrscheinlich eine beschützende Muttergöttin in bereits vergessenen Mythen.

Campestres (irisch): Römischer Name einer keltisch-gälischen Göttin der Felder, der Fruchtbarkeit und der Ernte.

Canola (irisch): Diese sehr alte Göttin gilt als Erfinderin des früheren Symbols für Irland – der Harfe. Während sie am Meer träumte, hörte sie eine wunderschöne Musik, und als sie erwachte, entdeckte sie, woher der Klang kam: Der Wind pfiff durch die Sehnen des Skeletts eines gestrandeten Wals. Sie baute ein ähnliches Instrument nach – die Harfe.

Caolainn (irisch): Königin, die zur Wächterin einer magischen Quelle in der Grafschaft Roscommon wurde. Diese Quelle erfüllt Wünsche, denn die Wünsche sagten der Bittenden, was sie wirklich tun wollte und was nicht.

Carravogue (irisch): Göttin mit dem Aspekt der Alten, einst in der Grafschaft Meath verehrt.

Cartimandua (anglo-keltisch): Kriegerkönigin vom Stamm der Briganten, die gegen die eindringenden Römer kämpfte. Ihr Name wird gelegentlich mit »Seidenpony« übersetzt. Dies bringt sie mit dem Archetyp der Pferdegöttin in Verbindung.

Cebhfhionn (irisch): Göttin der Inspiration, die an der Quelle des Wissens einen Kessel ohne Boden füllte. Wer von diesem Wasser kostete, wurde mit großem Wissen, Weisheit und göttlicher Inspiration bedacht, aber Cebhfhionn hielt dieses Wasser von den Menschen fern, denn sie glaubte, daß sie diesen Gaben nicht gewachsen seien.

Cerridwen (walisisch): Göttin der Schweine, des Neumonds, des Korns mit einem Aspekt der Alten oder Mutter. Sie besaß einen großen Kessel des Wissens. Ihr Weisheitstrunk mußte ein Jahr und einen Tag kochen. Als ihr Diener den Trank umrührte und davon kostete, wurde ihm aus Versehen die gesamte Weisheit dieser Welt zuteil. Er floh und sie jagte ihn, wobei sie jeweils verschiedene Verwandlungsformen wählte, um ihn zu fangen. Schließlich gelang es ihr, ihn zu verschlingen, und er wurde von ihr als Barde Taliesin wiedergeboren.

Cessair (irisch): Ahnengöttin, die als erste Herrscherin Irlands galt.

Cliodna (irisch): Göttin des Meeres und der Anderswelt, die häufig die Form eines Seevogels annahm (eine Metapher für den Übergang zur Anderswelt). Sie war die »Herrscherin der Wellen«, personifiziert in der »neunten Welle«, dem traditionellen Abstand der Verbannung in Irland.

Clota (schottisch): Heilerin und Göttin des Flusses Clyde.

Condwiramur (walisisch, aus Cornwall): Hüterin der weiblichen Mysterien und Göttin der Herrschaft.

Corchen (irisch): Schlangengöttin.

Corra (schottisch): Göttin der Prophezeiung, die in Form eines Kranichs erscheinen konnte.

Coventina (anglo-keltisch, schottisch): Göttin, der entlang des Hadrianswalls (römische Befestigungsanlage zwischen Schottland und England) Schreine errichtet wurden.

Creiddylad (walisisch): Göttin der Herrschaft.

Cymidei Cymeinfoll (walisisch): Kriegsgöttin, die zusammen mit ihrem Gemahl einen magischen Kessel besaß. Darin konnten sie in der Schlacht getötete Krieger wieder zum Leben erwecken.

Dahud-Ahes (britisch): Ihre Insel lag unter dem Meer vor der Küste von Britannien. Sie wurde von ihrem Vater, König Gradion von Cornwall, errichtet, um sie vor der Verfolgung durch die Mönche zu schützen. Diese hatten sie zur Hexe erklärt. Ihr Verbrechen bestand darin, daß sie sich gegen die Verbreitung des Christentums in ihrem Königreich aufgelehnt hatte.

Damara (anglo-keltisch): Fruchtbarkeitsgöttin, die in Beltane verehrt wurde.

Dame vom See, die (walisisch, britisch, aus Cornwall): Herrschergöttin, die auch eine Göttin des Lebens, des Todes und der Regeneration war. Sie überreichte das berühmte Schwert Excalibur an König Artus. Bei seinem Tod wurde es ihr zurückgegeben.

Damona (kontinental): Kuh- und Fruchtbarkeitsgöttin.

Dana/Danu/Don (pankeltisch): Dana war die erste große Muttergöttin von Irland, Namensgeberin des irischen, göttlichen Volkes Tuatha De Dannan. Im modernen keltischen Heidentum spielt sie oft die Rolle der Vorfahrin und Herrscherin eines Stammes. Viele europäische Flüsse auf alten keltischen Gebieten lassen Spuren dieses Namens erkennen, z. B. die Donau. Im *Mabinogion* sind ihre berühmten Kinder aufgelistet, darunter die beliebte und mächtige Göttin Arianrhod.

Deae Matres (kontinental): Triadengöttin mit Mutter-Aspekt, deren Name nur auf zahlreichen Inschriften und Skulpturen überlebt hat. Die Göttinnen werden häufig mit Blumen, Getreide oder Früchten in der Hand dargestellt, was sie als Göttinnen der Fruchtbarkeit, der Ernte und der Jahreszeiten kennzeichnet. Die Blumen symbolisieren den Frühling, das Getreide steht für den Sommer, und die Früchte symbolisieren den Herbst.

Dechtire (irisch): In ihren Mythen wird Dechtire in der dreifachen Rolle der Jungfrau, Mutter und Alten dargestellt. Sie ist die Mutter des Ulsterhelden Cuchulain. Sie wird als »große Frau« beschrieben und war vermutlich einst eine Fruchtbarkeits- und Ahnengöttin. Dechtire besaß die interessante Gabe, sich und ihre Dienerinnen in einen Vogelschwarm verwandeln zu können.

Deirdre, die Tobende (irisch): Heldin einer bekannten irischen Sage. Von dieser Legende existieren verschiedene Fassungen; in den meisten wird Deirdre verdammt, weil sie schön geboren wurde und die Männer ihretwegen in den Krieg zogen.

Domnu (irisch): Muttergöttin des Meeres.

Drem (walisisch): Prophetin am Königshof von Wales. Sie konnte alle feindlichen Angriffe und Strategien gegen ihr Land vorhersehen.

Druantia (britisch): Göttin der Föhre und Schutzgöttin der Baumfeen.

Dwyvach (walisisch): Ahnengöttin, die eine »Arche« erbaute, um die große Flut mit ihrem Mann, Dwyvan, zu überleben.

Eadon (irisch): Eine Art Bardin, die zur Göttin der Poesie wurde.

Early Biddy (irisch): »Weise Frau« aus dem Irland des 19. Jahrhunderts, deren Legenden noch lebendig sind und immer wieder neu erzählt werden. Sie konnte Heilkräuter finden und die Zukunft aus einer blauen Flasche vorhersagen. Diese war ihr angeblich von Feen überreicht worden. Ehe sie starb, warf sie die Flasche in einen See nahe ihrer Heimat, wo diese bis zum heutigen Tag liegen soll.

Ebha Ruadh Ni Murchu (schottisch): Krieger-Göttin.

Ebhlinne (irisch): Göttin des Hochsommers und des Feuers aus Munster.

Edain/Etain (irisch): Die dreifache Form von Edain ist die Personifizierung der Inkarnation. Sie lebte als Sterbliche und als Feenkönigin.

Eire/Eiru (irisch): Göttin, nach der Irland benannt wurde. Heute wird sie als Göttin des Schutzes, der Herrschaft und des Landes selbst angesehen.

Elphan, Königin von (anglo-keltisch, schottisch): Feengöttin, deren Name an das Wort »Elfenland« angelehnt ist. In patriarchalen Zeiten auch eine Göttin des Todes und der Krankheit. Im Schottland des 16. Jahrhunderts galt es als schwere Beleidigung, sie zu verehren. Wer dies wagte, wurde als Hexe oder Hexer verfolgt. Ihre Verbindung zu Beltane und dem Tod trägt ihr Bild durch das »Jahresrad« und läßt sie als Triadengöttin erscheinen.

Emer (irisch): Schöne, intelligente und talentierte Frau. In den Mythen wird sie nur als Begleiterin des Helden Cuchulain erwähnt. Sie war eine ausgezeichnete Harfenspielerin und eine Seherin, die den Tod ihres Mannes genau vorhersah.

Epona (pankeltisch): Diese Pferdegöttin war so machtvoll, daß sie von den im keltischen Gallien eindringenden Römern übernommen wurde. Sie wurde als Vermittlerin zwischen dieser Welt und der Anderswelt betrachtet, als Überbringerin von Alpträumen und als kraftvoller weiblicher Archetyp. Epona ist auch eine Göttin der Fruchtbarkeit, des Sex und der Gesundheit.

Ernmas (irisch): Mutter-Aspekt verschiedener Göttinnen, darunter Anu, Badb, Macha und Erie. Ihr Name läßt sich sowohl mit »Mörderin« als auch mit »Bäuerin« übersetzen. Vermutlich war sie einst eine starke Ahnengöttin, deren Mythen vergessen worden sind.

Ethne (irisch): Um sich vor einem sexuellen Übergriff durch den Liebesgott Aengus zu schützen, dem sie entkommen war, indem sie sich in reines Licht verwandelt hatte, nahm sie von ihrem Volk den berühmten Schleier der Unsichtbarkeit entgegen. Dieser hatte Irland einst vor den eindringenden Milesiern (den ersten Kelten in Irland) beschützt.

Fachea (irisch): Göttin der Poesie, vermutlich einst Schutzpatronin der Barden.

Fand (irisch): Feenkönigin, die einst mit dem Meeresgott Manann verheiratet war. Sie selbst war ebenfalls eine Meeresgöttin und eine Göttin der irdischen Vergnügungen.

Fedelma (irisch): Feenkönigin aus Connacht, die den Sieg von Königin Medb über Ulster und den Tod ihres Helden Cuchulain genau voraussah.

Finchoem (irisch): Sie verschluckte einen Wurm, den sie am Rand einer magischen Quelle fand, und wurde dadurch schwanger. Sie brachte den Helden Conall zur Welt. Eine Göttin der Quelle und der Fruchtbarkeit.

Fionnuala (irisch): Tragische Heldin der Sage »Die Leiden der Kinder von Lir«. Sie und ihre drei Brüder wurden von der eifersüchtigen Stiefmutter in Schwäne verwandelt. Beim Schwimmen sangen sie wunderschön zusammen, und als sie 900 Jahre später wieder zur menschlichen Form zurückkehrten, verwandelten sie sich in Nebel.

Flaithius (irisch): Prophetin und »alte Hexe« (Alte), die sich in eine schöne Jungfrau verwandelte, als sie einen heldenhaften Mann dazu überreden konnte, sie zu küssen. In dieser Form ist sie eine Herrscher-Göttin; sie übergab dem Mann, der sie küßte, die Macht.

Fleachta von Meath (irisch): Mondgöttin, die mit der irischen Festung bei Tara in Verbindung gebracht wird, vermutlich eine Fruchtbarkeitsgöttin der Hohen Könige und eine Göttin der Prophezeiung für die Druiden.

Flidais (irisch): Wagenlenkende Göttin des Waldes und der Tiere, die sich häufig verwandelte.

Garbh Ogh (irisch): Riesin und Göttin der Jagd. Sie fuhr einen Wagen, der von Elchen gezogen wurde. Lebte von Rentiermilch und Adlerfleisch. Vor ihrem Tod errichtete sie sich selbst ein dreifaches Hügelgrab.

Genovefa (walisisch, britisch, aus Cornwall): Herrschergöttin, die auf einem weißen Hirsch in einem Wettrennen gegen ihren Bruder Edern antrat. Als sie merkte, daß sie verlieren würde, brachte sie einen Hahn dazu, das Rennen durch sein Krähen abzubrechen.

Gillagriene (irisch, schottisch): Tochter eines Sonnenstrahls und eines männlichen Sterblichen. Als sie von ihrem unorthodoxen Elternpaar erfuhr, stürzte sie sich in den See der Sonne, Lough Griene. Sie trieb nahe einem Eichenhain ans Ufer, wo sie starb.

Godiva, Lady (anglo-keltisch): Herrschergöttin, deren Legenden sich um eine weibliche Sterbliche ranken, die nackt durch die Straßen von Coventry ritt, bis ihr korrupter Mann einwilligte, die Steuern herabzusetzen.

Goewin (walisisch): Herrschergöttin, die Maths Füße stützte, während er als König regierte. Sie durfte ihren Platz nur verlassen, wenn er in den Krieg zog.

Goleuddydd (walisisch): Göttin der Schweine und Wälder mit einem Mutter-Aspekt. Sie führte einen verrückten Tanz im Wald auf, um ihren Sohn zu gebären.

Grainne (irisch): Sie war einst eine Sonnengöttin; die Mythen konzentrieren sich aber heute auf ihre Verlobung mit Fionn McCumhal und darauf, wie sie von ihm wegen Diarmud sitzengelassen wurde. Grainne hat auch einen Herrscher-Aspekt.

Grainne Ni Malley (irisch): Piratin, die im elisabethanischen Zeitalter englische Schiffe enterte. Es heißt, die englische Königin Elisabeth I. lud Grainne an ihren Hof ein und versuchte sie mit einer großen Summe zu bestechen, um sie von ihren Raubzügen abzuhalten. Aber Grainne lehnte das Angebot ab und kehrte nach Irland zurück, wo sie das Schiff eines englischen Adligen überfiel und diesen als Geisel festhielt. Daraufhin mußte die britische Admiralität ihre Herrschaft über die Irische See anerkennen.

Grian (irisch): Feengöttin aus der Grafschaft Tipperary, wahrscheinlich einst eine Sonnengöttin. Sie hatte neun Töchter, die in Sonnenhäusern, *griannon* genannt, wohnten.

Ginevra, Königin (walisisch, aus Cornwall): Herrschermacht hinter dem Thron von König Artus. In den ältesten Waliser Legenden werden an der Seite von König Artus drei verschiedene Frauen erwähnt, alle mit Namen Ginevra.

Gwendydd (walisisch, aus Cornwall): Schwester von Merlin, dem Zauberer aus der Artussage. Sie war die einzige Person, die sich ihm nähern durfte, nachdem er sich in die Wälder zurückgezogen hatte. Vermutlich lehrte er sie die Kunst der Prophezeiung.

Gwennolaik (britisch): Heldin, die sich in einen Vogel verwandelte, um ihrem geliebten Bruder Nola zu Hilfe zu eilen.

Gwyar (irisch): Die Übersetzung ihres Namens lautet »Blutvergießen« oder »geronnenes Blut«, eventuell ein Hinweis auf ihre ehemalige Rolle als Göttin der Regeneration.

Henwen (anglo-keltisch): Schweinegöttin, die dem Land Überfluß brachte, indem sie an mehreren Orten des Landes verschiedene Tiere zur Welt brachte.

Igraine (walisisch, britisch): Mutter von König Artus.

Inghean Bhuidhe (irisch): Aspekt einer Triadengöttin, zu der außerdem noch die Schwestern Lassair und Latiaran gehörten. Sie war eine Göttin aus Beltane und personifizierte den Sommeranfang.

Isolde (pankeltisch): Berühmte irische Heldin, die als Herrschergöttin zwischen König Mark von Cornwall und dessen Neffen Tristan fungierte.

Kele-De (irisch): Alte, in Mysterien verwickelte Göttin, Mittelpunkt eines ausschließlich weiblichen Ordens namens *Kelles*. Neben anderen Praktiken pflegten ihre Priesterinnen sich die Liebhaber ihrer Wahl auszusuchen.

Kyteler, Dame Alice (irisch): Irische Frau aus dem 14. Jahrhundert, die der Hexerei angeklagt und verurteilt wurde. Ein Nachbar hatte sie dabei ertappt, wie sie von außen Staub über ihre Haustür fegte und dabei einen Zauber für den eigenen Wohlstand aussprach.

Lassair (irisch): Göttin des Feuers und des Hochsommers; einer der Aspekte einer Triadengöttin, die außerdem aus den beiden Schwester Latiaran und Inghean Bhuidhe bestand.

Latiaran (irisch): Die jüngste der drei Schwestern, die zusammen eine Triadengöttin bildeten. Latiaran war die Göttin des Erntefestes Lughnasadh und Göttin des Herdes.

Latis (anglo-keltisch): Göttin des Sees, die auch zur Göttin des Biers und Mets wurde.

Lavercam (irisch): Sie wurde als Sklavin geboren und später Bardin und Dichterin am Hof von König Conor MacNessa. Sie war eine berühmte Läuferin und wurde Deirdre, der Tobenden, als Begleitung zugewiesen.

LeFay (walisisch, aus Cornwall): Göttin der Heilkunst, des Meeres und der Insel Avalon.

Liban (irisch): Sie und ihre Schwester Fand waren die Zwillingsgöttinnen der Gesundheit und des irdischen Vergnügens.

Liban (irisch): Feenkönigin und -göttin, deren Geist über die heiligen Quellen Irlands wachte. Eines Tages vergaß sie, eine Quelle zu bewachen, und die daraus emporsprudelnde Flut bildete den See Lough Neath. Sie konnte die Form eines Salms annehmen. Dieser Fisch verkörperte großes Wissen.

Luaths Lurgann (irisch): Kriegergöttin, bekannt als schnellste Läuferin Irlands.

Luned (walisisch): Eine »Zauberin« (möglicherweise eine Hexe oder Druidin) aus der Artussage, die Sir Owain vom Schwarzen Ritter befreite, indem sie ihm die Macht der Unsichtbarkeit verlieh. Später rettete er sie vor dem Tod auf dem Scheiterhaufen.

Macha (irisch): Ein Aspekt der Morrigan, eine Triadengöttin des Todes, der Schlacht und Zerstörung. Sie war ebenfalls eine Pferdegöttin und verdammte die Krieger vom Roten Zweig zu neun Tagen Wehenschmerzen, als Ulster sie am dringendsten benötigte. Die Ulsterfestung Emain Macha ist nach ihr benannt.

Maer (irisch): Druidin, die versuchte, Fionn McCumhal durch einen Liebeszauber zu fangen.

Magog (anglo-keltisch): Weibliche Hälfte einer Berggottheit, die als vierbrüstige Frau zu Pferde beschrieben wurde. Wahrscheinlich war sie früher eine Göttin der Erde, Fruchtbarkeit und/oder Muttergöttin. In patriarchalen Zeiten wurde sie in England zur Heiligen Margaret.

Maire Ni Ciaragain (irisch): Kriegerkönigin.

Mamionn, Biddy (irisch): Diese Hebamme von Innishshark war eine Heilerin von großem Ansehen. Sie soll einst in die Feenwelt gerufen worden sein, um dort die Kinder zu heilen. Für ihren Beistand wurde ihr der Zugang zu den Heilkünsten der Feen gewährt.

Marcassa, Prinzessin (britisch): Besaß die Macht, den zu ihrer Zeit regierenden alten König von seiner tödlichen Krankheit zu heilen, wenn sie mit ihm schlief. Die Prinzessin weigerte sich jedoch, ihm zu helfen, und fiel in eine Art »Winterschlaf«, bis er starb. Als sie erwachte, heiratete sie einen jüngeren Mann ihrer Wahl.

Mare (irisch): Pferdegöttin und Überbringerin von Träumen, vor allem von Alpträumen.

Medb, Königin (irisch): Kriegerkönigin von Connacht, die einst eine machtvolle Göttin gewesen sein muß. Sie war eine Göttin der Herrschaft und symbolisierte die höchsten Errungenschaften weiblicher Macht.

Meg, die Heilerin (schottisch): Heilerin, die so berühmt war, daß das Feenvolk sie um Hilfe bat. Es war nur wenigen Menschen erlaubt, die Feenwelt frei zu betreten und zu verlassen. Meg half gefangenen Sterblichen, aus dem Bann der Feen zu fliehen. Bei ihrem Tod wurde sie in das Feenreich geholt.

Melusine (britisch, schottisch): Schlangengöttin, die (mit ihren beiden Schwestern) aus dem Königreich ihres Vaters verbannt wurde, weil der Vater (der König) entdeckt hatte, daß sie eine Fee war. Aus Rache erlegten sie ihm den Fluch der Verspottung auf. Ihre Mutter zahlte Melusine dies heim, indem sie die Tochter jeden Samstag von der Taille abwärts in eine Schlange verwandeln ließ.

Modron (walisisch): Der Name bedeutet »große Mutter«. Vermutlich war sie eine Ahnengöttin, aber auch eine Göttin der Fruchtbarkeit, der Geburt, der Sexualität und der Ernte.

Moingfhion (irisch): Göttin des Todes und der Erneuerung, die zur Samhain-Zeit verehrt wurde.

Momu (schottisch): Hochlandgöttin der Quellen und Hügel.

Morgan LeFay (walisisch, britisch, aus Cornwall): Halbschwester von König Artus, vermutlich einst Göttin von Glastonbury Tor, der heiligen Stätte der Heiden in der Artussage, die als Tor zur Anderswelt fungierte. Auch eine Göttin des Meeres.

Morrigan (pankeltisch): Triadengöttin, die aus den drei Göttinnen des Krieges, der Schlacht, des Todes und der Zerstörung besteht: Badb, Macha und Neman. Auf den Schlachtfeldern nahm Morrigan die Form einer Krähe oder eines Raben an und flog kreischend darüber hinweg, um die Geister der gefallenen Krieger zu sich zu rufen. Ihr zu Ehren wurden die keltischen Kriegstrophäen (abgetrennte Köpfe) geopfert.

Muireartach (irisch, schottisch): Schlachtgöttin und Personifizierung der stürmisch tosenden See zwischen Irland und Schottland.

Nair (irisch): Herrscherin, die das Konzept des Königsmords verkörperte, also die Riten zur Tötung des Königs bei den Anglo-Kelten. Aus den Legenden geht hervor, daß alle Könige, die mit ihr schliefen, sterben würden (siehe Kapitel 12).

Nantosuelta (kontinental): Flußgöttin aus dem keltischen Gallien, gelegentlich wird sie mit einem Füllhorn in ihrem Schoß dargestellt.

Nehalennia (anglo-keltisch, kontinental): Hundegöttin, die Schutzpatronin der Handelsflotten war. Von ihr gibt es noch viele Statuen und Reliefs, die ihre Inschrift tragen. Diese zeigen sie auch als Göttin der Ernte, der Fruchtbarkeit, des Sonne, des Wassers und des Wohlstands.

Neman (irisch): Eine der Morrigan-Göttinnen.

Nemetona (anglo-keltisch, kontinental): Ihr Name enthält das gälische Wort *nemeton*, das »heilige Stätte« bedeutet. Sie war die Gottheit aller geheiligten Orte.

Nessa (irisch): Gelehrte und Kriegerin, der es gelang, ihren Sohn Conor zum Hohen König von Irland zu machen.

Niamh »Goldhaar« (irisch): Göttin, die Krieger in die Anderswelt begleitete, wenn diese starben.

Olwen (walisisch): Herrschergöttin, die von ihrem Vater und ihrem Geliebten bekämpft wurde.

Plur Na mBan (irisch): Blumengöttin.

Prinzessin der Sonne (britisch): Sie wurde von einigen bösen Feen dazu verflucht, als Schwan zu erscheinen, mit Ausnahme der kurzen Zeit bei Sonnenuntergang. Ein Krieger half ihr dabei, dieser Verdammung zu entkommen. Dieser entführte sie in einem feuerroten Wagen.

Ratis (anglo-keltisch): Göttin von Befestigungsanlagen und Schutzwällen.

Rhiannon (walisisch, aus Cornwall): Göttin des Todes, der Anderswelt, der Magie, der Musik und des Mondes und Überbringerin von Träumen. Sie wird durch ein weißes Pferd symbolisiert. Man klagte sie an, ihr Kind verschlungen zu haben. Als Strafe mußte sie Reisende auf ihrem Rücken durch die Tore ihres Königreichs tragen. Das Bild des Pferdes läßt auch darauf schließen, daß sie als Vermittlerin zwischen der Erde und der Anderswelt auftrat.

Rosmerta (anglo-keltisch, kontinental): Göttin der Heilkunst und der heißen Quellen. Ihr opferten sowohl die Kelten als auch die Römer in Gallien.

Saba (irisch): Sie wurde schwanger in einen Wald gelockt und verlief sich. Feen verwandelten sie in einen Hirsch, in dieser Form gebar sie ihren Sohn Ossian. Sie wurde zur Göttin der Hirsche und des Waldes.

Sabrina (anglo-keltisch): Göttin des Flusses Severn; nachdem sie darin ertränkt wurde, benannte man den Fluß nach ihr.

Scathach (irisch, schottisch): Berühmte Kriegergöttin, die eine Schule für Kampftechniken leitete und dort einige der größten keltischen Krieger ausbildete. Sie war berühmt wegen ihres magischen Sprungs in der Schlacht und ihres Kriegsgeschreis. Von ihr erhielt der Ulsterheld Cuchulain ein unbesiegbares Schwert, wodurch sie zu einer Art »Dame vom See« der irischen Mythologie wurde.

Sequana (anglo-keltisch, kontinental): Erdgöttin, die unter den Flüssen wohnte. Gelegentlich wird sie als Ente abgebildet. An ihrem Festtag wurden Opfergaben in den Fluß geworfen.

Sheila-Na-Gig (irisch): Sie wurde als Göttin bezeichnet, doch ihre Ursprünge liegen im dunkeln. Ausdrucksstarke Abbildungen von ihr finden sich eingemeißelt oder geschnitzt an irischen Türstöcken. Darauf hält sie ihre Vulva in dreieckiger Form einladend geöffnet.

Sin (irisch): Göttin des Krieges und des Weins.

Sionann (irisch): Namensgeberin des Flusses Shannon. Sie näherte sich der heiligen Quelle des Wissens (Quelle von *Segais*) in unangemessener Weise und wurde als Strafe für ihre Respektlosigkeit davongespült.

Sirona (britisch, kontinental): Göttin der heißen Quelle, deren Name »Stern« bedeutet.

Stine Bheag O' Tarbat (schottisch): Wunderschöne Hexe mit dem Talent, das Wetter magisch zu beeinflussen. In den Legenden aus patriarchalen Zeiten wird sie zu einer alten Hexe degradiert bzw. zu einer gemeinen Fee, die ihre Zauberkraft für das Böse einsetzte.

Sul (kontinental): Göttin der heißen Quellen und der Heilkunst. Die Wurzel ihres Namens bedeutet »Auge« – eine archetypische Verbindung zur Sonne.

Taillte (irisch): Göttin der Fruchtbarkeit und des ersten Getreides bei der Ernte. Sie war auch eine Erdgöttin und Schutzgottheit für Wettkampfspiele. Außerdem wurden in ihrem Namen Ehen auf Probezeit geschlossen. Die berühmten Spiele von Telltown wurden ihr zu Ehren bis in das 12. Jahrhundert hinein abgehalten.

Tamara (aus Cornwall): Göttin des Flusses Tamar, der Cornwall vom restlichen England trennt.

Tanit (aus Cornwall): Göttin des Mondes und der Fruchtbarkeit bei den Phöniziern. Viele Gelehrte und Mythologen glaubten, sie wäre als Dana oder Don in das keltische Pantheon übernommen worden. Beide sind Muttergöttinnen. Tanit wurde in Cornwall unter dem Namen Tanat geopfert.

Taranis (kontinental): Todesgöttin, der einst Menschenopfer dargebracht wurden.

Tea und Tephi (irisch): Mitbegründerinnen und Beschützerinnen der heiligen Stätte bei Tara.

Tlachtga (irisch): Zauberin (Druidin) von Meath, die bei der Geburt jener Drillinge starb, die jeweils verschiedene Väter hatten. Sie war auch eine Opfergöttin, die zu Samhain verehrt wurde.

Triduana (schottisch): Göttin, die es vorzog, sich die Augen auszustechen und ihre Schönheit zu zerstören, als der Hochzeit mit Nechtan, dem König der Pikten, zuzustimmen.

Triadengöttin (pankeltisch): Dreifacher femininer Archetyp des Göttlichen. Diese Erscheinungsform gibt es nicht nur in der keltischen Kultur, sondern auch in vielen anderen. Die Triadengöttin ist allerdings bei den Kelten eine starke Figur. Sie wird von den drei Phasen des Mondes sowie von den Farben Weiß, Rot und Schwarz symbolisiert.

Turrean (irisch): Schöne Hundegöttin.

Uairebhuidhe (irisch): Vogelgöttin.

Uathach (irisch, schottisch): Tochter von Scathach, der Lehrerin in Kampftechniken. Sie war ebenfalls eine Kriegerin/Göttin, die männliche Krieger in verschiedenen magischen Fertigkeiten für die Schlacht ausbildete. Ihr Name bedeutet »Geist/Gespenst« und bringt sie mit den Archetypen der Herrscherinnen in Verbindung.

Uroica (britisch): Göttin des Heidekrauts und des Heideweins.

Veleda (kontinental): Kriegerkönigin des festländischen keltischen Volkes der Brukterer.

Vennolandua (aus Cornwall): Hohe Königin aus Cornwall, die ihren Mann tötete und dessen Geliebte ertränkte. Anschließend blieb sie auf dem Thron, bis ihr Sohn in das entsprechende Alter kam.

Vivianne/Nimue (walisisch, aus Cornwall, britisch): Geliebte von Merlin aus der Artussage. Gelegentlich wird sie mit der Dame vom See assoziiert, die Artus sein berühmtes Schwert übergab. Mächtige Zauberin und Verwandlungskünstlerin, deren kraftvolles Bild in patriarchalen Zeiten auf die Niedlichkeit reduziert wurde.

Vivionn (walisisch): Riesin, die in einer Realität der Anderswelt wohnte, die als »Land der Frauen« bekannt ist.

Symbole, Funktionen und Entsprechungen der keltischen Göttinnen

Wie bereits erwähnt, haben die Kelten ihre Gottheiten nicht bestimmten Bereichen und Sphären zugeordnet. Die Überschneidungen sind deshalb zahlreich. So war zum Beispiel die Göttin des Feuers auch eine Göttin der Geburt. Soweit möglich habe ich deshalb in diesem Teil versucht, ein wenig Licht in das Dunkel zu bringen und den einzelnen Symbolen, Funktionen und Entsprechungen die jeweiligen Göttinnen zuzuordnen.

Aal
Morrigan

Ahnengöttinnen der Kelten
Arainrhod
Cessair
Dana
Dwyvach
Ernmas
Modron

Alte (Frau)
Badb
Cailleach
Carravogue
Cerridwen
Gwyar
Morrigan
Macha
Neman

Apfel
Ailinn
Badb
Cailleach

Astralprojektion/ Unsichtbarkeit
Bellah Postil
Ethne
Luned

Bär
Artio

Baum
Druantia
Gillagriene

Berg/Hügel
Aine
Magog
Momu

Biene
Derbforgaille

Blume
Aine (Mädesüß)
Blodeuedd
Deae Matres
Guinevere (Weißdorn)
Plur na mBan

Boot/Schiff/Schiffahrt
Becuma
Grainne ni Malley

Brombeere
Brigit

Dämmerung
Genoveva

Druide
Amerach
Argante
Birog
Drem
Eadon
Luned

Maer
Tlachtga

Edelstein
Fand

Ente
Sequane

Erde
Achall
Bo Find
Campestress
Eire
Magog
Sequana
Taillte

Feenwelt
Achtland
Beansidhe
Biddy Early
Biddy Mamionn
Blathnat
Caer Ibermeith
Cailleach
Cliodna
Cred
Dame vom See
Druantia
Edain
Königin von Elphan
Fand
Fedelma
Feithline

Grian
Liban
Meg, die Heilerin

Festung
Macha
Ratis
Tea und Tephi

Feuer
Adsullata
Aine
Brigit
Ebhlinne
Inghean Bhuidhe
Lassair
Prinzessin der Sonne
Rosemerta
Sul

Fisch
Bean Naohmha
  (Forelle)
Liban (Salm)

Fruchtbarkeit
Aine
Anu
Arianrhod
Bo Find
Brigit
Campestress
Damara
Deae Matres
Epona
Finchoem
Fleachta von Meath
Magog
Modron
Nantosuelta
Tanit
Taillte

Gerechtigkeit
Aerten

Gleicharmiges Kreuz
Brigit

Grenze
Coventina

Ratis
Tamara

Hahn
Badb
Cailleach

**Handwerk/
Schmiedekunst**
Airmid
Brigit

Harfe
Canola
Eire

Heilung/Heilkräuter
Airmid
Aibheaog
Argante
Arnamentia
Biddy Early
Biddy Mamionn
Brigit
Clota
LeFay
Liban
Marcassa, Prinzessin
Meg, die Heilerin
Rosemerta
Sul

Heidekraut
Uroica

Heilige Stätte
Nemetona
Tea und Tephi

Heiße Quelle
Adsullata
Rosemerta
Sirona
Sul

Henne
Cerridwen

Herrschaft
Achall
Ain und Iaine

Condwiramur
Creiddylad
Dame vom See
Deirdre
Eire
Flaithius
Genoveva
Godiva
Goewin
Grainne
Guinevere
Isolde
Medb, Königin
Nair
Olwen
Scathach
Vivianne

Hund
Nehalennia
Turrean

Jagd
Flidais
Garbh Ogh

Jahreszeiten-Ritus
Aine
Arianrhod
Damara
Ebhlinne
Inghean Bhuidhe
Lassair
Latiaran
Moingfhion
Tlachtga
Tanit

Jungfraugöttin
Anu
Isolde
Nemain
Triduana

Kelch/Gral
Flidais
Garbh Ogh
Prinzessin der Sonne

Kessel
Badb
Blathnat
Cerridwen
Cymidei Cymeinfoll
Morrigan

Kind/Geburt
Ban-Chuideachaidh
Moire
Brigit
Caireen
Modron

Kleeblatt, dreiblättriges
Brigit
Olwen

**Königin/
Stammesoberhaupt**
Aeval
Aife
Aille
Ain und Iaine
Boudicca
Caolainn
Cartimandua
Ebha Ruagh ni Murchu
Medb, Königin
Maire ni Ciaragain
Veleda
Vennolandua

Königsmord
Nair

**Krankheit
(auferlegen und
heilen)**
Airmid
Königin von Elphan

Kreativität/Inspiration
Brigit
Canola
Cebhfhionn

**Kriegergöttin/
Kriegskunst**
Aerten
Aife

Ain und Iaine
Andraste
Badb
Banbha
Boudicca
Cartimandua
Cymidei Cymeinfoll
Ebha Ruagh ni Murchu
Grainne ni Malley
Luaths Lurgann
Macha
Medb, Königin
Maire ni Ciaragain
Muireartach
Nessa
Scathach
Sin
Uathach
Veleda

Läuterung
Arnamentia

Lehrerin
Aife
Scathach
Uathach

Liebe
Ailinn
Aine
Deirdre

Magie (allgemein)
Biddy Early
Caolainn
Gewendydd
Luned
Morgan LeFay
Rhiannon
Tlachtga
Vivianne

**Magie (zerstörerische)/
Verbannung**
Badb
Königin von Elphan
Macha
Morrigan
Neman

Milch
Brigit

Mond
Anu
Arianrhod
Fleachta von Meath
Rhiannon
Tanit

Mond (abnehmend)
Cailleach
Badb

Musik
Banbha
Canola
Eire
Emer
Fionnuala
Rhiannon

Mut und Stärke
Artio
Lavercam
Taillte

Muttergöttin
Brigit
Caireen
Cerridwen
Cessair
Dana
Deae Matres
Dechtire
Domnuö
Dwyvach
Latiaran
Macha
Magog
Modron
Taillte

Neumond
Cerridwen

Otter
Liban

Pferd
Aife
Caer Ibormeith

Cartimandua
Edain
Epona
Godiva
Macha
Mare
Rhiannon

Poesie
Brigit
Eadon
Fachea
Lavercam

Quelle
Aibheaog
Brigit
Bean Naomha
Caolainn
Cebhfhionn
Finchoem
Liban
Momu

Rabe
Caillech
Morrigan

Reinkarnation
Arianrhod
Edain

Riese
Garbh Ogh
Vivionn

Rübe
Cailleach

Salm
Liban

Schaf
Brigit

Schild
Badb
Brigit
Derbforgaille
Medb, Königin
Scathach

Schlachtfeld
Bellona
Morrigan

Schlaf
Caer Ibermeith
Fionnuala

Schlange
Corchen
Melusine

Schmetterling
Edain

**Schönheit,
körperliche Fitneß**
Aife
Deirdre
Luats Lurgann
Scathach
Taillte
Triduana

Schutz
Aine
Badb
Brigit
Caolainn
Eire
Ethne
Ratis
Tea und Tephi

Schwan
Caer Ibermeith
Edain
Fionnuala
Prinzessin der Sonne

Schwein
Cerridwen
Goleuddydd
Henwen

Sexualität
Achtland
Aeval
Arianrhod
Epona
Fand

Medb, Königin
Modron

Sieg
Andraste

Sonne
Adsullata
Aimend
Aine
Bean Naomha
Gillagriene
Grian
Prinzessin der Sonne
Sul

Stange
Arianrhod
Cailleach

Stern
Arianrhod
Sirona

Sturm
Cailleach
Muireartach

Tier
Ardwinna
Flidais
Henwen

**Tod/Anderswelt/
Erneuerung**
Badb
Cliodna
Cymidei Cymeinfoll
Dahud-Ahes
Elphan, Königin von
Gwyar
Dame vom See
LeFay
Macha
Moingfhion
Morgan LeFay
Morrigan
Nantosuelta
Neman
Niamh

Rhiannon
Taranis
Vivionn

Traum
Caer Ibermeith
Canola
Mare
Rhiannon

Triadengöttin
Anu/Dana/Badb
Badb/Macha/Neman
Bo Find/Bo Dhu/
  Bo Ruadh
Brigit
Deae Matres
Dechtire
Edain
Eire/Fodhla/Banbha
Elphan, Königin
Epona
Fiongalla
Flaithius
Garbh Ogh
Guinevere
Latiaran/Inghean
  Bhuidhe/Lesair
Melusine/Melior/
  Palatina
Morrigan
Olwen

Triskele
Alle Triaden-
  Göttinnen

Überfluß, Reichtum, Ernte
Anu
Artio
Bo Find
Campestress
Deae Matres
Godiva
Henwen
Latiaran
Nantosuelta
Taillte

Vergnügung, Zerstreuung, Spiele, Wettkampf
Fand
Liban
Taillte

Verwandlungs-fähigkeit
Badb
Cerridwen
Dechtire
Edain
Flidaid
Flaithius
Liban
Melusine
Morrigan
Gwennolaik

Vieh
Aine
Blatznat
Bo Find
Damona

Vogel
Aife
Brigit (Lerche)
Caer Ibermeith
  (Schwan)
Cliodna (Meeresvogel)
Corra (Kranich)
Dechtire
Derbforgaille
Edain (Schwan)
Garbh Ogh (Adler)
Gwennolaik
Gwennddoleu
Prinzessin der Sonne
  (Schwan)
Rhiannon
Sequana (Ente)
Uairebhuidhe

Vorhersehung/ Prophezeiung
Andraste
Corra

Drem
Emer
Fedelma
Fleachta von Meath
Gwendydd

Wald
Ardwinna
Flidais
Garbh Ogh
Saba

Wasser, Meer, See, Fluß
Adsullata
Arnamentia
Boann
Cebhfhionn
Cliodna
Clota
Dahud-Ahes
Domnu
Fand
Dame vom See
LeFay
Latis
Liban
Melusine
Morgan LeFay
Muireartach
Nantosuelta
Nehalennia
Sabrina
Sequana
Sionnan
Tamara

Webkunst
Arianrhod

Weibliche Mysterien
Kele-De
Sheila-Na-Gig

Wein/Bier/Met
Latis
Sin
Uroica

Weisheit, Intellekt, Wissen und Witz
Ailbhe
Bean Naomha
Cebhfhionn
Nessa

Weißdorn
Guinevere

Welle
Cliodna

Wettermagie
Stine Bheag

Wild
Garbh Ogh
Genoveva
Saba

Wildschwein
Ardwinna

Winter
Cailleach

Wolf
Badb
Morrigan

Zeitmanipulation
Amerach

Der rituelle Kreis

Wer nicht weiß, wie ein ritueller Kreis geöffnet und geschlossen wird, findet hier detaillierte Informationen dazu. Hier erfahren Sie, wie Sie den geistigen Weg der keltischen Frau anfangen und beenden können. Die Anleitungen entsprechen in ihren Grundstrukturen vielen heidnischen Traditionen. Sie sollten aber wissen, daß es nicht nur eine Möglichkeit gibt, einen Kreis zu öffnen oder zu schließen. Erfahrene Personen haben oft eigene, einmalige und bedeutungsvolle Methoden entwickelt, die sie allein oder in einer Gruppe anwenden. Wenn Sie bereits mit dem Vorgang vertraut sind, können Sie diese Ausführungen dazu verwenden, sich anregen zu lassen und ihre eigenen Methoden zu erweitern oder anzupassen.
Der Kreis erfüllt die folgenden drei Aufgaben:

1. Er soll die Person(en) innerhalb des Kreises vor unerwünschten Kräften von außerhalb schützen, die möglicherweise von den aufkommenden Energien angezogen werden.
2. Er soll die aufkommende Energie so lange aufbewahren, bis sie benötigt wird und in der richtigen Weise auf das magische/rituelle Ziel gelenkt werden kann.
3. Er soll einen Raum zwischen der Welt der Form (der Erdoberfläche) und des Geistes (der Anderswelt) öffnen, in dem sich beide Sphären treffen und vereinigen können.

Die Kreise werden durch die Kraft des Geistes und die Projektion der persönlichen Energie geöffnet. Normalerweise sind die Kreise nicht zu sehen, sondern höchstens vom psychischen »Auge« wahrzunehmen. Trotzdem sind sie sehr real, und ihre Grenzen sollten immer respektiert werden. In einigen Traditionen ist es üblich, eine Tür aus der Wand um den Kreis herauszuschneiden, um bei Bedarf hinein- und hinausgehen zu können. Aber dieses Kommen und Gehen sollte auf ein Minimum reduziert werden, denn es bringt viel Unruhe mit sich. Ehe Sie einen Kreis eröffnen, sollten Sie alles, was Sie für das Ritual benötigen, in den Kreis legen. Das bedeutet aber nicht, daß Sie unbedingt etwas benötigen. Viele Rituale lassen sich auch ohne rituelle Objekte ausführen. In den meisten Fällen ist dies eine Frage des persönlichen Wunsches und keine Notwendigkeit. Dasselbe gilt, wenn Sie mit einem Altar arbeiten möchten, um darauf ihre Objekte anzuordnen oder ihn als Zentrum ihrer Anbetung zu verwenden. Obwohl ein Altar nicht notwendig ist, kann er ein Ritual und die Zielgerichtetheit unterstützen. Welcher heidnischen Bräuche Sie sich auch bedienen, jede Himmelsrichtung entspricht dem Reich eines bestimmten Elements. Jede Richtung untersteht elementaren Wesen und Herrschern. In den meisten Wicca-Traditionen werden folgende Richtungseigenschaften verwendet:

Wasser für den Westen
Erde für den Norden
Luft für den Osten
Feuer für den Süden

Das Beispiel in diesem Buch lehnt sich aus Gründen der Verständlichkeit an einige allgemeine Standards an. Sie sollten sich aber die Freiheit nehmen, diese entsprechend Ihrer persönlichen Weltsicht oder des eigenen keltischen Brauchtums zu ändern. Wenn Sie für jede Richtung ein rituelles Objekt besitzen und einen Altar benutzen, empfiehlt es sich, die Objekte an die vier Ecken des Altars zu legen, die den jeweiligen Himmelsrichtungen entsprechen. Im folgenden finden Sie eine Liste der Elemente mit jenen Objekten, die eine Affinität dazu haben. Gelegentlich überlagert ein Objekt zwei Elemente, denn die einzelnen heidnischen Traditionen haben jeweils unterschiedliche Zuordnungen vorgenommen, die in dieser Liste berücksichtigt werden. Sie sollten beachten, daß jedes System seinen Anhängern gute Dienste leistet und daß es kein richtiges oder falsches System gibt.

Erde: Schild, Steine, Ton, Holz, Lehm, Salz, Sand, Rad, Keule, Trommel, Bronze, Bogen.

Wasser: Kelch, Kessel, hohles Horn, Schale, Dreizack, jedes kühle Getränk, Silber, konvexe Schilder, Meeresmuscheln, Sichel.

Feuer: Kerze, Athame und Schwert (und alle im Feuer geschmiedeten Schwerter), Stab, Eisen (meist nicht in keltischen Traditionen, die sich der Feenwelt zugehörig fühlen, denn Feen sollten nicht in Kontakt mit Eisen kommen), Breitschwert, Feuerstein, Lampe, Sonnenscheibe (gleichseitiges Kreuz in einem Kreis), Besen, Gold, Speer.

Luft: Stock, Dreizack, Athame und Schwert, Stab, Feder, Weihrauch, Breitschwert, Besen, Dolch, Speer, Ahle, Horn, (Rauch-)Pfeife, Pfeil, Feuerstein.

Öffnen Sie Ihren Kreis an einem privaten, ungestörten Ort, an dem Sie mindestens über einen Durchmesser von 1,5 Metern für den Bewegungsspielraum verfügen. Sie können für den Aufbau des Kreises ein rituelles Objekt verwenden, um damit die Energie für den Kreis zu projizieren; ihre eigene Hand ist aber ebenso ausreichend. Stellen Sie die vier Himmelsrichtungen – Westen, Norden, Süden und Osten – fest und markieren Sie diese, damit sie einfach zu erkennen sind. Häufig werden dazu Kerzen oder Steine verwendet. Wenn Sie allein als Frau sind, können Sie auch feminine Symbole wie Schalen oder Kelche verwenden. Diese Objekte können entweder verschiedenfarbig sein oder mit verschieden gefärbten Flüssigkeiten (z. B. Lebensmittelfarben oder Säften) gefüllt werden. Sie könnten zum Beispiel blaues Wasser für den Westen, grünes für den Norden, gelbes für den Osten und rotes für den Süden verwenden. Bevor Sie den Kreis öffnen, sollten Sie sich ein wenig Zeit zum Reinigen des Platzes nehmen, um eventuell vorhandene negative Energien zu entfernen. Auf diese Weise erhöhen Sie die Schwingungsrate des Platzes und öffnen ihn für höhere spirituelle Ebenen, die mit den niederen Ebenen nicht vereinbar sind. Meistens werden dafür Salzwasser und Weihrauch benutzt, eine klare Visualisierung sollte ebenfalls damit einhergehen. Sie können auch zu ihrem Besen greifen und die unerwünschten Energien wegfegen. Dies ist eine Praxis, die besonders bei Frauen beliebt ist.

Stellen Sie sich in die Mitte des Platzes, an dem Sie den Kreis öffnen möchten, schließen Sie Ihre Augen und zentrieren Sie Ihre Energien. Wenn Sie bereit sind, heben Sie Ihr Instrument oder Ihre Arme in Richtung Himmel und fühlen Sie, wie die Energie in Sie einströmt und Sie erfüllt – entweder heruntergezogen aus der Anderswelt oder heraufgezogen aus dem Inneren der Mutter Erde. Füllen Sie sich selbst und den Bereich um Sie herum mit dieser positiven Kraft. Als nächstes gehen Sie die Ränder des Kreises in jener Richtung ab, die in Ihrer keltischen Tradition üblich ist. Manchmal wird sie durch feste Punkte bestimmt, manchmal ändern sich die Punkte aber auch mit der Drehung des Jahresrads. In diesem Beispiel wird das westliche Viertel des Kreises als Ausgangspunkt verwendet, weil es meiner Tradition entspricht. Der Westen ist die Richtung der Anderswelt, die Heimat der keltischen Gottheiten. Deuten Sie mit Ihrem Finger oder dem magischen Instrument auf den Boden – der Boden muß dabei nicht berührt werden –, und stellen Sie sich vor, wie die Energie aus ihren Fingerspitzen oder dem Ende des Instruments strömt, und bauen Sie damit eine starke Wand aus beschützender Energie auf. Sie können sich den Kreis als Wand, Kuppel oder Kugel vorstellen; dies ändert nichts an seiner Kraft. Gehen Sie den Kreis langsam im Uhrzeigersinn ab – diese Richtung wird traditionellerweise mit Wachstum, Kreativität und Schaffensfreude assoziiert –, bis Sie wieder Ihren Ausgangspunkt erreicht haben. Projizieren Sie soviel Energie wie möglich in den Aufbau des Kreises. Lassen Sie ihn zur Realität werden und respektieren Sie diese Realität. Die meisten Kreise werden im Uhrzeigersinn aufgebaut und in der Gegenrichtung wieder abgebaut. In einigen Fällen wird jedoch die umgekehrte Reihenfolge angewandt. Dies ist zum Beispiel bei Ritualen sinnvoll, in denen die Energien des Verfalls, der Zerstörung oder des Verlusts aktiviert werden sollen. Die Energien im Kreis entsprechen dann dem Ziel des Rituals besser. Dies bedeutet nicht, daß das Ritual selbst negativ ist. Negative Rituale können ebenso in einem Kreis stattfinden, der im Uhrzeigersinn aufgebaut wurde. Die Absicht eines Rituals, nicht dessen äußere Form bestimmt, ob es negativ oder positiv ist.

Sie können den Kreisumfang noch zwei weitere Male abgehen, um die magische Kraft der heiligen Zahl Drei anzurufen. Dies ist bei den keltischen Heiden häufig Sitte und gehört sozusagen zum Standard, wenn sie mit den Energien von Triadengöttinnen arbeiten möchten (siehe Kapitel 6).

Nachdem der Kreis aufgebaut ist, werden die elementaren Kräfte der einzelnen Himmelsrichtungen angerufen, um dem Ritual als Zeugen und zur Unterstützung beizuwohnen. Diese Praxis ist unter verschiedenen Bezeichnungen bekannt: zum Beispiel Viertel anrufen, Elementares herbeiwünschen, Wachtürme anrufen, Elemente aufwecken, Herrscher der Elemente rufen, Wächter anrufen. Der Brauch besagt auch, daß es die Pflicht der Elementherrscher ist, Ihrem Ruf zu folgen, zumindest auf grundsätzlicher Ebene. Wenn sich die Herrscher durch Ihre Einladung gestört fühlen oder wenn Sie Anfängerin und Ihre Anrufungskräfte noch schwach sind, wird Ihnen eventuell nicht die gesamte Kraft der elementaren Präsenz zuteil. Beginnen Sie mit der Anrufung der Viertel an Ihrem Startpunkt (in diesem Beispiel im Westen). Wenn Sie ein Objekt für jedes Element verwenden, sollten Sie dies nun vom Altar nehmen und in das Viertel legen, das Sie gerade anrufen. Dadurch wird die Verbindung zwischen Ihnen und dem Element gestärkt. In diesem Beispielritual werden keine Objekte verwendet. Es läßt sich also sofort von allen Frauen ausführen. Wenn Sie bereits magische Objekte besitzen, können Sie diese selbstverständlich einbinden.

Wenden Sie sich nach Westen, um dieses Viertel anzurufen. Visualisieren Sie, wie sich Ihre Stimme bis in die entferntesten Ecken dieser Himmelsrichtung ausdehnt, durch die Leere von Zeit und Raum dringt und Sie mit den Kräften des Westens und dem Element Wasser verbindet. Eine verbale Äußerung verfestigt diesen Zweck in Ihrem Bewußtsein und hilft Ihnen, die Verbindung zu den Energien und Wesen herzustellen, die Ihren Erfolg unterstützen möchten. Einfach nur daran zu denken, mag in einigen Fällen auch genügen. Sie sollten Ihre Gedanken aber vorher klar geordnet haben, ehe Sie das Ritual ausführen. Wenn Sie aus bestimmten Gründen nicht laut sprechen können (weil Sie Ihre Privatsphäre bewahren wollen, aus Krankheitsgründen oder um andere nicht zu stören), können Sie Ihre Worte an diesem Punkt auch aufschreiben. Sie können das Blatt Papier später verbrennen, um die Kraft Ihrer Wort zusätzlich zu verstärken und sie in die Anderswelt zu schicken und dort manifest werden zu lassen. Bedenken Sie bitte vorher jedes Wort sorgfältig, damit das Ritual auch den von Ihnen gewünschten Inhalt hat. Sicher hat jeder schon einmal erlebt, wie es ist, eine großartige Idee lautstark anzukündigen, um dann bei deren konkreter Formulierung festzustellen, wie mangelhaft sie doch eigentlich ist.

Da Sie ein Ritual auf dem geistigen Weg der Frau ausführen möchten, sollten Sie sich die Elemente Ihrer Anrufung auch mit weiblichem Charakter vorstellen, auch wenn ein Element der männlichen Seite zugeordnet wird (Luft und Feuer sind die männlichen Elemente). Alles, was erschaffen werden soll, hat sowohl eine maskuline als auch eine feminine Seite, auch wenn die eine oder andere Seite physikalisch vorherrschend ist. Die Herrscher der Elemente in den Himmelsrichtungen werden zwar häufig als männlich bezeichnet, es gibt aber in diesen Welten auch elementare Wesen oder Feen, die diese Rolle ebenfalls übernehmen können und weiblichen Charakter haben.

Um den Westen anzurufen, sprechen Sie folgende Worte:

Mächte des Westens – Undinen, Hüterinnen, Geister, Elementargeister und weibliche Geister der Wasserreiche – hört und beachtet meine Einladung. Fruchtbare Kräfte des Westens und des Wassers, ich rufe Euch aus der Anderswelt und bitte Euch heute abend [anstelle von Abend können Sie je nach Augenblick auch Tag, Nacht, Nachmittag, Vollmond usw. einfügen] um Anwesenheit in diesem Kreis. Kommt zu mir an diesen Ort außerhalb von Raum und Zeit und tretet in meinen heiligen Kreis, um [fügen Sie hier den Zweck Ihres Rituals ein]. Verleiht diesem heiligen Raum Ausgeglichenheit durch Euren Schutz und Eure Begleitung. Laßt uns heute abend zusammen opfern und verleiht diesem Ritual Eure Kraft und Euren Segen. Durch die Kraft der Drei und im Namen der Jungfrau, Mutter und Alten heiße ich die Mächte des Wassers willkommen. Seid gesegnet.

Sie können bei der Anrufung der einzelnen Viertel auch eine rituelle Geste ausführen, zum Beispiel die Form eines Pentagramms in die Luft zeichnen. Dieser fünfzackige Stern symbolisiert bestimmte Energien, die sich dadurch anziehen lassen. Es liegt bei Ihnen, ob Sie diese Geste ausführen möchten oder nicht.

Bleiben Sie dem Westen noch eine oder zwei Minuten zugewandt und erlauben Sie sich, die Präsenz des Wassers und der zugehörigen Geister wahrzunehmen.

Wenn Sie bereit sind, wenden Sie sich nach Norden und beginnen Sie mit der Anrufung dieses Viertels (wenn Sie magische Objekte benutzen, um die einzelnen Elemente zu symbolisieren, vergessen Sie nicht, an dieser

Ein Pentagramm zeichnen

288

Stelle jedesmal zum Altar zurückzukehren und das betreffende Objekt zu holen.)

Mächte des Nordens – Heimat der Mutter, die uns erhält –, Gnome, Hüterinnen, Geister, Elementargeister und weibliche Geister der Erdreiche, hört und beachtet meine Einladung. Stabilisierende Kräfte des Nordens und der Erde, ich rufe Euch aus der Anderswelt und bitte Euch heute abend [anstelle von Abend können Sie je nach Augenblick auch Tag, Nacht, Nachmittag, Vollmond usw. einfügen] um Anwesenheit in diesem Kreis. Kommt zu mir an diesen Ort außerhalb von Raum und Zeit und tretet in meinen heiligen Kreis, um [fügen Sie hier den Zweck Ihres Rituals ein]. Verleiht diesem heiligen Raum Ausgeglichenheit durch Euren Schutz und Eure Begleitung. Laßt uns heute abend zusammen opfern und verleiht diesem Ritual Eure Kraft und Euren Segen. Durch die Kraft der Drei und im Namen der Jungfrau, Mutter und Alten heiße ich die Mächte der Erde willkommen. Seid gesegnet.

Bleiben Sie dem Norden noch eine oder zwei Minuten zugewandt und erlauben Sie sich, die Präsenz der Erde und der zugehörigen Geister wahrzunehmen.

Wenden Sie sich dann dem östlichen Viertel zu.

Mächte des Ostens – Sylphen, Hüterinnen, Geister, Elementargeister und weibliche Geister der Luftreiche –, hört und beachtet meine Einladung. Gedankliche Kräfte des Ostens und der Luft, ich rufe Euch aus der Anderswelt und bitte Euch heute abend [anstelle von Abend können Sie auch einen anderen passenden Zeitpunkt einfügen] um Anwesenheit in diesem Kreis. Kommt zu mir an diesen Ort außerhalb von Raum und Zeit und tretet in meinen heiligen Kreis, um [fügen Sie hier den Zweck Ihres Rituals ein]. Verleiht diesem heiligen Raum Ausgeglichenheit durch Euren Schutz und Eure Begleitung. Laßt uns heute abend zusammen opfern und verleiht diesem Ritual Eure Kraft und Euren Segen. Durch die Kraft der Drei und im Namen der Jungfrau, Mutter und Alten heiße ich die Mächte der Luft willkommen. Seid gesegnet.

Bleiben Sie dem Osten noch eine oder zwei Minuten zugewandt und erlauben Sie sich, die Präsenz der Luft und der zugehörigen Geister wahrzunehmen.

Wenden Sie sich zuletzt dem südlichen Viertel zu.

Mächte des Südens – Salamander, Hüterinnen, Geister, Elementargeister und weibliche Geister der Feuerreiche –, hört und beachtet meine Einladung. Leidenschaftliche Kräfte des Südens und des Feuers, ich rufe Euch aus der Anderswelt und bitte Euch heute abend [anstelle von Abend können Sie auch einen anderen passenden Zeitpunkt einfügen] um Anwesenheit in diesem Kreis. Kommt zu mir an diesen Ort außerhalb von Raum und Zeit und tretet in meinen heiligen Kreis, um [fügen Sie hier den Zweck Ihres Rituals ein]. Verleiht diesem heiligen Raum Ausgeglichenheit durch Euren Schutz und Eure Begleitung. Laßt uns heute abend zusammen opfern und verleiht diesem Ritual Eure Kraft und Euren Segen. Durch die Kraft der Drei und im Namen der Jungfrau, Mutter und Alten heiße ich die Mächte des Feuers willkommen. Seid gesegnet.

Bleiben Sie dem Süden noch eine oder zwei Minuten zugewandt und erlauben Sie sich, die Präsenz des Feuers und der zugehörigen Geister wahrzunehmen.

Ehe Sie mit der Einladung an die Göttin(nen) fortfahren, sollten Sie noch einmal in das westliche Viertel zurückkehren, um den Kreis symbolisch zu schließen. Die Symbolhaftigkeit ist die Essenz eines jeden Rituals. Jede Geste und jedes Wort sollte Ihr inneres Selbst auf positive Weise ansprechen und mit dem Ziel des Rituals in Einklang bringen. Nehmen Sie alle Gelegenheiten wahr, um diese symbolischen Verbindungen zu bekräftigen.

An diesem Punkt werden üblicherweise sowohl der Gott als auch die Göttin in den Kreis eingeladen. Beide zusammen sorgen für Ausgeglichenheit. Doch auf dem geistigen Weg der Frau sollte ausschließlich die Göttin (oder mehrere Göttinnen) als Zeugin eingeladen werden, die dem Ritual ihren Segen gibt. Sie können entweder den universellen Geist der weiblichen Schöpferin anrufen, indem Sie diese als Göttin, Herrin oder Mutter bezeichnen, oder den Namen einer bestimmten Göttin nennen, zum Beispiel Ihrer Schutzgöttin. Eine besondere Göttin auszuwählen empfiehlt sich zum Beispiel auch, wenn der Zweck des Rituals sich eindeutig mit einem bestimmten Aspekt verbinden läßt. Sie können die Einladung vor Ihrem Altar aussprechen oder mit offenen Armen, um der Göttin Ihre Offenheit und Umarmung zu zeigen. Im folgenden Beispiel wird die Mutter-/Ahnengöttin Danu eingeladen:

Gesegnet seist du, Danu, Mutter unseres Stammes, Ursprung aller Schöpfung, Spenderin von Leben, Tod und Wiedergeburt. Ich, deine Kriegerin und dein Kind, bitte dich heute abend [anstelle von Abend können Sie auch einen anderen passenden Zeitpunkt einfügen] um Anwesenheit in diesem Kreis. Sei Zeugin meines Rituals, um ... [fügen Sie hier den Zweck Ihres Rituals ein]. Verleihe ihm deine kreativen Energien und segne meine Bemühungen um deinen Ruhm. Ich heiße dich, von der alle Segnungen ausgehen, willkommen.

Wenn Sie möchten, können Sie zu Ehren der Göttin eine Kerze anzünden und diese als Beweis der göttlichen Anwesenheit in Ihrem Kreis abbrennen. Auch dies ist eine übliche Praxis in vielen heidnischen Traditionen. Das Licht symbolisiert die Anwesenheit der Göttin in Ihrem Kreis.

In vielen keltischen Traditionen ist es Sitte, den Wesen aus der Anderswelt eine rituelle Speise anzubieten. Meist wird dafür Brot oder ein anderes Getreideprodukt verwendet sowie Wein oder Saft. Doch Sie sollten selbst entscheiden, was für Sie und Ihr Ritual richtig ist. Stellen Sie die Gaben entweder auf einen Teller auf den Altar oder in die Nähe des westlichen Vier-

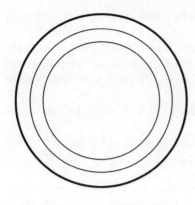

Konzentrische Kreise

tels. Sie können die Speisen auch noch verbal anbieten. Wichtig ist allerdings, daß dieses Angebot an erster Stelle gemacht wird. Nach dem Ritual sollten die Speisen verbrannt oder in ein fließendes Gewässer geworfen werden. Sie können sie auch an Tiere verfüttern.

Bei einigen keltisch-heidnischen Riten ist es sinnvoll, weitere innere Kreise innerhalb des ersten großen Kreises zu eröffnen. Meist werden insgesamt drei Kreise angelegt. Es gibt folgende Möglichkeiten dazu:

Konzentrische Kreise

Dieses Muster wird am häufigsten verwendet. Dazu werden zwei weitere Kreise innerhalb des ersten in derselben Weise eröffnet. Beachten Sie die heilige Zahl Drei.

Die Acht im Kreis

Dieses Muster enthält ebenfalls zwei weitere innere Kreise, die übereinanderliegen. Der untere Kreis kann die physische Ebene darstellen, der obere symbolisiert die Anderswelt oder die Unterwelt. Oder ein Kreis stellt das göttliche Reich dar und das andere das Reich der Menschen.

Triskele

Dieses Muster verwendet drei weitere innere Kreise, die in der Form einer Triskele angeordnet sind. Die drei Kreise können die drei Gesichter der Triadengöttin symbolisieren oder die Unterwelt (Feenwelt),

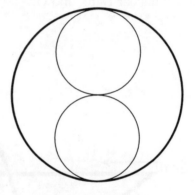

Die Acht im Kreis

die Mittelwelt (physische Ebene) und die Oberwelt (Anderswelt).

Nachdem alle Kreise eröffnet sind, beginnen Sie mit dem Kernstück Ihres Rituals. Sie führen nun all jene Schritte innerhalb des heiligen Kreises aus, die für Ihr Ritual notwendig sind, zum Beispiel magische Handlungen, Ehrerbietungen für Göttinnen, Sterberiten, feierliche Jahreszeitenzeremonien oder andere Aktivitäten. Wenn der Zweck des Rituals abgeschlossen ist, muß der Kreis wieder geschlossen oder geerdet werden. Dafür gibt es vier Gründe:

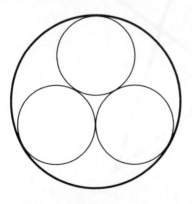

Triskele

291

- Auf diese Weise sagen Sie den Geistern Lebewohl, die Sie um Beistand gebeten haben.
- Es ist ein alter Brauch, eine Bewußtseinsebene auf demselben Weg wieder zu verlassen, auf dem man sie betreten hat. Auf diese Weise wird eine Art Ordnung hergestellt, die Ihren bewußten Geist glücklich und kooperativ sein läßt.
- Der Sinn eines Rituals wird auf diese Weise bewahrt, und dies ist maßgeblich für den Erfolg Ihrer Bemühungen.
- Sie halten unstrukturierte Energien davon ab, wild durcheinanderzulaufen und verhindern dadurch ein Gefühl der Erschöpfung.

Schließen Sie zunächst alle inneren Kreise. Gehen Sie dabei in der umgekehrten Richtung vor wie beim Öffnen der Kreise. Bereiten Sie sich dann darauf vor, den Hauptkreis zu schließen, indem Sie alle Vorgänge umkehren.

Manche Frauen bedanken sich gerne zuerst bei den Göttinnen und verabschieden diese, ehe Sie die Viertel auflösen; andere ziehen die umgekehrte Reihenfolge vor. Um sich von der Göttin zu verabschieden, genügt ein einfacher Dank und eine Segnung. Sie können dies vor Ihrem Altar tun

Pentagramm gegenzeichnen

oder dabei in jene Richtung blicken, in der sie beheimatet ist. Wenn Sie ihr zu Ehren eine Kerze entzündet haben, löschen Sie diese nach der Verabschiedung, um zu symbolisieren, daß das Licht der Göttin den Bereich des Kreises wieder verlassen hat.

Ein Kreis wird formell auf die gleiche Weise geschlossen, wie er geöffnet wurde – nur in umgekehrter Reihenfolge. Begeben Sie sich zunächst in das letzte Viertel, das Sie angerufen haben (in diesem Beispiel der Süden) und lassen Sie die Kräfte der Elemente wieder los. Danken Sie den Energien für ihren Beistand und verabschieden Sie sich von ihnen. Wenn Sie für die einzelnen Viertel ein magisches Objekt verwendet haben, legen Sie dieses nun wieder auf den Altar zurück. Begeben Sie sich dann in das Viertel und sprechen Sie folgende Worte:

> Kräfte des Südens und des Feuers! Danke für Eure Anwesenheit an diesem Abend [oder einem anderen Zeitpunkt] und für Eure Energien der Leidenschaft bei diesem Ritual. Danke für die Segnung durch Eure Präsenz. Danke und lebt wohl!

Sie können auch für die Verabschiedung eine rituelle Geste ausführen, zum Beispiel das Pentagramm gegenzeichnen, während Sie die einzelnen Viertel loslassen. Ob Sie diese Geste verwenden möchten, liegt bei Ihnen.

Fahren Sie weiter Viertel für Viertel entgegen dem Uhrzeigersinn fort. Begeben Sie sich nun also in das Viertel des Ostens. Entgegen dem Uhrzeigersinn bedeutet in diesem Zusammenhang nicht, daß die Geste negativ ist. Hiermit wird lediglich symbolisiert, daß etwas abnimmt, entweicht, aufgelöst wird. In modernen irischen Hexenzirkeln wird die umgekehrte Vorgehensweise bei Ritualen häufig mit dem Begriff *tuathail* bezeichnet. Dieser Begriff enthält ein Wort, das »Hinterwäldler« bedeutet. Diese abwertende Bezeichnung für Rückläufigkeit ist der Grund dafür, warum die Richtung »entgegen dem Uhrzeigersinn« oft mit negativen Assoziationen bedacht wird. Doch dieser Begriff hat auch noch eine andere Bedeutung, die einfach nur »links herum« lautet. In einem Kreis, in dem Zeit und Raum keine Rolle spielen, gibt es kein vor- oder rückwärts, ebensowenig wie gut oder böse, solange keine böse Absicht besteht. Es geht hier lediglich darum, eine Kraft wieder zu beenden.

> Kräfte des Ostens und der Luft! Danke für Eure Anwesenheit an diesem Abend [oder zu einem anderen Zeitpunkt] und für Eure gedanklichen Energien bei diesem Ritual. Danke für die Segnung durch Eure Präsenz. Danke und lebt wohl!

Begeben Sie sich in das nördliche Viertel.

> Kräfte des Nordens und der Erde! Danke für Eure Anwesenheit an diesem Abend [oder zu einem anderen Zeitpunkt] und für Eure stabilisierenden Energien bei diesem Ritual. Danke für die Segnung durch Eure Präsenz. Danke und lebt wohl!

Abschließend stellen Sie sich in das westliche Viertel.

Kräfte des Westens und des Wassers! Danke für Eure Anwesenheit an diesem Abend [oder zu einem anderen Zeitpunkt] und für Eure reinigenden Energien bei diesem Ritual. Danke für die Segnung durch Eure Präsenz. Danke und lebt wohl!

Begeben Sie sich danach wieder in das südliche Viertel, nehmen Sie ihr Instrument oder ihren Zeigefinger und schreiten Sie den Kreisumfang entgegen dem Uhrzeigersinn ab. Dadurch erden und schließen Sie den Kreis. Während Sie gehen, visualisieren Sie, wie die Energien, die Sie für den Aufbau dieses Kreises heraufbeschworen haben, wieder von Mutter Erde verschlungen oder von Ihrem Instrument absorbiert werden. Sie können den Kreis einmal oder dreimal abgehen, je nachdem, wie Sie ihn aufgebaut haben.

Sobald der Kreis geschlossen ist, können Sie ein paar Worte als Erklärung dazu abgeben. Auf diese Weise richten Sie Ihr Bewußtsein, Ihren Körper und Geist wieder auf die physische Welt aus und schließen die Tür zwischen den beiden Welten. Darauf einfach wegzugehen kann ein verwirrendes Gefühl hinterlassen und eine frustrierende Erfahrung bewirken. Sie sollten sich deshalb auf alle Fälle auch selbst noch einmal in der physischen Welt erden. Machen Sie Lärm oder sprechen Sie einen einfachen Satz laut und deutlich aus, zum Beispiel: »Das Ritual ist beendet, der Kreis ist geschlossen.« Wenn Sie sich auch danach noch sehr »verwirrt« und unkonzentriert fühlen, sollten Sie etwas essen. Dieser sehr körperliche Akt ist ein sicheres Mittel gegen die Gefühle der Leere, die Sie eventuell auf Ihrem Rückweg von einem Ritual begleiten. Alle salzigen Gerichte empfehlen sich für diesen Zweck besonders.

Aufbau eines Rituals

Im folgenden erhalten Sie einen Überblick über die Struktur eines Rituals. Mit diesem Grundwissen können Sie sich eigene Rituale erschaffen, die sowohl die allgemein gängige Praxis berücksichtigen als auch persönliche Komponenten ermöglichen. Innerhalb des hier dargestellten Netzwerks bieten sich viele Möglichkeiten für individuelle Interpretationen, Änderungen, Streichungen und Verbesserungen.

1. Sie sollten sich über den Sinn eines Rituals Gedanken machen. Dazu müssen Sie keine hochfliegenden Ziele entwickeln, sondern vor allem wissen, warum Sie ein Ritual ausführen möchten, damit es seinen Zweck erfüllen kann und von Erfolg gekrönt ist.
2. Stellen Sie alle Elemente zusammen, die Sie für das Ritual oder den Zauber benötigen, ehe Sie den Kreis eröffnen. Dazu gehört zum Beispiel eine geeignete Musik, Dekoration oder Beleuchtung. Wenn Sie während des Rituals auf schriftliche Notizen zurückgreifen möchten, erstellen Sie diese vorab und überprüfen Sie den Inhalt. Sie sollten entscheiden, wie Sie vorgehen möchten, falls Sie etwas vergessen haben. In einem solchen Fall können Sie das Ritual abbrechen oder eine Tür in den Kreis einbeziehen, um währenddessen noch etwas holen zu können.
3. Erden und zentrieren Sie Ihre Energien sowohl mental als auch physisch, indem Sie sich selbst auf den Aufenthalt im heiligen Kreis vorbereiten. Meditieren Sie und führen Sie einige Reinigungsriten durch.
4. Öffnen Sie den Kreis (siehe Seite 284 ff.).
5. Rufen Sie die einzelnen Viertel an (siehe Seite 286 ff.).
6. Laden Sie die freundlich gesinnten Geister, Feen oder andere Elementargeister ein, die Sie sich als Beistand wünschen (Befehle sind hier unangebracht). In der keltischen Tradition ist es auch üblich, die Geister der eigenen Ahnen einzuladen, insbesondere während der dunklen Tage von Samhain bis Imbolg. Es heißt, in dieser Zeit seien die Wände zwischen den beiden Dimensionen am dünnsten.
7. Laden Sie jene Göttinnen ein, die Sie sich für das Ritual wünschen. Häufig wird jeder anwesenden Göttin zu Ehren eine Kerze angezündet.
8. Es ist ein alter keltischer Brauch, den eingeladenen Wesen aus der Anderswelt Speise und Trank anzubieten. Am Ende des Rituals sollte diese Nahrung vergraben oder an Tiere verfüttert werden, sofern sie für Tiere geeignet ist und kein Ungeziefer anziehen. Die dargebrachten Speisen und Getränke werden jedoch im allgemeinen nicht von den Teilnehmern eines Rituals verzehrt.
9. Bauen Sie, falls gewünscht, nun einen inneren Kreis auf – eine Acht, eine Triskele oder andere Varianten (siehe Seite 291).
10. Sprechen Sie den Sinn des Rituals laut aus, oder schreiben Sie die entsprechenden Worte auf, um Ihre Energien mit dem Ziel in Einklang zu bringen.

11. Wenn Sie mit verinnerlichten Energien arbeiten möchten, beginnen Sie jetzt mit der Verinnerlichung.
12. Führen Sie dann den Hauptteil des Rituals aus. Sei können an dieser Stelle beliebig improvisieren. Die Worte, Gesten, Objekte, Trommelschläge, Tänze, Dramen, Mitteilungen von der verinnerlichten Gottheit, Übergangsriten, Sabbatfeiern usw. können persönlicher Natur oder in Ihrer Gruppe entwickelt worden sein. Keltische Dramen eignen sich für Gruppen besonders gut.
13. Wenn Sie während des Rituals einen Zauber ausführen möchten, tun Sie dies jetzt.
14. Lassen Sie magische Heilkräfte aufsteigen und schicken Sie diese ab.
15. Lassen Sie die angerufenen Energien wieder los.
16. Schließen Sie die inneren Kreise wieder.
17. Danken Sie allen eingeladenen Gottheiten und verabschieden Sie diese. Löschen Sie die Kerzen.
18. Wenn Sie bereit sind, den heiligen Kreis zu schließen, danken Sie den Elementargeisern und allen anderen Geistern für ihren Beistand, und verabschieden Sie diese in der umgekehrten Reihenfolge der Einladung.
19. Schließen Sie den Kreis (siehe Seite 291 ff.).
20. Erden Sie Ihre Energien und zeichnen Sie Ihre Erfahrungen auf.

Die Kunst der angeleiteten Meditation

Den Anleitungen für eine Meditation zu folgen, ist die Kunst in einen veränderten oder meditativen Bewußtseinszustand zu gelangen und in ihm mental dem vorgegebenen Weg (der in schriftlicher oder mündlicher Form vorliegt) zu folgen. Der Sinn einer Meditation ist es, Kenntnisse und persönliche Einsichten zu erhalten oder Veränderungen herbeizuführen. Mit dem Begriff des »veränderten Bewußtseins« ist nichts Gefährliches verbunden. Er bedeutet lediglich, daß absichtlich ein verlangsamter Level der Gehirnaktivitäten angestrebt wird, der sich von dem normalen, wachen Bewußtsein unterscheidet.

Alle Meditationsarten werden für bestimmte okkulte Zwecke verwendet, und auch die angeleitete Meditation bildet hiervon keine Ausnahme. Mit Hilfe des bereits vorgefertigten Satzes an Bildnissen kann das Bewußtsein in diesem veränderten Zustand bleiben und sich auf die Meditation konzentrieren. Dieser Weg ist vor allem für Anfänger ratsam, denn durch die Kunst der Meditation wird das Bewußtsein dazu trainiert, den veränderten Zustand zu erreichen und beizubehalten. In allen anderen Zuständen ist das Bewußtsein empfänglicher für Ideen und Symbole. Dadurch können Sie interessantere Einblicke erhalten als mit einer strengen Meditation allein. Alles, was während einer angeleiteten Meditation stattfindet, spielt sich in Ihrem Bewußtsein ab, aber dadurch wird es nicht irreal. Magische Glaubensrichtungen wie das Heidentum gehen davon aus, daß Gedanken eine unermeßliche Kraft haben. Auf Ihren Reisen schaffen Sie sich eine neue Realität für sich selbst, und die Wesen, die Sie in dieser inneren Welt treffen, können Ihnen auf eine Weise helfen oder Sie behindern, wie dies in der physischen Welt nicht möglich wäre.

In angeleiteten Meditationen können Sie selbst andere Persönlichkeiten annehmen, Sie können Göttinnen begegnen oder Umgebungen und magische Stätten aufsuchen, die sonst unerreichbar für Sie sind.

Die Kombination aus Struktur und freien Gedanken, die das Wesen der angeleiteten Meditation sind, bringen die rechte und die linke Hälfte des Gehirns in Einklang, damit sie besser zusammenarbeiten, sowohl während der Meditation als auch danach. In der rechten Gehirnhälfte liegt der Sitz der Intuition und Kreativität, die linke Gehirnhälfte ist der Sitz der Vernunft und analytischen Gedanken. Wenn diese als Tandem funktionieren, ist der Gipfel ihrer jeweiligen Effizienz erreicht. Dadurch wird der *corpus collosum* gestärkt – jener Stoff, der beide Hemisphären miteinander verbindet –, diese Verbindung ist bei Frauen bereits grundsätzlich stärker als bei Männern. Dies ist der Grund, warum angeleitete Meditationen zu einem wertvollen Ergebnis für Ihr ganzes weiteres Leben führen. Sie sind durch sie in der Lage, auf dem höchsten Level klare Gedanken zu fassen und gleichzeitig Ihrer Intuition zu folgen.

Veränderter Bewußtseinszustand

Einen veränderten Bewußtseinszustand zu erreichen ist kein mysteriöser oder schwieriger Prozeß. Jeder Mensch erlebt ihn auf ganz natürliche Weise jeden Tag. Vermutlich erkennen Sie diesen Vorgang häufig nicht als solchen, aber Sie können ihn nicht aufhalten. Wenn Sie schlafen, lesen, fernsehen oder tagträumen, verlangsamen sich die Wellen in Ihrem Gehirn, d. h., der Abstand dieser Wellen vergrößert sich. Dies läßt sich mit einem EEG (Elektroenzephalograph) messen, ein Gerät, das die Gehirnaktivitäten aufzeichnet. Der einzige Unterschied zwischen einem natürlich veränderten und durch geistige Disziplin hergestellten Bewußtseinszustand besteht darin, daß Sie diesen Vorgang bewußt unter Ihre Kontrolle bringen.

In der folgenden Tabelle werden die verschiedenen Zyklen der Gehirnströme und die jeweils zugehörigen Bewußtseinszustände aufgeführt.

Phase	Zyklen	Bewußtseinszustand
Beta	15–18	Normaler Wachzustand, Munterkeit, Aufmerksamkeit, normale Empfänglichkeit für körperliche Eindrücke und Bedürfnisse
Alpha	8–12	Leichte bis mittlere Meditation, Tagträume, gezielte Konzentration, Schläfrigkeit, schwache Astralprojektion, einfache, angeleitete Meditationen, sehr leichter Schlaf (das Erwachen aus dieser Ebene ist zwar manchmal ärgerlich, aber nicht schwierig)
Theta	4–6	Tiefe Meditation, mittlerer Schlaf oder Tiefschlaf, komplexe Astralprojektion, komplexe angeleitete Meditation, leichte Bewußtlosigkeit (das Erwachen aus dieser Ebene kann mehr oder weniger schwer sein)
Delta	0,5–2,5	Starker Tiefschlaf, Koma oder tiefe Bewußtlosigkeit (wenig oder kein Bewußtsein von körperlichen Empfindungen oder Bedürfnissen)

Es ist notwendig, mindestens den Alphazustand zu erreichen, um erfolgreich mit der Innen- oder Astralwelt zu arbeiten, einschließlich der angeleiteten Meditation. Wenn Sie bereits eine Methode kennen, mit der Sie sich in diesen Zustand versetzen können, und damit zufrieden sind, sollten sie diese beibehalten. Wenn Sie für diesen Teil der Arbeit bereits eine Routine entwickelt haben, signalisieren Sie ihrem Bewußtsein durch die jeweilige Technik, das eine Veränderung stattfinden soll.

Wenn Sie keine Technik kennen, um in einen veränderten Bewußtseinszustand zu gelangen, wählen Sie eine der im folgenden beschriebenen

Übungen aus, um auf langsame Weise in den Alphazustand hinüberzuglei-ten. Mit zunehmender Praxis werden Sie Ihren Bewußtseinszustand schon bald fast auf Kommando ändern können.

Bei allen Arbeiten in veränderten Bewußtseinszuständen sollten Sie sich an einem ruhigen, privaten Ort befinden und bequeme, lockere Kleidung tragen. Sie können entweder sitzen oder liegen. Beim Liegen müssen Sie allerdings darauf achten, nicht einzuschlafen, denn sonst sind Ihre Bemühungen umsonst. Sie sollten weder die Arme noch die Beine kreuzen, denn in diesen Positionen setzen nach 20 oder 30 Minuten der Bewegungs-losigkeit meist Verkrampfungen ein. Diese Verkrampfungen können unan-genehm werden und Sie eventuell sogar aus Ihrem meditativen Zustand reißen. Wenn Sie Lärm von außen übertönen möchten, legen Sie eine sanfte Musik auf. Auch Düfte können die Meditation unterstützen.

Üben Sie mit einer der folgenden Methoden den Übergang in einen an-deren Bewußtseinszustand. Keine Übung sollte länger als 20 bis 30 Minuten dauern. Lassen Sie sich nicht entmutigen, wenn sich der Erfolg nicht sofort einstellt.

ATEMZÜGE ZÄHLEN

Während Sie sitzen/liegen, zählen Sie jeden Atemzug und beginnen mit der Zahl Eins. Es gibt keine Begrenzung dafür, wie hoch Sie zählen dürfen. Jedes Ausatmen wird als eine Zahl gezählt. Konzentrieren Sie sich aus-schließlich auf Ihren Atem und schließen Sie alles andere aus. Wenn Sie diese Technik variieren möchten, können Sie auch folgendes Atemmuster verwenden: Atmen Sie tief ein und zählen Sie bis vier, halten Sie die Luft an und zählen Sie bis zwei, atmen Sie aus und zählen Sie bis vier. Viele Myste-rienschulen lehren ihre eigenen Atemmuster, doch in der keltischen Tradi-tion gab es kein bestimmtes Muster dafür bzw. ist keines überliefert.

ZURÜCKZÄHLEN

Beginnen Sie bei einer beliebigen Zahl und zählen Sie langsam und rhyth-misch Richtung Null zurück. Wenn es Ihnen behagt, können Sie den Zähl-rhythmus mit Ihrem Atem in Einklang bringen. Beginnen Sie mit 100, 500 oder 1 000, je nach gewünschter Übungslänge. Wenn Sie bei Null angelangt sind, rütteln Sie sich selbst langsam wieder wach.

MANTRAS VERWENDEN

Mantras beinhalten ein bestimmtes Wort, einen Laut oder Satz, das bzw. der als Konzentrationspunkt für das Bewußtsein verwendet wird. *Mantra* ist ein Wort aus dem Sanskrit, das von den Hymnen und Lobgesängen aus den heiligen hinduistischen Schriften (*Rig Veden*) abgeleitet ist. Wiederholen Sie Ihr Mantra in einem stetigen und rhythmischen Muster – eventuell auch in Einklang mit Ihrem Atem.

Symbol verwenden

Das Symbol wird ähnlich wie ein Mantra verwendet und ist für jene Personen empfehlenswert, die eher visuell ausgerichtet sind. Wählen Sie für den Anfang eine einfache geometrische Form aus oder benutzen Sie ein keltisches Symbol wie die Triskele. Behalten Sie dieses Bild so lange wie möglich in Ihrem Gedächtnis und schließen Sie alle anderen Eindrücke aus.

Tagträumen mit einem Thema

Diese Art der Meditation kommt der angeleiteten Meditation am nächsten. Sie können hiermit einen Zustand erreichen, der unter dem Begriff »geteiltes Bewußtsein« bekannt ist. Dies bedeutet, daß Sie buchstäblich an zwei Orten zugleich sind. Wählen Sie ein Abenteuer aus, das Sie erforschen möchten, entspannen Sie sich und springen Sie dann hinein. Widmen Sie jedem Detail große Aufmerksamkeit und arbeiten Sie Ihre Visionen klar und deutlich aus. An diesem Punkt dürfen Sie dem Abenteuer in der Innenwelt nicht erlauben, sich zu verselbständigen. Dieser Punkt kann eventuell eintreten und signalisiert dann, daß Sie tief in die Innenwelt eingetaucht sind. Doch im Augenblick möchten Sie lediglich Ihre mentale Disziplin verbessern, und dies läßt sich nur durch eine komplette Kontrolle erreichen.

Wenn Sie während einer Meditation bemerken, daß Ihre Gedanken zu wandern beginnen, bringen Sie sie einfach wieder dorthin zurück, wo sie sein sollen und setzen Sie die Arbeit fort. Auch in der Meditation geübte Personen haben einmal schlechte Tage. Seien Sie also nicht zu streng mit sich, wenn Sie einmal nicht perfekt sind.

Sobald sich Ihr Bewußtsein in einem entspannten Zustand befindet, können Sie mit der angeleiteten Meditation beginnen. Arbeiten Sie entweder mit einem vertrauten Partner und lassen Sie sich die Meditation laut vorlesen, oder sprechen Sie die Meditation selbst auf einen Kassettenrecorder und spielen Sie sich die Anleitung dann vor. Folgen Sie dem vorgegebenen Weg mit Ihrem inneren Selbst zu allen Ereignissen, und sehen und fühlen Sie die Welten und Erfahrungen aus dem Blickwinkel des inneren Selbst.

Sofern kein Notfall eintritt oder Sie einschlafen, sollten Sie einen einmal eingeschlagenen Weg auch zu Ende gehen. Es ist sowohl für Ihr Unterbewußtsein als auch für Ihr Bewußtsein wichtig, einen klaren Trennungsstrich zwischen innerer und äußerer Welt zu ziehen. Wenn dies nicht geschieht, können diese beiden Seiten Ihres Bewußtseins aus dem Ruder laufen. Das Bewußtsein ist dann schwach ausgeprägt, während das Unterbewußtsein für die inneren Welten weit offen steht. Das Unterbewußtsein ist in diesem Fall ein offenes Tor für alle inneren oder astralen Welten, die ungehindert hineinströmen und Ihre physische Realität mit diesen Eindrücken überschwemmen.

Das Schließen dieses Tors ist ein wichtiger Schritt, der nur wenig Zeit beansprucht. Sobald Sie die physische Welt wieder wahrnehmen, führen Sie einen der folgenden Schritte aus:

- Machen Sie Lärm. Schreien oder singen Sie, klatschen Sie in die Hände oder machen Sie andere Geräusche, die Ihnen verdeutlichen, daß Sie wieder in Ihrer physischen Manifestation angelangt sind.
- Geben Sie eine Erklärung ab, die das Ende Ihrer Reise in die Innenwelt und die Rückkehr in das »normale Leben« verkündet. Dazu eignen sich Sätze wie: »Das Ritual ist zu Ende« oder »Ich bin wieder zu Hause« oder »Die Welt der Form und des Geistes sind wieder getrennt. So soll es sein«.
- Essen Sie etwas. Essen ist eine ausgesprochen physische Handlung, die für das Beendigen von Ritualen sehr zu empfehlen ist. Es erdet uns wieder in der physischen Welt und aus diesem Grund finden die Festessen bei Gruppenritualen immer am Ende statt.
- Treiben Sie Sport, stampfen Sie mit den Füßen auf, tanzen Sie, gehen Sie joggen oder duschen Sie, genießen Sie die körperlichen Freuden der Liebe oder unternehmen Sie etwas anderes, um Ihre Körperlichkeit zu betonen.

Wenn Sie wieder auf dem Boden angekommen sind, schreiben Sie Ihre Eindrücke in ihr magisches Begleitbuch, damit Sie später Vergleiche anstellen oder interessante Erfahrungen nachschlagen können. Wenn Sie Ihre Erfahrungen auf dem Weg in die innere Welt mit einer Freundin oder einem Freund diskutieren möchten, sollten Sie die Erlebnisse zunächst selbst verarbeitet und sich über die Bedeutung für Sie im klaren sein. Dadurch schließen Sie aus, daß Ihr eigenes Urteil durch den Vergleich mit den Erfahrungen anderer getrübt wird.

Keltische Volksweisen

Die neun Lieder in diesem Anhang sind traditionelle keltische Melodien. Sie können diese Lieder entweder während der Ausführung von Ritualen oder bei Meditationen spielen – live vortragen oder Bandaufzeichnungen abspielen. CDs mit keltischer Musik von Frauen sind auch erhältlich bei:

Tikala Women's Music & Video
Kemptener Straße 5
D-87730 Grönenbach
Tel.: 0 83 34-98 66 98
Fax: 0 83 34-98 66 99

DUNKLER, DIESIGER DUNST (ANGLO-IRISCH)

DIE HÜGEL VON KILDARE (IRISCH)

DER FEENTANZ (SCHOTTISCH)

DER PFIFF DES ADLERS (IRISCH)

König Finnavar (Irisch)

Hinein und heraus (Irisch)

Morgentau (Irisch)

ALTENGLISCHER VOLKSTANZ (AUS CORNWALL)

KUCKUCKSNEST (IRISCH)

Glossar

Adbertos: Alter gälischer Begriff, der wörtlich »Opfer« bedeutet. Als geistiges Konzept war Adbertos ein positives Element in der Religion und Gemeinschaft der Kelten. Es bedeutete, anderen ebenso etwas darzubringen wie den Göttern.

Alte Religion: Anderer Name für das in Europa verbreitete Heidentum. Der Name weist daraufhin, daß es diesen Glauben bereits vor dem Einzug des Christentums in Europa gab.

Anderswelt: Allgemeiner keltischer Begriff für das Land der Toten, das gleichzeitig die Heimat vieler keltischer Gottheiten ist. Jede keltische Kultur hat ihre eigenen Bezeichnungen für die verschiedenen Bereiche innerhalb der Anderswelt. Dazu gehören die Oberwelt, die Mittelwelt und die Unterwelt. *Tir Na mBan* oder das Land der Frauen sind ebenfalls Bezeichnungen für einen bestimmten Bereich der Anderswelt.

Anrufung: Der Akt, Gottheiten, freundliche Geister oder Elementargeister um ihre Anwesenheit im heiligen Kreis zu bitten.

Ausrichtung/Abstimmung: Kunst und Praxis, das mentale Selbst mit den Energien astronomischer Ereignisse (z. B. Vollmond) oder anderer Wesen (Götter oder Göttinnen) in Einklang zu bringen. Dies läßt sich durch Visualisierung, Ausrufung, Anrufung oder ein Ritual erreichen.

Aufladen: Ein Objekt oder eine Idee mit den eigenen Energien versehen und für einen bestimmten magischen Zweck einsetzen.

Archetyp: Im allgemeinen Symbole, Standardmuster oder Prototypen, die unser Unterbewußtsein in einer Art internationaler Sprache ansprechen. Die heidnischen Gottheiten werden gelegentlich als Archetypen bezeichnet, weil sie Gottheiten in eindeutiger Weise personifizieren.

Astralebene: Eine Ebene, die unsichtbar und parallel zur physischen Welt besteht und von dieser aus nicht zu sehen ist.

Athame: Rituelles Messer und/oder magisches Instrument, das häufig mit der Luft und dem Osten in Verbindung gebracht wird, gelegentlich aber auch mit dem Süden und dem Element Feuer. Meist weist es zwei Schneiden auf und einen Griff aus Holz, der manchmal schwarz bemalt ist.

Barde: Die Druiden, die als Barden (*bardoi*) bekannt sind, waren Dichter, Sänger und Geschichtenerzähler, die wichtige Traditionen in mündlicher Form überlieferten. Ihre Verse, in Irland *cetel* genannt und in Britannien *lay*, waren eventuell auch Zaubersprüche, mit denen Sie andere verfluchen oder segnen konnten.

Baumkalender, keltischer: Kalendersystem, das auch den gelegentlich auftretenden 13. Mondumlauf im Jahr mit einbezieht. Jedem Monat wird ein heiliger Baum zugeordnet, der den betreffenden Monat charakterisiert.

Besen: Traditionelles Instrument der Hexen.

Bodhran: Trommel, die mit Ziegenfell bespannt ist und die in der keltischen Musik eine große Rolle spielt.

Brehon-Gesetze: Gesetzeskodex, der das Zusammenleben im alten Irland regelte. Der irische Name für diese Gesetze war *Senchus Mor* (»große Weisheit«). Die erste vorliegende Fassung datiert etwa aus dem 7. Jahrhundert u. Z. und enthält bereits zahlreiche Veränderungen aus mehreren vorangegangenen Jahrhunderten. Doch trotz dieser Änderungen, die bereits die christliche Sicht spiegeln, geben die Brehon-Gesetze Aufschluß über die Rechte der Frauen. Sie verhinderten die Errichtung des englischen Feudalsystems, nachdem England im politischen Leben Irlands eine dominante Rolle übernommen hatte.

Clan: Weitläufiges familiäres System der Kelten. Ursprünglich definierten sich die Clans anhand einer einzigen weiblichen Vorfahrin, aber ab dem ersten Jahrhundert u. Z. orientierten sie sich an den männlichen Ahnen. In Wales lautet das Wort für Clan *plant* und bedeutet »Nachkommen von« oder »Kinder von«.

Coibche: Irisches Wort für Mitgift oder Aussteuer.

Cyfarwydd: Waliser Begriff für »Geschichtenerzähler«.

Dolmen: Aufrechte Steine auf keltischen Gebieten, mit der Form von Altären und einem großen waagrechten Stein, der auf zwei tragenden Steinen liegt.

Druide: Priesterliche Klasse in der keltischen Gesellschaft. Zu ihr gehörten Magier, Sänger, Poeten, Richter, Priester und die Ratgeber des Königs. Ihre Macht erreichte ihren Höhepunkt zwischen dem zweiten Jahrhundert v. u. Z. und dem zweiten Jahrhundert u. Z. Das Wort Druide stammt eventuell von dem griechischen Wort *drus* ab, das Eiche bedeutet. Wahrscheinlicher ist aber eine Abstammung von dem alten indo-europäischen Wortstamm *dru* (»standhaft« oder »unbeirrbar«).

Eklektisch: In der heidnischen Terminologie wird mit diesem Adjektiv eine Person oder Tradition bezeichnet, die sich multikultureller Quellen bedient.

Elemente: Die vier alchimistischen Elemente, die einst für die Grundbestandteile aller Dinge gehalten wurden. Dies sind: Erde, Luft, Feuer und Wasser. Das fünfte Element, der reine Geist, ist von diesen getrennt und doch ein Teil von jedem.

Elementargeister: Archetypische Geister, die mit einem der vier Elemente verbunden sind.

Empfangende Hand: Bei magischen Handlungen ist dies die nicht-dominante Hand, also meist nicht die Schreibhand.

Entgegen dem Lauf der Sonne: Dieser Begriff wird in vielen keltischen Traditionen verwendet, um die Bewegungsrichtung »entgegen dem Uhrzeigersinn« anzugeben.

Erdebene: Metapher für das normale Wachbewußtsein oder für die Alltagswelt, in der wir leben. Gegensatz zu Astralebene.

Eremitisch: Eigenschaft bestimmter geistiger Traditionen oder religiöser Sekten, die die Einsamkeit in den Mittelpunkt stellen und sich nur daraus spirituelle Erleuchtung versprechen.

Eric: Ehrschulden, die an die Familie einer Person bezahlt werden müssen, der unrecht getan oder die getötet wurde.

Feenburg: Mit Gras bewachsene Hügel oder Steingräber in Irland, Schottland und auf der Insel Man. Darunter sollen Feen gewohnt haben.

Freudenfeuer: Traditionelles Feuer in einer Gemeinde, das zu den Sonnenfesten angezündet wurde.

Fith Fath: Diese Art Magie wurde weitgehend mißverstanden, obwohl die keltischen Druiden den Eindruck erweckten, sie verfügten über einen Zauber namens *Fith Fath*, der sie unsichtbar machte. Vermutlich handelte es sich dabei aber nur um eine Metapher für die Astralprojektion.

Folklore: Traditionelle, meist mündliche Überlieferungen, Märchen, Volkssagen, welche die Weisheit des Volkes einer bestimmten Region oder Örtlichkeit spiegeln. Einzelgeschichten innerhalb eines mythologischen Komplexes.

Geis: Verpflichtung zu einer bestimmten Handlung oder der Unterlassung einer Handlung. Der Begriff wird häufig mit dem polynesischen Wort »Tabu« gleichgesetzt. Aber zu einem *Geis* gehörte auch eine heilige Verbindung mit magisch-göttlichen Banden. Wenn diese durchtrennt wurden, drohte der betreffenden Person großes Unglück bis hin zum Tod, meist von jener Gottheit veranlaßt, in deren Namen der Schwur abgelegt wurde. Ein *Geis* stellt in den keltischen Mythen häufig einen Konfliktpunkt dar.

Gesetz des Dreifachen: Grundlegende heidnische Lehre, die besagt, daß alle positiven und negativen Energien, die wir aussenden, dreifach zu uns zurückkehren.

Goldene Statuten: Erstes bekanntes Gesetz, das die allgemeine Religionsfreiheit erklärte und etwa 200 v. u. Z. in Irland erlassen wurde.

Grabhügel: Steinerne Hügel, die von den Kelten errichtet wurden.

Großer Ritus: Symbolische sexuelle Vereinigung oder heilige Hochzeit zwischen Göttin und Gott. Der Ritus symbolisierte den ersten Akt der Schöpfung, von dem alles Leben stammt.

Heidnisch: Allgemeine Bezeichnung für jede Person, die einer Erd- oder Naturreligion huldigt.

Hexe: Bezeichnung für Heiden aus anglo-keltischen, keltischen oder süd-teutonischen Traditionen.

Hexensabbat: Eine Gruppe von Heiden/Hexen/Wiccanern, die zusammen arbeiten und Rituale ausführen.

Himmelskleid: Rituelle Bezeichnung für die Nacktheit.

Hinübergehen: Begriff aus dem modernen Heidentum, der entweder das Sterben selbst beschreibt oder sich auf heidnische Beerdigungsriten bezieht.

Hügelfestung: Kreisförmig angelegte Festungsanlage aus Erde, die gelegentlich durch Steine verstärkt wurde. Diese alten Stätten finden sich überall in keltischen Gebieten. Sie waren den Feen geweiht, und auch heute noch halten die Bewohner einen respektvollen Abstand ein, wenn sie in deren Nähe kommen.

Im Lauf der Sonne: Dieser Begriff wird in vielen keltischen Traditionen verwendet, um die Bewegungsrichtung »im Uhrzeigersinn« anzugeben.

Jahresrad: Konzept des ewigen Zeitzyklus.

Immanente Gottheit: Gott oder Göttin, die innerhalb der Menschheit leben und nicht außerhalb von ihr.

Immrama: Bezeichnung für epische Abenteuer in der Anderswelt, vergleichbar mit den Erlebnissen nach dem Tod in anderen Kulturen. Zwei gute Beispiele für ein Immram (Singular) sind die Geschichten von Maelduin und Bran auf ihren Reisen in die Anderswelt.

Keltische Renaissance: Im späten 19. Jahrhundert entstand ein neues Interesse an der keltischen Kultur, insbesondere in Irland und Wales. In Irland wurde diese Bewegung durch die Kunst und Autoren wie William Butler Yeats (dieser war übrigens ein Zeremonien-Magier) gestützt. Die Blütezeit dieser Bewegung reichte bis ins 20. Jahrhundert hinein.

Keltoi: Griechischer Name für die alten Kelten.

Kosmologie: Besondere (meist kulturell orientierte) Philosophie über die Natur und den Ursprung der Schöpfung sowie das Wesen des Universums.

Krafthand: Für magische Zwecke ist dies die Hand mit der größten Kraft, meist jene, mit der Sie schreiben.

Kreis: Heiliger Raum, in dem magische Handlungen und Rituale vollzogen werden. Der Kreis läßt soviel Energie ansteigen wie notwendig und bietet gleichzeitig den Personen in seinem Inneren Schutz.

Lia Fail: »Stein des Schicksals«, der bei den Krönungszeremonien der Hohen Könige Irlands verwendet wurde. Wird häufig für das irische Äquivalent zum Schwert Excalibur aus der Artussage gehalten.

Lorica: Brustschild eines Kriegers oder Segnung bzw. Gebet um Schutz.

Magisches Begleitbuch: Eine Art Tagebuch, in das Sie Zaubersprüche, Erlebnisse von Reisen in die Anderswelt oder Ihre Träume schreiben können.

Mondkalender: System der Zeiteinteilung anhand der Mondphasen.

Mondumlauf: Einzelner Zyklus eines Mondmonats zwischen Neu- und Vollmond.

Matronymisch: Bezeichnung für die mütterliche Abstammungslinie. In Irland wurde dafür früher die Vorsilbe *ni* für »Tochter von« vor den Nachnamen gesetzt. Im Mittelalter änderte sich die Vererbung des Nachnamens und ging von der Mutter an den Vater über. Auch weibliche Kinder nahmen die allgemein bekannten Namensvorsilben Mac, Mc, O', Ab und Ap (»Sohn von«) an.

Matriarchisch/Matrizentrisch: Ein Matriarchat beinhaltet die Herrschaft durch eine Frau oder eine Gruppe von Frauen, die im Stamm die Hegemonie über die Männer und die jüngeren Frauen ausübten. Es sind nur wenige Gesellschaften bekannt, die erwiesenermaßen unter einem solchen System gelebt haben. Der Begriff matrizentrisch bezieht sich auf Gesellschaften mit einem weiblichen Kern. Dabei handelte es sich meist um Stammesgöttinnen als höchste Wesen bzw. um Clans, die ihre Abstammung auf der Basis weiblicher Vorfahren betrachteten.

Menhire: Aufrechte Steinformationen in keltischen Ländern, die aus einzelnen großen Steinen bestehen und häufig in Kreisform aufgestellt sind. Menhir bedeutet »großer Stein«. In Großbritannien gibt es zahlreiche berühmte Menhire: Einige davon sind 150 Meter hoch.

Monadisch: Konzept, nach dem alles Einzelne zu einer unteilbaren Einheit verschmilzt und in diesem Zustand am effektivsten wirkt. Der Begriff läßt sich sowohl für gut geführte Clans als auch für die geistige Einheit der Kelten im Kampf verwenden.

Mysterien: In der spirituellen Terminologie bezieht sich dieser Begriff auf Symbole und mythische Bilder mit einer tieferen Bedeutung, die Nichtinitiierten oft verborgen bleibt und nur jenen zugänglich ist, die sich bereits länger mit einem bestimmten geistigen Weg befassen. Im Heidentum wird zwischen männlichen und weiblichen Mysterien unterschieden, weil die Auffassung herrscht, es gäbe bestimmte Bereiche, die nur für das jeweilige Geschlecht verständlich und erschließbar sind.

Nementon: Gälisches Wort mit der Bedeutung »heiliger Ort«.

Neue Religion: Heidnischer Begriff für das Christentum, das sich aber auch für alle anderen nicht heidnischen Religionen verwenden läßt. Die neuen Religionen werden gelegentlich auch als »patriarchale Religionen« bezeichnet, weil in ihrem Zentrum ausschließlich oder fast ausschließlich männliche Gottheiten stehen.

Niam-Linn: Stirnband mit einem Juwel oder Symbol vorne auf der Stirn, das häufig von Priesterinnen getragen wird.

Ogham: Altes Alphabet des keltischen Volkes, das aus einer Reihe von Zeichen in bezug auf eine Mittellinie besteht. Heute wird es für heilige Texte und zur Wahrsagung verwendet.

Pantheon: Die wichtigsten Gottheiten in einem religiösen System, aus denen die »gesamte« Gottheit oder Kraftquelle besteht.

Patronymisch: Bezeichnung für die väterliche Abstammungslinie. In keltischen Ländern werden dafür die Beinamen Mac, Mc, O', Ab und Ap für »Sohn von« vor den Nachnamen gesetzt.

Patriarchat: Begriff zur Kennzeichnung von Gesellschaften oder anderen politischen Zusammenschlüssen, die von Männern dominiert werden. Bezeichnet auch die geistige Anschauung der modernen Welt.

Pentagramm: Fünfzackiger Stern, der zum Symbol des westlichen Heidentums geworden ist. Beim Symbol deutet der Scheitelpunkt fast immer nach oben, in einigen Ritualen ist jedoch eine umgekehrte Ausrichtung notwendig.

Prophezeiung: Die Zukunft auf der Grundlage von beweglichen Potentialen vorhersagen.

Ritual: Eine symbolische, systematische, formale oder informelle, bereits vorab festgelegte Sammlung von Riten, die in einer bestimmten Abfolge ausgeführt werden, um einen dauerhaften Eindruck im Leben und der Psyche der ausführenden Person zu hinterlassen.

Sabbat: Eines der acht Sonnenfeste im heidnischen Jahr. Das Wort stammt vom griechischen Begriff *sabatu* (»ausruhen«) ab.

Schamane: Das Wort stammt aus einer weitverbreiteten Sprache in der Region des Urals namens Tungus. Es bezeichnet die Priester/innen und Medizinmänner/-frauen der alten Stammesgesellschaften auf der Welt.

Seanachai: Gälisches Wort mit der Bedeutung »Geschichtenerzähler«. Mit dem Auftreten der Kirche in den keltischen Gebieten nahm der Einfluß der Druiden/Barden ab. Diese reisenden *Seanachai* hatten das Geschichtenerzählen zu einer Kunstform entwickelt, mit deren Hilfe mündliche Überlieferungen weitergegeben wurden.

Segnen: Eine Sache oder Person läßt sich segnen und wird dabei als heilig erklärt. Der Begriff wird häufig in ähnlichem Sinn wie »weihen« verwendet.

Sidhe: Auch *sith*. Bedeutet wörtlich »des Friedens« und bezeichnet ein Feenvolk in Schottland, Irland und auf der Insel Man. Die Sidhe werden als mit zahlreichen Eigenschaften versehen beschrieben, u. a. als »Volk des Friedens«.

Sonnenkalender: Zeitsystem auf der Basis der Erdbewegung in bezug auf die Sonne. Unser zwölfmonatiger allgemeiner Kalender ist ein Sonnenkalender.

»So soll es sein«: Traditioneller Satz zur Besiegelung von Zaubern.

Seelenfreund: Oder *Anamchara* in Altirisch. Ein besonderer Freund, der einen spirituellen Weg mit Ihnen teilt und sich etwa auf derselben Erfahrungsebene befindet und dieselben Kenntnisse besitzt. Seelenfreunde besitzen verschiedene Aspekte; sie sind sich gegenseitig Ratgeber und Schüler und teilen ihre Weisheit miteinander.

Tara: Festung in der Grafschaft Meath der irischen Hohen Könige von etwa 300 v. u. Z. bis 1 000 u. Z. Heute sind nur noch rudimentäre Reste erhalten, unsere Kenntnisse über diese alte Stätte stammen größtenteils aus der alten Literatur.

Theurgisch: Dieses Wort bezeichnet die magische Verbindung von Menschen mit den Kräften des Göttlichen.

Torques: Gold- oder Silberhalsring, der von keltischen Kriegern mit hohem Rang getragen wurde.

Touta: Ein Clan, der einstmals sogar ein kleines Königreich umfaßte. Dieses Wort wird gelegentlich für keltische oder druidische Kreise anstelle des Begriffs »Zirkel« verwendet.

Trankopfer: Getränk oder Essen, das zu rituellen Zwecken einer Gottheit, einem Naturgeist oder Geist angeboten wird.

Transmigration: Glaube daran, daß sich nach dem physischen Tod die Essenz alles Lebenden sofort in eine neue Lebensform verwandelt.

Triadengöttin: Eine Göttin mit drei verschiedenen Aspekten: Jungfrau, Mutter und alte Frau.

Triskele: Ein Symbol, das die heilige Zahl Drei repräsentiert. Es besteht aus einem Kreis mit drei Unterteilungen in gleichem Abstand. Als Unterteilung dient je eine geschwungene Linie, die sich vom Kreismittelpunkt nach außen erstreckt.

Tuathail: Irisches Wort, dessen Stamm *tuath* »der Menschen« oder »des Volkes« bedeutet. Wird häufig in keltischen Kreisen zur Bezeichnung einer Bewegung entgegen dem Uhrzeigersinn verwendet.

Vorkeltisch: Periode vor 800 v. u. Z. in den keltischen Gebieten. Einige Wissenschaftler datieren die Periode der »ersten keltischen Invasion« allerdings auf 1 v. u. Z.

Weihen: Etwas zu weihen bedeutet, es einer höheren oder heiligen Sache zu widmen. Der Begriff wird häufig in ähnlichem Sinn wie »segnen« verwendet.

Wicca: Heidnische Tradition, die englisch-walisisch geprägt ist oder auf anderen Formen keltischer Spiritualität beruht. Mittlerweile bezeichnet der Begriff ganz allgemein alle heidnischen Traditionen aus Westeuropa.

Wicca-Rede: »Solange es niemanden verletzt, tu, was du willst.« Grundlegender Leitsatz des Heidentums, der uns vor Verletzungen durch andere

Lebewesen schützt bzw. verhindert, daß wir den freien Willen anderer verletzen. Wann dieser Leitsatz erstmals bewußt von Heiden verwendet wurde, ist unbekannt.

Zauber: Ein spezielles magisches Ritual mit dem Zweck, bestimmte Bedingungen zu erhalten, zu bannen oder zu verändern.

Literatur

Arnold, Matthew: *On the Study of Celtic Literature*, London: Elder Smith, 1867

Ashley Leonard R. N.: *The Complete Book of Magic and Witchcraft*, New York: Barricade Books Inc., 1986

Berger, Pamela: *The Goddess Obscured: Transformation of the Grain Protectress From Goddess to Saint*, Boston: Beacon Press, 1985

Bettelheim, Bruno: *The Uses of Enchantment: The Meaning and Importance of Fairy Tales*, New York: Vintage Books, 1977

Blamires, Steve: *Glamoury: Magic of the Celtic Green World*, St. Paul 1995

Botheroyd, Sylvia und Paul F.: *Lexikon der keltischen Mythologie*, München: Eugen Diederichs Verlag, ⁴1996

Brunaux, Jean Louis: *The Celtic Gauls: Gods, Rites and Sanctuaries*, London: Seaby Ltd., 1988

Budapest, Zsuzsanna E.: *Das magische Jahr*, München: Heinrich Hugendubel Verlag, 1996

Byrne, Patrick F. (Hrsg.): *Tales of the Banshee*, Dublin: Mercier Press, 1987

Cäsar, Gaius Julius: *Der Gallische Krieg*, Hollfeld: Bange C., 1997

Caldecott, Moyra: *Frauen in keltischen Mythen*, Saarbrücken: Neue Erde, 1996

Calder, George: *The Book of Leinster*, Edinburgh: John Grant, 1917

Campbell, J. F und George Henderson: *The Celtic Dragon Myth*, Wales: Llanerch Publishers, 1995 (Faksimile einer Arbeit aus dem 19. Jahrhundert)

Campbell, Joseph: *The Mythic Image*, Princeton: Princeton University Press, 1974

Campbell, Joseph: *Transformation of Myth Through Time*, New York: Harper and Row, 1990

Carbery, Mary: *The Farm by Lough Gur.* Dublin: Mercier Press, 1986 (1937)

Carmichael, Alexander: *Carmina Gadelica*, Edinburgh: Floris Books, 1992

Chernin, Kim: *The Hungry Self*, New York: Perennial Library, 1985

Chernin, Kim: *Sex and Other Sacred Games*, New York: Times Books, 1989

Clark, Rosalind: *The Great Queens: Irish Goddesses from the Morrigan to Cathleen ni Houlihan*, Gerrards Corss, Buckinghamshire: Smythe, 1991

Condren, Mary: *The Serpent and the Goddess: Women, Religion and Power in Celtic Ireland*, San Francisco: Harper & Row, 1989

Conway, D. J.: *By Oak, Ash and Thorn: Modern Celtic Shamanism*: St. Paul: Llewellyn, 1995

Conway, D. J.: *Maiden, Mother, Crone: The Myth and Reality of the Triple Goddess*: St. Paul: Llewellyn, 1994

Conway, D. J.: *Falcon, Feather and Valkyrie Sword: Feminine Shamanism, Witchcraft and Magick*: St. Paul: Llewellyn, 1995

Cronenburg, Petra van: *Schwarze Madonnen*, München: Heinrich Hugendubel Verlag, 1999

Cross, Tom P. und Clark Harris Slover (Hrsg.): *Ancient Irish Tales.* New York: Barnes and Noble, 1996 (1936)

Crowley, Vivianne: *Die alte Religion im neuen Zeitalter*, Bad Ischl: Edition Ananael, [2]1998

Curtain, Jeremiah: *Myths and Folklore of Ireland*, New York: Weathervane Books, 1965

Danaher, Kevin: *In Ireland Long Ago*, Dublin: Mercier Press, 1964

Danaher, Kevin: *The Year in Ireland*, Dublin: Mercier Press, 1972

Darrah, John: *Paganism in Celtic Romance*, Rochester, New York: Boydell, 1994

Davidson, H. R. Ellis: *The Lost Beliefs of Northern Europe*, London: Routledge and Kegan Paul, 1993

Davidson, H. R. Ellis: *Myths and Symbols in Pagan Europe*, New York: Syracuse University Press, 1988

Delaney, Frank: *Legends of the Celts*, New York: Sterling Publishing Co., 1991

Delaney, Mary Murray: *Of Irish Ways*, New York: Harper and Row, 1973

Dillon, Myles: *Cycles of the Irish Kings*, Oxford: Oxford University Press, 1946

Dillon, Myles: *Early Irish Literature*, Chicago: The University of Chicago Press, 1972

Dillon, Myles und N. Chadwick: *The Celtic Realms*, New York: Weidenfeld and Nicolson, 1976

Dudley, Donald R. und Graham Webster:: *The Rebellion of Boudicca*, London: Routledge and Kegan Paul, 1962

Dumézil, Georges: *The Destiny of the Warrior*, Chicago: The University of Chicago Press, 1970

Eliade, Mircea: *Schamanismus und archaische Ekstasetechnik*, Frankfurt a. M.: Suhrkamp, 1971

Ellis, Peter Beresford: *Die Druiden*, München: Eugen Diederichs Verlag, [2]1996

Ellis, Peter Berresford: *Celtic Women: Women in Celtic Society and Literature*, Santa Barbara: ABC-CLIO, Inc., 1995

Ellis, Peter Berresford: *Dictionary of Celtic Mythology*, Santa Barbara, Kalifornien, USA: ABC-CLIO, Inc., 1992

Estes, Clarissa Pinkola: *Die Wolfsfrau*, München: Wilhelm Heyne, 1998

Evans J. Gwenogryn (Hrsg.): *The Black Book of Caermarthen*, Llanbedrog, N. Wales: Pwllheli, 1906

Evans J. Gwenogryn (Hrsg.): *The Poetry of Red Book of Hergest*, Llanbedrog, N. Wales: Pwllheli, 1911

Evans-Wentz, W. Y.: *The Fairy Faith in Celtic Countries*, New York: University Books, 1966 (1911)

Evola, Julius: *The Metaphysics of Sex*, New York: Inner Traditions International, 1983

Farrar, Janet und Stuart: *The Witches' Goddess*, Custer, Washington: Phoenix Publishing, Inc., 1987

Farrar, Janet und Stuart: *The Witches' God*, Custer, Washington: Phoenix Publishing, Inc., 1987

French, Marilyn: *Beyond Power: On Women, Men an Morals*, New York: Ballantine Books, 1985

Graves, Robert: *Die weiße Göttin*, Reinbek: Rowohlt Verlag, 1985

Green, Miranda J.: *Animals In Celtic Life and Myth*, London: Routledge and Kegan Paul, 1992

Green, Miranda J.: *Celtic Goddesses: Warriors, Virgins and Mothers*, London: British Museum Press, 1995

Green, Miranda J.: *The Celtic World*, London: Routledge and Kegan Paul, 1995

Green, Miranda J.: *Symbol and Image in Celtic Religious Arts*, London: Routledge and Kegan Paul, 1992

Harding, M. Esther: *Woman's Mysteries: Ancient and Modern*, New York: Harper & Row, 1971

Herm, Gerhard: *The Celts: The People Who Came Out of the Darkness*, New York: St. Martins's Press, 1975

Hoagland, Kathleen: *1000 Years of Irish Verse*, New York: The Devin-Adair Company, 1947

Hubert, Henri: *The Rise of the Celts*, New York: Bilbo and Tannen, 1966

Hunt, Robert: *Cornish Legends*, Penryn, Cornwall: Tor Mark Press, 1990

Irish Educational Institute: *Yellow Book of Lecan, Bd. 1*, Dublin: Irish Texts Society, 1940

Jones, Gwyn und Thomas Jones: *The Mabinogoin*, London: Everyman, 1993

Jones, Noragh: *Power of Raven, Wisdom of Serpent: Celtic Women's Spirituality*, Edinburgh: Floris Books, 1994

Joyce, P. W.: *A Social History of Ancient Ireland*, London: Longman, Green and Co., 1903

Keane, Patrick J.: *Terrible Beauty: Yeats, Joyce, Ireland, and the Myth of the Devouring Female*, Columbia: The University of Missouri Press, 1988

King, John: *The Celtic Driuds' Year: Seasonal Cycles of the Ancient Celts*, London: Blandford 1994

Kinsella, Thomas: *The Tain*, Oxford: Oxford University Press, 1986

LaPuma, Karen: *Awakening Female Power: The Way of the Goddess Warrior*, Fairfax: SoulSource Publishing, 1991

Larmine, William: *West Irish Folk-Tales and Romances*, Totowa: Rowman and Littlefield, 1973

Larrington, Carolyne (Hrsg.): *The Feminist Companion to Mythology*, Hammersmith, London: Pandora Press, 1992

Lenihan, Edward: *In Search of Biddy Early*, Dublin: Mercier Press, 1987

Lenihan, Edward: *Ferocious Irish Women*, Dublin: Mercier Press, 1993

Lerner, Gerda: *Die Entstehung des Patriarchats*, München: Deutscher Taschenbuch Verlag, 1998

Lincoln, Bruce: *Priests, Warriors, Cattle*, Berkeley: The University of California Press, 1981

Logan, Patrick: *The Holy Wells of Ireland*, Gerrards Cross, Buckinghamshire: Smythe, 1980

Loomis, Roger Sherman: *The Grail: From Celtic Myth to Christian Symbol*, Princeton: Princeton University Press, 1991

MacAlister, R. A. Stewart (Hrsg. und Übers.): *Lebor Gabala Erenn*, Bd. I (The Irish Book of Invasions), Dublin: Irish Texts Society, 1938

MacAlister, R. A. Stewart (Hrsg. und Übers.): *Lebor Gabala Erenn*, Bd. II (The Irish Book of Invasions), Dublin: Irish Texts Society, 1940

MacAlister, R. A. Stewart (Hrsg. und Übers.): *Lebor Gabala Erenn*, Bd. III (The Irish Book of Invasions), Dublin: Irish Texts Society, 1940

MacAlister, R. A. Stewart (Hrsg. und Übers.): *Lebor Gabala Erenn*, Bd. V (The Irish Book of Invasions), Dublin: Irish Texts Society, 1948

MacCrossan: *The Sacred Cauldron*, St. Paul: Llewellyn, 1992

MacManthuna, Seamus: *Immram Bran: Bran's Journey of the Land of Women*, Tubingen: Wales: Neimeyer, 1985

MacManus, Dermot: *The Middle Kingdom: The Faerie World of Ireland*, Gerrards Cross, Buckinghamshire: Smythe, 1973

McAnally, D. R., Jr.: *Irish Wonders*, New York: Sterling/Main Street, 1993 (Faksimile einer Arbeit aus dem 19. Jahrhundert)

McCoy, Edain: *Celtic Myth and Magic*, St. Paul: Llewellyn, 1995

McCoy, Edain: *Inside a Witches' Coven*, St. Paul: Llewellyn, 1997

McCoy, Edain: *Making Magic*, St. Paul: Llewellyn, 1997

McCoy, Edain: *The Sabbats*, St. Paul: Llewellyn, 1994

McCoy, Edain: *A Witch's Guide to Faery Folk*, St. Paul, Minnesota, USA: Llewellyn, 1994

McFarland, Phoenix: *The Complete Book of Magical Names*, St. Paul: Llewellyn, 1996

Mann, Nicholas: *The Isle of Avalon: Sacred Mysteries of Arthur and Glastonbury Tor*, St. Paul: Llewellyn, 1996

Mariechild, Diane: *Mother Wit: A Feminist Guide to Psychic Development*, Freedom: The Crossing Press, 1981

Markale, Jean: *Celtic Civilization*, London: Gordon and Cremones, 1978

Markale, Jean: *Die keltische Frau*, München: Goldmann, 1991

Matthews, Caitlín: *The Celtic Book of Days*, Rochester: Destiny Books, 1995

Matthews, Caitlín: *The Celtic Book of the Dead*, New York: St. Martin's Press, 1992

Matthews, Caitlín: *The Elements of the Celtic Tradition*, Longmeade, Shaftsbury, Dorset: Element Books, 1989

Matthews, Caitlín und John: *Das große Handbuch der keltischen Weisheit*, Kreuzlingen/München: Heinrich Hugendubel Verlag, 1999

Matthews, Caitlín und John: *Ladies of the Lake*, Hammersmith, London: Aquarian, 1992

Matthews, John (Hrsg.): *The Celtic Reader: Selections From Celtic Myth, Scholarship and Story*, San Francisco: Thorsons, 1991

Matthews, John: *Keltischer Schamanismus*, München: Eugen Diederichs Verlag, 1998

Matthews, John (Hrsg.): *The Elements of Arthurian Tradition*, Longmeade, Shaftsbury, Dorset: Element Books, 1989

Meyer, Keno (Übers.): *The Voyage of Bran*, London: David Nutt (1895)

Monaghan, Patricia: *Lexikon der Göttinnen*, München: Scherz; Barth, 1997

Murray, Margaret A.: *The God of the Witches*, London: Faber and Faber, Ltd., 1952 (1931)

Mynne, Hugh: *The Faerie Way*, St. Paul: Llewellyn, 1996

O'Cathain, Seamas: *The Festival of Brigit: Celtic Goddess and Holy Woman*, Dublin: DBA Publications, 1995

O'Faolin, Eileen: *Irish Sagas and Folktale*, Dublin: Ward River Press, 1983

O'Hogain, Daithi: *Myth, Legend and Romance: An Encyclopedia of the Irish Folk Tradition*, New York: Prentice Hall Press, 1991

Parry-Jones, D.: *Welsh Legends and Fairy Lore*, New York: Barnes and Noble Books, 1992

Pennick, Nigel: *Die heiligen Landschaften der Kelten*, Engerda: Arun Verlag, 1998

Pennick, Nigel: *The Pagan Book of Days*, Rochester: Destiny, 1992

Pollack, Rachel: *Im Körper der Göttin*, München: Heinrich Hugendubel Verlag, 1999

Power, Patrick C.: *Sex and Marriage in Ancient Ireland*, Dublin: Mercier Press, 1976

Raftery, Joseph (Hrsg.): *The Celts*, Dublin: Mercier Press, 1964

Redmond, Layne: *FrauenTrommeln*, München: Heinrich Hugendubel Verlag, 1999

Rees, Alwyn und Brinley Rees: *Celtic Heritage: Ancient Tradition in Ireland and Wales*, New York: Thames and Hudson, 1961

Rhys, Sir John: *Celtic Folklore: Welsh and Manx, 2 Bde*, Oxford: Clarendon Press, 1901

Roberts, Jack: *The Sheela-na-Gigs of Britain and Ireland: An Illustrated Guide*, County Cork: Key Books, 1991

Rodgers, Michael und Marcus Losack: *Glendalough: A Celtic Pilgrimage*, Blackrock, Dublin: The Columba Press, 1996

Rolleston, T. W.: *Celtic Myths and Legends*, New York: Avenel Books, 1986

Ross, Anne: *Everyday Life of the Pagan Celts*, New York: G. P. Putman's Sons, 1970

Sanday, Peggy Reeves: *Female Power and Male Dominance: On the Origins of Sexual Inequaltities*, Cambridge: The Cambridge University Press, 1981

Seymour, St. John D.: *Irish Witchcraft and Demonologie*, New York: Dorset Press, 1992 (Neuauflage der Arbeit aus dem frühen 20. Jahrhundert)

Sharkey, John: *Celtic Myteries: The Ancient Religion*, New York: Crossroad Publishing, 1981

Sheppard-Jones, Elisabeth: *Scottish Legendary Tales*, Edinburgh: Thomas Nelson and Sons, Ltd., 1962

Sheppard-Jones, Elisabeth: *Welsh Legendary Tales*, Edinburgh: Thomas Nelson and Sons, Ltd., 1959

Shuttle, Penelope und Peter Redgrove: *The Wise and Wound: Myths, Realities, and Meanings of Menstruation*, New York: Bantam Books, 1990 (1978)

Skene, William F.: *The Four Ancient Books of Wales*, Edinburgh: Edmonston and Douglas, 1868

Smyth, Ailbhe: *The Irish Women's Studies Reader*, Dublin: Attic Press, 1993

Squire, Charles: *Celtic Myth and Legend, Poetry and Romance*, New York: Bell Publishing Co., 1979 (1905)

Stein, Diane: *Casting the Circle: A Women's Book of Ritual*, Freedom: The Crossing Press, 1990

Stein, Diane: *Stroking the Python: Women's Psychic Lives*, St. Paul: Llewellyn, 1988

Stein, Diane: *Heilerinnen*, München: Wilhelm Heyne Verlag, 1998

Stewart, R. J.: *Celtic gods, Celtic Goddesses*, London: Blandford, 1990

Stewart, R. J.: *Earth Light: Rediscovery of the Wisdom of Celtic Feary Lore*, Shaftsbury, Dorset: Element Books, 1992

Stewart, R. J.: *The Power Within the Land*, Shaftsbury, Dorset: Element Books, 1991

Stewart, R. J.: *The Underworld Initiation: A Journey Towards Psychic Transformation*, Wellinghorough, England: Aquarian, 1985

Stone, Merlin: *Ancient Mirrors of Womanhood*, Boston: Beacon Press, 1984

Stone, Merlin: *Als Gott eine Frau war*, München: Goldmann, 1989

Thomas, N. L.: *Irish Symbols of 3500 B.C.*, Dublin: Mercier Press, 1988

Tryon, Thomas: *Harvest Home*, New York: Knopf, 1973

Von Franz, Marie-Louise: *Creation Myth*, Boston: Shambhala Publications, Inc., 1995

Walker, Barbara G.: *Das geheime Wissen der Frauen*, München: Deutscher Taschenbuch Verlag, 1995

Walker, Barbara G.: *Die geheimen Symbole der Frauen*, München: Heinrich Hugendubel Verlag, 1997

Walker, Barbara G.: *Die spirituellen Rituale der Frauen*, München: Heinrich Hugendubel Verlag, 1998

Walker, Barbara G.: *Göttin ohne Gott*, München: Heinrich Hugendubel Verlag, 1999

Weston, Jessie L.: *From Ritual to Romance*, Princeton: The Princeton University Press, 1993

Wilde, Lady: *Ancient Cures, Charms and Usages of Ireland*, Detroit: Singing Tree Press, 1970 (1890)

Williams, Selma R.: *Riding the Nightmare: Women and Witchcraft From the Old World to Colonial Salem*, San Francisco: Harper Perennial, 1992

Wolfe, Amber: *The Arthurian Quest: Living the Legends of Camelot*, St. Paul: Llewellyn, 1996

Register

Layne Redmond
FrauenTrommeln

Eine spirituelle Geschichte des Rhythmus

272 Seiten mit über 300 Abbildungen
Festeinband mit Musik-CD

Die Trommlerinnen von heute stehen in einer alten weiblichen
Tradition: Bereits in den frühen Göttinnenreligionen galten
die trommelnden Schamaninnen und Priesterinnen als
Wächterinnen des spirituellen Lebens. Layne Redmond stellt
die ursprüngliche Verbindung von Rhythmus, Spiritualität
und Frauenmacht wieder her.
Die Musik-CD mit Stücken international bekannter
Trommlerinnen rundet dieses Set zu einem einzigartigen
Lese- und Hörerlebnis ab.

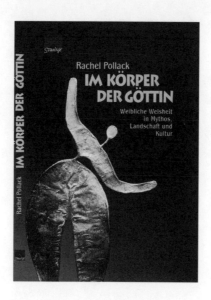

Rachel Pollack
Im Körper der Göttin

Weibliche Weisheit in Mythos, Landschaft und Kultur

344 Seiten mit zahlreichen Abbildungen,
Festeinband

Die Göttin der Alten Welt lebt noch heute –
»verkörpert« in Landschaft, Mythos und Kultur.
Rachel Pollack führt uns zu ihren Bildern und Formen:
von den altsteinzeitlichen Höhlen von Lascaux
über die Venus von Willendorf, die Steinkreise von Stonehenge
und Avebury bis hin zu den Nanas der Niki de Saint Phalle.
Auf dieser Reise durch Raum und Zeit erwachen die zentralen
Göttinnenmythen zum Leben und lassen erkennen,
welche Kraft die heiligen Orte noch heute in sich bergen.